DAS BUCH:

Verbrechen, Lügen und Geheimnisse – ihre düstere Kindheit hat Agentin Atlee Pine immer verfolgt. Seit ihre Zwillingsschwester Mercy mit sechs Jahren entführt wurde, ist Atlee auf der Suche nach ihr.

Dank jahrelanger Nachforschungen ist der Agentin nun ein Durchbruch gelungen: Sie hat den Beweis, dass ihre Schwester noch lebt. Auf der Flucht aus ihrem Gefängnis im ländlichen Georgia hat Mercy jedoch eine Leiche zurückgelassen. Seitdem ist sie erneut wie vom Erdboden verschluckt. Da Atlee gerade einen brandgefährlichen Fall gelöst hat, wird sie vom FBI freigestellt und ist fest entschlossen, ihre Schwester zu finden. Obwohl sie der Wahrheit noch nie so nahe war, plagen sie Zweifel: Erinnert sich Mercy überhaupt an ihre Familie? Was für ein Mensch ist sie geworden? Sinnt sie auf Rache? Und werden sie und Mercy sich am Ende als Feinde gegenüberstehen? Fast zu spät erkennt Atlee, dass sie und die Polizei nicht die einzigen sind, die Mercy finden wollen. Es ist ein Rennen gegen die Zeit …

DER AUTOR:

David Baldacci, geboren 1960 in Virginia, arbeitete lange Jahre als Strafverteidiger und Wirtschaftsjurist in Washington, bevor er sich ganz dem Schreiben widmete. Sämtliche Thriller von ihm landeten auf der New York Times-Bestsellerliste. Mit über 150 Millionen verkauften Büchern in 80 Ländern zählt er zu den weltweit beliebtesten Autoren. In der Bestsellerserie um die Ermittlerin Atlee Pine ist »Abgerechnet« der vierte und letzte Band nach »Ausgezählt«, »Abgetaucht« und »Eingeholt«.

DAVID BALDACCI

ABGERECHNET

ATLEE PINE BAND 4

THRILLER

Aus dem amerikanischen Englisch
von Norbert Jakober

WILHELM HEYNE VERLAG
MÜNCHEN

Die Originalausgabe erschien unter dem Titel MERCY
bei Grand Central Publishing/Hachette Book Group Inc., New York.

Sollte diese Publikation Links auf Webseiten Dritter enthalten,
so übernehmen wir für deren Inhalte keine Haftung,
da wir uns diese nicht zu eigen machen, sondern lediglich
auf deren Stand zum Zeitpunkt der Erstveröffentlichung verweisen.

Penguin Random House Verlagsgruppe FSC® N001967

2. Auflage
Vollständige Taschenbuchausgabe 05/2023
Copyright © 2021 by Columbus Rose, Ltd.
Copyright © 2023 der deutschsprachigen Ausgabe
by Wilhelm Heyne Verlag, München,
in der Penguin Random House Verlagsgruppe GmbH,
Neumarker Str. 28, 81673 München
Redaktion: Wolfgang Neuhaus
Umschlaggestaltung: Nele Schütz Design/Margit Memminger
unter Verwendung von Shutterstock.com/Dave Allen Photography
und plainpicture/Mark Owen
Satz: Leingärter, Nabburg
Druck und Bindung: GGP Media GmbH, Pößneck
Printed in Germany
ISBN: 978-3-453-42750-1

www.heyne.de

Zur Erinnerung an unseren wunderbaren Finnegan,
den besten Freund des Menschen.
In unseren Herzen wirst du weiter bei uns sein.
Danke, dass du das Leben unserer Familie
fünfzehn Jahre lang bereichert hast.

1

Atlee Pine verfolgte gespannt, wie der verschrammte Sarg Zentimeter für Zentimeter aus der Erde gehoben wurde, in der er fast zwanzig Jahre gelegen hatte. Särge und Leichen sollten eigentlich nicht ausgegraben werden. Sie sollten an ihrem Platz in der Erde bleiben, zumindest bis eines fernen Tages die erlöschende Sonne in einem letzten wilden Ausbruch den Planeten in eine Gluthölle verwandelt.

Für Pine fühlte sich schon der heutige Tag so ähnlich an.

Eigentlich schon das ganze Jahr.

Sie schaute zu einer krächzenden Krähe auf dem Ast einer kränklichen Kiefer, die das geöffnete Grab überragte. Der Vogel wirkte aufgeregt, als würde man ihm eine frisch ausgegrabene Mahlzeit in der Lunchbox servieren.

Das ist nichts gegen meine Ungeduld, dachte Pine. *Ich warte schon dreißig Jahre fieberhaft.*

Atlee Pine war FBI-Spezialagentin. Sie war barfuß eins achtzig groß und durch langjähriges Gewichtheben von kräftiger Statur. In jungen Jahren hatte sie es noch als Leistungssport betrieben; heute ging es ihr nur noch darum, fit zu bleiben und den Anforderungen ihres Berufs gewachsen zu sein. Es gab Agenten, die ihre gesamte Laufbahn an ihrem Schreibtisch hockten und auf einen Computerbildschirm starrten oder die Kollegen beaufsichtigten, die draußen im Feldeinsatz ihren Job machten. Zu dieser Sorte gehörte Pine definitiv nicht.

Ihr Arbeitsplatz befand sich in Arizona, in der Nähe des Grand Canyon. Als einzige FBI-Agentin in diesem Territorium war sie für ein riesiges Gebiet zuständig. Pine hatte es selbst so gewählt. Sie hasste die Bürokratie und jene, die über die Einhaltung der zahllosen Vorschriften wachten, die oft genug die Arbeit behinderten und einem das Leben schwer machten. Vor allem, wenn man die Aufgabe hatte, Verbrecher aus dem Verkehr zu ziehen.

Aber genau das war der Grund gewesen, dass Pine sich für diesen Job entschieden hatte.

Derzeit war sie in Virginia mit einer persönlichen Angelegenheit beschäftigt. Eine bedeutsame Sache. Eine Sache von existenzieller Wichtigkeit. Für Pine war es *die* Chance, endlich etwas unendlich Schmerzliches aus der Welt zu schaffen, das sie fast ihr Leben lang gequält und ihre Existenz verdüstert hatte, seit sie ein kleines Mädchen gewesen war.

Neben Pine stand ihre Assistentin beim FBI, Carol Blum.

Atlee Pine und Blum waren seit langer Zeit auf der Suche nach Pines Zwillingsschwester Mercy, die vor dreißig Jahren aus dem gemeinsamen Schlafzimmer der beiden Mädchen in Andersonville, Georgia, entführt worden war, als Atlee und Mercy sechs Jahre alt gewesen waren. Mercys Entführer hatte Atlee in jener albtraumhaften Nacht schwer verletzt. Sie hatte mit viel Glück überlebt. Vielleicht auch, sagte Pine sich manchmal, weil sie sich so verzweifelt ans Leben geklammert hatte.

Seit jenem schrecklichen Tag hatte sie Mercy nicht mehr gesehen. Der tragische Vorfall hatte ihre Familie auseinandergerissen. Es war ein Trauma, das Pine durch ihr weiteres Leben begleitet hatte.

Vor Kurzem erst hatte sie herausgefunden, dass Mercy sich nach ihrer Entführung in Georgia aufgehalten hatte, in der Nähe von Crawfordville im Taliaferro County, der bevölkerungsärmsten Gegend im gesamten Bundesstaat. Dort war sie unter dem

Namen Rebecca Atkins wie eine Gefangene gehalten worden, wie ein Tier, bis ihr vor Jahren die Flucht gelungen war. Dann verlor sich ihre Fährte. Mittlerweile war auch diese Spur so kalt wie ein Kühlraum im Leichenschauhaus.

Joe Atkins, das Oberhaupt der Familie, die Mercy wie eine Sklavin gehalten hatte, war am Tag nach ihrer Flucht tot aufgefunden worden. Und seine Frau Desiree war seither spurlos verschwunden. Pine hatte außerdem herausgefunden, dass Mercys Entführer, ein gewisser Ito Vincenzo, der Bruder eines Mafiosos war, der sich an Pines Mutter Julia hatte rächen wollen. Julia Pine hatte in den 1980ern als Maulwurf für eine Regierungsbehörde gearbeitet, die mächtige Mafiafamilien zu Fall bringen wollte. Besonders Mafiosi nahmen solche Dinge sehr persönlich. Auf Drängen seines Bruders, eines langjährigen Mafiakillers, hatte Ito Vincenzo versucht, die gesamte Familie Pine auszulöschen, was ihm aber nur teilweise gelungen war.

Rätsel über Rätsel.

Immerhin war Pine erst vor Kurzem auf ein vergilbtes Polaroidfoto gestoßen, das Mercy im Alter von etwa vierzehn Jahren zeigte, flankiert von Len und Wanda Atkins, Joes Eltern. Pine hatte das Foto auf dem Dachboden von Ito Vincenzos Strandhaus in New Jersey entdeckt. Mercy trug ein altmodisches Baumwollkleid, das ihr schlaff bis über beide Knie hing. Sie war barfuß, die Haare zerzaust, die Haut schmutzig und verschorft, der Blick zu Boden gerichtet, der Körper leicht gekrümmt, als hätte sie Schmerzen.

Außerdem hatte Pine in Joe Atkins' ehemaligem Haus, das längst den Besitzer gewechselt hatte, durch Zufall eine altmodische Videokassette entdeckt, auf der ebenfalls Mercy zu sehen war. Es war die zwanzig Jahre alte Aufnahme einer Kamera, mit der Joe und Desiree Atkins die Höhle überwacht hatten, in der sie Mercy jahrelang wie ein Stück Vieh gehalten hatten.

Das FBI hatte erst kürzlich einen Suchaufruf herausgegeben, der mit einem Foto von Mercy versehen war. Es war ein Standbild aus dem Video und zeigte sie in dem Augenblick, als ihr der Ausbruch aus der Höhle gelungen war. Pine hatte gehofft, dass Mercy auf diese Weise von der Suche nach ihr erfuhr und sich meldete, doch ihre Hoffnungen waren enttäuscht worden.

Also hatte Pine beschlossen, eine andere Spur zu verfolgen.

Vor Jahren hatte Pines Mutter ihr erzählt, dass ihr Vater, Tim, sich das Leben genommen habe – am Geburtstag seiner beiden Töchter. Seither hatte dieser Gedanke Pine furchtbare Qualen bereitet, bis sie vor nicht allzu langer Zeit erfahren hatte, dass Tim gar nicht ihr leiblicher Vater war, sondern ein gewisser Jack Lineberry. Doch Pines Erleichterung, nicht auf irgendeine Weise in den Tod ihres Vaters verwickelt zu sein, war nur von kurzer Dauer gewesen, denn Lineberry wäre bei Pines Ermittlungen in einem anderen Fall beinahe ums Leben gekommen – bei einem Angriff, der gegen Pine gerichtet war.

Was für eine aberwitzige Geschichte. Pine schüttelte den Kopf.

Die Nachricht, dass Lineberry ihr leiblicher Vater war, hatte sie gänzlich unerwartet getroffen. Und noch schockierender war, was sie wenig später herausgefunden hatte und was der Grund dafür war, dass sie nun hier stand und bei einer Exhumierung zuschaute.

Tja, es gibt wohl in den meisten Familien Leichen im Keller, aber wir Pines dürften die unangefochtenen Weltmeister sein.

Der Sarg wurde aus der Erde gehoben und neben dem Grab ins Gras gestellt. Der Metallrahmen war rostig und voller Dreck. Pine fragte sich, in welchem Zustand sich der Leichnam befand.

Die Forensiker traten an den Sarg, öffneten ihn und betteten die sterblichen Überreste vorsichtig in einen Leichensack. Nachdem sie den Reißverschluss zugezogen hatten, legten sie den Leichnam in einen schwarzen Van, der sogleich davonfuhr.

Pine glaubte zu wissen, wer in dem Grab gelegen hatte. Doch glauben heißt nicht wissen, wie das Sprichwort besagte, das besonders für eine FBI-Agentin galt, aber auch für eine trauernde Tochter, die endlich Gewissheit haben wollte. Deshalb war die Exhumierung unumgänglich gewesen. Nur eine DNA-Analyse konnte klären, wer über die vielen Jahre hinweg in dem Sarg vermodert war.

Pine hatte dieses Grab im ländlichen Virginia nie besucht, weil ihre Mutter Julia gelogen hatte, was den Ort des vermeintlichen Selbstmords von Pines angeblichem Vater Tim betraf. Doch damit hatten Julias Lügen noch kein Ende gehabt: Sie hatte Atlee erzählt, Tims Leichnam sei verbrannt und die Asche an einem Ort verstreut worden, den nur sie allein kannte.

Pines Augen wurden feucht. *Lügen, alles Lügen*, ging es ihr durch den Kopf.

Pine hatte Grund zu der Annahme, dass der Tote in diesem Grab Mercys Entführer Ito Vincenzo war. Ito hatte damals anscheinend herausgefunden, wo Tim Pine sich aufhielt, und ihn aufgesucht, um ihn aus Rache zu töten. Doch am Ende war vermutlich Ito selbst es gewesen, der in einem Sarg gelandet war, während vom vermeintlichen Selbstmörder Tim seither jede Spur fehlte.

Pine hatte lange in dem Glauben gelebt, dass ihre Eltern sich nach Mercys Entführung heillos zerstritten und schließlich getrennt hatten. Heute wusste sie, dass Tim seinen Tod nur vorgetäuscht und ihre Mutter die eine Tochter, die ihr geblieben war – Atlee –, sich selbst überlassen hatte. In Wahrheit war Julia Pine zusammen mit ihrem Ex-Mann untergetaucht.

Sie haben mich allein zurückgelassen. Ein junges, unerfahrenes Mädchen, das seine Eltern gebraucht hätte. Was habe ich bloß für tolle Erzeuger.

2

Pine schaute zu Carol Blum, ihrer Assistentin. Blum war Anfang sechzig, Mutter von sechs erwachsenen Kindern und schon seit Jahrzehnten beim FBI beschäftigt. Obwohl sie erst wenige Jahre zusammenarbeiteten, war Carol Blum für Pine fast so etwas wie eine Ersatzmutter geworden, nachdem Julia sie im Stich gelassen hatte.

Blum musterte ihre Chefin mit fragendem Blick. Pine hatte die Hände tief in den Jeanstaschen vergraben und blickte mit düsterer Miene auf die Überreste des Grabes.

»Wann werden wir wissen, ob es Ito Vincenzo ist?«, fragte Blum.

»In spätestens zwei Tagen, hoffe ich. Ich habe dem Labor eine DNA-Probe zukommen lassen.«

Blum fragte erstaunt: »Woher hatten Sie die?«

»Von den Leichen seines Sohnes und seines Enkels. Das sollte unter den gegebenen Umständen für eine aussagekräftige Analyse reichen.«

Blum nickte. »Ja. Es kann ja wohl kaum ein anderer Vincenzo in diesem Grab gelegen haben.«

Sie gingen zum Wagen und fuhren los.

»Was nun?«, fragte Blum.

»Wir werden ein bisschen Zeit totschlagen. Das Bureau hat uns ja offiziell Urlaub gewährt.«

»Das war auch das Mindeste, was man erwarten konnte.

Immerhin haben Sie und Agent Puller diesen Fall in New York aufgeklärt.«

John Puller, ein Spezialagent der Militärstrafverfolgungsbehörde CID, hatte zusammen mit Pine einer Bande von Erpressern das Handwerk gelegt, deren Verbindungen bis in die höchsten Machtetagen des Landes gereicht hatten. Puller war dabei angeschossen und schwer verletzt worden, war aber auf dem Weg der Besserung.

»Sie hatten auch Ihren Anteil daran, Carol«, sagte Pine. »Und es hätte Sie beinahe Kopf und Kragen gekostet, weil ich Mist gebaut hatte.«

»Aber dann haben Sie mir das Leben gerettet.«

»Nachdem ich Sie unnötig in Gefahr gebracht hatte.«

»Mag sein, aber mich gibt es immer noch.«

Pine bog vom Friedhof in die Straße ein und wechselte das Thema. »Falls Mercy von dem Suchaufruf hört, meldet sie sich vielleicht … was natürlich der Idealfall wäre.«

»Und wenn sie nichts von sich hören lässt?«

»Könnte es bedeuten, dass sie tot ist.« Pine warf Blum einen kurzen Blick zu. »Ich habe gelernt, diese Möglichkeit zu akzeptieren, Carol. Schon vor langer Zeit. Immerhin wissen wir jetzt, dass Mercy noch lebte, bis zu ihrer Flucht aus der Höhle, in der Joe und Desiree Atkins sie wie eine Sklavin hielten, aber seitdem kann viel passiert sein.«

»Und wie es aussieht, haben die Atkins Mercy regelrecht verwildern lassen, ohne ihr etwas beizubringen, das sie auf ein Leben in Freiheit hätte vorbereiten können …« Ihre Stimme verebbte, und sie sah ihre Chefin unsicher an.

»Reden wir nicht um den heißen Brei herum, Carol. Auf dem Foto sieht Mercy wie eine Irre aus, wie eine Figur aus einem dieser Hinterwäldler-Horrorfilme«, sagte Pine. »Ich frage mich, wie sie sich mutterseelenallein zurechtgefunden hat. Am Rande der

Gesellschaft lebt es sich gefährlich.« Pine schaute aus dem Autofenster. »Wie könnte dieses ... Wesen, das wir auf dem Video gesehen haben, in einer Welt überleben, von der es kaum etwas weiß?«

»Mercy hat sich als zäh und ziemlich schlau erwiesen, Agentin Pine. Sie hat die Gefangenschaft bei den Atkins überlebt, hat sie ausgetrickst und ist geflohen.«

»Und Joe wurde mit einem Messer im Rücken tot aufgefunden«, fügte Pine tonlos hinzu.

»Ich habe Ihnen doch schon gesagt, wie ich es sehe. Der Bastard hatte es nicht anders verdient.«

»Da widerspreche ich Ihnen nicht, Carol. Ich meine nur, wenn Mercy ihn tatsächlich umgebracht hat, spricht viel dafür, dass sie auch später in gewalttätige Auseinandersetzungen verwickelt war. Sie hat es bestimmt nicht leicht gehabt.«

»Sie meinen, Mercy könnte Leute angegriffen und verletzt haben?«

»Noch wahrscheinlicher ist, dass sie selbst angegriffen wurde«, erwiderte Pine.

»Das führt uns zu meiner ursprünglichen Frage zurück«, sagte Blum nach längerer Pause. »Wie geht es jetzt weiter?«

»Indem wir dort anknüpfen, wo Mercy zuletzt gesehen wurde. Bei den Atkins in Georgia, in der Nähe von Crawfordville. An dem Abend, an dem Mercy geflohen ist ... allem Anschein nach.«

»Allem Anschein nach? Wie meinen Sie das?«, fragte Blum.

»Desiree Atkins wurde nie gefunden. So wie ich es sehe, gibt es mindestens drei mögliche Erklärungen dafür.« Pine zählte an den Fingern ab. »Erstens, Desiree hat ihren Mann umgebracht und ist geflohen. Zweitens, Mercy hat Desiree umgebracht und ist geflohen. Und drittens, Desiree hat Mercy getötet und ist untergetaucht.«

»Wieso hätte Desiree ihren Mann umbringen sollen?«

»Nach allem, was wir wissen, war sie ein sadistisches Biest. Auf dem Video haben wir einen Schuss gehört, erinnern Sie sich? Wir sind bisher davon ausgegangen, dass Joe Atkins auf Mercy geschossen hatte. Aber könnte es nicht ebenso gut sein, dass Desiree das Gewehr hielt und den Schuss abgegeben hat? Und dass Joe sie aufhalten wollte? Dass er Desiree die Waffe entrissen hat, worauf sie Joe mit dem Messer attackiert und getötet hat?«

»Sie meinen, Joe wollte Mercy entkommen lassen? Möglich, aber nicht wahrscheinlich. Ehrlich gesagt, kann ich es mir nicht vorstellen. Wäre die Wahrheit herausgekommen, hätten *beide* Atkins großen Ärger gekriegt.«

»Eine andere Erklärung wäre, dass Desiree Mercy getötet hat, worauf Joe es mit der Angst bekam und die Polizei rufen wollte. Also hat Desiree ihn erstochen und ist mit Mercys Leichnam verschwunden. Dann stellt sich allerdings die Frage, wie sie die Leiche in Joes Pick-up bekommen hat. Desiree war klein und schmächtig, Mercy groß und geschätzte dreißig Kilo schwerer als Desiree. Außerdem wurde die Gegend mit Leichensuchhunden durchkämmt, aber nirgends waren menschliche Überreste vergraben. Also können wir diese Möglichkeit wohl ausschließen.«

»Und was«, meinte Blum, »wenn Joe seiner Frau geholfen hat, Mercys Leichnam zu beseitigen, dann aber von Schuldgefühlen geplagt wurde, worauf Desiree ihn erstochen hat?« Sie überlegte einen Augenblick. »Oder *Mercy* hat beide umgebracht. Den toten Joe hat sie zurückgelassen, während sie Desirees Leiche mitgenommen und irgendwo weit weg vergraben hat.«

»Aber dann müsste Mercy mit dem Pick-up weggefahren sein.«

»Sie meinen, das hätte sie nicht gekonnt?«

Pine schüttelte den Kopf. »Der Pick-up hatte ein Schaltgetriebe. Ich kann mir nicht vorstellen, dass jemand, der noch nie Auto gefahren ist und nichts darüber weiß, von allein herausfinden kann, wie man mit Gas und Kupplung umgeht. Schon gar nicht jemand, der jahrelang in einer Höhle eingesperrt war. Noch dazu in einer so buchstäblich mörderischen Situation. Und dass die Atkins Mercy das Autofahren beigebracht haben, kann ich mir beim besten Willen nicht vorstellen.«

»Was schließen Sie daraus?«

»Dass es Desiree war, die an dem Abend mit dem Wagen weggefahren ist. Allein.«

»Weil sie erkannt hat, dass es aus und vorbei ist und sie sich aus dem Staub machen muss?«

Pine nickte. »Ja. Und um Ihre Frage zu beantworten, wie es jetzt weitergeht: Ich schlage vor, wir fahren zurück nach Georgia und überprüfen eine sehr, sehr kalte Spur.«

»Und Jack Lineberry? Werden Sie ihn besuchen, wenn wir in Georgia sind?«

Pine schwieg.

Sie hatte gemischte Gefühle, was ihren biologischen Vater betraf. Ihre letzte Begegnung war ein Desaster gewesen. Sie glaubte nicht, dass ein weiteres Treffen anders verlaufen würde. Aber das war Lineberrys Schuld, nicht ihre. Wer seiner Tochter so viele Lügen erzählte, konnte nichts anderes erwarten.

3

Pine schaute aus dem Fenster ihres Mietwagens auf die dicht bewaldete Gegend bei Crawfordville im Taliaferro County, Georgia. Hier würde man einen Angreifer erst sehen, wenn es zu spät war. Dichtes Laub war der beste Freund des Jägers, ob er es nun auf Wild abgesehen hatte oder auf Menschen.

Pine und Blum waren von Virginia nach Atlanta geflogen und anschließend mit dem Mietwagen in dieses ländliche Idyll gefahren. Als Erstes hatten sie Dick Roberts besucht, den pensionierten Sheriff, der ihnen bereits geholfen hatte, als sie das erste Mal hier gewesen waren. Roberts war damals zum Tatort gefahren, nachdem jemand Joe Atkins' Leiche gefunden und den Notruf verständigt hatte. Die Frage, wer Joe mit einem Messer getötet hatte, war bis heute offen. Roberts war auch an Pines Seite gewesen, als sie kurz darauf die Höhle in einem Waldstück unweit des Hauses entdeckt hatten – eine Bruchbude, in der damals die Atkins hausten. Joe und sein bestialisches Weib hatten Mercy über Jahre hinweg wie ein Tier in dieser Höhle in der Nähe des Hauses eingesperrt, inmitten von Unrat und Schmutz. Als Pine und die anderen dann auch noch das Videoband fanden, auf dem Mercys Flucht aus dieser Höhle zu sehen war, erkannte Roberts, dass das verdreckte, abgerissene Mädchen Atlees Schwester war und dass dieser Fall Atlee schon von daher unermesslich viel bedeuten musste.

Und so ist es ja auch, ging es Pine durch den Kopf. *Ich setze*

*meine Karriere aufs Spiel, um den Fall zu lösen, und es ist mir egal.
Ein Zurück gibt es nicht.*

Für einen Augenblick stieg Panik in ihr auf, als wäre sie zu weit hinausgeschwommen und in eine gefährliche Strömung geraten. Sie schaute aus dem Seitenfenster, atmete tief durch, um sich zu beruhigen, und ärgerte sich über ihr kindisches Verhalten.

Sheriff Roberts hatte ihnen dargelegt, auf welcher Route der Pick-up der Atkins zu der Stelle gelangt sein musste, an der man ihn später gefunden hatte. Diese abgelegene Landstraße sahen Pine und Blum sich nun genauer an. Die einzigen Lebewesen in weitem Umkreis waren Tiere, die sich aus den Wäldern hervorwagten. Auf dem ganzen Weg kamen sie an lediglich fünf Häusern vorüber, von denen nur drei bewohnt waren. Sie hielten bei jedem dieser Häuser an, stellten den Leuten ein paar Fragen und bekamen zur Antwort, dass von den heutigen Bewohnern damals noch niemand hier zu Hause gewesen sei.

Anschließend fuhren Pine und Blum zu der Stelle, an der man den Pick-up gefunden hatte. Es handelte sich um eine alte, längst aufgegebene Esso-Tankstelle. Die vier Buchstaben und die Neonröhren, die sie einst beleuchtet hatten, waren irgendwann als Zielscheiben für Schießübungen benutzt worden. Es war ein schwacher, verfallener Abglanz von Zivilisation inmitten eines Waldes, der im Begriff war, verlorenes Terrain zurückzuerobern.

Pine parkte an der Stelle, an der einst die Zapfsäulen gestanden hatten, und schaute sich um. Der Anblick war so trostlos wie ihre Aussichten. Wie sollte sie hier irgendwelche Anhaltspunkte finden?

»Hier also hat Desiree den Pick-up abgestellt«, sagte sie nachdenklich. »Warum ausgerechnet *hier?*«

Blum ließ ebenfalls den Blick schweifen. »Es wäre ein guter

Treffpunkt gewesen. So nach dem Motto: ›Hey, kannst du mich mal an der Esso-Tankstelle abholen?‹ Wahrscheinlich war sie der einzige markante Punkt in der Gegend. Desiree konnte ja nicht wissen, wann man Joes Leiche finden würde. Sie wollte sich so schnell wie möglich aus dem Staub machen, aber nicht in einem Fahrzeug, nach dem gefahndet wurde.«

»Es kommen nicht viele Leute infrage, die Desiree angerufen haben kann«, meinte Pine. »Im Grunde sind es nur zwei.«

»Len und Wanda Atkins, ihre Schwiegereltern«, führte Blum den Gedanken fort. »Aber Sheriff Roberts sagte doch, er habe mit den beiden gesprochen, nachdem Joe ermordet und Desiree verschwunden war. Len und Wanda sagten aus, nichts mehr von Desiree gehört zu haben.«

»Dann haben sie gelogen, um ihren Hals zu retten. Denken Sie an das Foto, Carol. Len und Wanda haben sich mit Mercy fotografieren lassen. Sie müssen gewusst haben, dass Mercy gegen ihren Willen festgehalten wurde. Und auch, dass man sie ins Gefängnis werfen würde, wenn das herauskäme. Also haben sie sich schleunigst vom Acker gemacht, nachdem Mercy entkommen und Joe erstochen worden war. Ich bin mir sicher, dass Desiree die beiden noch am gleichen Abend angerufen und ihnen alles erzählt hat. Sie müssen sich hier getroffen haben. Desiree ließ den Pick-up hier zurück, und die drei sind zusammen weggefahren. Vielleicht haben sie Desiree zu einer Bushaltestelle oder einem Bahnhof gebracht. Auf diese Weise konnte Desiree sich absetzen, um irgendwo ein neues Leben anzufangen, wahrscheinlich unter einem anderen Namen. Danach sind Len und Wanda zurück zu ihrem Wohnwagen, wo sie am nächsten Tag die Nachricht vom Tod ihres Sohnes erhielten.« Sie schaute zu Blum. »Kommt Ihnen irgendwas daran unlogisch vor?«

»Im Gegenteil, es klingt absolut plausibel, Agentin Pine.«

Pine kniff die Augen zusammen. Plötzlich schien sie sich ihrer Sache nicht mehr so sicher zu sein. »Eines erscheint mir aber *doch* ziemlich unwahrscheinlich. Len und Wanda hätten irgendwie reagieren müssen, wenn Desiree ihnen gesagt hätte, dass ihr Sohn tot ist. Selbst wenn sie ihr nicht geglaubt hatten, wären sie zumindest zu dem Haus gefahren, um sich zu vergewissern. Sie hätten doch Angst haben müssen, dass Joes Leichnam von wilden Tieren zerfetzt wird. Und wir wissen, dass das nicht der Fall war.«

»Dann waren es möglicherweise Len und Wanda, die dafür gesorgt haben, dass Joes Leiche unversehrt blieb.«

»Ja. Aber so oder so – wir müssen sie finden und fragen, wie es wirklich war.«

»Falls sie noch leben«, meinte Blum.

»Dann können wir sie über die Sozialversicherung aufspüren.«

»Stimmt. Außerdem ist Len Vietnamveteran und wurde im Krieg verwundet.«

Pine griff den Gedankengang auf. »Und das wiederum könnte bedeuten, dass er beim Veteranenministerium registriert ist, um Behandlungen oder Medikamente zu bekommen. Auf diesem Weg kämen wir schneller an ihn heran als über die Bürokratie des Gesundheitsministeriums. Leider habe ich kaum Kontakte dorthin. Aber es gibt jemanden, der mir möglicherweise helfen kann.«

Pine zog ihr Handy hervor.

»Wen rufen Sie an?«, fragte Blum.

»John Puller, wen sonst. Er hat mir Len Atkins' Militärunterlagen verschafft.«

Sie rief Puller an, der ihr zu ihrer Erleichterung mitteilte, dass er sich gut von seinen Verletzungen erhole. Und er war sofort bereit, Pine zu helfen. Er kenne einige Leute im Veteranenministerium, ließ er sie wissen, da sein Vater in einem Veteranenkrankenhaus untergebracht sei.

Pine bedankte sich und beendete das Gespräch. »Okay, dann lassen wir John mal Wunder wirken.«

Blum fragte: »Was halten Sie davon, Jack Lineberry zu besuchen, während wir auf die Informationen warten?«

Pines Gesicht verhärtete sich, und sie schaute aus dem Seitenfenster. Der Gedanke an Lineberry weckte albtraumhafte Gedanken in ihr. »Das haben Sie schon mal gefragt.«

»Ja. Aber Sie haben nicht geantwortet, deshalb frage ich noch einmal.«

»Warum sollte ich ihn besuchen?«, erwiderte Pine hitzig.

»Ob es Ihnen gefällt oder nicht, er ist Ihr Vater. Und wenn ich daran denke, was bei Ihrem letzten Besuch passiert ist …«

»Ich bin nicht stolz darauf, dass ich durchgedreht bin, Carol.«

»Dann wäre es vielleicht an der Zeit, das Vergangene hinter sich zu lassen und eine neue Gesprächsbasis aufzubauen.«

Pine musterte ihre ältere Freundin verdutzt. »Warum?«

»Weil Sie seine Hilfe brauchen werden, ob Sie Mercy nun finden oder nicht.«

Pines Verwirrung wuchs. »Wie kommen Sie darauf?«

»Ich nehme doch an, Sie wollen immer noch wissen, wo Ihre Mutter ist. Und Tim Pine, wo Sie jetzt so gut wie sicher sein können, dass seine Leiche nicht in dem Grab lag. Jack könnte Ihnen wertvolle Hinweise geben. Ich sage ja nicht, dass Sie besonders nachsichtig mit ihm sein sollen …«

»Das habe ich auch nicht vor«, betonte Pine.

»Ich glaube trotz allem, dass Jack Lineberry versucht, das Richtige zu tun«, fuhr Blum unbeirrt fort. »Und wie gesagt, er ist Ihr Vater. Wenn Sie nicht wenigstens versuchen, eine Beziehung zu ihm aufzubauen, könnten Sie es irgendwann bereuen.«

»Ich habe eine Menge zu bereuen, Carol, da kommt es auf ein bisschen mehr oder weniger nicht an.«

Dennoch griff Pine den Vorschlag auf und fuhr los, um jenen Mann aufzusuchen, der sie so oft belogen hatte wie niemand anders in ihrem Leben.

Außer meiner verdammten Mutter.

4

Jack Lineberrys Anwesen lag eine Autostunde südlich von Atlanta. Er hatte mit Investments ein Millionenvermögen verdient und besaß außer dieser stattlichen Residenz noch ein zweigeschossiges Penthouse in Atlanta, ein Luxusapartment in New York und einen Privatjet. Er führte ein Leben, um das ihn die meisten Menschen beneiden würden. Nicht Pine.

Wenn man so viel Spielzeug braucht, um sein Leben zu genießen, ist man im Grunde noch ein Kind.

Sie hatten ihren Besuch telefonisch angekündigt, sodass sie am Eingangstor sofort eingelassen wurden. Eine Hausangestellte führte sie zu Jack Lineberry. »Mr. Lineberry liegt allerdings noch im Bett«, ließ die Frau sie wissen.

Pine runzelte beunruhigt die Stirn. Im Bett? Am frühen Nachmittag?

Sie betraten das Schlafzimmer, und die Angestellte ließ sie allein. Es war dunkel im Zimmer, denn die Jalousien waren noch unten. Außerdem war es nach Pines Geschmack viel zu warm. Es kam ihr so vor, als würde sie eine Gruft betreten, die mit Teppichen und tapezierten Wänden ausgestattet war. Ein alarmierender Gedanke.

»Jack?«, fragte sie leise.

Auf dem Bett rührte sich etwas. Mit viel Mühe gelang es Lineberry, sich aufzusetzen. Pine und Blum traten näher, schauten auf ihn hinunter und erschraken, als sie sein Gesicht sahen.

Lineberry war in den Sechzigern, schien aber um zwanzig Jahre gealtert, seit sie ihn das letzte Mal gesehen hatten. Der einst gut aussehende, hochgewachsene Mann wirkte eingefallen, abgezehrt und gebrechlich. Auf seinem Gesicht lag ein Ausdruck, als hätte er mit dem Leben abgeschlossen.

»Jack ...« Blums Stimme klang belegt. »Was ist passiert?«

Er richtete seine müden, blutunterlaufenen Augen auf sie und furchte gereizt die Stirn. »Nichts ... ist passiert. Alles ... in Ordnung.«

»So siehst du aber gar nicht aus«, sagte Pine ihm auf den Kopf zu.

»*Deine* Meinung«, erwiderte er mürrisch. »Andere sehen das anders.«

»Ich glaube, so würde es jeder sehen, der Augen im Kopf hat«, konterte Pine.

»Ich wurde angeschossen, Atlee. Das ist ein bisschen schlimmer als ein Schnupfen. Davon erholt man sich nicht so schnell, schon gar nicht in meinem Alter.«

»Du hast recht, tut mir leid.« Pine schaute kurz zu Blum. »Auch dass ich beim letzten Mal einen ziemlichen Wutanfall hatte.«

»Du hattest jedes Recht, wütend zu sein. Im Endeffekt bin ich noch glimpflich davongekommen.«

»Jetzt sei mal nicht *zu* edelmütig«, sagte Pine versöhnlich. »Sonst machst du es noch schwerer, als es ohnehin schon ...«

Lineberry unterbrach sie, indem er eine Hand hob. »Ich habe viel nachgedacht, Atlee. An diesem Punkt in meinem Leben ist das auch dringend notwendig.«

»Nachgedacht? Worüber?«, fragte sie alarmiert und warf Blum einen Blick zu. Sein fatalistischer Tonfall gefiel ihr gar nicht.

»Über dich, über Mercy, über deine Mutter und Tim. Und natürlich auch über mich.«

Pine nahm sich einen Stuhl und setzte sich ans Bett. »Und was ist dabei herausgekommen?«

Sie war sich keineswegs sicher, ob sie die Antwort hören wollte, aber im Leben war es leider unvermeidlich, sich auch den unangenehmen Dingen zu stellen, mochten sie einen noch so hart treffen.

»Erstens«, begann Lineberry, »hinterlasse ich dir alles, was ich besitze. Dir und Mercy.«

Pine schüttelte entschieden den Kopf. »Jack, ich glaube nicht ...«

»Lass mich bitte ausreden. Es ist wichtig.«

Wieder schaute Pine kurz zu Blum; die nickte beinahe flehend.

Pine lehnte sich zurück, verschränkte die Arme und machte ein trotziges Gesicht. »Also gut. Das heißt aber nicht, dass ich einverstanden bin.«

»Hör zu, Atlee. Ich bin dein und Mercys Vater. Daraus ergibt sich eine Verantwortung, der ich in keiner Weise gerecht geworden bin.«

»Du hast ja nicht gewusst, wo ...«

Er ließ sie nicht ausreden. »Ich habe mehr gewusst, als ich zugegeben habe. Und was ich nicht wusste, hätte ich herausfinden können. Die Wahrheit ist, dass ich mich euch beiden gegenüber hundsmiserabel verhalten habe. Einen schlechteren Vater als mich kann man sich kaum vorstellen.«

Er war so verzweifelt, dass Pine spürte, wie ihr Zorn auf ihn verflog. Sie beugte sich vor, legte ihm die Hand auf den Arm. »Jack, du warst damals in einer Zwickmühle. Die Situation war schrecklich kompliziert.«

»Heute sehe ich die Dinge klarer. Ich habe zwei Töchter. Ihr seid meine einzigen Angehörigen, meine Kinder. Deshalb werde ich euch meinen gesamten Besitz vererben. Wenn du dein Erbe nicht willst, ist es deine Entscheidung. Dann gib es an jemanden weiter, wer immer das sein mag.« Entschieden fügte er hinzu: »Aber du kannst mir nicht verwehren, dir und Mercy alles überschreiben zu lassen. Ich habe meine Anwälte schon damit beauftragt. Die Papiere sind bereits ausgefertigt.«

»Na schön, Jack, wenn du es so willst.«

»So und nicht anders.«

»Aber du hast noch viele Jahre vor dir. Warum diese Eile?«

»Niemand kann sagen, was morgen sein wird, Atlee. Das weißt du so gut wie ich. Gerade du und Mercy habt es am eigenen Leib erfahren.« Bevor sie etwas erwidern konnte, fragte er: »Hast du etwas Neues über Mercy herausgefunden? Oder über deine Mutter und Tim?«

Pine berichtete ihm von der Exhumierung, auf deren Ergebnis sie noch wartete. Noch war nicht bestätigt, dass es sich tatsächlich um Ito Vincenzos Leichnam handelte. Sie erzählte ihm auch, was sie und Blum unternahmen, um Desiree Atkins' Spur zu folgen. Auch von ihrer Annahme, dass Desiree an jenem Abend Len und Wanda angerufen und sich von ihnen bei der Flucht hatte helfen lassen.

»Du redest von den Leuten, die auf diesem Foto mit Mercy zu sehen sind?«, fragte Lineberry.

»Ja.«

»Glaubst du, du kannst sie nach so langer Zeit noch finden?«

»Heutzutage ist es kaum noch möglich, spurlos von der Bildfläche zu verschwinden. Jeder hinterlässt Spuren, ob er will oder nicht. Denk an die moderne Technologie, die Datenbanken und das alles.«

»Und du meinst, diese Leute können dir sagen, was aus Desiree geworden ist?«

»Ja. Und wenn ich die Frau aufgestöbert habe, erfahre ich sehr wahrscheinlich, was an jenem Abend geschehen ist. Vielleicht sogar, wo Mercy sein könnte.«

»Diese Desiree ... sie wird nicht besonders gesprächig sein«, gab Lineberry zu bedenken.

»Es gibt Mittel und Wege, jemanden zum Reden zu bringen. Ihr droht in jedem Fall eine Gefängnisstrafe. Und wenn sie noch dazu ihren Mann ermordet hat, und vielleicht auch ...« Pine zog scharf den Atem ein. »Sie *wird* reden.«

Mühsam setzte Lineberry sich ein wenig auf. Das Gespräch schien eine belebende Wirkung auf ihn zu haben. »Es gibt da noch etwas ...«

Pine schaute ihn argwöhnisch an. Lineberry hatte sie schon mit der Erbschaft auf dem falschen Fuß erwischt. Sie hatte keine Lust auf eine weitere faustdicke Überraschung. »Ja?«

»Ich weiß, dass du die Suche nach deiner Schwester aus eigener Tasche bezahlst.«

Pine zog die Stirn in Falten. »Und?«

»Das ist nicht fair. Mit meinen Mitteln könntest du ...«

Pine verstand, worauf er hinauswollte. »Nein, Jack, das ist meine Angelegenheit.«

»Meine genauso!«, konterte er so entschieden, dass sie alle einen Augenblick perplex waren. Selbst Lineberry schien sich über seine plötzliche Energie zu wundern. Ruhiger fügte er hinzu: »Wenn du auf meine Mittel zurückgreifst, kommst du vielleicht schneller ans Ziel. Du könntest beispielsweise meinen Jet benutzen.«

Wider Willen musste Pine lächeln. »Hör zu, Jack. Ich bin FBI-Agentin, und zwar aus Überzeugung. Ich kann nicht mit Millionen um mich werfen, mit einem Privatflugzeug durch die USA düsen und mich von einem Chauffeur zum Büro fahren ...«

»Du bist nicht immer im Dienst«, unterbrach Lineberry. »Und was hat das FBI mit dem Privateigentum seiner Agenten zu tun?«

Pine musterte ihn schweigend.

»Reden Sie weiter, Jack«, sagte Blum.

Pine funkelte sie missbilligend an, schwieg jedoch.

»Ich weiß, dass du immer mit Mietwagen unterwegs bist, Atlee. Das muss nicht sein. Nimm den Porsche SUV. Der steht sowieso nur in der Garage. Und … ich habe ein Konto eröffnet, auf das du jederzeit zugreifen kannst.« Er zog die Schublade seines Nachttisches auf und nahm zwei Karten heraus. »Bank- und Kreditkarte. Du kannst sie unbegrenzt nutzen. Als PIN habe ich deinen Geburtstag genommen, Monat und Tag.«

»Jack, ich kann dein Geld nicht annehmen.«

»Es ist nicht *mein* Geld, Atlee. Es ist *unser* Geld. Außerdem benutzt du es ja nicht für einen Urlaub, sondern um deine Schwester zu finden. Und deine Mutter und Tim. Und in deinem Job als FBI-Agentin bedeuten mehr Ressourcen bessere Erfolgsaussichten, oder irre ich mich?«

»Nein«, gab sie zu.

»Wo ist dann das verdammte Problem?«, sagte er mit aller Entschiedenheit, um keine Zweifel aufkommen zu lassen.

Pine musste zugeben, dass er es geschickt eingefädelt hatte. Es machte sie sogar ein bisschen stolz, wie clever und entschlossen er die Dinge in die Hand genommen hatte.

Blum ging bereits einen Schritt weiter und nahm die beiden Karten entgegen. »Es gibt kein Problem damit, Jack. Wir wissen Ihre großzügige Hilfe zu schätzen. Nicht wahr, Agentin Pine?«

Pine schaute sie an; dann fiel ihr Blick auf Lineberrys müdes, aber hoffnungsvolles Gesicht. »Danke, Jack«, sagte sie versöhnlich. »Das hilft uns wirklich weiter.«

Erleichtert lehnte er sich ins Kissen zurück.

Blum gab Pine die beiden Karten.

»Ich nehme nicht an, dass du hier wohnen willst«, fuhr Lineberry fort. »Aber mein Apartment in Atlanta könntest du als Basis nutzen. Dort kannst du auch jederzeit mit meinem Jet starten und landen. Ich sorge dafür, dass er immer startklar ist. Ich werde ihn sowieso längere Zeit nicht brauchen.«

»Okay, Jack.« Pine schaute zu Blum. »Das wäre hilfreich. Aber wir werden uns sicher nicht oft dort aufhalten. Wir können ja nicht wissen, wohin die Spur uns führt.«

»Schon klar«, sagte Lineberry rasch.

»Jetzt komm mir aber bloß nicht mit Bediensteten. Carol und ich können uns um uns selbst kümmern.«

»Ich wusste, dass du das sagst. Deshalb habe ich den Angestellten drei Monate bezahlten Urlaub gegeben. Ihr habt das Apartment für euch allein.«

»Du bist ganz schön gerissen, Jack, das muss man dir lassen«, sagte Pine und blickte zu Blum, die selbstzufrieden dreinschaute.

»Es ist das Mindeste, was ich tun kann«, erwiderte Lineberry.

Pine schaute ihn nachdenklich an. »Fällt dir noch irgendetwas ein, das uns einen Hinweis geben könnte, wohin meine Mutter und Tim damals gegangen sind?«

Lineberry erwiderte ihren Blick ernst, beinahe feierlich. »Um diese Frage zu beantworten, gebe ich dir etwas, von dem deine Mutter nicht wollte, dass du es je zu sehen bekommst.«

Pine richtete sich auf, ihre Muskeln spannten sich, und Adrenalin schoss in ihre Adern. »Was?«, brachte sie mühsam hervor.

Wieder griff Lineberry in die Schublade und zog einen grauen Umschlag heraus. »Wenn du das hier liest, solltest du bedenken, dass du das genaue Gegenteil von dem tun musst, was deine Mutter da schreibt.«

»Wann hat sie dir das geschickt?«, fragte Pine, ohne auf seinen seltsamen Rat einzugehen.

»Ungefähr zu der Zeit, als sie dich verlassen hat. Der Brief war eines Tages in meiner Büropost. Ich hatte Tim meine Kontaktdaten gegeben, als wir uns in Virginia sahen. Auf dem Brief steht keine Absenderadresse. Aber am Poststempel siehst du, dass er in Charleston, South Carolina, aufgegeben wurde. Wahrscheinlich war Julia auf dem Weg zu Tim, als sie den Brief abgeschickt hat.«

Er hielt Pine den Umschlag hin. Zuerst starrte sie darauf, als hätte sie eine Pistole vor sich, die Jack auf sie richtete, nahm den Umschlag dann aber zögernd entgegen und betrachtete die Handschrift auf dem grauen Papier. Es war eindeutig die Schrift ihrer Mutter.

»Ich … ich glaube, ich lese es später«, sagte sie leise.

»Ich hätte dir den Brief schon längst geben sollen«, sagte Lineberry mit zittriger Stimme. »Es gibt keine Entschuldigung dafür, dass ich es nicht getan habe, außer vielleicht, dass ich in meinem früheren Beruf ein bisschen zu gut gelernt habe, Geheimnisse zu bewahren. Ich will mich damit nicht herausreden, es ist einfach so.«

»Gibt es in dem Brief einen Hinweis, wo Julia und Tim sein könnten?«, fragte Pine.

»Ich kann jedenfalls keinen finden.«

»Was hast du damit gemeint, ich soll das genaue Gegenteil von dem tun, was Julia geschrieben hat?«

»Du wirst es wissen, wenn du es liest.«

5

Pine nahm den Porsche, während Blum mit dem Mietwagen zum Flughafen fuhr, um ihn zurückzugeben. Anschließend fuhren sie zu Lineberrys Penthousewohnung in der Innenstadt von Atlanta. Pine kannte die Wohnung von einem Besuch mit Lineberry, Blum jedoch sah das Apartment zum ersten Mal.

»Meine Güte«, sagte sie, als sich die Türen des privaten Aufzugs im Vorraum des Apartments öffneten. »Das ist ja wie aus einem Traum.«

»Ich weiß«, sagte Pine mürrisch.

»Ach, kommen Sie, Agentin Pine. Das ist doch eine ganz andere Welt als das Motel, in dem wir letztes Mal abgestiegen sind. Die Heizung war kaputt, und aus der Dusche kam das Wasser nur tröpfchenweise.«

»Jack hat uns schon sein Apartment in New York überlassen. Jetzt fahren wir seinen Porsche, wohnen in dieser Luxussuite und dürfen seinen Privatjet benutzen. Und wenn Jack mal nicht mehr ist, schwimme ich in so viel Geld, dass ich nie mehr einen Finger rühren muss.«

»Ja, Sie können einem wirklich leidtun«, sagte Blum mit einer Ironie, die Pine den Wind aus den Segeln nahm.

»Ich weiß, Carol, ich weiß«, seufzte sie. »Für die meisten wäre es so, als hätten sie in der Lotterie gewonnen.«

»Aber Sie sind nicht wie die meisten«, sagte Blum, nun wieder ernst.

»Ich mache mir nichts aus solchen Dingen. Hab ich nie getan. Mein Apartment in Shattered Rock ist perfekt für mich. Und mein altes Mustang Cabrio ist für mich das schönste Auto auf der Welt. Mehr brauche ich nicht.« Sie schnaubte abfällig. »Am wenigsten einen Privatjet.«

»Ich kann Sie ja verstehen. Trotzdem sollten wir die Dinge benutzen, die Jack uns bietet. Schon deshalb, weil wir damit schneller vorankommen.«

»Das ist auch der einzige Grund, weshalb ich das alles akzeptiere.«

Blum schaute auf ihre Uhr. »Ich würde sagen, es ist Zeit fürs Abendessen. Das Personal ist bekanntlich auf Urlaub, also sollte ich mich vielleicht mal in der wahrscheinlich märchenhaften Küche umsehen und uns eine Kleinigkeit zaubern, oder? Ich wette, der Kühlschrank ist reich bestückt.«

Pine zog die Kreditkarte hervor. »Was halten Sie davon, wenn ich Sie zum Essen einlade? Oder vielmehr, wenn Jack uns einlädt?«

Der Concierge gab ihnen ein paar Tipps, und sie entschieden sich für ein französisches Bistro, das zu Fuß nur ein paar Minuten entfernt war.

Sie bestellten ihr Essen und eine gute Flasche Wein und unterhielten sich die nächsten zwei Stunden über belanglose Dinge. Für Pine war es die reinste Erholung, die ihr aber auch ein schlechtes Gewissen bereitete. In den letzten Monaten hatte sie fast jede Minute ihrer Suche nach Mercy gewidmet. Schon die kleinste Pause fühlte sich wie Verrat an ihrer Schwester an.

»Wir kommen schon voran, Agentin Pine«, meinte Blum, als würde sie Pines Gedanken lesen, »aber wir müssen auch mal durchatmen.«

Pine nickte und schaute sich im Restaurant um. Die Leute hier hatten ihre eigenen Sorgen und Probleme, vielleicht nicht so gravierend wie ihre, aber wahrscheinlich auch nicht immer leicht zu lösen. Sie fürchtete nur, dass ihr Problem sich trotz aller Fortschritte vielleicht nie würde lösen lassen. Oder dass es damit endete, dass sie die Leiche ihrer Schwester fand.

Könntest du das ertragen, Lee? Du sagst dir zwar, dass du darauf vorbereitet bist, aber belügst du dich da nicht ein bisschen?

Auf dem Rückweg zum Apartment fragte Blum: »Werden Sie den Brief heute Abend lesen?«

Pine nickte. »Ich muss. Obwohl sich irgendetwas in mir dagegen sträubt.«

»Das kann ich verstehen. Aber vielleicht enthält er ja irgendeinen Hinweis.«

»Mag sein«, erwiderte Pine skeptisch.

Zurück im Apartment, nahm sie eine lange, dampfend heiße Dusche, schlüpfte in Jogginghose und T-Shirt und legte sich aufs Bett, den Brief in der Hand. Sie betrachtete den Umschlag und zog mit dem Finger behutsam die ebenmäßige Handschrift ihrer Mutter nach, die ihr auch nach so vielen Jahren noch vertraut war.

Also dann, Lee.

Sie hob die Hand, um den Umschlag zu öffnen, sprang dann aber auf, schnappte sich ihr Handy und verließ das Schlafzimmer. Sie stieg in den Weinkeller hinunter, den Lineberry ihr bei ihrem ersten Besuch gezeigt hatte. Aus einem Regal nahm sie eine Flasche des gleichen italienischen Weins, den sie schon einmal hier getrunken hatte. Sie hatte zwar schon ein paar Gläser Wein intus, aber offenbar zu wenig, um für den Brief ihrer Mutter bereit zu sein.

Sie ging hinaus auf die verglaste Terrasse, die sich über drei Seiten des Apartments erstreckte. Es war wie eine kleine Oase mit all den exquisiten Topfpflanzen, gepolsterten Korbstühlen, Springbrunnen und dem Gaskamin. Ein privates Paradies.

Wieder krochen Schuldgefühle in ihr hoch.

Wo Mercy jetzt wohl sein mag? Wahrscheinlich an keinem so schönen Ort.

Pine setzte sich auf den Boden und entzündete mit einer Fernbedienung den Gaskamin. Sie rückte näher ans Feuer, legte ihr Mobiltelefon weg, öffnete die Weinflasche, schenkte sich großzügig ein und nahm einen kräftigen Schluck.

Jetzt aber, Lee.

Sie sprach sich selbst manchmal mit der Kurzform ihres Namens an. In ihrer Kindheit und Jugend war sie für alle nur »Lee« gewesen. Es war Mercy, der sie diesen Namen verdankte, weil ihre Schwester anfangs »At-lee« nicht aussprechen konnte und sie deshalb einfach Lee genannt hatte. Der Name war ihr geblieben, bis sie aufs College wechselte. Heute würde sie viel dafür geben, sich von ihrer Schwester wieder so ansprechen zu lassen.

Sie zog den zweiseitigen Brief hervor und faltete ihn auseinander. Stirnrunzelnd bemerkte sie, dass ihre Hand zitterte. Sie nahm noch einen Schluck Wein, um ihre Nerven zu beruhigen. Es funktionierte nicht.

Komm schon! Es ist doch bloß 'n Brief.

Aber natürlich war es in Wahrheit viel mehr. Es war eine einmalige Gelegenheit zu erfahren, was in ihrer Mutter vorgegangen war, als sie ihre Tochter vor so vielen Jahren verlassen hatte. Pine leerte das Weinglas und schenkte sich nach.

Dann mal los, sagte sie sich, atmete tief ein und hielt den Atem an, wie um ins Wasser einzutauchen.

Lieber Jack,
wieder einmal hast Du in höchster Not geholfen. Tim und ich können Dir nicht genug danken. Es ist schrecklich, was in Virginia passiert ist. Dieser Mensch wollte wahrscheinlich mir wehtun, indem

er Tim umbringt. Vielleicht hat er auch angenommen, ich wäre bei Tim. Ich bin immer noch geschockt, dass ich ihn beinahe verloren hätte.

An dieser Stelle wollte Pine den Brief fast schon weglegen. Es war nicht angenehm zu erfahren, wie schwer es ihre Mutter getroffen hatte, beinahe den Mann zu verlieren. Andererseits hatte sie selbst keine Skrupel gehabt, ihre Tochter im Stich zu lassen. Pine gab sich einen Ruck und las weiter.

Und dann kam etwas, das noch schlimmer für mich war. Ich musste meine geliebte Lee zurücklassen. Ich kann selbst nicht glauben, dass ich das schreibe, Jack. Sie ist alles, was ich noch habe. Nachdem man mir Mercy genommen hatte, was allein meine Schuld war, wie wir beide wissen, war Lee das Einzige, was mich hat weitermachen lassen. Ich weiß, ich habe sie erdrückt mit meiner Fürsorge und zugleich eine Wand zwischen uns aufgebaut. Ich hatte Angst, wenn wir uns zu nahe wären, könnte mir etwas herausrutschen, mit dem ich sie in Gefahr bringen würde. Das konnte ich meinem kleinen Mädchen nicht antun. Als ich im Krankenhaus an ihrem Bett saß und nicht wusste, ob sie überleben wird, und keine Ahnung hatte, was mit Mercy geschehen war, hat etwas in mir zugemacht. Ich weiß nicht, wie ich es ausdrücken soll. Ich habe mich in mich selbst zurückgezogen und war nur noch damit beschäftigt, die Schuldgefühle zu verarbeiten, die mich geplagt haben. In dem Augenblick, als meine Mädchen mich gebraucht hätten, war ich nicht für sie da. Dabei ist das die wichtigste Pflicht einer Mutter. Diese Pflicht habe ich nicht bloß vernachlässigt – ich habe auf der ganzen Linie versagt. Lee ist heute eine kluge, talentierte junge Frau. Ich kann dir gar nicht sagen, wie stolz ich auf sie bin. Und sie hat das ganz allein geschafft. Ich weiß, sie hält mich für distanziert und abweisend, und das macht meine Schuld-

gefühle noch unerträglicher. Es tut sehr weh, einem Menschen, den man in Wahrheit über alles liebt, diese Liebe nie zu zeigen. Es verändert einen für immer und lässt sich nicht wiedergutmachen. Aber ich muss jetzt auf diesem Weg bleiben. Es geht nicht anders. Wenn Lee denkt, dass ich sie nicht lieb habe, wird sie mich nicht vermissen, wenn ich fort bin. Hoffe ich wenigstens. Weißt Du, Jack, ich bin zu etwas Geld gekommen – wie, möchte ich jetzt nicht näher erklären. Nur so viel: Ich habe etwas herausgefunden, und als ich die betreffende Person damit konfrontierte, hat sich herausgestellt, dass ich richtiglag. Mit diesem Geld kann Lee aufs College gehen und sich ein Leben ohne mich aufbauen. Und es gibt Tim und mir eine Starthilfe. Es macht mich unendlich traurig, Lee zu verlassen, aber ich bin zuversichtlich, dass sie in Sicherheit sein wird.

Als Du mich damals angeworben hast, war ich jünger, als Lee heute ist. Ich hatte schreckliche Angst. Ich wollte es nicht tun, aber Du hast mir klargemacht, wie viel Gutes ich damit bewirken kann. Und wahrscheinlich war es auch so – nur nicht für meine Familie. Ich habe immer gewusst, dass ich mich auf etwas Gefährliches einlasse, und Tim ebenso. Aber nicht Mercy und Lee. Sie hatten keine Wahl. Tim und ich werden wieder zusammen sein, und dennoch weiß ich jetzt schon, dass ich mich so allein fühlen werde wie noch nie im Leben. Ohne meine Töchter bin ich nichts. Ich hatte geglaubt, ein großes Opfer für sie zu bringen, aber am Ende waren es meine Töchter selbst, die ich geopfert habe. Ich habe als Mutter versagt. Ich glaube, ich habe gar kein Recht mehr, mich »Mutter« zu nennen. Jeden Tag denke ich an Mercy und Lee, und das wird so bleiben, solange ich lebe. Sie waren meine kleinen Blumen, und ich habe sie verwelken lassen. Ich werde den Rest meines Lebens versuchen, es irgendwie gutzumachen. Irgendwie.

Danke für alles, Jack. Falls Du Lee irgendwann wiedersiehst, sprich bitte nicht mit ihr über mich. Sag ihr nichts, was alte Erinne-

rungen wecken könnte, die ihr nur wehtun würden. Ich bin es nicht wert, eine Rolle in ihrem Leben zu spielen. Sie soll ihr eigenes Leben führen und nicht zurückschauen.

Julia hatte den Brief mit ihrem richtigen Namen unterschrieben. Amanda, nicht Julia.

Die Tränen, die aufs Papier getropft waren, hatten feuchte Flecken hinterlassen. Pine las den Brief noch dreimal und fand jedes Mal neue Wörter und Sätze, die ihr ins Auge stachen. Schließlich faltete sie die Seiten zusammen und legte sie neben sich, während sie zusah, wie die Nacht sich über die beleuchtete Skyline von Atlanta senkte.

Irgendwo da draußen war ihre Familie. Doch es war genauso gut möglich, dass alle drei tot waren. Würde es ihr dann genügen, ihre Gräber zu finden? Falls es überhaupt welche gab. Würde sie dann endlich Frieden finden?

Das kannst du heute unmöglich wissen, Atlee.

Ihr Mobiltelefon gab einen Klingelton von sich. Sie schaute aufs Display. Es war eine Nachricht von John Puller.

Sie richtete sich auf. Leonard Atkins wurde tatsächlich vom Veteranenministerium unterstützt. Das Geld ging an eine Adresse in Huntsville, Alabama, die Puller ebenfalls angegeben hatte. Pine führte eine kurze Google-Suche durch und erfuhr, dass die Stadt dreieinhalb Autostunden von Atlanta entfernt war.

Sie ging ins Zimmer und legte sich ins Bett.

Mach einfach weiter, Atlee, war ihr letzter Gedanke, bevor sie einschlief. *Tag für Tag, dann kommst du irgendwann ans Ziel. Du wirst sie finden, so oder so.*

6

Die Frau erhob sich von dem zerschrammten Holzschemel zu ihrer vollen Größe: eins fünfundachtzig barfuß. Sie beugte und streckte die rechte Hand, dann die linke. Die schwieligen Finger waren so kräftig wie ihr ganzer Körper. Ihre Knochen und Sehnen knirschten und knackten, als sie die Muskeln spannte und den Kopf im Nacken kreisen ließ. Nicht jede Körperpartie ließ sich durch solche Übungen lockern, aber es war eine Art Ritual, das die Gegnerin beeindrucken und einem die eigene Kraft und Kampfbereitschaft versichern sollte. Die hochgewachsene Frau fixierte ihre Widersacherin, ließ ihre runden, kräftigen Schultern kreisen und spürte, wie die Spannung in den Rücken- und Schultermuskeln spürbar nachließ.

Sie trug ein abgetragenes schwarzes Sport-Top mit ausgeblichenem Nike-Symbol, einen Brustschutz darunter sowie schwarze Lycra-Shorts. Die enge Sportkleidung betonte ihre athletische Statur und ihre langen, schlanken Muskeln.

Der gepflegt aussehende kleine Mann, der bei ihr stand, half ihr, die Handschuhe überzustreifen, und massierte ihre langen, muskulösen Arme.

»Bereit?«, fragte er und blickte zu ihr auf.

Sie schaute stirnrunzelnd auf ihn hinunter. »Was glaubst du, Jerry? Wäre ich sonst hier?«

Er schob ihr den Mundschutz zwischen die Zähne und

bekreuzigte sich; eines seiner dämlichen Rituale, an die sie sich nie würde gewöhnen können.

»Für wen machst du das, Mann? Für deinen Buchmacher?«, murmelte sie durch ihren Mundschutz.

»Wir sehen uns auf der anderen Ringseite, El«, sagte Jerry und sprang hastig aus dem Käfig.

Eloise »El« Cain war eigentlich ein bisschen zu alt für das, was sie hier tat. Aber sie brauchte das Geld. Ihre heutige Gegnerin war zehn Zentimeter kleiner als sie, aber stämmig und gedrungen, ein wahres Kraftpaket. Mit ihren 85 Kilo war sie fünf Kilo schwerer als Cain. Und so wie Cain hatte auch sie kaum ein Gramm Fett am Leib. Sie schien nur aus Knochen, Sehnen und vor allem Muskelmasse zu bestehen, von den breiten Schultern über die brettharte Bauchmuskulatur bis zu den strammen Oberschenkeln und den kraftvollen Waden. Sie hätte wahrscheinlich 99 Prozent der anwesenden Männer auf die Bretter geschickt und das restliche eine Prozent in die Flucht geschlagen. Ihre Kampftechnik war so einfach wie effektiv. Angreifen, zuschlagen, fertig. Sie konnte den ganzen Tag im Ring stehen, konnte endlos einstecken und hatte enorme Kraft in den Gliedmaßen. Außerdem war sie fast fünfzehn Jahre jünger als Cain und ehrgeizig. Viele meinten, sie habe das Zeug für einen Platz ganz oben auf der Rangliste. Die Frage war nur, ob sie auch den berühmten Ringinstinkt und die mentale Stärke mitbrachte. Hinzu kam, dass die UFC, die amerikanische Dachorganisation für Mixed-Martial-Arts-Kämpfe, für Frauen das Federgewicht als höchste Gewichtsklasse festgelegt hatte, also Kämpferinnen mit einem Körpergewicht von maximal 66 Kilo.

Cain hatte das immer schon für eine verdammte sexistische Ungerechtigkeit gehalten. Es gab Frauen, die unglaublich kämpfen konnten, aber aufgrund des Gewichtslimits nicht bei den lukrativen UFC-Fights antreten durften. Für Männer gab es höhere Gewichtsklassen; aus welchem Grund also wurden Frauen wie sie von der UFC ausgeschlossen? Vielleicht sollten sie ihre eigene Liga gründen oder den Sprung zum Profiboxen wagen, wo es die höheren Gewichtsklassen auch bei den Frauen gab. Jedenfalls war es verdammt unfair, fand Cain, und es traf mal wieder die Frauen, wie fast immer.

Cains Gegnerin hatte mehr tätowierte als blanke Haut. In ihren Tattoos ging es in erster Linie um Gewalt und Tod, dicht gefolgt von Sado-Maso-Folterszenen.

Cain wusste, dass sie für diese Fighterin nur ein Schritt auf der Karriereleiter im Mixed-Martial-Arts-Business war.

Tja, Baby, kann gut sein, dass ich was dagegen habe.

Es war eindeutig kein Spitzenkampf, der via *Pay per view* übertragen wurde. Auf diesem Level gab es nur primitive Ring-schlachten. In dieser Spelunke bekam man die großen Kaliber nie zu Gesicht, keine Ronda Rousey, Holly Holm oder Cris Cyborg. Hier wurde kein Millionengeschäft gemacht. Es war nicht die große sportliche Bühne, obwohl immerhin zweihundert – zum großen Teil betrunkene – Zuschauer anwesend waren. Man spürte die Erwartung, ein blutiges Spektakel geboten zu bekommen. Der Kampf fand in einer ehemaligen Fabrikhalle statt, die für verschiedene Zwecke genutzt wurde, die allerdings nie von irgendeiner Behörde genehmigt und in den meisten Fällen illegal waren. Aber konnte man den Leuten ein bisschen Spaß verwehren? Und dazu die Möglichkeit, beim Wetten ein paar Dollar nebenbei abzukassieren?

Für mich ist heute jedenfalls ein kleiner Jackpot drin.

Das offizielle Preisgeld betrug fünf Riesen. Falls Cain den Kampf gewann, würde sie allerdings nur tausend Dollar bekommen. Die Verliererin erhielt immerhin noch dreihundert Mäuse dafür, dass sie sich verprügeln ließ. So lief das nun mal auf diesem Niveau.

Cain sah die Sache vollkommen nüchtern. Hier ging es nicht um Ruhm oder irgendwelche Medaillen, es ging schlicht und einfach darum, sich gegenseitig die Scheiße aus dem Leib zu prügeln, während die Zuschauer Bier in sich reinschütteten, Gras rauchten und johlten. Das restliche Geld strichen zwielichtige Halbwelttypen ein, die nichts zu dem Spektakel beitrugen, kein Risiko eingingen und keinen Finger rührten. Aber sie verfügten über Macht und Einfluss, also krallten sie sich den Löwenanteil.

Dennoch waren tausend Dollar kein schlechter Anreiz für Cain, hier im Ring zu stehen – mit Mundschutz, Kampfhandschuhen, einer klaren Strategie im Kopf und jeder Menge Adrenalin in den Adern.

Die Frauen trafen sich in der Mitte des improvisierten Käfigs, der von zweieinhalb Meter hohem Maschendraht umzäunt und mit einem Vorhängeschloss gesichert war. Im Gegensatz zu dem bei UFC-Kämpfen üblichen achteckigen Käfig war der Maschendraht hier nicht mit weichem Vinyl überzogen, und auch die Metallpfosten hatten keine Schutzverkleidung. Es war extrem schmerzhaft, wenn man dagegenknallte. Dasselbe galt für den nackten Betonboden. Aber das alles machte Cain nichts aus. Im Vergleich zu dem, was sie durchgemacht hatte, war das hier ein Kinderspiel. Was ihr nicht gefiel, war die verschlossene Käfigtür. Aber sie war groß genug, um im Notfall über den hohen Zaun klettern zu können.

Sie beäugte ihre Gegnerin, die ihrerseits mit starrem Blick versuchte, Cain einzuschüchtern. Dennoch unterschied sich der Gesichtsausdruck der Gegnerinnen von dem der Männer in solchen Augenblicken. Während diese testosterongesteuerten Machos in solchen Psychospielchen meist übertrieben, um ihrem Gegner zu zeigen, dass sie ihn massakrieren wollten, ließen Frauen oft nicht erkennen, wie schlimm sie einen verprügeln würden. Doch der Blick von Cains Gegnerin schien zu besagen: *Ich mach dich alle.*

»Das hättest du wohl gerne«, sagte Cain und setzte ein breites Lächeln auf, was ihre Gegnerin erst so richtig auf die Palme zu bringen schien.

Ah, du lässt dich provozieren, dachte Cain. *Umso besser.*

Der Kampf war auf drei Runden zu je fünf Minuten angesetzt, es sei denn, eine Kämpferin ging k.o. oder war nicht mehr imstande, sich zu verteidigen. Cain war noch nie k.o. gegangen, doch sie wusste, dass es ihr genauso passieren konnte wie jeder anderen. Dass der Kampf so kurz war, bedeutete, dass es von Anfang an knallhart zur Sache gehen würde. Es würde kein langes Abtasten geben. Die Menge wollte Blut sehen und nicht zu knapp. So wie American Football verkörperte auch dieser Sport eine typisch amerikanische Grundeinstellung: Die Harten und Rücksichtslosen waren Helden, die anderen Loser.

Nur die beiden Kämpferinnen und der Ringrichter befanden sich jetzt noch in diesem provisorischen Gefängnis, in dem die Höchststrafe fünfzehn Minuten betrug. Der Unparteiische war ein stämmiger, arroganter Typ, dem man zu Recht nachsagte, ein frauenfeindlicher Scheißkerl zu sein, der es nicht unter seiner Würde fand, Mädchen zu betatschen, die am Boden lagen oder gar k.o. gegangen waren. Einmal hatte er es auch bei Cain versucht, als sie für einen Augenblick groggy war. Was sie davon hielt, hatte sie ihm gezeigt, indem sie ihm beinahe einen Finger abbiss. Danach hatte er sich ihr nie wieder genähert, doch Cain wusste, dass der Kerl es ihr heimzahlen würde, indem er ihrer Gegnerin alle miesen Tricks durchgehen ließ.

So oder so war Cain nicht übermäßig zuversichtlich. Sie hatte sich schon allerhand Blessuren zugezogen, die zum Teil nicht richtig verheilt waren, darunter eine Schulterverletzung, die sich meist in den ungünstigsten Augenblicken bemerkbar machte.

Zudem würde ihre Gegnerin kaum einen zusätzlichen Vorteil brauchen, um Cain auszuknocken.

Der Ringrichter gab seine Anweisungen, warf Cain einen finsteren Blick zu und wedelte mit seinem dauerhaft lädierten Zeigefinger. Die Kämpferinnen gingen in ihre Ecken und warteten noch ein paar Sekunden. Dann erklang das Hornsignal, und der Kampf begann.

7

Die Frauen stürmten los und trafen in der Ringmitte aufeinander, die Nasenflügel gebläht, die Muskeln angespannt, der Blick voller Entschlossenheit. Der Lärm der Menge schwoll an und erfüllte das alte Fabrikgebäude. Das Ganze wurde von ohrenbetäubender Musik untermalt. *Eye of the Tiger* lief in Endlosschleife, dazu hatte jemand Stroboskoplichter aus den Siebzigerjahren installiert, und eine Nebelmaschine sorgte für zusätzliche Effekte. Eine furchtbar kitschige Inszenierung, doch die Anwesenden genossen die Atmosphäre – mit Ausnahme der beiden Frauen, die hier ihren Fight auszutragen hatten. Sie hatten andere Dinge im Kopf. Überleben, zum Beispiel. Und die paar Kröten, die es zu holen gab.

Während die Geräuschkulisse anschwoll, belauerten Cain und ihre Gegnerin einander ein paar Sekunden lang. Cain feuerte eine kurze Gerade ab, gefolgt von einem Tritt, um zu testen, wie die Gegnerin reagierte. Diese machte es genauso und traf Cain mit einem wuchtigen Schlag in die Bauchmuskeln. Cain wich zwei Schritte zurück und konterte mit einem Tritt, ohne die volle Reichweite ihres langen Beins zu nutzen.

Kaum berührte ihr Fuß wieder den Beton, steckte sie eine krachende rechte Gerade ans Kinn ein, dann einen Knietreffer in die Magengrube, der ihr für einen Moment den Atem raubte. Ihre Gegnerin war schneller als sie, musste Cain sich eingestehen, aber damit hatte sie rechnen müssen. Dabei ging diese junge

Kampfmaschine noch nicht einmal voll aus sich heraus. *Noch* nicht. Eins stand jedenfalls fest: Sie hatte genug Wumms, um Cain auszuknocken.

Cain täuschte eine kurze linke Gerade an und traf die Tätowierte mit einem rechten Aufwärtshaken mitten in die Magengrube. Die Bauchmuskeln der Gegnerin waren hart wie Beton. So konnte sie ihr nicht wehtun. Die einzige Reaktion war ein scharfes Ausatmen gewesen, doch ihr Blick blieb klar, ihre Miene noch siegessicherer als vorher. Sie nahm wahrscheinlich an, dass Cain ihre ganze Kraft in den Schlag gesteckt hatte. Doch die Arme waren meist die schwächere Waffe. Die wahre Stärke, die Kraft für den alles entscheidenden Treffer, lag in den Beinen, wie Cain sehr wohl wusste.

Zwei Runden vergingen mit zahllosen schmerzhaften Faustschlägen, Tritten und Kniestößen. Es floss viel Blut und noch mehr Schweiß, während die Körper der Gegnerinnen immer wieder gegeneinanderstießen und sich voneinander lösten, um sich für den nächsten Angriff zu sammeln, wie zwei Grizzlybären, die einander mit ihren mächtigen Tatzen bearbeiteten.

Der Betonboden war mit den Bluts- und Schweißtropfen der beiden Frauen übersät, die von ihren sich ständig bewegenden nackten Füßen zu unregelmäßigen Mustern verschmiert wurden, wie aus einem frühen Meisterwerk von Jackson Pollock. Ihre Arme, Beine und Oberkörper waren voller blauer Flecken, ihre Gesichter von Cuts gezeichnet. Man betrieb diesen Sport nicht, wenn einem viel an seinem Aussehen lag. Ein wuchtiger Schlag mit dem Unterarm gegen die Nase oder ein Tritt ans Kinn, und man landete auf dem Boden, aber sicher nicht auf dem Cover einer Modezeitschrift.

Bei einem kurzen Clinch keuchte Cain durch ihren Mundschutz: »Was ist, du Lahmarsch? Du willst doch ganz nach oben. Du hast mich nicht ein Mal richtig getroffen, Lusche!«

Die zornige Frau versuchte, einen Armhebel anzubringen, doch Cain stieß sie zurück und erntete dafür ein wütendes Knurren. Die Tätowierte sprang vor, und Cain steckte einen harten Kopftreffer ein. Sie wich zurück, aber nicht auf schwankenden Beinen, sodass ihre Gegnerin sie womöglich für wehrlos hielt und mit wütenden Schlägen und Tritten nachsetzte, um den Fight zu entscheiden. Cain war überzeugt, dass der Ringrichter bei der erstbesten Gelegenheit eingreifen und den Kampf zu ihren Ungunsten beenden würde, und sei es nur, damit sie das Preisgeld nicht bekam.

Nicht heute, du geiler Bock. Nicht heute.

Plötzlich, wie aus dem Nichts, machte ihr Schultermuskel zu. Sie bekam den Arm nicht mehr hoch genug, um ihr Gesicht zu schützen. Ihre Gegnerin bemerkte es sofort und setzte zum entscheidenden Angriff an.

Sie drosch mit allem, was sie hatte, auf Cain ein. Ihre Fäuste kamen so schnell, dass Cain sie unmöglich abblocken konnte. Ein rechter Cross traf sie seitlich im Gesicht und ließ sie wanken. Im nächsten Augenblick krachte ein linker Haken gegen ihren Kopf, gefolgt von einem Uppercut ans Kinn. Cain taumelte zurück, hielt mühsam das Gleichgewicht und versuchte, ihren Schultermuskel zu lockern.

Doch dann unterlief ihrer Gegnerin ein Fehler, und mehr brauchte es in einem solchen Kampf nicht. Die Tätowierte machte einen Schritt nach hinten und senkte die Hände in dem Glauben, sich außerhalb von Cains Reichweite zu befinden. Nach ihrer wilden Attacke atmete sie tief durch und legte sich in Gedanken zurecht, wie sie Cain endgültig ausknocken würde. Sie schien sich ihres Sieges vollkommen sicher zu sein.

Auf genau diesen Augenblick hatte Cain in den ersten beiden Runden hingearbeitet. Bei ihren Tritten hatte sie ihre Reichweite immer ein wenig kürzer erscheinen lassen, als sie tatsächlich war. Nach etwa einer Minute hatten auch Kämpferinnen auf diesem unteren Niveau einen sicheren Instinkt für die Entfernungen im Ring, einschließlich der exakten Reichweite der Widersacherin. Dennoch musste man jede Sekunde wachsam bleiben, um sich nicht von einer ausgefuchsten Gegnerin täuschen zu lassen. Aber Cain war mit allen Ringwassern gewaschen. Deshalb ihre zu kurzen Fußtritte. Kein einziges Mal hatte sie der Tätowierten ihre wahre Reichweite gezeigt. Nun, da ihr Schultermuskel streikte, war der Augenblick der Wahrheit gekommen.

Der Trainer der Gegnerin, der über eine viel größere taktische Erfahrung verfügte als sein Schützling, rief ihr eine Warnung durch den Maschendraht zu. Sie kam eine Sekunde zu spät. Cain hatte ihren rechten Fuß, Schuhgröße 45, bereits gegen den Kiefer ihrer Gegnerin gehämmert. Trotz des Lärms hörte jeder im Publikum das Geräusch des nachgebenden Kieferknochens. Es klang, als würde eine Wassermelone auf dem Gehsteig zerspringen.

Der Kopf der getroffenen Frau schnellte nach hinten, während sie von der Wucht des Fußtritts hochgerissen wurde. Sie war bereits bewusstlos, als sie auf dem Betonboden aufschlug.

Für den Ringrichter gab es nichts mehr zu tun, als sich hinunterzubeugen und sich zu vergewissern, dass dieser schlaffe, blutige Körper den Kampf nicht mehr fortsetzen konnte. Nach zwei Minuten und vierunddreißig Sekunden in der dritten Runde beendete er den Fight.

Einige Zuschauer johlten begeistert, doch die meisten schienen enttäuscht angesichts des verfrühten Endes und des unerwarteten Ausgangs. Die Mehrheit war allem Anschein nach davon ausgegangen, dass »El« Cain heute Abend die Prügel ihres Lebens beziehen würde.

Die ausgeknockte Kämpferin wurde für einen kurzen Augenblick mit Riechsalz aus der Bewusstlosigkeit geholt, auf die Füße gehoben und von ihrem Coach gestützt, während der sichtlich angesäuerte Ringrichter Cains Hand hochriss und sie zur Siegerin erklärte. In diesem Moment sackte die Tätowierte laut stöhnend in sich zusammen und wurde auf einer Trage aus dem Käfig gehievt.

Mit blutverschmiertem Gesicht stieg Cain aus dem Ring, ohne mit jemandem ein Wort zu wechseln. Sie hatte nichts zu sagen, und es gab niemanden, dem sie etwas sagen wollte.

Cain wollte nur ihr verdammtes Geld.

8

In dem schmierigen Badezimmer, in dem es nicht einmal eine Dusche gab, zog Cain ihre verschwitzten Sachen aus und befreite sich mit einem feuchten, eingeseiften Handtuch von Schweiß und Blut, ihrem eigenen und dem ihrer Gegnerin. Die blauen Flecken und Cuts im Gesicht waren gar nichts; die würden verheilen. Sie nahm sich einen Augenblick, um ihren nackten Körper in dem gesprungenen Spiegel zu begutachten, im erbarmungslos grellen Licht einer Neonröhre, die vor einem halben Jahrhundert der letzte Schrei gewesen sein mochte.

Für dieses Mädchen immer nur das Beste.

Ihre Haut trug nicht die kleinste Tätowierung, dafür umso mehr Brandmale, Narben von Stich- und Schnittwunden und einiges mehr. Doch ihr Gesicht verdüsterte sich nicht vor Hass und Rachsucht, wenn sie diese Zeichen der Misshandlung sah; stattdessen stahl sich ein triumphierendes Lächeln auf ihre Lippen.

Das alles habe ich überlebt.

Ihr Motto war seit jeher, sich niemals unterkriegen zu lassen. *Na los, attackiere mich mit allem, was du hast, es haut mich trotzdem nicht um.* Noch mehr gefiel es ihr, wenn es den *anderen* umhaute.

Cain strich sich mit der Hand über die dunklen, millimeterkurz geschorenen Haare. Die Frisur hatte sie sich letztes Jahr zugelegt. Sie hätte es schon viel früher tun sollen. Lange Haare machten sie wütend, solange sie zurückdenken konnte. Allerdings war ihre Erinnerung beschränkt; es gab große Lücken, längere Zeiträume, von denen sie nichts mehr wusste. Früher hatte sie gehofft, ihre Erinnerung würde irgendwann zurückkehren. Heute war sie froh über diese Lücken. Sie hatte kein Interesse mehr, etwas über ihre ferne Vergangenheit herauszufinden. Wozu auch? Für sie zählte allein, was heute und morgen war, vielleicht noch übermorgen. Und der heutige Tag war einer der besten seit Langem.

Cain konnte ihren Schultermuskel wieder bewegen, hatte die schmerzhaftesten Stellen vereist, eine Salbe auf die Risswunden geschmiert und sich angezogen – Unterwäsche, BH, eine ausgeblichene Jeans und ein abgetragenes Sweatshirt. Ihre Füße steckten in Flipflops, obwohl es draußen empfindlich kalt war. Mit dem Preisgeld würde sie sich bequeme Schuhe kaufen, was bei Größe 45 nicht so einfach war – es sei denn, man fand einen Laden für Clownskostüme. Sie holte die schwarze Glock 19 mit 15-Schuss-Magazin aus dem Schrank, in dem sie die Waffe verwahrt hatte, und schob sie in den Gürtel. Ihre restlichen Sachen stopfte sie in den kleinen Seesack, schwang ihn über die Schulter und ging hinaus, um sich ihren Lohn zu holen.

Sie fand ihn in Gestalt eines kleinen, dünnen Mannes in einem billigen, zerknautschten Anzug, mit funkelnden Augen und einem Schnurrbart, der ständig zuckte, als wäre etwas Lebendiges darin verborgen. Er stand auf dem Flur bei der Halle, in der der Kampf stattgefunden hatte. In seinem Mundwinkel hing eine kalte Zigarette. Die Zuschauer waren verschwunden; wahrscheinlich waren nur noch sie beide hier. Cain wollte die Sache so schnell wie möglich hinter sich bringen. Ein Mann und eine Frau allein in einem Gebäude und ein größerer Geldbetrag, der zu übergeben war – ein heikles Szenario.

Sie streckte die Hand aus. »Du hast es doch bei dir, Sam? Ich muss morgen früh raus.«

Er zog einen zerknautschten Umschlag aus der Innentasche seiner Jacke, hielt ihn hoch, reichte ihn ihr aber nicht. »Du hast die Tussi ganz schön zur Schnecke gemacht, El. Aber sie ist schlau, sie wird draus lernen. Und im Gegensatz zu dir hat sie noch eine Zukunft im Ring.«

Cain ließ sich nicht provozieren. Was er sagte, interessierte sie einen Dreck. »Im Moment hat sie nur eins vor sich: einen Krankenhausaufenthalt, weil sie wahrscheinlich 'ne Gehirnerschütterung hat und ihr Kiefer gerichtet werden muss. Wenn sie wirklich schlau ist, macht sie einen Programmierkurs und hörte mit diesem Scheiß hier auf.«

Sie stellte ihren Seesack ab, nahm dem Mann den Umschlag aus der Hand und öffnete ihn.

»Du musst nicht nachzählen«, sagte Sam. »Glaubst du, ich haue dich übers Ohr?«

»Wäre nicht das erste Mal.«

»Das war vorher.«

»Vor *was?*« Sie sah, dass sein Blick auf ihre Pistole fiel. »Ah, verstehe«, sagte sie. »Ein Hoch auf das offene Tragen von Schusswaffen ohne Background-Check. Man hört ja immer wieder, dass ein Mädel von Arschgeigen wie dir übers Ohr gehauen wird.«

»Genau«, spöttelte er. »Hättest *du* denn ein Problem mit 'nem Background-Check, El?«

Sie steckte das abgezählte Geld in ihren Seesack. »Genauso wenig wie du, *Sam.*«

»Du hast heute ein paar Leuten einen Haufen Geld verschafft. Die meisten haben gegen dich gewettet.«

»Tja, wenn sie so dumm sind.«

»Du bist halt nicht mehr die Jüngste. Vielleicht wäre was aus dir geworden, wenn du es vor zehn Jahren richtig angepackt hättest. Das heute war ein Glückstreffer. Die tätowierte Schlampe hätte gewonnen, jede Wette. Sie hatte dich am Rand des K.o. Die ersten zwei Runden hatte sie gewonnen, und in der dritten hat sie dir mächtig die Fresse poliert, nachdem deine blöde Schulter wieder mal gestreikt hat. Sie ist besser als du, das musst zu zugeben.«

»Was weißt du schon, Sam? Du hast nie im Ring gestanden. Dafür braucht es ein paar Dinge, die du nie haben wirst.« Sie senkte den Blick auf Hüfthöhe. »Zum Beispiel Eier, die größer sind als Erdnüsse.«

Er schien ihr gar nicht zuzuhören, betrachtete sie versonnen. »Weißt du, wenn du dich 'n bisschen zurechtmachst, vielleicht mal zum Hautarzt gehst wegen der Scheißnarben und allem, und wenn du was Hübsches anziehst, nicht rumläufst wie 'n verdammter Skinhead und dich mal für 'n paar Stunden benimmst wie 'n Mädchen, könntest du ganz attraktiv sein. Versuch's doch mal. Dann könnten wir bisschen Spaß haben, du und ich. Ich bin ziemlich gut im Bett, wenn ich die Richtige habe.« Er streichelte ihren Arm.

Im nächsten Augenblick krachte er gegen die Wand und spürte das kalte Metall von Cains Pistole auf der Wange.

»Wenn du mich noch einmal anrührst …« Sie lud die Waffe durch und drückte ihm die Mündung hart gegen den Wangenknochen.

»Du bist total irre, du verrücktes Luder!«, rief Sam entsetzt.

»Genau. Das solltest du nie vergessen.« Cain ließ ihn los, steckte die Waffe weg, schnappte sich den Seesack und stampfte davon.

Auf dem Parkplatz gab sie ein paar Zuschauern, die wahrscheinlich zu besoffen waren, um zu wissen, wer sie war, Autogramme. Dann stieg sie in ihren verbeulten zweitürigen Honda Civic aus den 1990ern, der nach dem Meilenstand die Erde fast zehnmal hätte umrunden können. Dieses Auto hatte Cain auf ihren langen Reisen kreuz und quer durchs Land zugleich als Wohnung gedient.

Gute alte Kiste, dachte Cain, als sie den Motor anließ. *Was würde ich ohne dich anfangen?* Sie tätschelte das Armaturenbrett wie einen alten Freund. Wenn man nicht viele Freunde hatte, war ein verlässliches Auto umso wertvoller.

Die Fahrt dauerte nicht lange. Cain wohnte ganz in der Nähe in einer Gegend, die noch nicht gentrifiziert war. Wahrscheinlich, weil sich hier Leute herumtrieben, um die man besser einen weiten Bogen schlug.

Leute wie ich.

9

Cain parkte vor dem Haus, öffnete das rostige Vorhängeschloss und trat durch die einzige Tür ein. Drinnen schloss sie wieder ab; die Leute hier lebten nach ihren eigenen Gesetzen. Ihr war klar, dass die Besitzer sie und die anderen Bewohner irgendwann rausschmeißen würden, um aus dem Gebäude etwas zu machen, das gutes Geld einbrachte. Bis dahin war das Haus jedoch in winzige Wohnungen unterteilt, die durch dünne Wände voneinander getrennt waren. Ursprünglich waren hier Büros und Geschäfte untergebracht gewesen, bis das Gebäude auf die billigstmögliche Weise in ein Wohnhaus umgewandelt worden war. Die Leute, die hier lebten, waren nur einen kleinen Schritt von der Obdachlosigkeit entfernt. Doch es war ein entscheidender Schritt, wie Cain aus eigener Erfahrung wusste. Nicht einmal die heruntergekommenste Behausung war mit der ständigen Suche nach einer Bleibe für die Nacht zu vergleichen, die man oft unter zwielichtigen Wildfremden verbringen musste. Man betrachtete ein Zuhause so lang als selbstverständlich, bis man keins mehr hatte.

Hier hatte sie ein Dach überm Kopf, ein Bett, eine Toilette, Mikrowelle, eine halbwegs funktionierende Heizung, Fenster und einen Standventilator als Ersatz für eine Klimaanlage. Ihr Mobiltelefon hatte sie »gefunden« – manche würden sagen, gestohlen –, und dank des ergatterten Passworts hatte sie sogar WLAN. Das Haus war voller Ratten, die sie jedoch weitgehend in

Ruhe ließen. Das Loch kostete sie vierhundert Dollar monatlich inklusive Nebenkosten – ein Glück für sie, denn sie hätte keinen Cent mehr bezahlen können.

Sie lebte nun schon lange unter dem Namen Eloise Cain. Den Vornamen hatte sie aus einem Buch, das sie als Kind gelesen hatte. Rebecca Atkins war sie schon lange nicht mehr. Den Namen hatte sie in jener Nacht in Georgia für immer abgelegt. Davor hatte sie einen anderen Namen gehabt, an den sie sich aber nicht erinnern konnte. *Ich muss ein Glückspilz sein, so viele Namen zu haben*, dachte sie manchmal, wenn sie ein paar Bier oder etwas zu viel Gras intus hatte, manchmal auch beides. *Die meisten Leute haben nur einen.*

Den Namen Cain hatte sie aus der Bibel. Desiree Atkins hatte gemeint, aus der Heiligen Schrift könne sie alles lernen, was sie brauche. Dass sie im Leben Buße tun müsse für all die schlimmen Dinge, die sie getan habe oder tun wolle. Cain musste zugeben, dass sie oft das heftige Verlangen verspürt hatte, Desiree Schlimmes anzutun. Aber das wäre nichts gewesen im Vergleich zu dem, was diese Frau *ihr* angetan hatte.

Nach ihrer Flucht hatte Cain die meiste Zeit in öffentlichen Bibliotheken verbracht. Dabei war es ihr zunächst gar nicht so sehr um Lesen und Lernen gegangen. Sie hatte schnell herausgefunden, dass man umso länger bleiben durfte, je mehr man las. Und wenn es draußen schweinekalt war oder eine Hitzewelle herrschte, konnte man froh sein, einen angenehmen und obendrein leisen Aufenthaltsort zu haben.

Mit der Zeit hatte sie immer mehr gelesen und sich auch ein bisschen nützlich gemacht, was zur Folge hatte, dass freundliche Bibliothekare für sie zu Ersatzlehrern wurden, die ihr nicht nur beim Lernen von Lesen und Schreiben weiterhalfen, sondern ihr obendrein zu regelmäßigen Mahlzeiten verhalfen. Wenn der Magen knurrte, war es schwer, sich auf ein Buch zu konzentrieren.

In diesen Jahren hatte sie einiges aufgeholt, was sie während der langen und schrecklichen Zeit zuvor versäumt hatte.

An die Zeit vor ihrem Leben bei den Atkins hatte Cain keine deutliche Erinnerung. Doch eine Sache gab es, die sie nie vergessen hatte.

Und das war etwas Wichtiges. Etwas sehr Wichtiges.

Sie warf den Seesack neben der Matratze auf den Boden. Ein Karton diente ihr als Schrank. Sie hätte Licht machen können, doch sie hatte es lieber dunkel. Paradoxerweise waren für sie viele Dinge im Dunkeln klarer als im Licht, weil es im Dunkeln nichts gab, was einen ablenken konnte. Im Dunkeln fiel es ihr leichter, sich zu konzentrieren, was sich für sie schon oft als lebenswichtig erwiesen hatte.

Cain nahm ein loses Brett aus dem Boden und öffnete die Blechbox, die sie in dem Versteck aufbewahrte. Sie legte das Geld in die Box und drückte das Brett wieder an seinen Platz. Auf dem Boden türmten sich mehrere Stapel Bücher aus Bibliotheken. Manche hatte sie ordnungsgemäß ausgeliehen, andere nicht. Gelesen hatte Cain sie alle, manche mehrmals. Bücher waren dafür da, gelesen zu werden, und nicht dazu gemacht, in Regalen herumzustehen.

Sie setzte sich auf die Matratze, drehte sich einen Joint und zündete ihn an. Tief atmete sie den Rauch ein und spürte, wie das Marihuana die Schmerzen vom Kampf ein wenig betäubte. Früher hatte sie auch härtere Sachen probiert: Koks, Crack, Meth, Heroin, synthetische Drogen, exotische Straßenmischungen. An einer Oxycodon-Tablette, die mit Fentanyl versetzt war, wäre sie beinahe verreckt. Ein Sanitäter hatte sie mit einem Naloxon-Spray ins Leben zurückgeholt, wie sie später erfuhr. Danach hatte sie die Finger von dem Zeug gelassen. Es war nicht leicht gewesen, aber es musste sein. Sie war fest entschlossen, sich von nichts und niemandem mehr beherrschen zu lassen.

Cain konzentrierte sich auf ihre Erinnerung an die ferne Vergangenheit.

Die wollen dich nicht mehr, hatte der Mann in jener Nacht zu dem kleinen Mädchen gesagt, das sie einst gewesen war und an dessen Namen sie sich nicht erinnern konnte. Als sie in seinem Auto saß, hatte er zu ihr gesagt: *Deine Eltern wollten, dass ich eine von euch mitnehme. Sie haben gesagt, ich soll dich umbringen. Aber das will ich nicht. Ich bringe dich zu einer Familie, die dich haben will. Dort wird es dir gut gehen.*

Sie erinnerte sich an das ältere Ehepaar, Len und Wanda Atkins. Zu denen hatte der Mann sie gebracht. Wenig später war sie zu Joe und Desiree Atkins gekommen. Und was *die* ihr angetan hatten – vor allem Desiree –, hatte sie später zu vergessen versucht. Es war ihr nie wirklich gelungen.

Sie war eine Sklavin gewesen. Eine Gefangene, mit der diese Leute gemacht hatten, was sie wollten. Später hatte sie in Büchern einiges über Sklaverei gelesen. Früher waren die Schwarzen in diesem Land Sklaven gewesen. Wie immer man es bezeichnen wollte – genau das war auch sie gewesen: das Eigentum dieser Leute.

Wie viel Holz hatte sie gehackt, wie viele Fenster geputzt und Fußböden geschrubbt? Wie viel Geschirr abgewaschen, Gras gemäht, Unkraut ausgerissen, Wände gestrichen, Wäsche gewaschen, Toiletten und Waschbecken geputzt, Betten gemacht und Mahlzeiten zubereitet, die nicht für sie bestimmt waren? Wie viel Zeug hatte sie hierhin und dorthin geschleppt, weil es geheißen hatte: »Tu dies, tu das, und zwar *schnell!*« Sie hatten ihr befohlen, was ihnen gerade in den Sinn kam.

Cain hatte das Märchen von Cinderella gelesen.

Ich war Cinderella, nur dass ich nie meinen Prinzen gefunden habe. Außerdem sind meine Füße viel zu groß für den gläsernen Schuh.

Die Menschen waren schon komisch. Nur leider auf eher unlustige Weise.

Sie war schnell gewachsen und sehr groß geworden. Falls es ihr vererbt worden war, mussten auch ihre Eltern groß gewesen sein, nur hatte Cain nicht die kleinste Erinnerung an sie. Und das harte Leben bei den Atkins hatte sie stark gemacht. Sie hatte genug Kraft, um ein Auto anzuheben, und eine nahezu unerschöpfliche Ausdauer; sie konnte sich tagelang abrackern, ohne müde zu werden. An ihrem Körper war kein Gramm Fett, weil die Atkins ihr gerade genug zu essen gegeben hatten, dass sie schuften konnte, aber immer hungrig war. Und sie hatte gelernt, Schmerzen zu ertragen. Bei dem Fight heute Abend hatte sie einiges eingesteckt, aber das war nichts im Vergleich zu dem, was sie damals durchgemacht hatte.

Desiree hatte eine Vorliebe dafür gehabt, allen Lebewesen, die ihr in die Finger kamen, Brandwunden zuzufügen: Hunden, Katzen … aber am allerliebsten ihr, Rebecca.

Das alles hatte ihr eine mentale Stärke verliehen, die sie sonst niemals erlangt hätte. Ein Tag war wie der andere. Zuerst schlossen sie Rebecca im Haus ein, später in dem kleinen Gefängnis im Wald. Auch so ein Märchen, diesmal mit einem Ungeheuer statt einer Prinzessin. Die Kette. Der Gestank. Sie hatte sich nur darauf konzentriert zu überleben. Hatte sich Spiele und Strategien ausgedacht, um nicht den Verstand zu verlieren. Der Trick war, sich mit kleinen Dingen zu beschäftigen und das Ungeheuerliche ihrer Situation in die hintersten Winkel ihres Gehirns zu verbannen. Sie hatte sich an Nichtigkeiten geklammert, hatte Sekunden gezählt und das Tropfen von Wasser. Sie hatte viel Zeit darauf verwendet, die Lumpen, die sie als Kleidung trug, auf dem Regal zu ordnen, das Geschirr zu säubern oder sich zu überlegen, wie sie am besten vorging, wenn sie Äste abzuschneiden hatte. Einmal hatte der Anblick eines Rehs sie zu Tränen gerührt. Genauso erhebend war es, einen Habicht zu beobachten, der sich von den Luftströmungen tragen ließ und die beste Aussicht über das Land genoss.

Ein Vogel, der eine Freiheit besaß, von der sie nur träumen konnte.

Jeder Tag, den sie erlebte, an dem sie die Sonne auf- und untergehen sah, war ein Triumph. Die kleinen Dinge wurden umso wichtiger, wenn einem die großen Dinge vorenthalten wurden. Die langen Tage und Nächte der Arbeit, das Klopfen an der Tür, wenn sie ihre beiden täglichen Mahlzeiten bekam. Desiree trug das Essen, Joe das Gewehr. Die Vorsicht der beiden war verständlich, da Rebecca viel größer und stärker war als sie. Joe und Desiree fürchteten sie sogar, das sah sie in ihren Gesichtern und an der Art, wie Joe das Gewehr umklammerte und die Ader an seiner Schläfe anschwoll, wenn die Tür offen war. Nie bekam sie einen anderen Menschen zu Gesicht als den Angsthasen Joe und die bösartige, perverse Desiree, gelegentlich noch Len und Wanda, die mit traurigen Augen auftauchten und noch trauriger wieder verschwanden. Cain war nicht mehr das verängstigte Kind, als das sie zu ihnen gekommen war; nun war sie eine Erwachsene mit kühlem, glasklarem Blick. Sie saß in einem dreckigen, stinkenden Kerker, obwohl sie nie angeklagt und verurteilt worden war.

Bis zu *jenem* Tag.

Sie hatte ihre Flucht sorgfältig geplant. Hatte Joe abgelenkt, damit er vergaß, das Vorhängeschloss wieder zu schließen, wie er es so viele Jahre tagtäglich gemacht hatte. Bei dem Gedanken schlich sich ein Lächeln auf ihre Lippen. Sie hatte von der Kamera gewusst. Dennoch hatte sie gewartet, bis ihre beiden Peiniger wieder im Haus waren, und hatte ihre Schritte gezählt. Sie kannte den Tagesablauf der beiden ganz genau, besser als Joe und Desiree selbst, die ja auch noch ein anderes Leben hatten, um das sie sich kümmern mussten. Im Gegensatz zu ihrem Arbeitstier in der Höhle, das kein anderes Leben kannte als dieses Dahinvegetieren. Als der Augenblick gekommen war, hatte sie sich mit aller Kraft gegen die Tür geworfen. Mit der Kraft einer Löwin, die nach jahrelanger Gefangenschaft aus dem Käfig ausbrach.

Rennt, so schnell ihr könnt! Denn jetzt ist eine Kreatur hinter euch her, die kein Mensch in eurem Sinne ist. Das Ungeheuer aus dem Märchen bricht aus seinem Verlies hervor, um euch zu fressen, ihr armseligen Arschgeigen.

Wieder und wieder warf sie sich gegen die Tür, und dann, von einem Augenblick auf den anderen …

Freiheit.

Sie zog an ihrem Joint und öffnete den kleinen Kühlschrank, den sie aus einem Müllcontainer gefischt, repariert und gereinigt hatte. Sie griff sich eine Dose Budweiser, zog die Lasche auf und nahm einen kräftigen Schluck. Das Bier brannte auf ihrer aufgerissenen Lippe. Sie drückte die kalte Dose auf die Wunde, dann gegen ihre Bauchmuskeln. Das tätowierte Miststück mit dem gebrochenen Kiefer hatte Dynamit in den Fäusten und Beinen, das musste man ihr lassen.

Wieder schweiften Cains Gedanken in die Vergangenheit.

An jenem Abend hatte sie sich die Freiheit erobert, doch ohne zu wissen, wohin sie sollte. Darauf hatte sie keinen Gedanken verschwendet. Nicht nach so vielen Jahren der Gefangenschaft. Dann war plötzlich Joe Atkins vor ihr aufgetaucht wie ein Schreckgespenst. Doch sie war größer, stärker, schwerer und härter als er und konnte viel vernichtender sein, als er je sein würde. Er war bloß eine lästige Mücke, die man notfalls zerquetschte.

Sie leerte die Bierdose, wischte sich das Kinn ab, drückte vorsichtig den Joint aus, um den Rest für später aufzuheben, und atmete den dichten, nach Marihuana duftenden Rauch ein, um noch ein bisschen länger high zu bleiben.

Ja, der alte Joe. Eben noch quicklebendig und plötzlich mausetot.

Zerquetscht wie eine Mücke. Im Namen der Freiheit.

Sie legte sich auf die Matratze, streifte die Flipflops ab und beugte ihre langen Zehen.

Sie hatte ein bisschen Geld, eine Kreditkarte, die sie nur selten benutzte, ein Dach über dem Kopf und ein Auto, das sie überallhin brachte. Ihre Kohle verdiente sie mit verschiedenen Jobs. Nicht alle legal, aber was soll's? Was man ihr angetan hatte, war auch nicht ganz legal.

Überleben. Mit diesem Gedanken schlief sie ein. Wie fast jeden Abend.

Nicht, dass Cain sich bei diesem Gedanken besser fühlte. Oder schlechter. Aber sie fühlte immerhin *etwas*.

Halleluja, du hast alles überlebt, El. Jetzt schlaf erst mal und bereite dich auf morgen vor.

Falls es ein Morgen gibt.

10

Ihr Handywecker klingelte um sechs Uhr früh. Cain drehte sich zur Seite und gähnte, ehe sie sich aufsetzte und das Fenster aufriss, um das letzte bisschen Marihuanarauch abziehen zu lassen. Nicht, dass sie sich deswegen große Sorgen machte. An ihrem ersten Arbeitsplatz heute führten sie zwar gelegentliche Drogentests durch, doch es waren immer Bluttests. Mit einem Bluttest konnte THC, jene Substanz im Marihuana, die einen high machte, nur bis zu drei Stunden nach dem Genuss nachgewiesen werden. Mit einem Speicheltest war der Nachweis bis zu 72 Stunden möglich. Noch wirkungsvoller war ein Urintest, der einen auch noch nach dreißig Tagen überführen konnte. Aus diesem Grund bevorzugten viele Arbeitgeber den Bluttest; mit allem anderen würden sie sich nur selbst schaden, weil ihnen mit der Zeit die Arbeitskräfte ausgingen.

Das war das schmutzige kleine Geheimnis der zahllosen Scheißjobs, die jemand machen musste, doch niemand machen wollte, auf die aber Millionen Menschen angewiesen waren. Auf diese Weise konnte man auch als Drogenabhängiger einer geregelten Arbeit nachgehen.

Cain öffnete den Kühlschrank, schlug drei Eier in ein Glas und schluckte sie roh. Das hatte sie in einem alten Film über einen heruntergekommenen Boxer namens Rocky gesehen. Das Protein half dem Körper, sich zu regenerieren. *Na hoffentlich*, dachte Cain. Es schmeckte nämlich zum Kotzen und hatte eine Konsistenz wie Rotz.

Sie schlüpfte in die Sachen, in denen sie gekämpft hatte, obwohl sie blutverschmiert und schweißgetränkt waren, zog einen Kapuzenpulli und eine Jogginghose darüber, dazu abgetragene Turnschuhe. Dann verließ sie die Wohnung und sicherte sie mit dem Vorhängeschloss. Sie joggte vier Meilen, blies kleine Atemwölkchen vor sich her. Der Winter war im Anmarsch. Aber in ihrer kleinen Bude brauchte sie ihn nicht zu fürchten. Hoffentlich.

Das Laufen war eine Erholung für sie. Mit ihren langen Beinen und ihrem schlanken Körper fiel es ihr nicht schwer, weite Strecken zurückzulegen. Cain war ihr Leben lang gelaufen, selbst während ihrer Gefangenschaft. In diesen Jahren hatte sie sich mit Joggen auf der Stelle fit gehalten und sich von ihrer Fantasie forttragen lassen – überallhin, Hauptsache, weit weg. Immer hatte sie ihre Vorstellungskraft benutzt, um durchzuhalten. Sie hatte sich die unmöglichsten Dinge vorgestellt, was ihr gezeigt hatte, dass der Geist einem helfen konnte, jede noch so schlimme Situation durchzustehen. Sie selbst war der beste Beweis dafür.

Der Psalm meines Lebens: Wenn du nicht in der Welt leben kannst, die dich umgibt, erfinde dir eine eigene.

Auf ihrer Joggingrunde machte sie bei fünf Obdachlosenbehausungen halt, alten, rissigen Zelten zumeist, um etwas von ihrem Preisgeld zu spenden. Diese Leute waren keine Trinker oder Junkies, jedenfalls die meisten nicht. Sie würden das Geld für Essen und andere wichtige Dinge ausgeben, weil sie kleine Kinder hatten, die bei ihnen lebten.

»Danke«, sagte eine junge Mutter, die zwar weiß war, deren Haut aber von der Sonne und dem Dreck, in dem sie hauste, braun verfärbt war. Cain kannte das gut. Es war die »Sonnenbräune« der Obdachlosen, nicht zu vergleichen mit der dunklen Tönung, die man sich am Strand oder im Solarium holte. Ein Obdachloser war den Elementen ausgesetzt, und die Sonne verbrannte ihm nicht nur die Haut, sondern auch das Hirn. Und auch, wenn man das Glück hatte, von der Straße wegzukommen, ließ einen die Angst nicht mehr los, dass man dort jederzeit wieder landen könnte. Es war, als wäre man lebenslang auf der Flucht, obwohl man kein anderes Verbrechen begangen hatte, als Pech zu haben oder eine falsche Entscheidung getroffen zu haben. Wenn die Reichen und Mächtigen einen Fehler begingen, regelten ihre Anwälte oder PR-Leute die Sache für sie.

Cain tat den Dank der Frau mit einer wegwerfenden Geste ab und joggte weiter. Die nächste Familie war schwarz, die übernächste ebenfalls. Danach folgten ein paar Leute, die spanisches Englisch sprachen und vor Kälte bibberten. Die nächste Familie, die in Pappkartons hauste, konnte sie nicht so recht zuordnen, aber das war auch nicht wichtig. Sie waren Menschen; sie lebten und atmeten. *Sie erinnern mich an mich selbst.* Das genügte. Pappkartons waren dafür da, Sachen einzupacken; sie sollten nicht Menschen als Behausung dienen. In einer Kiste sollte man nur liegen, wenn man tot war. Die meisten Passanten schauten diese Leute mit Mitleid oder Abscheu an oder mit beidem. Nicht Cain. Sie sah nur Leute, die Hilfe brauchten.

Am Ende hatte sie die Hälfte ihres Preisgelds verteilt.

Sie kannte den Ausdruck »barmherziger Samariter« aus der Bibel. Aber das war nicht der Grund, warum sie den Leuten half. Sie tat es, weil sie selbst gerade Geld hatte und die anderen nicht, obwohl sie dringend welches brauchten. *Mach die Dinge nicht komplizierter als nötig,* war Cains Motto. Wenn du zu viel nachdenkst, neigst du dazu, nichts von dem abzugeben, was du hast, und lebst in der ständigen Angst, es zu verlieren.

Sie joggte nach Hause und rundete ihr tägliches Fitnessprogramm mit etwas Krafttraining ab: Liegestütze, Dips, Klimmzüge an einer Stange, die sie in eine Tür geklemmt hatte, und

Übungen mit einer Kugelhantel, die sie für einen Dollar in einem Fitnessstudio erstanden hatte, das dichtmachen musste. Es folgten Kniebeugen, ein bisschen Bodyweight-Training, Calisthenics-Gymnastik und Schattenboxen. Als Letztes stand ausgiebiges Stretching auf dem Programm.

Die Starken überleben nicht immer, aber es erhöht zumindest die Chancen.

Sie duschte mit kaltem Wasser, denn heißes gab es hier nicht. Gestern Abend hatte ihre Periode eingesetzt. Ihre erste Periode hatte sie mit elf bekommen, als sie bei den Atkins gewesen war. Sie hatte geglaubt, sterben zu müssen, als die Krämpfe einsetzten und es zu bluten anfing. Sie hatte Desiree angefleht, ihr zu helfen. Die Frau hatte nur gelacht und ihr eine Rolle Papiertücher hingeworfen mit der Bemerkung: »Das passiert dir jetzt jeden Monat. Es gibt Sachen dafür, die man kaufen kann, aber für dich tun's auch Papiertücher. Du gehst ja nirgends hin. Also gewöhn dich dran.«

Und Cain hatte sich daran gewöhnt und sich mit Papiertüchern beholfen. Bis Wanda Atkins ihr einmal erklärt hatte, was da im Körper vor sich ging, und ihr ein paar Schachteln Tampons gab. Das hatte ihr die Augen geöffnet. Damals hatte sie Wanda gefragt, ob auch Jungs die Periode bekamen.

»Nein«, hatte Wanda gesagt. »Und das ist auch besser so. Die könnten nämlich nicht damit umgehen.«

Cain glaubte, dass Wanda es sehr ernst meinte.

Wanda war nett zu ihr gewesen, hatte ihr heimlich Schuhe zugesteckt und oft etwas zu essen gebracht. Aber sie hatte nie etwas unternommen, um sie zu befreien. Die Großzügigkeit der Menschen hatte nun mal Grenzen, mutmaßte Cain. Und auch die Bereitschaft, das Richtige zu tun.

11

25 Stunden die Woche saß Cain für neun Dollar die Stunde auf einem Gabelstapler und lud Kisten auf Sattelzüge. Die Firma wollte ihr keinen Fulltime-Job geben, weil damit bestimmte Extraleistungen verbunden gewesen wären. Auch die anderen Mitarbeiter – sie war die einzige Frau – waren Teilzeitkräfte.

Sie parkte ihren Honda draußen vor dem Firmengebäude, setzte Helm und Schutzbrille auf, stempelte ihre Karte ab und stieg auf das kleine Fahrzeug. Die Firma hätte leicht jemanden mit Staplerschein und jeder erdenklichen Ausbildung finden können, doch Cain war bedeutend billiger und verlangte keinen Vollzeitjob. Leute wie sie waren gefragt auf dem freien Markt. Sie machte ihre Arbeit und beklagte sich nicht, wenn sie übers Ohr gehauen wurde. So etwas liebten Arbeitgeber.

Die Arbeit machte sie gern – allein schon deshalb, weil sie dabei nicht reden musste und mit niemandem zu tun hatte. Sie setzte sich auf den Stapler und beförderte Kisten hin und her. Vor Jahren hatte sie einen ähnlichen Job gehabt und gut davon leben können. Nach einem Arbeitsunfall hatte sie Schmerzmittel genommen, die so gut halfen, dass sie die Pillen ständig nahm. Das Dumme war, dass sie von dem Zeug nicht mehr loskam und irgendwann zu stärkeren Drogen griff – zu so gut wie allem, was man schlucken, schnupfen oder spritzen konnte. Es dauerte nicht lange, bis sie ihren Job verlor und alles andere auch.

Jemand hatte ihr geraten, eine Therapie zu machen. Sie hatte den Rat befolgt, doch als der Therapeut sie nach Problemen in ihrer Vergangenheit fragte, stand sie auf und ging. Es lohnte sich nicht. Cain wusste, wenn sie so tief zu graben anfing, würde sie sich die Pulsadern aufschneiden. Für sie gab es nur einen Weg: nach vorne. Die Psycho-Experten hätten Bücher über sie schreiben können, aber Cain würde sie nicht lesen. Wozu? Sie hatte es *erlebt. Eine* Reise durch die Hölle war genug.

Cain war zwar ein paar Mal im Gefängnis gewesen, jedoch nur für ein paar Tage wegen irgendeines Unsinns, den sie besser gelassen hätte. Ladendiebstahl, Alkohol am Steuer, Drogenbesitz, tätliche Gewalt gegenüber einem betrunkenen Buchhalter, den sie durch eine Fensterscheibe geworfen hatte, als er ihren Hintern und ihre Brüste begrapschte. Das Blöde war, dass seine Kumpel hinterher behaupteten, sie habe es provoziert.

Shit happens, wie man so sagt. Nur passiert mir dieser Mist ein bisschen öfter als den meisten anderen.

Bei jeder Festnahme hatte sie befürchtet, ihre Papiere und ihre erfundene Vergangenheit würden einer Überprüfung nicht standhalten, was unangenehme Fragen aufgeworfen hätte. Doch sie hatte die Erfahrung gemacht, dass die Polizei im wirklichen Leben nicht ganz dem entsprach, was man im Fernsehen sah. Die Computer waren alt und klobig, die Büros schäbig, die Kleidung der Cops noch schäbiger. Nichts an diesen Typen war irgendwie sexy, die Arbeitsmoral war niedrig, der Antrieb, sich eingehender mit Fällen wie ihrem zu beschäftigen, war gleich null. Sie war eine Nummer unter vielen; sie wurde durchgeschleust und wieder ausgespuckt, weil es ohnehin niemanden interessierte.

Zum Glück.

Pünktlich zum Arbeitsschluss drückte sie die Stechuhr. Sie wollte gerade in ihren Wagen steigen, als ein neuer Mitarbeiter auf sie zukam. Sein Job war es, die Trucks zu betanken und auszurüsten; zumindest hatte Cain ihn manchmal dabei gesehen.

Er war schlank, beinahe hager, und hatte einen zerzausten, ungepflegten Bart, unstete Augen und einen Ausdruck, der Cain ein bisschen arrogant vorkam.

»Hey«, sagte er.

»Ja?«

»Ich hab gehört, du stehst nicht auf Kerle.«

»Wie kommst du darauf?«

Er grinste. »Du bist noch nie mit einem der Typen hier ausgegangen.«

»Meinst du den einen, der noch Zähne hat, oder die Lustgreise, die sich hier einen abschwitzen?«

»Das is' jetzt aber echt gemein«, sagte er mit saurer Miene.

»Was geht's dich an, ob und auf welche Typen ich abfahre?«

»Ich weiß nicht. Okay, vergiss es. Scheiße, ich meine, was hast du für 'n Problem?«

»Ich hab kein Problem«, sagte Cain. »Ich mach hier nur meinen Job. Und jetzt fahr ich zu einem anderen Job.«

Sein Ärger verflog, er schaute sie neugierig an. »Echt? Was für 'n Job?«

»Warum fragst du?«

»Ich verdiene hier fast nix. Abends mach ich noch Büros sauber, aber das bringt genauso wenig ein und ist kein regelmäßiger Job. Hör mal.« Er schaute sich nervös um und zündete sich eine Zigarette an. Seine Hände zitterten. »Weißt du, ich … ich hab 'n Kind. Und meiner Frau geht's nich' so gut. Sie ist auf Entzug, weißt du? Meth ist das schlimmste Dreckszeug auf Erden.«

Sie musterte ihn einen Augenblick und kam zu dem Schluss, dass seine Frau nicht die Einzige war, die mit einer Methamphetamin-Abhängigkeit zu kämpfen hatte. Cain sah alle Anzeichen, schließlich hatte sie es selbst durchgemacht. »Trucks auftanken und Büros putzen hat keine Zukunft. Das gilt auch für Meth. Wenn du das nicht in den Griff kriegst, hast du schon verloren, weil dir das Zeug ins Hirn kriecht und du nur noch daran denkst, wie du an den Stoff kommst.«

»Scheiße, das weiß ich selbst!«, platzte es aus ihm heraus. Ruhiger fragte er: »Was machst du denn nebenbei noch?«

Sie musterte ihn einen Augenblick. »Ich fahre dreimal die Woche Lyft-Taxi. Mein Wagen ist 'ne Schrottmühle, aber sie bringt Leute, die nicht viel Knete haben, dorthin, wohin sie müssen. Man kann nicht viel verdienen bei dem Job, aber immerhin. Dann geh ich nach Hause und schlaf mich aus. Außerdem mache ich vier Nächte die Woche Sicherheitsdienst, dreh meine Runden in einer bewachten Wohnanlage ein paar Meilen außerhalb vom Zentrum. Von zehn bis sechs Uhr morgens. Heute Abend hab ich wieder Dienst. Früher hatten sie dort ihre eigene Polizeieinheit, haben es dann aber aus Kostengründen einem Sicherheitsdienst übertragen. Du siehst, auch die Reichen knausern manchmal. Die zahlen acht fuffzig die Stunde, aber es ist keine Schwerarbeit. Du kriegst sogar einen kleinen Wagen, mit dem du deine Runden drehst. Ich mach das jetzt seit 'nem halben Jahr. Das Einzige, was mir in der Zeit untergekommen ist, waren ein paar Bekiffte, die ich aus dem Pool eines reichen Typen scheuchen musste.«

»Ein Sicherheitsdienst? Ich würde nie durch den Background-Check kommen. Außerdem müsste ich 'nen Pinkeltest machen, und …«

»Nee«, fiel sie ihm ins Wort. »Auf einen Check und regelmäßige Tests verzichten sie. Mir ist es jedenfalls noch nie passiert. Wahrscheinlich ist es vorgeschrieben, aber so läuft es nicht. Als ich dort anfing, bin ich um vier Uhr nachmittags zu einem kurzen Gespräch hin und hab noch am selben Abend meinen ersten Dienst gemacht. Das Einzige, was die mich gefragt haben, war die Uniformgröße und ob ich eine Waffe tragen will. Es geht bloß darum, dass jemand in Uniform herumfährt und dabei so aussieht, als wüsste er, was er tut. Das hat 'ne abschreckende Wirkung, meinen sie.«

»Keine besondere Ausbildung, gar nichts?«

»Nee. Und würden die von jedem Mitarbeiter einen Pinkeltest und einen Background-Check verlangen, könnten die den Laden dichtmachen. Für den Job bewerben sich nun mal keine Harvard-Absolventen.«

Er nahm einen Zug von seiner Zigarette, blies langsam den Rauch aus und schaute nachdenklich auf den Boden. »Da dürftest du recht haben.«

»Außerdem hat jedes der überwachten Häuser moderne Alarmanlagen und Sicherheitskameras. Wir sind bloß das Sahnehäubchen.«

»Und hast du 'ne Knarre dabei?«

»Nee.«

»Warum nicht?«

»Nicht für acht fuffzig die Stunde. Wenn ich bewaffnet bin und jemand kommt, der es ernst meint und selbst 'ne Knarre hat, krieg wahrscheinlich ich die Kugel ab, nicht er.«

»Ich glaube, ich würde die Waffe nehmen.«

Sie schaute ihn überrascht an. »Kannst du denn damit umgehen?«

»Klar. Wo bewirbt man sich da?«

Sie nahm Zettel und Kugelschreiber aus dem Handschuhfach und benutzte seinen Rücken als Schreibunterlage, während sie ihm die Telefonnummer aufschrieb. Sie gab ihm den Zettel. »Sag denen, El Cain schickt dich. Vielleicht hilft's. Das Geld kannst du sicher gut gebrauchen. Die ziehen zwar Steuern und den ganzen Mist ab, aber am Ende bleiben dir zweihundertzwanzig die Woche.«

»Scheiße, das ist mehr, als ich hier kriege. Die bezahlen mich schwarz, unter dem Mindestlohn, aber wenigstens ist 'n Mittagessen drin und vielleicht 'n paar Donuts, die vom Frühstück übrig bleiben.«

»Mit der Kohle aus dem anderen Job kannst du dir die Donuts selber kaufen.«

Er schaute auf den Zettel in seiner Hand. »Danke. Ehrlich.«

»Schon gut. Hoffentlich klappt's.«

Er musterte ihr lädiertes Gesicht, als sähe er es zum ersten Mal. »Verdammt, was ist mit dir passiert?«

»Bin in 'ne Schlägerei geraten.«

»Mit wem? Godzilla?«

»Mit einem anderen Mädel. Sie musste mit gebrochenem Kiefer ins Krankenhaus. Ich hoffe, sie macht in Zukunft was anderes als diesen Scheiß. Tja, und dann bin ich nach Hause und hab 'n Bier getrunken.«

Er lachte, als hätte sie einen Scherz gemacht. »Aber du stehst doch eher auf Kerle, oder?«

»Ich steh auf *manche* Kerle. Kommt aber nicht oft vor. Die meisten gehen mir am Hintern vorbei.«

Er grinste und schob den Zettel in seine Hemdtasche. »Du bist gar nicht so, wie die anderen sagen.«

»Weil keiner mich richtig kennt. Und so ist es mir auch lieber.«

12

»Du als *Hilfssheriff?* Das hat was.«

Im Innenspiegel betrachtete sich Cain in ihrer grauen Uniform mit einem Abzeichen am Ärmel, das nicht die geringste Bedeutung hatte. Alles nur Fassade. Sie saß in ihrem winzigen zweitürigen Smart mit der bunten Aufschrift STEELE SECURITY SERVICES. Von Zeit zu Zeit schaltete sie die orange Leuchte auf dem Dach ein und jagte durch die Gegend, um die Langeweile zu vertreiben. Sie hatte den Sitz bis zum Anschlag zurückgeschoben, aber mit ihren langen Beinen fühlte sie sich trotzdem beengt.

Cain war seit zwei Stunden im Dienst; es war kurz nach Mitternacht. Sie hatte das Gebiet, für das sie zuständig war, schon mehrmals durchfahren und nichts Auffälliges bemerkt. Die Reichen hatten verständlicherweise Angst, dass jemand kommen könnte, um ihnen wegzunehmen, was sie besaßen. In Wahrheit suchten sich Diebe aber meist leichtere Ziele, die sie eher in der Unter- und Mittelschicht fanden.

In dem Torhaus an der einzigen Zufahrtsstraße saß rund um die Uhr ein bewaffneter Pförtner. In den Nachtstunden patrouillierten außerdem zwei Autos durch die Siedlung; eines davon war ihres. Die Häuser waren mit den modernsten Sicherheitsanlagen ausgerüstet. Es gab hier mehr Kameras als in Hollywood. Alles in allem war es eine harte Nuss für Einbrecher. Wenn man von hier aus den Notruf verständigte, waren die echten Cops zur Stelle, bevor man das Handy wieder eingesteckt hatte. In Detroit war einmal jemand in Cains damalige Wohnung eingebrochen, in einer Gegend, die man mit viel gutem Willen als »im Übergangsstadium« bezeichnen konnte. Sie hatte die 911 angerufen, aber die Cops hatten sich gar nicht erst die Mühe gemacht zu erscheinen. Wahrscheinlich hatten sie Angst, sich in der Gegend blicken zu lassen.

Cain begann eine neue Runde durch das Gelände. Obwohl sie die Häuser schon oft gesehen hatte, kam sie immer wieder ins Staunen. Es waren richtige Anwesen mit Landschaftsgärten, Pools, Gästehäusern und kunstvollen Skulpturen. Dass laufend Veränderungen vorgenommen wurden, ließ erkennen, dass jeder versuchte, seine Nachbarn zu übertrumpfen. Irgendwas musste man ja mit seinem Geld anfangen. Cain hatte keine Ahnung, welchen Tätigkeiten die Besitzer nachgingen, um sich solche Villen leisten zu können. Sie wusste nur, dass sie selbst nie in dieser Liga mitspielen würde, was völlig in Ordnung für sie war. Sie hatte keine Lust, in einem Haus zu wohnen, in dem man Gefahr lief, sich zu verirren.

Etwas später fuhr sie rechts ran, trank einen Becher lauwarmen Kaffee aus der Thermosflasche und machte sich Notizen auf dem iPad, das die Sicherheitsfirma ihr zur Verfügung stellte. Es waren oberflächliche Beobachtungen, die belegen sollten, dass sie an Ort und Stelle gewesen war. Sie glaubte nicht, dass jemand den Quatsch las. Falls doch, war es reine Zeitverschwendung.

Beinahe ein Eichhörnchen überfahren. Hund bellen gehört. Reiches weißes Mädchen gesehen, das heimlich in die Klapperkiste eines armen dunkelhäutigen Jungen eingestiegen und mit ihm weggefahren ist. Betrunkenen Hausbesitzer beobachtet, wie er gleichfalls betrunkene, halb so alte Frau begrapscht, die nicht seine Ehefrau ist, und sich mit ihr auf dem Weg zum Haus die Kleider vom Leib reißt.

Immer derselbe trostlose Mist.

Cain schaltete das Radio ein, trank den Kaffee und scrollte durch ihr Mobiltelefon. Unglaubliche Dinger, diese Smartphones. Als sie zum ersten Mal vom Internet gehört hatte, war sie völlig von den Socken gewesen. Das war unfassbar cool. Es gab so viel, was sie nicht kannte, dass sie Prioritäten setzen und sich auf das konzentrieren musste, was sie zum Überleben brauchte. Den Rest musste sie irgendwie improvisieren.

Cain hätte gerne einen Joint geraucht, um die chronischen Schmerzen zu betäuben, an denen sie litt, aber das hätte sie die Stelle kosten können, wenn ihr Arbeitgeber es spitzkriegte. Und sie konnte es sich nicht leisten, einen so angenehmen Job zu verlieren. Nach ihrem letzten Fight und dem kleinen Geplänkel mit Sam würde sie wahrscheinlich nicht so schnell wieder zu einem Kampf kommen. Und neben der Sache mit dem Schultermuskel hatte sie noch andere gesundheitliche Probleme. Ein Arzt hatte Herzrhythmusstörungen festgestellt, gegen die sie eigentlich Medikamente nehmen sollte, aber die waren teuer, wenn man nicht versichert war. Daneben gab es noch ein paar andere Dinge, um die sie sich bei Gelegenheit kümmern musste, allen voran ein Zahnarztbesuch. Aber ohne Krankenversicherung musste man so etwas aufschieben, bis man bei Kasse war. Vor einiger Zeit hatte sie fast ihre ganzen Ersparnisse dafür aufgewendet, eine alte Rückenverletzung behandeln zu lassen. Sie hatte den Chirurgen gefragt, ob die Operation wirklich notwendig sei. »Notwendig nicht«, hatte er gemeint. »Wenn es Ihnen nichts ausmacht, in fünf Jahren im Rollstuhl zu sitzen.«

Als es ganz schlimm wurde, ließ sie sich operieren. Die Rechnung, die man ihr schickte, war so hoch, dass sie sie beim besten Willen nicht bezahlen konnte.

So ist das nun mal.

Die Atkins hatten nicht viel von Arzt- und Zahnarztbesuchen

gehalten, zumindest nicht, was Rebecca betraf. Zwei Jahre, nachdem sie sich befreit hatte, war sie zum ersten Mal zu einem Arzt gegangen. Drei verfaulte Zähne mussten gezogen und zwei Implantate eingesetzt werden. Einen Monat später wurden ein Leistenbruch, ein gerissener Muskel und ein gebrochener Arm operiert – alles mehrere Jahre alte Verletzungen. Der Zahnarzt, der praktische Arzt und der Chirurg hatten sie gefragt, warum ihre Eltern diese Dinge nicht hatten behandeln lassen.

Sie hatte ihnen erzählt, ihre Eltern seien tot, und sie sei von ihrer Großmutter aufgezogen worden, die nicht ganz richtig im Kopf sei. Damit hatten die Ärzte sich zufriedengegeben, was ein Glück war, da sie damals keine Ersatzlüge zur Hand gehabt hätte. Erst später hatte sie sich glaubwürdigere Geschichten zurechtgelegt. Der Zahnarzt, der Chirurg, der praktische Arzt und das Krankenhaus hatten sie wegen der nicht bezahlten Rechnungen angezeigt, worauf sie fluchtartig die Stadt verließ. Einen anderen Ausweg hatte sie nicht gesehen.

Sie schaute auf ihren linken Fuß hinunter und bewegte ihn schnell, als der Schmerz sie durchfuhr. Mit dreizehn war sie von einer Kupferkopfschlange gebissen worden, als sie Holz ins Haus getragen hatte. Ihr Fuß war angeschwollen, das Gift hatte ihr die Haut weggefressen und eine schwere Infektion verursacht. Desiree hatte etwas darübergegossen, das sie »magisches Wasser« nannte, und dazu unverständliches Zeug gebrabbelt.

Drei Wochen später war Cain aus dem Koma aufgewacht, ein Wort, dessen Bedeutung sie erst viel später lernte. Wanda war bei ihr gewesen, als sie zu sich kam. Sie hatte anscheinend eine gewisse medizinische Ausbildung. Cains Fuß war dick einbandagiert, und neben dem Bett standen mehrere Arzneifläschchen. Der Verband verströmte einen durchdringenden Geruch von einer antiseptischen Salbe, wie Cain heute wusste. Die Haut an ihrem Fuß würde nie wieder so aussehen wie vorher, aber das war ihr egal. Cain hatte überlebt. Es war das Einzige, was zählte.

Sie wurde in ihren Erinnerungen unterbrochen, als sie eine Meldung im Radio hörte.

Rebecca Atkins. Das FBI suchte nach einer Rebecca Atkins aus Georgia, im Zusammenhang mit einem Vorfall aus den frühen 2000ern. Wer etwas über die Frau wisse, solle dringend eine Nummer beim FBI anrufen. Zusätzlich wurde eine E-Mail-Adresse angegeben.

In den Jahren ihrer Gefangenschaft war Cain jedes Mal ein kalter Schauer über den Rücken gelaufen, wenn sie Schritte hatte kommen hören. Damals war sie ein Mädchen und praktisch wehrlos gewesen. Nie würde sie die ständige Angst vergessen, was passieren würde, wenn die Tür aufging. In welcher Stimmung war Desiree heute? Wütend und grausam? Betrunken und sanftmütig? Oder mit Drogen zugedröhnt und voller perversem Hass, den sie nur loswerden konnte, wenn sie anderen Lebewesen Schmerz zufügte? Wehrlosen Tieren. Oder Becky. Und Joe? Würde er wie immer sein, oder bekam sie seine abgründige Seite zu spüren? Würde es sehr wehtun? Würde sie weinen? Schreien? Ihr Magen krampfte sich zusammen, und das Blut gefror ihr in den Adern. Ihre Sinne waren dermaßen geschärft, dass sie hörte, wie das Gras sich hundert Meter entfernt im Wind wiegte. In diesen Augenblicken schrumpfte ihre Welt auf die Größe einer Tür, die man mit hämmerndem Herzen anstarrte, in panischer Erwartung dessen, was auf einen zukam: das Ungeheuer, wie man es aus Märchen kannte, nur dass dieses Ungeheuer aus Fleisch und Blut war.

Sie hatte diese Schockstarre nicht mehr erlebt, seit sie dreizehn war. Als sie zu ihrer vollen Größe herangewachsen und stark wie ein Pferd war, fürchtete sie sich nicht mehr, wenn die

Atkins kamen. Es war vielmehr so, dass die beiden *sie* fürchteten. Trotzdem war sie immer noch eine Gefangene.

Nun setzte dieser Schockzustand wieder ein und jagte ihr kalte Schauer über den Rücken.

Das FBI suchte sie wegen eines Vorfalls in Georgia in den frühen 2000ern. Es konnte nur *ein* Vorfall gemeint sein, mit dem Rebecca Atkins aus Georgia damals zu tun gehabt hatte.

Sie nahm ihren Joint heraus, zündete ihn an und sog den Rauch ein, als wäre es das letzte Mal. Die Suchmeldung ging zu Ende; der Radiosender wechselte zu einem anderen Thema. Cain konnte nicht so einfach zu einem anderen Thema übergehen.

Plötzlich schlug Scheinwerferlicht wie ein glühender Wasserschwall gegen ihre Windschutzscheibe. Als sie sah, dass es ihr Kollege im zweiten Steele-Security-Zwergenauto war, hielt sie den Joint so, dass er ihn nicht sehen konnte, ließ das Fenster aber nicht herunter, obwohl er seines geöffnet hatte. Sie hielt ihr Handy ans Ohr, als würde sie telefonieren. Er lächelte, nickte verstehend und fuhr weiter.

Die nächsten sechs Stunden fuhr Cain durch die Gegend, als säße sie in einem riesigen Karussell, das sich nicht stoppen ließ. Sie sah keine Häuser mehr, keine parkenden Autos, obwohl sie da waren. Sie konnte nur eines denken: Das FBI suchte sie im Zusammenhang mit einem *Vorfall*. Ihre Schicht ging zu Ende, und sie lüftete den Wagen, bevor sie ihn zurückbrachte und sich auf dem Firmenparkplatz in ihr Auto setzte. Ihr kam ein Gedanke, und sie zog ihr Handy heraus, ging online und googelte »FBI« und »Rebecca Atkins«.

So gelangte sie auf die offizielle FBI-Webseite und erlebte den nächsten Schock, als sie ein verschwommenes Standbild auf dem Display sah. Es zeigte sie selbst, nachdem sie in der Atkins-Höhle die Tür zur Freiheit aufgestoßen hatte.

Heilige Scheiße, ich sehe total durchgeknallt aus. Nein, ich sehe nicht nur so aus, ich war's auch. Aber ich war auch gerissen. Die Sinne geschärft trotz meiner Verrücktheit. Oder wegen der Verrücktheit. Ich wollte raus, nur raus. Was ja auch verständlich ist. Wer lebt schon gerne in der Hölle?

Sie blickte in den Spiegel, dann auf das Bild auf dem Handydisplay und seufzte erleichtert. Niemand käme auf die Idee, dass »El« Cain und das Mädchen auf dem Foto ein und dieselbe Person waren. Damals hatte sie lange Haare gehabt. Ihr Gesicht war hager und schmutzig gewesen. Sie sah aus wie ein Dauergast in einer Irrenanstalt. Vielleicht sah sie auch heute nicht unbedingt »normal« aus, aber so wie damals bestimmt nicht mehr.

Cain lehnte sich zurück und erinnerte sich an ihre ersten Monate in Freiheit. Sie war per Anhalter durchs Land gefahren, möglichst weit weg von Georgia, bis zum Pazifischen Ozean, auch wenn sie damals nicht gewusst hatte, dass er so hieß. Sie wusste nicht einmal, wie viele Bundesstaaten es gab oder was Kalifornien war. Sie hatte Jahre gebraucht, um sich so etwas wie ein Grundwissen anzueignen.

Ich musste mir beibringen, wie man Auto fährt, Medikamente nimmt und etwas anderes als Bilderbücher liest. Gerade dabei haben mir die Bibliothekare sehr geholfen. Ich musste mir beibringen, meinen Namen nicht nur in Blockschrift zu schreiben, musste addieren und subtrahieren lernen. Es gab Fragen über Fragen. Was ist eine Kreditkarte? Eine Wohnungsmiete? Eine E-Mail? Ein Smartphone? Ein Computer und Internet? Und eine Million andere Dinge, die für die anderen selbstverständlich waren, von denen ich aber noch nie gehört hatte.

Sie legte den Kopf aufs Lenkrad. *Du hast viel geschafft, El. Vergiss das nicht.*

Sie fuhr nach Hause und machte sich fertig für ihren Tagesjob. Schlafen würde sie später, nach den paar Stunden auf dem Stapler.

Es gefiel ihr gar nicht, dass Leute nach ihr suchten. Sie wollte nicht gefunden werden. Das würde alles noch viel schlimmer machen.

Habe ich nicht schon genug Schlimmes erlebt?

Anscheinend nicht.

13

Ach du dickes Ei!

Cain war nach Hause gekommen und hatte ihren Augen nicht getraut. Ihr Vorhängeschloss war entfernt und durch ein anderes ersetzt worden. Vor der Wohnungstür lagen ihre Kleidung, die Bücher und die anderen Habseligkeiten, dazwischen Bierdosen und die wenigen Lebensmittel aus ihrem Kühlschrank. Diese hatten Tiere angelockt, die sich bereits einen Teil geholt hatten. An der Wand neben dem Schloss hing eine amtlich aussehende Benachrichtigung, dass jedes Betreten der Wohnung strafrechtlich verfolgt würde.

Aber sie *musste* in die Wohnung: In dem Versteck unter dem Fußbodenbrett lagen ihr Geld, ihr Drogenvorrat und ihre Glock.

»Diese Arschlöcher«, sagte eine Stimme.

Cain drehte sich um und sah einen älteren Mann auf sich zukommen. Er war dünn und zittrig und erweckte den Eindruck, als würde er jeden Augenblick zusammenbrechen. Der Mann war ihr Nachbar, ein netter, stets freundlicher Typ.

»Was zum Henker ist hier los, Saul?«, fragte Cain.

»Die sind mitten in der Nacht aufgekreuzt, El, und haben unsere Wohnungen demoliert. Haben meine ganzen Sachen rausgeschmissen, die Hurensöhne, und mich gleich mit. Meine einzige gute Hose haben die mir zerrissen und meine ganzen Vitamindrinks versaut! Die kosten ein Schweinegeld. Arschgeigen, verdammte.« Er spuckte auf den Boden.

»Wer sind *die?*«

»Sie haben gesagt, sie kommen von den Leuten, die das Haus gekauft haben. Irgendwelche Typen von der Westküste. Die wollen Luxuswohnungen draus machen oder so.«

»Aber ich hab die Miete für den ganzen Monat bezahlt.«

»Ich auch, und das hab ich den Typen auch gesagt. Weißt du, was die geantwortet haben? ›Dann zeig uns doch an, du alter Saftarsch.‹«

»Als ob wir uns 'nen Anwalt leisten könnten. Aber ich hab noch ein paar Sachen in der Bude, die ich brauche.«

»Tja, was willst du machen, El? Die haben mich um Mitternacht rausgeschmissen und mir 'ne Scheißangst eingejagt. Haben einfach mein Schloss geknackt, so wie bei allen anderen. Für alle Fälle hatten die sogar Cops dabei.«

»Cops? Wie können *Cops* mitten in der Nacht Leute auf die Straße setzen, die ihre Miete bezahlt haben? Gibt es denn keine Gesetze mehr?«

»Die Gesetze dienen nur den Reichen, El. Glaubst du, irgendjemand schert sich um uns? Das wollte ich denen auch zu verstehen geben. Aber da sagte einer von den Typen, die Miete, die wir *angeblich* bezahlt hätten, gäb's gar nicht. Wir hätten uns hier illegal eingenistet.«

»Was für ein Stuss. Was haben sie sonst noch gesagt?«

»Dass ich in den Knast wandere, wenn ich mich hier noch mal blicken lasse.«

»Aber du *bist* ja noch hier.«

»Ja. Ich hab drüben beim Müllcontainer geschlafen.«

»Wo sind die Typen jetzt?«

»Ich glaube, die kommen heute Abend wieder. Wenn ich sie recht verstanden habe, wollen die das ganze Gelände mit allem Drum und Dran einzäunen.«

»Was machst du jetzt?«

»Ja, das ist die Frage. Das hier war die einzige Bude, die ich mir leisten konnte. Ich hab gerade erst die Sozialhilfe bekommen. Wahrscheinlich versuch ich's in 'nem Heim, obwohl die meisten gerammelt voll sind. Außerdem treiben sich da mistige Typen herum, die dir das letzte Hemd vom Leib klauen. Vielleicht gehe ich runter zum Fluss. Da gibt's 'ne kleine Barackensiedlung, wo ich unterkommen könnte. Jedenfalls so lange, bis ich was anderes finde. Tja, ich wünsch dir viel Glück, Mädel.«

Er trottete davon, um mit seinem Leben weiterzumachen – irgendwie. Cain bewunderte den unerschütterlichen Mut dieses Mannes, der fast alles verloren hatte.

Sie hob ihre Sachen auf, trug sie zum Auto, ging zurück zur Tür, begutachtete das Vorhängeschloss und überlegte einen Augenblick, wie sie es anstellen sollte.

»Hey!«

Sie drehte sich um und sah einen Mann auf sich zukommen. Mitte dreißig, ungefähr so groß wie sie und mindestens neunzig muskulöse Kilo schwer. Sein Gesichtsausdruck war so düster, als würde er in einen Krieg ziehen. Er trug eine Pistole im Holster und die Uniform eines privaten Sicherheitsdienstes.

»Hi«, sagte Cain.

Er blieb wie angewurzelt stehen, als er ihre Uniform sah. »Wer sind Sie?«

»Wer zum Teufel sind *Sie?*«

»Dwight Talbot. Ich hab dieses Haus zu bewachen.«

»Ach? Ich auch. Ich bin Donna White. Die Zentrale hat mich gerade eben angerufen und gesagt, ich soll herkommen. Und das nach einer endlos langen Schicht.«

Er schaute auf das Logo auf ihrer Uniform. »Steele Security? Bei denen war ich auch mal. Die behandeln ihre Leute ziemlich scheiße.«

»Wem sagst du das, Kumpel. Wahrscheinlich bist du deshalb

zu Douglas gewechselt, stimmt's?«, fragte Cain nach einem kurzen Blick auf das Logo auf seinem Ärmel.

»Ja. Muss 'n halbes Jahr her sein.«

»Gute Idee. Vielleicht mach ich das auch.«

»Ich wusste gar nicht, dass Steele auch mit dem Gebäude hier zu tun hat.«

»Ich gehe, wohin die mich schicken. Du weißt ja, wie das ist.«

»Verdammt gut sogar.«

»Angeblich wollen Leute von der Westküste Luxuswohnungen aus den Wanzenbuden hier machen«, sagte sie beiläufig.

»Tatsache? Ich hatte mich schon gefragt, was die mit dieser Ruine anfangen wollen. Als ich noch 'n Junge war, haben die hier Möbel gezimmert.«

»Tja, wir zwei werden's uns nie leisten können, hier zu wohnen. *Luxus* kommt in meiner Lebensplanung nicht vor.«

»Geht mir genauso.«

»Soviel ich weiß, haben die hier alle rausgeworfen«, sagte Cain, »aber haben die wirklich *alles* gecheckt?«

»Keine Ahnung. Wieso?«

Cain zeigte auf ihre Wohnungstür. »Ich glaube, ich hab da drin wen gehört.«

»Scheiße. Echt?«

»Ja, ganz deutlich. Bloß ist die Tür verschlossen. Willst du die Cops rufen? Obwohl … wenn ich mich geirrt habe, kriegen wir eins auf den Deckel. Sollen wir uns den Kerl selbst schnappen? Was meinst du?«

»Dann gäb's vielleicht 'ne Prämie«, meinte Talbot.

»Hab ich mir auch gedacht.«

»Wie willst du's anfangen?«

»Du hast doch sicher 'nen Schlüssel. Ich hätte einen kriegen sollen, aber in der Eile haben sie's wohl übersehen.«

Talbot zog einen Schlüssel an einem breiten Ring aus der

Tasche. »Das is' 'n Generalschlüssel. Der passt für alle Schlösser, die sie gestern drangemacht haben.«

»Super. Okay, dann gib mal her. Ich schließ auf und geh rein. Du greifst dir deine Wumme und hältst mir den Rücken frei.«

»Geht klar.« Dwight reichte ihr den Schlüssel und zog seine Pistole.

»Aber nicht, dass du *mich* irrtümlich umnietest. Soll schon vorgekommen sein.«

Er grinste. »Keine Bange, Donna, kannst dich auf mich verlassen.«

»Wollte nur sichergehen.«

Sie schloss die Tür auf, und beide stiegen leise die kurze Treppe hinauf. Es gab nur zwei Türen; eine führte zu ihrer Wohnung, die andere zum Badezimmer.

»Check du diese Tür hier«, sagte Cain und deutete auf das Bad. »Ich nehm die andere.«

»Sollten wir nicht lieber zusammenbleiben?«, fragte Dwight. »Du hast keine Waffe.«

Sie zog ihren Schlagstock. »Aber den hier. Außerdem mach ich Kampfsport.«

Er schaute in ihr lädiertes Gesicht. »Sieht man. Und groß bist du auch. Aber ruf, wenn du mich brauchst.«

Er ging nach links, und Cain betrat das Zimmer zur Rechten. Sie schaute auf den Fußboden und überlegte fieberhaft. Dann öffnete sie das Fenster und trat einen Schritt zurück. »Dwight! Komm mal schnell!«, rief sie.

Talbot stürmte ins Zimmer. »Was gibt's?«

Cain deutete zum Fenster.

»Der Typ hat den Abflug gemacht. Er ist zu den Bäumen da hinten gerannt. Er muss durchs Fenster abgehauen sein, als er uns kommen hörte. Ich glaub, du bist der Schnellere von uns beiden. Du kannst ihn noch erwischen. Ich melde es inzwischen.«

»So machen wir's! Den Mistkerl kauf ich mir.«

Talbot sprintete los. Sobald Cain die Tür ins Schloss fallen hörte, entfernte sie das lose Fußbodenbrett, nahm Geld, Waffe und Gras heraus, legte das Brett an seinen Platz zurück und rannte die Treppe hinunter und hinaus ins Freie. Sie verstaute die Sachen in ihrem Wagen und war schon wieder im Haus, als Talbot keuchend zurückkam.

»Der Typ muss mir entwischt sein.« Er nahm sich einen Augenblick, um zu verschnaufen. »Hast du's gemeldet?«

»Ich wollte, hab aber keine Verbindung gekriegt. Kannst du das übernehmen?«

»Okay.« Er richtete sich auf und machte den Anruf.

Als er fertig war, schaute Cain auf ihr Handy. »Verdammt, jetzt krieg ich auf einmal wieder Anrufe rein! Die von AT&T sind wirklich die letzten Heuler.« Sie hob ihr Mobiltelefon ans Ohr. »Ja? Ja, Donna White hier, wer sonst? *Was?* Sie veräppeln mich, oder? Im Ernst, das kann's ja wohl nicht sein. Ja, Sie mich auch.«

Sie steckte das Telefon weg und machte ein angewidertes Gesicht.

»Was ist?«, fragte Dwight beunruhigt.

»Steele hat mich gefeuert. Und weißt du, warum? Weil sie auf der Aufnahme von letzter Nacht gesehen haben, dass ich für ungefähr zehn Sekunden eingenickt bin. Als wäre das noch keinem Kollegen vor mir passiert.«

»Arschgeigen«, ereiferte sich Talbot.

»Ich soll gleich rüberkommen und meine Sachen abgeben. Na, da können die lange warten. Ich schmeiß das Zeug gleich in den nächsten Müllcontainer.«

»Würde ich auch tun«, sagte Talbot.

»Tja dann, mach's gut, Dwight. Und lass dich von denen nicht unterkriegen.«

»Alles klar, Donna. Tut mir echt leid, Mädel.«

»Nun ja, jeder hat so seine Probleme. Aber ich lebe ja noch. Und sag bitte niemandem, dass ich hier war, sonst hängen die mir womöglich noch irgendwas an, damit sie mir den letzten Monatslohn nicht auszahlen müssen.«

»Von mir erfährt keiner was.«

Nachdem sie sich mit einem Faustcheck von Dwight verabschiedet hatte, stieg sie in ihren Wagen und fuhr los.

Ach, Dwight, du bist 'ne Dumpfbacke, aber ich werde dir ewig dankbar sein.

Sie schaute nach vorn auf die Straße und verzog das Gesicht. Das alte Lied: Wieder einmal war sie in der Situation, eine neue Bleibe finden zu müssen. Und dann war da noch das kleine Problem, dass das FBI nach ihr suchte.

Sie musste irgendwie verhindern, dass die sie aufspürten.

Aber wie?

14

Atlee Pine und Carol Blum erreichten Huntsville, Alabama. Die
Stadt am Tennessee River besaß einen historischen Stadtkern
aus der Zeit vor dem Sezessionskrieg, auch wenn viele der alten
Südstaaten-Gebäudefassaden modernisiert worden waren. Die
Bevölkerung wuchs, und es gab reiche und arme Viertel und
einiges dazwischen, so wie in jeder anderen Stadt. Früher war
Huntsville ein Zentrum der Baumwoll- und Textilindustrie gewesen. Während der Eisenhower-Ära war hier das Marshall
Space Flight Center entstanden, eines der Zentren des US-Raum-
fahrtprogramms. Heute war Huntsville ein Zentrum der Bio-
technologie. Die Stadt war eine interessante Mischung aus Alt
und Neu. Es gab alteingesessene Familien in historischen Häusern mit römisch anmutenden Säulen an der Frontfassade und
einem Blick auf den Fluss auf der Rückseite. Und es gab eine rege
Zuwanderung von bestens ausgebildeten Arbeitskräften, was an
den gut bezahlten Jobs lag, aber auch an den attraktiven Preisen
für Häuser und Wohnungen, die um einiges unter dem lagen,
was in Kalifornien, Florida oder Texas hingeblättert werden
musste.

Nachdem sie die Innenstadt umfahren hatten, bogen sie in
eine Kiesauffahrt ein, die zu einem kleinen, einstöckigen Haus
mit Ziegel- und Holzfassade führte. Es lag in einem Viertel mit
schäbigen Häusern aus den Siebzigern, die wahrscheinlich schon
mehr als eine Generation von Bewohnern gesehen hatten und

in denen sich auch noch manch künftige Generation einrichten würde.

Pine klopfte an die Haustür, von der die Farbe abblätterte. Augenblicke später hörte sie eine raue Frauenstimme durch die geschlossene Tür. »Ja?«

»Mrs. Atkins?«

»Ja?« Die Stimme klang beunruhigt, aber auch neugierig.

»Ich bin vom FBI und würde gerne mit Ihnen sprechen.«

»FBI? Ist das ein Witz?«

»Nein.« Pine zog ihre Dienstmarke hervor und hielt sie an ein verschmiertes Fenster neben der Tür. Sie sah das verschwommene, runzlige Gesicht der Frau, die die FBI-Dienstmarke durch die Glasscheibe begutachtete.

»Worum geht es?«

»Um Ihren Sohn, Joe Atkins.«

»Joe? Der ist schon lange tot.«

»Ich weiß. Deswegen muss ich ja mit Ihnen sprechen. Bitte, es ist wichtig.«

Pine hörte, wie der Riegel zurückgezogen wurde. Die Tür ging langsam auf.

Wanda Atkins war Ende siebzig, von den Jahren gebeugt und gebrechlich. Sie trug eine Kakihose, eine weiße Bluse und weiße orthopädische Schuhe, so dick und klobig, dass sie aussahen, als wöge jeder Schuh ein Kilo. Sie stützte sich auf einen Metallstock mit Stützgriff und einem breiten Gumminoppen am unteren Ende. Ihre Haare hatten unter zahllosen Dauerwellen gelitten, sodass zwischen den einzelnen Büscheln kahle Stellen zum Vorschein kamen. Ihr Gesicht war runzlig, und die Augen saßen tief in den Höhlen, strahlten aber etwas Mädchenhaftes aus, was einen eigenartigen Kontrast zu ihrem zerfurchten Gesicht bildete. Für einen Augenblick hatte Pine den beunruhigenden Eindruck, der Frau beim Altern zusehen zu können.

Sie trug eine Kanüle in der Nase, von der ein langer Sauerstoffschlauch ins Hausinnere führte.

»Was wollen Sie über Joe wissen?«

»Dürfen wir reinkommen?«, fragte Pine.

Wanda schaute zu Blum.

»Ich bin Carol Blum, Mrs. Atkins, ebenfalls vom FBI. Wir brauchen nur ein paar Informationen.«

Vielleicht waren es Blums Alter und ihr harmloses Äußeres, was die Frau bewog, einen Schritt zurück zu machen und sie eintreten zu lassen. Augenblicklich schlugen ihnen in dem muffigen Zimmer, in das sie gelangten, die Gerüche von Bleichmitteln und gebratenem Essen entgegen.

»Entschuldigen Sie, ich muss Len seine Medikamente bringen«, sagte Wanda und ging an ihnen vorbei. »Die muss er immer zur gleichen Zeit bekommen.«

Sie folgten ihr ins angrenzende Zimmer. Überall stapelten sich Pappkartons. Dazwischen lagen gefaltete, ungelesene Zeitungen und Zeitschriften sowie Unterlagen, in denen es allem Anschein nach um medizinische Dinge und Versicherungsangelegenheiten ging. Auf nahezu jeder freien Fläche hatte sich Staub abgelagert. Zwei große Sauerstoffflaschen hingen in ihren Halterungen an der Wand, daneben ein tragbarer Sauerstoffkonzentrator, von dem ein Schlauch zu Wanda Atkins' Nasenkanüle führte. Auf einem Tisch lagen Schachteln mit Schläuchen und ein Beatmungsgerät. Zwei Gehhilfen aus Aluminium standen an einer Wand. An einem Ständer hing ein Blutdruckmonitor, an einer anderen Wand lehnte eine zusammenklappbare Trage. Ein kleiner Tisch war voller Arzneifläschchen, daneben ein länglicher Tablettenspender, der nach Wochentagen eingeteilt war. Die einzelnen Fächer waren voll mit Pillen.

Man kam sich vor wie in einer Intensivstation.

Auf einem Rollstuhl war, so vermutete Pine, Len Atkins festgeschnallt. Sein kahler Kopf und der gebrechliche Körper waren schlaff zur Seite gelehnt, die Zunge hing heraus, Speichel troff auf ein Lätzchen um seinen Hals. Man hatte das Gefühl, nur noch die Hülle eines Menschen vor sich zu sehen, die mit allen medizinischen Mitteln am Leben gehalten wurde.

Wanda goss eine Flüssigkeit aus einer braunen Flasche in einen kleinen Messbecher, achtete auf die exakte Dosierung und kippte den Inhalt in ein Wasserglas, in das sie dann einen Strohhalm steckte.

»Len? Es ist wieder mal Zeit, mein Lieber. Du musst das trinken.«

Len richtete sich ein klein wenig auf und ließ den Blick durchs Zimmer schweifen, bis er seine Frau vor sich stehen sah. Sie schob ihm den Strohhalm in den Mund, und er begann, daran zu saugen. Es dauerte eine Minute, doch er schaffte es, das Glas zu leeren. Sie wischte ihm den Mund ab und stellte das Glas weg.

Dann drehte sie sich zu Pine und Blum um und sagte sehr leise: »Er hatte voriges Jahr einen Schlaganfall. Die Ärzte sagen, dass es nie mehr besser wird. Er kann nicht mehr gehen, nicht mehr sprechen … er kann so gut wie gar nichts mehr. Aber ich glaube, dass er das meiste versteht. Eine Pflegerin kommt viermal die Woche, aber an den anderen Tagen … es ist nicht einfach. Das Problem ist, dass ich auch nicht mehr gesund bin. Zum Glück hilft mir meine Nachbarin. Sie ist Mitte dreißig und sehr kräftig.« Sie schaute zu dem Sauerstoffbehälter. »Ich bin lungenkrank und krieg schwer Luft, wissen Sie. Keine schöne Sache, das können Sie mir glauben, zumal ich das Rauchen nicht ganz lassen kann, wie ich gestehen muss. Na ja, was spielt das jetzt noch für eine Rolle.«

»Bei den vielen Chemikalien, die Sie hier haben, ist das Rauchen nicht ganz ungefährlich. Stellen Sie sich vor, irgendwo tritt Sauerstoff aus.«

»Deshalb dampf ich auch diese E-Zigaretten. Da brauche ich keine Streichhölzer. Kommen Sie. Wir können Len hier sitzen lassen und in der Küche reden.«

»Er versteht noch alles, sagten Sie?«, fragte Pine.

»Ja.«

»Dann wäre es mir ehrlich gesagt lieber, wenn er dabei ist.«

Atkins zuckte die Schultern, erhob aber keinen Einwand.

15

Pine schob einen großen Papierstapel beiseite, um Platz für sich und Blum zu machen. Wanda Atkins setzte sich auf eine Klavierbank vor ein altes, zerschrammtes Pianino, dessen weiße Tasten mit den Jahren gelb angelaufen waren von zu viel Sonnenlicht und mangelnder Pflege.

»Was wollen Sie über Joe wissen?«

»Wir waren bei Ihrem alten Wohnwagen in Georgia«, begann Pine. »Da haben sich Schlangen eingenistet.«

Wanda runzelte die Stirn. »Das wundert mich nicht. Wir haben uns nicht mal die Mühe gemacht, ihn zu verkaufen. Das alte Ding hätte sowieso keiner mehr gewollt. Wir haben uns auch neue Möbel angeschafft.«

»Wann sind Sie hierhergezogen? Vor ungefähr achtzehn Jahren, nicht wahr?«

»Ja, könnte hinkommen. Aber worum geht es eigentlich?«, fügte sie etwas schroffer hinzu.

»Um das hier.« Pine zog das Foto aus der Tasche, auf dem Len und Wanda mit Mercy zu sehen waren. Sie hielt es der Frau hin. Wanda blinzelte, stieß einen leisen Seufzer aus und hob die zitternde Hand an die Lippen.

»Das sind Sie und Ihr Mann. Und das da ist ein Mädchen, das Sie Rebecca Atkins genannt haben. Ihr richtiger Name ist Mercy. Sie wurde von einem gewissen Ito Vincenzo aus ihrem Zuhause in Andersonville, Georgia, entführt und zu Ihnen gebracht. Wir wissen, dass Ito und Ihr Mann zusammen in Vietnam gedient haben und Len ihm das Leben gerettet hat. Vermutlich war das der Grund, warum er das Mädchen zu Ihnen brachte. Vielleicht dachte er, Ihr Mann könnte aufgrund seiner Verletzungen nie mehr Vater werden; er wusste wahrscheinlich nicht, dass Sie schon einen Sohn hatten. Ich nehme an, Sie wollten sich in Ihrem Alter nicht mehr um ein sechsjähriges Kind kümmern, also haben Sie das Mädchen Joe und Desiree überlassen.«

Wandas Augen füllten sich mit Tränen. Sie hielt sich die Hand vor den Mund und begann zu husten. Carol Blum stand auf und eilte in die Küche. Pine hörte Wasser fließen. Augenblicke später kam Blum mit einem Wasserglas zurück und gab es der Frau. Wanda leerte das Glas und fing sich wieder, atmete tief durch und sog gierig den zusätzlichen Sauerstoff aus dem Schlauch ein.

Pine steckte das Foto zurück in die Tasche und schaute die Frau erwartungsvoll an. Endlich hatte sie eine der zentralen Figuren im Leben ihrer Schwester *nach* deren Entführung gefunden. Und sie würde nicht gehen, ohne Hinweise bekommen zu haben, die ihr weiterhalfen.

Wanda zog ein Kleenex aus der Hosentasche, wischte sich die Tränen aus den Augen und putzte sich die Nase. Dafür musste sie die Kanüle zur Seite rücken.

»Damals war ich ganz schön dick«, sagte sie. »Seitdem habe ich viel abgenommen, aber Len hatte zu der Zeit schon keine Haare mehr auf dem Kopf.« Als sie bemerkte, dass Pine sie mit steinernem Blick musterte, kam sie rasch zum Thema zurück. »Sie haben recht. Len hat Ito gekannt und ihm im Krieg das Leben gerettet. Aber wir haben Joe bekommen, *bevor* Len nach Vietnam ging. Ito und Len sind auch danach in Kontakt geblieben. Er wusste, dass wir Joe haben.«

»Dann ist er vielleicht zu Ihnen gekommen, weil er sonst

niemanden in der Gegend gekannt hat. Mich würde vor allem interessieren, was passiert ist, als Ito Mercy zu Ihnen gebracht hat.«

»Er ist mitten in der Nacht aufgetaucht und hat uns geweckt. Ich hatte richtig Angst, als er an die Tür klopfte. Ich erinnere mich noch ganz genau. Ito war total von der Rolle, hatte richtige Panik.«

»Hat er gesagt, woher er Mercy hat?«

»Er hat gesagt, Becky – oder Mercy – habe niemanden mehr. Keine Eltern, niemand.«

»Mehr hat er nicht gesagt? Zum Beispiel, wo er sie gefunden hatte?«

»Er hat gesagt, er habe sie unterwegs aufgelesen. Sie sei ganz allein die Straße entlangmarschiert. Ihre Eltern hätten die Kleine alleingelassen.«

»Und Mercy hat Ihnen nicht gesagt, wie es wirklich war? Sie war sechs. Sie konnte sprechen. Sie wusste, woher sie kam und was passiert war. Hat sie Ihnen nicht gesagt, dass sie Mercy heißt und dass Ito sie von ihrer Familie weggeholt hat?«

»Nicht, dass ich wüsste«, erwiderte Wanda, ohne Pine in die Augen zu schauen. »Sie war sehr still, hat fast nie etwas gesagt. Ich hab ihr zugeredet, etwas zu essen und zu trinken, aber sie hat nichts angerührt. Sie hatte Angst, das konnte man sehen.«

Pine lehnte sich zurück. »Und Sie haben auch später nie eine Nachrichtensendung oder Flugblätter mit Mercys Bild gesehen? Sie wohnten doch nur zwei Autostunden von dem Ort entfernt, an dem Mercy entführt worden war. In ganz Georgia wurde von ihrer Entführung berichtet.«

Wanda schaute nervös zu ihrem Mann. »Ich … ich weiß nicht … es ist so lange her. Und als Ito mit ihr gekommen ist, hab ich ja nicht wissen können …«

»Klar, da hat noch niemand gewusst, dass sie entführt worden war. Aber jetzt kommt die große Frage: Warum hat Ito das Mädchen nicht zur Polizei gebracht? Und warum haben *Sie* es nicht getan? Macht man das nicht, wenn man ein Kind findet, um das sich niemand kümmert?«

Wanda wirkte zutiefst beunruhigt. »Ich … ich hatte das auch zu Ito gesagt. Wir müssen die Behörden verständigen, hab ich zu ihm gesagt. Die wissen bestimmt, was zu tun ist.«

»Und was hat er darauf geantwortet?«, fragte Blum.

Wanda rang die Hände im Schoß und sog gierig Sauerstoff ein. »Zuerst hat er … hat er gesagt, er sei selbst bei Pflegeeltern aufgewachsen, und es sei die Hölle. Und genau das würde auch dem Mädchen passieren, wenn wir die Behörden einschalten. Man würde sie missbrauchen und Gott weiß was noch alles, hat er gemeint.«

»So weit hätte es nicht kommen müssen«, hielt Pine dagegen. »Die Behörden hätten zuerst versucht, mit ihren Eltern zu reden und nachzuprüfen, warum sie das Mädchen alleingelassen haben.«

»Das habe ich auch zu Ito gesagt. Und dass sich vielleicht Verwandte finden lassen, die sie aufnehmen.«

Blum meldete sich zu Wort. »Sie sagten eben, Ito habe Ihnen das *zuerst* erzählt. Heißt das, er hat seine Geschichte später geändert?«

»Ja. Und das war ziemlich schockierend. Plötzlich meinte er, das Mädchen sei gar nicht alleingelassen worden. Er hat uns beiseitegenommen, damit Mercy es nicht hören konnte, und gesagt, ihre Eltern hätten versucht, sie umzubringen. Er habe es zufällig mitbekommen und sie gerettet. Die Eltern seien geflohen und wahrscheinlich schon in einem anderen Bundesstaat.«

»Sie wollten ihre eigene Tochter ermorden, und Ito hat es *zufällig* mitbekommen?«, sagte Pine in ungläubigem Spott. »Und warum hat Mercy das dann nicht hören dürfen? Wenn es wirklich so war, hätte sie ja *gewusst*, dass ihre Eltern sie umbringen wollten.«

»Ja, jetzt kommt es mir auch komisch vor«, rechtfertigte sich Wanda. »Aber er hat uns mitten aus dem Schlaf gerissen und uns dieses Kind ins Haus gebracht. Wir waren völlig durcheinander und konnten nicht klar denken.«

»In einer solchen Situation ist das verständlich«, sagte Blum besänftigend.

»Nett, dass Sie das sagen.« Wanda warf ihr einen dankbaren Blick zu und putzte sich die Nase. »Es war ein einziger Albtraum.«

»Sie haben Ito also geglaubt?«, fuhr Pine fort.

»Ja. Warum sollte er lügen? Warum hätte er einfach so mit einem Kind daherkommen sollen?«

»Er hat in New Jersey gelebt, in Trenton. Hat er erwähnt, warum er mitten in der Nacht in *Georgia* unterwegs war?«

»Angeblich wollte er uns besuchen. Ganz spontan.«

»Andersonville liegt südlich von Ihrem damaligen Wohnort«, hakte Pine nach. »Er wäre nie dort vorbeigekommen, wenn er Sie bloß hätte besuchen wollen.«

»Er hat nichts von Andersonville gesagt. Ich glaube, er hat gar nicht erwähnt, wo er das Mädchen gefunden hatte.«

»Okay, lassen wir das. Sie haben Mercy also aufgenommen?«

»Ja. Für uns war es das Vernünftigste. Len war nicht begeistert, aber ich sah keine andere Möglichkeit.«

»Und Ito? Ist er noch in derselben Nacht weggefahren?«

»Ja. Er wollte dorthin zurück, wo er Mercy gefunden hatte, und nachsehen, was los ist.«

»Das hat er tatsächlich getan.« Pine wusste, dass Ito Vincenzo am Morgen nach der Entführung einen Streit mit Tim vom Zaun gebrochen hatte. Er hatte Tim beschuldigt, seine eigene Tochter umgebracht zu haben, obwohl er wusste, dass es nicht stimmte.

»Haben Sie ihn danach noch einmal gesehen?«, fragte Pine.

»Nein, er ist nie wieder gekommen. Aber er hat uns Briefe geschrieben und jedes Jahr Geld geschickt. Damit haben wir Sachen für Becky ... äh, Mercy gekauft.«

»Ja, ich weiß. Dadurch sind wir auf Sie gekommen. Und Sie haben ihn nie gefragt, ob er schon mehr über Mercy und deren Eltern weiß? Dass er sie vielleicht wieder holen will?«

»Er hat nichts mehr darüber geschrieben, und wir wollten ihn nicht drängen.«

Pine schüttelte ungläubig den Kopf. »Kommen wir noch mal auf das Foto zurück, das ich Ihnen vorhin gezeigt habe, und gehen wir ein paar Jahre weiter. Haben Sie nicht bemerkt, in welchem Zustand Mercy war? Ist Ihnen nie der Gedanke gekommen, dass da etwas nicht stimmt? Sie war völlig verwahrlost, hatte Wunden und Brandmale auf der Haut.«

Wieder traten der Frau Tränen in die Augen. »Bitte, ich will keinen Ärger.«

»Wir wissen eine Menge darüber, was in der Nacht vorgefallen ist, als Ihr Sohn starb. Wir wissen nur nicht genau, wie er ums Leben gekommen ist und was aus Desiree und Mercy wurde.«

»Wie kommen Sie darauf, dass *wir* etwas darüber wissen?«

Sie hörten ein leises Grunzen, drehten sich um und sahen, wie Len Atkins seinen steifen Arm hob und auf seine Frau deutete. Anscheinend hatte er das Gespräch mitgehört und war mit manchen Aussagen Wandas nicht einverstanden.

Wanda schien zu verstehen, was er sagen wollte. Sie legte die Hände in den Schoß. »Es war Desirees Schuld«, sagte sie resigniert. »Joe hatte auch seine Probleme, aber Desiree war ... eine Teufelin. Nicht von Anfang an, das nicht. Als sie geheiratet hatten, war sie noch ganz normal. Aber später ... da ist dann rausgekommen, wie sie wirklich war.«

Pine nickte. »Wir haben mit dem ehemaligen Sheriff gesprochen, Dick Roberts. Er hat uns von Desiree erzählt. ›Voodoo Lady‹ hat er sie genannt. Einmal wurde er zu ihrem Haus gerufen, weil sie einen Hund gefoltert hat.«

»Dick war ein guter Mann. Und er hat recht mit dem, was er über Desiree sagt. Sie war durch und durch böse.«

»Haben Sie gewusst, dass Joe und Desiree das Mädchen im Wald hinter dem Haus gefangen hielten?«

Wandas Unterlippe zitterte. »Muss ich jetzt ins Gefängnis?«

»Nicht, wenn Sie unsere Fragen wahrheitsgemäß beantworten.« Pine hatte alle Mühe, ihre Emotionen und ihre Geduld im Zaum zu halten. »Gehen wir noch einmal zum Anfang zurück. Wie ging es weiter, nachdem Ito das Mädchen zu Ihnen gebracht hatte und wieder weggefahren war? Wie ist es dazu gekommen, dass das Mädchen bei Joe und Desiree gewohnt hat?«

Atkins knüllte das Papiertaschentuch zusammen und legte es weg. Sie schaute kurz zu ihrem Mann, ehe sie begann. »Am nächsten Morgen waren wir vollkommen ratlos. Wir haben Ito zwar geglaubt, aber es waren viele Fragen offen. Wir wollten keinen Ärger und wussten einfach nicht, was wir mit dem Kind machen sollten. Die Kleine hatte Angst, war völlig verwirrt. Wir haben sie erst einmal bei uns behalten und überlegt, was wir tun sollen. Len hat Itos Nummer angerufen, aber niemanden erreicht. Er hat ihm mehrere Nachrichten hinterlassen, aber Ito hat nie zurückgerufen. Wir hatten schon daran gedacht, die Polizei zu verständigen, weil wir das Mädchen nicht einfach so behalten wollten. Dann kamen Joe und Desiree vorbei. Wir haben ihnen erzählt, was geschehen war, und Joe meinte sofort: ›Wir haben uns immer ein Kind gewünscht. Wir adoptieren sie und ziehen sie groß.‹ Len und ich hielten das für eine gute Lösung.«

Pine schaute sie ungläubig an. »Wie konnten Sie so etwas tun, ohne sich zu vergewissern, ob Ito die Wahrheit gesagt hatte? Wir reden hier von einem Menschen, nicht von einem kleinen Hund, den man bei sich aufnimmt. Ein Mann kommt mitten in der Nacht vorbei und lässt Ihnen ein für Sie wildfremdes Kind da, und Sie nehmen es einfach und fertig, aus?«

»Ich weiß, ich weiß«, beteuerte Wanda zerknirscht. »Aber Ito hat es sehr ernst gemeint. Ihm schien viel an dem Mädchen zu liegen. Es wäre uns nie in den Sinn gekommen, dass er Mercy entführt haben könnte. Wir haben ihm vertraut.«

Pine seufzte tief, lehnte sich zurück und musterte die Frau. »Haben Sie gewusst, dass es noch ein Mädchen gab, das mit dem Vorfall damals zu tun hatte? Mercys Zwillingsschwester. Ito hat mit einem Kinderreim – ene, mene, muh – entschieden, welche von den beiden er mitnehmen soll. Dann hat er dem anderen Mädchen mit einem Schlag den Schädel gebrochen. Sie wäre fast gestorben.«

Atkins hob die Hand an den Mund, und wieder kamen ihr die Tränen. »Mein Gott. Warum hat er das getan? Warum?«

»Er hat es aus Rache für seinen Bruder getan, einen Mafioso, der es auf Mercys Eltern abgesehen hatte. Ito hat Mercy entführt und ihre Zwillingsschwester beinahe umgebracht, nur um die Eltern damit zu bestrafen.«

»Ein … Mafioso? Ito?«

»Nein, nicht Ito. Ito hatte eine Eisdiele in Trenton. Sein *Bruder* war bei der Mafia. Er hat Ito gedrängt, ihm zu helfen. Aber das entschuldigt nicht, was Ito getan hat.«

»Nein, natürlich nicht. Aber davon wussten wir nichts.«

»Ihr Sohn Joe wollte das Kind also aufziehen. Und Sie haben es zugelassen, obwohl Sie wussten, wie Desiree ist?«

»Das wussten wir damals noch nicht. Zuerst war sie nur ein bisschen … schrullig. Ich hab mir gedacht, es würde ihr guttun, wenn sie sich um ein kleines Mädchen kümmern kann. Und ich war sicher, Joe würde der Kleinen ein guter Vater sein. Sie haben sich Kinder gewünscht, aber es klappte nicht. Deshalb erschien es uns allen wie ein Segen, dass Becky ... Mercy da war. Und Desiree wollte sie auch haben. Es war ihre Idee, sie Rebecca zu nennen.«

»Haben Sie Mercy auch später nie gefragt, woher sie kommt?«

»Doch. Jetzt, wo das alles wieder hochkommt, erinnere ich mich daran.«

»Und was hat sie gesagt?«

»Sie sagte, Ito habe sie von ihrem Zuhause weggeholt, weil ihre Eltern sie nicht mehr wollten. Und das hat sich ja mit dem gedeckt, was Ito uns erzählt hat. Es war furchtbar. Das arme Mädchen. Können Sie sich vorstellen, dass Eltern so etwas Schreckliches zu ihrem Kind sagen?«

»Ihre Eltern wollten sie nicht mehr?«, hakte Pine nach. »Hat Mercy das wirklich gesagt?«

»Na ja, genau genommen sagte sie, dass *Ito* es ihr gesagt hatte.«

Pine schüttelte den Kopf. Sie konnte nicht glauben, dass diese Frau sich mit einer so absurden Geschichte zufriedengegeben hatte. »Ist Ihnen nie der Gedanke gekommen, dass es sich um das Mädchen handeln könnte, das in Andersonville entführt worden war? Es wurde doch überall in den Nachrichten gebracht.«

»Wissen Sie, Len und ich waren nicht oft im Ort und haben keine Nachrichten geguckt. Wenn Sie bei unserem alten Wohnwagen waren, wissen Sie ja, dass wir keine Nachbarn hatten. Den Namen Mercy höre ich heute zum ersten Mal, ich schwör's.«

Pine und Blum hörten ein Stöhnen hinter sich, drehten sich um und sahen Tränen über Len Atkins' Gesicht laufen.

Wanda stand auf und streichelte ihrem Mann über die Wange. »Schon gut, Len. Wir ... ich muss es ihnen sagen, meinst du?«

Er nickte ruckartig, und Wanda setzte sich wieder auf ihren Platz.

Pine musterte sie einen Augenblick. »Haben Sie gewusst, wie Joe und Desiree das Mädchen behandelt haben?«

Wanda starrte auf den Fußboden. »Zuerst hat alles ganz normal ausgesehen«, begann sie langsam. »Sie waren wie eine junge Familie.«

»Haben sie Mercy adoptiert?«, fragte Blum.

»Das haben sie gesagt, ja.«

»Aber Sie haben nie irgendwelche Dokumente gesehen?«

»Nein.«

»Erzählen Sie weiter«, forderte Pine sie auf.

»Wenn wir sie besucht haben, kam es oft vor, dass sie mit dem Mädchen rausgegangen sind, um ihr was anderes anzuziehen oder ihr Zimmer sauber zu machen oder so was. Das war ein bisschen komisch, aber sonst hat man nichts Auffälliges gesehen. Ich habe mit dem Mädchen geredet und gespielt, aber ich hab schon gespürt, dass etwas nicht stimmt.«

»Wie meinen Sie das?«

Wanda schaute mit einem gequälten Ausdruck zu ihr auf. »Na ja, Desiree hat mich nie mit dem Kind allein gelassen. Sie hat immer aufgepasst. Und Becky hat immer lange Hosen und langärmelige Sachen getragen, auch wenn es heiß war, und in Georgia ist es ziemlich oft glühend heiß. Nach einer halben Stunde haben sie Becky – ich meine, Mercy – dann weggeholt, und das war's.«

»Und irgendwann haben Sie die Wahrheit herausgefunden?«

Wanda nickte. »Einmal haben wir sie ganz spontan besucht. Nicht, um sie bei irgendwas zu ertappen, sondern einfach nur, um vorbeizuschauen. Ich hatte ein hübsches Kleid für Mercy gefunden und wollte es ihr geben. Das war ungefähr zwei Jahre, nachdem Joe und Desiree sie zu sich genommen hatten. Wir hörten Schreie aus dem Haus und sind sofort rein. Und …«

Wanda stockte und nahm mehrere tiefe Atemzüge. Sie sog den Sauerstoff so gierig ein wie ein Junkie auf Entzug.

»Was?«, drängte Pine.

Sie hörten ein leises Stöhnen. Als Pine sich zu Len Atkins umdrehte, gestikulierte er verzweifelt und drückte die Finger der einen Hand auf seinen steifen Arm.

Pine starrte Wanda an. »Was will er uns sagen?«

»Mercy … sie war auf dem Tisch festgebunden. Desiree hatte ihr Dutzende Nadeln in die Arme und Beine gestochen. Mercy hat furchtbar geschrien.«

16

Pine nahm sich ein Handtuch und trocknete ihr Gesicht. Sie blickte in den Spiegel über dem Waschbecken; es war, als würde sie eine Fremde anstarren. Sie fühlte sich innerlich ausgehöhlt, als wäre ein Teil von ihr herausgerissen worden, nachdem sie das Haus der Atkins betreten hatte. Sie nahm einen langen Atemzug und versuchte, sich zu beruhigen. Als Wanda ihr erzählt hatte, wie Mercy mit Nadeln gefoltert worden war, hatte sie es nicht mehr ausgehalten. Sie war aufgesprungen und ins Badezimmer gerannt.

Sie trat ans Fenster, schaute hinaus. Ein Habicht flog mit trägem Flügelschlag über den Himmel. In einem angrenzenden Garten spielten Kinder. Ein Laster rumpelte vorbei. Irgendwo hupte ein Auto. Aus einer anderen Richtung erklang das durchdringende Röhren eines startenden Motorrads. Nebenan nahm eine weißhaarige Frau die Wäsche von der Leine. Heile Welt. Alles ganz normal. Alles wie immer.

Doch keine dieser Alltäglichkeiten hatten auch nur ansatzweise mit dem zu tun, was in Pine vorging. Es war brutal. Es war herzzerreißend. Es war die Hölle.

Und doch ist es nichts im Vergleich zu dem, was Mercy durchgemacht hat.

Ein kalter Schauer lief ihr über den Rücken. Sie straffte die Schultern, gab sich einen Ruck und ging ins Wohnzimmer zurück, wo Wanda und Blum sie besorgt musterten.

Pine setzte sich. »Tut mir leid. Ich habe einen Augenblick gebraucht. Der ... der Fall geht mir ziemlich nahe.« Aus verschiedenen Gründen wollte sie Wanda nicht verraten, wie sie zu Mercy stand.

»Ja«, sagte Wanda langsam, »das verstehe ich.« Sie schaute argwöhnisch zwischen Pine und Blum hin und her.

Pine räusperte sich, ehe sie fragte: »Haben Sie nicht daran gedacht, Ihrer Schwiegertochter Mercy wegzunehmen, nach dem, was die ihr angetan hat?«

»Natürlich waren wir schockiert. Aber dann hat Joe es uns erklärt.«

»Wie kann man so etwas *erklären?*«, fragte Pine mit zusammengebissenen Zähnen.

Wanda, sichtlich aufgewühlt, knetete mit beiden Händen ihre Beine. »Er ... er hat gesagt, Mercy habe große Schmerzen, und Desiree mache so was wie ... wie nennt man das noch mal, wenn sie einen mit Nadeln behandeln?«

»Akupunktur?«, fragte Blum.

»Ja, genau.«

»Bei einer Akupunktur schreien die Leute aber nicht vor Schmerz«, sagte Pine, ohne ihren kalten Blick von der Frau zu wenden. »Sie benutzen dabei auch keine gewöhnlichen Nadeln.«

»Ich habe es meinem Sohn nun mal geglaubt«, rechtfertigte sich Wanda und schaute zur Seite.

»Haben Sie gewusst, dass das Mädchen irgendwann nicht mehr bei Joe und Desiree im Haus gewohnt hat, sondern in einer Höhle im Wald?«

Wanda zuckte zusammen. »Sie ... sie haben gesagt, das Mädchen habe Wutanfälle und sei eine Gefahr für sich selbst und andere. Es sei zu ihrem Besten.«

Pine nahm das Foto noch einmal heraus und hielt es hoch.

»Dieses schüchterne Mädchen da neben Ihnen war eine Gefahr für sich selbst und andere?«

»Joe hat gesagt, sie hätten ihr an dem Tag etwas zur Beruhigung gegeben.«

»Joe hatte anscheinend für alles eine Erklärung. Haben Sie die Höhle mal gesehen?«

Wanda schaute zu ihr auf. »Ja.«

»Wie kam das?«

Die Frau breitete die Arme aus und schluchzte. »Weil ... weil Becky mir so leidgetan hat. Ich habe ihr etwas zu essen gebracht und Bücher. Ich hab mit ihr geredet, ihr vorgelesen, hab versucht, ihr ein bisschen Rechnen beizubringen. Ich bin keine Lehrerin, aber ich habe getan, was ich konnte. Ich ... ich wollte ihr das Gefühl geben, dass sie eine Freundin hat.«

»Aber Sie haben nie jemandem erzählt, was Desiree ihr angetan hat?«, warf Blum ein. »Dass die beiden sie wie eine Gefangene gehalten haben?«

Wanda schüttelte den Kopf. »Ich hatte Angst, dass Len und ich ins Gefängnis müssen.«

»Gut«, sagte Pine ungeduldig. »Dann will ich wissen, was an dem Abend war, als Mercy sich befreit hat und Joe gestorben ist.«

»Wir hatten keine Ahnung, was passiert war. Wir haben es erst am nächsten Tag erfahren.«

»Ich warne Sie. Wenn Sie mich anlügen, nehme ich Sie fest.«

»Was meinen Sie damit?«, fragte Wanda verängstigt.

»Wir wissen, dass Desiree verschwunden ist. Dass sie mit dem Pick-up zu der Stelle gefahren ist, wo die Polizei ihn später gefunden hat. Ihr Mann war tot, und Mercy war verschwunden. Wen hätte Desiree anrufen sollen, wenn nicht Sie und Ihren Mann? Sie waren die Einzigen, die von ihren *Verbrechen* gewusst haben.« Pine starrte die Frau erbarmungslos an. »Darum müssen Sie uns jetzt die Wahrheit sagen.«

Wanda schaute zu ihrem Mann, der ihr erneut etwas zugebrummt hatte, was er mit einem Kopfnicken bestätigte.

Wanda wandte sich wieder Pine zu und nickte resignierend. »Desiree hat angerufen. Len und ich hatten uns gerade *Gilligans Insel* im Fernsehen angeschaut. Komisch, dass man sich an solche Sachen erinnert.«

»Weiter«, drängte Pine ungeduldig.

Als Wanda erzählte, was sich zugetragen hatte, redete sie immer schneller; die Worte sprudelten nur so aus ihr hervor. »Desiree sagte, Becky sei durchgedreht. Sie habe sich befreit, Joe umgebracht und sei dann fortgelaufen. Desiree meinte, sie müsse verschwinden, sonst würde die Polizei sie festnehmen. Sie war vor Panik wie von Sinnen.«

»Warum haben Sie ihr geholfen?«, hakte Pine nach. »Jetzt, da Ihr Sohn tot war?«

»Wir waren völlig verzweifelt und wussten nicht, was wir tun sollen.« Tränen liefen ihr über die Wangen. »Mein Gott, Desiree sagte uns, mein Sohn sei ermordet worden! Und dann hat dieses Miststück uns gedroht! Wenn wir ihr nicht helfen, sagte sie, erzählt sie der Polizei, *wir* hätten Becky gefoltert. Len und ich wussten nicht aus noch ein. Wir hatten furchtbare Angst. Desiree kann unglaublich gut lügen. Also haben wir ihr bei der Flucht geholfen.«

»Und wie?«

»Wir haben sie nach Atlanta gefahren. Von dort ist sie mit dem Bus weiter.«

»Wohin?«

»Das weiß ich nicht. Sie wollte es uns nicht sagen. Seit damals haben wir sie nie wiedergesehen.«

»Auch nicht telefoniert?«

»Nein. Und ich will auch nichts mehr von ihr hören.«

»Was genau hat sie Ihnen über Joes Tod erzählt?«

»Dass Joe Becky ... ich meine, Mercy ... aufhalten wollte und dass es zu einem Kampf gekommen sei.«

»Und dabei soll Mercy ihn umgebracht haben?«, fragte Pine.

»Das hat Desiree jedenfalls gesagt.«

»Und Sie haben es ihr abgenommen?«

»Ich wusste einfach nicht mehr, was ich glauben soll. Ich war vollkommen durcheinander.«

»Und am nächsten Tag hat der Sheriff Ihnen berichtet, was passiert war?«

Wieder traten der Frau Tränen in die Augen. »Ich wusste ja schon, dass Joe tot war, aber ich musste so tun, als wäre ich schockiert. Es war der schlimmste Tag meines Lebens.«

»Was hat der Sheriff Ihnen noch über Joe gesagt?«

»Er war sicher, dass Desiree ihn umgebracht hat. Er hatte ja keine Ahnung, dass Mercy bei uns gelebt hat. Wir haben ihm gesagt, wir hätten nichts mehr von Desiree gehört.«

»Sie haben ihn belogen und dadurch die Ermittlungen behindert«, sagte Pine geradeheraus.

Wanda nickte zerknirscht. »Das ... das stimmt wohl.«

Pine schaute zu Len Atkins, der ihren Blick erwiderte und betrübt den Kopf schüttelte. »Ich glaube, Ihr Mann will, dass Sie uns die Wahrheit sagen.«

Wanda blickte ihn fest an. »Das *ist* die Wahrheit.«

»Wollen Sie behaupten, der Leichnam Ihres Sohnes lag die ganze Nacht da draußen, ohne dass ein Tier ihn angerührt hätte? Und der Polizei zufolge gab es nicht die kleinste Spur, dass sich wilde Tiere an der Leiche zu schaffen gemacht hätten.«

Wanda schlug die zitternde Hand vors Gesicht. »Hören Sie auf. Bitte.«

Len ächzte gequält. Pine schaute zu ihm. Er starrte seine Frau nachdrücklich an.

Wanda wandte sich ihm zu, nahm einen tiefen Atemzug und sagte: »Ja, es stimmt. Wir sind hingefahren und haben Joe da liegen sehen. Wir *mussten* hin. Schließlich war er unser Sohn. Wir wollten wissen, ob es stimmt. Desiree hätte ja auch lügen können. Wir haben gesehen, dass er tot war. Trotzdem konnten wir ihn nicht einfach so liegen lassen ... ganz allein.« Wieder kamen ihr die Tränen. »Es war furchtbar. Len hatte eine Schrotflinte und hat die Tiere verjagt, aber ... die Fliegen ...« Sie atmete geräuschvoll aus und brauchte einen Augenblick, um sich zu beruhigen, während Pine und Blum warteten.

Wanda wischte sich mit dem Ärmel über die Augen. »*Ich* habe Desiree an der alten Esso-Tankstelle abgeholt und nach Atlanta gefahren, während Len über die Leiche unseres Sohnes gewacht hat. Am nächsten Morgen, noch bevor ich aus Atlanta zurück war, hat Len Geräusche gehört und sich versteckt. Ein Mann kam mit seinem Hund vorbei. Er sah Joe und ist weggerannt, wahrscheinlich, um die Polizei zu rufen. Ich war vielleicht zehn Minuten später da. Len hat mir alles erzählt. Dann sind wir nach Hause gefahren. Als die Polizei kam, taten wir so, als wüssten wir von nichts.«

Pine musterte sie einen Augenblick. »Haben Sie sich Joes Leichnam genau angesehen?«

»Es war wirklich unser Sohn, falls Sie das meinen.«

»Wir wissen, dass das alles nicht leicht für Sie ist, Wanda«, warf Blum ein. »Aber wir müssen Mercy finden. Alles, was Sie uns über diese Nacht sagen können, hilft uns weiter. Jede Kleinigkeit.«

Wanda tupfte sich die Augen ab. »Mein Sohn hatte ein Messer im Rücken. Er war *tot*, das können Sie mir glauben.«

»Können Sie uns sonst noch etwas sagen?«, fragte Pine.

»Ich weiß nicht. Ich stand unter Schock.« Sie hielt einen

Augenblick inne. »Das heißt … Joe hatte eine Beule und Blut am Kopf, das weiß ich noch.«

»Haben Sie irgendwelche Spuren eines Kampfes gesehen?«, hakte Pine nach.

»Nein. Aber ich war viel zu aufgewühlt. Ich hätte nicht gewusst, worauf ich hätte achten sollen.«

»Was genau hat Desiree Ihnen darüber erzählt, was vorgefallen war? Mich interessiert jede Kleinigkeit.«

»Dass Mercy sich irgendwie befreit hat und Joe sie aufhalten wollte. Und dann hat sie ihn angeblich niedergestochen und ist weggerannt.«

»Woher hatte sie das Messer?«

»Das hat Desiree nicht gesagt.«

»Wir wissen, dass ein Schuss gefallen ist«, sagte Pine. »Man kann ihn auf einer Videoaufnahme, auf der Mercys Flucht zu sehen ist, deutlich hören.«

»Davon weiß ich nichts. Von einem Schuss hat Desiree nichts gesagt.«

»Hatte Desiree eine Schrotflinte bei sich, als Sie sie bei der Tankstelle getroffen haben?«

»Nein.«

»Sie hat Ihnen wirklich nicht gesagt, wohin sie will? Und Sie sind sicher, dass Sie seither keinen Kontakt mit ihr hatten? Kein einziges Mal?«

»Nein, nie. Ich will diese schreckliche Person auch nie wiedersehen«, entgegnete Wanda.

»Und dann sind Sie von dort weggezogen?«

»Ja. Wir haben Joes Haus verkauft. Desiree war fort, also waren wir die nächsten Verwandten. Mit dem Geld haben wir dieses Haus hier gekauft. Dann waren da noch Joes Konten mit dem Geld aus seinem Geschäft. Das haben wir auch bekommen«, fügte sie nervös hinzu.

»Verstehe.«

Pine stand auf, zog zwei Visitenkarten hervor und gab sie der Frau. »Falls Ihnen noch etwas einfällt oder Sie von Desiree hören, rufen Sie mich bitte an.«

»Ich glaube nicht, dass wir nach so langer Zeit noch etwas über dieses Ungeheuer erfahren.«

»Das kann man nie wissen.«

17

»Sie hat gelogen«, sagte Pine, als sie vom Haus wegfuhren.

»Woher wissen Sie das?«, fragte Blum.

»Desiree hätte ihnen bestimmt nicht das ganze Geld vom Hausverkauf und Joes Ersparnisse überlassen. Für den Neuanfang hat sie finanzielle Mittel gebraucht. Ich wette, Wanda weiß, wo Desiree lebt, und hält mit ihr Kontakt, für den Fall, dass jemand wie wir kommt und Fragen stellt. Und ich glaube, Joes Schrotflinte war dieselbe, mit der Len in jener Nacht die Leiche seines Sohnes bewacht hat.«

»Wenn das stimmt, was sollen wir tun?«

Pine schaute in den Innenspiegel. »Falls die Atkins tatsächlich mit Desiree in Verbindung stehen, haben wir Wanda durch unseren Besuch aufgeschreckt. Ich glaube ...« Pine fuhr den Porsche rechts ran und hielt. »Ich bin gleich wieder da.«

Sie stieg aus und eilte die Straße hinunter. Kurz vor dem Haus der Atkins huschte sie zwischen ein paar Bäumen hindurch zur Rückseite des Grundstücks, sprang über den Maschendrahtzaun und lief zum Haus. Durch ein altes Fliegengitterfenster spähte sie in die Küche und duckte sich schnell, als sie ihre Vermutung bestätigt sah.

Wanda kam in die Küche, blass und sichtlich betroffen. Sie ging zu einem Telefon, das an der Wand hing. Es war einer dieser Apparate mit extragroßen Tasten, wie ältere Menschen sie gerne verwendeten. Pine zog ihr Handy hervor, schaltete die Videofunktion ein, hielt die Kamera ans Fenster und zoomte auf das Wandtelefon.

Wanda hielt ein kleines Notizbuch in der Hand, schaute mit zusammengekniffenen Augen auf die aufgeschlagene Seite und setzte ihre Brille auf. Dann nahm sie den Hörer ab und tippte langsam eine Nummer ein, während sie immer wieder ins Notizbuch schaute. Pine nahm die Szene mit ihrem Handy auf und lauschte. Zum Glück stand Wanda mit dem Rücken zu ihr.

»Ich bin's, Wanda«, sagte sie. »Warum ich anrufe? Das kann ich dir sagen. Das FBI war gerade bei uns. Die haben nach Becky gefragt. Ja, *Becky*. Die wissen, was ihr getan habt, du und Joe. Und jetzt suchen sie nach ihr … und nach *dir!* Sie wissen, dass du lebst und wie du damals in jener Nacht entkommen bist.«

Nach einer Pause sagte Wanda noch etwas, allerdings viel leiser. Dann hörte sie längere Zeit zu und nickte bloß.

Pine hatte, was sie wollte. Sie steckte ihr Handy ein, eilte zum Porsche zurück und stieg ein.

Sie erzählte Blum, was geschehen war, und reichte ihr das Handy. »Notieren Sie diese Nummer hier, die Wanda anruft, und fragen Sie im Bureau nach. Die sollen feststellen, auf wen das Telefon angemeldet ist. Und ich brauche die Adresse.«

Blum nickte, rief an und beendete das Gespräch eine Minute später. »Sie checken die Sache. Der Vorwahl zufolge muss es eine Nummer im Westen von North Carolina sein.«

»Na, das ist doch mal ein Anfang. Wenn sie jetzt noch Desirees Adresse und den neuen Namen herausfinden, den sie sich garantiert zugelegt hat, sind wir einen großen Schritt weiter.«

»Was, glauben Sie, wird sie uns sagen können?«

»Was an diesem letzten Abend wirklich passiert ist.«

»Aber Desiree hat allen Grund zu lügen. Und was sie Mercy angetan hat, ist wahrscheinlich verjährt, so ungerecht das auch ist.«

»Aber Mord verjährt nicht.«

»Mord? Sie meinen, Desiree hat Joe …?«

»Vielleicht nicht nur Joe. Auf dem Video haben wir einen Schuss gehört. Und Joe hatte keine Schusswunde.«

»Sie glauben …?«

»Ich muss mit allem rechnen, auch dass Mercy damals getötet wurde und Desiree deswegen geflohen ist. Was wir bisher über die Frau gehört haben, lässt darauf schließen, dass sie eine Psychopathin ist.«

»Das stimmt wohl.«

»Aber es ist nur eine Möglichkeit von mehreren.«

Als Pine den Motor anließ und losfuhr, summte ihr Handy. Es war Jack Lineberry.

»Jack?«

»Atlee, es ist etwas passiert.« Er klang völlig außer sich.

»Was denn?«, fragte Pine alarmiert.

»Die Polizei war gerade hier.«

»Welche Polizei?«

»Die Georgia State Police und ein Detective aus Virginia.«

»Virginia? Was wollten die?«

»Die Leiche im Grab deines Vaters wurde als Ito Vincenzo identifiziert.«

»Das ist ja keine Überraschung, oder?«

»Nein, aber jetzt wissen sie, dass ich gelogen habe, als ich den Toten als Tim Pine identifiziert habe. Ich glaube, die werden mich festnehmen … wegen Behinderung der Justiz in einer Mordermittlung.«

»Mordermittlung? Verdammt, wovon redest du?«

»Ich habe ihnen gesagt, dass Tim mich angerufen und mir erzählt hat, was passiert war. Sie wollten wissen, ob ich irgendeinen Beweis habe, dass Tim Vincenzo in Notwehr erschossen hat. Und warum ich mir so sicher bin, dass Tim ihn nicht *ermordet* hat.«

»Was hast du gesagt?«

»Was hätte ich schon sagen sollen? Ich habe ja keinen Beweis. Ich weiß auch nur, was Tim mir erzählt hat. Und dass er untergetaucht ist und Vincenzo an seiner statt begraben wurde. Aber anscheinend glaubt mir die Polizei nicht. Für sie ist Tim ein Flüchtiger. Er steht ab sofort unter Mordverdacht.«

»Kennen sie die ganze Geschichte von meinen Eltern und der Mafia? Dann würden sie verstehen, warum Vincenzo Tim töten wollte.«

»Ich glaube nicht. Und rechtlich gesehen bin ich immer noch nicht befugt, darüber zu reden. Aber vielleicht kommt alles raus, je nachdem, wie die Dinge sich entwickeln.«

»Haben die Cops gesagt, was sie vorhaben?«

»Nur, dass sie einen Haftbefehl für Tim beantragen werden. Die sind hinter ihm her, Atlee. Mein Gott … nach so vielen Jahren.«

Pine starrte fassungslos durch die Windschutzscheibe.

Heilige Scheiße.

Damit hatte sie nicht gerechnet.

18

»Nur damit Sie's wissen«, sagte die Frau zu El Cain, »die Miete ist für eine Woche im Voraus zu bezahlen. In bar, keine Schecks, keine Kreditkarten. Ich hab mit den Leuten hier schon zu viel Mist erlebt. Ehrlichkeit kennen die nicht.«

Die Frau hieß Beth. Sie war klein und stämmig, Anfang vierzig und hatte langes, blond gefärbtes Haar. Am Mittelscheitel kamen die dunklen Haarwurzeln zum Vorschein. Ihr Gesicht hatte einen aggressiven, unfreundlichen Ausdruck. Sie trug eine ausgeblichene Jeans, flache schwarze Schuhe und einen Sweater, auf den ironischerweise ein Smiley aufgedruckt war.

»Freut mich, in einem so noblen Haus zu wohnen.«

»Konnten Sie sich das nicht denken, bevor Sie hergekommen sind?«

»Wohnen Sie auch hier?«, fragte Cain.

»Himmel, nein. In der Nacht ist man hier nicht sicher.« Beth stockte einen Augenblick, ehe sie hinzufügte: »Hinten im Hof steht ein Grill, aber die Kohle müssen Sie selbst besorgen. Und *Sie* tragen die Verantwortung, falls ein Feuer ausbricht oder sonst was passiert. Es ist schon vorgekommen, dass besoffene Typen Hamburger gegrillt und beinahe das Haus abgefackelt haben.«

»Ich bin Vegetarierin«, versetzte Cain. »Und Alkohol rühr ich nicht an.«

»Gut«, sagte Beth mit zusammengekniffenen Augen.

Cain bezahlte die Miete und nahm den Schlüssel ihres neuen Zuhauses entgegen. Nach ihrer Schicht auf dem Gabelstapler hatte sie sich umgesehen und diese Absteige gefunden. Es war ein hufeisenförmig angelegtes Motel aus den 1970ern, das irgendwann »renoviert« und zu kleinen Wohneinheiten ausgebaut worden war, wie die Frau ihr erzählt hatte. In Wahrheit war kein Handschlag gemacht worden; sie hatten nur den Namen geändert, sodass sie mehr verlangen konnten. Der asphaltierte Parkplatz war längst von Unkraut überwuchert.

Cain schloss die Tür von Zimmer 110 auf. Es war nicht einmal doppelt so breit, wie sie selbst groß war. Auf dem Doppelbett lagen eine schleierartig dünne Bettdecke und ein kümmerliches Kissen. Die restliche Einrichtung bestand aus einem kleinen, windschiefen Nachttisch, einem verschrammten Schreibtisch mit einer Gideon-Bibel darauf und einem Stuhl mit zerbrochener Lehne. Teppich gab es keinen, doch aus irgendeinem Grund hatte man die graue Teppichunterlage liegen lassen; vielleicht, weil sie den rissigen Betonboden notdürftig bedeckte. Wo Wand und Boden aufeinandertrafen, ragten noch die Nägel aus der Leiste, mit denen der Teppich befestigt gewesen war. In einem kleinen Schrank hingen ein paar Kleiderbügel. Das Badezimmer war auf das Nötigste beschränkt: eine uralte Toilette, ein fleckiges Waschbecken und eine kleine Plexiglasdusche. Neben der Toilette lag eine halbe Rolle Papier, und die WC-Brille war mit Urinflecken verunziert. Das Fenster stand offen. Cain drückte es zu und versuchte vergeblich, es zu verschließen. Sie würde sich später darum kümmern müssen.

Sie stellte den Seesack und ihre übrigen Habseligkeiten auf den Schreibtisch, nahm ihre Glock heraus und behielt sie in der Hand, als sie sich aufs Bett legte. Sie war müde und besorgt – nicht etwa wegen ihrer neuen Bleibe, sondern weil das FBI hinter ihr her war.

Zumal sie wusste, dass Mord nicht verjährte.

Aber konnten die sie wirklich wegen Mordes drankriegen? Schließlich hatten die Atkins sie in einer dunklen, stinkenden Höhle wie ein Stück Vieh gehalten. Das gab ihr doch wohl alles Recht der Welt, sich gewaltsam zu befreien und sich zu verteidigen, wenn sie angegriffen wurde, oder? Sie wusste es nicht. Sie war keine Anwältin. Die Leute stellten alles Mögliche an und kamen ungeschoren davon. Niemand hatte die Atkins an dem gehindert, was sie getan hatten.

Und die Jahre nach Cains Flucht waren nicht viel besser gewesen als die Zeit davor. Sie war eine groß gewachsene Neunzehnjährige mit der geistigen und emotionalen Reife einer Achtjährigen. Durch ihre völlige Ahnungslosigkeit war sie immer wieder in heikle Situationen geraten. Ihre Angst vor den Behörden hatte sie zu Leuten geführt, die sie schamlos ausnutzten. Bis sie eines Tages aufgewacht war und sich gesagt hatte: *Es reicht.* Genau das hatte sie – mit noch mehr Nachdruck – auch zu dem Mitglied einer Biker-Gang gesagt, bei dem sie gewohnt hatte. Als sie seine Bude verließ, lag er blutüberströmt auf dem Boden – was nur recht und billig war, nachdem der Typ sie monatelang missbraucht und geschlagen hatte.

Seitdem war Cain allein unterwegs. Und dabei würde es bleiben, solange sie lebte, das hatte sie sich fest vorgenommen.

Nach zwei Stunden unruhigen Schlafs wachte sie hungrig auf. Sie wusch sich das Gesicht und trocknete sich mit einem Sweater ab, da die Zimmerausstattung weder Handtuch noch Waschlappen beinhaltete. Sie schlüpfte in die neuen Schuhe, die sie sich von ihrem Preisgeld gekauft hatte.

Ganz in der Nähe fand sie ein Wendy's Schnellrestaurant, wo sie ein Hühnchensandwich, Pommes und einen Vanille-Milchshake bestellte. Sie schaute sich um und sah Mütter, die ihren Kindern beim Essen halfen, ihnen Mund und Nase säuberten und die Essensreste ihrer Sprösslinge von der Tischplatte wischten. Alles ganz normal. Trotzdem hatte Cain ein komisches Gefühl. In ihrem Kopf liefen bizarre Szenen ab, wie es schon öfter der Fall gewesen war. Verschwommene Erinnerungen an … an etwas … an jemanden: Ein Mädchen lachte und legte einem anderen Mädchen die Hände aufs Gesicht. Das andere Mädchen kicherte vergnügt. Es war wie ein intensiver Traum, nur dass man sich anschließend an nichts mehr erinnern konnte.

Als Cain gegessen hatte, fuhr sie zu ihrem neuen Zuhause zurück. Das Erste, was sie hörte, war ein Schrei, laut und verängstigt. Sie öffnete die Autotür und hielt nach der Ursache Ausschau. Mehrere Hausbewohner saßen draußen; sie hockten auf Klappstühlen, auf dem kahlen Boden oder auf Farbeimern und rauchten, tranken und quatschten. Zwei spielten Karten mit kleinen Vierteldollar-Stapeln als Einsatz. Keiner reagierte auf die Schreie. Cain fragte sich nach dem Grund.

Sie ging zu einem stämmigen Kerl in den Fünfzigern mit dichten grauen Haaren, die unter einer John-Deere-Baseballkappe hervorquollen. Dazu trug er ein verdrecktes T-Shirt und eine altmodische weiße Malerhose voller Farbflecken. In einer Hand hielt er eine Bierdose, in der anderen eine Zigarette. Seine Augen waren gerötet und verschwommen. Cain fragte sich, wie viele Dosen er schon intus hatte.

»Was ist da los?«, fragte sie ihn.

»Was?« Er schaute sie verwirrt an.

»Da hat jemand geschrien.«

Er zuckte mit den Schultern. »Geht mich nix an, Schätzchen.«

»Das war nicht meine Frage.«

Er deutete mit der Kippe auf Zimmer 104. Im selben Augenblick erklang wieder ein schriller Schrei von drinnen. »Das Mädel wird mal wieder verdroschen.«

»Welches Mädel?«

»Kens Mädel.«

»Verdroschen? Warum?«

»Weil Ken es so will.«

»Wer zum Teufel ist Ken?«

In diesem Augenblick flog die Tür zu 104 auf, und eine junge Frau kam herausgerannt, die Hände schützend über dem Kopf. Sie war barfuß und in Unterwäsche, eine junge Hispanierin mit hübschem Gesicht und schlankem Körper.

Dann kam ein Koloss von einem Mann ins Freie, vermutlich Ken. Er war Anfang dreißig, gut eins fünfundachtzig groß und mehr als hundert Kilo schwer. Einer von der Sorte, bei dem man auf die andere Straßenseite wechselte, wenn er einem entgegenkam. Er trug kein Hemd, sodass seine dicken Arme, die breiten Schultern und die tätowierten muskulösen Unterarme zu sehen waren. Sein Bierbauch war so ausladend, als wäre er mit Drillingen schwanger. Seinen kahl rasierten Kopf zierte eine breite Tätowierung, die bis in die Stirn reichte. Unter den Tattoos auf dem rechten Unterarm befand sich ein Hakenkreuz. In der rechten Hand hielt er einen Gürtel, im Mundwinkel hing eine Zigarette. An der Hüfte trug er ein Messer in einer Scheide.

»Komm sofort her, Rosa! Wenn ich dich holen muss, werd ich erst richtig sauer! Du hast nix an, du dummes Huhn. Schämst du dich denn gar nicht?«

Rosa drehte sich um, spuckte in seine Richtung und schleuderte ihm eine Maschinengewehrsalve spanischer Schimpfwörtern entgegen, die Cain nicht verstand. Und wie es aussah, auch Ken nicht. Cain sah die roten Striemen an Rosas Armen und Beinen, wo Ken sie mit dem Gürtel malträtiert hatte. Cain rieb sich unwillkürlich die Arme, wo Desiree sie unzählige Male mit einem verdammten Gürtel geschlagen hatte.

Ken nahm die Kippe aus dem Mund, trat sie mit dem Stiefel aus und ließ den Gürtel wie eine Peitsche schnalzen. »Was soll dieses Gelaber?«, rief er. »Wie oft hab ich dir schon gesagt, du sollst *Amerikanisch* sprechen, du mexikanische Dumpfbacke.« Er lachte über seine Beleidigung.

»Selber Dumpfbacke!«, blaffte Rosa zurück. »Und ein Fettsack bist du außerdem.«

Sein Grinsen schwand. Er stierte zu den anderen, die ihn allesamt anstarrten, ohne einen Mucks von sich geben. Cain kannte den Grund. Sie wusste, dass Schläger wie Ken nur eine Antwort kannten, wenn sie in aller Öffentlichkeit beleidigt wurden. Sein beschränkter Verstand und seine tief sitzende Unsicherheit schrien nach Gewalt. Mit finsterem Blick ging er auf die Frau zu, während der Mann mit der Malerhose aufstand und langsam zurückwich. Die meisten anderen verschwanden in ihren Zimmern.

Cain sah Beth, die Frau aus dem Büro, in der offenen Glastür stehen. Sie schüttelte stumm den Kopf und ging ins Haus zurück, als wäre es ein alltäglicher Vorfall. Wahrscheinlich war es das auch. Alle Kens dieser Welt hatten das gleiche Verhaltensmuster. Das machte sie gefährlich, aber berechenbar. Und das wiederum ließ sie verwundbar werden, wenn man es richtig anpackte. Cain war eine ausgewiesene Expertin im Umgang mit Primitivlingen wie Ken.

Während er auf die widerspenstige Rosa zustapfte, trat Cain ihm in den Weg. »Steck den Gürtel weg, geh zurück auf deine Bude und beruhig dich«, sagte sie. »Aber mach keinen Blödsinn.«

Der Mann mit der Malerhose machte einen weiteren langen Schritt zurück. »Sei lieber still«, zischte er Cain zu. »Bist du lebensmüde?«

Ken sagte kein Wort, sondern schwang seine mächtige Faust nach Cains Kopf.

19

Cain wich dem Schlag mit einem Sidestep aus und drosch Ken einen rasiermesserscharfen Haken ins Zwerchfell. Er klappte zusammen. Sein Gesicht lief dunkelrot an, als der mächtige Hieb ihm den Atem nahm. Noch während er nach Luft schnappte, rammte Cain ihm den Ellbogen in die rechte Niere. Ken schrie auf, doch das Adrenalin betäubte die Schmerzen, und er schlug erneut zu. Beinahe lässig blockierte Cain den Hieb mit dem Unterarm, packte Ken am Handgelenk und am Ellbogen und drehte beide in entgegengesetzte Richtungen. Ken jaulte auf. Sie stieß ihn zu Boden. »Letzte Warnung, Arschgeige. Lass es.«

Ken rappelte sich auf. Sein mächtiger Bauch hob und senkte sich, während er allmählich wieder zu Atem kam und Cain aus blutunterlaufenen Augen anstierte. Ohne Vorwarnung zog er das Messer. Doch ehe er angreifen konnte, trat Cain ihm gegen das Handgelenk. Das Messer flog drei Meter durch die Luft.

Ken umfasste seine verletzte Hand. »Du hast mir den Finger gebrochen, Miststück!«

»Wenn du nicht aufhörst, brech ich dir noch mehr.«

Er brüllte auf und stürmte mit ausgebreiteten Armen auf sie zu.

Mit einer blitzschnellen Drehung wich sie dem Angriff aus, packte Ken am linken Arm und riss seinen Ellbogen hoch, während sie sein Handgelenk nach innen drückte. Als er sich loszureißen versuchte, rammte sie ihm ihr knochiges Knie in die wahrscheinlich immer noch schmerzende rechte Niere. Ken stieß einen gellenden Schrei aus und ging in die Knie.

Cain zwang ihn mit einem Armhebel zu Boden, während er wüste Schimpfworte brüllte. Unvermittelt griff er mit der freien Hand nach hinten und zog eine Pistole. »Ich mach dich kalt, du verdammte …«

Er brachte den Satz nicht zu Ende. Cain ließ seinen Arm los, packte seinen Kopf mit beiden Händen, zog ihn zu sich und rammte ihm das rechte Knie mit voller Wucht ins Gesicht. Er kippte nach hinten, schaffte es aber dennoch, die Pistole hochzureißen und abzudrücken. Die Kugel pfiff um Handbreite an Cains Kopf vorbei.

Als er sich aufrappelte, war Cain schon bei ihm, traf ihn mit zwei krachenden Geraden am Kinn und ließ einen linken Haken in die Magengrube folgen. Er sackte auf die Knie. Cain packte sein lädiertes Handgelenk und versuchte, ihm die Waffe zu entreißen, doch der Kerl war stark wie ein Ochse.

Brüllend vor Wut, stieß er den Kopf vor und traf sie genau auf die Kehle. Cain taumelte nach hinten und rang nach Luft. Zum Glück hatte sie ihm die Pistole entreißen können, doch er packte ihre Hand und versuchte, ihr die Waffe zu entwinden.

Cain erkannte, dass die Sache außer Kontrolle zu geraten drohte. Sie hatte den Kerl unterschätzt.

Wild riss sie ihr Knie hoch und rammte es ihm gegen die Brust. Einmal. Zweimal. Er taumelte nach hinten, zog sie jedoch mit sich. Beide hatten die Hand fest an der Waffe, doch Ken bekam einen Finger an den Abzug und drückte ab. Der Schuss schlug in die Hauswand ein.

Okay, das reicht jetzt, sagte sich Cain. *Bring es zu Ende und zwar schnell.*

Das Manöver, das sie vorhatte, war schwierig, aber sie hatte es schon einige Male in ihren Fights eingesetzt. Die linke Hand an der Pistole, schlang sie den rechten Arm um Kens Stiernacken und drückte ihn nach unten, bis fast ihr ganzes Gewicht auf ihm lastete. Dann warf sie sich nach hinten und zog zugleich mit aller Kraft an seinem Hals. Sie spürte, wie Ken vom Boden gerissen wurde. Im letzten Augenblick ließ sie los. Ken flog über sie hinweg und schlug schwer mit dem Kopf auf dem Beton auf, während Cain sich seitlich abrollte und die Waffe aus seiner erschlaffenden Hand riss, als er das Bewusstsein verlor.

Sie sprang auf, trat einen Schritt zurück und schaute schwer atmend auf den blutenden, nun völlig wehrlosen Ken hinunter.

»Heilige Scheiße!«, stieß jemand hervor.

Cain würgte, spuckte aus und rieb sich die schmerzende Kehle. Dann schaute sie zu dem Mann mit der Malerhose, der mit weit aufgerissenen Augen dastand, die Bierdose in der Hand.

»Was ist?«, fragte Cain.

»Na was wohl. Du hast diesem Bullen die Scheiße aus dem Leib geprügelt«, sagte er ungläubig.

»Na und?«

»Du bist 'ne Frau, und der Typ ist 'n Monster.«

»Das ist keine Antwort«, sagte sie keuchend.

Sie ging in die Knie, schaute nach Ken. Er war noch immer bewusstlos. Sicherheitshalber fühlte sie nach dem Puls. Kräftig und regelmäßig. Sie zog an seinem Arm und an einem Bein. Trotz der Bewusstlosigkeit reagierte sein Körper mit einem Zucken.

Glück gehabt, Fettwanst. Deine Wirbelsäule ist heil geblieben.

Sie richtete sich auf und schaute zu Rosa. »Alles in Ordnung?«

Rosa starrte sie fassungslos an, ehe sie den Blick furchtsam auf den daliegenden Ken richtete.

»*Madre de Dios.* Er … er bringt mich um, wenn er aufwacht.«

»Hol deine Sachen«, forderte Cain sie auf.

»*Que?*«

»Hast du Kinder? *Niños?*«

Rosa schüttelte den Kopf. »Wir sind nicht verheiratet.«

»Gut, dann hol deine Klamotten. Ich bringe dich an einen sicheren Ort.«

Rosa rannte in ihr Zimmer. Cain hörte sie hastig packen.

In diesem Moment sagte eine Frauenstimme: »Hey!«

Cain drehte sich um und sah Beth auf sich zukommen, die Frau vom Empfang.

»Was ist?«

»Sie haben Ken angegriffen.«

»Falsch. Ich hab mich verteidigt.«

»Das sehe ich nicht so. Ich muss die Polizei rufen.«

»Das hätten Sie tun sollen, als er Rosa verprügelt hat.«

»Er hat sie nur bestraft. Sie hätten sich nicht einmischen sollen, Lady.«

»Wir ziehen aus«, sagte Cain.

»Wer ist ›wir‹?«

»Ich und Rosa.«

»Ihr Geld kriegen Sie aber nicht zurück«, stellte die Frau klar. »Das gibt's bei mir nicht.«

»Ach. Und wieso nicht?«

»Weil es so ist.«

»Wie lange wohnt Ken schon hier?«, fragte Cain.

»Einen Monat.«

Cain zückte ihr Mobiltelefon. »Dann werde *ich* jetzt die Cops rufen.«

»Wovon reden Sie, verdammt?«, fragte Beth verwirrt.

»Ken hat gegen die Bewährungsauflagen verstoßen. Ich sage den Cops, dass er hier ist und dass Sie ihn schon einen Monat hier wohnen lassen.«

»Sind Sie betrunken oder was? Wie kommen Sie darauf, dass er auf Bewährung raus ist?«

Cain deutete auf Kens Arm. »Das ist das Symbol der Aryan

Brotherhood. Diese Tätowierung kriegt jeder dieser Typen, sobald er im Knast landet. Schauen Sie sich die schlampige Arbeit an. Das Tattoo hat ein Stümper gemacht. Die machen diese Typen mit selbst gebastelten Messern. Die Tätowierung sieht ziemlich neu aus, und Ken ist noch jung. Tja, die Bewährung läuft über mehrere Jahre. Deshalb wird er jetzt tief in der Scheiße sitzen. Der Typ hat ein Messer und eine Pistole und hat eine Frau angegriffen. Ein dreifacher Verstoß gegen die Auflagen. Und Sie haben selbst gesagt, dass er das nicht zum ersten Mal getan hat. Das macht Sie zur Mitwisserin und bringt Ihnen mindestens ein Jahr Knast.«

Beth wich einen Schritt zurück. Ihre Selbstsicherheit fiel so schnell von ihr ab, wie die Farbe aus dem Gesicht wich. »Woher wissen Sie das alles?«

Cain wusste es, weil sie lange genug per Anhalter unterwegs gewesen und von einem Mitglied der Brotherhood in dessen Bude verschleppt worden war. Er hatte sie für kurze Zeit gefangen gehalten, ehe sie sich befreien konnte. Als sie den Kerl verließ, hatte er ungefähr so ausgesehen wie Ken jetzt.

»Ich bin selbst Cop«, sagte sie, ohne mit der Wimper zu zucken.

»Sie? Cop? Blödsinn. Zeigen Sie mir Ihre Dienstmarke.«

»Ich ermittle undercover gegen ein paar Drecksäcke in dieser Gegend hier, da hat man keine Dienstmarke dabei. Und glauben Sie, eine Frau ohne Spezialausbildung könnte Ken k. o. schlagen?«

Manchmal war Cain selbst überrascht, wie rasch sie eine überzeugende Lüge zur Hand hatte, wenn die Situation es erforderte. So wie bei dem Mann vom Sicherheitsdienst heute früh. Es lag daran, dass sie sich schon oft in kritischen Situationen befunden hatte, in denen sie blitzschnell hatte improvisieren müssen, um mit heiler Haut davonzukommen. Manchmal klangen ihre Lügen so überzeugend, dass sie sie selbst glaubte.

Übung macht nun mal den Meister. Und Übung in Lebensge-
fahr macht dich zum Weltmeister.

Der Mann mit der Malerhose mischte sich ein. »Sie hat recht, Beth. Das sieht man ihr an. Ich wette, sie war mal beim Militär, bei irgendeiner Spezialeinheit oder so. Stimmt's, Lady?«

»Also, Beth«, sagte Cain, ohne auf die Frage einzugehen. »Sie holen jetzt mein Geld, bis auf den letzten Cent. Dann verzichte ich darauf, die Cops zu verständigen. Ich sähe Sie und Ken zwar gern im Knast, hab aber keine Zeit für den Papierkram. Ich hab was Besseres zu tun.«

Beth zögerte einen Augenblick, ehe sie ins Büro rannte und Augenblicke später mit dem Geld zurückkam. Cain zählte es nach und steckte es ein. Dann ging sie in ihr Zimmer, packte ihre Sachen und traf sich draußen mit Rosa.

Zusammen fuhren sie weg, während alle auf den reglosen Fleischberg namens Ken starrten.

20

Cain brachte Rosa in ein Frauenhaus, das ihr selbst Asyl gewährt hatte, als sie neu in der Stadt gewesen war. Sie drückte der Frau hundert Dollar in die Hand. »Geh bloß nicht zurück zu dem Kerl«, sagte sie. »Sonst schlägt er dich tot. Von solchen Typen kannst du nichts anderes erwarten als Gewalt.«

»Ich gehe nicht zurück, nie mehr, ich schwör's. Und ... danke.«

Cain schwieg. Sie wollte keinen Dank, weder von Rosa noch von sonst jemandem. Im Grunde wollte sie nur in Ruhe gelassen werden. Sie fragte sich, warum sie sich immer wieder einmischte, wenn jemand Ärger hatte. Vielleicht, weil ihr selbst niemand zu Hilfe gekommen war. Heute wusste sie, dass Wegschauen katastrophale Folgen hatte.

Cain beschloss, sich ein bisschen Luxus zu gönnen, und checkte mit ihrer Kreditkarte in ein Marriott ein. Sie brachte ihre Sachen auf ihr Zimmer im dritten Stock und schloss die Tür. Gemächlich zog sie die vom Kampf verschmutzten Sachen aus, nahm eine ausgiebige Dusche, diesmal mit heißem Wasser, und benutzte alle vorhandenen Toilettenartikel. Der Föhn ließ ihre kurzen Haare in Windeseile trocknen. Sie schlüpfte in eine frische Jeans, ein weißes T-Shirt und einen weiten, strohfarbenen Pulli.

Dann setzte sie sich aufs Bett und starrte auf den Fußboden. Ein bewegter Tag lag hinter ihr. Zuerst hatte man sie aus ihrer Wohnung geworfen. Dann hatte sie ein Zimmer gefunden und es im Handumdrehen wieder aufgeben müssen, nachdem sie einen brutalen Drecksack zur Schnecke gemacht hatte. Und jetzt war sie hier. Zum Glück hatte sie heute dienstfrei in der Sicherheitsfirma, und morgen war Zahltag in ihrem Job als Staplerfahrerin. Sie würde den Scheck einlösen und das Geld zu ihren Ersparnissen legen.

Sie legte sich aufs Bett, nahm ihr Smartphone und holte den Suchaufruf des FBI aufs Display. Wieder betrachtete sie ihr Bild: lange, wirre Haare, den Blick einer Irren, aufgeregt und verängstigt zugleich, nachdem sie sich soeben die Freiheit zurückerobert hatte.

Sie legte das Handy auf ihre Brust, schloss die Augen und rief sich den letzten Abend bei den Atkins in Erinnerung. Sie war zum Haus gerannt. Nicht um sich zu rächen, sondern weil sie wusste, dass die Straße dort vorbeiführte, auf der sie diesen Albtraum endgültig hinter sich lassen konnte. Ihr war klar, dass ihr nicht viel Zeit blieb, weil die Kamera ihren Ausbruch aus der Höhle aufgenommen hatte. Joe Atkins hatte sie immer wieder daran erinnert: *Ich beobachte dich jede Minute, Becky, jede Sekunde. Denk gar nicht erst daran, du könntest abhauen. Hast du kapiert, Mädchen?*

Dabei hatte alles ganz gut angefangen. Als sie zu den Atkins gekommen war, hatte sie zuerst bei Len und Wanda gewohnt, aber nur für ein paar Tage. Die beiden waren nett zu ihr gewesen; dann aber hatten Joe und Desiree sie zu sich genommen, und die Hölle auf Erden begann. Aber sie hatte ja nicht wissen können, welche Qualen auf sie zukamen, zumal die beiden sie anfangs ganz anständig behandelt hatten.

Und ihr vorheriges Leben? Es verschwamm in ihrer Erinnerung; sie wusste, dass der Mann sie von ihren Eltern weggeholt hatte, weil die sie nicht mehr wollten, auch wenn sie sich nicht erklären konnte, warum das so war. Mittlerweile waren ihre

Erinnerungen an die frühe Kindheit viel zu nebelhaft, um noch sagen zu können, ob das stimmte oder nicht.

Dann, plötzlich, änderte sich das Verhalten der Atkins ihr gegenüber. Es ging von Desiree aus. Joe war oft auf Geschäftsreise, sodass sie mit Desiree allein war. Nie kam jemand zu Besuch; nur Len und Wanda ließen sich hin und wieder blicken.

Es fing mit kleinen Dingen an, kurzen, unerklärlichen Wutausbrüchen, Bestrafungen zuerst durch Verbote, dann durch Gewalt. Als sie acht war, begann Desiree mit ihren Psychospielchen. Sie redete ihr Dinge ein, die bei einem älteren, reiferen Menschen die Alarmglocken hätten schrillen lassen. Anfangs hatte Joe sie noch verteidigt, auch wenn er Desiree nie zwang, ihr Verhalten zu ändern.

Schlag sie nicht so fest, Desiree, sagte er manchmal. *Gib ihr mehr zu essen, davon wird ja nicht mal 'ne Katze satt. Und zieh ihr bessere Sachen an. Was ist bloß los mit dir, Desiree?*

Dann aber änderte sich Joes Haltung ebenfalls. Cain vermutete, dass es Desirees Werk war. Eines Tages stürmte er in ihr Zimmer und brüllte: *Ich weiß, was du tust, Becky. Ich weiß alles! Aber damit kommst du nicht durch.* Ein andermal sagte er: *Du wirst meine Frau nie wieder beißen, du kleines Luder!* Und dann schlug er ihr mit dem Gürtel ins Gesicht.

Gebissen? Natürlich hatte sie Desiree nie gebissen, auch wenn sie es vielleicht gewollt hätte.

Irgendwann verbannten die Atkins sie aus dem Haus und sperrten sie in eine kleine Höhle in einem Hügel. Frühmorgens waren sie in ihr Zimmer gekommen, hatten sie geweckt und gesagt, sie bekomme ein neues Zuhause. Rebecca hatte erwartet, bei einer anderen Familie unterzukommen; sie hatte gehofft und gebetet, dass es nettere Leute sein würden, denn hier wurde sie regelmäßig geschlagen, musste schuften wie ein Tier und bekam gerade genug zu essen, um am Leben zu bleiben.

Ihre Hoffnungen erfüllten sich nicht. Die Atkins schleppten sie in den Wald. Rebecca befürchtete, sie würden sie umbringen und hier draußen vergraben. Sie hatte geschrien und wegzulaufen versucht, doch es gelang ihr nicht, natürlich nicht, und hier draußen konnte niemand ihre Schreie hören. Die Atkins zerrten sie in die Höhle. Joe knipste seine Taschenlampe an; es war ein schmutziger, kalter Raum, notdürftig eingerichtet. Auf dem Boden glaubte Rebecca, Tiere krabbeln zu hören.

Das ist dein neues Zuhause, Becky, hatte Desiree gesagt. *Hier wirst du abends schlafen gehen und morgens aufwachen. Aber wenn du nicht gehorchst und böse bist, wachst du nie mehr auf.*

Rebecca war starr vor Panik. Sie wusste nicht, wie ihr geschah. Als die Atkins sie einschlossen, hämmerte sie ihre kleinen Fäuste gegen die Tür, schrie und flehte, sie rauszulassen, und schwor, sie würde von nun an brav sein. Dann hörte sie Desirees Stimme von der anderen Seite der Holztür: *Wenn du nicht sofort still bist, lass ich die Schlangen zu dir rein. Hier kriechen gerade zwei herum, groß und fett. Sie sehen hungrig aus. Sie werden dich beißen, bis du tot bist. Und dann fressen sie dich. Auch dann, wenn du noch nicht tot sein solltest. Hörst du sie zischen? Na? Soll ich sie zu dir reinlassen? Hier gibt's genug dicke, fette Schlangen.*

Zu Tode erschrocken war Rebecca von der Tür zurückgewichen, bis zur Wand aus Stein und Erde. Sie hatte sich auf die Matratze gesetzt und keinen Laut mehr von sich gegeben. Die ganze Nacht war sie wach geblieben und hatte auf das Zischen der Schlangen gewartet, die sie totbeißen und verschlingen wollten.

Cain richtete sich auf dem Bett auf und rieb sich eines der Brandmale auf dem Arm, während die schmerzlichen Erinnerungen in ihrem Innern wühlten. Desiree hatte sie oft auf dem Bett festgebunden, eine Zigarette angezündet und ihr die Glut in die Haut gedrückt, bis sie schrie. Dann hatte sie das Ganze an einer anderen Stelle wiederholt.

Bitte, hör auf, Desiree, bitte, tu mir nicht weh.

Desiree? Ich bin deine Mutter. Sag gefälligst Mutter zu mir. Dann drückte sie erneut mit der Zigarette zu.

Mutter, bitte, tu mir nicht weh.

Doch Desiree machte weiter. Sie kicherte, lachte. *Deine Mutter hat dich nicht lieb, Becky. Weil du es nicht verdienst, nicht wie andere Kinder, die brav sind und ihren Eltern gehorchen. Du bist nicht brav, du bist ein böses kleines Miststück.*

Cain sprang auf, lief ins Badezimmer und erbrach sich in die Toilette, gab ihr ganzes Abendessen von sich – Burger, Pommes und Milchshake. Sie wusch sich am Waschbecken, wankte zurück ins Zimmer und ließ sich aufs Bett fallen.

Tief atmend lag sie da, bis sie endlich einschlief. In ihren verschwommenen Träumen sah sie ein Gesicht, das ihrem so verblüffend ähnlich sah, als würde sie in einen Spiegel schauen. Die kleine Lücke zwischen den Vorderzähnen, die stets schmutzigen Jeans, die sie statt eines Kleids trug, das markante Kinn, der entschlossene Blick, die kleine Hand, zur Faust geballt. Jemand rief ihr etwas zu, doch es war nur eine leise Stimme im Tosen eines Hurrikans. Cain wusste nicht, was sie davon halten sollte, doch der Traum verlieh ihr auf seltsame Weise Ruhe und Kraft. Sie hatte diesen Traum schon oft gehabt, und die Wirkung war immer die gleiche.

Cain erwachte, und das Bild verrauchte. Sie setzte sich auf und fluchte. Warum verschwand es jedes Mal, sobald sie die Augen aufmachte?

Sie schaute durchs Fenster und war überrascht, dass es stockdunkel war. Sie hatte länger geschlafen, als sie gedacht hatte. Mit dem Aufzug fuhr sie zur Hotelbar hinunter, setzte sich ans Ende der Theke, möglichst weit weg von der Bühne, auf der eine Band spielte, und trank mürrisch ihr Bier. Die Barkeeperin war Anfang vierzig, hatte pink-violettes Haar, eine athletische Figur, stylishe Unterarmtätowierungen und eine zupackende Art.

»Sie sehen aus, als würden Sie das Bier brauchen, Mädchen.«

»Das hier und noch zehn weitere.«

»Dann hoffe ich, Sie bleiben so lange hier.«

»Hab ich vor.«

»Sind Sie beruflich in der Stadt?«, fragte die Frau.

»Nein, nur auf der Durchreise.«

»Tja, sind wir das nicht alle?«

Die Frau ging davon, als ein durstiger Gast die Hand hob.

Auf dem Fernseher an der Wand lief eine Nachrichtensendung. Halb in Gedanken versunken, schaute Cain hin. Sie verschluckte sich und verschüttete etwas Bier, als sie ihr Foto auf dem Bildschirm sah. Das FBI suche nach dieser Frau, sagte der Sprecher. Das Foto sei von 2002, ihr Name Rebecca Atkins. Zuletzt wurden eine Telefonnummer und eine E-Mail-Adresse eingeblendet, für alle, die etwas über diese junge Frau wussten.

Cain stellte das Bierglas ab und wischte sich übers Kinn.

Die Barkeeperin kam mit einem Lappen und wischte das verschüttete Bier von der Theke. »Alles in Ordnung?«

»Ja. Hab mich bloß verschluckt.«

Cain legte das Geld für das Bier samt einem großzügigen Trinkgeld auf den Tresen, stand auf und wankte davon.

Die Barkeeperin drehte sich um und schaute zum Bildschirm, der immer noch die gesuchte Rebecca Atkins zeigte. Dann blickte sie der davongehenden Cain hinterher.

Stirnrunzelnd nahm sie das Geld von der Theke.

*

Als Cain am nächsten Morgen aus dem Hotel auscheckte, machte sie ihren Staplerjob wie immer und holte sich den Lohnscheck ab. Dann rief sie in der Spedition an und sagte, sie brauche ein paar freie Tage. Der Mann erwiderte, wenn sie nicht zur Arbeit erscheine, sei sie gefeuert.

»Dann *bin* ich gefeuert.« Cain beendete das Gespräch, setzte sich, zählte das Geld und rief mit demselben Anliegen in der Sicherheitsfirma an. Der Manager war ein guter Kerl, ein großväterlicher Typ, der Cain sympathisch fand.

»Ich hab zwanzig Arbeitslose, die auf den Job warten, Cain, und zehn davon haben 'nen Collegeabschluss. Muss das wirklich sein?«

»Tut mir leid, aber ich hab etwas Dringendes zu erledigen. Es lässt sich nicht aufschieben.«

»Na dann, viel Glück. Ruf mich an, wenn du wieder da bist. Ich nehm dich allemal lieber als jeden Kerl mit Philosophiestudium.«

Cain tankte ihren Wagen auf und fuhr los. Sie hatte keine Ahnung, ob ihre Entscheidung sie zu innerer Ruhe oder in den Knast führen würde. Aber eine starke innere Stimme sagte ihr, dass sie es tun musste. Nach all den Jahren musste sie die Lücke in ihrer Erinnerung ausfüllen, so oder so.

Sie fuhr Richtung Süden und gab Gas.

Zurück zum Albtraum.

21

Stunden später ging Cain mit dem Tempo herunter, während ihr Herzschlag sich beschleunigte, als sie Crawfordville, Georgia, erreichte. Ihre aufkeimende Erregung lag nicht an der Umgebung; die hatte sie nie gesehen, weil die Atkins sie nirgendwohin mitgenommen hatten. Niemand hatte wissen sollen, dass ein Mädchen bei ihnen lebte. Anfangs hatte Cain sich das nicht erklären können, doch später wurde ihr alles klar.

Cain setzte sich zu einem späten Abendessen in ein kleines Restaurant, dessen Neonlichter nur noch teilweise leuchteten und das einen leicht heruntergekommenen Eindruck machte. Sie war nicht besonders hungrig, brauchte aber ein bisschen Zeit, um sich daran zu gewöhnen, dass sie wieder hier war.

Die Kellnerin schenkte ihr Kaffee nach und sah, dass Cain appetitlos in ihrem Essen stocherte.

»Schmeckt's Ihnen nicht?«

Cain hob den Blick. Die Frau war schon über siebzig und sah zu müde und gebrechlich aus, um noch zu arbeiten. Aus ihren Poren stieg der Geruch von abgestandenem Zigarettenrauch wie Morgennebel empor. Ihre Zähne waren vom Nikotin verfärbt, doch ihr Gesicht war freundlich und ihr Lächeln echt.

»Doch, das Essen ist in Ordnung. Ich hab nur keinen Appetit mehr.«

»Ich hab Sie hier noch nie gesehen. Sind Sie neu in der Gegend oder nur auf der Durchreise?«

»Ich mach nur einen kleinen Zwischenstopp hier.«

»Das sagen alle«, meinte die Kellnerin wehmütig und schob eine graue Haarsträhne unter ihre blaue Kappe. »Manchmal sag ich mir auch, ich bin nur vorübergehend hier, dabei bin ich hier geboren und nie aus dem Gefängnis rausgekommen. Woher kommen Sie?«

»Atlanta«, log Cain.

»Da war ich auch mal, vor dreißig Jahren. Hat sich bestimmt sehr verändert. Tja, hier verändert sich nichts. Manchmal ist das gar nicht schlecht, aber meistens ist es ein Nachteil. Na ja, ich hab nie was anderes gekannt, also ...«

»Veränderung kann etwas Gutes sein«, meinte Cain.

»Hört sich an, als sprächen Sie aus Erfahrung.«

»Meine Erfahrungen sind alles, was ich habe.«

»Hoffentlich sind's gute.«

Cain bezahlte und ging, ohne etwas darauf zu erwidern.

Sie hatte sich die Adresse der Atkins eingeprägt, als sie bei ihnen gelebt und Briefe gesehen hatte, die an die Familie adressiert waren. Aus irgendeinem Grund hatte sie die Anschrift nie vergessen.

Die Google-Maps-App auf ihrem Smartphone führte sie zu ihrem Ziel. Als sie in die Straße einbog, sah sie weiter vorne eine mächtige Eiche, an die sie sich erinnerte. Der Baum war mit den Jahren noch größer geworden, seine Krone so breit, dass sie den ganzen Himmel zu verdecken schien. Unter diesem Baum hatte Joe Atkins' Leiche gelegen. Cain fragte sich, ob die Eiche das Letzte war, was Joe gesehen hatte in dem Wissen, dass sie ihn überleben würde.

Es gab keine anderen Häuser in der Nähe, genau wie damals, als Cain hier gelebt hatte. Als sie am Haus vorbeifuhr, stand ihr der Schweiß auf der Stirn, unter den Achseln, in den Kniekehlen. Ihr Magen hob sich, es lief ihr kalt über den Rücken. Sie trat aufs

Gas, jagte am Haus vorbei und hielt einen halben Kilometer weiter. Sie hatte gerade noch genug Zeit, um aus dem Wagen zu springen und sich hinter einem Strauch zu übergeben.

Das ist lächerlich, El. Reiß dich zusammen.

Sie stieg wieder ein und fuhr auf der Straße zurück. Langsam rollte sie am Haus vorbei; es sah unverändert aus. Davor stand eine große blaue Zugmaschine, hinter der das Häuschen noch kleiner wirkte, als es war. Der Carport aus rostigem Metall war leer. Im Haus brannte kein Licht. Sie fuhr ein Stück weiter, hielt am Straßenrand und stieg aus. Mit der Taschenlampe aus dem Handschuhfach folgte sie einem Weg durch den Wald, ein ganz bestimmtes Ziel vor Augen.

Mein altes Zuhause.

Sie wusste, wenn sie das ertrug, konnte nichts im Leben sie mehr umwerfen. Etwas Schlimmeres als das, was sie hier durchgemacht hatte, konnte ihr kaum widerfahren.

Cain kannte den Weg, auch wenn sie ihn diesmal in umgekehrter Richtung ging als an dem Abend, als sie ihre Freiheit zurückerlangt hatte. Sie wandte sich nach links und kam auf eine Lichtung. Hier musste sie besonders vorsichtig sein. Sie schaute zum Haus zurück. Von hier aus war es nicht zu sehen, aber sie wollte sichergehen, dass niemand von dort kam, solange sie hier war.

Sie ging weiter, kämpfte sich durch Gestrüpp, das den Pfad überwuchert hatte. Plötzlich stockte sie, als sie abgebrochene Zweige und niedergetretene Büsche sah.

Wieder brach ihr der Schweiß aus.

Das Video. Es waren Leute hier, die sich umgeschaut haben. Da, wohin ich will. Cops. FBI.

Bei dem Gedanken überlief es sie eiskalt. Sie lehnte sich an einen Baum, holte tief Atem. Ihr Mund war trocken, ihre Beine zitterten. Genau so hatte sie sich vor ihrem ersten Mixed-Martial-

Arts-Kampf gefühlt. Sie war so nervös gewesen, dass sie sich kaum bewegen konnte. Ihre Gegnerin hatte sie binnen Sekunden auf die Bretter geschickt und anschließend versucht, sie mit einem Armhebel zu fixieren. Cain war so sauer auf sich selbst gewesen, dass das Adrenalin die Milchsäure aus ihren Muskeln pumpte, sodass sie sich wütend aus dem Griff befreite, wie eine Verrückte auf ihre Gegnerin losging und sie beinahe totschlug. Der Ringrichter hatte sie mit Gewalt zurückhalten müssen, als ihre Gegnerin bereits bewusstlos war.

Nach einigen tiefen Atemzügen konnte sie ihre steifen Beine wieder bewegen, und Speichelfluss befeuchtete ihren Mund.

Bei der nächsten Lichtung blieb sie stehen und schaute nach vorn.

Ihr altes Zuhause erhob sich in der Dunkelheit wie ein schauriges Fabelwesen. Es war kleiner, als sie es in Erinnerung hatte, was normal war, wenn man Orte aus der Kindheit besuchte. Die Tür war geschlossen, doch im Licht der Taschenlampe fiel ihr auf, dass das Vorhängeschloss verschwunden war. Neben dem Eingang war der Efeu ausgerissen worden, sodass man die rostige Überwachungskamera sehen konnte.

Sie nahm ihren ganzen Mut zusammen, trat zur Tür, ging in die Knie und lauschte. Von drinnen war nichts zu hören. Cain schaute zur Kamera hinauf, und ihr kam ein erschreckender Gedanke. Konnte es sein, dass das Ding eingeschaltet war? Sie langte nach oben und drehte die Kamera von sich weg. Dann huschte sie zwischen die Bäume und wartete ab. Als nach zwanzig Minuten immer noch niemand zu sehen war, schlich sie zu ihrem einstigen Gefängnis, atmete noch einmal durch, öffnete die Tür und trat ein.

Als sie den Raum mit der Taschenlampe ausleuchtete, kamen tausend furchtbare Erinnerungen in ihr hoch. Es war ein Gefühl, als würde sie ersticken. Sie musste sich hinsetzen, ließ den

Lichtstrahl über die Wand gleiten und zuckte zusammen, als sie die Kette sah. Damit hatten die Atkins sie im Zaum gehalten, als sie zu groß und aufmüpfig wurde.

Und zu gefährlich. Sie haben sich nicht mehr an mich rangetraut.

Als Cain zu ihrer vollen Größe herangewachsen war, hielten die Atkins Sicherheitsabstand und hatten stets eine Waffe dabei. Desiree hatte Cain nicht mehr foltern können. Aber das hatte sie in den Jahren zuvor ausgiebig getan und Cain damit für immer entstellt.

Sie schaute auf die verdreckte Matratze, auf der sie Tausende Nächte verbracht hatte. Dann schweifte ihr Blick zu dem Regalbord mit den Gegenständen, die für sie damals wie Schätze gewesen waren. Sie hatte jedem Ding einen Namen gegeben; es waren ihre einzigen Freunde gewesen. Sie hatte mit ihnen geredet, hatte Teepartys mit ihnen veranstaltet. Später hatte sie mit ihnen eine Bande gegründet, die allerhand anstellte, um die Atkins zu ärgern.

Sie atmete tief durch. Der Geruch nach feuchtem Lehm, Moder und fauligem Holz stieg ihr in die Nase und füllte ihre Lunge. Als Gefangene hatte sie diese Luft jeden Tag eingeatmet. Trotzdem war jeder Tag, an dem sie noch hatte atmen können, ein kleiner Sieg gewesen.

Da waren auch ein paar Dinge, die sie nicht wiedererkannte. Turnschuhe, ein Baseballhandschuh, ein Fußball, aus dem die Luft entwichen war, Zeitschriften mit halb nackten Mädchen. Vielleicht hatten die Leute, die jetzt im Haus wohnten, Kinder, die die Höhle entdeckt und sich hier ein kleines Versteck eingerichtet hatten. Vielleicht waren die Cops dadurch auf ihr Gefängnis gestoßen.

Dann sah sie die Puppe.

Sally lag in einer Ecke auf dem Boden. Cain ging hin und hob sie auf. Die Puppe kam ihr schrecklich klein in ihrer Hand vor, obwohl Cain damals, als sie Sally zum letzten Mal gesehen hatte, fast schon so groß gewesen war wie heute. Eine Zeit lang hatte es ihr leidgetan, dass sie ihre Puppe zurückgelassen hatte; in der Aufregung, ihre Freiheit erlangt zu haben, hatte sie Sally schlichtweg vergessen. Cain steckte die Puppe unter ihren weiten Pulli. Diesmal würde sie Sally nicht hierlassen. Sie stand auf, ging hinaus und schloss die Tür.

Da hörte sie eine Stimme rufen.

»Hey, was machen Sie hier?«

22

Der Junge richtete die Taschenlampe auf Cain. Er war mittelgroß und dünn und hatte dichte, zerzauste Haare. Sie schätzte ihn auf vierzehn oder fünfzehn.

»Hallo«, sagte sie, als sie ihre Stimme wiederfand. »Ich hab gehört, was hier passiert ist, und war gerade in der Gegend. Da wollte ich mal schauen, wie's hier aussieht. Sorry, ich hab wirklich nur geguckt.«

Sein Gesichtsausdruck entspannte sich, doch er blieb wachsam. »Hm, ja. Ich … wäre wahrscheinlich auch neugierig.«

»Wohnst du hier in der Gegend?«

Er schaute über die Schulter zurück. »In dem Haus dahinten. Das hier ist *unser* Grundstück.«

»Verstehe. Warst du öfter mal in der Höhle?«

»Ja, mit meinem Bruder, als wir kleiner waren.«

»Wie heißt du?«

»Wie heißen *Sie*?«, konterte er.

»Ich bin Donna.«

»Ich … ich heiße Kyle. Sie sollten nicht hier rumlaufen.«

Cain hatte Sally unter dem Pulli nach hinten geschoben, damit Kyle die Ausbuchtung nicht sehen konnte. »Hör mal, ich kann ja verstehen, wenn du 'nen Schreck gekriegt hast, dass plötzlich jemand hier rumläuft. Aber ehrlich, mir ist das Herz auch in die Hose gerutscht.«

Kyle entspannte sich wieder. »Schon klar. Ich meine, Sie sind 'ne Frau und ich ein Mann. Aber Sie brauchen keine Angst zu haben. Ich tu Ihnen nichts«, beeilte er sich hinzuzufügen.

Fast hätte Cain gelächelt; sie hätte Kyle mit der linken Hand außer Gefecht setzen können.

»Danke, Kyle. Nett von dir. Weißt du, ich hab in den Nachrichten gehört, dass das FBI an dem Fall dran ist. So was sieht man nicht alle Tage. Waren die schon hier?«

Kyle trat näher und begann aufgeregt zu erzählen. »Ja, die waren hier. Es war wie im Krimi. Sie haben nach 'nem Mädchen gefragt … und nach den Leuten, die früher hier gewohnt haben. Ich hab den Namen vergessen. Aber *ich* hab sie zu der Höhle geführt«, fügte er stolz hinzu. »Mein Dad hat mit den Cops geredet. Angeblich haben die Leute damals ein Mädchen hier gefangen gehalten. Müssen echt schräge Typen gewesen sein. Das muss man sich mal vorstellen. Wie eine Gefangene!« Er runzelte die Stirn. »Das is' echt krank.«

»Kann man wohl sagen. Eine Bekannte von mir hat ein Bild von dem Mädchen im Fernsehen gesehen.«

»Ja. Das war auf 'nem Videoband.« Der Junge streckte den Arm aus und zeigte auf die Lücke im Efeu. »Haben Sie die Kamera da gesehen?«

»Ja.«

Kyle runzelte die Stirn, als er sah, dass die Kamera in eine andere Richtung zeigte. »Hey, die hat jemand weggedreht. Vielleicht die Cops. Na ja, jedenfalls hat der Arsch, der hier gewohnt hat, von der Kamera ein Kabel bis zum Haus gelegt. Ich hab's gefunden. Und unter dem Fußboden hatte er einen Videorekorder. Das Band, das drin war, haben wir uns gleich angesehen. Von diesem Band ist das Bild, das sie im Fernsehen gezeigt haben.« Er leuchtete auf die Tür. »Das Mädchen ist irgendwann ausgebrochen.«

»Echt?«

»Ja, aber es kommt noch besser. Den Typen, dem das Haus gehört hat, hat jemand umgebracht. Mein Dad glaubt, dass es das Mädchen war. Er meint, der Kerl hat's nicht anders verdient.«

Cain spürte etwas wie geschmolzene Lava in der Magengrube. »Weiß man, wie er gestorben ist?«

Der Junge schüttelte den Kopf. »Nee, davon weiß ich nichts.«

»War noch jemand in die Sache verwickelt?«

»Ja, die Frau von dem Kerl. Die ist verschwunden. Keiner weiß, wohin. Und von dem Mädchen hat man auch nichts mehr gehört.«

»Aber die Cops werden sie doch sicher suchen, oder? Das Mädchen, meine ich.«

»Ja, wahrscheinlich. Wenn sie den Kerl umgebracht hat, sollten die ihr 'nen Orden verleihen, finde ich. Andererseits, Mord ist Mord. Wahrscheinlich sind die Cops deshalb hinter ihr her.« Er musterte sie anerkennend. »Mann, sind Sie groß. So wie diese Frau vom FBI.«

»Welche Frau vom FBI?«

»Die hier war und sich nach dem Mädchen erkundigt hat. Aber ich glaube, Sie sind noch größer.«

»Ich bin größer als die meisten Mädels, außer Basketballerinnen. Tja, Kyle, nichts für ungut. Ich wollte wirklich keinen Ärger machen.«

Kyle machte eine wegwerfende Geste. »Kein Problem. Von mir erfährt's keiner. Wollen Sie reingehen? Ich kann Ihnen zeigen, wie's drinnen aussieht.«

»Nein, lieber nicht. Das ist mir doch zu unheimlich.«

Kyle nickte. »Als wir die Höhle gefunden haben, mein Bruder und ich, da war's uns zuerst auch nicht ganz geheuer. Aber es war ein cooler Platz zum Abhängen. Darum haben wir unseren Eltern nichts gesagt. Aber dann haben wir gehört, dass die ein Kind da drin gefangen gehalten haben. Diese Leute müssen total irre gewesen sein. Sagt mein Dad auch.«

»Da hat dein Dad sicher recht.«

»Das war schon krass, dieses Video. Es zeigt, wie das Mädchen aus der Höhle ausgebrochen ist«, sagte Kyle grinsend. »Irgendwie unheimlich, aber jetzt, wo ich weiß, warum sie's getan hat, finde ich es echt geil. Hoffentlich hat sie's geschafft und kann jetzt irgendwo ganz normal leben.«

»Hoffentlich. Aber das Gesetz hat vielleicht was dagegen.«

»Ja, kann sein.«

»Warum bist du so spät noch hier unterwegs?«, fragte sie.

Er zog eine Kamera aus der Jackentasche. »Ich mach ein kleines Video für meinen Instagram-Account. Ich nenne es *Flucht in die Freiheit* oder so was in der Richtung.«

»Verstehe. Klingt cool. Na dann, danke, Kyle. War nett, dich kennenzulernen.«

»Gleichfalls, Donna.«

Cain drehte sich um und ging eilig zu ihrem Wagen zurück. Ein paar Minuten saß sie da und verarbeitete erst einmal, was sie gehört hatte.

Das FBI suchte nach ihr. Wahrscheinlich nahmen sie an, dass sie Joe umgebracht hatte, vielleicht auch Desiree. Cain hatte jedenfalls nicht das Gefühl, etwas Unrechtes getan zu haben. Aber sie hatte ihre Erfahrungen mit dem Gesetz gemacht und wusste, dass die Behörden die Dinge etwas anders sahen. Es war gut möglich, dass deren Sichtweise sie schnurstracks hinter Gitter bringen würde. Sie war schon einmal im Gefängnis gewesen, obwohl sie absolut nichts angestellt hatte. Und dieses eine Mal reichte ihr.

Sie fuhr zurück nach Crawfordville und nahm sich ein Zimmer in einem Motel.

Sie zog sich bis auf die Unterwäsche aus und legte sich aufs Bett. Als sie die Augen schloss, kehrte sie in Gedanken in die Gefängniszelle im Wald zurück. Jede Kleinigkeit hatte sich ihr

143

eingebrannt. Fast zwei Jahrzehnte waren seit damals vergangen, und doch war es so, als wäre sie nie fort gewesen.

Einmal hatte sie Desiree gefragt, warum die beiden sie so behandelten.

Du bist ein böses Mädchen und musst bestraft werden, hatte Desiree gesagt.

Aber was hab ich denn Böses getan?, hatte Cain gefragt.

Viel, sehr viel. Ich kann gar nicht alles aufzählen. Jedenfalls hast du jede Strafe verdient, die du bekommst. Um ihre Worte zu unterstreichen, hatte sie Cain eine Ohrfeige verpasst.

Einmal war Wanda zu ihr gekommen, und Cain hatte sie das Gleiche gefragt.

Wanda hatte ihre Hand getätschelt. *Es gibt nun mal böse Menschen auf der Welt, Becky.*

Bin ich denn böse?, hatte Cain gefragt. *So wie Desiree sagt?*

Wanda hatte den Kopf geschüttelt. *Ich meine nicht dich, meine Kleine. Ich meine andere.*

Einmal hatte Cain Wanda gebeten, ihr zu helfen, von hier wegzukommen. Die Frau war in Tränen ausgebrochen. Das könne sie nicht tun, hatte sie gesagt. Sie könne ihren Sohn nicht in Schwierigkeiten bringen. Also hatte sie Cain in ihrem Gefängnis verrotten lassen.

Trotzdem machte sie Wanda keine Vorwürfe. Sie konnte verstehen, warum sie sich so verhalten hatte. Es ging um das nackte Überleben. Wie immer.

Sie langte zum Nachttisch, nahm ihre alte, vergammelte Puppe und drückte sie an ihre Brust. »Du warst meine einzige richtige Freundin, Sally. Vielleicht bist du es immer noch.«

23

Am nächsten Morgen stand Cain spät auf, duschte und betrachtete sich im Spiegel. Sie begutachtete ihre Brandmale am linken Arm, dann am rechten. Sie wusste noch ganz genau, wann ihr jede einzelne Wunde zugefügt worden war und mit welchen Mitteln. Die Täterin war in allen Fällen Desiree Atkins gewesen. So weit war Joe nicht gegangen; Desiree hingegen hatte keine Grenzen gekannt.

Sehr oft hatte die Irre eine Zigarette benutzt. Es schien ihr zu gefallen, wie die Haut sich schwarz verfärbte und Blasen bildete. Und je lauter Cain schrie, umso breiter wurde Desirees Grinsen. Obwohl Cain noch so jung war, begriff sie schnell, dass sie sich zusammennehmen und sich das Schreien verbeißen musste. Daraufhin verlor Desiree schnell das Interesse und ließ sie in Ruhe. Die Perverse wollte ihr Opfer schreien hören. Manchmal erschien sie mit Nadeln und Messern und ritzte Cain etwas in die Haut. Doch ihr zweitliebstes Folterwerkzeug nach den Zigaretten war der Gürtel. Deshalb waren die Erinnerungen mit der Gewalt eines ausbrechenden Vulkans in Cain hochgeschossen, als sie gesehen hatte, wie Ken den Gürtel in der Hand hielt, um Rosa zu schlagen.

Aber damals war es mit dem Gürtel genauso gewesen wie mit den Zigaretten: Wenn Cain nicht schrie, verlor Desiree den Spaß und ließ das leise schluchzende Mädchen achtlos in der Höhle zurück.

Es gab einen bestimmen Grund dafür, dass Cain damals eine solche Selbstbeherrschung hatte aufbringen können. Es war ein Bild, das sie in ihren Erinnerungen mit sich trug. Als sie es für sich entdeckte, erkannte sie dessen Kraft und wusste, dass sie es tief in ihrem Innern verbergen musste, damit Desiree es nicht finden und ihr wegnehmen konnte. Ohne dieses Bild hätte Cain nichts mehr gehabt, gar nichts mehr, um sich ans Leben zu klammern.

Obwohl das Bild verschwommen und undeutlich war, ging eine unglaubliche Kraft davon aus. Es war ein kleines Mädchen mit langen Haaren und buntem Kleid, das auf dem Boden saß und zu einem hohen Baum aufschaute. Eine Frau, die Cain nie deutlich sehen konnte, rief jemandem oben im Baum etwas zu.

»Lee, komm sofort von dem Baum runter, sonst tust du dir noch weh. Fall bloß nicht!«

Dann hörte Cain das kleine Mädchen mit dem bunten Kleid sagen: »Nicht schimpfen, Mom. Lee kann das. Sie weiß, wie sie da runterkommt. Hat sie noch jedes Mal geschafft. Sei nicht böse, Mom.«

Cain hatte keine Ahnung, wer Lee war. Auch nicht, warum sie auf den Baum geklettert war. Sie vermutete, dass das Mädchen mit den langen Haaren und dem Kleid sie selbst war, aber sicher war sie sich nicht.

Sie weiß schon, wie sie da runterkommt, Mom. Hat sie noch jedes Mal geschafft.

Aus irgendeinem Grund hatte Cain die brennende Zigarette und die Nadelstiche kaum noch gespürt, wenn sie sich auf dieses Bild in ihrer Erinnerung konzentrierte. Es half ihr zu überleben. Cain war stolz auf die unbekannte Lee gewesen. Anscheinend tat sie immer, was sie wollte, auch wenn es gefährlich war. Irgendwie fand Lee jedes Mal eine Lösung und kam wohlbehalten von ihren Abenteuern zurück.

So wie ich es tun musste.

Aber wer oder was war Lee? Existierte sie nur in ihrer Fantasie? Oder war es eine Person aus Fleisch und Blut? Jemand, der auf irgendeine Weise von Bedeutung für sie war?

Sollte sie dieser Lee dankbar sein – oder sie hassen?

Ist diese Lee in Wahrheit ich selbst? Ich wurde gefoltert, wenn diese Bilder in meinem Kopf auftauchten. Habe ich bloß nach irgendeinem Strohhalm gegriffen, um durchzuhalten? Das wäre nur zu verständlich, wenn man vor Schmerzen fast verrückt wird.

Cain spritzte sich kaltes Wasser ins Gesicht, zog sich an und verließ das Hotel. Sie fuhr zu dem kleinen Restaurant, in dem sie gestern zu Abend gegessen hatte, setzte sich an den Tresen und schaute sich um. Es waren hauptsächlich ältere Leute da, die Kaffee tranken und dazu Speck und Eier, Toast und Grütze aßen. Einfache Arbeiter wie sie selbst und doch so völlig anders. Nach dem Alter zu schließen, konnten einige schon in dieser Gegend gewohnt haben, als sie, Cain, bei den Atkins gelebt hatte. Es war gut möglich: Auf dem Schild draußen stand, dass es das Restaurant schon seit 1960 gab, also lange vor Cains Geburt.

Konnte es sein, dass unter den Gästen jemand war, der damals von ihr gehört hatte? Aber wie konnte man an so einem Ort jemanden gefangen halten, ohne dass es irgendwer mitbekam? Andererseits hatte Cain von einem Mann in Ohio gelesen, der in seinem Haus mitten in einer Wohnsiedlung mehrere Frauen gefangen gehalten hatte. Wie zum Teufel hatte das sein können? Kümmerten die Leute sich denn überhaupt nicht um das, was um sie herum vorging?

»Hoffentlich schmeckt Ihnen das Frühstück besser als das Abendessen.«

Cain hob den Kopf und schaute in das Gesicht der Kellnerin, die auch gestern Abend Dienst gehabt hatte. »Ich glaub schon, ich hab nämlich einen Bärenhunger.«

Sie bestellte. Als die Kellnerin mit dem Essen kam, fragte Cain kurz entschlossen: »Können Sie sich an eine Familie Atkins erinnern, die mal hier gewohnt hat? Die Leute müssten ungefähr in Ihrem Alter sein.«

»Meinen Sie Wanda und Len?«

»Genau die.«

Das faltige Gesicht verzog sich zu einem wehmütigen Lächeln. »Das ist lange her. Ich war mit Wanda ziemlich gut befreundet. Mein Mann, Gott hab ihn selig, und Len waren beide im Veteranenverband. Die Atkins wohnen schon lange nicht mehr hier. Sie sind weggezogen, nachdem ihr Sohn Joe ums Leben gekommen war.«

Cain machte ein überraschtes Gesicht. »Ihr Sohn ist gestorben?«

Die Kellnerin stützte sich mit den Ellbogen auf den Tresen und beugte sich vor. »Jemand hat Joe umgebracht. Und ich kann Ihnen auch sagen, wer. Seine Frau Desiree. Hundertprozentig. Sie ist verduftet, gleich nachdem es passiert war. Seither hat niemand sie mehr gesehen. Die Frau war eine Irre. Eine richtige Sadistin, wenn Sie mich fragen. Ich hab selbst gesehen, wie sie absichtlich einen Hund überfahren hat. Wie krank ist das denn?«

Cain verzog das Gesicht. »*Sehr* krank. Sie ist also verschwunden?«

»Ja. Aber das ist Jahre her. Woher kennen Sie die Atkins? Sie hatten doch gesagt, Sie sind nicht von hier.«

»Mein Dad hat Mr. Atkins gekannt. Ist aber eine halbe Ewigkeit her. Ich hab Dad erzählt, dass ich in diese Gegend fahre. Er meinte, ich soll doch mal bei den Leuten vorbeischauen. Dad hat wohl nicht gewusst, dass die Familie gar nicht mehr in Crawfordville wohnt.«

»Schon lange nicht mehr.«

»Schade. Dad wird enttäuscht sein. Ich glaube, er wollte den Kontakt auffrischen.«

Die Frau schürzte nachdenklich die Lippen. »Da kann ich Ihnen vielleicht weiterhelfen.«

»Wie?«

Die Kellnerin holte ihr Handy heraus. »Wanda und ich, wir schicken uns jedes Jahr zu Weihnachten 'ne Karte. Ich hab hier ihre Adresse. Sie und Len leben heute in Alabama. In Huntsville. Hier, sehen Sie?«

Sie hielt das Mobiltelefon mit der Adresse hoch, und Cain fotografierte sie mit ihrem Handy.

Sie lächelte die Frau an. »Das ist wirklich nett von Ihnen. Danke. Dad wird sich freuen.«

»Alte Freunde sind oft die besten. In diesen Zeiten und in unserem Alter sind Freunde umso wertvoller.«

Das stimmt, dachte Cain. *Hoffentlich habe ich auch mal welche.*

24

Ken Buckley lag immer noch bewusstlos in seinem Krankenhausbett. Ein Monitor zeigte seine beunruhigenden Vitalfunktionen. Der Chirurg hatte in der kurzen Zeit möglichst viele seiner Verletzungen behandelt, doch es gab noch mehr zu tun. Ken war noch längst nicht über den Berg. Am problematischsten war, dass er das Bewusstsein noch nicht wiedererlangt hatte.

An seinem Bett saß Kens älterer Bruder Peter Buckley. Er war Mitte vierzig, eins fünfundachtzig groß, schlank und athletisch. Er trug einen maßgeschneiderten Anzug mit buntem Einstecktuch, dazu ein weißes Hemd, aber keinen Schlips. Seine Fingernägel waren gepflegt, die Haut gesund und makellos. Seine Lederschuhe hatten an die tausend Dollar gekostet, der elegante Anzug mehr als doppelt so viel. Seine dunklen, welligen Haare waren perfekt frisiert, das glatt rasierte Gesicht markant geschnitten. Seine blassblauen Augen wirkten im Licht manchmal fast weiß. Er strahlte Entschlossenheit und Sicherheit aus und zog damit oft die Aufmerksamkeit auf sich, was ihm nicht unbedingt recht war.

Peter schlug die Beine übereinander und schaute auf seinen kleinen Bruder hinunter. Ken war der Jüngste, Peter der Älteste; dazwischen gab es noch mehrere Brüder und zwei Schwestern. Zwei Brüder waren bereits gestorben, ein dritter saß in einem Gefängnis im Süden. Die Schwestern waren seit Langem verschwunden; sie hatten es eilig gehabt, dem Buckley-Clan zu entrinnen. Ihr Vater, Peter senior, war schon vor Jahrzehnten bei einem wilden Schusswechsel mit Agenten einer Bundesbehörde schwer verwundet worden. Ihre Mutter wurde dabei ebenfalls verletzt und war zusammen mit ihrem Mann verhaftet worden. Danach aber hatte sie gegen ihn ausgesagt. Peter senior war zu mehrfach lebenslänglich verdonnert worden und in den Knast gewandert. Sie selbst wurde mit den Kindern unter Zeugenschutz gestellt. Peters Vater hatte im Gefängnis nicht lange überlebt; ein Mithäftling hatte ihm die Kehle aufgeschlitzt. Danach hatte seine Mutter ihre Kinder verlassen, und Peter hatte sie nie wiedergesehen.

Sein Vater war Anführer einer radikalen Vereinigung gewesen, deren Mitglieder an strikte Rassentrennung glaubten. Obendrein fühlten sie sich nicht an die Gesetze des Staates oder an irgendwelche gesellschaftlichen Wertvorstellungen gebunden und lebten nach einem eigenen Verhaltenskodex, der für alle Mitglieder galt, bis auf einen: Buckley senior. Er konnte tun und lassen, was er wollte, weil er der Führer der Bewegung war, der Mann mit der großen Vision.

Nebenbei hatten sie mit Diebesgut gehandelt, hatten Drogen und Waffen verkauft, weil sie das Geld zur Finanzierung ihres Lebensstils benötigten.

Bis eines Nachts Agenten einer Bundesbehörde auftauchten, nachdem mehrere Leichen gefunden worden waren. Die Toten waren ehemalige Anhänger, die irgendwann zu erbitterten Gegnern von Buckley senior und seiner Organisation geworden waren. Buckley hatte auf ihre Kritik nicht mit Worten reagiert, sondern mit Pistolen, Messern und Stricken. Die Leichen waren irgendwo verscharrt worden.

Niemand hatte Buckley senior etwas anhaben können. Letztlich waren es die Behörden gewesen, die ihn vernichtet hatten. Weil er sich für das eingesetzt hatte, woran er glaubte.

Peter Buckley hatte das nie vergessen.

Nach dem Tod seines Vaters und dem Verschwinden seiner Mutter hatte Peter, obwohl selbst noch ein halbes Kind, die Rolle des Anführers übernommen. Als er erwachsen wurde, widmete er sich zunehmend dem geistigen Erbe seines Vaters, verfolgte dessen Ziele aber auf viel raffiniertere Weise. Er lernte aus den Fehlern seines Vaters und war entschlossen, sie nicht zu wiederholen.

Im Laufe der Jahre hatte er ein wahres Imperium aufgebaut und die kriminellen Aktivitäten, die damit verbunden waren, hinter einem komplexen Netzwerk aus Firmen und Einzelpersonen verborgen. Zugleich führte er ein ganz normales Leben als Geschäftsmann und engagierte sich darüber hinaus für wohltätige Zwecke. Er unterstützte diverse Kandidaten für politische Ämter und hatte Freunde in hohen Positionen, aber auch auf niedrigeren Ebenen. Letztere hatten sich als besonders wertvoll erwiesen, wenn es darum ging, gewisse Dinge umzusetzen. Die Macht auf allerhöchster Ebene im Land war hoffnungslos verfilzt und blockierte sich oft selbst. Wenn man etwas ganz Konkretes wollte, sei es eine Baugenehmigung oder eine Umwidmung zur Errichtung eines Geschäftsprojekts, war ein Lokalpolitiker oft mächtiger als der Präsident der Vereinigten Staaten.

Vor einigen Jahren hatte Peter das Land zurückgekauft, auf dem sich das Anwesen seines Vaters befunden hatte, und einen Teil der Anlage wiederaufgebaut. Außerdem hatte er einen privaten Flugplatz anlegen lassen. Wenn er das Bedürfnis verspürte, allein zu sein, flog er dorthin und verbrachte ein paar Tage in der relativen Einsamkeit. Er wanderte über das Gelände, schlief in der originalgetreuen Nachbildung des Hauses, in dem er aufgewachsen war, und stellte sich vor, wie das Leben hätte sein können, hätte das Gesetz die Familie nicht zerstört. Das war seine Therapie, sein Urlaub von einer Welt, die zu beherrschen er gelernt hatte, der er aber nie wirklich angehören würde.

Vergeblich hatte er seinen Brüdern beizubringen versucht, dass man, um wirklich etwas zu verändern, das Spiel mitspielen musste – zumindest so lange, bis man das Geschehen kontrollierte. Als Außenseiter konnte man nichts bewirken. Wahre Veränderung war nur von innen heraus möglich. Man musste ein Netzwerk knüpfen; nur dann war man früher oder später in der Lage, die Dinge im eigenen Interesse zu lenken. Und wenn die Veränderungen in winzigen Schritten erfolgten, bekam niemand mit, was vor sich ging, bis es zu spät war.

Seine ungebildeten Brüder hatten nicht auf ihn hören wollen. Ken hatte den größten Teil seines Erwachsenenlebens im Gefängnis verbracht. Erst kürzlich war er freigekommen, nachdem er wegen eines dummen, sinnlosen Verbrechens verurteilt worden war. Peter blickte auf einige der Symbole, die Ken sich hatte tätowieren lassen. Bei den meisten wusste sein Bruder wahrscheinlich nicht einmal, wofür sie standen. Ken war ein hoffnungsloser Fall.

Peters Schwestern hatten, so wie ihre Mutter, die Familie verlassen, als sie alt genug gewesen waren. Peter hatte ihnen das nie verziehen. Er hatte nie geheiratet oder sich auf eine ernsthafte Beziehung eingelassen, weil er wusste, dass Frauen absolut unzuverlässig waren. Wenn er Sex wollte, bezahlte er dafür. Am nächsten Morgen war die Frau verschwunden. Das war eine gesunde Basis.

Aber Ken war trotz allem sein Bruder, darum war es Peter Buckley nicht gleichgültig, was aus ihm wurde. Als ein Beamter der örtlichen Polizei Peter angerufen hatte, nachdem er dessen Nummer in Kens Sachen gefunden hatte, war er zwei Stunden später mit seinem Privatjet hergeflogen. Er war schon im Krankenhaus gewesen, als Ken zum ersten Mal operiert wurde. Danach war er zu dem Motel gefahren, um zu erfahren, was vorgefallen war, und hatte auch mit der örtlichen Polizei gesprochen.

Es war ausgerechnet eine Frau, die seinem Bruder das angetan hatte. Eine große, kräftige Frau, die keinen Namen angegeben und ihr Zimmer bar bezahlt hatte. Der Blonden im Motel hatte sie erzählt, sie sei als Cop undercover im Einsatz. Die Polizei wusste nichts davon. In seiner freundlichen Art hatte Buckley nach Einzelheiten gefragt, und die Cops hatten ihm bereitwillig erzählt, was sie wussten. Schließlich war Buckley Kens Bruder und machte einen äußerst respektablen Eindruck.

Diese große Frau hatte also gelogen. Und sie hatte Ken beinahe umgebracht. Buckley hatte erfahren, dass dieses Weib es mit den bloßen Händen getan hatte. Sie musste über außerordentliche Fähigkeiten verfügen; immerhin war Ken kein Waisenknabe, wenn es um körperliche Auseinandersetzungen ging.

Der Chirurg hatte gemeint, es müssten weitere Untersuchungen vorgenommen werden, um ausschließen zu können, dass Ken bleibende Schäden an Körper oder Gehirn davontragen würde.

Peter Buckley war entschlossen, sich um seinen kleinen Bruder zu kümmern, selbst wenn er später Leute würde einstellen müssen, die Kens Windeln wechselten und ihm mit dem Strohhalm zu trinken gaben. Außerdem musste die Frau ausfindig gemacht und bestraft werden. Alles andere war für Buckley undenkbar.

Er verließ das Krankenhaus, stieg in einen gemieteten Mercedes und fuhr noch einmal zum Motel. Normalerweise ließ er sich chauffieren, doch diesmal war er allein gekommen. Es war eine Familienangelegenheit, die niemanden etwas anging. Wenn er andere für eine Aufgabe benötigte, würde er sie kontaktieren. Zuerst musste er ein paar Nachforschungen anstellen.

Ihm war eine Idee gekommen.

Beth, die Frau am Empfang des Motels, schien sich zu freuen, ihn wiederzusehen.

»Wurde diese Schlägerin schon festgenommen?«, fragte sie. »Ich hab der Polizei eine genaue Beschreibung gegeben.«

»Leider nein. Aber als ich das letzte Mal hier war, ist mir die Kamera draußen aufgefallen. Ist die in Betrieb?«

»Verdammt, die hab ich ganz vergessen. Ja, natürlich. Die Cops haben gar nicht danach gefragt.«

»Kann ich die Aufnahme sehen?«

Beth führte ihn in ein Hinterzimmer, wo er sich an einen Computer setzte. Augenblicke später erschienen die ersten Szenen auf dem Bildschirm. Beth spulte das Band nach vorne. Als sie es wieder mit normaler Geschwindigkeit laufen ließ, sah Buckley ein verschwommenes Bild vor sich.

»Das ist ihr Wagen«, sagte Beth triumphierend. »Der graue Civic.«

Buckley holte sein Mobiltelefon heraus, tippte das Kennzeichen ein und fotografierte das Auto. »Aber wo ist die Frau? Wenn Sie den Wagen draufhaben, müsste sie ja auch irgendwo zu sehen sein.«

»Das System ist leider uralt«, klagte Beth. »Es springt ständig hin und her und nimmt nicht alles auf. Die Kamera hat immer wieder Aussetzer.« Sie spulte noch einmal zurück und ließ das Band wieder in Normalgeschwindigkeit laufen. »Sehen Sie? Hier und hier, alles grau und verschwommen. Da wäre sie wahrscheinlich drauf. Das von vorhin war die einzige gute Aufnahme von ihrem Auto. Wenigstens haben Sie die.«

Buckley bedankte sich mit einem Hundertdollarschein.

»Hoffentlich erwischen Sie die Schlampe.« Beth nahm das Geld dankend an. »Sie ist ein richtiges Miststück.«

»Und die Frau, die mit Ken hier war – was ist mit der?«

»Rosa? Dieses Luder mit dem Civic hat sie mitgenommen, wollte sie irgendwohin bringen, wo sie in Sicherheit ist.«

»Haben Sie ein Bild von dieser Rosa? Ich hoffe nur, Sie müssen dafür nicht auf dem Band suchen.«

»Nein. Ich … ich hab ein Foto auf dem Handy.«

»Wie das?«, fragte Buckley erstaunt.

»Na ja.« Es schien Beth ein bisschen peinlich zu sein. »Sie hatte mal ein Kleid an, das mir gefiel. Da hab ich mir gedacht, so eins möchte ich auch. Also hab ich ein Foto gemacht.«

Buckley beäugte ihre schäbige Kleidung und die rundliche Figur. »Verstehe.«

Sie zeigte ihm das Bild, und er fotografierte es mit seiner Handykamera.

»Eine hübsche Frau«, sagte Buckley. »Danke.«

»Wollen Sie die auch finden?«

»Ja. Sie soll erfahren, wie es Ken geht.«

»Ich glaube nicht, dass es ihr viel bedeutet.«

»Ich sag's ihr trotzdem. Haben Sie eine Ahnung, wo sie sein könnte?«

»Wie gesagt, diese Schlampe hat irgendwas davon gefaselt, dass sie Rosa an einen sicheren Ort bringen will. Es gibt ein Frauenhaus in der Stadt. Sie könnten ja mal dort nachfragen. Es ist in der Everson Street, nicht weit von der Fuller.«

»Danke noch mal.«

Er stieg in seinen Wagen, schickte das Foto mit dem Kennzeichen an einen Helfer und wies ihn an, es auszuforschen. Dann fuhr er los, um Rosa zu suchen.

Er hatte eigentlich andere Dinge zu tun, doch diese Sache hatte für ihn Vorrang. Seine Familie hatte zwar nicht viel vorzuweisen, worauf man stolz sein konnte, aber es war trotzdem seine *Familie*. Und in Peter Buckleys Welt durfte ein solcher Vorfall nicht ungesühnt bleiben. Seit dem Tod seines Vaters gab es in seiner Lebensphilosophie einen zentralen Gedanken: Auge um Auge. Deshalb musste das Weib, das Ken zusammengeschlagen hatte, gefunden und genauso zugerichtet werden, wie sie ihn zugerichtet hatte.

So einfach waren die Dinge in der Welt des Peter Buckley.

25

Beths Information erwies sich als Volltreffer. Aufgrund der geltenden Sicherheitsbestimmungen war es Buckley jedoch nicht möglich, das Frauenhaus zu betreten und direkt mit Rosa zu sprechen.

Stundenlang saß er im Auto und sah Frauen kommen und gehen. Schließlich wurde er für seine Geduld belohnt. Rosa kam heraus, bog links ab und betrat einen Block weiter ein Café. Buckley stieg aus und folgte ihr. Rosa hatte sich an einen Tisch ganz hinten gesetzt. Er ging zu ihr und stellte sich vor.

Sie wirkte verängstigt, als er ihr sagte, dass er Kens älterer Bruder sei.

»Ich ... ich soll mit niemandem sprechen. Die haben gesagt, ich darf kurz ins Café, muss dann aber gleich wieder zurück. Sie wissen, wo ich bin, und wenn ich nicht rechtzeitig zurück ...«

»Bitte«, fiel er ihr mit entwaffnender Freundlichkeit ins Wort. »Ich wünsche Ihnen nur das Beste. Ich weiß, dass mein Bruder ein gewalttätiger Trottel ist. So war er schon immer. Schon als Jugendlicher hatte er nichts als Ärger. Ich habe jede Hoffnung verloren, dass er irgendwann vernünftig wird. Aber er hat mich angerufen und mir erzählt, was passiert ist. Ich war gerade in der Nähe, also bin ich zu ihm gefahren.«

»Er hat Sie angerufen? Das heißt, es geht ihm gut?«, fragte sie nervös.

»Er ist schlimm verprügelt worden, ist aber so weit in Ordnung.

Er behauptet, es sei nicht seine Schuld gewesen, aber ich kenne ihn. Außerdem habe ich mit den Leuten im Motel geredet. Die haben mir klipp und klar gesagt, dass die Schuld bei Ken liegt und dass diese junge Frau Ihnen zu Hilfe gekommen ist. Das war sehr mutig von ihr.«

»O ja. Sie hat mir wahrscheinlich das Leben gerettet.«

»Darf ich mich setzen?«

Sie zögerte einen Moment, ließ dann aber den Blick durch das gut besuchte Café schweifen und fühlte sich offenbar sicher.

»Bitte.«

Buckley setzte sich ihr gegenüber. »Ich habe Ken ganz klar gesagt, wenn er Sie noch einmal belästigt, werden Sie ihn anzeigen und für lange Zeit ins Gefängnis schicken.«

Rosa schaute ihn überrascht an. »Wäre das für Sie in Ordnung?«

»Ken *gehört* ins Gefängnis.«

»Woher haben Sie gewusst, wo ich bin?«

»Die Frau im Motel, diese Beth, hat mir von diesem Frauenhaus erzählt. Es war natürlich nur eine Vermutung. Aber Sie kamen zufällig in dem Moment heraus, als ich mit dem Wagen dort ankam.«

»Aber woher wussten Sie, wie ich aussehe?«

»Beth hat Sie mir ziemlich genau beschrieben. Sie hat gemeint, Sie seien sehr hübsch. Und sie hat recht.«

Rosa senkte den Blick, und ein Lächeln huschte über ihre Lippen. »Danke.«

Buckley musterte die Frau einen Augenblick. Er hatte schon viele von ihrer Sorte gesehen. Sie war sexy und sich dessen bewusst. Außerdem hatte sie Temperament, war aber nicht allzu gebildet und empfänglich für schöne Worte und Komplimente. Es erstaunte ihn, dass sein primitiver Bruder diese Kleine herumgekriegt hatte. Wahrscheinlich dank seiner physischen Kraft, was Frauen aber nur eine Zeit lang beeindruckte. Dann erkannte die Frau entweder, was für einen brutalen Bumskopf sie vor sich hatte, und suchte das Weite, oder sie verärgerte ihn so sehr, dass es lebensgefährlich für sie wurde.

Oder für ihn.

Die Kellnerin kam, und sie bestellten Kaffee. Erst als er serviert wurde, setzte Buckley das Gespräch fort. »Ich möchte Sie etwas fragen. Wir wissen, dass Ken kein feinfühliger Mensch ist. Dass er zu Wutausbrüchen neigt. Warum waren Sie überhaupt mit ihm zusammen?«

Rosa zuckte mit den Schultern. »Am Anfang war er anders. Er war nett, hat mich gut behandelt. Auf einmal hat er sich verändert, fast über Nacht. Ich wollte ihn verlassen. Niemand hat es verdient, wie ein Stück Dreck behandelt zu werden. Ich habe ihm immer wieder eine Chance gegeben, aber irgendwann hatte ich die Nase voll.«

»Das verstehe ich gut. Ich habe ihm auch mehr als eine Chance gegeben, sich zu ändern. Dann war es ein Glück, dass diese Frau gerade in der Nähe war.«

»Ja. Wissen Sie, Ken war sauer, weil er meinte, ich hätte zwei Sekunden lang einen anderen angeschaut. Als ob ich das getan hätte! Ich wusste ja, dass er mich umbringt, wenn er es mitkriegt.«

»Verstehe. Wer ist diese Frau, die Sie gerettet hat? Wissen Sie etwas über sie?«

»Warum?«, fragte Rosa vorsichtig. »Hören Sie, ich will nicht, dass sie Ärger kriegt. Sie hat zu Ken gesagt, er solle sich beruhigen und mich in Ruhe lassen. Aber er ist mit dem Messer auf sie losgegangen und hat dann auch noch seine Pistole gezogen.«

Buckley breitete die Hände aus. »Nein, nein, ich will ihr keinen Ärger machen. Aber die Polizei sucht sie. Ich will ihr nur sagen, dass sie sich keine Sorgen machen muss. Ken wird auf eine Anzeige verzichten. Ich selbst habe ihn davon überzeugt. Schließlich hat Ken die Frau angegriffen, nicht umgekehrt.«

»Ja. Er hat sogar gedroht, sie umzubringen, und hat zwei Schüsse abgegeben, bevor sie ihn k. o. geschlagen hat. Warum sucht die Polizei sie dann, wenn sie nichts Unrechtes getan hat und Ken sie nicht anzeigen will?«

»Es gibt da ein kleines Problem, von der Sache mit Ken mal abgesehen. Die Frau hat anscheinend behauptet, sie sei ein Cop im Undercover-Einsatz. So was hat die Polizei gar nicht gern. Vermutlich wollen sie ein Wörtchen mit ihr reden, weil sie sich als Polizistin ausgegeben hat.«

»Das hat sie nur gesagt, um diese Hexe im Motel abzuschrecken.«

»Ich sage Ihnen nur, was ich gehört habe. Haben Sie eine Ahnung, wo die Frau sich aufhält oder wie sie heißt?«

»Nein. Sie hat mir ihren Namen nicht gesagt, und ich hab sie nicht gefragt. Aber ich glaube, sie ist aus der Gegend. Sie hat ja auch gewusst, wo das Frauenhaus ist. Wir sind direkt hingefahren.«

»Glauben Sie, dass sie selbst mal dort war?«, fragte Buckley.

»Schon möglich. Woher hätte sie sonst wissen sollen, wo es ist?«

»Sie könnte dort gearbeitet haben«, meinte Buckley. »Oder sie hatte eine Freundin, die drinnen war oder dort gearbeitet hat.«

»Kann schon sein.«

»Was haben Sie jetzt vor?«, fragte Buckley.

»Das weiß ich noch nicht.«

»Was haben Sie denn gearbeitet?«

»Ich war mal Rezeptionistin. Aber ich kenne mich auch mit Maniküre aus. Außerdem habe ich mal als Fitnesstrainerin gearbeitet.«

»Sie sehen wirklich fit aus. Ich nehme an, Sie haben den Job aufgegeben, als Sie Ken kennenlernten.«

»Ich … ich hatte Probleme, mit denen ich eine Weile zu kämpfen hatte.« Rosa wandte den Blick ab. »Ken und ich haben uns auf einer Party kennengelernt. Es hat gefunkt, also …«

»Hatten Sie Drogenprobleme?«

»Warum fragen Sie das?« Sie schaute ihn beleidigt an.

»Weil sich viele damit das Leben kaputt machen. Aber ich urteile nicht über Sie. Es gibt viele Gründe, warum Menschen zu Drogen greifen.«

»Ich bin von dem Zeug runter, da bin ich mir ziemlich sicher.«

Er zückte seine Brieftasche, zählte tausend Dollar heraus und reichte sie ihr.

»Wofür ist das?«, fragte Rosa perplex.

»Nennen Sie's eine Starthilfe für Ihr Leben nach Ken.«

»Aber … das müssen Sie nicht tun.«

»Irgendwie fühle ich mich mitverantwortlich.«

Rasch steckte sie das Geld in ihre Jeanstasche. »Danke. Das ist riesig nett von Ihnen.«

»Gern geschehen.«

Sie schaute ihn bewundernd an, fand sein gutes Aussehen und seine kultivierte, großzügige Art offenbar anziehend. »Ich kann gar nicht glauben, dass Sie Kens Bruder sind.«

»Wir waren schon immer sehr verschieden. Aber er hätte genauso etwas aus sich machen können wie ich, wenn er nicht immer die falschen Entscheidungen getroffen hätte.«

»Warum hab ich nicht Sie statt ihn kennengelernt?«, sagte sie mit einem schelmischen Lächeln, spielte mit einer Haarlocke und beugte sich ein wenig vor, um ihren Ausschnitt zu zeigen. »Hören Sie, ich gebe Ihnen meine Nummer, falls Sie noch … irgendwelche Fragen haben. Vielleicht können wir uns mal auf einen Drink treffen?«

»Ja, warum nicht? Wenn Sie möchten, begleite ich Sie zurück.«

Er ging mit ihr zum Frauenhaus und sah ihr nach, wie sie

hineinging, nachdem sie sich noch einmal lächelnd umgedreht und ihm zugewinkt hatte.

»Ich hab gesehen, wie Sie der Kleinen Geld gegeben haben, Mister.«

Buckley drehte sich um und sah eine Frau vor sich stehen. Sie war Mitte fünfzig und hatte allem Anschein nach kein leichtes Leben gehabt. Ihre Kleidung war schmuddelig, ihre Augen trüb, ihr Körper schlaff und schwabbelig. »Ich wohne auch da.« Sie deutete auf das Frauenhaus. »Ich hab gehört, was Sie mit der Hübschen geredet haben. Hab in der Nähe von Ihrem Tisch 'nen Kaffee getrunken, von meinem *letzten* Dollar.«

»Verstehe«, sagte Buckley. »Vielleicht können Sie sich ja ein bisschen was verdienen.«

Die Frau schaute auf ihre zerschlissenen Schuhe. »Ich war dabei, als El die Kleine hergebracht hat.«

»El?«, fragte Buckley.

»El Cain.«

»Steht El für irgendeinen Namen? Ellen? Eleanor?«

»Keine Ahnung.«

»Wie gut kennen Sie die Frau?«

»Sie war vor 'n paar Jahren selbst mal hier. Ich hab schon öfter hier gewohnt. Eine wie El vergisst man nicht so schnell. Sie ist die größte Frau, die ich je gesehen habe. Und hart wie Stahl. Die lässt sich von niemand blöd kommen.«

»Was wissen Sie sonst noch über diese El?«, hakte Buckley nach.

Die Frau schaute ihn vielsagend an. »Ich hab gesehen, wie Sie der Kleinen Geld gegeben haben ...«, sagte sie erneut.

Buckley zog zehn Zwanzigdollarscheine aus der Brieftasche und gab sie der Frau.

Sie steckte das Geld ein und schaute sich misstrauisch um, wie um sich zu vergewissern, dass niemand es gesehen hatte. »El ist 'n guter Mensch. Hat mir mal aus der Patsche geholfen.«

»Wissen Sie irgendetwas über sie? Woher sie kommt? Womit sie ihr Geld verdient?«

Die Frau überlegte einen Augenblick, dann schnippte sie mit den Fingern. »Sie macht Kickboxen. Dieses Mixed ... Dingsbums.«

»Mixed Martial Arts?«

Die Frau deutete mit dem Zeigefinger auf ihn. »Jep, das isses.«

»Wo kämpft sie?«

»Es gibt da so 'ne ehemalige Schuhfabrik. Ich war selbst mal da und hab zugeschaut, wie zwei Mädels sich gegenseitig fast umgebracht haben. El hab ich nie kämpfen sehen, aber sie ist bestimmt erste Sahne, so groß und stark, wie sie ist. Die lässt sich nix gefallen. Sie hat mir erzählt, dass sie manchmal dort kämpft.«

»Sie ist bestimmt eine gute Fighterin. Wann haben Sie diese El zum letzten Mal gesehen?«

»Als sie die kleine Mexikanerin hergebracht hat.«

»Gibt es sonst noch etwas, das Sie mir sagen können?«

»El ist ein guter Mensch«, wiederholte die Frau.

»Das glaube ich Ihnen. Danke.«

26

Buckley machte ein paar Anrufe. Er hatte keine Mühe, die ehemalige Schuhfabrik ausfindig zu machen. Für den nächsten Abend war dort ein Kampf angesetzt. Den Tag verbrachte er im Krankenhaus bei seinem Bruder, der erneut operiert worden war und dem es viel schlechter ging als zuvor. Wie er so auf den bewusstlosen Ken hinunterschaute, überkam Buckley das plötzliche, unerklärliche Gefühl, dass sein Bruder nicht wieder aufwachen würde. Der Gedanke betrübte ihn mehr, als er gedacht hatte.

Am nächsten Abend fuhr Buckley zur Schuhfabrik, wo die Kämpfe stattfanden. Wie sich herausstellte, benötigte man eine Einladung, um dem Spektakel beizuwohnen. Buckley löste das Problem, indem er dem Rausschmeißer hundert Dollar zusteckte.

»Gehen Sie nur rein, Sir«, sagte der Mann mit breitem Grinsen.

Die rund zweihundert zumeist betrunkenen Zuschauer erwarteten die Kämpfe voller Spannung. Im Ring standen zwei kahl geschorene Männer mit muskulösen, von Tattoos übersäten Körpern. Der Fight interessierte Buckley kein bisschen. Er befragte mehrere Leute vom Personal und richtete seine Aufmerksamkeit schließlich auf einen gewissen Sam.

Nach dem Kampf trat er auf dem Flur auf Sam zu.

»El Cain?«, sagte Buckley ohne Umschweife.

»Was ist mit ihr?«

»Ich wüsste gerne mehr über sie.«

»Warum, wenn ich fragen darf?«

»Ich bin ein neugieriger Mensch. Ich habe gehört, sie ist eine gute Kämpferin.«

Sam zuckte mit den Schultern. »Ja, aber sie ist nicht mehr die Jüngste, falls Sie auch in diesem Geschäft sind und vorhaben, El zu engagieren. Aber sie ist unberechenbar. Einige machen den Fehler, ihre Reichweite zu unterschätzen. Ob Mann oder Frau spielt keine Rolle. El hat echt was drauf.«

»Irgendeine Ahnung, wo sie steckt?«

»Noch mal: Warum wollen Sie das wissen?«

Fünf Hundertdollarscheine verschafften ihm die gewünschte Antwort.

»Sie wohnt in einem alten Haus, in dem sie billige Wohnungen eingerichtet haben. Nicht weit von hier. Jedenfalls hat sie bis vor Kurzem da gewohnt. Ich hab gehört, die neuen Eigentümer hätten alle auf die Straße gesetzt. Wo El jetzt steckt, weiß ich nicht.«

»Was wissen Sie über ihre Vergangenheit?«

»Nur, dass sie vor Jahren aus dem Westen gekommen ist. Eines Tages ist sie hier aufgekreuzt und wollte kämpfen. Kräftig genug war sie ja, aber wenn man groß und stark ist, macht einen das noch nicht zu einem guten Fighter. Also hab ich sie ein bisschen auf die Probe gestellt. Hab sie gegen einen meiner Jungs antreten lassen. Er war damals zwar schon in den Vierzigern, aber immer noch gut in Schuss. Ein harter Brocken.«

»Wie ist es ausgegangen?«

Sam zündete sich eine Zigarette an und blies den Rauch aus. »Kann ich Ihnen sagen. Es hat nicht mal 'ne Minute gedauert, da war der harte Brocken im Reich der Träume. Er ist 'ne halbe Stunde später aufgewacht und hat sich gefragt, wie es sein kann, dass ihn hier in der Halle ein Laster überrollt. Tja, da hab ich El gesagt, wenn sie's wirklich ernst meint, kann sie was erreichen.

Aber sie hatte nur die Wahl, entweder zu boxen oder inoffizielle Kämpfe zu machen, wie wir sie hier veranstalten, weil die Mixed Martial Arts bei Frauen keine schweren Gewichtsklassen haben. Aber das war okay für sie. El hat ohnehin nur gekämpft, wenn sie mal wieder Geld gebraucht hat. Erst neulich ist sie gegen ein ziemlich talentiertes Mädchen angetreten. El hat ihr den Kiefer gebrochen, mit einem der härtesten Tritte, die ich je gesehen habe, ob Mann oder Frau. Sie hat ihre tausend Mäuse genommen und ist gegangen. Seitdem hab ich sie nicht mehr gesehen.«

»Hat sie Ihnen nie etwas über sich erzählt? Über ihre Familie?«

»El hat grundsätzlich nicht über sich geredet. Aber ich kann Ihnen eine kleine Warnung mitgeben. Beim letzten Mal hat sie mich mit 'ner Pistole bedroht, nur weil ich gesagt habe, wir zwei könnten uns 'ne schöne Zeit machen, wenn sie sich 'n bisschen fraulicher anzieht und so. Schick essen gehen, ein paar Drinks, 'n bisschen Spaß im Bett. Ich hab ihr in die Augen geschaut. Sie hätte mir den Kopf weggepustet, ohne mit der Wimper zu zucken.«

»Du meine Güte. Dabei haben Sie so nett gefragt.«

»Meine Rede.«

»Danke für den Tipp. Ich werde aufpassen, wenn ich sie finde.«

»*Falls* Sie sie finden.«

»Klar – *falls* ich Sie finde.«

Buckley ließ sich die Adresse von Cains letztem Wohnsitz geben und fuhr dorthin. Als er eintraf, fand er ein eingezäuntes Grundstück vor, das von einem Sicherheitsmann bewacht wurde, der ihm rein gar nichts über die ehemaligen Bewohner sagen konnte.

»Die sind weg«, sagte der Mann. »Ist auch besser so. Alles Gesindel, wenn Sie mich fragen.«

Als Buckley wieder ins Auto stieg, klingelte sein Telefon. Es war das Krankenhaus. Er hörte aufmerksam zu, bedankte sich und sagte, er werde sich um alles Notwendige kümmern.

Seine düstere Ahnung hatte sich bestätigt.

Einige Augenblicke saß er da und starrte durch die Windschutzscheibe in die Dunkelheit, während die Worte des Arztes in ihm nachhallten. Ein Aneurysma im Gehirn sei geplatzt. Sie hätten nichts mehr tun können. Ken sei nach einer Minute tot gewesen. Sie wüssten nicht, ob die Schlägerei die Ursache sei, aber ausschließen könne man es nicht. Es tue ihnen sehr leid.

Buckley startete den Motor und schnallte sich an. Jetzt musste er noch einen Bruder beerdigen.

Nun ging es nicht mehr darum, El Cain einen Denkzettel zu verpassen und sie krankenhausreif zu prügeln.

Nun musste sie sterben.

27

Buckley checkte in einem noblen Hotel ein und bestellte beim Zimmerservice ein spätes Abendessen. Er machte ein paar Anrufe, versandte einige Mails und dachte beim Essen über die Entscheidungen nach, die vor ihm lagen. Ken würde eingeäschert werden. Es würde keine religiöse Zeremonie geben; davon hätte Ken ebenso wenig gehalten wie er selbst.

Buckley würde die Asche seines Bruders an dem Ort verstreuen, an dem ihr Vater auf so brutale Weise von den Regierungsbehörden angegriffen worden war. Eben noch ein lebendiger Mensch, plötzlich ein Leichnam, dann ein kurzer Aufenthalt in einer Urne und schließlich in alle Winde verstreut. Und alles binnen eines Wimpernschlags. Das gab einem schon zu denken.

Buckleys Zimmer war makellos und mit allem zu erwartenden Komfort ausgestattet. In seiner Kindheit und Jugend hatte er nichts dergleichen gehabt. Trotz des Geldes, das seine Eltern von ihren Jüngern und bei verschiedenen geschäftlichen Aktivitäten eingestrichen hatten, war ihnen ein einfaches Leben immer wichtig gewesen. Sie waren der Auffassung, dass Luxus den Charakter ihrer Kinder verderben würde. Als Junge war Buckley davon gar nicht begeistert gewesen. Später hatte er die Haltung seiner Eltern, dass man sich alles selbst erarbeiten müsse, besser verstanden. Den Grundsatz vom einfachen Leben hatte er jedoch nie übernommen.

Buckley war noch nicht allzu lange in der Lage, sich den Prunk leisten zu können, mit dem er sich umgab. Er besaß mehrere Häuser, Luxusautos, eine Jacht und einen Privatjet. Es war kein leichter Weg gewesen, aber es hatte es geschafft. Trotzdem war das alles nur schönes Spielzeug. Willkommene Annehmlichkeiten, nicht mehr. Der eigentliche Reiz hatte darin bestanden, sich das alles zu erarbeiten, Geld und Macht zu erlangen, andere aus dem Feld zu schlagen. Alles andere interessierte ihn wenig. Manchmal empfand er es sogar als deprimierend.

Peter Buckley hatte bereits viermal um ein Haar ins Gras beißen müssen. Das erste Mal bei dem Angriff auf den Familiensitz; die Kugel eines DEA-Agenten hatte sich zwei Zentimeter über seinem Kopf in die Wand gebohrt, als er auf dem Boden lag. Danach war es noch drei weitere Male extrem knapp gewesen, in der Zeit, als er sich nach oben gekämpft hatte. Und nie hatte er sich so lebendig gefühlt wie in den Augenblicken, als er dem Tod ganz nah gewesen war.

Er nahm einen Umschlag aus der Schublade und legte fünf Zwanziger für das Zimmermädchen hinein. Er hatte es sich zur Gewohnheit gemacht, arbeitende Menschen gut zu behandeln, weil er sich ihnen näher fühlte als den meisten seiner Geschäftspartner, von denen viele mit einem goldenen Löffel im Mund geboren worden waren. Sie redeten sich dennoch ein, ihren Erfolg nur der eigenen Leistung zu verdanken. Sie glaubten, ein Anrecht auf Luxus zu haben, weil sie – ohne eigene Anstrengung – von allem immer nur das Beste bekommen hatten. Umso mehr genoss er es, diese »Elite« auszumanövrieren, diese eingebildeten Schwachköpfe, die bei Weitem nicht das Niveau hatten, das sie für sich in Anspruch nahmen.

Buckley genoss die Macht, die mit dem Geld verbunden war. Je mehr Geld er hatte, umso größer waren seine Möglichkeiten; nur darauf kam es ihm an. Anfangs hatte seine Motivation, Geld zu verdienen, hauptsächlich darin bestanden, für seine Familie zu sorgen. Den Buckleys hatte ein Leben in Armut gedroht, und der Einzige, der es verhindern konnte, war …

Ich.

Die Verantwortung machte einen vorsichtig. Man lernte, gut zu überlegen, bevor man handelte. Jeder Fehler konnte fatale Konsequenzen haben. Doch wenn man alle Eventualitäten berücksichtigt hatte, konnte man ein kalkuliertes Risiko eingehen.

Nach allem, was er über El Cain gehört hatte, schien auch sie so ein Mensch zu sein. Unter anderen Umständen hätte er sie engagiert, für ihn zu arbeiten. Wahrscheinlich hatte auch sie es nicht leicht gehabt, hatte aber aus eigener Kraft alle Hindernisse überwunden, die ihr vom Leben in den Weg gestellt worden waren. Sie musste eine interessante Person sein, die zu Großem fähig wäre, wenn sie die Chance bekäme, sich zu beweisen. Aber diese Chance würde sie nie bekommen, dafür hatte er zu sorgen. Ken musste gerächt werden. Wenn er, Peter Buckley, der Frau so etwas durchgehen ließ, wo blieben dann seine Prinzipien? Dann gäbe es bald gar nichts mehr, an dem er sich orientieren konnte.

Er ging hinunter in den Poolbereich, zündete sich eine Maduro-Zigarre an, trank seinen Wein und las die Antworten auf die Nachrichten, die er verschickt hatte. Er verlangte viel von seinen Mitarbeitern. Dafür bezahlte er sie gut und ließ sie nie im Stich, komme, was wolle. Er forderte absolute Loyalität, doch im Gegensatz zu anderen in diesem Geschäft war auch er stets loyal. Nicht unbedingt, weil es fair und richtig war, sondern weil es letztlich seinen eigenen Interessen diente. Wenn man jeden, der einem widersprach, über die Klinge springen ließ, war man bald nur noch von Jasagern umgeben. Und das war wie Inzucht; es machte alle Beteiligten dumm und schwach.

Mit Frauen wie Rosa hatte er kein Mitleid. Sie hatte sich freiwillig mit Ken eingelassen. Und ihr plumper Annäherungsversuch hatte ihm gezeigt, dass sie sofort mit ihm ins Bett hüpfen würde, wenn er es wollte. Das bewies ihre fehlende Loyalität Ken gegenüber und ihren mangelnden Respekt gegenüber Buckley. Man musste für alles, was man tat, die Konsequenzen tragen. Deshalb hatte er einem seiner Leute eine E-Mail mit Rosas Foto geschickt. Der Mann antwortete, und kurz darauf war alles arrangiert.

Buckley ging wieder auf sein Zimmer und schlief tief und fest, mit reinem Gewissen, aber mit Gedanken, die ihn bis in den Schlaf verfolgten. Am nächsten Morgen frühstückte er, räumte sein Zimmer auf, faltete die Handtücher und legte sie fein säuberlich an den Rand der Badewanne. Dann checkte er aus, nicht ohne allen Mitarbeitern, die ihm begegneten, ein großzügiges Trinkgeld zuzustecken, wofür er von jedem ein dankbares Lächeln erntete.

Buckley setzte sich in seinen Mietwagen und nutzte die Bluetooth-Verbindung im Auto, um sich mit seinen Leuten in Verbindung zu setzen. Die Ergebnisse waren zufriedenstellend.

Rosa war rückfällig geworden und an einer Überdosis gestorben; man hatte sie in einer Gasse hinter dem Frauenhaus tot aufgefunden. Die Polizei führte eine Ermittlung durch, die aber schnell abgeschlossen sein würde. Natürlich hatte Buckleys Helfer Rosa vor deren Ableben die tausend Dollar abgenommen, die Buckley ihr gegeben hatte, sodass erst gar keine dahingehenden Fragen aufkamen. Möglicherweise würde die Polizei sich nach dem Mann erkundigen, mit dem Rosa in dem Café gesprochen hatte, doch außer Rosa hatte niemand von Buckleys Verbindung zu Ken gewusst. Und selbst wenn sie es jemandem erzählt hatte, machte ihn seine gesellschaftliche Position unantastbar. Zumal es nichts Ungewöhnliches war, dass eine ehemalige Drogenabhängige rückfällig wurde. Also konnte er das Kapitel Rosa abschließen.

Fünf Minuten später kam der nächste Anruf.

»Wir haben das Kennzeichen überprüft«, meldete die Stimme. »Der Wagen ist auf eine gewisse Eloise Cain zugelassen. Ich schicke Ihnen ihre persönlichen Daten, soweit wir sie ermitteln konnten. Sie war mal im Gefängnis und hatte eine Zeit lang Drogenprobleme. Seltsam ist nur, dass man bis zu ihrem neunzehnten oder zwanzigsten Lebensjahr absolut nichts über sie finden kann. Die Zeit davor ist wie ein schwarzes Loch.«

»Dann erforschen Sie dieses schwarze Loch«, befahl Buckley. »Wie können wir die Frau finden?«

»Sie hat eine Kreditkarte. Wir nutzen alle Ressourcen und Kontakte, um sie auf diesem Weg aufzuspüren. Sie hat mit der Karte in einem Marriott eingecheckt, nachdem sie Ihren Bruder angegriffen hatte.«

»Und ihr Mobiltelefon? Sie wird doch eines haben. Können Sie das nicht aufspüren?«

»Es ist jedenfalls nicht registriert. Sie könnte es gestohlen haben und nur lokales WLAN und andere Möglichkeiten nutzen. Es könnte ein Prepaid- oder Einweghandy sein. Es gibt immer Mittel und Wege, sich unauffindbar zu machen. Ihre Kreditkarte ist auf eine Adresse registriert, die nicht mehr gültig ist. Die damit verbundene Gmail-Adresse hat sie schon lange nicht mehr benutzt. Also müssen wir uns auf eventuelle Kreditkartenaktivitäten konzentrieren.«

»Wenn Sie die Daten ihres Autos haben, können Sie dann nicht über Satellit ihren Standort ermitteln?«

»Nicht bei einer Kiste, die so alt ist wie ihre.«

»Schicken Sie mir die Informationen vom Marriott. Es gibt wahrscheinlich mehr als eins in der Stadt. Ich brauche außerdem ein Foto von der Frau. Und eine Kopie ihres Führerscheins, falls möglich.«

»Wird gemacht, Sir.«

Als Buckley die Informationen über das Hotel erhielt, fuhr er sogleich hin und checkte ein. Die nächsten Stunden verbrachte er damit, die Angestellten über El Cain zu befragen. Er erklärte, als Anwalt ihres Vaters über eine Erbschaftsangelegenheit mit ihr sprechen zu müssen. Dank seines seriösen Auftretens und seiner ernsten, kultivierten Stimme zweifelte niemand an seiner Glaubwürdigkeit. Leider konnte sich niemand an die Frau erinnern.

Bis er am Abend die Hotelbar betrat.

Buckley setzte sich auf einen Hocker und bestellte einen Bourbon mit Soda on the rocks. Er erzählte der Barkeeperin seine Geschichte und beschrieb ihr die Frau, die er suchte. Sie erinnerte sich sofort an Cain.

»Ja, die war hier. Eine Erbschaft, sagen Sie? Da trifft es ja mal die Richtige. Die Frau hat ausgesehen, als könnte sie eine gute Nachricht und vor allem Geld gebrauchen.«

»Haben Sie eine Ahnung, wohin sie wollte?«

»Nein, sie hat nicht viel geredet.« Die Barkeeperin wischte mit einem Tuch über die Theke und wandte sich einem anderen Gast zu, während Buckley geduldig wartete. Als sie wiederkam, sagte sie: »Eines war seltsam.«

»Was?«

»Als die Frau hier saß, liefen gerade die Nachrichten im Fernsehen.«

Buckley schaute zum Fernseher. »Ja?«

»Sie haben die Meldung gebracht, dass das FBI nach einer Frau fahndet, und auch deren Foto eingeblendet. An den Namen kann ich mich nicht erinnern. Es ging um eine Sache, die Anfang der 2000er in Georgia vorgefallen ist. Meine Güte, das Mädchen auf dem Bild hat ausgesehen wie ein wildes Tier! Groß, hager, die Augen weit aufgerissen, lange, wirre Haare ...«

»Warum wird sie vom FBI gesucht?«

»Das haben sie nicht gesagt.«

»Was hat das mit Miss Cain zu tun?«

Die Frau stützte die Ellbogen auf die Theke. »Es geht um eine Erbschaft?«, fragte sie in vertraulichem Ton.

»Ja.«

»Viel Geld?«

»Ja.«

»Und wenn ich ein kleines bisschen davon abkriegen würde, Mister? Ich könnte es wirklich gebrauchen.«

Buckley legte dreihundert Dollar auf die Theke.

»Ihr Stil gefällt mir.« Sie steckte das Geld in ihre Gürteltasche. »Als Barkeeperin lernt man, die Augen offen zu halten. Körpersprache, Gesichtsausdruck, so was alles. In meinem Job muss man einschätzen können, ob jemand genug getankt hat, wissen Sie.«

»Klar.«

»Und mir ist aufgefallen, wie sie das Foto im Fernsehen angestarrt hat. Diese Fassungslosigkeit, diese Panik in ihren Augen! Sie hat sogar ihr Bier verschüttet. Als sie aufgestanden und gegangen ist, hab ich ihr nachgeschaut. Obwohl sie nur einen Drink hatte, konnte sie nicht mehr geradeaus gehen. Ich weiß nicht, wer das Mädchen im Fernsehen war, aber diese Frau hat sie gekannt, da bin ich mir sicher.«

28

In Asheville, North Carolina, befand sich das Biltmore Estate. Das Herrenhaus war mit seinen 16 000 Quadratmetern das größte Privathaus, das je in den Vereinigten Staaten erbaut worden war. Es befand sich immer noch im Besitz der Nachkommen jenes Erben aus der Vanderbilt-Dynastie, der es errichtet hatte. Heute wurde es als Museum genutzt und lockte mit Führungen und Veranstaltungen Jahr für Jahr eine große Zahl von Besuchern nach Asheville. Die Stadt war außerdem ein Anziehungspunkt für Liebhaber der Kunst, des Weins und des guten Essens. Der westliche Teil von North Carolina war durch seine malerische Landschaft geprägt; die Blue Ridge Mountains bildeten einen imposanten Hintergrund für die Stadt.

Als Pine und Blum nach Asheville kamen, verschwendeten sie an diese Dinge keinen Gedanken. Sie konzentrierten sich ausschließlich auf eine bestimmte Person.

Es hatte eine Weile gedauert – wahrscheinlich, weil es nicht um einen offiziellen Fall ging –, bis das FBI die Rufnummer herausrückte, die Wanda Atkins in ihr Telefon eingetippt hatte, wie Pine vom Küchenfenster aus hatte beobachten können. Schließlich teilte das Bureau ihnen mit, die Nummer gehöre zu einer Adresse in Asheville. Pine war entschlossen, die Chance zu nutzen, die dieser Hinweis ihr eröffnete.

In der beginnenden Abenddämmerung saß noch eine große Schar von Leuten draußen vor den Restaurants. In den Kunstgalerien herrschte reger Betrieb; die Straßen waren von Autos und Fußgängern belebt. Wer es sich leisten konnte, überlegte, wofür er sein sauer verdientes Geld ausgeben sollte.

»Hier war ich noch nie«, sagte Blum. »Eine hübsche Stadt.«

»Nur dass wir es auf die hässliche Seite abgesehen haben, nicht auf die hübsche«, erwiderte Pine. Den Angaben des Navi folgend, bog sie rechts ab, dann links und ging schließlich vom Gas. »Da haben wir's. Auf der rechten Seite, das Haus mit der weißen Fassade.«

»Wie passend«, sagte Blum, als sie im Vorbeifahren das Schild betrachtete. »Desiree Atkins betreibt einen Laden für *Okkultes*. Hätte mich auch gewundert, wenn sie Cupcakes bäckt.«

»Sie nennt sich jetzt Dolores Venuti«, sagte Pine. »Jedenfalls ist das Telefon auf den Namen gemeldet. Aber ich bin mir fast sicher, dass Desiree dahintersteckt.«

Sie hatten Desirees Foto von der Kfz-Zulassungsstelle in Georgia erhalten. Es zeigte eine finster dreinblickende Frau, deren hervortretende Augen Blum als »ziemlich unheimlich« bezeichnet hatte.

»Leider ist es ein altes Foto«, hatte Pine gemeint, als sie es zum ersten Mal gesehen hatte.

»Ich glaube nicht, dass die Frau sich sehr verändert hat. Solche Leute ändern sich nicht. Sie werden höchstens noch unheimlicher.«

Der Okkult-Laden war in einem kleinen Bungalow eingerichtet, den man über mehrere verzogene Holzstufen betrat. Auf dem großen Schild draußen stand in verschnörkelten Buchstaben:

THE DARK MOON RISING – OKKULT SHOP. ÜBERSINNLICHE SITZUNGEN, KLASSISCHE HEXEREIPRODUKTE, MAGISCHE KRISTALLE, SCHUTZTÜCHER, HEIL- UND GESUNDHEITSPRODUKTE UND VIELES MEHR.

»Schutztücher?«, murmelte Pine. »Gibt es wirklich Leute, die solchen Scheiß kaufen?«

»Mehr, als Sie denken. Auch in Arizona ist der Okkultismus ein lukratives Geschäftsfeld.«

»Woher wissen Sie das?«

»Eine Freundin von mir hat damit zu tun. Sie liest aus Tarotkarten, hat eine Hotline für Übersinnliches und macht Workshops für angehende Okkultistinnen. Damit verdient sie viel mehr als ich.«

»Dann läuft irgendwas verkehrt auf dieser Welt«, sagte Pine und hielt ein Stück weiter. »Im Laden war kein Licht.« Sie schaute auf die Uhr. »Ich habe auch keine Öffnungszeiten gesehen, aber wie es scheint, hat sie für heute Schluss gemacht.«

»Das Haus ist ziemlich klein«, sagte Blum. »Meinen Sie, Desiree wohnt hier? Es sieht mir gar nicht nach einem Wohnviertel aus.«

»Da dürften Sie recht haben. Aber wenn die Frau woanders wohnt, hat sie vielleicht keinen Festnetzanschluss. Das ist heutzutage gar nicht so selten.«

»Trotzdem müsste sich herausfinden lassen, wo sie wohnt«, meinte Blum.

»Die Frage ist nur, wie es möglichst schnell und mit möglichst geringem Aufwand geht.«

Blum schaute sie argwöhnisch an. »Warum habe ich das Gefühl, dass Sie etwas nicht ganz Legales im Sinn haben?«

»Oh, Carol, Sie kennen mich einfach zu gut. Warten Sie hier.«

Pine sprang aus dem SUV und ging die Straße hinunter. Sie schaute sich um und stellte fest, dass in dieser Gegend kaum Fußgänger unterwegs waren. *Gut.* Sie ging zur Ladentür und versuchte, sie zu öffnen. Abgeschlossen. Sie schaute durch die Glasscheibe der Tür, entdeckte aber keine Hinweise auf eine Alarmanlage. *Vielleicht hat sie den Laden mit einem Hexenspruch gesichert,* ging es Pine mit einem Anflug von Ironie durch den Kopf.

Sie ging um das Haus herum und schaute es sich eingehend an. Eine Tür, zwei Fenster. Hohe Bäume umstanden die kleine Parkanlage, die sich hinter sämtlichen Läden an der Straße hinzog. Unter einem Baum stand ein alter Picknicktisch.

Pine ging zur Hintertür und stellte fest, dass sie ebenfalls verschlossen war. Auch die Fenster. Kurz entschlossen bearbeitete sie eines der Fenster mit ihrem Messer und knackte das einfache Schloss. Langsam hob sie das Fenster an, bereit zur Flucht, falls ein Alarm losheulte. Doch alles blieb still.

Pine stieg durch die Öffnung und zog das Fenster hinter sich zu, als sie im Gebäude war. Augenblicklich stiegen ihr intensive Düfte in die Nase. Sie zog eine kleine Taschenlampe hervor, verkleinerte den Lichtstrahl und leuchtete zur Wand. Die Regale waren voll mit allerhand Zeug, das auf Pine einen reichlich bizarren Eindruck machte. Ein besonderer Hingucker waren falsche Schrumpfköpfe.

Oder sind die etwa echt?

Auf einem Tisch standen Schachteln mit Tarotkarten im Ausverkauf. An einem Ständer hing ein staubiges Skelett, das für lumpige 599 Dollar zu erstehen war. An den Wänden hingen astrologische Karten wild durcheinander, dazu Drucke mit irgendwelchen Wesen, die Pine nicht zuordnen konnte. Es gab Bücher mit Titeln wie *Hexenkunst für zu Hause* oder *Selbstheilungstinkturen.* Letzteres nahm Pine aus dem Regal und schlug es auf. Sie konnte sich nicht vorstellen, dass die Lebens- und Arzneimittelbehörde damit einverstanden wäre. Der Laden war ein einziges Durcheinander. Zwischen den Verkaufsartikeln standen ungeöffnete Kartons, auf denen noch die Lieferscheine klebten.

Sie ging in den kleinen Raum nebenan, allem Anschein nach ein Büro, das mit Papieren und Kartons vollgepackt war. In einer freien Ecke stand ein Schreibtisch mit einem Computer. Pine stellte rasch fest, dass dafür ein Passwort nötig war, also wandte sie sich erst einmal den Schubladen zu. Sie entdeckte Briefpapier mit dem Namen und der Adresse des Ladens. Unter einem Papierstapel zog sie ein Scheckbuch hervor, auf das der Name Dolores Venuti aufgedruckt war, darunter eine Adresse in Asheville.

Pine war zwar überzeugt, dass Desiree und Dolores ein und dieselbe Person waren, dennoch hätte sie gerne eine Bestätigung gehabt. Die fand sie, als sie ein paar Fotos an der Wand betrachtete. Bei einer der abgebildeten Personen handelte es sich unverkennbar um Desiree. Sie passte auf die Beschreibung, die Pine erhalten hatte, und stimmte auch mit dem Führerscheinfoto überein. Auf der Aufnahme stand die Frau vor ihrem Laden und lächelte. Darunter stand mit Filzstift: »Willkommen in unserer Mitte, Dolores«. Es war von mehreren Personen unterschrieben, die, nach den Angaben darunter zu schließen, Inhaber von Geschäften in der Gegend waren.

Pine fotografierte das Bild mit ihrer Handykamera. Dann notierte sie sich die Adresse aus dem Scheckbuch und verließ das Haus so, wie sie hereingekommen war.

Sie stieg in den Porsche SUV und gab Blum den Zettel mit der Adresse.

»Geben Sie das bitte ins Navi ein, Carol.«

»Was ist das?«

»Hoffentlich die Adresse, an der wir Desiree Atkins alias Dolores Venuti finden.«

»Wie sieht es im Laden aus?«

»Genauso gruselig, wie sie selbst wahrscheinlich ist.«

»Falls sie zu Hause ist, was werden Sie tun?«

»Mich sehr beherrschen, damit ich sie nicht erwürge, und ihr ein paar Fragen stellen.«

»Und wenn sie nichts sagen will?«

»Dann werde ich mich wahrscheinlich nicht mehr beherrschen.«

»Das meinen Sie jetzt nicht ernst.«

Pine ließ den Motor an. »Darauf würde ich nicht wetten,
Carol.«

29

»Das gefällt mir gar nicht«, sagte Blum, als sie eine lange Schotterstraße entlangfuhren, die durch einen dichten Wald führte. Nebel senkte sich herab; das einzige Licht kam von den Scheinwerfern des Porsche.

»Das kommt mir vor wie die Anfangsszene eines Horrorschockers«, fügte Blum hinzu.

»Sie schauen sich Schlitzerfilme an, Carol?«

Blum blickte zu ihrer Chefin. »Sind Sie denn gar nicht nervös?«

»Ich würde sagen, Desiree hat mehr Grund, nervös zu sein, als ich.«

»Ob sie da ist?«

»Wir werden es bald wissen.«

Sie folgten einer Straßenbiegung. In der Ferne sahen sie die Lichter eines kleinen Hauses, das einsam und verlassen in der Landschaft stand. Unter dem Carport neben dem Haus stand kein Fahrzeug. Das trübe Licht, das sie sahen, fiel aus dem Wohnzimmer.

»Na, das passt zu dieser Gewitterhexe«, sagte Blum. »Das kleine Häuschen im finsteren Wald. Ich frage mich, ob Hänsel und Gretel da drin sind und die Hexe sie braten will.«

Pine hielt und schaltete die Lichter aus.

»Warten Sie hier.«

»Ich will aber nicht, dass Sie allein reingehen.«

»Ich bin eine bewaffnete FBI-Agentin und im Moment so geladen, dass ich mich sehr beherrschen muss. Und Desiree ist ungefähr halb so groß wie ich. Setzen Sie sich trotzdem sicherheitshalber ans Steuer. Lassen Sie die Türen verschlossen und das Mobiltelefon in der Hand.«

Pine stieg aus und schlich zwischen den Bäumen auf das Haus zu. Erst im letzten Augenblick eilte sie zur Vorderseite des Hauses und spähte durch eines der Fenster, in denen Licht brannte. Da waren Möbel, Bilder an der Wand, ein Teppich in Weinrot und Blau. Von Desiree keine Spur. Vorsichtig umrundete Pine das Haus. Im Garten stand ein kleiner, mit Schindeln gedeckter Geräteschuppen. Sie ging hin und leuchtete durch ein Fenster. Im Schuppen befanden sich nur Werkzeug, eine Schubkarre und eine Trittleiter. Die Tür war verschlossen.

Sie eilte wieder zur Rückseite des Hauses und gelangte über eine Holztreppe auf eine angebaute Veranda, auf der mehrere Möbelstücke standen. Auch hier war die Tür verriegelt. Pine leuchtete ins Innere und suchte nach einer Alarmanlage.

Mist, verdammter.

Nicht nur, dass eine Alarmanlage installiert war – Pine konnte auch erkennen, dass sie aktiviert war. Warum hier, aber nicht im Laden?

Pine trat einen Schritt zurück, schaute sich um.

Ja, so könnte es gehen.

Sie eilte zurück zum Geräteschuppen, knackte das Schloss mit dem Messer, holte die Leiter heraus und stellte sie auf die Veranda neben die Hintertür. Vorsichtig stieg sie hinauf bis zu der Stelle, auf die man – allen Warnungen zufolge – nie einen Fuß setzen sollte: die Dachrinne. Pine packte deren Rand und zog sich hoch in der Hoffnung, dass die Rinne ihr Gewicht trug. Sie knarrte und knackte, hielt aber. Pine schwang die Beine aufs Dach, hielt sich an einer Bitumenschindel fest und zog sich ganz nach oben. Auf dem Dach stieg sie zu den beiden Mansardenfenstern, die eine Zugangsmöglichkeit boten.

Nur in seltenen Fällen waren auch die oberen Fenster durch eine Alarmanlage gesichert. Gleich würde sich zeigen, ob das Haus hier zu diesen seltenen Ausnahmen gehörte. Angespannt schob sie mit dem Messer den Riegel zurück.

Zum Glück blieb die Alarmanlage stumm. Pine schlüpfte durchs Fenster, schloss es und leuchtete mit der Lampe in dem Zimmer umher, in das sie gelangt war. Es war sauber und aufgeräumt, aber spärlich eingerichtet. Pine warf einen Blick in den Schrank und stellte fest, dass die Kleider zu einer Frau von Desirees Alter und ihrer zierlichen Statur passten. Sie nahm sich das angrenzende Bad und ein Zimmer gegenüber vor. Letzteres war leer bis auf zwei aufeinandergestapelte Kartons. Pine durchsuchte sie, entdeckte darin aber nur alte Klamotten und allerhand Krimskrams.

Desiree lebte allem Anschein nach allein im Haus.

Pine ging zurück ins Schlafzimmer. Noch nie hatte sie ein so aufgeräumtes Zimmer gesehen. Das Bett war mit Zierkissen dekoriert, die Decke millimetergenau ausgerichtet. Sie wandte sich noch einmal dem Schrank zu, der mit übereinander angeordneten Stangen versehen war, zudem mit Fächern, die teilweise mit einer Glasfront versehen waren, sowie tiefen Schubladen. Die Pullis waren so penibel gestapelt wie in der Auslage einer Boutique. Die Hosen, Shirts und Kleider waren nach dem jeweiligen Stil geordnet, ebenso Schals, Schuhe, Unterwäsche, Strümpfe. Die gleiche Ordnung herrschte im Bad. Dusche und Wanne waren strahlend sauber; die blitzblank geputzten Böden und Flächen rochen nach Desinfektionsmittel.

Pine ging nach unten in den Wohnbereich, der übersichtlich gestaltet und fast noch aufgeräumter war als der erste Stock, falls so etwas überhaupt möglich war. Die Holzmöbel im Wohnzimmer waren sorgfältig poliert, die Kissen makellos sauber. Die schnurgeraden Staubsaugerspuren auf den Teppichen sahen noch frisch aus. Auf den Ziergegenständen in den Regalen war kein Staubkorn zu sehen, und die Fenster waren blitzblank.

Pine durchsuchte auch die anderen Zimmer im Erdgeschoss. Eine Tür war verschlossen; als sie daran lauschte, hörte sie das Summen einer Lüftungsanlage. Wahrscheinlich ein Heizungsraum.

Das kleine Bad gegenüber vom Wohnzimmer erinnerte an das Bad in einem Luxushotel, bis hin zum dekorativen Klopapierhalter in der Form eines Katzenschwanzes.

Die Küche war klein, aber blitzblank. Von dem mit Travertinfliesen ausgelegten Boden hätte man essen können. Der Tisch war gedeckt mit Teller, Tasse und in eine Stoffserviette gewickeltem Besteck. Auf den Arbeitsflächen waren mehrere Dosen der Größe nach angeordnet.

Pine hatte das Gefühl, sich in einem Musterhaushalt zu befinden, in dem alles so war, wie es sein sollte, und in dem jemand wohnte, der ein blitzsauberes Leben führte. Selbst im Kühlschrank herrschte eine Ordnung, neben der Pines eigener Kühlschrank in Arizona wie ein Müllcontainer wirkte, auch wenn das kein großes Kunststück war.

Nur eins machte sie stutzig: Wenn Desiree eine solche Ordnungsfanatikerin war, warum herrschte dann in ihrem Laden ein solches Chaos? Bei solchen Menschen hörte die Ordnungsliebe nicht an der eigenen Haustür auf.

Von der Küche gelangte man in eine kleine Waschküche. In einem Wäschekorb auf dem Trockner lagen sorgfältig gefaltete Kleidungsstücke. Pines Blick schweifte weiter. Dann aber stockte sie und schaute noch einmal zum Wäschekorb. Sie nahm eine Jeans vom Stapel und breitete sie vor sich aus.

Desiree wurde von allen, die sie kannten, als sehr klein beschrieben, nur etwa eins fünfzig, wie ihr Führerschein bestätigt hatte. Pine hielt die Jeans an ihre Beine. Ihr selbst war sie zwar etwas zu klein, aber jemandem von Desirees Statur war die Hose viel zu lang, selbst wenn sie hohe Absätze trug.

Auch Stil und Schnitt der Jeans passten zu einem viel jüngeren Menschen als Desiree.

Für einen Augenblick gefror Pine das Blut in den Adern.

Nein. Das kann nicht sein.

Sie legte die Jeans in den Korb zurück und eilte durch die Küche und die Treppe hinauf, um das Obergeschoss eingehender zu durchsuchen. In dem leeren Zimmer fiel ihr eine Tür zum Dachboden auf. Sie riss daran, worauf eine Falttreppe herunterklappte. Pine stieg hinauf und leuchtete in die Dunkelheit. »Hallo? Ist da jemand? Ich bin vom FBI. Hallo?«

Keine Antwort. Kein noch so leises Geräusch. Pine leuchtete den gesamten Dachboden aus, konnte aber nichts entdecken. Sie stieg wieder nach unten und schloss die Klapptür.

In diesem Augenblick hörte sie ein Geräusch über sich. Sie sah, dass sie direkt unter einer Deckenlüftung stand. Die Heizung hatte sich eingeschaltet.

Die Heizung?

Sie rannte die Treppe hinunter zu dem verschlossenen Zimmer und drückte mit der Schulter gegen die Tür. Nichts. Pine zog einen Dietrich aus der Jackentasche. Sie machte sich nicht die Mühe, das primitive Schloss fachgerecht zu öffnen, sondern schob mit dem Werkzeug einfach nur den Riegel zurück. Als sie die Tür öffnete und das Licht einschaltete, bestätigte sich ihre Vermutung: In dem Raum waren Heizung und Klimaanlage untergebracht. Auf einer Seite standen Regale mit Kartons. Der Boden unter der Anlage war kahler Beton.

Hatte sie sich geirrt? Aber warum war das Zimmer dann verschlossen?

Sie trat hinter die Regale und fand eine Nische, die mit Holzboden ausgelegt war. Holz? Warum der Aufwand in einem Raum, den außer einem Wartungstechniker kaum jemand betrat?

In einer Ecke der Nische stand eine Sackkarre mit einem großen Karton darauf.

Pine schob die Karre beiseite und untersuchte die Stelle, die der Karton bedeckt hatte.

Es traf sie wie ein Schlag in die Magengrube.

Im Fußboden befand sich ein Schlüsselloch, das zu einer Klapptür gehörte. Neben dem Schlüsselloch war ein Metallgriff zu sehen.

Nicht schon wieder.

30

Pine ließ den Blick durch den Raum schweifen. *Da!* Auf einem Metallregal war ein Schlüssel an einem Magneten befestigt.

Sie holte ihn, kniete sich hin, schob den Schlüssel ins Schloss, drehte ihn um und packte den eingelassenen Griff. Die Tür wurde hydraulisch angehoben.

Unten war es stockdunkel.

»Hallo?«, rief sie. »Ist da jemand?«

Pine hörte ein Geräusch. Ein Rascheln.

Sie leuchtete in die Dunkelheit, sah eine Treppe.

»Hallo? Ich bin Atlee Pine, FBI. Ist da unten jemand? Ich will Ihnen helfen.«

Das Geräusch, das sie gehört hatte, konnten Ratten verursacht haben. Nur hatten die wenigsten Leute eine geheime Kammer, nur um dort Ratten zu halten. Außerdem trugen Ratten keine Jeans.

Pine stieg die Treppe hinunter, die Taschenlampe in einer Hand, die Pistole in der anderen.

»Kommen Sie bitte heraus. Ich will Ihnen helfen. Werden Sie hier festgehalten? Wer ist die Frau, die hier wohnt? Dolores Venuti?«

Diesmal hörte Pine rasches Atmen und leises Wimmern, wie von einem zutiefst verängstigten Menschen. Für einen Augenblick dachte sie, es könnte Desiree sein. Doch es war unmöglich, dass sie sich hier ein Privatversteck eingerichtet hatte. Pine hatte sich die Unterseite der Klapptür angesehen. Sie ließ sich nur von außen auf- und abschließen.

»Keine Angst, ich tue Ihnen nichts. Ich will Ihnen helfen.«

Unten angekommen, musste Pine sich bücken, da der Raum keine anderthalb Meter hoch war. Sie ging in die Hocke, leuchtete in die Dunkelheit. Vor Kälte zitternd, richtete sie die Taschenlampe nach links und ging langsam nach rechts.

Mit wachsendem Entsetzen stellte sie fest, dass ihr Verdacht sich zu bestätigen schien. Auf Regalen aus Sperrholz und Betonblöcken waren Kleidungsstücke gestapelt. Auf einem zerschlissenen Sitzsack lagen abgetragene grüne Turnschuhe. Sie sah eine batteriebetriebene Lampe, einen Stapel Zeitschriften, eine Matratze.

Pine erstarrte, als sie den bestrumpften Fuß entdeckte. Langsam hob sie den Lichtstrahl, ließ ihn über ein Beinpaar in Jeans wandern, über einen weiten Pulli und schließlich in ein junges, verängstigtes Gesicht, das sie mit zusammengekniffenen Augen anstarrte, vom Licht der Lampe geblendet.

Pine ließ die Taschenlampe sinken. »Keine Angst, ich bin vom FBI. Ich will dir helfen.« Für sie stand längst fest, dass dieser Raum ein Gefängnis war. »Ich hol dich hier raus.«

In eine Decke gehüllt, drückte sich das Mädchen Schutz suchend in die Ecke. Wieder hob Pine die Lampe zum Gesicht des Mädchens, auf dem sich nacktes Entsetzen spiegelte.

Pine schob die Pistole ins Holster und zog ihre Dienstmarke hervor. Dann richtete sie die Lampe auf sich, damit das Mädchen ihr Gesicht und den FBI-Ausweis sehen konnte.

»Ich bin vom FBI. Weißt du, was das bedeutet? Ich bin Polizistin.«

Pine richtete das Licht wieder auf das Mädchen. Die Angst in ihren Augen war nicht zu übersehen.

Pine ging zu ihr und schaltete eine kleine Lampe ein, die das Kellerverlies erleuchtete. Das Licht war stark genug, dass Pine die Taschenlampe wegstecken konnte. Sie setzte sich vor dem Mädchen auf den Boden und musterte es. Sie schien dreizehn oder vierzehn zu sein, hatte dünne Arme und Beine und war etwa eins fünfundsechzig groß. Ihre Haut war milchig blass, mit blauen Flecken im Gesicht und einem Riss in der Lippe. Ihre blonden Haare waren strähnig und schmutzig. Ihre Augen drückten Misstrauen gegenüber allem und jedem aus.

»Sagst du mir, wie du heißt?«

Das Mädchen zuckte zusammen und drückte sich in die Ecke.

»Ich bring dich hier raus, versprochen. Du willst doch frei sein, nicht wahr?«

Das Mädchen schüttelte den Kopf und sagte endlich etwas. »N-nein.«

Nein? Pine erstarrte. »Warum nicht? Hier unten ist es doch schrecklich.«

»Ja. Aber sie wird … furchtbar böse auf mich sein.«

»Wer? Dolores?«

Das Mädchen nickte.

»Um die kümmere ich mich. Du brauchst keine Angst zu haben. Wir können zusammen hier raus. Ich bringe dich zu einem schönen, warmen Platz.«

Pine streckte die Hand aus, doch das Mädchen zuckte zurück. »Nein. Der Hund. Er beißt.«

»Welcher Hund?«

Das Mädchen deutete nach oben.

»Ich habe das ganze Haus durchsucht. Da ist kein Hund.«

»D-draußen«, stammelte das Mädchen mit weit aufgerissenen Augen.

»Ich komme von draußen. Da gibt's keinen Hund. Sehe ich so aus, als hätte ein Hund mich angegriffen?«

Das Mädchen schaute Pine nun etwas genauer an und wirkte zum ersten Mal eher verwirrt als verängstigt.

»Hat Dolores gesagt, dass sie einen Hund hat?«

Das Mädchen nickte.

»Ich bin Atlee. Und wie heißt du?«

»Gail.«

»Dolores hat dich angelogen, Gail. Da oben ist kein Hund oder sonst etwas, das dir gefährlich werden könnte.«

Außer Dolores, fügte sie in Gedanken hinzu.

Gail richtete sich auf und wickelte die Decke um ihre Beine.

»Aber ich hör ihn manchmal bellen.«

Pine überlegte einen Augenblick. »Lässt Dolores dich manchmal hier raus?«

»Nur, wenn sie da ist. Ich mach sauber, koche und so was alles.«

»Das dachte ich mir. Aber hast du auch mal den Hund gefüttert? Ich hab keinen Fressnapf und kein Hundefutter gesehen. Und draußen ist nirgends eine Hundehütte oder eine Kette.«

»Nein, den Hund hab ich nie gefüttert. Aber ich hab schreckliche Angst vor Hunden.«

»Wenn er bellt, klingt es immer gleich?«

Gail zuckte mit den Schultern. »Ich glaub schon. Erst vor einer Stunde hab ich ihn wieder gehört.«

»Hörst du das Bellen immer, wenn Dolores nicht da ist und du hier unten steckst?«

Gail überlegte kurz. »Kann schon sein.«

»Dann kommt das Gebell von irgendeinem Gerät. Das schaltet sich ein, und du hörst das Bellen.«

»Es gibt wirklich keinen Hund?«

»Nein. Warst du nie draußen im Garten?«

»Nie. Dolores erlaubt es nicht. Sie sagt, es ist gefährlich rauszugehen.«

»Gefährlich? Warum?«

»Na ja, ich … ich hab in einem Laden ein paar Sachen geklaut. Jetzt sucht mich die Polizei.«

»Wer sagt das? Dolores?«

»Ja.«

»Hast du ihr erzählt, dass du etwas gestohlen hast?«

»Ja. Sie hat mich alles Mögliche gefragt, da hab ich es ihr gesagt.«

»Wie bist du hierhergekommen?«

»Ich war per Anhalter unterwegs, und Dolores hat mich mitgenommen.«

»Wann war das? Wie lange bist du schon hier?«

Gail zuckte mit den Schultern. »Weiß ich nicht genau. Ein halbes Jahr vielleicht. Könnte auch länger sein.«

»Wo lebt deine Familie?«

»Ich hab niemanden. Meine Mom und mein Dad sind gestorben. An einer Überdosis.«

»Hast du keine anderen Verwandten, bei denen du wohnen könntest?«

»Nein. Ich war bei Pflegeeltern, aber … das ist nicht gut gegangen. Ich bin weggelaufen.«

»Dann hat Dolores dich hierhergebracht? Und dich hier unten eingeschlossen?«

»Am Anfang nicht. Da hab ich oben auf der Couch geschlafen. Aber dann hat sie gesagt, ich hätte schlimme Dinge getan. Ich hab nicht gewusst, was sie meint, aber sie hat nicht damit aufgehört. Dabei tue ich alles, was sie sagt. Ich putze, koche, mach die Wäsche. Aber sie hat mich trotzdem hier runtergeschickt. Sie sagt, ich darf erst wieder rauf, wenn ich brav bin.«

»Warum hat sie überhaupt diesen Raum hier unten?«

»Dolores sagt, hier ist es sicher. Einmal hat jemand bei ihr eingebrochen, hat sie mir erzählt.«

»Tja, hier unten *ist* es aber nicht sicher. Die Tür da oben kann man nur von außen abschließen.«

Gail schaute sie verwirrt an. »Da hab ich nicht dran gedacht.«

»Kommt manchmal jemand zu Dolores ins Haus?«

»Ich glaube nicht. Ich hab hier nie jemanden gesehen.«

»Hast du nie versucht wegzulaufen?«

»Ich weiß doch gar nicht, wohin ich soll. Außerdem dachte ich, da draußen ist der Hund.«

Sie drückte ihr Gesicht an ihre Knie und begann zu schluchzen.

Pine legte ihr den Arm um die Schultern. Zuerst zuckte Gail zurück, dann aber lehnte sie sich an Pines Schulter.

»Hör zu, Gail, als Erstes müssen wir dich hier rausbringen. Draußen wartet eine Freundin im Auto auf mich. Wir fahren dich erst mal zu unserem Hotel. Da kannst du dich sauber machen und ordentlich essen. Du hast sicher lange nichts mehr bekommen.«

»Ja. Aber Dolores sagt, ich bin so dünn, ich brauch nicht viel zu essen.«

Dieses verfluchte Monster. »Kann ich mir vorstellen. Zieh deine Schuhe an und nimm mit, was du willst.«

»Ich hab hier nichts.«

»Okay, dann komm.«

Pine führte das Mädchen die Treppe hinauf und in den Vorraum.

In diesem Augenblick traten die zwei Frauen ins Licht.

Pine sah zuerst nur Blum.

Dann Desiree.

Die kleine Frau hielt Blum eine Pistole an den Kopf. Desiree hatte zugenommen, war fülliger geworden. Lange graue Haare umrahmten ihr hartes Gesicht; ihre boshaft funkelnden Augen waren auf Pine gerichtet.

»Ihr geht nirgendwohin.«

31

»Tut mir leid, Agentin Pine«, sagte Blum, während Desiree Atkins ihr die Mündung fester an die Schläfe drückte. »Es ging so schnell, ich konnte nichts tun. Ich ...«

»Klappe!«, blaffte Atkins. Dann funkelte sie Gail wütend an. »Was tust du hier oben? Willst du, dass dich der Hund erwischt?«

Gail versteckte sich hinter Pine.

Atkins musterte Pine stirnrunzelnd. »Sie kommen mir irgendwie bekannt vor. Kenne ich Sie? Sie sehen mir nach Ärger aus.«

»Für Sie sehen wahrscheinlich viele nach Ärger aus.«

Atkins nickte, doch ihr Blick blieb argwöhnisch. »Da ist eine Überwachungskamera draußen an meiner Auffahrt. Ich habe einen Alarm gekriegt und Sie kommen sehen. Das hab ich damals von Joe gelernt, obwohl die Technik heute viel weiter ist. Mit einer App auf dem Handy hab ich das System ausgeschaltet, bevor ich rein bin.«

Pine schaute wortlos auf ihre Waffe.

»Wanda hat mir erzählt, dass Sie rumschnüffeln«, fügte Atkins hinzu.

Pine schwieg. Sie konzentrierte sich auf die Pistole, die auf Blums Kopf gerichtet war.

»Wanda hat gesagt, dass Sie Becky suchen.«

Nun brach Pine ihr Schweigen. »Sie heißt Mercy, nicht Becky. Den Namen haben *Sie* ihr gegeben.«

»Egal, für mich war sie Becky.« Atkins schaute auf Pines Hüfte.

»Sie sind vom FBI, also haben Sie eine Waffe. Nehmen Sie sie raus, na los! Dann legen Sie sie auf den Boden. Hübsch langsam. Ich kann sehr gut mit dieser Pistole umgehen.«

Pine zog ihre Glock, hielt sie am Lauf, ging in die Knie und legte die Waffe auf den Boden. Sie trug zwar eine zweite Waffe, eine Beretta Nano, in einem Fußholster, aber die nutzte ihr nichts, solange die Frau eine Waffe auf Blum richtete.

Atkins lächelte triumphierend, als Pine sich aufrichtete. »Sehr gut. Wissen Sie, Becky war ein Miststück, hat nichts als Probleme gemacht. Sie werden mir keine Probleme machen.«

Pine stand reglos da und ließ die Frau nicht aus den Augen.

»Jetzt gehen Sie in Gails kleines Versteck.«

»Und was dann?«

»Dann bin ich weg. Ich hab schon gepackt, der Koffer ist im Auto. Als Wanda mich angerufen hat, hab ich alles vorbereitet.«

»Und Gail?«

»Die kommt mit mir. Sie braucht jemanden, der sich um sie kümmert. Stimmt's, Gail?«

Gail schaute Pine voller Entsetzen an.

»Du musst nicht mit ihr gehen, Gail«, sagte Pine.

»Hey!«, rief Atkins. »Erzählen Sie ihr keinen Scheiß. Wenn Sie das noch einmal machen, fängt sich Ihre Freundin eine Kugel ein.« Sie drückte Blum die Mündung so fest ins Gesicht, dass die ältere Frau aufstöhnte.

»Schon gut«, sagte Pine. »Schon gut.«

»So ist es besser.« Atkins schien es zu genießen. »Los jetzt.«

Pine ging voraus. Atkins folgte ihr, die Pistole immer noch auf Blums Kopf gerichtet.

Sie betraten das Zimmer mit der Klimaanlage und dem Zugang zum unterirdischen Raum.

»Stehen bleiben«, befahl Atkins und stieß Blum zu Pine. Blum taumelte und verlor das Gleichgewicht, doch Pine fing sie auf.

Atkins richtete die Waffe auf Pine. Ihr Finger krümmte sich um den Abzug.

»Glauben Sie wirklich, Sie kommen damit durch, wenn Sie jetzt abdrücken?«, sagte Pine.

»Tja, ich kann Sie nun mal nicht am Leben lassen. Sie wissen ein bisschen zu viel. Irgendwann wird Sie jemand finden, aber bis dahin bin ich nicht mehr im Land.«

»Es wird schwierig, mit Gail über die Grenze zu kommen.«

»Wer sagt denn, dass sie mitkommt?«, blaffte Atkins.

»Wollen Sie sie auch umbringen?«, fragte Pine.

»Gail ist eine ängstliche kleine Maus. Sie wird tun, was ich ihr sage und …«

Im nächsten Augenblick schrie Atkins auf, als Gail ihr in die Hand biss, in der sie die Pistole hielt. Mit den Fingernägeln zerkratzte das Mädchen ihr das Gesicht. Doch Atkins zog ihr brutal die Waffe über den Schädel, und Gail kippte zu Boden.

In diesem Moment packte eine viel stärkere Hand Atkins' Pistole. Sie hob den Kopf und starrte in Pines Gesicht.

Pine lächelte grimmig, holte aus und hämmerte der Frau die Faust ins Gesicht. Der wuchtige Schlag schleuderte Atkins gegen die Wand, an der sie bewusstlos zu Boden rutschte.

Als sie zehn Minuten später wieder zu sich kam, stöhnte sie und setzte sich langsam auf. Ihr Auge war schwarz verfärbt und zugeschwollen. Mit dem anderen Auge schaute sie zu ihrer Bezwingerin auf.

»Stehen Sie auf«, sagte Pine.

»Ich … ich kann nicht. Ich …«

Pine packte sie am Arm und riss sie auf die Beine, zerrte sie zu dem Karton auf der Sackkarre und drückte sie darauf nieder.

Gail kauerte in einer Ecke und hielt sich einen mit Eis gefüllten Waschlappen an den Kopf. Blum stand neben Pine.

»Ihre kleine Maus hat sich in eine Löwin verwandelt, Desiree.

In Colorado hab ich mal erlebt, wie ein kleines Mädchen, das irgendein Dreckskerl entführt hatte, sich auf ihn stürzte. Der hatte auch nicht damit gerechnet, weil sie doch nur ein ›kleines Flittchen‹ war, wie er sie nannte. Seither sitzt er im Knast und wird auch nie mehr rauskommen.«

Atkins funkelte Gail hasserfüllt an und rieb sich die geschwollene Wange. »Ich brauche einen Arzt.«

»Sie werden so einiges brauchen, zum Beispiel einen Anwalt. Aber das wird Ihnen auch nicht den Arsch retten.«

»Sie sind in mein Haus eingebrochen. Ich habe mich verteidigt.«

»Und Gail?«

»Die hab ich nie zuvor gesehen. Hat sich in meinem Haus versteckt, die kleine Nutte. Das Zimmer betrete ich nie.«

Pine schaute sie geringschätzig an. »Drei Zeugen gegen Sie, Desiree. Dazu kommt das Versteck da unten, in dem Sie Gail gefangen gehalten haben. Und dann ist da noch die Kleinigkeit, die damals in Georgia vorgefallen ist.«

»Soll ich Ihnen sagen, was in Georgia vorgefallen ist? Becky, dieses Miststück, hat meinen Mann abgestochen!«, blaffte Atkins so wütend, dass ihr Speichel aus dem Mund flog.

»Ah, endlich sehen wir die wahre Desiree Atkins. Hab ich's doch gewusst, dass die Psychopathin noch da ist.« Pine lehnte sich an die Wand. »Warum erzählen Sie mir nicht einfach, was damals wirklich passiert ist?«

»Fahr zur Hölle!«

Blum trat vor. »Sie gehen ins Gefängnis, so viel steht fest. Die Frage ist nur, für wie lange. Wenn Sie kooperieren, wird es nicht ganz so schlimm sein.«

Atkins schwieg. Pine zückte ihr Handy. »Na schön, dann lassen wir die Cops kommen. Die werden Sie wegen Entführung, Freiheitsberaubung und versuchtem Mord anklagen, neben anderen Verbrechen. Anschließend verständigen wir die Polizei in Georgia. Die suchen Sie schon lange, Desiree. Sie sind vom Tatort eines Mordes geflohen. Und Mord verjährt nicht. Außerdem haben Sie Mercy gefangen gehalten. Wir haben den Beweis auf Video, und Wanda wird gegen Sie aussagen. Sie haben nicht die geringste Chance.«

Pine tippte die Nummer ein.

»Warten Sie!«, rief Atkins.

Pine schaute auf die Frau hinunter, den Finger über dem Handy. »Ich höre.«

»Was wollen Sie wissen?«

»Wir wissen, dass Mercy damals aus dieser Folterhöhle ausgebrochen ist. Was ist danach passiert?«

»Sie hat uns angegriffen. Zuerst hat sie Joe mit dem Messer niedergestochen, dann ist sie auf mich losgegangen. Aber sie hat mich nicht erwischt.«

»Woher hatte sie das Messer?«

»Das hatte sie schon bei sich.«

Pine hielt das Handy hoch. »Wenn Sie weiter lügen, rufe ich die Cops, und es ist aus und vorbei für Sie und Ihren okkulten Hokuspokus.«

»Ich lüge nicht.«

»Mercy hatte kein Messer. Wir haben das Band gesehen.«

Atkins runzelte die Stirn. »Sie ... sie muss es auf dem Weg zum Haus gefunden haben.«

»Na klar. Da liegen jede Menge Fleischermesser rum, einfach so. Wer hat den Schuss abgegeben?«

»Welchen Schuss?«

Pine hielt das Mobiltelefon hoch und schwieg.

»Das ... das war Joe. Er ... Becky ist auf ihn los. Da hat er geschossen, aber daneben.«

Atkins' panischer Blick sprang hin und her.

»Soll ich Ihnen sagen, wie es war?«, entgegnete Pine. »Mercy ist zur Straße gelaufen, weil sie wusste, dass es der einzige Fluchtweg war. Aber bevor sie entkommen konnte, ist ihr Joe über den Weg gelaufen. Sie hat ihm einen Schlag versetzt und ist weitergerannt. Irgendwie ist ein Schuss gefallen. Was danach geschehen ist, wissen wir nicht. Nur dass Joe hinterher tot war, mit einem Messer im Rücken. Daraufhin haben Sie Ihre Sachen gepackt und die Atkins angerufen. Wanda hat Sie bei der Esso-Tankstelle abgeholt und nach Atlanta gefahren. Dort sind Sie in den Bus gestiegen und haben sich aus dem Staub gemacht. Bis Sie hier gelandet sind, wo Sie sich eine neue Sklavin zugelegt haben, weil Sie nun mal eine perverse Irre sind.«

»Sie haben keine Beweise für die Vorfälle in Georgia.«

Pine schüttelte den Kopf. »Sie wandern in den Knast, das verspreche ich Ihnen.«

»Und wenn ich Ihnen sage, dass Ihre liebe *Mercy* an dem Abend gestorben ist?«, höhnte Atkins.

»Das können Sie sagen, so oft Sie wollen, deswegen ist es noch lange nicht wahr. Wäre Mercy damals umgekommen, hätten Sie keinen Grund gehabt, Joe zu erstechen. Und Sie hätten nicht fliehen müssen, oder? Die Cops wussten ja nicht, dass Sie eine junge Frau gefangen hielten. Sie hätten sie einfach im Wald begraben können und fertig, aus.«

Atkins starrte zur Seite, das Gesicht verzerrt, und schwieg.

Pine musterte sie einen Augenblick voller Abscheu. Dann rief sie die Polizei.

32

»Wir haben Gails Familie verständigt, Agentin Pine«, sagte Deputy Sheriff Tate Callum. Pine und Blum hatten das Büro des Sheriffs in Asheville aufgesucht. Desiree Atkins befand sich nur ein paar Häuser weiter im County-Gefängnis.

Callum war Ende dreißig, athletisch und hatte eine forsche, zupackende Art. Seine Augen waren blau, sein Haar blond und kurz geschnitten. Callum war für die Verbrechen zuständig, die Desiree Atkins in North Carolina begangen hatte.

»Mir hat Gail erzählt, ihre Eltern seien an einer Überdosis gestorben«, sagte Pine.

Callum nickte nachdenklich. »Das stimmt auch, aber wir haben eine Tante und einen Onkel ausfindig gemacht. Als ihre Eltern gestorben sind, waren die beiden finanziell nicht in der Lage, das Mädchen bei sich aufzunehmen. Jetzt sind sie es und wollen Gail zu sich nehmen. Sie sind schon unterwegs, um sie abzuholen.«

»Das sind ja wunderbare Neuigkeiten«, meinte Blum.

»Was ist mit Desiree Atkins?«, fragte Pine. »Oder Dolores Venuti, wie sie sich hier nennt.« Pine hatte Callum von Atkins' wahrer Identität berichtet und dass sie in Georgia wegen Mordes gesucht wurde.

»Sobald sie einen Anwalt hat und der die Beweise gegen sie sieht, wird sie einen Deal anstreben. Aber da ist noch etwas. Meine Deputies sind gerade in ihrem Okkult-Laden und haben gemeldet, was sie dort gefunden haben. Dass die Frau Gail entführt und gefangen gehalten hat, ist schon schlimm genug. Aber in ihrem Laden wurden Hinweise gefunden, dass Atkins mit Drogen gehandelt hat. Das okkulte Zeug war wohl nicht einträglich genug. Alles in allem kann sie mit zwanzig Jahren bis lebenslänglich rechnen. Und da rede ich noch gar nicht von den Vorfällen in Georgia. Ich werde die Kollegen dort morgen verständigen.«

»Können wir Gail sehen?«

»Na klar. Wenn Sie sie nicht gefunden hätten … wer weiß, was aus ihr geworden wäre. Was für ein starkes, mutiges Mädchen, wenn man bedenkt, was sie durchgemacht hat.«

Callum führte sie zu einem kleinen Büro, in dem Gail saß und ein Sandwich und Chips aß. Sie trug einen Kopfverband, wo Atkins sie mit der Pistole verletzt hatte.

Callum ließ sie allein. Pine und Blum setzten sich dem Mädchen gegenüber.

»Wie geht's deinem Kopf?«, fragte Blum.

»Halb so wild.« Gail lächelte müde und rieb sich die Stelle. »Dolores hat mich manchmal viel härter geschlagen.«

»Wir haben gehört, deine Tante und dein Onkel holen dich ab. Das sind tolle Neuigkeiten«, sagte Pine.

»Ja, schon.«

»Bist du gut mit ihnen ausgekommen?«

»Sie haben nicht in unserer Nähe gewohnt. Wahrscheinlich bin ich deswegen zu Pflegeeltern gekommen. Aber sie haben eine Tochter, die so alt ist wie ich, Sarah. Früher haben wir manchmal zusammen gespielt.«

»Es war sehr mutig von dir, dass du Dolores angegriffen hast«, sagte Pine. »Du hast uns das Leben gerettet.«

Gail legte das Sandwich weg und nahm einen Schluck Wasser. »Es war gemein, dass sie mich im Stich lassen wollte. Ich wäre vor Wut bald geplatzt. Dabei hab ich so hart für sie geschuftet.«

Pine und Blum wechselten einen besorgten Blick. »Sie ist kein guter Mensch, Gail«, sagte Blum. »Du bist ohne sie viel besser dran. Vergiss diese Frau. Sie ist es nicht wert, dass du an sie denkst.«

»Das verstehst du doch, oder?«, fügte Pine hinzu.

Gail schaute zu ihr auf. »Ja, aber ... ich will nicht ganz allein sein. Es macht mir Angst.«

»Du wirst nicht allein sein. Aber nach dem, was dir passiert ist, brauchst du ein bisschen Therapie.«

»Therapie?« Gail starrte sie entsetzt an.

»Jemand wird ein paarmal mit dir reden, Gail. Jemand, der Menschen hilft, die Schlimmes hinter sich haben. Dann kannst du über alles reden. Es wird dir helfen, das Ganze zu vergessen und ein neues und viel schöneres Leben zu führen.«

»Hm ... wenn Sie meinen.« Gail aß weiter, immer noch nicht so recht überzeugt.

»Außerdem hast du eine Cousine in deinem Alter. Ihr zwei könnt immer zusammen sein, wie Schwestern. Das würde dir doch Spaß machen, oder?«

Die Aussicht schien Gail zu gefallen. »Ja. Ich hab nie daran gedacht, wie es wäre, eine Schwester zu haben. Haben Sie eine Schwester?«

»Ja«, sagte Pine langsam. »Eine Zwillingsschwester. Sie war ... *ist* meine beste Freundin.«

Gail lächelte. »Eine Zwillingsschwester? Cool. Ist Ihre Schwester auch so groß wie Sie? Sehen Sie sich ähnlich?«

»Na ja, du würdest uns sicher nicht verwechseln.«

»Verstehe.«

Pine gab ihr ihre Karte. »Da steht meine Telefonnummer drauf. Du kannst mich jederzeit anrufen. Und das sag ich nicht einfach so, okay?«

Sie umarmten das Mädchen und gingen hinaus.

»Glauben Sie, Gail wird es packen?«, fragte Blum.

»Kann man heute noch nicht sagen. Sie war nur sechs Monate bei Desiree, also hat sie gute Aussichten, darüber hinwegzukommen. Aber für einen so jungen Menschen hat sie Schlimmes durchgemacht. Das braucht Zeit, um zu heilen.«

Sie gingen schweigend den Korridor hinunter. »Und *Sie?*«, fragte Blum. »Wie geht es Ihnen?«

»Besser, wenn ich meine Schwester finde.«

»Und wenn wir sie nicht finden?«

»An diese Möglichkeit will ich im Moment nicht denken.«

»Wie geht's jetzt weiter?«

»Wir müssen noch einmal mit Desiree reden, hoffentlich zum letzten Mal.«

33

Das Gefängnis war sauber und modern. Trotzdem wurde nicht auf Gitter und gesicherte Türen verzichtet, um die Bösen von den Guten getrennt zu halten. Pine hatte erfahren, dass hier mehr als fünfhundert Häftlinge einsaßen, doch ihr Interesse galt nur einem.

Callum hatte vorher angerufen, deshalb führte ein Wärter Pine und Blum umgehend zu Desiree Atkins' Zelle. Als die Tür aufging und hinter ihnen ins Schloss fiel, hob Atkins nicht einmal den Kopf. In Gefängnisklamotten saß sie auf dem einzigen Stuhl, der aus Sicherheitsgründen am Boden befestigt war, und starrte bedrückt auf ihre Handflächen, als sähe sie darauf alle ihre Probleme, aber keine Lösung. Die Haut um ihr Auge war gelb und violett verfärbt.

Pine lehnte sich an die obere Pritsche, Blum blieb bei der Tür stehen. Der Wärter hatte sie allein gelassen, um ihnen so viel Privatsphäre zu gewähren, wie es an einem Ort wie diesem möglich war.

»Was wollen Sie denn noch?«, fragte Atkins ungehalten und hob den Kopf. »Ihre Schadenfreude auskosten?«

»Nur ein bisschen schwatzen«, erwiderte Pine.

»Sie können mich mal. Und nur damit Sie's wissen – ich zeige Sie wegen Körperverletzung an. Vielleicht habe ich ein Hirntrauma.«

»Dass Sie was an der Birne haben, weiß ich auch so, aber es ist nicht meine Schuld. Und Sie haben genug Zeit zum Reden, weil

Sie sich auf einen längeren Aufenthalt hier einstellen können. Dass Sie gegen Kaution rauskommen, können Sie vergessen. Fluchtgefahr, Sie wissen schon«, sagte Pine. »Außerdem ist den Jungs hier bekannt, was in Georgia passiert ist.«

Atkins' Augen funkelten hasserfüllt. »Gut. Dann kann ich denen auch gleich erzählen, wie Becky meinen Mann umgebracht hat. Dann kommt dieses Miststück wegen Mordes hinter Gitter.«

»Versuchen können Sie's, aber dass Sie Mercy gefangen gehalten und gefoltert haben, macht Ihre Aussage nicht glaubwürdiger«, meinte Pine. »Und selbst wenn Mercy Joe tatsächlich umgebracht hätte, könnte ihr deswegen niemand einen Vorwurf machen. Joe wollte sie wieder in die Höhle sperren. Ein Mensch, dem man mit Gewalt die Freiheit nimmt, darf sich mit allen Mitteln wehren. Dieses Recht haben wir uns in einem Bürgerkrieg erkämpft.«

»Was haben Sie bloß immer mit Becky? Das ist fast zwanzig Jahre her. Es interessiert kein Schwein mehr!«

Pine umklammerte den Bettpfosten mit ihren langen Fingern, um sich zu beherrschen.

Blum bemerkte es und trat zu ihr. »Warum haben Sie das getan, Desiree?«, fragte sie. »Warum haben Sie Mercy wie ein Tier behandelt?«

»Was hab ich denn getan?«, knurrte Atkins. »Hören Sie, ich hab das Kind aufgenommen, weil keiner es haben wollte. Dieser Kerl ist mit dem Mädchen aufgekreuzt und hat es Wanda förmlich in den Schoß gelegt. Als hätte die sich um ein sechsjähriges Kind kümmern können! Wanda war Kettenraucherin. Sie war schon außer Puste, wenn sie nur rausgegangen ist, um die Post zu holen. Die Kleine wäre verreckt, wäre ich nicht gewesen. Die sollten mir einen Orden verleihen, statt mich einzusperren.«

»Sie haben Mercy misshandelt«, stieß Pine hervor. »Gefoltert. In ein dunkles Loch im Wald gesperrt. Behandelt man so ein Kind?«

Atkins lief rot an vor Empörung. »Sie war einfach nicht zu bändigen. Wir wussten nicht mehr, was wir tun sollten, also haben wir sie eingesperrt. Sie hätten das kleine Dreckstück mal sehen müssen.«

»Sie wollten verhindern, dass Mercy entwischt.«

»Glauben Sie? Ach, was rede ich überhaupt mit Ihnen. Ich muss Ihnen gar nichts sagen.«

»Nein, aber wenn Sie's tun, kann ich ein gutes Wort für Sie einlegen.«

»Klar. Damit die mir zwei Jahre von dem erlassen, was ich kriege. Nein danke.«

»Hat Mercy nie von ihrer Familie gesprochen?«, hakte Pine nach. »Hat sie Ihnen nie erzählt, was mit ihr passiert ist? Wie sie heißt? Haben Sie sie nie gefragt?«

Atkins wischte ihre Fragen mit einer wegwerfenden Geste beiseite. »Ich hatte meine eigenen Probleme!«

»Sie können uns also gar nichts sagen?«

»Ich könnte Ihnen viel sagen, aber ich tu's nicht. Das ist mein gutes Recht. Und Sie können nichts daran ändern, Sie dämliche Schlampe.«

»Wanda hat uns erzählt, dass Sie Kinder wollten, aber keine bekommen konnten«, warf Blum ein.

Atkins musterte sie geringschätzig. »Was machen Sie eigentlich hier, Oma? Spielen Sie den guten Cop oder so? Wollen Sie mir ein schlechtes Gewissen machen, damit ich Ihnen etwas erzähle? Sie vergeuden nur Ihre Zeit, Sie alter Drachen.«

»Sie haben bestimmt mal Kinder gewollt. Sonst hätten Sie Mercy nicht zu sich genommen«, fuhr Blum unbeirrt fort. Pine lauschte gespannt.

»Da haben Sie verdammt recht. Ich hab sie aufgenommen, weil keiner sie wollte. Ich habe ihr einen Gefallen getan, und was hab ich nun davon? Nur Ärger und Kummer.«

»Sie hatten also mütterliche Gefühle für sie? Zumindest zu Anfang?«, fragte Blum.

Atkins beruhigte sich ein wenig. Der gehässige Ausdruck verschwand aus ihren Augen. »Ich habe mich um sie gekümmert, hab ihr was anzuziehen und zu essen gegeben. Sie war immer sauber. Jedenfalls, solange sie … im Haus gewohnt hat.«

Blum setzte sich auf die Pritsche ihr gegenüber. »Sie haben sie aber nicht im Haus behalten, weil sie ungezogen war?«, fragte sie leise. »Weil Sie Angst hatten, das Mädchen könnte etwas anstellen?«

Atkins warf Blum einen argwöhnischen Blick zu, ehe sie hervorstieß: »Ja! Die kleine Schlampe hat uns terrorisiert. Mit elf war sie schon größer als Joe. Sie ist schneller gewachsen als 'n Welpe. Mit fünfzehn war sie über eins achtzig und stark wie ein Pferd. Joe hatte immer das Gewehr dabei, wenn wir zu ihr gingen. Ich hatte darauf bestanden. Und wenn er tagsüber fort war, hatte *ich* immer die Knarre bei mir, wenn Becky im Haus gearbeitet hat. Irgendwann haben wir sie fast nur noch abends arbeiten lassen, wenn Joe da war. Ich hatte Angst allein mit ihr, obwohl ich das Gewehr hatte. Hätten wir sie im Haus gelassen, hätte sie uns irgendwann im Schlaf abgeschlachtet. Es war, wie wenn Sie ein wildes Tier bei sich haben. Obwohl sie draußen im Wald übernachtet hat, hab ich mich nie wirklich sicher gefühlt. Ich war ein Nervenbündel.«

Pine kochte innerlich, als sie diese Heuchelei mit anhören musste. Es klang, als wäre es Atkins schlimmer ergangen als Mercy. Als wäre Mercy an allem schuld gewesen, obwohl Atkins bei jeder Gelegenheit ihre perversen Gelüste an ihr ausgetobt und ihr Leben zerstört hatte. Doch Pine beherrschte sich und schwieg. Blum wollte offenbar auf irgendetwas hinaus, und Pine wollte es nicht verderben.

»Wahrscheinlich hatte sie auch Geheimnisse vor Ihnen«, fuhr Blum fort. »So was kommt oft vor.«

»Ja!«, ereiferte sich Atkins. »Genau so war's. Joe hat es mir nicht geglaubt, aber der Trottel hatte ja sowieso keine Ahnung. Er hat ihr vertraut, als sie noch klein war, und sie hat es eiskalt ausgenutzt.«

»Männer haben nun mal keine Ahnung von uns Frauen«, sagte Blum. »Wenn man in ein gewisses Alter kommt, wie wir beide, dann weiß man Bescheid.«

Atkins deutete anerkennend auf Blum und grinste. »Sie treffen den Nagel auf den Kopf. Männer! Wenn es um Frauen geht, sind sie Volltrottel. Die haben keine Ahnung, wie Frauen ticken. Was in uns vorgeht. Wie wir sie an der Nase herumführen.« Mit der Stimme eines kleinen Mädchens fügte sie hinzu: »›Du bist ein so großer, starker Kerl und viel schlauer als ich! Kannst du nicht rüberkommen und tun, was ich von dir will?‹« Sie verzog angewidert das Gesicht. »Sie sehen ja, was Joe davon hatte. Unter die Erde hat's ihn gebracht.«

»Aber *Sie* haben sich nicht täuschen lassen«, fuhr Blum fort.

Atkins schüttelte den Kopf und kicherte. »Ich hab die kleine Nutte von Anfang an durchschaut. Sie wollte Joe auf ihre Seite ziehen. Es war widerlich.«

Pine griff in ihre Tasche und schloss die Finger um ihr Handy.

Blum sah es, Atkins jedoch bemerkte es nicht. Sie starrte auf den Boden, in ihr Selbstmitleid versunken. Blum stand auf und stellte sich zwischen Atkins und Pine.

Rasch tippte Pine auf die entsprechenden Tasten und drückte schließlich den Aufnahmeknopf.

»Aber im Gegensatz zu Joe haben Sie das Mädchen zum Reden gebracht«, fuhr Blum dann fort. »Sie wollten wissen, was sie im Schilde führt, und haben nicht lockergelassen, stimmt's?«

Atkins schaute frustriert zu ihr auf. »Joe hat nie auch nur ein bisschen Dankbarkeit gezeigt für alles, was ich getan habe. Als er seinen Job verlor, hab ich ihm gesagt, er soll es in der Sicherheitsbranche versuchen. Ich hab ihm geholfen, hab ihm die ersten Kunden verschafft. Und ich habe ihm gesagt, wir müssen das Mädchen einsperren, weil es nicht ganz dicht ist. Dieser Mann, der sie hergebracht hat, der hat Wanda erzählt, dass Beckys Eltern sie umbringen wollten. Die hatten wahrscheinlich allen Grund dazu, das hab ich schnell kapiert. Dieser Kerl hatte Becky zwar gerettet, aber uns hat er damit keinen Gefallen getan, das können Sie mir glauben.«

»Es muss Ihr Leben verändert haben, dass Sie sich auch noch um ein Kind kümmern mussten.«

»Na ja, zuerst hab ich gedacht, dass wir gut miteinander klarkommen. Sie haben nämlich recht – ich hab mir wirklich Kinder gewünscht, konnte aber keine kriegen. Trotzdem war ich mir nicht sicher, ob es richtig ist, eins bei uns aufzunehmen.«

»Aber Sie haben es getan. Nicht jede hätte so gehandelt.«

»Joe hatte sich riesig gefreut. Er war es ja, der sie unbedingt wollte. Ein süßes kleines Mädel, das er verwöhnen konnte. Ein halbes Jahr später hat er mich gar nicht mehr gesehen. Es war, als würde ich nicht mehr existieren. Joe hatte nur noch Augen für die schnuckelige kleine Becky«, fügte sie spöttisch hinzu. »Er hat mich total ignoriert. Dann wurde sie größer, und aus dem süßen Mädel wurde ein reißender Wolf. Ein Monster!«

»Das muss schwer für Sie gewesen sein«, sagte Blum verständnisvoll.

»Schwer? Es war unerträglich!«, rief Atkins außer sich. »Was bildete diese dahergelaufene Göre sich bloß ein? Spaziert einfach so in unser Leben und nimmt mir meinen Mann weg! Wie kommt sie dazu? Oh, sie war *so süß, so hübsch.* Und ich ... war ich vielleicht ein alter Kartoffelsack?«

»Ich verstehe, was Sie meinen.«

»Aber Joe hat's nicht verstanden. Das hat mich wahnsinnig gemacht. Ich hätte ihn umbringen können. Und das kleine Luder gleich mit!«

»Aber Sie haben es nicht getan, sondern mit Mercy geredet. Haben Sie etwas über sie erfahren?«

Atkins schaute mit einem verschlagenen Lächeln auf Pine. »Ich *hab* gewusst, wie sie heißt. Sie hat's mir gesagt. Aber ich habe den Namen aus ihrem Gedächtnis gelöscht.«

»Wie haben Sie das angestellt?«, fragte Blum.

»Ich hatte meine Methoden«, antwortete Atkins mit einem boshaften Grinsen. Wieder ahmte sie die Stimme eines kleinen Mädchens nach. »›Nein, Mommy, bitte, tu's nicht. Nicht brennen, nicht stechen, nicht schneiden!‹« Sie kicherte. »›Du heißt Becky, kapiert?‹, hab ich zu ihr gesagt. ›*Becky*. Mercy ist tot, verstehst du? Mercy ist tot, tot, tot!‹ Ich hab's ihr immer wieder gesagt, bis sie's endlich begriffen hatte. In dem Moment war Mercy ausgelöscht.« Sie lächelte. »Ich hatte gewonnen. Ich hatte das kleine Biest besiegt. Sie hatte sich für clever gehalten, aber ich war cleverer.«

»Haben Sie sonst noch etwas aus ihrer Erinnerung gelöscht?«, hakte Blum nach.

Atkins schaute nachdenklich auf den Boden. »Eine Sache hab ich ihr einfach nicht austreiben können«, murmelte sie.

Pine spannte sich an. »Was?«

»Ene, mene, muh.« Atkins schaute zu Pine auf. »Dieser dumme Kinderreim. Den hat sie mal in einem Buch gelesen, das wir besaßen. Da ist sie richtig durchgedreht, hat das Buch in die Ecke geknallt und geschrien. Sie hätten das sehen müssen! Joe ist reingekommen und hat diese Furie gebändigt. Da war sie gerade mal sieben oder acht. Ich hatte keine Ahnung, was los war. Diese dumme Göre. Es war der größte Fehler meines Lebens, das Miststück aufzunehmen.«

Blum schaute zu Pine, die sich mit geschlossenen Augen umdrehte. Blum wandte sich wieder Atkins zu. »Und an dem Abend, als Mercy davongelaufen ist …?«

»Joe, dieser Idiot, hatte vergessen, die beschissene Tür abzuschließen. Auf einmal rennt die kleine Nutte am Haus vorbei zur Straße. Joe hatte sie schon auf dem Monitor gesehen und ist ihr nach. Natürlich hat dieser Trottel das Gewehr vergessen. Ich aber nicht. Hab's mir geschnappt und bin raus.«

»Sie durften das Mädchen nicht entwischen lassen, stimmt's?«

»Natürlich nicht! Wir wären beide in den Knast gewandert, Joe und ich.«

»Eins verstehe ich nicht. Sie hatten das Gewehr. Warum haben Sie das Mädchen nicht aufgehalten?«

»Joe hat sie festgehalten, aber dieses Luder hat ihn niedergeschlagen. Er ist gestürzt und mit dem Kopf auf einen Stein geprallt. Der arme Kerl hat geblutet wie ein Schwein. Er wollte aufstehen, ist aber gleich wieder hingefallen und liegen geblieben. Ich glaube, er hatte eine Gehirnerschütterung oder so was. Mercy sah ihn in seinem Blut liegen und ist abgezischt wie ein Rennwagen.«

»Und dann?«

»Ich hab auf Mercy geschossen, zweimal, aber sie war schon zwischen den Bäumen verschwunden. Ich wollte gerade hinter ihr her, als Joe zu sich kam und versucht hat, mich aufzuhalten. Er wollte mir das Gewehr entreißen.«

»Warum?«, fragte Blum. »Er hat doch sicher auch gewusst, was passiert, wenn Mercy davonkommt.«

»Er war ein Weichei!«, sagte Atkins angewidert. »Er wollte das kleine Luder nicht töten. Lieber hätte er sie entkommen lassen. Das muss man sich mal vorstellen! ›Es reicht‹, hat er gesagt, diese Dumpfbacke!«

»Ich nehme an, Sie haben ziemlich sauer reagiert.«

Atkins lächelte boshaft. »›Keine Bange, Joe‹, hab ich zu ihm gesagt, ›die kommt zurück.‹ Als er sich umgedreht hat, hab ich ihm 'nen Stein über den Schädel gezogen. Ich hätte ihn erschossen, aber das Magazin war leer. Also bin ich ins Haus, hab das Messer geholt und …«

»… die Sache beendet«, sagte Blum.

»Ja! Als es vorbei war, hab ich meine Fingerabdrücke vom Messer abgewischt und Wanda angerufen. ›Becky hat Joe abgestochen‹, hab ich zu ihr gesagt. Dann hab ich meine Sachen gepackt, und die zwei haben mir geholfen, mich aus dem Staub zu machen.«

Pine schluckte nervös. »Und Mercy ist entkommen?«, fragte sie. »Sie hat überlebt?«

»Ja, das verdammte Miststück ist uns entwischt.«

Pine hielt sich am Bettpfosten fest, die Augen geschlossen. Ihr Herz jubelte vor Freude und Hoffnung.

Atkins schaute plötzlich beunruhigt auf, als wäre sie aus einer Trance erwacht. »Aber ich werde alles bestreiten, was ich gerade gesagt habe. Sie können mir nichts nachweisen.«

»O doch.« Pine öffnete die Augen, hielt ihr Mobiltelefon hoch und spielte die Aufnahme ab. Atkins' Stimme war laut und deutlich zu hören.

Als Atkins begriff, was passiert war, verhärtete sich ihr Gesicht. »Das können Sie vergessen. Sie … Sie haben mich ausgetrickst. Das ist illegal.«

Pine schüttelte den Kopf. »Genau genommen habe nicht ich Sie festgenommen, sondern die Kollegen hier. Die haben Ihnen Ihre Rechte vorgelesen, auch das Recht zu schweigen. Wenn Sie trotzdem plaudern, ist das Ihre Entscheidung. Und Sie haben auch keinen Anwalt und bisher keinen Rechtsbeistand verlangt. Das hier war keine Vernehmung. Sie haben aus freien Stücken geredet. Und ich hatte rein zufällig die Aufnahmefunktion an.«

»Damit kommen Sie nicht durch, Sie Miststück!«

»Sie können ja versuchen, es anzufechten«, sagte Pine. »Die Polizei in Georgia wird sich sowieso bald bei Ihnen melden. Jedenfalls haben Sie es den Cops gerade viel einfacher gemacht, Sie dranzukriegen.«

Pine trat zu ihr und beugte sich hinunter, bis sie mit Atkins auf Augenhöhe war.

»Und vergessen Sie eins nicht: Mercy hat Grauenhaftes durchgemacht und Sie am Ende doch ausgetrickst. Und sie ist irgendwo da draußen und lebt ihr Leben, während Sie den Rest Ihrer kümmerlichen Existenz an einem Ort verbringen werden, der viel schlimmer ist als der hier. Ich wünsche Ihnen noch viele, viele Jahre.«

Pine rief den Wärter, dann gingen sie und Blum hinaus.

Auf dem Korridor sagte Pine: »Super, wie Sie die Frau zum Reden gebracht haben, Carol.«

Blum stieß einen Seufzer aus. »Trotzdem hätte ich mir gewünscht, Sie hätten diese Bestie grün und blau geschlagen.«

Pine legte ihrer Freundin den Arm um die Schultern. »Wir haben etwas Besseres erreicht. Etwas viel Besseres.«

34

Cain parkte ihren Wagen am Straßenrand und betrachtete das bescheidene Haus in einem Arbeiterviertel am Stadtrand von Huntsville, Alabama. In einem solchen Haus hätte auch sie aufwachsen können. Mit Puppen spielen, Fahrrad fahren, mit Freundinnen im Garten herumtollen. Im Sommer Grillfeste feiern, Marshmallows braten und durch das kühle Wasser des Rasensprengers laufen. Im Winter Schlitten fahren und Schneemänner bauen, obwohl es hier im Süden wohl nicht oft schneite.

Ein behütetes, normales Leben.

Sie schnaubte verächtlich.

Für mich ein unerfüllter Traum.

Während der Fahrt von Georgia nach Alabama war ihr ein Reifen geplatzt. Cain hatte keinen Reservereifen dabeigehabt; es hatte Stunden gedauert, einen Reifenhandel zu finden, wo man wiederum Stunden brauchte, um einen Ersatzreifen für ihr altes Auto zu beschaffen. Danach war sie bis zur Erschöpfung gefahren. Die Nacht hatte sie kurz vor Huntsville im Wagen verbracht. Am Morgen hatte sie einen Becher miesen Kaffee getrunken und die letzte Etappe ihrer Reise absolviert.

Und da war sie nun.

Es war ein warmer Tag. Die Sonne schien, Vögel zwitscherten, und es duftete nach Gras, doch Cain fühlte sich wie auf dem Weg zur eigenen Beerdigung.

Sie ging zum Haus. Klopfte an und wartete, bis sie Schritte zur

Tür kommen hörte. Im Grunde hatte sie keine Ahnung, was sie sagen würde, aber vielleicht war das besser so. Seit ihrer Flucht von den Atkins hatte sie meist intuitiv entschieden, aus der Situation heraus. Manchmal hatte es funktioniert, manchmal nicht. Warum sollte sie es jetzt anders machen?

Wanda Atkins öffnete die Tür, eine E-Zigarette in der Hand. Für einen Moment musterte sie die hoch aufgeschossene Cain. Dann riss sie die Augen auf und schlug ungläubig die Hand vor den Mund, so abrupt, dass sie sich beinahe die Sauerstoffkanüle aus der Nase riss.

»Mein Gott, bist du's ... bist du es wirklich?«

»Ist lange her, Wanda. Ich hab mir zwar die Haare abgeschnitten und bin ein paar Jährchen älter, aber offenbar hab ich mich gar nicht so sehr verändert.«

Wanda begann zu zittern. »Es ... es tut mir schrecklich leid, Becky. Alles.«

»Ich heiße jetzt El. Das steht für Eloise.«

Wanda musterte sie verdutzt. Dann schlich sich ein wehmütiges Lächeln auf ihr Gesicht.

»Eloise? Wie in dem Buch, das ich dir geschenkt habe?«

»Ja. Nur hatte ich meine eigene kleine Geschichte: *Eloise im Haus der Albträume.*« Cain schaute auf die Kanüle in Wandas Nase und den Sauerstoffschlauch, der daran hing. »Bist du krank?«

»Ich habe zu viel geraucht.« Wanda hielt die E-Zigarette hoch. »Heute paffe ich nur noch.« Sie beäugte Cain argwöhnisch. »Was machst du hier, Beck... ich meine, Eloise?«

»Kann ich reinkommen?«

Wanda zögerte. Kurz entschlossen drängte Cain sich an ihr vorbei ins Haus. Dass die Frau nichts dagegen tun konnte, verlieh Cain ein angenehmes Gefühl der Macht.

Wanda folgte ihr ins Wohnzimmer, wo Len Atkins in seinem Rollstuhl schlummerte.

Auf Tischen und Stühlen lagen Wäschestapel, und auf dem Sofa türmte sich schmutziges Geschirr. Es roch nach Alter, Krankheit und Verfall.

»Tut mir leid, wie es hier aussieht«, sagte Atkins verlegen.

Cain zuckte mit den Schultern. »Immer noch viel besser, als ich es damals hatte. Immerhin habt ihr Licht, saubere Wände, trockene Fußböden, kein Ungeziefer und keine Pritsche, auf der jemand gefoltert wird. Und ihr könnt jederzeit die Tür aufmachen, wenn euch danach ist. Den Luxus hatte ich nicht.«

Wanda hustete und schaute nervös zu ihrem Mann. »Ich ... äh, ich nehme an, du erinnerst dich an Len. Er hatte einen Schlaganfall.«

»Soso«, sagte Cain desinteressiert. Die Probleme von Len und Wanda waren ihr vollkommen egal. Hier und jetzt ging es nur um sie.

Wanda räumte schnell ein paar Gegenstände aus dem Weg, damit Cain sich setzen konnte. Dann ließ sie sich ihr gegenüber auf einen Stuhl sinken und betrachtete die jüngere Frau. »Warum hast du dir die Haare abgeschnitten? Die waren wunderschön.«

»Nach meiner Zeit bei Desiree waren sie es nicht mehr.« Cain schaute Wanda grimmig an. »Manchmal hat sie mir ganze Büschel mitsamt den Wurzeln ausgerissen, nur so zum Spaß, oder sie angezündet. Aber das weißt du ja alles.«

Die ältere Frau sank in sich zusammen wie eine Blume in plötzlichem Frost. »Ich habe oft an dich gedacht«, sagte sie schuldbewusst.

»Du warst nett zu mir, Wanda.«

»Aber ich habe nichts getan, um dich ...«

»Nein, hast du nicht«, fiel Cain ihr ins Wort und zuckte mit den Schultern. »Aber es war ja nicht dein Problem. Und am Ende hab ich die Dinge selbst in die Hand genommen.«

»Ich ... Joe hatte verdient, was du getan hast.«

»Ich hab Joe niedergeschlagen, weil er mich aufhalten wollte. Er ist mit dem Kopf auf einem Stein aufgeschlagen. Falls er daran gestorben ist, war's nicht meine Schuld. Danach bin ich gerannt, so schnell ich konnte. Jemand hat auf mich geschossen, aber nicht getroffen. Es muss Desiree gewesen sein, weil Joe ja schon tot war. Da bin ich noch schneller gerannt. Immer weiter, meilenweit, bis ein Auto mich mitgenommen hat.«

Wanda schaute sie mit weit aufgerissenen Augen an.

»Was ist?«, fragte Cain.

Langsam, mit zittriger Stimme, antwortete Wanda: »Joe ist nicht an einer Kopfverletzung gestorben.«

»*Was?* Woran denn?«, fragte Cain überrascht.

»Jemand hat ihm ein Messer in den Rücken gestoßen. Er wurde ermordet.«

»Ein Messer?« Cain war perplex.

»Ja. Es hat sein Herz durchbohrt.«

Cain lehnte sich zurück. Es schien, als wäre ihr eine große Last von den Schultern genommen worden.

Dann habe ich ihn gar nicht auf dem Gewissen. Warum ist das FBI dann hinter mir her?

»Ich selbst habe Joe nicht mit dem Messer angegriffen«, sagte sie. »Du weißt wahrscheinlich, wer es getan hat.«

»Ja. Desiree. Ich hatte immer schon den Verdacht. Sie war so ...«

»... böse? Ja, sie war abgrundtief schlecht. Weißt du, wo sie heute lebt?«

»Ich habe ihre Telefonnummer, aber keine Adresse.« Wanda schaute sie nervös an. »Tu das nicht, Eloise. Du tust dir damit keinen Gefallen. Du musst die Vergangenheit hinter dir lassen. Ich will nicht, dass du wieder leiden musst. Nicht noch einmal.«

»Ja, ich hab viel durchgemacht. Und du hast zugesehen und

nichts getan. Es tut noch heute weh.« Cain rollte die Ärmel auf, damit Atkins die Narben und Brandmale sehen konnte, die Mercy bis an ihr Lebensende begleiten würden. »Das hier wird nie verheilen. Und damit rede ich noch gar nicht von dem, was dieses Monster in meinem Innern kaputt gemacht hat. Das war noch schlimmer als diese Scheiße hier.«

Wanda hatte Tränen in den Augen und hob die Hand an den Mund, um das Schluchzen zu unterdrücken.

»Du kannst noch so viel heulen, Wanda, das ändert nichts an meiner Einschätzung von dir und dem alten Len da in seinem Rollstuhl. Ihr habt damals ein ganz normales Leben geführt. Seid aus dem Haus gegangen, wann immer euch danach war. Konntet tun und lassen, was ihr wolltet. Ich nicht. Hast du dir das mal überlegt, wenn du mich besucht hast und dann nach Hause gegangen bist, als wäre alles ganz normal?«

»Bist du gekommen, um uns … dafür zu bestrafen?« Wanda starrte auf Cains hochgewachsenen, narbigen Körper, und in ihren Augen erschien ein Ausdruck panischer Angst.

»Nein, du kannst beruhigt sein. Ich werde ohnehin schon vom FBI gesucht.«

»Ja, die waren hier.«

»Was?« Cain war alarmiert. »Wann? Wie haben die euch gefunden?«

»Das hat sie nicht gesagt.«

»Sie?«

»Zwei Frauen. Eine jüngere, ungefähr in deinem Alter, und eine ältere. Sie haben Fragen gestellt.«

Cain erinnerte sich, dass Kyle, der junge Bursche, ebenfalls etwas von einer groß gewachsenen FBI-Agentin gesagt hatte. »Was wollten sie wissen?«

»Was damals geschehen ist, als du weggelaufen bist. Sie haben ein Video gesehen, auf dem du drauf bist.«

»Ja, ich hab so was im Fernsehen gesehen. Was genau haben sie gefragt?«

»Sie haben sich nach dir erkundigt. Wie du dorthin gekommen bist. Und was an dem Abend passiert war, als du verschwunden bist. Aber sie haben mir auch ein paar Dinge anvertraut.«

»Welche?«, fragte Cain.

»Dass dein richtiger Name *Mercy* ist. Und dass ein Mann dich von zu Hause entführt hat.«

»Mercy? Ich ... ich bin *entführt* worden?«

»Ja. Von einem gewissen Ito Vincenzo. Er und Len waren zusammen in Vietnam. Ito hat uns damals erzählt, deine Eltern wollten dich umbringen und dass er dich mitgenommen hat, um dich zu schützen. Aber die Frau vom FBI sagte, Ito habe gelogen. Er hat dich aus einem anderen Grund entführt. Ich glaube, weil er sich an deiner Mutter rächen wollte. Die ganze Sache hatte mit der Mafia zu tun. Eine unglaubliche Geschichte.« Wanda stockte einen Augenblick, ehe sie hinzufügte: »Ihr wart angeblich zwei Kinder. Ito hat einen Abzählreim aufgesagt und auf diese Weise entschieden, wen von euch beiden er mitnehmen soll, dich oder deine Schwester. Ene, mene, muh. Ist das nicht krank?«

35

Cains Herz hämmerte, und ein stechender Schmerz schoss ihr durch den Kopf, zusammen mit einer Kaskade undeutlicher Erinnerungen. Ihr Hirn arbeitete fieberhaft, und ihre Gedanken rasten, durchmischt mit wirren Emotionen, ohne dass Cain irgendwelchen Einfluss darauf nehmen konnte, als wären alle inneren Sicherungen durchgebrannt. Sie schaute zu Len.

O Gott, hab ich jetzt auch einen Schlaganfall?

Sie erinnerte sich, wie sie einmal völlig ausgerastet war, als sie diesen Kinderreim in einem Buch gelesen hatte, das Desiree ihr gegeben hatte. Es war, als hätten diese Worte etwas in ihr explodieren lassen. Den Grund dafür hatte sie nicht gewusst.

Wir waren zwei Kinder?

Natürlich, es musste so sein. Es war ein Abzählreim, mit dem eine Wahl getroffen wurde. Also musste da noch jemand gewesen sein.

Aber wer? *Wer?*

Und dann machte es *klick*. Diese kostbare, verschwommene Erinnerung, die Cain immer mit sich getragen hatte und die ihr geholfen hatte, die Jahre der Folter zu überleben.

Nicht schimpfen, Mom. Lee kann das. Sie weiß, wie sie da runterkommt. Hat sie noch jedes Mal geschafft.

»Eloise? Alles in Ordnung?«

Cain tauchte schlagartig aus ihren Gedanken auf und starrte die alte Frau an. Ihr Herz klopfte, als hätte sie zehn Linien Koks am Stück gezogen. »Mir ist etwas eingefallen. Mein richtiger Name ist also Mercy?«

»Ja. Erinnerst du dich denn nicht daran?«

Cain schüttelte den Kopf. »Desiree hat gründlich dafür gesorgt, dass ich alles vergesse.« Sie schaute Wanda finster an. »Aber *du* hast es gewusst, oder?«

Wanda schaute zur Seite. »Du musst mich hassen. Ich kann es verstehen.«

»Du bist für mich nicht wichtig genug, um dich zu hassen, Wanda.«

Die Frau sah zu ihr auf. »Was hast du all die Jahre gemacht?«

»Überlebt.« Cain schaute zu Len. »Bleibt er so?«

»Ja. Und ich bin die Einzige, die sich um ihn kümmert.«

»Dann haust ihr zwei jetzt in eurem eigenen kleinen Gefängnis? Und, wie fühlt es sich an?«

»Es tut mir unendlich leid, Eloise.«

»Das hast du schon gesagt. Aber Worte kosten nichts. Was hat diese FBI-Lady noch gesagt? Warum wollen die mich finden, wenn ich Joe gar nicht umgebracht habe?«

»Ich glaube, sie wollen dir helfen. Du bist damals entführt worden. Nachdem sie weg waren, habe ich mich erkundigt. Das FBI hat ja auch mit Entführungen zu tun.«

»Selbst nach so vielen Jahren?«

»Es ist ein Cold Case, so nennen sie es im Fernsehen. Vielleicht solltest du dich bei denen melden.«

Cain beäugte sie mit tiefem Misstrauen. Sie konnte nicht so ohne Weiteres glauben, was diese Frau ihr erzählte.

»Bist du sicher, dass sie mich nicht doch festnehmen wollen? Weil sie vermuten, dass ich Joe ermordet habe?«

»Ich glaube nicht.«

»Du *glaubst* nicht? Das ist mir zu wenig.«

»Mehr weiß ich nicht, Eloise.«

Das heißt, ich stecke immer noch bis zum Hals im Dreck.

Das ganze Gewicht der Welt schien sich aufs Neue auf Cains breite Schultern zu legen.

»Was ist mit Desiree?«

»Was soll mit ihr sein?«

»Gib mir ihre Telefonnummer. Ich will sie anrufen.«

»Warum?«

»Es steht dir nicht zu, mir Fragen zu stellen. Gib mir einfach die verdammte Nummer.«

Cain stand auf, schaute auf Wanda hinunter und sah die Angst in deren Augen.

»Ich kann verstehen, dass du dich in meiner Nähe nicht sicher fühlst. Zu Recht. Ich bin nämlich nicht ganz normal. Nach dem, was ich durchgemacht habe, kann das auch keiner von mir erwarten. Und jetzt gib mir endlich die Nummer! Sonst kann ich nicht dafür garantieren, was ich mit dir mache oder mit dem alten Arsch da drüben im Rollstuhl.«

»Willst du Desiree finden? Dich an ihr rächen?«

»Das ist meine Sache. Du hast da nichts mitzureden. Absolut nichts.«

Wanda stand auf, holte ein Adressbuch aus einer Schublade und riss eine Seite heraus. »Hier. Ich will sowieso nie wieder mit diesem Weib reden.«

Cain nahm den Zettel. »Weiß Desiree, dass das FBI bei dir war?«

Wanda nickte. »Ich hab sie angerufen.«

»Warum? Um sie zu warnen?«

»So ... so ungefähr.«

»Blut ist nun mal dicker als Wasser, hm?«

»Desiree ist keine Blutsverwandte«, sagte Wanda.

»Nicht? Na, egal. Tut mir leid, dass ich diesen Krempel durcheinanderbringe.«

»Kannst du uns … kannst du uns verzeihen?«, fragte Wanda. »Wenn nicht jetzt, so doch irgendwann?«

Cain schüttelte den Kopf. »Ich lasse euch bloß deshalb ungeschoren, weil ihr der Mühe nicht wert seid.« Sie hielt den Zettel in die Höhe. »Und wenn das hier nicht Desirees Telefonnummer ist, komme ich wieder. Und dann wirst du am eigenen Leib erfahren, was das Miststück mit mir gemacht hat. Glaub mir, ich hab nichts vergessen.«

Nachdem Cain gegangen war, sank Wanda auf ihren Stuhl und schluchzte.

Auf dem Weg zu ihrem Wagen versetzte Cain einem Laternenmast einen so wuchtigen Tritt, dass er umknickte und auf den Gehsteig krachte. Zitternd vor Wut und Anspannung, stieg sie ins Auto und schaute auf den Zettel mit der Telefonnummer.

So nah war sie Desiree noch nie gekommen. Nun gab es kein Zurück mehr, auch wenn das FBI hinter ihr her war. Vielleicht würde sie am Ende einen hohen Preis bezahlen, aber dieses Monster würde mit ihr untergehen.

36

Cain hatte nicht vor, Desiree anzurufen. Sie fuhr in die Innenstadt von Huntsville und hielt an, um etwas zu essen. Auf ihrem Handy versuchte sie, die zur Telefonnummer passende Anschrift ausfindig zu machen, die Wanda ihr gegeben hatte. Schließlich lieferte ihr ein Internet-Suchdienst gegen eine kleine Gebühr den Namen Dolores Venuti und eine Adresse in Asheville, North Carolina.

Dolores Venuti? Das muss ihr neuer Name sein.

Cain gab die Adresse ins GPS ihres Smartphones ein. Asheville war fünf Autostunden entfernt, wenn sie durchfuhr.

Die Stunden auf dem Interstate Highway vergingen schnell. Die Natur hatte ihr buntes Herbstkleid fast schon abgelegt; viele Bäume waren kahl, das Gras braun und verdorrt. Dennoch bot die Fahrt durch die grandiosen Blue Ridge Mountains einen inspirierenden Anblick. Leider hatte Cain keine Augen dafür.

Sie hatte das Radio eingeschaltet, um mitzubekommen, falls es neue Meldungen über »Becky aus Georgia« gab, doch es kam nichts dergleichen. Ungefähr eine Stunde vor ihrem Ziel machte sie eine Pinkelpause und setzte sich an einen Picknicktisch, um eine Flasche Gatorade zu trinken und eine Banane zu essen, die sie unterwegs gekauft hatte. Sie dehnte ihren steifen Rücken und die Beine und setzte sich wieder ins Auto.

Bevor sie weiterfuhr, öffnete sie das Handschuhfach, in dem ihre Glock lag. Cain besaß die Waffe seit drei Jahren und hatte bisher nur an Schießständen damit geschossen.

Ob du es fertigbringen würdest, Desiree eine Kugel in den Kopf zu jagen?

Cain war sich nicht sicher. Blieb die Frage, ob ihre Unschlüssigkeit ein gutes Zeichen war oder nicht.

Diese Bestie hatte sie jahrelang gequält, hatte ihr abscheuliche Dinge angetan. Und Joe hatte kaum einen Finger gerührt, um Desiree aufzuhalten, also hatte Cain keinen Grund, Joes Tod zu bedauern. Und doch war ihr ein Stein vom Herzen gefallen, als sie erfuhr, dass sie den Mann nicht selbst umgebracht hatte, nachdem sie so viele Jahre lang davon ausgegangen war, seine Mörderin zu sein. Unerträglich war nur der Gedanke, Desiree, ihr Folterknecht, der obendrein Joe auf dem Gewissen hatte, könne ungeschoren davonkommen.

Was Cain vorhatte, konnte sie alles kosten, was ihr geblieben war. Doch sie wusste, sie würde keine Sekunde ihres Lebens mehr genießen können, solange Desiree noch atmete. Damals, vor zwanzig Jahren, hatte Cain einfach nur aus ihrem Gefängnis ausbrechen wollen. Nun wollte sie mehr. Man konnte es Rache nennen oder eine Art ausgleichender Gerechtigkeit. Sie wusste nicht, welches Wort es am ehesten traf. Sie wusste nur, dass es ihr unendlich wichtig war und dass sie alles dafür tun musste, auch wenn sie wahrscheinlich einen hohen Preis dafür zu zahlen hatte. Egal. Es wurde Zeit, die emotionalen Rechnungen einzufordern, die so lange offen gewesen waren. Und es war an ihr selbst, die Schulden einzutreiben.

Eine Stunde später erreichte sie Asheville. An der angegebenen Adresse befand sich ein Geschäft. Einer dieser verrückten Läden für Okkultismus, wie Cain im Vorbeifahren feststellte.

Das passt.

Vor dem Laden parkte ein Polizeifahrzeug. Die Ladentür ging auf, und zwei Leute in blauen Overalls kamen heraus. Sie trugen Gegenstände, die wie Müllsäcke aussahen. Ein Polizeibeamter bewachte den Eingang, die Finger am Waffengürtel eingehakt. Die beiden anderen öffneten die Hecktüren und verstauten die Säcke im Wagen.

Cain fuhr einen Block weiter, stellte ihren Civic ab und ging zu Fuß zum Laden zurück. Eine Frau kam aus einem anderen Geschäft ein paar Häuser weiter. Sie war Mitte fünfzig, korpulent und hatte ihre grauen Haare zu einem Knoten zurückgebunden. Bekleidet war sie mit Jeans und einer langen grünen Schürze mit der Aufschrift »Organic Alley«, die auch auf dem Ladenschild stand.

Cain trat auf sie zu. »Was ist da drüben los?« Sie deutete auf den Okkult-Laden.

Die Frau schaute zu ihr auf. »Angeblich haben sie Dolores Venuti festgenommen.«

»Dolores? Tatsache?«

»Ja. Ihr gehört der Laden.«

»Weshalb wurde sie festgenommen?«

»Ich war vorhin drüben und hab gefragt, aber die wollten mir nichts sagen. Ich bin aber in der Nähe geblieben und hab die Polizisten reden gehört.«

»Und was haben sie gesprochen?«

Die Frau schien plötzlich misstrauisch zu werden. »Wer sind Sie eigentlich? Warum wollen Sie das wissen?«

»Das kann ich Ihnen sagen. Ich bin den ganzen weiten Weg von Alabama hergefahren, weil Dolores mir einen Job in ihrem Laden angeboten hat. Ich hab schon in der Branche gearbeitet und kenne mich aus.«

Die Frau musterte sie einen Augenblick und nickte. »Verstehe.«

»Ich hab extra meinen alten Job aufgegeben und bin hergekommen. Deswegen geht es mich schon etwas an. Aber wie es aussieht, hab ich Pech gehabt.«

»Tut mir leid für Sie. Aber vielleicht hatten Sie Glück im Unglück. Ich hab nämlich gehört, dass in dem Laden Drogen gefunden wurden. Stellen Sie sich vor, Sie wären in die Sache reingezogen worden. Außerdem hab ich was von einem kleinen Mädchen gehört, dem Dolores irgendwas angetan haben soll. Einer hat sogar von Entführung gesprochen.« Die Frau schüttelte den Kopf. »Da glaubt man, man kennt jemanden, und dann so was. Aber mir war Dolores immer schon ein bisschen unheimlich. Sie hatte manchmal so was Boshaftes, Grausames, Unheimliches.«

»Das ist ja ein Ding«, tat Cain überrascht, was für sie eine enorme schauspielerische Herausforderung darstellte. »Dann sitzt Dolores wahrscheinlich schon im Knast?«

»Ja, in der Davidson Street. Gar nicht weit von hier.«

»Dann kann man wohl nur hoffen, dass man sie nie wieder rauslässt, oder?«

»Mein Gott, ja.«

Cain ging zurück zum Auto. Auf ihrem Handy suchte sie die Adresse des Gefängnisses heraus, fuhr hin und ließ den Blick über die Anlage schweifen.

So nahe war sie Desiree seit vielen Jahren nicht mehr gewesen. Bei diesem Gedanken überlief es sie eiskalt.

Sie kann dir nichts mehr tun, El.

El?

Anscheinend ist mein richtiger Name Mercy. Das haben die vom FBI jedenfalls zu Wanda gesagt, und die werden wohl nicht lügen.

Sie lehnte sich im Sitz zurück und schloss die Augen.

»Mercy.« Sie sprach es laut aus. Ein seltsamer Name. Warum hatte ihre Mutter ihr diesen Namen gegeben?

Und das andere Kind? Das bei dem Auszählreim mehr Glück gehabt hatte?

Cain runzelte die Stirn, als könnte es ihrem Gedächtnis auf die Sprünge helfen und ihr alle offenen Fragen beantworten. Aber das war natürlich nicht der Fall. Sie erinnerte sich an rein gar nichts aus ihren ersten Lebensjahren.

Bis auf eines.

Nicht schimpfen, Mom. Lee kann das. Sie weiß, wie sie da runterkommt. Hat sie noch jedes Mal geschafft. Sei nicht böse, Mom.

Lee?

Ist Lee vielleicht meine Schwester? War sie auf einen Baum geklettert, und ich habe unserer Mutter gesagt, sie soll nicht böse sein?

Das Gewicht auf Cains Brust war mit einem Mal erdrückend. Es fühlte sich an wie nach ihrer ersten Überdosis. Sie glaubte, keine Luft mehr zu bekommen, und ein Gefühl animalischer Angst überfiel sie.

Sie sprang aus dem Wagen, ging ein paar Schritte. Dann rannte sie los, immer schneller, die Straße hinunter. Sie bog rechts ab, dann links und gelangte in einen kleinen Park. Sie rannte weiter, zwischen dicht stehenden Bäumen hindurch, bis sie nicht mehr konnte. Vor einer mächtigen Eiche blieb sie stehen und schlang die Arme um den Stamm, als hätte sie Angst, den Boden unter den Füßen zu verlieren.

Irgendwann sank sie schluchzend auf die kalte Erde und blieb liegen. Wie lange, wusste sie nicht.

Cain weinte, bis keine Tränen mehr kamen. Irgendwann beruhigte sich ihr bebender Körper. Sie hielt sich am Baumstamm fest und zog sich langsam daran hoch, so vorsichtig, als würde sie eine glitschige Stange hinaufklettern, unter der ein Abgrund gähnte.

Als sie sich halbwegs gefangen hatte, ging sie auf wackligen Beinen zum Auto zurück. Fast hätte sie den eigenen Wagen nicht mehr gefunden. Als sie hinter dem Lenkrad saß, ging es ihr ein wenig besser.

Einen solchen Zusammenbruch hatte sie seit vielen Jahren nicht mehr erlebt. Nachdem sie sich von den Atkins befreit hatte,

war sie jede vierte oder fünfte Nacht aus dem Schlaf hochge-
schreckt, in der Erwartung, dass Desiree sie zurück in die Hölle
zerren würde.

Cain fuhr los, fand ein Hotel und checkte ein. Es war teurer,
als ihr Budget es zuließ, aber daran wollte sie jetzt nicht denken.
Später setzte sie sich auf einen Drink in die Bar und ging dann in
ein Restaurant in derselben Straße, um etwas zu essen, vor allem
aber, weil sie frische Luft brauchte. Anschließend ging sie zurück
zum Hotel und fragte sich, was sie tun sollte.

Desiree war im Gefängnis. Sie, Cain, kam nicht mehr an dieses Ungeheuer heran. Und selbst wenn, was hätte sie tun sollen?
Die Frau mit bloßen Händen umbringen? Sie zusammenschla-
gen? Sie foltern, wie Desiree es mit ihr getan hatte?

Und was dann?

*Dann lande auch ich in einem Knast. Diesmal für den Rest mei-
nes Lebens.*

Soll das alles umsonst gewesen sein?

37

Zum zwanzigsten Mal studierte Buckley das Standbild auf seinem Computerbildschirm. Anfangs hatte es ihn neugierig gemacht; er hatte sogar Mitleid empfunden. Die Frau, die, wie er nun wusste, damals Rebecca Atkins geheißen hatte, war sichtlich verängstigt. Man sah es an den weit aufgerissenen Augen, den verzerrten Gesichtszügen. Aber da war noch etwas anderes, ein Hauch von ... was? Freude? Erleichterung?

Ihr Äußeres war erbarmungswürdig. Die langen Haare waren fettig und strähnig, die Kleidung zerlumpt, die schmutzige Haut von Narben übersät. Diese Frau musste Schlimmes durchgemacht haben.

Als Nächstes hatte Buckley einen »Vorfall« aus den frühen 2000ern recherchiert, der mit den Atkins zu tun hatte. Es war nicht schwierig gewesen, Näheres zu erfahren. Joe Atkins war tot aufgefunden worden. Seine Frau Desiree war seither verschwunden; sie hatte entweder ihren Mann umgebracht oder war ebenfalls seinem Mörder zum Opfer gefallen.

Buckley lehnte sich auf dem Bürosessel in seinem Hotelzimmer zurück. In den Berichten über diesen Vorfall war ihm eine Sache besonders aufgefallen. Nirgends war von Rebecca Atkins die Rede. Wahrscheinlich, weil die Behörden damals nichts von ihrer Existenz gewusst hatten. Wie war das möglich?

Wieder betrachtete Buckley das Bild der Frau auf seinem Monitor. Damals hatte es noch keine Überwachungskameras gegeben, die kabellos mit einem Smartphone verbunden werden konnten. Die Frage war, warum jemand vor zwanzig Jahren in einer abgelegenen Gegend in Georgia eine Sicherheitskamera installiert hatte.

Buckley vergrößerte das Bild und studierte die Ränder, an denen der Ast eines Baumes, die verschwommenen Umrisse eines Gebüschs und ein dunkler Weg zu erkennen waren. Die Frau, die da in die Kamera starrte, befand sich anscheinend in einem Wald – im ländlichen Georgia nichts Ungewöhnliches.

Buckley vergrößerte das Bild noch mehr und konnte nun auch die überwucherte Wand erkennen.

Es war kein gewöhnliches Haus. Vielleicht eine Waldhütte? Aber mit einer Kamera über der Tür? Wozu der Aufwand? Es sei denn, man hatte hier etwas Wertvolles verwahrt.

Sein erster Gedanke bezog sich auf illegale Aktivitäten. Drogen- oder Waffenhandel? Raubgut? Oder ging es um Menschen? Um diese Frau?

Waren die Atkins in Menschenhandel verwickelt? Nicht sehr wahrscheinlich. Solche Leute beförderten ihre »Ware« mit dem Laster möglichst schnell in verschiedene Teile des Landes. Erst dann bekamen sie ihr Geld. Diese Frau sah aus, als wäre sie lange gefangen gehalten worden, sehr lange, und unter grauenhaften Verhältnissen. War es denkbar, dass die Atkins sie als eine Art Sklavin gehalten hatten?

Buckley schaute auf das Display seines Mobiltelefons. Einer seiner Helfer hatte ihm vorhin eine Kopie von Eloise Cains Führerschein geschickt.

Das Gesicht, das ihm entgegenschaute, war hart wie Granit. Es lag keine Spur von Freundlichkeit in diesen Gesichtszügen, nur Kälte und Misstrauen. Die langen dunklen Haare fielen auf ihre Schultern. Das Foto war mehrere Jahre alt und nicht besonders scharf.

Er nahm einen Schluck von seinem Drink und machte einen Telefonanruf. Buckley erklärte dem Mann, was er wollte.

Zwei Stunden später erhielt er per SMS die in Georgia ausgestellten Führerscheine von Joe und Desiree Atkins. Buckley checkte die persönlichen Daten; vor allem die Körpergröße der beiden interessierte ihn.

Joe Atkins war eins siebzig, Desiree eins fünfundfünfzig.

Er schaute auf Cains Führerschein. Ihre Größe war mit eins fünfundachtzig angegeben. Nach dem Bild auf dem Monitor war das keineswegs übertrieben.

Wenn hier nicht ein Fall extremer genetischer Abweichung vorlag oder es unter den Vorfahren ein paar groß gewachsene Menschen gegeben hatte, konnte Rebecca kaum die biologische Tochter der Atkins sein. Die Körpergröße gehörte zu den genetischen Merkmalen, die am häufigsten von Generation zu Generation weitergegeben wurden. Kleine Eltern hatten keine hoch aufgeschossenen Kinder.

Buckley betrachtete die Fotos der Atkins auf den Führerscheinen. Es gab auch sonst keine äußerliche Ähnlichkeit zwischen ihnen und Rebecca, nicht einmal, was die Haarfarbe betraf.

Entweder hatten sie das Mädchen adoptiert, oder Rebecca war entführt und zu den Atkins gebracht worden. Es sei denn, sie hatten das Kind selbst entführt.

Buckley konzentrierte sich auf einen anderen Aspekt des Falles, einen alten Zeitungsartikel, in dem vom Verlust die Rede war, den Leonard und Wanda Atkins, Joes Eltern und Desirees Schwiegereltern, erlitten hatten. Buckley nahm an, dass sie von Rebecca gewusst hatten. Sie hatten ganz in der Nähe gewohnt und waren Joes einzige nahe Verwandte gewesen. In dem Artikel stand, dass Leonard »Len« Atkins in Vietnam gekämpft hatte. Aufgrund von Lens Alter zur Zeit des Vorfalls, das in dem Artikel angegeben war, konnte Buckley sich ausrechnen, dass der Mann heute Ende siebzig war.

Er versandte eine E-Mail mit einem neuen Auftrag. Die Antwort kam eine Stunde später. Wie sich herausstellte, war Atkins als Kriegsveteran registriert und wurde nach einem Schlaganfall mit Medikamenten und Hilfsmitteln versorgt. Mit der E-Mail hatte Buckley auch Atkins' aktuelle Adresse erhalten. Buckley wusste nicht, wie sein Helfer die Informationen so schnell hatte beschaffen können; jedenfalls würde er dem Veteranenministerium dringend raten, seine Cybersicherheit zu verbessern.

Aber geht uns das nicht allen so?

In diesem Fall jedenfalls war Buckley froh, dass Firewalls so leicht geknackt werden konnten.

Wenige Stunden später saß er in seinem Privatjet. Bei der Landung wartete schon ein Mietwagen auf ihn, mit dem er zu einem Hotel fuhr, in dem er bereits ein Zimmer reserviert hatte. Er checkte ein, ging auf seine Suite und breitete seine Fallunterlagen auf dem Schreibtisch aus.

Während er überlegte, wie er vorgehen sollte, trank er Wein aus der Minibar. Die Sache wurde immer komplizierter, aber auch immer interessanter. Er fuhr seinen Laptop hoch und rief Rebecca Atkins' Bild auf den Monitor. Nachdenklich tippte er mit dem Finger auf das Foto von »Becky« alias El Cain.

Sie würde es ihm nicht leicht machen. Er lächelte angesichts der Herausforderung. Da nun auch das FBI mit dem Fall befasst war, würde er auf jemanden zurückgreifen, der ihm helfen konnte, die Frau zu finden. Es war schon spät, doch er konnte zumindest eine Nachricht hinterlassen, falls die Person sich nicht meldete. Er wählte die Nummer auf seiner Kontaktliste; nach dem zweiten Klingeln meldete sich die Stimme.

»Hallo, Peter. Ich hoffe, Sie haben etwas Interessantes für mich. In letzter Zeit war hier nicht viel los.«

»Da kann ich Sie beruhigen. Es hat mit Ihrem ehemaligen Arbeitgeber zu tun.«

»Mit der Army oder dem FBI?«

»Letzteres«, sagte Buckley.

»Ausgezeichnet. Es macht immer Spaß, dem Bureau eins auszuwischen, wenn sich eine Gelegenheit bietet.«

»Das Bureau sucht eine gewisse Rebecca Atkins alias Eloise Cain.«

»Und?«

»Ich will diese Frau eher finden als das FBI.«

»Aus welchem Grund, wenn ich fragen darf?«

»Etwas Persönliches. Sie hat meinen Bruder Ken umgebracht«, sagte Buckley.

»Oh. Tut mir leid.«

»Ich kann Ihnen den Jet rüberschicken. Sagen Sie einfach, wann und wo.«

»Ich muss vorher noch eine Kleinigkeit erledigen. Aber morgen früh um acht bin ich bereit. Ich bin zurzeit in Washington. Ich kann zum Flughafen Dulles rausfahren, wenn Sie den Jet hinschicken.«

»Gut. Die Maschine wird beim Signature Terminal starten.«

»Wohin geht's?«

»Ins schöne Alabama.«

»Was ist so interessant im schönen Alabama?«

»Sie kriegen alle Informationen, sobald Sie da sind«, versprach Buckley.

»Privatjets sind überaus praktisch. Ich könnte mich glatt daran gewöhnen.«

»Meinen können Sie jederzeit benutzen.«

»Nett von Ihnen. Aber jetzt muss ich wirklich los. Wie gesagt, ich habe noch ein paar Dinge zu regeln.«

»Okay. Bis bald, Britt.«

38

Britt Spector legte ihr Handy weg und schaute auf den Toten hinunter. Noch vor wenigen Minuten war der Mann ein lebender, atmender, fühlender Mensch gewesen. Im Handumdrehen hatte sie ihn in eine Leiche verwandelt. Mit dem gebrochenen Genick würde es so aussehen, als wäre der schon etwas ältere, lang gediente Kongressabgeordnete in seinem wunderschönen Haus in einer noblen Wohngegend im Nordwesten Washingtons die Treppe hinuntergestürzt. Der Toxikologiebericht würde ergeben, dass der Mann zu viel getrunken hatte; hinzu kam, dass er aufgrund neurologischer Beschwerden ein bisschen wacklig auf den Beinen war. Jedenfalls war er nicht mehr unter den Lebenden, obwohl er eben erst mit überwältigender Mehrheit wiedergewählt worden war. Bei der forensischen Untersuchung des Treppensturzes würden sich keine Verdachtsmomente ergeben. Spector hatte lediglich ein wenig nachgeholfen, sodass es den Anschein erwecken würde, als wäre der Bursche von allein gestürzt. Danach hatte sie die Sache mit einem klassischen Griff zu Ende gebracht, den sie bei der Army gelernt hatte. Der Mann war auf der Stelle tot gewesen.

Ein einfacher Job.

Spector hatte kein Mitleid mit dem Kerl, der als Politiker stets rücksichtslos und korrupt gewesen war. Über vier Jahrzehnte hinweg hatte er seinen Einfluss an alle möglichen Interessengruppen verscherbelt und sein Geld auf verschiedene Auslandskonten transferiert. Auch Verwandten, Freunden und Geliebten hatte er stets gerne Gefallen jeder Art getan oder sich mit versteckten Zahlungen erkenntlich gezeigt. Manchmal hatte er einfach nur diskret dafür gesorgt, dass ein Gesetz *nicht* beschlossen wurde. Er war bekannt dafür, Beschlüsse und Initiativen zu verhindern, vor allem solche, von denen Menschen mit geringem Einkommen und wenig Einfluss profitiert hätten. Wenn er Gesetze unterstützte, dann solche, die den Wohlhabenden nützten, denn nur die Reichen waren in der Lage, ihn für sein Engagement zu entlohnen. So lief das Spiel, das er so gut beherrscht hatte wie kaum ein anderer.

Tja, dachte Spector mit Blick auf den Leichnam, *jetzt nicht mehr.*

Sein wachsendes Vermögen hatte er mit cleveren Investitionen und einer glücklichen Hand in geschäftlichen Aktivitäten erklärt; in Wahrheit hatte es mit Glück nichts zu tun gehabt. Der größte Teil seines Vermögens war irgendwo im Ausland deponiert, wo die Öffentlichkeit nichts davon mitbekam. Nur hatte er den Fehler gemacht, allzu gierig zu werden und die Neuverhandlung eines Deals zu fordern, weil ihm sein Anteil nicht mehr hoch genug war.

Spectors Auftraggeber hatte sich das schon einige Male von diesem Gierhals gefallen lassen. Jedes Mal hatte er nachgegeben. Diesmal aber war ihm der Kragen geplatzt, und er hatte beschlossen, den Abgeordneten für immer aus dem Spiel zu nehmen. Seit der Gesundheitszustand des Mannes sich verschlechtert hatte, war er immer unzuverlässiger geworden. Es bestand die Gefahr, dass er irgendwann etwas ausplaudern würde, was unangenehme Ermittlungen zur Folge gehabt hätte.

Der deutlich jüngere Mann, der den verblichenen Abgeordneten auf dessen einflussreichem Posten ersetzen würde, machte einen viel vernünftigeren und sachlicheren Eindruck. Er schien nicht so dumm zu sein, astronomisch hohe Forderungen zu stellen. Doch wie sein toter Kollege hatte auch der jüngere Nachfolger grundsätzlich nur Prinzipien, die ihm selbst nützten. Die Frage, auf die es hinauslief, war immer: Wie hoch ist der Preis? Diese Leute waren bloß ein Posten mehr im Haushaltsplan, auch wenn sie in keinem offiziellen Budget auftauchten.

Zeit ist Geld, lautete ein bekannter Grundsatz. Doch auch Gesetze waren Geld. Und wer die Gesetze bestimmte, kassierte das *große* Geld.

Dieser unmoralische, korrupte Mann, dessen politische Entscheidungen vielen Normalbürgern geschadet hatten, würde begraben werden. Seine Lieben würden um ihn trauern. Der Staat würde seine politischen Verdienste loben. Dann aber würde der Kampf um sein Geld beginnen – das einzig Wertvolle, das er zurückließ.

Kein großer Verlust für die Menschheit, dachte Spector.

Mit der gebührenden Sorgfalt beseitigte sie alle Spuren ihrer Anwesenheit. Dann verließ sie das Haus, wie sie gekommen war, durch ein hohes Fenster und eine Wand hinunter, die außer einer Regenrinne keinerlei Halt zu bieten schien. Für einen durchschnittlichen Einbrecher eine unmögliche Aufgabe. Nicht so für Britt Spector. Es gab nichts, was auf ein gewaltsames Eindringen hindeutete. Allein deshalb würde die Polizei zu dem Schluss gelangen, dass es sich um einen tragischen Unfall handelte.

Sie ging die dunkle Straße hinunter und erreichte wenig später ihr Hotel. Nach einer Dusche genehmigte sie sich einen Drink und schickte eine verschlüsselte Nachricht an ihren Auftraggeber. Nach einer Weile checkte sie ihr elektronisches Bankkonto, um sich zu vergewissern, dass der Rest des vereinbarten Betrags überwiesen worden war. Dann ging sie zu Bett. Am nächsten Morgen stand sie um sechs Uhr auf, duschte, zog sich an, packte und checkte aus. Mit einem Uber-Taxi fuhr sie direkt zum Flughafen Dulles.

Sie arbeitete gern für Peter Buckley. Er war zuverlässig, hatte Stil und zahlte extrem gut. Und er wandte sich nur mit Aufträgen an sie, bei denen ihre außerordentlichen Fähigkeiten gefragt waren.

Spector bemerkte, dass der Uber-Fahrer sie im Innenspiegel beobachtete. Sie wusste, dass sie auffiel. Sie war knapp eins achtzig groß, schlank und athletisch. Dass sie sich in Topform befand, war kein Zufall; sie hatte sich selbst immer extrem viel abverlangt, um ihre Ziele zu erreichen. Ihre exotischen Gesichtszüge verdankte sie ihrem philippinischen Vater und ihrer skandinavischen Mutter. Ihre Haut war tiefbraun, ihre Haare blond. Ihr Vater hatte als Judoka an den Olympischen Spielen teilgenommen. Ihre Mutter war eine langbeinige, groß gewachsene Biathletin gewesen und hatte ihrer Tochter Skilaufen und Schießen beigebracht. Beide Elternteile hatten Britt das sportliche Talent und den athletischen Körper vererbt, auch wenn sie letztlich einen anderen Weg eingeschlagen hatte, als auf Olympiaden oder Weltmeisterschaften hinzutrainieren. Sie hatte andere Ziele als ihre Eltern.

Wieder fing sie den hungrigen Blick des Mannes im Innenspiegel auf. Ein Blick, den jede Frau mühelos durchschaute.

»Interessanter Anblick?«, fragte sie.

Er nickte. »Sehr sogar.«

»Tja, das Leben ist voller Enttäuschungen«, erwiderte sie, drehte sich zur Seite und dachte nicht mehr an den Kerl.

Männer waren lächerlich berechenbar. Frauen waren viel komplexer, diffiziler. Und offenbar hatte Peter eine interessante Herausforderung für sie gefunden.

Und genau das war es, wofür Britt Spector lebte.

39

Die Reifen des Bombardier-Jets setzten butterweich auf der Landebahn im Business-Bereich des Flughafens auf. Die Maschine rollte aus, die Treppe wurde hinuntergelassen, und die einzige Passagierin stieg aus. Spector hatte ihren schwarzen Seesack geschultert und schlenderte selbstbewusst zum Flughafengebäude.

Vor ihrer Zeit beim FBI hatte sie das College besucht und war danach zur Army gegangen, um in der 101. Luftlandedivision als Fallschirmjägerin aus Flugzeugen zu springen. Vor jedem Einsatz musste man jeden Fitzel unbedeckte Haut mit Tarnfarbe einschmieren – eine Aufgabe, die mit allergrößter Sorgfalt erledigt werden musste: unregelmäßige diagonale Linien auf dem Gesicht, zwei Farben auf Lippen, Nase, Kinn und allem anderen, nicht zu vergessen Ohren, Hals, Augenlider und Hände. Wenn man es perfekt hinbekam, konnte einen der Feind anleuchten und würde einen trotzdem nicht sehen. Man konnte ihn töten, bevor er selbst Gelegenheit hatte, einen abzuschießen. War die Kriegsbemalung mangelhaft, stellte man im grellen Scheinwerferlicht ein leicht zu treffendes Ziel dar.

Doch die Army hatte Spector nie verstanden oder ihre Fähigkeiten zu schätzen gewusst. Die Beförderungen kamen nur sehr schleppend, und nachdem sie sich mit einigen außerdienstlichen Aktivitäten den Unmut ihrer Vorgesetzten zugezogen hatte, bekam sie ihre ehrenhafte Entlassung und suchte sich ein neues Betätigungsfeld. Sie hatte gedacht, das FBI würde ihre

Talente erkennen und schätzen. Doch auch im Bureau hatte Spector nach und nach feststellen müssen, dass sie ihre persönlichen Ziele nicht erreichen konnte. Also hatte sie sich selbstständig gemacht und ihr Betätigungsfeld auf eigene Faust definiert. So konnte sie von jenen Fähigkeiten Gebrauch machen, die sie sich bei der Army und beim FBI angeeignet hatte, und verdiente dabei ein Vielfaches mehr. Und das Beste war, sie war niemandem Rechenschaft schuldig und führte ihr Leben so, wie sie es für richtig hielt.

Ihre Erzeuger waren zwar herausragende Sportler, aber miserable Eltern gewesen. Sie hatten es nicht geschafft, sich vernünftig um ihre Tochter zu kümmern. Britt hatte unter den physischen und verbalen Misshandlungen durch eine Mutter und einen Vater zu leiden gehabt, die ihre Enttäuschungen über ihre verfehlten sportlichen Ziele an Britt ausließen. Nachdem sie aus diesen belastenden Verhältnissen ausgebrochen war, hatte sie sich alles selbst erarbeitet. Sie wollte nie mehr arm sein und sich von irgendwem schlecht behandeln lassen.

Sie stieg auf der Beifahrerseite des schwarzen SUV ein, der sie erwartet hatte. Kaum saß sie im Ledersitz, beschleunigte der Wagen.

Am Steuer saß Peter Buckley höchstpersönlich, makellos in perlgrauer Hose und klassischem marineblauem Blazer. »Guten Flug gehabt?«, fragte er.

»Allemal bequemer als auf 'nem Klappsitz in einer C130, wo man ständig damit rechnet, dass einen 'ne Boden-Luft-Rakete vom Himmel holt.«

»Hat es gut geklappt mit Ihrem Job in Washington?«

»Absolut zufriedenstellend, danke.«

»Dann darf jetzt ich Ihre Dienste in Anspruch nehmen?«

»Ja. Die gleichen Konditionen wie zuletzt?«

»Das Doppelte.«

Sie nahm die Sonnenbrille ab und schaute ihn an. »Ich vergesse manchmal, was für ein attraktiver Mann Sie sind, Peter. Aber warum das Doppelte?«

»Weil dieser Job es wert ist.«

»Sie meinen, er wird doppelt so schwer?«

»Herausforderungen sind Ihr Leben, oder irre ich mich da?«

Sie setzte die Sonnenbrille wieder auf und schaute aus dem Fenster. »Sie irren sich doch nie, oder?«

Er gab ihr ein iPad. »Sie können sich schon mal die Akte ansehen, die ich für Sie zusammengestellt habe. Wir essen in meiner Hotelsuite. Ich habe Ihnen bereits ein Zimmer reserviert. Bevorzugen Sie immer noch Champagner zu Ihrem Salade niçoise?«

»Kann man ihn denn auch anders genießen?«

Während sie zum Hotel fuhren, las Spector die Unterlagen, dann noch einmal und schließlich ein drittes Mal. Die Erfahrung hatte sie gelehrt, dass dies notwendig war, um wertvolle Hinweise und Nuancen herauszulesen.

»Wer ist der FBI-Agent, der mit dem Fall befasst ist?«

»Das weiß ich nicht.«

»Na ja, es dürfte nicht schwer herauszufinden sein. Ich habe immer noch meine Kontakte zum Bureau.«

»Auch nach dem, was damals vorgefallen ist?«

Sie schaute vom iPad auf. »Offiziell ist gar nichts vorgefallen. Es ist nicht meine Art, die Brücken hinter mir abzubrechen. Nicht bei Leuten, die mir wichtig sind.«

»Wunderbar. Vielleicht können Sie etwas Brauchbares in Erfahrung bringen. Aber hinterlassen Sie keine Fingerabdrücke.«

Spector lächelte in sich hinein, in Gedanken bei ihrem letzten Einsatz. »Mache ich doch nie, Peter. Okay, ich habe die Unterlagen gelesen. Jetzt würde ich gerne hören, was Sie davon halten.«

Er legte ihr seine Theorie dar, nach der Rebecca Atkins als

Gefangene in Georgia gelebt hatte. Als er ihr Atkins' Bild zeigte, studierte Spector es einen Augenblick und nickte dann. »Ein Gefängnis im dunklen Wald, ihr furchtbarer Zustand, die Überwachungskamera – da drängt sich diese Annahme auf. Und jetzt nennt sie sich El Cain.«

»Und hat meinen Bruder Ken umgebracht, wie ich Ihnen bereits gesagt habe.«

»Ich habe Ken zwar nicht gekannt, aber er war sicher ein harter Bursche.«

»Ja, das war er. Aber gegen einen Gegner, der weiß, was er tut, jemanden wie Sie oder Cain, hätte er keine Chance gehabt. Mir hat mal jemand erzählt, Cain habe bei einem Fight eine Profikämpferin auf eine Art und Weise zerlegt, wie er es noch nie gesehen habe. Und den Mann, der das beobachtet hat, hat sie mit der Pistole bedroht und gesagt, sie pustet ihm den Schädel weg, wenn er sie noch einmal anfasst.«

»Warum hat sie Ken umgebracht?«

»Ist das wichtig?«

»Ich versuche, mir ein umfassendes Bild zu machen. Aber wenn Sie es mir nicht sagen wollen …«

»Mein Bruder war mit einer Frau zusammen, Rosa hieß sie. Ken hat sie geschlagen. Diese Frau, El Cain, ist dazwischengegangen. Sie hat Ken mehrmals Gelegenheit gegeben, es gut sein zu lassen, aber er wurde immer wütender. Als er eine Pistole zog, hat sie dann wohl Ernst gemacht.« Buckley schaute sie an. »Macht das für Sie einen Unterschied?«

»Nein. Aber wäre es unverschämt zu sagen, Ihr Bruder hat nur bekommen, was er verdiente?«

»Nein, wäre es nicht.«

»Warum tun Sie das alles dann?«

»Wären Sie in einer Familie aufgewachsen, würden Sie das nicht fragen.«

»Mag sein, aber so sicher wäre ich mir nicht. Wie geht es jetzt weiter?«

»Finden Sie El Cain.«

Spector tippte auf das iPad. »Als Erstes müssen wir mit Leonard und Wanda Atkins reden, die jetzt in Huntsville, Alabama, zu Hause sind. Was wiederum erklärt, warum wir hier sind. Glauben Sie, der zuständige Agent hat schon mit ihnen gesprochen?«

»Würde mich nicht wundern.«

»Und wenn die Atkins nicht kooperieren?«

»Ich habe Mittel und Wege, sie zu überreden. Ich rede von Geld. Aber natürlich … wenn meine Methoden nicht funktionieren, fällt Ihnen bestimmt auch etwas ein.«

»Es scheint Ihnen sehr wichtig zu sein. Sonst würden Sie kaum das Risiko eingehen, jemanden aufs Korn zu nehmen, der vom FBI gesucht wird.«

Er schaute zu Spector und runzelte die Stirn. »Ich bin immer schon Risiken eingegangen, Britt, genau wie Sie. Das ist normal, wenn es um so viel geht.«

»Ich glaube, Sie nehmen auch gern mal wieder eine richtige Herausforderung an. Könnte es sein, dass bei Ihnen schon eine Weile Stillstand herrschte, was das angeht?«

Buckley nickte gedankenvoll. »Es könnte nicht nur sein, es ist so. Die frühen Jahre, als ich mir alles aufgebaut habe, waren die besten. Da hatte ich nichts, nur meinen Traum. Es konnte nur aufwärtsgehen, und es lag allein an mir, es zu schaffen oder auf die Nase zu fallen. Jetzt nehme ich an Vorstandssitzungen teil, an Videokonferenzen und dergleichen. Ich höre mir an, was dumme, langweilige Leute mir erzählen, und frage mich, was das soll. Klar, es geht um Riesensummen. Aber es gibt einen Punkt, an dem Geld nicht mehr interessant ist.«

»Wenn man so viel Geld hat wie Sie, gehen einem solche Worte leicht über die Lippen.«

»Okay, dann zahle ich Ihnen das Dreifache des üblichen Honorars. Aber glauben Sie ja nicht, Geld kann Ihnen je den Reiz eines intensiven Lebens ersetzen.«

»Das habe ich auch nie angenommen, Peter. Deswegen mache ich diesen Job.«

40

»Könnte sein, dass wir zu spät kommen«, sagte Spector, als sie am selben Nachmittag den Gehsteig zum Haus der Atkins entlanggingen.

Spector hatte in ihr Hotelzimmer eingecheckt und anschließend in Buckleys Suite ihren Salat mit Champagner hinuntergespült. Danach hatte Buckley mehrere Anrufe getätigt und E-Mails verschickt. Spector war ins Fitnessstudio gegangen, um ihr tägliches Work-out abzuspulen. Schwitzend und ausgepowert war sie unter die Dusche gegangen und hatte sich frische Sachen angezogen, bevor sie losgefahren waren.

Spector begutachtete den geknickten Laternenmast. »Das hat erst vor Kurzem jemand gemacht. Mit einem Kick, würde ich sagen. Jemand, der brutale Kraft hat.«

Sie eilten zur Veranda, und Buckley klopfte an die Haustür.

Wanda Atkins öffnete und betrachtete die Fremden mit trüben Augen.

»Falls Sie etwas zu verkaufen haben, ich brauche nichts.«

»Einen neuen Laternenmast sollten Sie sich zulegen«, meinte Spector und deutete auf die ramponierte Straßenlaterne.

Atkins riss die Augen auf. »Du meine Güte!«

»Wie ist das passiert?«, wollte Buckley wissen.

»Verzeihung, aber wer sind Sie?«, fragte Wanda misstrauisch.

»Wir suchen eine Frau, eine gewisse El Cain, aber Sie kennen sie wahrscheinlich als Rebecca Atkins.«

»Woher wissen Sie von Becky?«, entgegnete Atkins perplex.

»Dürfen wir reinkommen?«, fragte Buckley.

»Nein, ich will jetzt keinen Besuch im Haus.«

Buckley zückte die Brieftasche und nahm eine Handvoll Scheine heraus. »Für Ihre Mühe, Mrs. Atkins. Wir haben nur ein paar Fragen, nicht mehr. Sie sind doch Wanda Atkins?«

»Ja, die bin ich, das kann jeder wissen. Ich hab nichts zu verbergen. Aber was wollen Sie von Becky?«

»Das lässt sich drinnen viel besser besprechen«, sagte Buckley.

»Also gut.« Atkins schaute auf die Geldscheine in seiner Hand.

Sie führte die beiden ins Wohnzimmer. Len schlief in seinem Rollstuhl.

»Ist das Mr. Atkins?«, fragte Buckley.

»Ja. Er hatte einen Schlaganfall. Ich will ihn nicht wecken. Er kann sowieso nicht mehr sprechen, nur brummen.«

»Schon gut.« Buckley schaute kurz zu Spector, die Atkins mit Blicken durchbohrte.

Sie setzten sich, und Buckley begann mit seinen Fragen. »Haben Sie Cain in letzter Zeit gesehen? Könnte es sein, dass sie die Straßenlaterne draußen demoliert hat?«

»Dazu bräuchte es Riesenkräfte«, fügte Spector hinzu.

»Nun ja, Cain ist eine große, starke Frau. Größer noch als Sie.« Atkins verstummte, als ihr bewusst wurde, was sie gesagt hatte.

»Das heißt, sie *war* vor Kurzem hier?«, hakte Buckley nach.

»Sie haben was von Geld gesagt«, erwiderte Atkins.

Buckley legte zweitausend Dollar in Hundertdollarscheinen auf den Couchtisch. »Je nachdem, was Sie uns sagen können, wäre ich bereit, den Betrag zu verdoppeln.«

»Ich verstehe nur nicht, warum sich auf einmal alle für Becky interessieren.«

»Alle? Wer denn noch?«, fragte Buckley.

»Das FBI war auch schon hier. Zwei Frauen.«

»Zwei FBI-*Agentinnen?*«, warf Spector ein.

»Eine war auf jeden Fall Agentin. Die andere war zu alt. Ich glaube, sie war Assistentin oder so.«

»Interessant«, bemerkte Spector. »So nimmt das FBI normalerweise nicht seine Ermittlungen vor. Wie hieß die Agentin?«

»Sie hat mir ihre Karte dagelassen.« Atkins stand auf, ging ins Nebenzimmer, kam mit der Visitenkarte zurück, die Pine ihr gegeben hatte, und reichte sie Buckley. Er gab sie an Spector weiter.

»Haben Sie diese Atlee Pine gekannt?«, fragte Buckley, an Spector gewandt.

»Nein, aber es gibt im Bureau an die dreitausend weibliche Special Agents.«

»Sind Sie auch vom FBI?«, wollte Wanda Atkins wissen.

»Nein, aber ich kenne ein paar Agenten.«

»Was haben Sie dieser Atlee Pine erzählt?«, fragte Buckley.

»Sie weiß ohnehin schon sehr viel. Ich habe ihr nur ein paar offene Fragen beantwortet.«

Mit weiteren Informationen wollte Atkins offenbar nicht herausrücken, deshalb schob Buckley ihr das Geld über den Tisch. »Wir hoffen, dass Sie das auch für uns tun. Ein paar offene Fragen beantworten.«

»Und was haben Sie mit der Sache zu tun?«

»Wir haben die Aufgabe, El Cain zu finden. Sie wird im Zusammenhang mit einem Verbrechen gesucht.«

»Welches Verbrechen?«

»Das schlimmste: Mord.«

»Mord? Wer ist denn ermordet worden?«

»Darüber können wir nicht reden. Aber sie wird polizeilich gesucht. Wir wollen sie finden und überreden, sich zu stellen. Das ist für alle das Beste.«

»Mein Gott. Sie hat gar nichts von einem Mord gesagt.«

»Natürlich nicht.«

»Moment mal, Sie reden doch wohl nicht von meinem Sohn Joe, oder? Den hat Becky nämlich nicht umgebracht.«

»Nein, ich rede von einem Mord, der erst kürzlich verübt worden ist. Wir haben einige Informationen gesammelt und bräuchten jetzt Ihre Bestätigung, ob wir mit unseren Vermutungen richtigliegen.«

Atkins runzelte verwirrt die Stirn. »Ich verstehe nicht …«

»Stimmt es, dass Ihr Sohn und Ihre Schwiegertochter diese Rebecca gefangen gehalten und misshandelt haben? Dass Rebecca irgendwann entkommen konnte, wobei Ihr Sohn umgebracht wurde, möglicherweise von seiner Frau? Wir gehen außerdem davon aus, dass Sie und Ihr Mann über alles Bescheid gewusst haben. Sie sind doch wenig später von Georgia weggezogen, stimmt's? Und Rebecca nennt sich jetzt El Cain, nicht wahr?«

»Sie haben schon mit Agentin Pine gesprochen, oder?«, fragte Atkins vorwurfsvoll.

»Sie meinen, weil Pine das Gleiche gesagt hat wie wir?«, warf Spector ein.

»Ja. Sie hat alles herausgefunden.«

»Wie wurde Cain gefoltert?«, fragte Spector, worauf Buckley ihr einen scharfen Blick zuwarf.

»Ich … ich weiß es nicht«, stammelte Atkins.

»Wir wollen die Wahrheit wissen, Mrs. Atkins«, hakte Spector nach. »Sonst geht es auch für Sie nicht gut aus. Wir arbeiten mit den Behörden zusammen.«

Atkins schaute zu ihrem schlafenden Gemahl und sagte: »Desiree hat gern mit brennenden Zigaretten rumgemacht. Auch mit Nadeln und Messern.«

»Auf diese Weise hat sie Cain verletzt?«, fragte Spector scharf.

»Ja. Als sie hier war, hat Becky … ich meine, Mercy …«

»Mercy?«, fragte Spector verwirrt.

»Ja. Agentin Pine sagte, dass Becky in Wahrheit Mercy heißt

und dass sie damals entführt und zu uns nach Crawfordville, Georgia, gebracht wurde.«

»Und ihr Nachname?«

»Den hat sie nicht gesagt.«

»Warum hat der Entführer das Mädchen zu Ihnen gebracht?«, wollte Spector wissen.

»Er war ein alter Freund meines Mannes. Sie haben zusammen in Vietnam gekämpft. Er sagte, dass Mercys Eltern das Kind umbringen wollten, aber das war wohl … gelogen. Aber damals haben wir ihm geglaubt. Und da wir schon zu alt waren, uns um ein Kind zu kümmern, haben mein Sohn und Desiree das Mädchen zu sich genommen.« Sie schauderte. »Mercy hat mir Narben gezeigt, die Desiree ihr zugefügt hat.«

»Die seelischen Narben sind sicher noch viel schlimmer«, entgegnete Spector und fixierte die Frau mit kaltem Blick.

Wieder warf Buckley ihr einen überraschten Blick zu, ehe er sich erneut Wanda zuwandte: »Wissen Sie, wo Cain sich zurzeit aufhält? Hat sie gesagt, wohin sie wollte, nachdem sie von Ihnen weg ist?«

»Ich habe ihr Desirees Telefonnummer gegeben.«

»Wissen Sie, wo Desiree lebt?«

»Nein, ich hatte nur die Nummer.«

»Die brauchen wir auch«, sagte Buckley.

»Ich habe sie Becky gegeben, hab sie mir aber nicht gemerkt.«

»Mrs. Atkins, darf ich Sie daran erinnern, dass es hier um eine Mordermittlung geht? Falls Sie die Ermittlungen behindern, können Sie dafür ins Gefängnis kommen.« Buckley schaute zu Len Atkins. »Und wer kümmert sich dann um Ihren Mann?« Buckley wusste, dass seine Erklärung bei sachlicher Betrachtung lächerlich war. Er und Spector waren nicht von der Polizei und hatten demnach überhaupt kein Recht, irgendwelche Fragen zu stellen. Doch die meisten Leute dachten in Stresssituationen keineswegs nüchtern und sachlich, sondern gaben nach, wenn Druck auf sie ausgeübt wurde. Dann genügte oft schon die Androhung einer Strafe, um jemanden zum Reden zu bringen. Ein Haufen Bargeld tat ein Übriges.

»Ich habe die Nummer nicht mehr. Ich hatte sie auf einem Zettel, und den hab ich Becky gegeben.«

»Ich lege noch mal tausend Dollar drauf.«

Wanda Atkins verzog gequält das Gesicht. »Sie können mir bieten, so viel Sie wollen. Ich habe die Nummer nicht mehr.«

»Haben Sie sich wenigstens die Vorwahl gemerkt?«

Atkins presste die Lippen aufeinander und schaute zur Decke. »Mein Kurzzeitgedächtnis will nicht mehr so richtig. Das kommt vom Alter, wissen Sie.«

»Verstehe«, sagte Buckley frustriert.

»Glauben Sie, dass Becky sich an Desiree rächen will?«, fragte Atkins.

»Was würden Sie an ihrer Stelle tun?«, fragte Spector zurück.

Wanda Atkins' Blick blieb auf Buckley gerichtet. »Aber warum sollte Becky jemanden umbringen?«

»Das wissen wir auch nicht. Deshalb wollen wir sie ja finden. Dann können wir sie selbst fragen. Falls sie tatsächlich hinter Desiree her ist, müssen wir sie aufhalten und verhindern, dass noch mehr Unheil geschieht.«

»Warum haben Sie nicht verhindert, dass Becky *misshandelt* wird?«, hakte Spector nach.

Mit dieser Frage hatte Wanda nicht gerechnet. »Was? Ich … ich habe … ich wusste nicht, was ich tun soll. Ich hatte Angst.«

»Wie alt war Rebecca, als sie zu Ihnen kam?«

»Sechs.«

»Sie hatten also Angst, einem kleinen Mädchen zu helfen?«

Buckley schaute Spector fragend an. Er schien nicht zu verstehen, worauf sie mit ihren Fragen hinauswollte.

»Ich bin nicht stolz drauf«, sagte Wanda.

»Können Sie uns sonst noch etwas über Cain sagen? Hat sie noch irgendetwas erwähnt, als sie bei Ihnen war?«, fragte Spector.

»Sie hasst mich für das, was ich getan habe. Wahrscheinlich hätte sie mich am liebsten umgebracht. So groß und stark, wie sie ist, wäre es ein Leichtes für sie gewesen. Aber sie hat's nicht getan. Es … es …« Wanda zögerte.

»Was?«, drängte Spector.

»Es hat mich überrascht, dass sie so …« Wieder ein Zögern.

»So normal ist?«, fragte Spector.

»Ja. Sie hat sich ziemlich gut gemacht.«

»*Sie* haben ihr dabei jedenfalls nicht geholfen, so viel steht fest.«

»Ich habe getan, was ich konnte«, sagte Wanda in beleidigtem Tonfall.

»Na klar.«

»Tja, dann … danke«, sagte Buckley hastig. »Wir melden uns wieder, sobald wir mehr wissen.«

Als sie zum Auto gingen, fragte Buckley: »Verdammt, Britt, was sollte das eben? Was haben Sie damit bezweckt?«

»Ach, nichts. Die Frau hat mich einfach nur genervt.«

»Verstehe. Aber davon dürfen wir uns nicht vom Ziel abbringen lassen.«

»Natürlich nicht, Peter. Aber Sie müssen zugeben, es ist schon unglaublich, was da passiert ist.«

»Das Leben ist hart. Sie müssen das wegstecken. Ich brauche Sie in Topform.«

41

Zurück im Hotel, gingen sie auf ihre Zimmer.

Spector saß lange auf dem Bett und starrte vor sich hin, was sonst gar nicht ihre Art war. Wenn sie nachdenklich wurde, war das schmerzhaft und deshalb kontraproduktiv. Sie mixte sich einen Gin Tonic aus der Minibar und nahm einen Schluck, während sie aus dem Fenster auf Huntsville hinunterschaute. Sie hatte in ihrer Laufbahn schon öfter getötet. Zuerst im Kampfeinsatz in der Army, dann als FBI-Agentin, als ein mutmaßlicher Serienmörder die Waffe zog und auf ihren Partner feuern wollte. Sie hatte ihn mit einem Schuss zur Strecke gebracht. In ihrer neuen Laufbahn hatte sie Menschen getötet, gegen die sie persönlich nichts hatte, aber sie wurde gut dafür bezahlt.

Welches Recht habe ich also, Wanda Atkins ihr unmoralisches Verhalten vorzuwerfen?

Sie leerte ihren Drink, setzte sich wieder aufs Bett und nahm ein Foto aus ihrer Brieftasche. Es war ein Bild ihrer Eltern. Ihr Vater war klein und kräftig gewesen, aber sehr beweglich. Darauf kam es im Nahkampf besonders an, wie sie aus eigener Erfahrung wusste. Schnelligkeit und Beweglichkeit konnten wichtiger sein als rohe Kraft. Ihre Mutter war groß und schlank gewesen. Rein äußerlich kam Spector nach ihr.

Sie betrachtete die unglücklichen Gesichter ihrer Eltern.

Sie hatten ihre Tochter misshandelt, ihr die Kindheit zur Hölle gemacht. Ihr Vater hatte sich zu Tode gesoffen. Ihre Mutter hatte sich das Leben genommen, mit einem Gewehr, wie sie es während ihrer aktiven Laufbahn als Biathletin verwendet hatte.

Spector konnte nicht behaupten, dass sie die beiden vermisste. Menschen, die einen geschlagen und gequält hatten, vermisste man nicht. Etwas in der sonst so eiskalten Spector – ihre unerwartet verletzliche, emotionale Seite – drängte sie, zu den Atkins zurückzufahren und die beiden umzubringen, Wanda und ihren ohnehin schon halb toten Göttergatten. Es wäre ganz einfach. Doch ihre professionelle Seite ließ es nicht zu.

Sie rollte den rechten Ärmel hoch und betrachtete die Narbe, die ihr betrunkener Vater ihr mit einem Messer zugefügt hatte, während ihre mit Drogen zugedröhnte Mutter sie festhielt. Sie war damals sieben Jahre alt gewesen.

El Cain hatte ihre Emotionen anscheinend recht gut in den Griff bekommen.

Ich weiß nicht, ob ich das von mir auch sagen kann.

Im Gegensatz zu Cain hatte Spector sich mehreren chirurgischen Eingriffen unterzogen, um die Spuren der Misshandlung zu beseitigen. Nur diese eine Narbe hatte sie behalten. Weil es die erste war und weil sie nicht völlig vergessen wollte, durch welche Hölle sie gegangen war.

Als ob ich es je vergessen könnte.

Sie war Cain noch nie persönlich begegnet. Sie würde sie umbringen, wenn es so weit war, weil sie damit ihren Lebensunterhalt verdiente. Aber nun, da sie wusste, was die Frau durchgemacht hatte, würde es ihr sicher keinen Spaß machen. Es tat ihr beinahe schon leid, den Auftrag angenommen zu haben.

Sie hatte nicht das geringste Problem, wenn es um einen korrupten Politiker oder einen Drogenboss ging; Leute von dieser Sorte hatte sie bereits ins Jenseits befördert. Einmal hatte sie den Diktator einer Bananenrepublik getötet, der sein Volk jahrelang ausgeplündert hatte. Ihr Auftraggeber, der Staatschef eines anderen Dritte-Welt-Landes, war zwar um keinen Deut besser, aber das war ja nicht ihr Problem.

Diese Sache hier war anders, ganz anders, aber das änderte nichts. Sie hatte den Auftrag nun mal angenommen.

So lag sie nun auf ihrem Bett und starrte an die Decke. Und fragte sich, ob sie in ihrem Leben die richtigen Entscheidungen getroffen hatte.

*

Nachdem Peter Buckley ein Glas Wein getrunken und ein paar Dinge erledigt hatte, saß er in seinem Zimmer und starrte auf die Notizen, die er während des Besuchs bei Wanda Atkins gemacht hatte. Es war ein Rückschlag, dass sie Desirees Telefonnummer und Adresse nicht hatten, aber es würde andere Wege geben, ans Ziel zu gelangen. Und wenn sie Desiree zuerst fanden und warteten, bis Cain kam? Aber Cain hatte die Telefonnummer der Frau und war ihnen wahrscheinlich einen Schritt voraus.

Sein Smartphone summte, als eine Nachricht eintraf. Buckley schaute auf das Display und konnte sein Glück gar nicht fassen. In einem Hotel in Asheville, North Carolina, war mit Eloise Cains Kreditkarte bezahlt worden.

Er nahm den Führerschein der Frau aus seinen Unterlagen. Für solche Fälle hatte er zwei Leute bereit, die sich sofort in seinen Privatjet setzen konnten. Er schickte ihnen die nötigen Informationen, fotografierte Cains Führerschein und legte das Foto bei.

Fliegen Sie sofort dorthin, finden Sie die Frau und nehmen Sie sie in Gewahrsam, lautete seine Anweisung. *Lassen Sie mich wissen, sobald Sie sie haben. Ich bereite einen Platz vor, an den Sie die Frau bringen können, und sage Ihnen dann Bescheid. Ich komme selbst hin, sobald ich kann.*

Er rief einen Mann an, der versuchen sollte, ein Privatflugzeug in Huntsville zu chartern, doch leider war keine Maschine verfügbar. Und die Linienflüge, die heute noch gingen, waren mit langen Zwischenstopps verbunden. Er schickte Spector eine Nachricht, um sie von den neuen Entwicklungen in Kenntnis zu setzen. Er fügte hinzu, dass sie mit dem Auto nach Asheville fahren würden, das etwa fünf Stunden entfernt war, und dass er in zehn Minuten abfahren wolle. Als Antwort kam ein Daumenhoch-Symbol. Buckley runzelte nachdenklich die Stirn und fragte sich, was in der Frau vorging. Es gefiel ihm nicht, wie sie sich zuletzt verhalten hatte.

Er rief einen seiner Helfer an und befahl ihm, unverzüglich einen sicheren Ort am Stadtrand von Asheville zu finden. Die Aufgabe war nicht einfach, doch Buckley bezahlte seine Leute dafür, schwierige Dinge zu bewerkstelligen. Entweder sie schafften es, oder sie arbeiteten nicht mehr für ihn.

Er packte seine Sachen und ließ zwanzig Dollar für das Zimmermädchen zurück. Dann traf er sich mit Spector in der Lobby und eilte mit ihr zum Mietwagen.

42

»Hallo?«

»Agentin Pine?«

»Ja, wer spricht?«

Es war schon Abend, und Pine saß auf dem Bett in ihrem Hotelzimmer, als das Telefon geklingelt hatte.

»Special Agent Drew McAllister vom WFO.« Er meinte das Washington Field Office des FBI.

»Was kann ich für Sie tun?«

»Ich ermittle in dem Mordfall Ito Vincenzo.«

Pine streifte die Schuhe ab, lehnte sich ans Kopfbrett und dachte an Jack Lineberrys aufgeregten Anruf. »Ist das jetzt ein ›Mordfall‹ für das FBI?«

»Ja. Deswegen habe ich ein paar Fragen an Sie.«

»Schießen Sie los.«

»Ich meine, persönlich. Wo sind Sie jetzt?«

»In Asheville, North Carolina.«

»Ich kann morgen früh da sein.«

»Ich wüsste nicht, was ich Ihnen sagen könnte. Warum kümmern sich nicht die örtlichen Cops darum? Ich habe gehört, dass die Polizei von Virginia und Georgia schon damit befasst sind.«

»Sie wissen ja, wie diese Dinge laufen. Das Bureau ist nun mal involviert, also habe *ich* zu ermitteln. Können Sie mir Ihre Adresse in Asheville geben?«

Pine tat es, und sie vereinbarten die Uhrzeit für ihr Treffen. Sie beendete das Gespräch und warf das Handy aufs Bett.

»Scheiße«, murmelte sie und rieb sich die Schläfen, hinter denen es schmerzhaft pochte. Das FBI war im Zusammenhang mit Vincenzos Ermordung tatsächlich hinter Tim Pine her.

Na ja, vielleicht finden sie Tim und meine Mom ja für mich. Und dann schicken sie beide ins Gefängnis und Jack obendrein. Echt toll.

Sie stöhnte frustriert.

Pine musste etwas tun, um ein wenig Dampf abzulassen. Der Fitnessraum des Hotels hatte für ihre Ansprüche nicht genug Gewicht auf den Hanteln, also lief sie zu einem Geschäft ein Stück die Straße hinunter und kaufte sich einen Badeanzug, um sich im Pool auszupowern. Sie kehrte in ihr Zimmer zurück, zog den Badeanzug, Jeans und T-Shirt an und ging zum Hotelpool hinunter. Sie schwamm eine Länge nach der anderen, konzentrierte sich ganz auf ihre gleichmäßigen Armzüge und die Atmung – eine kostengünstige Form der Therapie.

Schließlich hievte sie sich erschöpft aus dem Becken und stieg in den Whirlpool, ließ sich von dem heiß sprudelnden Wasser einhüllen und überlegte, welche Fragen Special Agent Drew McAllister ihr morgen stellen würde. Und noch wichtiger, was sie ihm antworten würde.

Sie stieg aus dem Whirlpool, ging in den Umkleideraum, zog den Badeanzug aus, trocknete sich ab und schlüpfte in Jeans und T-Shirt. Als sie den Poolbereich verließ, schaute sie durch das Fenster in den angrenzenden Fitnessraum.

Es war nur eine Person anwesend, eine groß gewachsene Frau mit Bürstenschnitt. Pine vermutete, dass sie einen militärischen Hintergrund hatte. Sie trug einen weiten Jogginganzug und lud für ihre Übungen so viel Gewicht auf, wie die Geräte zu bieten hatten.

Pine ging auf ihr Zimmer, duschte und zog eine Jeans und ein frisches Sweatshirt an. Nachdem sie das Abendessen beendet hatte, das sie sich vom Zimmerservice hatte bringen lassen, setzte sie sich auf den Stuhl, schaute aus dem Fenster und überlegte, ob sie noch einen Spaziergang machen sollte, um einen klaren Kopf zu bekommen. Nun, da Desiree im Gefängnis war, wusste sie nicht, wie sie weitermachen sollte. Nur eins hatte sich nicht geändert: Sie musste Mercy finden.

Augenblicke später klingelte ihr Handy. Sie nahm es vom Nachttisch.

»Ja?«

»Agentin Pine? Hier Wanda Atkins. Ich hoffe, ich rufe nicht zu spät an.«

»Nein, überhaupt nicht. Ist Ihnen noch etwas eingefallen?«

»Nein, aber ich wollte Ihnen sagen, dass sie hier war.«

»Wer?« Pine horchte auf. Wanda konnte ja schwerlich Desiree meinen.

»Beck… ich meine, Mercy. Sie hat mich irgendwie gefunden.«

Was?

Pine sprang auf, stand völlig perplex und zitternd da.

»Mercy?«, fragte sie mit bebender Stimme, wobei ihr das Herz bis zum Hals schlug. »Mercy war bei Ihnen zu Hause?«

»Ja.«

»Wann?«

Als Atkins es ihr sagte, verlor Pine die Kontrolle. »Und das sagen Sie mir jetzt erst!«, blaffte sie ins Telefon. Sie hatte das Gefühl, ihr Kopf würde jeden Moment explodieren. Sie konnte kaum noch atmen.

»Sie war wütend. Hinterher war ich völlig fertig und hab nur noch geheult, ich weiß nicht, wie lange. Dann hab ich mir gedacht, ich muss es Ihnen sagen.«

Pine zwang sich zur Ruhe und konzentrierte sich auf die Tatsachen. »Was wollte sie von Ihnen?«

»Sie wollte wissen, ob ich Desiree erreichen kann.«

»Und was haben Sie gesagt?«

»Ich … ich hatte ihre Telefonnummer. Ich weiß, ich hätte es Ihnen sagen sollen, aber … Es tut mir leid.«

»Vergessen Sie's, das ist jetzt nicht mehr wichtig. Haben Sie Mercy Desirees Nummer gegeben?«

»Ja. Aber sie nennt sich nicht Mercy. Sie nennt sich jetzt Eloise, kurz El. Ihren Nachnamen hat sie mir nicht gesagt. Eloise ist aus einem Kinderbuch, das ich ihr damals gegeben habe, als sie … bei Joe und Desiree war. Ich … ich wollte ihr helfen, wissen Sie«, fügte sie kläglich hinzu.

Pine schwieg und wartete.

»Was meinen Sie, warum wollte sie die Telefonnummer?«, fragte Wanda schließlich. »Sie wird doch nicht mit ihr reden wollen, oder? Warum sollte sie?«

»Nein, deshalb wollte sie die Nummer nicht.«

»Warum dann?«, fragte Wanda mit Panik in der Stimme. »Glauben Sie, Mercy kann sie mit der Telefonnummer finden?«

»Ja.« Pine hatte das ungute Gefühl, dass Mercy genau das vorhatte oder bereits getan hatte. Pine wusste, dass sie selbst die Adresse schneller hätte herausfinden können, wenn sie einen Internet-Suchdienst benutzt hätte, statt darauf zu warten, dass das FBI ihr die Anschrift lieferte. Diesen Fehler würde sie nicht noch einmal machen. »Im Internet kann man sich heute ganz leicht die Adresse zu einer Telefonnummer beschaffen.«

»Mein Gott. Dann könnte sie ja schon bei Desiree sein, falls es nicht zu weit von Huntsville weg ist.«

Pine war wie in Trance. Ihr Herz jubelte, weil sie wusste, dass ihre Schwester noch lebte, wenn sie heute früh bei Wanda Atkins gewesen war. Aber wenn sie nun versuchte, an Desiree heranzukommen?

Pines Kehle war so trocken, dass sie kaum noch reden konnte. Sie stützte sich mit der Hand an der Wand ab, weil ihr die Knie wacklig wurden. Eine ganz simple Frage kam ihr in den Sinn. »Wie hat sie ausgesehen?«

»Groß, noch größer als Sie. Und hart. Und ziemlich kräftig. Aber das war sie schon damals. Und ihre schönen Haare hat sie abschneiden lassen, ganz kurz, nur noch Stoppeln. Es ist so traurig. Sie hat ausgesehen, als wäre sie …«

»… beim Militär«, sagte Pine, als ihr plötzlich etwas einfiel.

»Ja, genau. Hören Sie, ich wollte Ihnen noch etwas sagen. Später waren andere Leute da, die mir ein Loch in den Bauch gefragt haben …«

Pine hörte es, doch es drang nicht mehr zu ihr durch. Sie ließ das Handy aufs Bett fallen und hetzte aus dem Zimmer. Krachte gegen die Wände im Korridor und wartete nicht auf den Aufzug. Sie stürmte die Treppe hinunter bis ins Erdgeschoss, rannte durch die Tür, stieß zwei Angestellte und einen Gast aus dem Weg und sprintete durch die Lobby zum Fitnessraum.

Bitte, bitte, bitte. Heilige Mutter Gottes, bitte.

Man benötigte eine Schlüsselkarte des Hotels, um den Fitnessraum zu betreten. Pine sparte sich die Mühe und trat die Tür auf. Verzweifelt schaute sie sich um; ihre Hoffnung fiel in sich zusammen. Die einzige anwesende Person war ein älterer Mann, der auf einem Liegeheimtrainer strampelte und dabei in einem iPad las. Er fiel fast vom Sitz, als sie die Tür aufbrach. Pine rannte zu ihm und beschrieb ihm Mercy.

Er schüttelte den Kopf. »Nein, Ma'am. Als ich reinkam, war niemand da. Und es ist auch niemand mehr gekommen.« Er schaute zur aufgebrochenen Tür. »Außer Ihnen.«

Pine rannte zum Empfangstisch, zückte ihre Dienstmarke und fragte nach der Zimmernummer eines Hotelgasts mit dem Vornamen Eloise.

»Wir dürfen die Zimmernummern unserer Gäste nicht …«, erklärte der junge Mann am Empfang.

»Wissen Sie, was diese Dienstmarke bedeutet?«, blaffte Pine und hielt ihren FBI-Ausweis hoch. »Also machen Sie schon!«

Der eingeschüchterte Angestellte sah auf dem Computer nach. »Ja. Wir haben eine Eloise Cain hier. Sie hat heute eingecheckt und bleibt nur eine Nacht. Sie hat mit Kreditkarte bezahlt.«

Eloise – der Name, den sie gegenüber Wanda genannt hat. Das muss sie sein.

»Welche Zimmernummer?«, drängte Pine ungeduldig.

»Ich kann Ihnen die …«

Pine packte ihn am Arm und zog ihn zu sich. »Sagen Sie mir die verdammte Nummer, oder ich nehme Sie fest!«

»Vier-null-vier.«

»Und jetzt geben Sie mir einen Schlüssel zu dem Zimmer.«

»Das kann ich wirklich nicht machen. Da muss ich vorher mit dem …«

»Ich habe keine Zeit für Diskussionen«, blaffte Pine. »Es geht um Leben und Tod.«

Der Mann wurde blass und gab ihr eine Schlüsselkarte.

»Wissen Sie, mit welchem Wagen sie gekommen ist?«

»Nein. Wir haben keinen Parkservice. Aber ich muss schon sagen, das ist ziemlich ungewöhnlich.«

»Da haben Sie verdammt recht.« Pine sprintete zum Aufzug.

43

In der Lobby kam ihr Carol Blum entgegen.

»Ich wollte vor dem Schlafengehen noch einen Spaziergang machen. Kommen Sie mit?«, fragte Blum. Als sie sah, dass ihre Vorgesetzte völlig neben der Spur war, fragte sie: »Meine Güte, was ist passiert?«

Sie schloss sich Pine an, die ihr rasch berichtete, dass Mercy sich wahrscheinlich im Hotel aufhielt. Auch dass Special Agent Drew McAllister am nächsten Morgen kommen würde, um sie zu befragen.

»Glauben Sie wirklich, dass es Ihre Schwester war, die Sie im Fitnessraum gesehen haben? Das wäre ja ein unglaublicher Zufall, wie ein Sechser im Lotto.«

»Die Beschreibung, die Wanda mir gegeben hat, passt haargenau auf die Frau, die ich gesehen habe. Und wie viele Frauen, die Eloise heißen und sehr groß sind, kann es denn geben?«

Sie gelangten zu Zimmer 404. Pine atmete tief durch und klopfte an. Ihre Hand zitterte. Von drinnen war nichts zu hören. Sie klopfte noch einmal.

Pine beugte sich zur Tür. »Mer... Eloise Cain? Ich bin ...« Pine schluckte, wusste nicht, was sie sagen sollte.

Blum sprang für sie ein. »Ihre Schwester ist da. Atlee Pine.«

Pine starrte Blum mit großen Augen an; dann dankte sie ihr mit einem schwachen Lächeln. Doch von drinnen kam keine Reaktion.

Pine schob die Schlüsselkarte ins Lesegerät und öffnete die Tür. Sie traten ein. Pine knipste das Licht an.

»Mercy? Ich bin's, Atlee. Mercy! Ich bin's, deine Schwester *Lee*.«

Das Bett war noch gemacht. Sie konnten nichts erkennen, was nicht zum Zimmer gehörte. Im Badezimmer lagen ein schmutziges Handtuch und ein Waschlappen auf dem Boden.

»Der Mann am Empfang sagt, sie hat heute eingecheckt und wollte nur eine Nacht bleiben«, murmelte sie.

Blum zuckte die Schulter. »Normalerweise würde ich sagen, sie ist noch mal weg, vielleicht um zu essen, aber da ist kein Koffer und rein gar nichts von ihr. Kann es sein, dass sie schon wieder abgereist ist? Aber das müssten sie an der Rezeption doch wissen.«

»Falls Mercy in die Stadt gekommen ist, um Desiree aufzuspüren, hat sie vielleicht schon herausgefunden, dass sie im Gefängnis sitzt. Dann weiß sie, dass sie an die Frau nicht herankommt. Vielleicht ist sie abgereist, ohne auszuchecken.« Pine stand mitten im Zimmer und schlug die Hand vors Gesicht. »Ich kann's nicht glauben, dass ich an meiner Schwester vorbeigelaufen bin, ohne zu wissen, dass sie es ist.«

»Mein Gott, Agentin Pine, Sie haben Mercy dreißig Jahre nicht gesehen. Mercy würde Sie auch nicht wiedererkennen.«

»Aber wir sind Zwillinge, Carol. Verdammt, man sollte doch meinen, dass man irgendwie …«

»Was? Dass Sie hätten spüren müssen, dass sie es ist? Nein, so funktioniert das nicht. Es war unglaubliches Glück, dass Sie im selben Hotel waren. Und wiederum Pech, dass Sie Mercy nicht erkannt haben. Sie können nichts dafür.«

Pine trat ans Fenster und schaute hinaus. Ihr kam eine Idee.

»Sie haben keinen Parkservice hier, aber vielleicht eine Sicherheitskamera.«

Sie eilten zurück zum Empfangstisch. Der junge Mann machte ein finsteres Gesicht, als er Pine kommen sah, und verschwand in einem Zimmer hinter dem Tresen. Dreißig Sekunden später kam eine ältere Frau heraus, stirnrunzelnd und misstrauisch.

»Was kann ich für Sie tun?«, fragte sie steif.

Pine zückte ihre Dienstmarke. »Ich bin vom FBI. Ich muss wissen, ob Sie eine Überwachungskamera für den Parkplatz haben.«

»Warum wollen Sie das wissen?«

»Weil ich einen Gast Ihres Hotels finden muss. Sie ist nicht in ihrem Zimmer. Es könnte sein, dass sie das Hotel schon verlassen hat. Ich muss überprüfen, ob ihr Auto oder sie selbst auf der Aufnahme zu sehen ist.«

»Haben Sie einen Durchsuchungsbeschluss?«

»Wofür?«, erwiderte Pine. »Ich will ja kein Zimmer durchsuchen.«

»Das haben Sie offensichtlich schon getan, sagt mein Kollege. Und auch Videoüberwachung verletzt die Privatsphäre, wie Sie eigentlich wissen müssten. Nicht nur der Person, die Sie suchen, sondern auch der anderen Gäste. Also: kein Gerichtsbeschluss, kein Sicherheitsvideo.«

»Sie klingen wie eine Anwältin.« Pine war wider Willen beeindruckt von der Argumentation der Frau, auch wenn ihre Antwort einen Anflug von Zorn in ihr weckte.

»Ich war zwanzig Jahre Rechtsassistentin bei einem der besten Strafverteidiger im ganzen Bundesstaat.«

»Warum arbeiten Sie dann hier?«

»Wenn Sie's unbedingt wissen wollen, er ist gestorben, und ich habe meinen Job verloren. Heute bin ich anscheinend zu alt und zu teuer, um einen Job als Rechtsassistentin zu bekommen«, fügte sie mit einer gewissen Bitterkeit hinzu.

»Das verstehe ich nicht«, meinte Blum. »Mit Ihrer Erfahrung wären Sie doch ein Gewinn für jede Kanzlei.«

Die Frau schaute Blum überrascht an. »Sind Sie auch vom FBI?«

»Ja.«

Das schien die Frau zu beeindrucken. Pine sah ihr an, wie es in ihr arbeitete.

»Das … das ist ja mal ein Fortschritt.«

Blum lächelte. »Da haben Sie recht, aber es bleibt noch viel zu tun. Ich glaube, das wissen Sie so gut wie ich.«

Die Frau musterte sie einen langen Augenblick, dann schaute sie zu Pine. »Ich fürchte, ohne rechtliche Handhabe kann ich Ihrem Wunsch trotzdem nicht nachkommen.«

Pines Gesicht entspannte sich. Sie stützte die Ellbogen auf den Tresen und sah die Frau an. Ihr Gesicht drückte eine Mischung aus Verzweiflung und Erschöpfung aus. »Würde es für Sie einen Unterschied machen, wenn ich Ihnen sage, dass die Frau, um die es geht, meine Zwillingsschwester ist? Dass ich sie nicht mehr gesehen habe, seit wir sechs Jahre alt waren und sie aus unserem Haus in Georgia entführt wurde?«

Die Frau trat einen Schritt zurück und schaute die beiden betroffen an. »Ist das wahr?«

»So etwas würde ich nie erfinden.« Da Pine ihr Mobiltelefon auf dem Zimmer gelassen hatte, bat sie Carol um deren Handy und zeigte der Frau Mercys Bild vom Suchaufruf des FBI. »Das ist meine Schwester in dem Augenblick, als sie sich aus ihrem Gefängnis befreien konnte, in dem sie jahrelang eingesperrt war. Die Aufnahme ist ungefähr zwanzig Jahre alt. Und jetzt, nach einer halben Ewigkeit, glaube ich, dass sie in Ihrem Hotel ist. Seit dreißig Jahren war ich ihr nicht mehr so nah.« Pine gab Blum das Handy zurück und sagte fast flehend: »Werden Sie mir helfen? Wenn ich auf einen Gerichtsbeschluss warten muss, ist sie längst fort. Das ist vielleicht meine einzige Chance.«

Die Frau brauchte eine Sekunde, um die Informationen zu

verarbeiten. Dann sagte sie: »Möchten Sie sich vielleicht unseren Security-Raum ansehen? Manchmal bieten wir das unseren Gästen an, damit sie sehen, wie ernst wir ihre Sicherheit nehmen. Ich kann meinen Leuten sagen, sie sollen Ihnen ein paar Aufnahmen von unserem Parkplatz zeigen, sagen wir, ungefähr zu der Zeit, als Ihre Schwester eingecheckt hat.«

»Danke«, sagte Pine erleichtert. »Vielen, vielen Dank.«

Die Frau nickte. »Ich habe auch eine Schwester.«

44

Zehn Minuten später saßen Pine und Blum neben einer uniformierten Frau in einem kleinen Büro beim Business Center des Hotels. Die Frau tippte auf ein paar Tasten ihres Computers, um das Bildmaterial aufzurufen.

»Da haben wir's schon.« Sie spulte die Aufnahme vor, bis auf dem Monitor zu sehen war, wie jemand auf dem Parkplatz erschien. Sie sahen Leute kommen und gehen und in ihre Autos einsteigen.

»Halt!«, rief Pine unvermittelt. »Da!«

Die Frau stoppte die Aufnahme. Pine und Blum sahen eine hochgewachsene Person im Kapuzenpulli aus einem Auto steigen. Die Bildqualität war schlecht, schwarz-weiß und körnig.

»Viel kann man nicht erkennen«, meinte Blum. »Nicht mal, ob es eine Frau oder ein Mann ist.«

»Ja, vom Gesicht sieht man fast gar nichts«, fügte Pine enttäuscht hinzu. »Nur das Profil. Können Sie es ganz langsam abspielen?«

Die Frau vom Sicherheitsdienst nickte und drückte ein paar Tasten. Sie beobachteten, wie die Person mit einem Seesack in der Hand vom Auto zum Hotel ging.

»Viel mehr sieht man immer noch nicht. Ich hätte gern das Kennzeichen«, drängte Pine. »Können Sie noch mal zurückgehen und es vergrößern?«

»Sorry, besser geht's nicht«, sagte die Frau. »Aber das Auto ist deutlich zu erkennen. Es ist ein Honda Civic, wahrscheinlich sehr alt.«

»*Richtig* alt«, pflichtete Blum ihr bei.

»Danke für Ihre Mühe«, sagte Pine.

»Kein Problem. Hoffentlich finden Sie die Person.«

Pine und Blum verließen das Büro und gingen zum Aufzug.

»Ich kann's immer noch nicht glauben. Sie war hier, und jetzt ist sie fort.«

»Was glauben Sie, warum Mercy in der Stadt ist?«, fragte Blum. »Was hat sie vor?«

»Wahrscheinlich hat sie den Suchaufruf des FBI gesehen. Und da liegt das Problem.«

»Wieso?«, fragte Blum.

»So wie das FBI es formuliert hat, könnte Mercy auf den Gedanken kommen, dass die wegen des Mordes an Joe hinter ihr her sind. Ich hätte Wanda fragen sollen, ob Mercy deswegen beunruhigt war. Ich rufe sie an, sobald ich auf dem Zimmer bin. Die Nummer habe ich ja von Wandas Anruf von vorhin.«

»Können Sie denn nicht veranlassen, dass das FBI den Suchaufruf ändert? Jetzt, wo feststeht, dass Mercy Joe nicht umgebracht hat? Desiree hat es ja gestanden.«

»Das habe ich schon versucht, aber sie bleiben bei ihrer Linie. Sie wissen doch, wie die vorgehen, Carol. Die wollen keine Möglichkeit ausschließen. Ich kann's noch mal versuchen, aber große Hoffnungen mache ich mir nicht.« Plötzlich kam ihr eine Idee. »Aber wenn McAllister morgen kommt, könnte ich mit ihm darüber reden. Vielleicht kann er die Verantwortlichen überzeugen.«

»Und Sie können schon mal nach dem Honda Civic fahnden lassen«, schlug Blum vor.

»Das mache ich natürlich, aber was glauben Sie, wie viele es davon gibt. Wir haben ja nicht mal die Farbe erkannt.«

»Sie können auch eine Beschreibung von Mercy rausgeben. Mit ihrer Statur fällt sie schon auf. Außerdem wissen wir jetzt ein bisschen genauer, wie sie aussieht.«

»Stimmt, das kann ich machen.«

»Sie klingen aber nicht besonders hoffnungsvoll.«

»Doch, Carol, ich habe sogar große Hoffnungen. Aus gutem Grund.«

Blum nickte. »Weil Sie jetzt wissen, dass Ihre Schwester lebt.«

Pine lächelte erleichtert. »Es ist absurd.«

»Was?«

»Dass man so glücklich und zugleich so traurig und enttäuscht sein kann. Aber wer weiß? Wir haben schon mehr als ein Wunder erlebt. Vielleicht geschieht noch eins, und Mercy kommt ins Hotel zurück.«

»Ich drücke alle Daumen.«

Blum ging auf ihr Zimmer, während Pine beschloss, sich noch einmal in Mercys Zimmer umzusehen. Vielleicht hatte sie etwas übersehen. Zuvor war sie viel zu aufgeregt gewesen, um sich alles gründlich anzuschauen.

Sie nahm sich einige Minuten, um sich umzusehen, dann hob sie das Handtuch und den Waschlappen vom Boden auf und setzte sich auf den Rand der Wanne.

Würde sie ihrer Schwester noch einmal so nahe sein? Oder würde Mercy wieder für dreißig Jahre verschwinden?

Zwei Minuten lang war sie euphorisch gewesen. Nun war sie wieder am Boden. Ihre Augen wurden feucht, und sie warf Handtuch und Waschlappen beiseite. »Es tut mir so leid, Mercy. Ich war zu dumm. Ich hätte wissen müssen, dass du es bist.«

Sie stand auf und ging hinaus, drehte sich um und zog die Zimmertür zu.

Und spürte eine Pistole im Rücken. »Kommen Sie ganz ruhig mit«, sagte eine Stimme. »Sonst sind Sie tot. Wenn Sie

Dummheiten machen oder zu fliehen versuchen, schießen wir jeden über den Haufen, der uns über den Weg läuft. Wenn Sie's nicht glauben, probieren Sie's aus.«

Pine drehte sich um und schaute in das kalte, harte Gesicht eines Mannes.

Sie glaubte ihm.

45

Mit verbundenen Augen saß Pine da und nahm einen tiefen Atemzug. Sie konnte die Dunkelheit, die sie wie ein Käfig umgab, nicht sehen, spürte sie aber mit jeder Faser ihres Seins. Man hatte sie gefesselt und geknebelt. Sie wusste nicht, wie viel Zeit vergangen war, doch aus irgendeinem Grund glaubte sie, dass immer noch Nacht war.

Obwohl an Händen und Füßen gefesselt, hatte sie ein wenig schlafen können, wenn auch unruhig. Sie hatte keine Ahnung, wer diese Leute waren oder was sie von ihr wollten. Auch nicht, wo sie sich befand. Sie wusste nur, dass sie eine etwa halbstündige Fahrt hinter sich hatte. Unterwegs hatte man ihr die Augen verbunden. Angesichts der gebirgigen Landschaft, in der Asheville lag, konnte sie sich mittlerweile in einer völlig abgelegenen Gegend befinden.

Die Männer hatten sie nach Ende der Fahrt in ein Gebäude bugsiert und eine Treppe hinuntergeführt, was darauf schließen ließ, dass sie sich in einem Keller befand. Dann war es totenstill geworden. Hin und wieder hatte Pine Geräusche gehört, doch die Männer waren nicht zurückgekommen.

Pine spannte sich an, als sie Schritte hörte. Dann gedämpftes Gemurmel und schließlich eine lautere Stimme, die irgendetwas sagte, das sie nicht verstand. Die Schritte kamen näher. Eine Tür wurde geöffnet, ein Licht flammte auf. Wegen ihrer verbundenen Augen wurde Pine zwar nicht geblendet, sah den Schimmer der Helligkeit aber trotzdem. Ihr Herz begann zu rasen, als die Schritte auf sie zukamen.

*

Peter Buckley und Britt Spector blieben vor Pine stehen. Beide schauten auf Buckleys Hand, in der er Pines FBI-Dienstmarke hielt. Spector wirkte besorgt angesichts der Tatsache, dass sie hier eine FBI-Agentin festhielten, doch Buckley schien es nicht sonderlich zu beunruhigen. Er schaute zu den beiden Männern, die Pine entführt hatten, und wandte sich dann wieder ihr zu.

»Wie heißen Sie?«, fragte er.

»FBI Special Agent Atlee Pine. Und wer zum Teufel sind Sie?«

Buckley nahm sich einen Stuhl und setzte sich ihr gegenüber.

»Ich suche eine gewisse Eloise Cain. Ich habe gehört, dass Sie ebenfalls Nachforschungen über die Frau anstellen. Warum?«

»Beantworten Sie zuerst meine Frage.«

»Um zu verhandeln, muss man in der entsprechenden Position sein. Das sind Sie eindeutig nicht.«

Pine schwieg.

»So kommen wir nicht weiter«, sagte Buckley.

»Warum interessieren Sie sich für Cain?«, fragte Pine.

»Sie hat jemanden umgebracht.«

»Wen?«

»Das geht Sie nichts an«, erwiderte Buckley.

»Woher wissen Sie so genau, dass sie es war?«

»Es gibt mehrere Zeugen.«

»Warum hat sie es getan?«, fragte Pine.

»Wie gesagt, das geht Sie nichts an.«

»War es Notwehr?«

»Ich habe jetzt schon einige Ihrer Fragen beantwortet. Ich denke, jetzt sind Sie am Zug.«

»Die Frau hat mit Ermittlungen zu tun, die ich führe«, sagte Pine.

»Ich kenne den Suchaufruf des FBI und weiß, dass Sie hinter der Frau her sind. Auch dass sie früher Rebecca Atkins geheißen hat und aus Georgia stammt.«

»Das stimmt.«

»Ich habe selbst Nachforschungen angestellt. Vor knapp zwanzig Jahren wurde dort jemand ermordet, ein gewisser Joe Atkins. Seine Frau Desiree ist daraufhin verschwunden. Geht es in Ihren Ermittlungen darum?«

»Ja.«

»Rebecca war nicht die Tochter der Atkins. Jemand hatte sie entführt und zu diesen Leuten gebracht.«

»Sie wissen eine ganze Menge«, sagte Pine.

»Zum Beispiel auch, dass sie in Wahrheit Mercy heißt. Mich würde ihr Nachname interessieren.«

Pine überlegte blitzschnell. »Den kennen wir noch nicht.«

»Sie lügen. Wenn sie entführt wurde, kennt das FBI ihren Nachnamen. Also, ich warte.«

»Das kann ich Ihnen nicht sagen.«

Buckley nickte Spector auffordernd zu.

Spector trat vor, holte Atem und hämmerte Pine die Faust in die Magengrube. Pine war nicht im Mindesten darauf gefasst gewesen, doch ihre harten Bauchmuskeln schützten sie halbwegs gegen die Wucht des Schlages. Dennoch tat es höllisch weh. Sie kippte zur Seite um und fiel zu Boden. Einer der Männer hob sie auf und setzte sie wieder auf den Stuhl. Vornübergebeugt kämpfte sie gegen die Übelkeit an.

Als Pine wieder aufrecht sitzen konnte, keuchte sie: »Ich bin FBI-Agentin. Sie haben keine Ahnung, welchen Ärger Sie sich gerade einhandeln.«

»Das mag schon sein«, war Buckleys überraschende Antwort.

»Wissen Sie, meine Männer haben Sie mit Cain verwechselt. Sie entsprechen zufällig der Beschreibung, die wir aufgrund des Führerscheins von Cain haben. Ich kann meinen Leuten auch keinen Vorwurf machen; immerhin sind Sie aus Cains Hotelzimmer gekommen. Jetzt müssen wir das Beste daraus machen. Ich habe Ihnen die Augen verbunden, damit wir die Sache friedlich lösen können. Sagen Sie mir einfach, was ich wissen will, dann können Sie gehen. Mir liegt nichts daran, Sie zu töten.«

»Ich habe Ihnen nichts zu sagen, weil auch ich nicht weiß, wo diese Cain sich aufhält. Ich suche sie genauso wie Sie.«

»Ich weiß, dass Cain im selben Hotel ein Zimmer hatte wie Sie. Haben Sie die Frau gesehen? Wo ist sie jetzt?«

»Ich habe nicht gewusst, dass sie in meinem Hotel war.«

»Wie gesagt, wir haben Sie aus Cains Zimmer kommen sehen. Meine Männer haben es überprüft.«

»Ich hatte herausgefunden, dass sie da war, aber zu dem Zeitpunkt war sie schon fort. Es war kein Koffer und auch sonst nichts mehr im Zimmer.«

»Warum sind Sie dann noch in Asheville? Geht es um diese Desiree Atkins, die damals verschwunden ist?«

»Das ist nicht mehr wichtig«, sagte Pine.

»Warum nicht?«

»Weil sie festgenommen wurde und derzeit im Gefängnis auf ihre Anklage wartet.«

»Wann genau wurde sie festgenommen?«, hakte Buckley nach.

»Das werde ich Ihnen nicht sagen.«

Auf ein Zeichen von Buckley versetzte Spector der Gefangenen einen Fußtritt gegen den Kopf. Vielleicht war es ein Glück für Pine, dass sie diesmal das Bewusstsein verlor.

Buckley schaute auf die am Boden liegende Agentin und wandte sich an einen seiner Männer.

»Finden Sie heraus, wann und wo diese Atkins festgenommen

wurde. Ich glaube aber nicht, dass sie sich noch Desiree Atkins nennt. Na los, es eilt.«

Der Mann sprang die Treppe hinauf, während Spector sich zu Pine beugte, um nach ihr zu sehen. Sie strich ihr die Haare aus dem Gesicht und sah den großen blauen Fleck, der sich auf ihrem Gesicht bildete.

Sie schaute zu Buckley.

»Ich wollte sie nicht so hart treffen.«

»Ist nicht wichtig«, sagte Buckley gedankenverloren.

»Peter, sie ist FBI-Agentin. Ist Ihnen klar, wie ernst das ist?«

»Ich sehe es mehr als Chance.«

Spector richtete sich auf. »Wie meinen Sie das?«

»Sie kennen meine persönliche Geschichte?«

»Zum Teil, ja.«

»Die Bundesbehörden haben meinen Vater vernichtet. Sie haben sogar meine Mutter dazu gebracht, ihn zu verraten.«

»Peter, ich verstehe nicht …«

»Das ist meine Chance auf Wiedergutmachung, Britt«, blaffte er. »Vielleicht die *einzige* Gelegenheit, die ich je haben werde. Die lasse ich mir nicht entgehen.« Er schaute auf die Bewusstlose hinunter. »Diese Frau repräsentiert die geballte Regierungsmacht in ihrer ganzen widerlichen Anmaßung.« Er schaute zu Spector. »Zwei Fliegen mit einer Klappe, Britt. So lässt sich ein riesiges Unrecht mit einem Schlag sühnen.«

Spector starrte den Mann ungläubig an. Sein Gesichtsausdruck, seine ganze Haltung hatte sich dramatisch verändert. Es kam ihr vor, als würde sie einen anderen Menschen vor sich sehen.

»Was soll das, Peter? Ich dachte, wir sind nur hinter Eloise Cain her. Ich habe den Auftrag nicht angenommen, um einen symbolischen Krieg gegen die Regierungsmacht zu führen, nur weil Ihre Familie einmal darunter zu leiden hatte.«

Er deutete mit dem Finger auf sie. »Sie haben den Auftrag angenommen, um zu tun, was ich Ihnen sage. Wenn Sie nicht dazu in der Lage sind, kann ich Sie nicht gebrauchen.«

»Haben Sie nicht gerade zu der Agentin gesagt, Sie wollten die Angelegenheit auf friedlichem Weg lösen?«

»Das war gelogen. Also, sind Sie jetzt mit an Bord oder nicht?«

Spector schaute zu der bewusstlosen Agentin. »Natürlich bin ich mit an Bord.«

»Danke. Ich muss jetzt einen Anruf machen.«

Er ging in eine Ecke und tippte eine Nummer ein, während Spector sich zu Pine beugte und sie aus der Bewusstlosigkeit zu wecken versuchte.

Buckley wartete ein paar Sekunden, dann meldete sich eine distinguierte Baritonstimme.

»Mr. Buckley? Gibt es ein Problem?«

»Ich brauche Sie dringend in Asheville, North Carolina. Ich schicke Ihnen sofort den Jet.«

»Worum geht's?«

»Sie müssen jemanden vertreten, in einer für mich äußerst wichtigen Angelegenheit.«

46

Zwei Stunden von Asheville entfernt fuhr Cain rechts ran, hielt an und saß eine Weile nur da. Sie rieb sich das Gesicht; sie fühlte sich schmutzig, obwohl sie nach dem Work-out geduscht hatte. Und ihr war speiübel. Sie war hierhergekommen, um ihren Dämon ein für alle Mal auszutreiben, doch der Dämon saß im Knast.

Zuvor hatte diese Bestie allerdings noch ein Mädchen entführt und gefangen gehalten, so wie sie es mit Cain selbst damals getan hatte. In ihrem Frust drückte Cain das Lenkrad so heftig nach unten, dass es sich zu verbiegen begann. Sie entspannte die Muskeln, schaute aus dem Fenster, um sich abzulenken. Doch die Dunkelheit um sie her kannte nur Leere, kein bisschen Mitgefühl oder Verständnis. Und beides hätte sie jetzt dringend gebraucht.

Du musst es hinter dir lassen, El. Vergiss es. Endgültig. Du kannst nichts mehr tun. Es ist vorbei.

Doch sie hatte noch ein anderes Dilemma. Das FBI war ihr immer noch auf den Fersen. Sie hatte Joe Atkins nicht umgebracht, aber Desiree würde niemals zugeben, dass sie selbst es gewesen war. Sie würde Cain des Mordes an Joe beschuldigen und mit in den Abgrund reißen. Vielleicht würde sie diese falsche Anschuldigung sogar als Pfand benutzen und versuchen, einen Deal herauszuschlagen, indem sie den Behörden Cain als Täterin lieferte, um ihre Haftstrafe zu verkürzen. Dieser Frau war jedes Mittel recht, um ihre Ziele zu erreichen.

Und wie soll es jetzt weitergehen?, fragte sich Cain.

Sie hatte keinen blassen Schimmer. Sie war müde, ratlos, deprimiert. Nun, da Desiree hinter Gittern saß, schien ihre ganze Energie verpufft zu sein. Deswegen hatte sie ja auch beschlossen, die Stadt zu verlassen. Doch nun kamen ihr Zweifel, ob es die richtige Entscheidung gewesen war.

Cain griff nach der Schlüsselkarte des Hotels in ihrer Hosentasche. Sie hatte gutes Geld für das Zimmer ausgegeben und nicht einmal dort übernachtet oder ausgecheckt. Sie beschloss, wieder dorthin zu fahren und sich wenigstens auszuschlafen. Morgen früh würde sie entscheiden, wie es weitergehen sollte.

Sie fuhr zum Hotel zurück, ging auf ihr Zimmer und fiel ins Bett. Wenigstens für ein paar Stunden würde sie ihre Probleme hinter sich lassen. Es sei denn, sie verfolgten sie auch noch in ihren Träumen. Sie schloss die Augen; das Risiko ging sie ein. Albträume konnten einem nicht wirklich wehtun. Richtig schlimm konnte es erst werden, wenn man aufwachte.

*

Am nächsten Morgen machte sich Carol Blum Sorgen. Sie hatte mit Pine vereinbart, gemeinsam zu frühstücken, doch Pine war nicht erschienen, was ihr gar nicht ähnlich sah. Blum hatte vergeblich versucht, sie telefonisch zu erreichen. Sie hatte an ihre Zimmertür geklopft, doch Pine hatte sich nicht gemeldet. Als sie noch einmal Pines Handy anrief, klingelte es im Zimmer, aber niemand reagierte. Irgendetwas stimmte nicht.

Blum eilte nach unten in die Lobby, um zu fragen, ob jemand Pine gesehen hatte. In diesem Augenblick schritten zwei Männer in FBI-Windjacken herein, als gehöre ihnen das Hotel.

»Agent McAllister?«, fragte Blum und ging auf die beiden Männer zu, den Blick auf den Älteren gerichtet.

Er war Mitte vierzig, grau meliert, mittelgroß, athletisch gebaut und wachsam. Der andere war Anfang dreißig, groß und schlank, mit vorstehendem Kinn, hoher Stirn und blonden Haaren. Er beäugte Blum misstrauisch.

Der Ältere nickte. »Ich bin Special Agent Drew McAllister. Und Sie sind?«

Blum stellte sich vor und erklärte ihm in kurzen Worten, dass Pine allem Anschein nach verschwunden war.

McAllister ging sofort zum Empfangstisch, befragte mehrere Mitarbeiter und ließ Pines Zimmer öffnen. Die Männer durchsuchten es rasch und stellten fest, dass Pines Sachen da waren; nur ihre Waffen waren nicht zu finden.

»Vielleicht sind sie im Zimmersafe«, meinte Blum. »Ich weiß, dass Agentin Pine sie normalerweise da aufbewahrt.« Sie öffnete den Schrank und deutete auf den Safe. »Er ist verschlossen.«

»Wahrscheinlich haben Sie recht«, meinte McAllister.

»Sie hatte ihre Dienstmarke bei sich, als sie gestern Abend auf ihr Zimmer ging«, sagte Blum.

»Vielleicht ist sie gar nicht bis zu ihrem Zimmer gekommen«, mutmaßte McAllister grimmig. »Steht ihr Wagen noch auf dem Parkplatz?«

»Ja, ich hab ihn vom Fenster aus gesehen.«

»Und Agentin Pine hat Sie nicht kontaktiert, seit Sie sie gestern Abend zum letzten Mal gesehen haben?«

»Nein. Ich glaube, Sie haben recht. Sie ist wahrscheinlich gar nicht mehr in ihr Zimmer gekommen.«

»Ist gestern Abend irgendetwas Ungewöhnliches vorgefallen?«, fragte der andere FBI-Mann, Special Agent Neil Bertrand.

Blum schaute ihn einen Augenblick an und überlegte fieberhaft. Sie wollte dem FBI nicht erzählen, dass Mercy Pine sich im Hotel aufgehalten hatte. Das Problem war nur, dass sie es wahrscheinlich herausfinden würden, wenn sie die Angestellten befragten.

»Wir haben ein paar Spuren verfolgt, aber ohne Erfolg«, sagte sie ausweichend, aber wahrheitsgemäß. Sie war viel zu lange beim FBI, um zwei Agenten glatt anzulügen.

McAllister schaute sie durchdringend an, wovon Blum sich mit ihrer Erfahrung nicht beeindrucken ließ.

»Wie lange sind Sie schon beim Bureau?«, fragte er kühl. Sie sagte es ihm, und er nickte. »Das dachte ich mir«, sagte er mit einem Grinsen. »Sie haben alle Tricks drauf, was?«

»Ich will Agentin Pine finden, das ist alles.«

Sie gingen nach unten, wo McAllister und Bertrand die Angestellten befragten. Nach einer Weile erwischten sie einen, der eben seinen Dienst beendete. Er sagte aus, er habe gestern Abend gegen zehn Uhr eine Frau, auf die Pines Beschreibung zutraf, beobachtet, wie sie mit zwei Männern das Hotel verließ.

»Könnte es sein, dass sie gegen ihren Willen mitgegangen ist?«, fragte McAllister.

»Keine Ahnung«, sagte der Mann. »Aber sie waren nahe beieinander, als sie rausgegangen sind. Einer hatte sogar den Arm um ihre Taille gelegt. Sie hat zwar finster dreingeschaut, aber nicht geschrien oder sich gewehrt.«

»Haben Sie die Frau in ein Auto einsteigen sehen?«, hakte Bertrand nach.

»Nein, ich bin nicht nach draußen gegangen.«

McAllister schaltete die örtliche Polizei ein. Der Angestellte wurde zu einem Polizeizeichner geschickt, um ihm eine Beschreibung der beiden Männer zu geben. Sie überprüften die Sicherheitsvideos vom Vorabend, doch von Pine war nichts zu sehen. McAllister spekulierte, dass die zwei Männer nicht auf dem Hotelparkplatz, sondern direkt vor der Tür geparkt hatten.

»Warum könnten die es auf Agentin Pine abgesehen haben?«, fragte McAllister, nachdem sie mit den Cops gesprochen hatten.

»Ich weiß es nicht«, sagte Blum. Sie berichtete den Agenten, dass Dolores Venuti festgenommen worden war und sie selbst zusammen mit Pine die Frau in der Haftanstalt besucht hatte. »Sie hat nicht nur ein Mädchen gefangen gehalten, sondern anscheinend auch mit Drogen gehandelt. Vielleicht haben diese Männer für sie gearbeitet.«

McAllister und Bertrand sprachen mit den lokalen Cops über diese Spur und ließen Blum allein in der Lobby zurück.

Leicht benommen ging sie am Empfangstisch vorbei. Der Angestellte, der am Vorabend Dienst gehabt hatte, kam in die Lobby und sah sie.

»Ma'am?«

»Ja?«

»Der Gast, den Sie und Ihre Freundin gestern gesucht haben …«

Blum spannte sich augenblicklich an. »Ja?«

»Sie ist gestern Nacht noch zurückgekommen.«

»Wirklich?«

»Jep. Ich habe sie erkannt. Eloise Cain. Sie ist ja schwer zu übersehen. Erst vorhin ist sie vom Joggen zurückgekommen. Danach habe ich gesehen, wie sie den Fitnessraum von außen betreten hat.«

»Wunderbar! Ich danke Ihnen vielmals.«

Er lächelte. »Tut mir leid, dass wir ein paar Unstimmigkeiten hatten. Wo ist Ihre Freundin, die Agentin?«

»Das wüsste ich auch gern«, erwiderte Blum. »Wie komme ich zum Fitnessraum?«

Der Mann beschrieb ihr den Weg.

Blum schickte ein stilles Gebet zum Himmel, bevor sie den Fitnessraum betrat. Sie schaute durchs Fenster und sah eine hochgewachsene Frau in ärmellosem Shirt und Jogginghose, die an einer Kraftmaschine trainierte. Ihre Muskeln waren straff und ausgeprägt. Für einen Augenblick sah Blum in dieser Frau ihre Chefin, wenn sie von Mercys Kurzhaarschnitt absah.

Mit ihrem Kartenschlüssel öffnete sie die Tür. In diesem Augenblick schaute El Cain zu ihr herüber. Sie wirkte überrascht, da Blum keine Sportkleidung trug.

Blum überlegte einen Augenblick, wie sie es anpacken sollte. In Anbetracht der Dringlichkeit entschied sie sich für den direkten Zugang.

»Mercy Pine? Ihre Zwillingsschwester, FBI Special Agent Atlee Pine, wurde hier im Hotel entführt. Ich brauche Ihre Hilfe, um sie wiederzufinden.«

47

Cain erhob sich langsam und überragte Blum, die etwas näher gekommen war.

»Wer zum Teufel sind Sie?«, fragte Cain.

»Ich heiße Carol Blum. Ich bin beim FBI. Meine Chefin ist Atlee Pine, Ihre Zwillingsschwester. Wir versuchen schon ziemlich lange, Sie zu finden.«

»Ich habe keine Schwester, also auch keine Zwillingsschwester.«

Blum nahm etwas aus ihrer Handtasche und zeigte es ihr. Cain riss ihr das Foto aus der Hand und betrachtete es. »Agentin Pine hat dieses Foto aufgehoben. Das sind Sie, Atlee und Ihre Mutter. Damals haben Sie in Andersonville, Georgia, gelebt. Es ist ein Sofortbild, das einzige von Ihnen beiden. Ich habe es für sie aufbewahrt.«

Cain betrachtete das Bild ganz genau, und nach und nach tauchten ein paar Details verschwommen aus den verschütteten Tiefen ihrer Erinnerung auf. »Meine Mutter?«

»Ja.«

»Und diese Atlee ist meine Schwester, sagen Sie?«

»Genau.«

Cain gab ihr das Foto zurück. »Das ist doch Blödsinn. Ich hab noch nie was von einer Atlee gehört.« Sie schnappte sich ihren Kapuzenpulli und stapfte zur Tür.

»Es ist die Wahrheit.«

Cain fuhr herum. »Lassen Sie mich in Ruhe«, blaffte sie. »Einen solchen Scheiß kann ich echt nicht gebrauchen, schon gar nicht jetzt.«

Als Cain sich zum Gehen wandte, überlegte Blum fieberhaft, dann rief sie ihr nach: »Sie haben sie *Lee* genannt, als Sie Kinder waren.«

Wie vom Blitz getroffen blieb Cain in der Tür des Fitnessraums stehen. Doch dann entspannten sich ihre Muskeln, wie die einer erschöpften Schwimmerin, nachdem sie das Ufer erreicht hatte.

Nicht schimpfen, Mom. Lee kann das. Sie weiß schon, wie sie da runterkommt. Hat sie noch jedes Mal geschafft. Sei nicht sauer, Mom.

Plötzlich fing Cain an zu zittern. Der Augenblick der inneren Ruhe war vorbei. Erinnerungsfetzen schossen ihr durch den Kopf. Es tat weh, aber nicht wie Kopfschmerzen. Es war vielmehr so, als hätte jemand ein Licht in ihrer Seele angezündet. Doch sie brauchte mehr als einen Namen und ein altes Foto.

Sie wandte sich langsam wieder an Blum. »Es gibt 'ne Menge Mädchen, die Lee heißen.«

»Ihre Mutter heißt … Julia«, sagte Blum zögernd.

Cain schüttelte den Kopf. »Sagt mir nichts.«

Wieder wandte sie sich zum Gehen, und Blum suchte verzweifelt nach einem Argument. Dann fiel ihr das Treffen mit Desiree ein, und sie dachte an das Kinderbuch, auf das Mercy so heftig reagiert hatte. Vielleicht erinnerte sie sich daran.

»Ene, mene, muh«, rief Blum ihr nach.

Cain fuhr herum. »Was?«

»Der Auszählreim, mit dem der Entführer entschieden hat, wen von euch beiden er mitnimmt. Ene, mene, muh. Erinnern Sie sich daran?«

Cain sackte gegen die Wand und ließ sich auf eine Hantelbank sinken.

»Ich weiß«, sagte Blum mitfühlend, »das muss wie ein Schock für Sie sein. Der Mann, der Sie damals entführt hat, hieß Ito Vincenzo. Wir wissen auch, warum er es getan hat. Auch dass er Sie zu Len und Wanda Atkins gebracht hat. Und die wiederum haben Sie an Desiree und Joe weitergegeben.«

»Das hat mir Wanda auch erzählt«, sagte Cain wie benommen. »Und Desiree sitzt hier im Gefängnis, so viel hab ich zumindest herausgefunden.«

»Ihre Schwester hat Desiree verhaftet. Diese … Frau hatte auch hier ein Mädchen gefangen gehalten, so wie damals Sie. Die Kleine heißt Gail. Wir haben sie befreit. Desiree muss sich wegen dieses und anderer Verbrechen verantworten.« Sie hielt einen Augenblick inne. »Wir haben sie dazu gebracht, den Mord an Joe Atkins zu gestehen, Mercy. Wir haben es mit der Handykamera aufgenommen. Sie hat zugegeben, Joe erstochen zu haben.«

Cain schaute sie an, blinzelte, um die Tränen zurückzuhalten, und schüttelte langsam den Kopf. »Das … das ist …«

»Zu viel auf einmal?«

Cain nickte, einen schmerzhaften Ausdruck im Gesicht.

Blum setzte sich zu ihr. »Das ist völlig verständlich, Mercy. Oder ist Ihnen *El* lieber?«

»Ist Mercy wirklich mein richtiger Name?«

»Ja. Mercy Pine.«

»Dann … ist Mercy … okay.«

»Bestimmt gehen Ihnen tausend Gedanken durch den Kopf. Ich will Ihnen nicht noch mehr aufbürden. Aber ein paar Dinge gibt es, die Sie unbedingt wissen sollten.«

»Was?«

»Zwei andere FBI-Agenten sind hier im Hotel. Sie wollten mit Agentin Pine … Lee … über Tim Pine reden. Die wissen aber nicht, dass Sie hier sind.«

Mercy runzelte die Stirn. »Tim Pine?«

»Für Sie und Ihre Schwester war er Ihr biologischer Vater. Das ist er aber nicht. Tim hat Sie beide zusammen mit Ihrer Mutter aufgezogen, bis Sie mit sechs Jahren entführt wurden. Alle dachten, er hätte sich das Leben genommen, aber heute wissen wir, dass das nicht stimmt. Das FBI weiß auch, dass damals nicht er gestorben ist, sondern Ito Vincenzo.«

»Der Kerl, der mich entführt hat?«

»Ja.«

»Wanda hat gesagt, dass er Verbindungen zur Mafia hatte und sich an meiner Mutter rächen wollte.«

»Er hat Sie entführt und Jahre später versucht, Tim Pine umzubringen. Aber Tim hat ihn in Notwehr getötet. Ein Freund von Tim und Ihre Mutter haben den Toten als Tim Pine identifiziert. In Wahrheit aber ist er untergetaucht.«

»Jesus Maria«, stöhnte Mercy und ließ die Luft entweichen. »Was für eine Geschichte.«

Blum tätschelte ihr die Schulter. »Mir ist schon klar, dass das ein bisschen viel auf einmal ist. Aber fürs Erste will ich versuchen, Ihnen das FBI vom Leib zu halten, weil wir noch nicht wissen, wie und wohin sich das Ganze entwickeln wird.«

»Aber Sie haben doch gesagt, Desiree hat den Mord an Joe gestanden!«, rief Mercy. »Heißt das nicht, dass ich entlastet bin?«

»Das FBI weiß noch nichts von Desirees Geständnis. Den Beweis hat Ihre Schwester auf ihrem Handy. Es wird Sie entlasten, wenn es so weit ist. Das Problem ist nur, dass wir zwar Lees Handy haben, aber nicht reinkommen, weil wir das Passwort nicht haben. Darum wäre es besser, wenn Sie dem FBI aus dem Weg gehen, bis wir Agentin Pine gefunden haben.«

»Jemand hat sie entführt, sagen Sie?«

»Ja, hier im Hotel. Allem Anschein nach waren es zwei Männer. Ich hab mir gedacht, dass die Kerle vielleicht für Desiree arbeiten, die ja auch mit Drogen gehandelt hat. Ich könnte mir vorstellen, dass sie Agentin Pine als Druckmittel einsetzen wollen, um Desiree freizupressen. Oder es hat irgendwie mit Ihnen zu tun, und sie haben Agentin Pine entführt, damit sie denen alles über Sie erzählt, was sie weiß.«

»Aber wer sollte hinter mir her sein?«

»Ich weiß es nicht. Haben Sie Feinde? Gibt es jemanden, der Sie sucht?«

»Ich glaube nicht, dass ich Feinde habe, die so weit gehen würden, eine FBI-Agentin zu entführen. So wichtig bin ich auch wieder nicht. Ich führe ein ganz normales Leben. Ich habe nicht viele Freunde … und genauso wenige Feinde.«

»Dann steckt vielleicht doch Desiree dahinter. Ich kann mir vorstellen, dass sie mit gefährlichen Typen zusammenarbeitet, die zu allem imstande sind.«

»Woher haben Sie gewusst, dass ich hier bin?«

»Lee hat Sie gestern hier im Fitnessraum gesehen, nur hat sie da noch nicht gewusst, dass Sie es sind.« Sie schaute auf Mercys Stoppelfrisur. »Atlee hat Sie nur mit langen Haaren gekannt. Wir waren auch bei Wanda Atkins. Sie hat uns erzählt, dass sie Ihnen Desirees Telefonnummer gegeben hat.«

»Ja. Auf diese Weise hab ich dieses Monster aufgespürt.«

»Das dachten wir uns schon. Wanda hat Lee noch einmal angerufen und ihr beschrieben, wie Sie heute aussehen. Da ist Ihrer Schwester klar geworden, dass Sie es waren, die sie im Fitnessraum gesehen hatte. Aber da waren Sie schon weg. Wir haben uns Ihre Zimmernummer geben lassen, aber Sie waren nicht mehr im Hotel. Lee war am Boden zerstört.«

»Ich wollte weg, hab's mir dann aber anders überlegt. Immerhin hat mich das Zimmer viel Geld gekostet, da hab ich mir gedacht … ich kann wenigstens hier übernachten.«

»Hätte ich genauso gemacht«, sagte Blum verständnisvoll.

»Haben Sie eine Ahnung, wo diese Leute Lee hingebracht haben könnten?«, wollte Mercy wissen.

»Nein. Wir haben nur die Aussage eines Hotelangestellten, dass es zwei Männer waren, die sie entführt haben. Er hat sie beschrieben. Das FBI geht jetzt zusammen mit den örtlichen Cops dieser Spur nach. Ich weiß aber nicht, ob sie damit weit kommen.«

»Und dieses Bild von mir im Fernsehen?«

»Das hat Agentin Pine veranlasst. Wir haben herausgefunden, wo Sie gefangen gehalten wurden, und haben die Aufnahme gesehen, die Joe Atkins gemacht hat. Das Bild ist von dem Video, als Sie aus dieser Höhle ausgebrochen waren.«

»Und Desiree hat Joe wirklich umgebracht?«

»Ja. Joe wollte Sie gehen lassen, aber Desiree wollte es nicht zulassen. Sie hat ihn erstochen und ist geflohen. Len und Wanda haben ihr dabei geholfen.«

Mercy schüttelte fassungslos den Kopf. »Da weiß ich nun, dass ich eine Zwillingsschwester habe und dass wir uns fast begegnet wären … und jetzt wird *sie* entführt, so wie es mir damals passiert ist. Das ist verrückt. Wahnsinn.«

»Kann man wohl sagen.«

Mercy schaute zu Blum. »Sehe … sehe ich ihr ähnlich?«

»Sie sind ein paar Zentimeter größer, und Lee hat lange dunkle Haare. Aber im Gesicht und den Augen sieht man die Ähnlichkeit. Absolut.«

Mercy nickte und senkte den Blick. »Wie können wir sie finden?«

»Das weiß ich auch noch nicht.«

»Falls Desiree dahintersteckt, weiß sie vielleicht, wohin diese Typen Lee gebracht haben.«

»Ja, nur sitzt Desiree hinter Gittern.«

»Dann gehen wir hin und reden mit ihr. Das wollte ich sowieso schon lange.« Sie schaute zu Blum auf. »Was haben wir schon zu verlieren?«

»Sie haben recht.« Blum versuchte zu lächeln, doch ihre Augen blieben ernst. Mercys Idee wollte ihr nicht so recht gefallen.

Mercy stand auf. Ihre großen, narbigen Hände ballten sich zu Fäusten.

»Gehen wir.«

48

»Ist das Ihr Wagen?«, fragte Mercy, als sie in den Porsche SUV einstiegen. Blum hatte den Schlüssel in Pines Zimmer gefunden.

Mercy hatte frische Jeans und einen Kapuzenpulli angezogen und aus dem Hotel ausgecheckt. Ihren Seesack hatte sie auf den Rücksitz geworfen.

»Du lieber Gott, nein. Den könnte ich mir nie leisten.«

»Dann gehört er Lee?«

»Nein, ihr wäre er auch zu teuer. Das Auto … es gehört einem gewissen Jack Lineberry. Er ist ziemlich reich und lässt uns den Wagen benutzen.«

»Was hat er mit der Sache zu tun? Warum leiht er Ihnen sein Auto?«

Blum steckte den Schlüssel ins Zündschloss. ließ den Motor an und fuhr los. »Sie werden es ja sowieso erfahren, also warum nicht jetzt …«

»*Was* erfahren?«

»Jack Lineberry ist Ihr biologischer Vater.«

Mercy nahm es gelassen auf. Sie nickte und schaute aus dem Fenster. »Dann war unsere Mom anscheinend ziemlich begehrt bei den Jungs?«

»Ich glaube, Sie haben jetzt ein falsches Bild von ihr. Lineberry war ihr Führungsagent, als sie undercover im Einsatz war, um ein paar Mafiabosse zu überführen. Nach allem, was ich weiß, haben Julia und Lineberry wirklich etwas füreinander empfunden.

Jedenfalls wurde Ihre Mutter schwanger, mit Ihnen und Ihrer Schwester.«

»Wie ist sie dann zu diesem *Tim* gekommen?«

»Sie haben sich etwas später kennengelernt und verliebt. Jack ist um einiges älter als Ihre Mutter, und ihre … Beziehung hatte vielleicht mehr mit der Arbeit zu tun, zumindest für Ihre Mutter. Aber Jack Lineberry hat Ihre Mutter sehr geliebt. Das hat sich wahrscheinlich bis heute nicht geändert.«

»Und wo ist unsere Mutter?«

»Vermutlich mit Tim zusammen.«

»Und was ist mit Lee? War sie nicht bei ihnen?«

»Als Ihre Schwester aufs College kam, hat Ihre Mutter sie verlassen, ohne ein Wort zu sagen. Lee hat keine Ahnung, wo Ihre Mom ist.« Blum musterte sie interessiert. »Sie nehmen das alles sehr gelassen auf.«

»Na ja, das eigentliche Erdbeben war das, was Sie mir am Anfang gesagt haben. Ich glaube, jetzt erschüttert mich gar nichts mehr.«

Blum lächelte. »Wissen Sie, Sie sind Ihrer Schwester unglaublich ähnlich.«

»Wirklich?«, fragte Mercy skeptisch. »Wo mein Leben doch ganz anders war als ihres?«

»Ich weiß ein bisschen was darüber, was Sie bei Desiree durchgemacht haben.«

»Ich habe oft davon geträumt, sie zu töten.«

»Das glaube ich Ihnen gern.«

»Ich bin hergekommen, um sie umzubringen.«

»Das hat Agentin Pine auch vermutet.«

»*Agentin* Pine, was? FBI und alles? Wundert mich fast, dass die auch Mädels für diesen Job nehmen.«

»Sie ist eine hervorragende Agentin, eine der besten.« Blum bog vom Parkplatz in die Straße ein.

»Gut für sie«, sagte Mercy ohne große Überzeugung. »Und Sie suchen mich schon länger, sagen Sie?«

»Ja. Es war eine lange Reise mit vielen Rückschlägen und überraschenden Wendungen.«

»Das kann ich mir vorstellen.«

Blum schaute sie nachdenklich an. »Was haben Sie die ganze Zeit gemacht, Mercy?«

»Vor allem überlebt. Wie alle anderen auch.«

»Es wird sicher nicht leicht für Sie, Desiree wiederzusehen, oder?«

»Vielleicht hat *sie* ein größeres Problem damit als ich.«

Blum sah sie scharf an. »Sie sind dieser furchtbaren Person doch nicht entkommen, nur um dann wegen ihr ins Gefängnis zu gehen, oder?«

»Nach meinem Verständnis habe ich jedes Recht, sie umzubringen.«

»Aber wenn Sie's tun, gewinnt sie am Ende doch. Das wissen Sie ja selbst, oder? Trotzdem möchte ich, dass Sie mir versprechen, Desiree nicht anzugreifen, wenn wir bei ihr sind. Sonst kann ich Sie nicht zu ihr bringen.«

»Sie ist vielleicht die einzige Spur zu Ihrer Chefin.«

»Zu *Ihrer Schwester*. Also, wenn Sie Ihre berechtigte Wut nicht im Zaum halten können, werden wir Agentin Pine nicht finden. Und das heißt, dass sie wahrscheinlich sterben wird.«

»Ich sollte eigentlich mehr für sie empfinden«, sagte Mercy mit einer Ehrlichkeit, die sie selbst überraschte. »Aber es ist so viel Zeit vergangen. Und so viel Scheiße passiert. Dieser Auszählreim hat entschieden, dass sie zu Hause bleibt und ich nicht. Ich bin in einem Albtraum gelandet.«

Blum schürzte die Lippen. »Ito Vincenzo, der Mann, der Sie entführt hat, hat Ihrer Schwester einen Schädelbruch zugefügt, an dem sie beinahe gestorben wäre. Es war ein kleines Wunder, dass sie überlebt hat. Sie war eine halbe Ewigkeit im Krankenhaus. Diese Nacht hat Ihre Familie zerstört. Lee hat lange Zeit geglaubt, dass Tim Selbstmord begangen hat, als sie ihn noch für ihren Vater hielt, und gab sich einen Teil der Schuld daran. Und Ihre Mutter hat Lee belogen, hat sie dann alleingelassen und ist zu Tim gegangen. Und was Sie angeht – dieser Vincenzo dachte vielleicht, dass Sie es gut haben werden bei dieser Familie. Von Desiree und ihrer perversen Veranlagung hat er nichts gewusst. In seinen Augen hatten vielleicht Sie das bessere Los gezogen, nicht Ihre Schwester.«

Blum schaute zu Mercy, die sie finster anstarrte.

»Als Siegerin hab ich mich jedenfalls nicht gefühlt.«

»Natürlich nicht«, beeilte sich Blum hinzuzufügen. »Ich wollte nur sagen, dass Vincenzo eigentlich Ihre Schwester umbringen wollte, nicht Sie.«

Mercy lehnte sich auf dem Sitz zurück und schaute aus dem Fenster.

»Und im Gegensatz zu Ihnen«, fuhr Blum fort, »hat Agentin Pine eine sehr intensive Erinnerung an Sie. Sie hat dreißig Jahre unter der Trennung gelitten.«

In ruhigerem Ton sagte Mercy: »Desiree hat jede Erinnerung aus mir rausgeprügelt. Es gibt ein paar Kleinigkeiten, die mir geblieben sind. Der Name *Lee* zum Beispiel. Und dieses Gefühl, dass da jemand war, wissen Sie?«

»Ja, das verstehe ich.«

»Das sind aber keine richtigen Erinnerungen. Es sind nur flüchtige Bilder und einzelne Wörter, aus denen man nicht schlau werden kann. Man grübelt und grübelt und kommt nicht dahinter. Als wenn Ihnen jemand ein Buch gibt, aber vorher fast alles durchstreicht, sodass Sie nur einzelne Wörter lesen können. Das ist hart, wenn man weiß, da ist irgendetwas, aber Sie können es einfach nicht erkennen, sosehr Sie sich auch anstrengen.«

Sie schaute zu Blum. »Tut mir leid, wenn das für Sie verworren klingt. Sie sagen, Ihre Chefin ist aufs College gegangen. Was ich sage, klingt wahrscheinlich nicht besonders intelligent, aber ich bin nicht so dumm, wie es sich anhört. Ich hab eine Menge gelesen. Bücher haben mir über vieles hinweggeholfen.«

»Für mich macht es absolut Sinn, was Sie sagen. Nach dem, was Sie durchgemacht haben, ist es ohnehin ein Wunder, dass Sie noch leben.«

»Ich geb nun mal nicht so schnell auf. Hab ich nie getan. Wenn man mir wehtut, strenge ich mich noch mehr an.«

»Ihre Schwester ist genauso.«

Mercy nickte, schwieg aber.

»Und Desiree?«, fragte Blum nervös.

Mercy zögerte einen Augenblick, ehe sie antwortete: »Ich werde sie nicht anrühren.«

»Warum nicht?«

»Weil Sie recht haben. Ich will nicht verlieren. Ich will nicht, dass dieses Miststück gewinnt.« Nach einem Augenblick fügte sie hinzu: »Und vielleicht würde ich auch meine Schwester gern mal wiedersehen. Lebend.«

49

Mercy folgte Blum, die sich von Deputy Tate Callum durch den Korridor führen ließ, an dessen Ende sich die Zelle mit Desiree Atkins befand.

Mercy schwitzte. Erstens, weil sie sich in einem Gefängnis aufhielt und von Cops umgeben war. Das allein war schlimm genug. Sie war schon einmal im Knast gesessen, und daran musste sie jetzt denken. Zweitens würde sie gleich die Frau wiedersehen, von der sie vor Jahren gefoltert und beinahe umgebracht worden war. Zumindest gab es keinen Zweifel, was von beidem das Schlimmere war: Ein Gefängnisaufenthalt war gar nichts im Vergleich dazu, nun seiner perversen Folterin gegenüberzutreten, die einem einen Teil des Lebens geraubt hatte.

Callum schaute zu Blum. »Und wo ist Agentin Pine heute?«

»Beschäftigt. Sie wollte, dass ich noch mal nachfrage und ein paar Kleinigkeiten kläre. *Agentin* Cain ist kurzfristig eingesprungen.«

Sie hatten sich diese Erklärung unterwegs zurechtgelegt.

Callum beäugte Mercy. »Sie arbeiten undercover, Agentin Cain?«

Mercy grinste, fuhr sich mit der Hand über die kurz geschorenen Haare und ihren fleckigen Pulli. »Wie haben Sie das so schnell erkannt? An meinem Aussehen oder daran, dass ich meine Dienstmarke nicht dabeihabe?«

Er lachte. »War nur eine Vermutung. Sind eigentlich alle FBI-Ladys so groß wie Agentin Pine und Sie?«

Die drei gelangten zur Zelle. Callum öffnete die Tür und ließ die beiden Frauen eintreten. »Sagen Sie dem Wärter Bescheid, wenn Sie fertig sind.« Er schloss die Tür und ging.

Desiree drehte sich um, sah Mercy und zuckte heftig zusammen. »O mein *Gott!*«

Mercy starrte schweigend auf die Frau hinunter.

Desiree wich zur Wand zurück. »Komm ja nicht näher.« Sie funkelte Blum an. »Was denken Sie sich dabei, diese Irre hier reinzubringen?«

»Ich habe mir gedacht, es ist höchste Zeit, dass Sie beide sich wiedersehen.« Blum konnte sich ein Lächeln nicht verkneifen.

Mercy schaute sich um und setzte sich auf die untere Pritsche. »Hübsch hast du's hier, Desiree. Ich glaube, du wirst dich hier wohlfühlen … für den Rest deines beschissenen Lebens.«

»Die haben nichts gegen mich in der Hand. Warte nur ab, bis ich einen Anwalt habe, du Miststück.«

»Ich hab gehört, du hast die gleiche Scheiße mit einem anderen Mädchen abgezogen. Nur ist sie dich schneller losgeworden als ich. Anscheinend bist du nicht mehr in Topform.«

»Halt die Klappe!«

»Mich wundert, dass ich überhaupt mal Angst vor dir hatte. Du siehst aus wie eine dicke kleine Maus. Ein fetter Happen für eine hungrige Katze. Und weißt du, ich habe einen gesunden Appetit.«

»Damals hab ich dir gehörig Angst gemacht, gib's doch zu.«

»Kein großes Kunststück bei einer Sechsjährigen. Schon viel schwieriger bei einer Sechzehnjährigen. Total unmöglich heute.«

Desiree schüttelte den Kopf. »Red du nur! Du hast ja keine Ahnung, mit wem du's zu tun hast.«

»Je mehr du dich bemüht hast, mir wehzutun, desto weiter hab ich mich in meine Gedanken zurückgezogen. Da hast du die

Lust verloren, nicht wahr? Deine abartigen Fantasien haben sich in Luft aufgelöst, und du hast mich in Ruhe gelassen. Also, wer hat gewonnen?«

»Glaubst du, das interessiert mich noch?«

Mercy grinste breit. »Ich werde in deiner Verhandlung aussagen. Ich bin sozusagen der lebende Beweis dafür, dass du ein sadistisches Dreckstück bist.« Sie schaute zu Blum. »Und jetzt will diese Lady dir ein paar Fragen stellen.«

»Schert euch zum Teufel.«

»Da wirst du bald sein«, sagte Mercy.

»Wenn Sie uns helfen, Desiree, können wir vielleicht etwas für Sie tun«, warf Blum ein.

»Inwiefern?«

»Die Polizei weiß, dass Sie ein Drogengeschäft laufen hatten. Sie weiß allerdings nicht, mit wem Sie zusammengearbeitet haben. Wenn Sie die Karten auf den Tisch legen, können Sie mit einem Deal rechnen und kommen vielleicht früher hier raus.«

Auf Desirees Gesicht spiegelte sich für einen Moment ein Ausdruck der Hoffnung; dann wurde es wieder hart und kalt. »Das muss aber ein verdammt guter Deal sein, sonst erfahren die einen Scheiß von mir.«

»Was können Sie uns sagen?«

»Nichts. Ich rede erst, wenn ich den Deal schriftlich habe.« Sie grinste boshaft. »Und Vorsicht. Die Leute, mit denen ich zusammenarbeite, sind ein paar richtig schlimme Finger.«

»Wissen die, dass Sie im Gefängnis sind?«

»Die sind ja nicht dumm.«

»Aber Sie haben nicht mit ihnen geredet?«

Desiree musterte Blum neugierig. »Warum wollen Sie das alles wissen? Und wo ist dieses andere FBI-Miststück? Warum ist sie nicht mitgekommen?«

Blum schaute zu Mercy und wandte sich wieder an Desiree.

»Ich werde sehen, was sich machen lässt. Aber wenn ich mit einem Angebot wiederkomme, werden Sie uns dann helfen?«

»Helfen? Wobei?«

»Das sage ich Ihnen, wenn wir den Deal fix haben.«

Blum ging zur Tür. »Wärter!«, rief sie zwischen den Gitterstäben hindurch.

Als der Mann zur Zelle kam, rief Desiree Mercy zu: »He, du zu lang geratenes Miststück. Jetzt kommst du dir wohl ziemlich cool vor, was?«

Mercy sah sie nicht einmal an. »Im Vergleich zu dir schon.«

»Du bist nur groß und hässlich. Ein Tier bist du, und mehr wirst du nie sein.«

»Und ich genieße jeden Augenblick.«

Sie verließen die Zelle und gingen zu Callum zurück.

Ein älterer Mann mit grauen Haaren kam ihnen entgegen. Er trug einen teuren dunkelblauen Anzug und einen roten Schlips. Sein fleischiges Gesicht zeigte einen wichtigtuerischen Ausdruck. In der Hand hielt er eine schwarze Aktentasche. Er schaute kurz zu Blum und Mercy und schien wenig beeindruckt. Der Wärter führte ihn weiter. »Hier lang, Mr. Marbury.«

Als sie außer Hörweite waren, sagte Mercy: »Ich traue keinen Anzugträgern mit Aktentaschen.«

»Das betrifft dann schon mal den ganzen Anwaltsstand.«

»Genau.«

»Ich bin mir nicht sicher, ob Desiree uns helfen kann«, meinte Blum. »Ich glaube, das mit den schlimmen Jungs war gelogen. Deshalb habe ich auch nicht erwähnt, was mit Agentin Pine passiert ist. Es hätte nichts gebracht.«

»Aber wenn es nicht die Leute waren, die mit Desiree zusammenarbeiten, wer hat Lee dann entführt?«

»Ich weiß es nicht«, sagte Blum bedrückt. »Das Problem ist, dass uns die Zeit davonläuft.«

Als sie bei Callum waren, sprach Blum mit ihm über einen möglichen Deal mit Desiree im Austausch gegen Informationen über Pines Aufenthaltsort.

»Es tut mir leid, was mit Agentin Pine passiert ist«, sagte Callum. »Aber ich fürchte, wir können uns auf keine Deals einlassen, jedenfalls nicht jetzt.«

»Warum nicht?«

»Weil die Frau sich einen Anwalt genommen hat. Er wird sich zuerst einen Überblick verschaffen und dann mit dem Staatsanwalt reden. Wenn wir uns nicht streng an die übliche Vorgehensweise halten, gefährden wir den ganzen Fall.«

»Wer ist ihr Anwalt? Jemand von hier?«

»Nein. Ein gewisser Stephen Marbury aus New York. Wahrscheinlich sind Sie ihm auf dem Gang begegnet. Ein älterer Typ mit einem Anzug, der wahrscheinlich mehr gekostet hat als mein Auto.«

»Der Kerl, der uns auf dem Gang entgegengekommen ist?«, sagte Mercy. »Das ist Desirees Anwalt?«

»Genau. Er ist eben erst mit dem Flugzeug gekommen.«

Blum dankte Callum für seine Hilfe und bat ihn, dem Anwalt nichts von ihnen zu sagen. Dann ging sie mit Mercy hinaus.

Sie stiegen in ihren Wagen und behielten den schwarzen Cadillac Escalade im Auge, der vor dem Gefängnis parkte. Der Fahrer telefonierte gerade per Handy.

»Wahrscheinlich Marburys Nobelkarosse«, meinte Mercy. »Er sieht mir aus wie einer von denen, die sich herumkutschieren lassen.«

»Vielleicht sollten wir warten und schauen, wohin der Fahrer ihn bringt«, murmelte Blum.

»Sie meinen, er lässt sich vielleicht zu meiner Schwester bringen?«, fragte Mercy.

»Schon möglich, aber ...« Blum verstummte nachdenklich.

»Was ist?«, fragte Mercy.

»Desiree hat etwas gesagt, das mir einfach nicht aus dem Kopf geht«, antwortete Blum. »Sekunde, ich bin gleich wieder da.«

Sie stieg aus und eilte zurück ins Gefängnisgebäude. Zwei Minuten später war sie zurück und stieg in den Wagen.

»Und? Worum geht's?«

»Ich habe noch einmal mit Callum geredet. Er sagt, Desiree hat kein einziges Mal telefoniert, seit sie hier ist. Erinnern Sie sich? Sie hat gesagt, sie werde bald einen Anwalt haben.«

Mercy nickte nachdenklich. »Wenn sie nicht telefoniert hat, würde das bedeuten, dass sie wahrscheinlich gar nicht gewusst hat, dass dieser Marbury heute zu ihr kommt.«

»Richtig. Aber wenn nicht Desiree diesen Staranwalt aus New York hat einfliegen lassen, wer dann?«

50

Peter Buckley hörte seinem Gesprächspartner am Telefon einige Minuten zu. Er war ein guter Zuhörer. Aus Erfahrung wusste er, dass man so am meisten erfuhr. Wer redete, gab oft ungewollt Dinge preis.

»Gut«, sagte er schließlich. »Aber wir müssen uns persönlich treffen, dann können Sie mir einen noch detaillierteren Bericht geben. Ich schicke Ihnen die Adresse. Ich habe ein Haus gefunden, das kurzfristig verfügbar war.«

Er steckte das Handy weg und ging in den Raum zurück, in dem Pine auf einem Stuhl saß. Diesmal hatten die Entführer sie festgebunden, damit sie nicht wieder vom Stuhl fiel, falls der Einsatz von Gewalt nötig war. Britt Spector stand etwas abseits und beobachtete die Szene mit einem nervösen Ausdruck im Gesicht.

»Okay, Agentin Pine, hören Sie zu«, begann Buckley. »Die Frau, die Sie festgenommen haben, ist Dolores Venuti. Ihr wird unter anderem vorgeworfen, ein Kind entführt und gefangen gehalten zu haben.«

»Ich weiß«, sagte Pine.

»Wie komme ich bloß auf den Gedanken, dass Dolores Venuti und Desiree Atkins ein und dieselbe Person sind?«

»Keine Ahnung. Aber Sie können denken, was Sie wollen«, entgegnete Pine. »Dies ist ein freies Land.«

»Sie wollen es nicht bestätigen?«

»Nein.«

»Ich habe auch gehört, dass Dolores versuchen will, gegen Kaution freizukommen.«

»Das kann sie vergessen. Es besteht Fluchtgefahr«, entschlüpfte es Pine, bevor sie sich beherrschen konnte.

Buckley lächelte flüchtig. »Richtig. Und Fluchtgefahr besteht vor allem, weil Sie denen erzählt haben, was damals in Georgia vorgefallen ist. Danke, dass Sie meine Annahme bestätigen, dass Dolores und Desiree ein und dieselbe sind. Und was die Kaution betrifft, das wird sich zeigen. Gerichtsurteile sind manchmal … sagen wir, überraschend.«

»Diesmal nicht.«

»Tja, falls sie doch auf freien Fuß kommt, werde ich sie dafür bezahlen, mir alles zu sagen, was sie weiß.«

»Desiree hat die Frau seit fast zwanzig Jahren nicht mehr gesehen. Was soll sie Ihnen schon sagen können?«

»Man kann nie wissen. Einen Versuch ist es allemal wert.«

»Und wenn Sie mit ihr gesprochen haben, bringen Sie mich gesund und munter in mein Hotel zurück?«, fragte Pine spöttisch.

Buckley schaute kurz zu Spector, ehe er antwortete. »Ich gebe Ihnen noch eine Chance, mir alles zu sagen, was Sie über El Cain wissen. Dann lasse ich Sie am Leben. Sie haben mein Wort.«

»Ihr *Wort?* Danke, ich verzichte.«

»Sind Sie sicher?«

»So wie ich es sehe, sind meine Chancen, hier lebend rauszukommen, gleich null – und das seit dem Moment, als ich mich von Ihren Schlägern habe schnappen lassen. Aber wenn Sie mich so oder so umbringen, können Sie mir auch gleich sagen, warum Ihnen so viel an Cain gelegen ist.«

»Das habe ich Ihnen schon gesagt. Sie hat jemanden umgebracht.«

»Und wen?«

»Das müssen Sie nicht wissen.«

»Ich gebe Ihnen mein Wort, dass ich's nicht weitersage. Ich meine, es ist ja nicht so, dass ich noch Gelegenheit dazu bekäme, oder?«

Buckley überlegte einen Augenblick. Dann antwortete er schnell, vielleicht zu schnell: »Es geht um meinen Bruder.«

Spector warf ihm einen missbilligenden Blick zu.

»Könnte es sein, dass Ihr Bruder selbst daran schuld gewesen ist, dass er nicht mehr lebt?«, fragte Pine.

»Das könnte man so sagen.«

»Wo liegt dann das Problem?«

»Er war mein Bruder. Das ist Grund genug.«

»Verstehe. Aber eine solche Einstellung kann gefährlich sein. Vielleicht lebensgefährlich.«

»Ich betrachte meine Aussichten im Augenblick deutlich rosiger als Ihre.«

»Wann erfahren Sie, ob Desiree gegen Kaution freikommt?«, fragte Pine.

»Bald.«

»Das heißt, ich habe noch eine Menge Zeit.«

Buckley schloss die Augen. »Sie haben Mumm. So was gefällt mir.«

»Danke. Und jetzt verpissen Sie sich.«

Spector lächelte über ihre Bemerkung, wandte sich aber ab, damit Buckley es nicht sehen konnte.

»Wollen Sie es sich nicht noch einmal überlegen?«

»Was?«

»Nun, es könnte doch sein, dass Sie viel mehr über die Sache wissen als Desiree. Ich habe gern so viele Informationen wie möglich.«

»Was ich gesagt habe, gilt immer noch.«

Sichtlich verärgert drehte Buckley sich um und bedeutete Spector, ihm nach draußen zu folgen. Spector betrachtete Pine einen langen Augenblick. Nach ihrem Gesichtsausdruck zu schließen, gingen ihr beunruhigende Gedanken durch den Kopf. Dann drehte sie sich um und ging.

51

Pine horchte auf, als sie weitere Schritte hörte, die Buckley und Spector folgten, nachdem sie das Zimmer verlassen hatten. Dann wurde das Licht ausgeschaltet, sodass nur ein kleines Fenster dicht unter der Decke, das offenbar der Lüftung diente, den Raum schummrig erhellte. Jemand schloss die Tür ab. Sekunden später verklangen die Schritte, und es war still ringsum.

Pine wartete noch eine Weile, lauschte. Es blieb totenstill. *Okay, versuch's,* sagte sie sich. Sie beugte sich auf dem Stuhl so weit vor, dass die hinteren Stuhlbeine sich vom Boden hoben, während sie mit den Knien auf dem Beton landete. Die Entführer hatten ihre Fußknöchel unabhängig voneinander an die Stuhlbeine gefesselt – ein Fehler. Langsam drehte Pine sich auf die Seite und streckte die Beine mit aller Kraft durch. Die Fesseln rutschten Zentimeter für Zentimeter die Stuhlbeine hinunter, bis sie sich mit einem Ruck lösten. Pine war frei. Langsam rappelte sie sich auf, war jedoch immer noch mit den Händen an den Stuhl gefesselt.

Das Tuch, mit dem man ihr die Augen verbunden hatte, war bei dem Manöver nach unten gerutscht, sodass die Unterkante sich jetzt dicht über dem Mund befand. Sie erwischte das Tuch mit den Zähnen, warf den Kopf hin und her und zog es so weit nach unten, dass sie etwas sehen konnte. Sie ließ den Blick durch den dämmrigen Raum schweifen und schaute zur entfernten Wand. *Ja, so könnte es gehen.* Pine drehte sich um und machte ein paar Schritte rückwärts, bis der Stuhl gegen die Wand stieß.

Sie beugte sich vor, sodass die hölzerne Rückenlehne und die hinteren Beine des Stuhls fest an der Wand anlagen. Dann drückte sie mit all ihrer beträchtlichen Kraft dagegen und spürte, dass das Holz nachzugeben begann. Vorsichtig drückte sie weiter. Dass der Stuhl explosionsartig zersplitterte und der Lärm die Entführer alarmierte, konnte sie jetzt am wenigsten gebrauchen.

Es knirschte und knackte, als Pine den Druck verstärkte; dann barst die Rückenlehne. Pine hielt kurz inne, drückte wieder zu. Das linke Stuhlbein brach ab, dann das rechte. Augenblicke später zerbrach der Stuhl an mehreren Stellen zugleich. Pine befreite ihre Hände aus den Fesseln und legte die Trümmer des Stuhls vorsichtig auf den Boden. Dann riss sie sich das Tuch von den Augen und schaute sich um. Das winzige Fenster unter der Decke. Schmucklose Wände. Nur eine Tür. Ein nackter Betonboden. Sie ging zur Tür, drückte das rechte Ohr dagegen, lauschte. Nichts zu hören. Stünde jemand draußen, hätte er mit Sicherheit etwas gehört und wäre schon zu ihr hereingestürmt.

Pine versuchte, die Tür zu öffnen, doch sie war abgeschlossen. Lautlos fluchte sie in sich hinein. Sie hatte kein Handy, keinen Dietrich, um das Schloss zu knacken, keine Waffen, gar nichts. Sie war allein und ohne jedes Hilfsmittel, um sich zu befreien oder Hilfe zu rufen.

Okay, betrachte es als Herausforderung, trieb sie sich an. *Als Hindernis, das es zu überwinden gilt. Wenn du nicht hier rauskommst, werden diese Hurensöhne dich umbringen. Also, Mädel, lass dir was einfallen.*

Pine schaute sich um und sah einen Stapel Kartons an der rechten Wand. In einem der Kartons fand sie ein altmodisches Funkgerät. Sie öffnete das Batteriefach und nahm die alten Batterien heraus; aus einigen war bereits Säure ausgelaufen. Sie legte die Batterien quer vor die Tür, sodass jeder, der hereinkam, darauf ausgleiten würde, wenn er sie nicht rechtzeitig sah. Eine Batterie steckte sie ein, stieg auf den Stuhl, auf dem Buckley gesessen hatte, und schraubte die Glühbirne aus der Fassung. Dann ging sie neben der Tür in Position.

Über eine Stunde wartete sie, bis sie endlich Schritte vernahm – zum Glück nur von einer Person, wie es sich anhörte.

Pine drückte sich an die Wand.

Die Tür wurde aufgeschlossen und geöffnet. Im Halbdunkel sah Pine die große, breite Hand eines Mannes zum Lichtschalter wandern, ehe er eintrat. Als das Licht nicht aufflammte, versuchte der Unbekannte es noch einmal. Wieder blieb es schummrig im Zimmer. Leise fluchend kam der Mann herein, trat prompt auf die Batterien, rutschte nach hinten weg, verlor das Gleichgewicht und krachte auf den Rücken.

Auf diese Gelegenheit hatte Pine nur gewartet. Im Licht, das nun aus dem Nebenzimmer hereinfiel, sah sie, wie der Unbekannte versuchte, sich hochzustemmen. Mit zwei Schritten war Pine bei ihm und trat ihm mit dem rechten Fuß ins Zwerchfell, um zu verhindern, dass er aufschrie. Dann versetzte sie ihm einen Ellbogenstoß gegen den Kopf, der seinen Schädel mit Wucht auf den Beton krachen ließ. Sein Körper wurde schlaff, und er blieb bewusstlos liegen.

Pine durchsuchte ihn rasch und nahm ihm seine Pistole ab. Zum Glück war es der Mann, der ihre FBI-Dienstmarke an sich genommen hatte, die er in der rechten Tasche seines Jacketts trug. Erleichtert nahm Pine sie an sich. Mit dem Strick vom Stuhl fesselte sie den Mann an Händen und Füßen und zerrte ihn in eine Ecke.

Voller Zorn betrachtete sie das Gesicht des Bewusstlosen. Er war einer der Männer, die sie aus dem Hotel entführt hatten. Sie ging nicht davon aus, dass es der Bursche war, der vorhin mit ihr geredet hatte. Der Kerl war mit Sicherheit Chef dieser Bande. Solche Leute überließen die Drecksarbeit anderen – wie dem hier. Vor Wut verpasste Pine dem Kerl noch eine schallende Ohrfeige, um Dampf abzulassen.

Leise, vorsichtig schlich sie ins Nebenzimmer und schloss die Tür hinter sich ab. Sie durchquerte den Nebenraum, stieg die Treppe hinauf. Oben war die Tür nur angelehnt. Sie riskierte einen kurzen Blick durch den Türspalt, konnte aber nichts erkennen. Vorsichtig beugte sie sich ein Stück weiter vor, schaute sich genauer um und sah einen Mann an einem Tisch sitzen, halb mit dem Rücken zu ihr. Er war in sein Handy vertieft und trug Stöpsel im Ohr. Der Mann war der zweite Entführer, wie Pine auf Anhieb erkannte. Sonst war weit und breit niemand zu sehen.

Leise atmete Pine mehrmals durch. Ihr durfte jetzt kein Fehler unterlaufen. Eine zweite Chance würde sie nicht bekommen.

Sie zog die Batterie aus der Tasche und warf sie mit aller Kraft gegen das Fenster direkt hinter dem Mann. Bei dem lauten Knall fuhr er heftig zusammen und ließ vor Schreck das Handy fallen.

»Was zum Teufel ...«, stieß er hervor.

Pine wartete zwei, drei Sekunden lang, ob der Lärm jemanden alarmiert hatte, doch der Mann schien tatsächlich allein zu sein. Sie trat in die Tür und richtete die Pistole auf ihn.

»Auf die Knie. Hände hinter den Kopf und langsam hinlegen, Gesicht nach unten. Na los!«

Der Mann sah die Waffe, ließ sich auf den Boden sinken und hob die Hände hinter den Kopf.

Mit drei schnellen Schritten war Pine bei ihm und schlug ihn mit dem Pistolengriff k.o. Dann fesselte sie ihn mit einer Schnur, die sie in einem Schrank fand.

Sie schnappte sich sein Mobiltelefon und verständigte den Notruf, teilte der Frau in der Zentrale mit, was geschehen war, und bat sie, Tate Callum zu informieren.

»Wissen Sie, wo Sie sich befinden?«, fragte die Frau.

»Einen Moment.«

Pine lief nach draußen, angespannt, wachsam. Sie sah, dass das Gebäude von dichtem Wald umschlossen war. »Keine Ahnung. Aber es muss ziemlich abgelegen sein. Ich sehe vor lauter Bäumen den Wald nicht mehr.«

»Okay, wir können Sie übers Handy orten. Lassen Sie es eingeschaltet.«

Pine schaute aufs Display. *Mist, verdammter.* »Die Batterie ist fast leer. Könnte sein, dass mir bald der Saft ausgeht. Außerdem will ich nicht hierbleiben, die anderen könnten jederzeit zurückkommen. Bleiben Sie bitte dran. Ich laufe zur Hauptstraße, dann kann ich vielleicht feststellen, wo ich hier bin. Einen Moment.«

Pine rannte die lange, gewundene Auffahrt hinunter, gelangte zur Straße und fand einen Briefkasten mit einer Nummer darauf. Ein Stück weiter sah sie ein Straßenschild. Sie teilte der Frau die Adresse mit.

»Okay. Ich schicke sofort unsere Leute hin«, versicherte die Frau in der Leitstelle. »Seien Sie vorsichtig, Agentin Pine.«

Pine bedankte sich, beendete das Gespräch und versuchte, Carol Blum zu erreichen. Doch als sie die Nummer wählte, wurde das Display dunkel. Der Akku war leer.

Zum Haus zurückzulaufen und ein Ladegerät zu suchen, war keine verlockende Option. Pine überlegte fieberhaft, als Augenblicke später ein alter Ford Pick-up um die Ecke bog und direkt auf sie zukam. Pine stellte sich mitten auf die Straße und hielt ihre Dienstmarke hoch. Als der Wagen hielt, eilte Pine zum Fahrerfenster. Am Steuer saß eine weißhaarige Frau in den Achtzigern in einem ausgeblichenen Overall. Sie trug einen Strohhut und lächelte freundlich, aber auch ein wenig misstrauisch.

»Ich bin FBI-Agentin«, sagte Pine und zeigte ihr die Dienstmarke. »Ich brauche Ihre Hilfe.«

Die Frau kniff die Augen zusammen und nahm die Brille zu Hilfe, die an einer Kette um ihren Hals baumelte.

»FBI? Wow, echt beeindruckend, junge Dame.«

»Sie müssen mich zu einem Hotel in Asheville fahren.« Pine nannte ihr die Adresse. »Es ist ein Notfall.«

»Klar, Schätzchen. Ich weiß, wo das ist. Steigen Sie ein.«

Pine sprang auf den Beifahrersitz. Die alte Dame fragte: »Soll ich auf die Tube drücken oder mich ans Tempolimit halten?«

»Bringen Sie mich so schnell wie möglich hin. Wenn uns Cops aufhalten, regle ich das. Haben Sie ein Handy, das ich benutzen kann?«

Die Frau schüttelte den Kopf. »Ich hatte mal eins von diesen Klappdingern, aber irgendwie habe ich mich nie daran gewöhnt. Jedes Mal, wenn's in meiner Tasche geklingelt hat, hätte ich fast einen Herzkasper gekriegt.«

»Na toll«, murmelte Pine.

»Okay, dann wollen wir mal«, sagte die alte Frau, nahm eine aufrechtere Haltung ein und drückte das Gaspedal durch.

Der Pick-up beschleunigte abrupt, pendelte sich dann aber bei eher gemächlichen siebzig Stundenkilometern ein.

Die Frau schaute zu Pine und lächelte. »Der Wagen hat meinem Vater gehört. Ich hab ihn wieder in Schuss bringen lassen, Missy. Spüren Sie die hundertvierzig PS unterm Sitz? Wir sind in Nullkommanix am Ziel. Endlich kann ich den Wagen mal richtig ausfahren.«

»Ja, Ma'am«, war alles, was Pine dazu sagen konnte.

52

»Da ist er«, sagte Blum.

Stephen Marbury kam aus der Haftanstalt, einen zufriedenen Ausdruck im Gesicht. Er setzte sich auf den Rücksitz des Escalade, der sofort losfuhr.

Blum wartete einen Augenblick, ehe sie den Porsche SUV in Bewegung setzte und dem Wagen des Anwalts in sicherem Abstand folgte.

»Glauben Sie wirklich, der Kerl hat mit Lees Verschwinden zu tun?«, fragte Mercy.

»Ich gehe stark davon aus. Andererseits habe ich Desirees wenig beeindruckende Behausung gesehen. Wenn sie tatsächlich an einem Drogenring beteiligt war, der sich solche Anwälte leisten kann, sollte man meinen, dass sie sich etwas Luxuriöseres erlauben könnte.«

»Vielleicht hat sie ihr Geld investiert und lebt nach außen hin bescheiden, um kein Aufsehen zu erregen.«

Blum schaute sie überrascht an. »Sie wären eine gute Ermittlerin.«

Mercy zuckte mit den Schultern. »Ich habe viel erlebt und einiges daraus gelernt.«

Der Escalade bog in die Hauptstraße ein und beschleunigte. Die beiden Fahrzeuge fuhren mehrere Blocks im leichten Verkehr, bis sie an einer roten Ampel zum Stehen kamen.

»Können Sie sich an irgendwas in Ihrem Leben erinnern, bevor

Sie zu den Atkins kamen?«, wollte Blum wissen. »Außer dem, was Sie mir bereits erzählt haben?«

»Na ja, an meine Mutter habe ich schwache Erinnerungen. Sie war sehr groß und schlank. Und ich weiß, dass Lee gern auf Bäume geklettert ist … manchmal träume ich davon und höre dann Moms besorgte Stimme. Erst neulich war ich wieder in Crawfordville und hab mir mein kleines Gefängnis von damals angesehen.« Sie lächelte. »Ich hab meine alte Puppe gefunden und mitgenommen. Sie ist in meinem Seesack.«

»Es muss wehgetan haben, das alles wiederzusehen.«

»Zuerst schon. Aber dann habe ich mir klargemacht, dass ich diese Hölle überlebt habe, und dann war es nicht mehr ganz so schlimm.«

Die Ampel sprang auf Grün um, und sie fuhren weiter.

»Ich frage mich, wo der Typ hinfährt«, sagte Mercy.

»Hauptsache, er führt uns zu Agentin Pine.«

»Arbeiten Sie gern für Lee?«

»Sie ist die beste Chefin, die ich je hatte.«

»Offenbar ist Lee perfekt, anders als ihre Schwester«, sagte Mercy mit schnippischem Unterton.

Blum schaute zu ihr. »Wenn ich Ihnen diesen Eindruck vermittelt habe, dann hab ich mich wohl nicht richtig ausgedrückt. Auch Lee hatte es verdammt nicht einfach. Sie ist so gut wie allein aufgewachsen. Ihre Mutter war ihr gegenüber ziemlich distanziert. Nach dem Vorfall damals hat Ihre Mutter Atlee zwar kaum noch aus den Augen gelassen, hat sie aber emotional auf Distanz gehalten.«

Mercy schaute Blum nachdenklich an. »Das muss hart gewesen sein. Es muss doppelt wehgetan haben. Lee hat zwar oft Dinge gemacht, die unserer Mutter nicht gepasst haben, aber irgendwie war Mom auch stolz auf sie, weil sie das alles konnte. Ich glaube, es hat Lee viel bedeutet, dass Mom so stolz auf sie war.«

»Ich bin selbst Mutter. Ich weiß, wie wichtig mütterliche Zuwendung sein kann. Mir ist schon klar, dass Sie von allen am meisten durchgemacht haben, aber Agentin Pine hatte es sicher auch nicht leicht.«

Mercy nickte und schaute gedankenversunken aus dem Fenster. »Und dieser Jack Lineberry ist mein Dad? Wie ist das zugegangen?«

»Er hat für eine Regierungsbehörde gearbeitet – ich weiß nicht genau, für welche. Er war der Führungsagent Ihrer Mutter. Sie sind sich auch persönlich nähergekommen und … na ja, sie haben ihre Gefühle nicht unterdrückt. Kein Wunder. Ihre Mutter muss eine Schönheit gewesen sein, und auch Jack war sehr attraktiv. Aber für beide war es sicher nicht leicht. Jack war verlobt, als er sich in Ihre Mutter verliebt hat. Und … na ja, dann wurde eben mehr draus, und Ihre Mutter wurde schwanger, mit Ihnen und Ihrer Schwester.«

Mercy lächelte. »Sie haben so eine nette, höfliche Art, Dinge auszudrücken, Carol. Sie meinen, die beiden sind miteinander ins Bett gesprungen, und Lee und ich waren das Ergebnis.«

»So kann man es natürlich auch sagen.«

Sie bogen ab und blieben an dem Escalade dran.

»Und wo ist dieser Lineberry jetzt?«

»Auf seinem Anwesen in Georgia.«

»Ein Anwesen? Donnerwetter.«

»Er will alles, was er hat, Ihnen und Agentin Pine hinterlassen. Sein ganzes Vermögen. Sie werden mal eine reiche Frau sein, Mercy.«

Blum schaute zu Mercy, um zu sehen, wie sie darauf reagierte. Es war nicht die Reaktion, die sie erwartet hatte. Oder vielleicht doch.

Mercy runzelte die Stirn. »Ich komme ganz gut zurecht. Ich brauche keine Millionen von 'nem reichen Kerl, der meine Mutter gevögelt hat.«

»Trotzdem gehört es Ihnen. Und Sie können damit tun, was Sie wollen.«

»Falls ich diesen Lineberry überlebe. Was niemand garantieren kann«, fügte Mercy hinzu.

»Das stimmt natürlich.«

Mercy lachte bitter auf. »Ich als Millionenerbin. Ein echter Witz«, sagte sie und verfiel in Schweigen.

Fünf Minuten später sagte Blum: »Ich glaube, wir sind da.«

Der Escalade hatte das Tempo gedrosselt und bog in eine lange Auffahrt ein, die zu einem stattlichen Haus auf einem großzügigen Grundstück führte.

»Offenbar wohnt auch hier jemand mit 'ner dicken Brieftasche«, bemerkte Mercy.

Blum ging vom Gas, fuhr aber an der Auffahrt vorbei und bog fünfzig Meter weiter in einen Parkplatz bei einer Kirche ein. Um nicht aufzufallen, bugsierte sie den Wagen in eine Lücke zwischen zwei Autos.

Sie schaute zu dem Haus auf der anderen Straßenseite.

»Vielleicht halten sie Agentin Pine da drin fest.«

»Meinen Sie? Und was sollen wir jetzt tun?«

»Wir könnten die Polizei rufen«, sagte Blum, »aber wir haben keine Beweise. Und wenn die Cops reingehen und nichts finden, wissen diese Kerle, dass wir ihnen auf der Spur sind.«

»*Ich* könnte ja mal nachsehen«, schlug Mercy vor.

»Nein, das ist zu gefährlich. Falls diese Leute da drin sind, könnten Sie denen auch in die Hände fallen.«

»Aber wir können doch nicht einfach hier sitzen und warten, während sie Lee foltern.«

Blum war hin- und hergerissen. »Aber Sie haben keine Erfahrung in diesen Dingen, Mercy.«

»Ich sag Ihnen was. Ich habe mehr harte Jungs k. o. geschlagen als jedes andere Mädel, inklusive Ihrer Chefin. Falls Sie Angst haben, dass ich nicht auf mich aufpassen kann – diese Sorge ist unbegründet.«

»Aber …«

Mercy öffnete die Autotür. »Ich pass schon auf. Ich geh nur hin und schau mich um. Alles klar?«

Blum gab ihren Widerstand auf. »Sind Sie sicher?«

»So sicher, wie ich Mercy Pine heiße.« Sie beugte sich zum Rücksitz, öffnete ihren Seesack und nahm die Glock heraus.

Als Blum die Waffe sah, fragte sie: »Haben Sie eine Lizenz?«

»Wo ich die Knarre herhabe, brauchen Sie keine Lizenz und keinen Background-Check. Und in North Carolina darf man eine Waffe offen tragen. Ich hab mich erkundigt, bevor ich hergekommen bin.«

»Warum?«

Mercy legte das Holster an und zog den Pulli darüber. »Ich will keine Probleme mit den Bullen. Geben Sie mir Ihre Handynummer, dann kann ich mich melden, falls ich was herausfinde.«

Blum gab ihr die Nummer, und Mercy fügte sie ihrer Kontaktliste hinzu. Dann öffnete Blum das Handschuhfach, nahm einen Feldstecher heraus und gab ihn Mercy.

»Danke. O Mann, jetzt noch ein Funkgerät, und ich käme mir wie eine Spionin vor.«

»Seien Sie bitte vorsichtig«, sagte Blum. »Ich will nicht beide Schwestern verlieren.«

Mercy stieg aus, schaute nach links und rechts und eilte über die Straße. Sie schlug einen weiten Bogen um das Grundstück und war Augenblicke später verschwunden.

Blum lehnte sich im Sitz zurück und fuhr sich mit der zitternden Hand über die Stirn.

Dann betete sie.

53

Buckley saß mit düsterer Miene auf einem Stuhl im Esszimmer, einem großzügigen Raum, in dem die wuchtigen Möbel beinahe klein wirkten. Spector stand mürrisch an die Wand gelehnt, während Stephen Marbury rastlos auf und ab ging.

Das Haus war zu dieser Jahreszeit unbewohnt. Die Besitzer befanden sich in ihrer Villa in Colorado, die wahrscheinlich noch prächtiger war. Der Hausverwalter hatte sich gegen eine stattliche Summe bereit erklärt, Buckley die Villa für ein paar Stunden zur Verfügung zu stellen.

»Das bringt mich in eine missliche Lage, Mr. Buckley«, sagte Marbury, den Blick auf die Spitzen seiner teuren Schuhe gerichtet.

Buckley hörte kaum zu. Vor wenigen Minuten hatte ihm ein Telefonanruf gründlich den Tag verdorben. Agentin Pine war entwischt. Seine beiden schwer mitgenommenen Schläger waren zum Glück aufgefunden und fortgeschafft worden, bevor die Polizei eintraf, aber das war nur ein schwacher Trost angesichts der Probleme, die Pines Entkommen ihm bereiten konnte. »Ich habe Pine ja nicht gesagt, dass ich Sie engagiert habe. Nur dass Dolores Venuti versuchen wird, gegen Kaution freizukommen. Sie weiß nicht, dass Sie ihr dazu verhelfen werden.«

»Aber ich war bei ihr im Gefängnis. Der Zusammenhang liegt auf der Hand. Die Polizisten in der Haftanstalt wissen, wer ich bin. Die wissen, dass ich aus New York gekommen bin, und können mich leicht finden.«

»Dann würde ich Ihnen zu einem Urlaub raten«, sagte Buckley geistesabwesend. »Im Ausland. Ich kann das für Sie arrangieren.«

»So einfach ist das nicht«, jammerte Marbury. »Ich habe auch noch andere Mandanten zu vertreten. Ich habe meine Kanzlei. Und eine Familie.«

»Dann fliegen Sie zurück nach New York, und wenn die Polizei Sie befragt, sagen Sie einfach, Sie hätten einen Scheck über zehntausend Dollar erhalten, um hierherzukommen und Atkins, oder besser gesagt Venuti, zu vertreten. Sie wüssten nicht, von wem das Geld stammt, hätten aber angenommen, Venuti würde es wissen. Dass sie auch keine Ahnung hatte, habe Sie genauso überrascht, wie es Venuti überrascht hat, dass ihr jemand einen Anwalt besorgt. Ich kann arrangieren, dass der rückdatierte Scheck von einem Konto kommt, das nicht zurückverfolgt werden kann. Sie sagen einfach, Sie hätten ihn noch nicht eingelöst, weil Sie sich nicht sicher waren, ob Sie den Fall übernehmen. Sie wollten sich nur mal anhören, worum es geht. Jetzt, da Sie Bescheid wissen, wollen Sie nichts damit zu tun haben. Sie sind in keiner Weise als Venutis Anwalt in Erscheinung getreten und haben nichts dergleichen unterschrieben. Damit ist die Sache für Sie erledigt.«

Marbury blieb mitten im Zimmer stehen und schaute ihn staunend an. »Das könnte funktionieren.« Bewundernd fügte er hinzu: »Aus Ihnen wäre ein erstklassiger Anwalt geworden.«

»Mag sein, aber ich hatte immer *höhere* Ziele«, erwiderte Buckley, was Spector ein Lächeln entlockte. »Da Sie persönlich aus dem Schneider sind, hätte ich jetzt gerne die Informationen, die ich brauche.«

Buckley hatte Marbury engagiert, damit er sich mit Desiree traf und ihr unter dem Vorwand, sie zu vertreten, so viel wie möglich entlockte. Es gab nicht so viele Möglichkeiten, mit einem Häftling zu sprechen, doch für einen Anwalt war das keine Schwierigkeit. Buckley hatte nicht vor, eine Kaution für Atkins zu stellen. Vielmehr hatte er die Tatsache, dass sein Anwalt mit Desiree sprach, als Druckmittel gegen Pine einsetzen wollen, damit sie ihm mehr über El Cain verriet. Doch nun war Pine ihm entwischt und zweifellos hinter ihm her.

Marbury setzte sich ihm gegenüber, legte die Hände auf den Tisch und verschränkte sie ineinander. Es sah aus, als würde er entweder gleich um Gnade flehen oder im Zeugenstand lügen.

»Sie ist eine widerliche Person. Ihre Wehleidigkeit ist unerträglich. An allem sind andere schuld. Wenn Sie mich fragen, die Frau ist nicht ganz richtig im Kopf. Das wäre eine vielversprechende Verteidigungsstrategie.«

»Schon klar. Ich glaube, wir können davon ausgehen, dass ein Mensch, der jemanden gefangen hält und quält, krank ist«, sagte Buckley.

Als Spector ihn mit erhobenen Augenbrauen anschaute, ahnte er, was sie dachte, und fügte hinzu: »Falls es jemand aus reinem Sadismus tut. Etwas anderes ist es, jemanden festzuhalten, um Informationen aus ihm herauszupressen. Das macht ja manchmal sogar unsere Regierung.«

Er schaute mit einem überlegenen Ausdruck zu Spector, die schließlich den Blick abwandte.

Marbury verfolgte die Szene einen Augenblick verwirrt und machte dann mit seinem Bericht weiter. »Jedenfalls, ich habe der Frau erklärt, dass alles, was sie mir sagt, unter die Verschwiegenheitspflicht fällt, worauf diese dumme Nuss mir doch glatt erzählt, sie habe sich von einer FBI-Agentin und deren Assistentin ein Geständnis entlocken lassen, dass sie in Georgia ihren Mann ermordet hat. Am selben Abend, als Rebecca Atkins aus ihrem Gefängnis ausgebrochen ist. Sie hat sich über diesen Trick geärgert und wollte, dass ich das für sie regle, sodass ihre Aussage nicht als Beweismittel zugelassen wird, da sie durch Täuschung zustande gekommen sei.«

Spector trat einen Schritt vor. »Wollte sie nicht wissen, wer Sie zu ihr geschickt hat?«

»Nein. Sie scheint allen Ernstes zu glauben, dass Hilfe einfach so daherkommt, wenn sie sie braucht. Tatsache ist, dass kein Richter der Welt sie auf Kaution freilassen würde. Die Frau würde sofort untertauchen.«

Buckley war an der Frage, ob Desiree Atkins gegen Kaution freikommen könnte, nicht im Geringsten interessiert. »Was hat sie Ihnen über El Cain gesagt?«

»Sie hatte sie seit damals in Georgia nicht mehr gesehen.« Marbury stockte einen Augenblick und rieb sich den Mund. »Bis Cain heute früh zusammen mit einer älteren Frau in ihre Zelle spaziert ist.«

Buckley und Spector wechselten einen vielsagenden Blick.

»Das haben Sie am Telefon gar nicht erwähnt. Wie ist es dazu gekommen?«, fragte Buckley stirnrunzelnd.

»Die sind einfach aufgekreuzt. Atkins hatte keine Ahnung, dass die zwei auftauchen würden. Die ältere Frau war zuvor mit Pine bei ihr gewesen. Angeblich wollten sie mit ihr über einen Deal reden. Es ging aber noch nicht um die Bedingungen; das wollten sie zu einem späteren Zeitpunkt verhandeln.«

Buckley schaute zu Spector. »Sie müssen sich unbedingt mit Ihren Kontakten beim FBI in Verbindung setzen und mehr über diese Agentin Pine herausfinden.«

»Ein paar Dinge habe ich schon erfahren. Ich wollte mit Ihnen darüber reden, aber dann ist der Anruf gekommen, dass Pine entwischt ist.«

»Ich würde es gern sofort hören.«

»Gut. Pine scheint eine erstklassige Agentin zu sein, aber eine Einzelgängerin im Bureau. Sie hätte alle Möglichkeiten gehabt, die Karriereleiter hochzuklettern, hat es aber vorgezogen, sich in ein Kaff namens Shattered Rock unweit des Grand Canyon versetzen zu lassen. Dort ist sie die einzige Agentin in ihrer Dienststelle. Die ältere Frau, die sie begleitet, ist Carol Blum, ihre Assistentin. Dass Pine sich bei einem Einsatz von ihrer Assistentin unterstützen lässt, ist ungewöhnlich, gelinde gesagt. Das entspricht nicht der üblichen Vorgehensweise des FBI. Diese Sache mit El Cain ist ja ein Cold Case, darum hat es mich überrascht, dass Pine sich überhaupt damit beschäftigt, zumal es außerhalb ihrer Zuständigkeit liegt. Ich habe danach gefragt, aber meine Kontakte wissen auch nicht mehr.« Sie stockte einen Augenblick und fügte dann in warnendem Ton hinzu: »Aber nach allem, was man so hört, ist Pine nicht zu unterschätzen. Die Frau ist ein Ass, Peter. Sie hat schwer was auf dem Kasten. Wir müssen verdammt aufpassen.«

»Das wird allein schon dadurch bestätigt, dass sie uns entkommen ist.«

Marbury gefiel gar nicht, was er da hörte. »Hören Sie, Mr. Buckley, ich will nichts damit zu tun haben. Ich will meine Anwaltslaufbahn nicht aufs Spiel setzen.«

»Keine Sorge, Marbury, niemand kann irgendetwas davon mit Ihnen in Verbindung bringen.« Er sah den Anwalt durchdringend an. »Aber wenn ich mich nicht irre, hatten Sie vor ein paar Jahren kein Problem damit, die Verteidigung von El Chapo zu übernehmen, oder?«

»Jeder hat das Recht auf einen Anwalt«, sagte Marbury geziert.

»Richtig. Jetzt sagen Sie mir, wie kommen Blum und Cain auf die Idee, dass Desiree ihnen weiterhelfen kann?«

»Meine ›Mandantin‹ scheint nicht nur Leute gefangen gehalten, sondern auch einem Drogenring angehört zu haben. Sie hat es mir gegenüber sogar zugegeben, als ich sie nach diesem Deal gefragt habe. Cain und diese Assistentin haben zwar nicht direkt gesagt, was sie vorhatten, aber Atkins glaubt, dass sie von dem Drogenring wissen und Informationen darüber wollten. Atkins hat einen Deal verlangt, bevor sie den beiden etwas sagt. Worauf die zwei anscheinend versuchen wollten, ihr einen solchen Deal zu verschaffen.«

»Das macht Sinn, Peter«, meinte Spector. »Die können ja nicht wissen, dass Sie Ihre Hand im Spiel haben. Dass da jemand ist, der mit El Cain eine Rechnung zu begleichen hat. Wahrscheinlich gehen sie davon aus, dass es mit dem Drogenring zu tun hat.«

Buckley wusste, dass Spector richtiglag; das Problem war nur, dass er Pine verraten hatte, warum er hinter El Cain her war: weil sie seinen Bruder getötet hatte. Und wenn Cain nicht Dutzende Brüder anderer Leute umgebracht hatte, womit schwerlich zu rechnen war, würde Pine leicht herausfinden können, um wen es ging. Es war eine Riesendummheit gewesen, ihr das zu verraten. Andererseits hatte er, Buckley, einfach nicht damit gerechnet, dass Pine entkommen könnte. Was wiederum zeigte, dass man sich nie zu sicher sein sollte. Das einzig Gute war vielleicht, dass Cain wahrscheinlich nicht wusste, dass sein Bruder gestorben war.

Er schaute auf und merkte jetzt erst, dass Spector ihn beobachtete. Sie war eine kluge Frau und wusste auch in diesem Moment genau, was in ihm vorging. Er hatte Mist gebaut. Doch gegenüber Marbury hatte sie es verheimlicht, um ihn nicht noch mehr zu beunruhigen. Der Anwalt brauchte nichts davon zu wissen. Das war ein weiterer Grund, warum Buckley so gerne mit Britt Spector arbeitete. Sie sah das Wesentliche viel früher als andere.

Buckley verweilte mit seinen Gedanken noch einen Augenblick bei diesem heiklen Punkt. *Aber wenn Cain, Pine und Blum sich zusammentun und Cain erfährt, dass mein Bruder gestorben ist? Dann führt die Spur direkt zu mir.*

»Gibt es sonst noch etwas, Stephen?«, fragte Spector den Anwalt, ohne den Blick von Buckley abzuwenden.

»Ich habe erfahren, wie Cain aussieht: sehr groß, Bürstenschnittfrisur, macht einen hartgesottenen Eindruck.«

Buckley tauchte abrupt aus seinen Gedanken auf. »Das hat Atkins Ihnen erzählt? Dass sie kurze Haare hat? Auf dem einzigen Foto, das wir von ihr haben, hat sie langes Haar. Deswegen haben meine Leute im Hotel den Fehler gemacht, sie mit Pine zu verwechseln. Die zwei sehen sich anscheinend ziemlich ähnlich.«

Die Bemerkung gab Spector zu denken. Sie zog sich in eine Ecke zurück, holte ihr Handy heraus und startete eine Online-Suche, während Buckley und Marbury das Gespräch fortsetzten.

Spector ging einen Eintrag nach dem anderen durch, bis sie eine Information fand, bei der ihr die Kinnlade herunterklappte.

»Peter?« Sie winkte ihn zu sich.

»Was ist?«, fragte er ungeduldig.

»Was Sie eben gesagt haben – dass Ihre Leute Pine mit Cain verwechselt haben …«

»Ja?«

Sie hielt ihr Smartphone hoch. »Das müssen Sie sich ansehen.«

54

Buckley stand auf und ging zu Spector.

»Was ist denn so wichtig?«, fragte er. »Was muss ich mir ansehen?«

»Pine hat eine Wikipedia-Seite. Die hat anscheinend ein Fan verfasst. Als sie aufs College ging, hat sie um die Aufnahme ins Olympiateam der Gewichtheberinnen gekämpft und ist nur knapp gescheitert. Ich habe mir die Seite schon vorher angesehen, aber den Text nicht ganz gelesen. Ich hab gedacht, es ist nur der übliche Quatsch. Das war *mein* Fehler.«

»Und wie zum Teufel hilft uns das weiter?«, versetzte Buckley ungeduldig.

Sie reichte ihm das Smartphone. »Lesen Sie den *letzten* Absatz. Da geht es um ihre persönliche Vergangenheit. Scheiße, das hätte ich längst herausfinden müssen, aber es hat mich auch keiner meiner Kontakte beim Bureau darauf hingewiesen.«

Buckley las den letzten Absatz und schaute abrupt zu ihr auf. »Mercy Pine. In Andersonville, Georgia, entführt und seither verschwunden. Mercy Pine! Sie sind *Schwestern?*«

»Sogar Zwillingsschwestern. Man kann Ihren Leuten also keinen Vorwurf machen, dass sie die zwei verwechselt haben. Das erklärt auch, warum Pine sich mit dem Fall beschäftigt. Und warum mir meine Kontakte im Bureau nicht mehr gesagt haben. Die Sache ist wahrscheinlich geheim.«

Das erklärt einiges, dachte Buckley. Ihm kam eine Idee, wie sich diese neue Erkenntnis möglicherweise in eine Strategie ummünzen ließ, um das zu erreichen, worum es ihm in Wahrheit ging. Dass Pine ihm entwischt war, machte die Sache komplizierter. Doch seine Erfahrung hatte ihn gelehrt, dass es für jedes Problem eine Lösung gab.

Während er darüber nachdachte, ging Spector zu Marbury, der seinen Auftraggeber neugierig beobachtete.

»Sie haben gesagt, Cain hatte einen Bürstenschnitt?«, sagte sie beiläufig zu dem Anwalt.

Marbury wandte den Blick von Buckley ab. »Ja. Atkins hat es mir erzählt, aber ich habe Cain sogar selbst gesehen, auch wenn ich es in dem Moment nicht wissen konnte, weil es vor meinem Gespräch mit Atkins war. Ich bin auf dem Gang an Blum und Cain vorbeigegangen. Sie müssen direkt von Atkins gekommen sein, bevor ich zu der Frau in die Zelle bin.«

Buckley hörte es und schaute von dem Mobiltelefon auf. Er schob die Gedanken an seine Strategie fürs Erste beiseite und wandte sich Spector und Marbury zu. »Heißt das, die zwei haben das Gefängnis direkt vor Ihnen verlassen?«

»Ja.«

»Wo war Ihr Auto geparkt?«

»Vor dem Gebäude«, sagte Marbury. »Ich wollte nicht so weit laufen. Mein Knie macht mal wieder Probleme.«

Spector überlegte einen Augenblick und wandte sich an Buckley. »Um einen Deal auszuhandeln, müssen Blum und Cain mit der örtlichen Polizei gesprochen haben. Vielleicht haben sie das gleich nach ihrem Gespräch mit Atkins getan.«

»Und die Polizei wird ihnen gesagt haben, dass ein solcher Deal im Moment nicht möglich sei, weil …« Er schaute zu Marbury.

Marbury verstand, worauf er hinauswollte, und empfand es wie einen Schlag in die Magengrube. »Weil sie gerade einen Anwalt bekommen hatte. Mich.«

Spector eilte zum Fenster und postierte sich so, dass sie von draußen nicht gesehen werden konnte.

Buckley drehte sich nicht einmal zu ihr um; er wusste auch so, was sie dachte. »Würden Sie es merken, wenn Ihnen jemand folgt, Marbury?«

Der Anwalt sah ihn überrascht an. »Wieso? Also … daran habe ich überhaupt nicht gedacht.«

»Natürlich nicht«, warf Spector geringschätzig ein. Sie holte ein kleines, aber extrem leistungsstarkes Fernglas aus der Jackentasche und spähte zur Straße und darüber hinaus. Sie konnte nichts erkennen, bis ihr Blick auf die Kirche fiel. Auf dem Parkplatz standen mehrere Autos. Sie wollte schon weitersuchen, als ihr etwas Interessantes auffiel. »Ich sehe einen roten Porsche SUV mit Kennzeichen aus Georgia.« Sie fokussierte das Fernglas auf den Wagen. »Die Frau auf dem Fahrersitz könnte unsere Mrs. Blum sein.«

Buckley trat zu ihr ans Fenster. »Sehen Sie auch Cain?«

»Nein, aber sie beobachtet möglicherweise das Haus. Vielleicht ist sie sogar schon drin.«

Marbury schaute die beiden entsetzt an. »Heißt das, wir sind in Gefahr?«

Spector zog ihre Pistole aus dem Schulterholster und schaute zu Buckley. »Ich könnte mich im Haus umsehen, Peter. Falls sie da ist, würde es die Sache vereinfachen.«

Marbury wirkte alarmiert, war aber klug genug, zu schweigen.

Buckley nahm Spectors Fernglas, und sie zeigte ihm, wo der Wagen stand. Er entdeckte den Porsche und lächelte. Das Adrenalin in seinen Adern begann zu brodeln. Solche Augenblicke hatte er lange vermisst. Es erinnerte ihn an die Zeiten, als jeder Tag ein Abenteuer gewesen war. Und das Beste daran war, dass seine Strategie sich nun direkt umsetzen ließ.

Er gab Spector das Fernglas zurück.

Sie sah Buckley erwartungsvoll an und war verwirrt, als sie den Ausdruck in seinen Augen sah. Sie hatte erwartet, dass er frustriert oder gar verzweifelt reagieren würde, doch das Gegenteil schien der Fall zu sein.

»Also, was tun wir?«, fragte sie. »Versuchen wir, Cain zu schnappen, oder ziehen wir uns zurück? Oder sollen wir hier warten, bis sie uns findet?«

»Nichts davon. Ich habe eine viel bessere Idee.«

55

Mercy hockte hinter einem Baum und beobachtete die Villa mit dem Fernglas. Sie war aus massivem Stein gebaut und mit dem einen oder anderen schmückenden Detail aus dunklem Holz und Gusseisen versehen, was sie architektonisch noch reizvoller machte. Das Haus war von der Straße aus nicht einsehbar, und es gab auch keine direkt angrenzenden Nachbarn.

Ein guter Platz für jemanden, der etwas zu verbergen hat, überlegte Mercy.

Der Cadillac Escalade parkte vor der geräumigen Garage. Der Fahrer saß noch im Auto und beschäftigte sich mit seinem Smartphone. Leider konnte Mercy durch die getönten Scheiben nicht erkennen, ob Marbury noch im Wagen saß. Wahrscheinlich nicht. Warum sollte er hierherkommen und dann im Auto sitzen bleiben?

Gegenüber Blum hatte sie sich zuversichtlicher gegeben, als sie in Wahrheit war. Es stimmte zwar, dass sie es im Kampf mit jedem aufnehmen konnte, doch das Problem war, dass sie nicht wusste, womit sie es hier zu tun hatte und wie sie vorgehen sollte. Und ihr Nachtwächterjob qualifizierte sie auch nicht gerade dafür, sich als Detektivin zu betätigen. Immerhin hatte sie eine gewisse Übung darin, in Häuser einzudringen. Einfacher wäre es allerdings gewesen, hätte Dunkelheit geherrscht. Hinzu kam, dass ein solches Haus wahrscheinlich mit einer erstklassigen Alarmanlage gesichert war. So blieb Mercy nur die Hoffnung, dass die Anlage deaktiviert war. Die Aussichten dafür standen nicht schlecht, denn es war helllichter Tag; außerdem hielten sich Leute im Gebäude auf.

Mercy kam zu dem Schluss, dass es ihr nicht weiterhalf, hier zu hocken und zu warten. Tief geduckt schlich sie zum Haus, in einem weiten Bogen, um von den Fenstern auf dieser Seite möglichst nicht gesehen zu werden. Sie kam an einem Pool vorbei, der bereits für den Winter abgedeckt war. Hinter ein paar Sträuchern wartete sie ab, ob jemand sie gesehen hatte und vielleicht Alarm schlug. Doch es blieb still, und sie entspannte sich, schaute sich um und versuchte, sich auf ihre natürliche Beobachtungsgabe zu verlassen, die sie mit den Jahren geschärft hatte. Ihr scharfes Auge für die Umgebung, für Stimmungen und potenzielle Gefahren hatte sie des Öfteren aus heiklen Situationen gerettet.

Sie fragte sich, ob die Villa kurzfristig gemietet worden war, da die Gartenstühle und Tische gestapelt und abgedeckt waren. Es sah aus, als wäre das Haus normalerweise über den Winter unbewohnt. Zudem stand der Escalade nicht in der Garage, sondern in der Auffahrt, was ebenfalls darauf hindeutete, dass er nicht hierhergehörte.

Mercy spähte über die Sträucher hinweg und beobachtete die Villa durch ihr Fernglas. Hinter den Fenstern war nichts zu sehen, bis plötzlich Marbury in Sicht kam. Der Anwalt sprach mit jemandem, der Augenblicke später in ihr Sichtfeld trat. Sie hatte den Mann noch nie gesehen, doch er machte einen selbstsicheren, souveränen Eindruck.

Er war vielleicht Mitte vierzig, groß, schlank und makellos gekleidet. Mercy konnte es so genau erkennen, weil das Licht im Zimmer brannte und der Mann etwa eine Minute am Fenster stand und hinausschaute. Wie er mit Marbury redete und gestikulierte, verriet ihr, dass er der Boss war und der Anwalt ein

Befehlsempfänger. Mercy hatte einige Male mit Anwälten zu tun gehabt, und es war für sie nie gut ausgegangen.

Der Boss hatte jedoch etwas an sich, das ihr irgendwie bekannt vorkam. Es war sein Gesicht, das Kinn und die Augen, wenngleich sie nicht glaubte, den Mann von irgendwoher zu kennen. Sie duckte sich, legte sich auf den Bauch und spähte durch Lücken in den Sträuchern hindurch zum Fenster hinauf.

Der Mann redete, während er aus dem Fenster schaute. Sein Blick gefiel Mercy gar nicht. Er wirkte wachsam, argwöhnisch, als wittere er etwas. Der Mann hatte unverkennbar etwas zu verbergen. Für Mercy sprach alles dafür, dass er es war, der Lee entführt hatte. Vielleicht hielt er sie hier im Haus gefangen. Wahrscheinlich steckten diese Leute mit Desiree unter einer Decke.

Als der Mann sich vom Fenster wegdrehte, verließ Mercy ihr Versteck und sprintete zum Haus. Sie drückte sich an die Wand und wartete ein paar Minuten. Ihr war eine Hintertür aufgefallen, die von oben kaum einsehbar war und ihr deshalb vielversprechend erschien.

An die Hauswand gedrückt, schob sie sich bis zu der Tür. Es überraschte sie nicht, dass sie verschlossen war. Sie schaute zu jenem Teil des Hauses, in dem die zwei Männer sich aufhielten. Sie waren weit genug entfernt, dass sie einen Versuch wagen konnte.

Sie stellte einen Fuß auf den Türknauf und zog sich an der steinernen Fassade hoch. Der Knauf bog sich unter ihrem Gewicht nach unten, brach aber nicht ab. Sie wiederholte das Manöver noch zweimal, worauf der Türknauf sich endlich löste und mit einem leisen, dumpfen Aufprall im Gras landete.

Cain ließ sich auf den Boden hinunter und begutachtete ihre Arbeit. Sie spähte ins Innere des Türschlosses und nickte stumm vor sich hin. *Ja, könnte klappen.* Sie steckte einen Finger ins

Schloss, drückte mit aller Kraft und schaffte es, den Schließ-mechanismus zur Seite zu schieben.

Behutsam stieß sie die Tür auf und schlüpfte ins Haus. Ihre Pistole in der Hand, verschaffte sie sich einen ersten Über-blick.

Ihre Annahme, dass die Villa normalerweise den Winter über unbewohnt war, schien sich zu bestätigen. Die Luft war muffig, die Möbel abgedeckt. Rasch und lautlos durchsuchte sie die Zimmer im Erdgeschoss. Dann lauschte sie ein paar Augen-blicke, bis sie Schritte und gedämpfte Stimmen über sich hörte. Sie fand die Treppe und nahm vorsichtig eine Stufe nach der anderen.

Wieder hörte sie Schritte und Stimmen. *Verdammt.* Für einen Moment erstarrte sie, als ihr klar wurde, dass sie keine Ahnung hatte, wie die Stimme ihrer Schwester klang. Lautlos stieg sie wieder nach unten und wartete, für den Fall, dass jemand die Treppe herunterkam.

Nach fünf Minuten wurde sie ungeduldig und stieg erneut die Stufen hoch.

Sie gelangte zu einer Tür, drückte sie auf und spähte durch den Spalt. Was sie sah, war ein luxuriös eingerichtetes Zimmer, doch auch hier waren die Möbel mit einem Staubschutz versehen. Sie öffnete die Tür weit genug, um sich hindurchzuzwängen, duckte sich und schaute sich kurz um.

Mercy wollte schon weitergehen, als ihr etwas auffiel. Sie hatte schon eine ganze Weile keine Schritte und Stimmen mehr ge-hört. Das konnte nur eines bedeuten. Kurz entschlossen eilte sie zum Fenster und hörte, wie der Wagen gestartet wurde.

Als sie hinunterschaute, sah sie einen SUV davonjagen und zwischen den Hecken verschwinden, die die Auffahrt säumten.

»Verdammt«, fluchte Mercy. Sie war hin- und hergerissen. Sollte sie den Rest des Hauses durchsuchen oder zu Blum zurückkehren? Sie kam zu dem Schluss, dass diese Leute ihre Schwester nicht unbewacht hierlassen würden, und verließ das Haus so, wie sie es betreten hatte. Sie sprintete quer über das Grundstück und zu der Kirche, an der Blum den SUV geparkt hatte.

Der Wagen war ebenso verschwunden wie Carol Blum.

56

Pine sprang aus dem alten Pick-up, noch bevor er vor dem Hotel zum Stehen gekommen war.

»Danke«, rief sie der alten Dame über die Schulter hinweg zu.

Die alte Frau drückte auf die Hupe und lehnte sich aus dem Fenster. »Danke *Ihnen*, Missy! Hat Spaß gemacht, mal wieder volle Kanne zu fahren!«

Pine lief durch die Lobby zum Empfangstresen, an dem dieselbe Frau stand wie am Abend zuvor.

»Du meine Güte, Agentin Pine«, sagte die Frau. »Sie werden überall gesucht. Wir dachten schon, Sie wären entführt worden.«

»War ich auch, aber ich konnte mich befreien.«

»Herrgott, Sie sind ja verletzt!«

»Was?«

»Ihr Gesicht. Lauter blaue Flecken.«

Pine fasste sich an die Stelle, wo der Fußtritt sie getroffen hatte. Sie hatte es kaum gespürt; das Adrenalin hatte den Schmerz gedämpft. Mit der Erinnerung kamen auch die Schmerzen. Sie rieb sich die seitlichen Bauchmuskeln, wo sie den ersten Schlag hatte einstecken müssen. Die Stelle war geschwollen und tat höllisch weh.

»Wo ist die Frau, die mich begleitet hat? Carol Blum?«

»Das weiß ich nicht. Das FBI ist da. Ein Agent McAllister und ein anderer. Sie sitzen im Essbereich.« Die Frau beschrieb ihr die beiden.

Pine eilte in den Restaurantbereich und sah ganz hinten einen Mann, der nach einem FBI-Agenten aussah. Ihm gegenüber saß ein hochgewachsener jüngerer Bursche. Pine eilte zu ihrem Tisch. Beide schauten überrascht auf, als sie Pine kommen sahen.

»Agentin Pine?«, rief McAllister und sprang von seinem Stuhl auf.

»Ja.«

»Ich habe eben von Tate Callum gehört, dass Sie sich befreien konnten.«

Pine berichtete ihnen in aller Kürze, was sich zugetragen hatte. »Ich hoffe, die Kerle, die ich gefesselt zurückgelassen habe, können uns erzählen, wer dahintersteckt.«

Zu ihrer Überraschung schüttelte McAllister den Kopf. »Leider nein. Callum sagte, es sei niemand mehr da gewesen, als seine Jungs zu dem Haus kamen.«

Pine stöhnte auf, verärgert und enttäuscht zugleich. »Jemand muss sie dort weggeholt haben. Ich glaube nicht, dass sie sich allein hätten befreien können. Sie waren beide bewusstlos und gefesselt.«

McAllister deutete mit dem Daumen auf seinen Kollegen. »Das ist Neil Bertrand.«

Pine nickte ihm zu.

»Die haben Ihnen ordentlich zugesetzt, was?«, sagte Bertrand.

Pine rieb sich das geschwollene Gesicht. »Ich war nicht so kooperativ, wie sie's gern gehabt hätten.«

»Wir wollten eigentlich mit Ihnen über Tim Pine sprechen«, sagte McAllister, »aber ich glaube, jetzt müssen wir uns erst einmal um diese Sache kümmern, was immer dahintersteckt.«

»Danke. Ich kann jede Hilfe gebrauchen.«

»Die örtlichen Cops durchsuchen das Haus im Moment. Vielleicht finden sie etwas.«

»Okay. Ich muss jetzt erst mal meine Freundin Carol anrufen. Mein Handy ist oben im Zimmer. Entschuldigen Sie mich, ich bin sofort zurück.«

»Den Weg können Sie sich sparen. Das Handy haben wir. Mrs. Blum hat es uns gegeben. Sie hat versucht, Sie zu erreichen.« Er gab ihr das Mobiltelefon.

Pine entsperrte ihr Handy und fand mehrere Nachrichten von Blum vor. Ihre Assistentin hatte sich große Sorgen gemacht. Sie rief Blum zurück, wurde aber sofort zur Mailbox weitergeleitet. Frustriert schickte sie ihr eine SMS, erhielt aber keine Antwort.

»Ich bin gleich wieder da«, sagte sie zu McAllister.

Sie eilte zu ihrem Zimmer hinauf, nahm ihre Waffen aus dem Safe und rannte wieder nach unten ins Erdgeschoss.

»Wann haben Sie Carol zum letzten Mal gesehen?«

»Heute früh, als wir ins Hotel kamen. Sie hat uns erzählt, dass Sie verschwunden sind. Wohin sie danach ist, weiß ich nicht.« Er schaute zu seinem Kollegen. »Neil, überprüfst du das mal?«

Bertrand stand auf und ging.

Pine setzte sich auf seinen Stuhl und sah McAllister auffordernd an.

»Blum war der Ansicht, dass Desirees Drogenring hinter Ihrer Entführung stecken könnte«, sagte der FBI-Agent. »Was meinen Sie?«

»Das glaube ich nicht. Der Chef dieser Bande hat mit mir geredet. Ich kann ihn leider nicht beschreiben, weil sie mir die Augen verbunden hatten. Aber er hat gesagt, wenn Desiree Atkins gegen Kaution freikäme, würden sie die Frau zum Reden bringen. Das klingt nicht nach irgendwelchen Partnern im Drogenring, falls es überhaupt welche gibt.«

»Hat der Mann gesagt, was er von der Frau wissen will?«

»Er will offenbar jemanden finden.«

»Wen?«

»Eloise Cain.« Pine holte tief Atem, ehe sie hinzufügte: »Die Frau, die ich ebenfalls suche.«

»Hat er gesagt, was er von ihr will?«

»Er behauptet, sie habe seinen Bruder getötet. Anscheinend will er seinen Tod rächen.«

»Warum hat sie seinen Bruder umgebracht?«

»Seltsam, aber der Mann sagte, sein Bruder habe es nicht anders verdient. Trotzdem müsse er ihn rächen, weil es nun mal um die Familie gehe. Ich glaube, er will Cain umbringen.«

»Und warum suchen Sie diese Eloise Cain?«

Die unvermeidliche Frage. Die ewig wiederkehrende Frage.

»Sie ist in einen Fall verwickelt, an dem ich arbeite.«

McAllister musterte sie skeptisch. »Das sage ich *meinen* Bossen, wenn ich die Karten nicht auf den Tisch legen will. Können Sie mir unter diesen Umständen nicht mehr anvertrauen?«

Pine schaute dem Mann in die Augen. »Sie müssen mir fürs Erste glauben. Die Sache ist kompliziert, und wir haben jetzt keine Zeit für lange Erklärungen. Bitte.«

Er lehnte sich zurück und seufzte. »Ich habe mich nach Ihnen erkundigt, bevor ich hergekommen bin. Man hört nur das Beste über Sie. Also belassen wir's erst mal dabei. Aber es wird der Punkt kommen, Agentin Pine, da will ich die ganze Geschichte hören.«

»Hoffentlich kann ich sie Ihnen dann auch erzählen. Ich meine, wirklich die *ganze* Geschichte.«

Sie stand auf und ging auf ihr Zimmer. Wieder versuchte sie, Blum zu erreichen, und hinterließ ihr insgesamt drei neue Nachrichten. Irgendetwas stimmte da nicht.

Verdammt. Sie hatte nicht einmal nachgesehen, ob der Porsche SUV noch draußen auf dem Parkplatz stand.

Wieder lief sie in die Lobby hinunter und zur Tür, als draußen jemand aus einem Lyft-Taxi ausstieg. Pine schob sich durch die Drehtür, trat ins Freie.

Und blieb wie angewurzelt stehen. Wie benommen drehte sie sich um und blickte der hochgewachsenen Person nach, die soeben durch die Drehtür ins Hotel gegangen war.

Die Frau blieb ebenfalls wie angewurzelt stehen und schaute zu Pine heraus.

Langsam kam sie zurück nach draußen.

Zum ersten Mal seit dreißig Jahren sahen die beiden Schwestern einander aus nächster Nähe.

Pine begann heftig zu zittern. Die Gefühle, die in ihr hochkochten, waren mit nichts zu vergleichen, was sie je erlebt hatte. Es war allenfalls wie in dem Augenblick, in dem sie erfahren hatte, dass Mercy verschwunden war. An dem Abend, der ihrer aller Leben verändert hatte.

»M-Mercy?«

Während Mercy sie ansah, kamen alte, halb vergessene Erinnerungen in ihr hoch, die tief unter dem Hass und der Grausamkeit von Desiree Atkins verschüttet gewesen waren, unter einer Existenz voller Entbehrungen und Hoffnungslosigkeit, durch die nur ihr eiserner Wille ihr hindurchgeholfen hatte. Es war, als berste ein Damm, und alles, was ihr einmal wichtig gewesen war, bräche hervor und würde ihr tristes Leben mit guten, glücklichen Erinnerungen überfluten.

»Lee? Bist du es wirklich?«

Pine schaute in dieses Gesicht, das ihrem so ähnlich und doch anders war. Dreißig harte Lebensjahre hatten sich unauslöschlich ins Antlitz ihrer Zwillingsschwester eingebrannt. Das hübsche Mädchen mit den langen Haaren und der Vorliebe für Rüschenkleider war ferne Vergangenheit. Die kleine süße Mercy, die mit ihrem schelmischen Lächeln ihre Schwester so oft zum Lachen gebracht hatte. Trotzdem bestand für Pine nicht der geringste Zweifel, dass sie ihre Mercy gefunden hatte.

O Gott. Endlich. *Endlich.*

Tränen strömten ihr über die Wangen, doch sie wischte sie nicht weg. »Ja, Mercy, ich bin's.«

Wie von einer unwiderstehlichen Kraft zueinander hingezogen, umarmten die Zwillingsschwestern sich zum ersten Mal seit dreißig Jahren.

57

Pine trat einen Schritt zurück und betrachtete Mercy.

»Ich kann's immer noch nicht glauben.«

Mercy musterte ihre Schwester, und die schiere Freude in ihrem Gesicht wich nach und nach einem Anflug von Betrübnis. »Es ist ewig lange her. Ich glaube nicht, dass ich noch etwas mit dem Mädchen gemeinsam habe, an das du dich erinnerst.«

Pines Lächeln schwand ebenfalls, als würde sich plötzlich eine unsichtbare Wand zwischen ihnen auftürmen. Aber das war Unsinn. Sie waren zwar andere Menschen geworden, aber sie waren immer noch Lee und Mercy Pine. Nichts, rein gar nichts sollte diesen Augenblick trüben. Pine war einfach zu glücklich, und das würde sie ihrer Schwester auch zeigen. Ihr Lächeln kehrte zurück, strahlender als zuvor. »Für mich zählt nur eins, Mercy: dass du da bist, hier und jetzt. Mein Gott, was habe ich gehofft und gebetet. Ich habe eine Ewigkeit auf diesen Tag gewartet.«

Mercy senkte den Kopf, nickte, schob die Hände in die Taschen. »Klar, verstehe. Ich … ich hab gehört, du warst in Schwierigkeiten.«

Pines Lächeln war nicht mehr ganz so strahlend. »Ja, aber ich bin davongekommen.«

Mercy musterte das geschwollene Gesicht ihrer Schwester. »Aber zuvor haben sie dich in die Mangel genommen?«

Pine verschränkte die Arme vor der Brust; der euphorische Augenblick des Wiedersehens war vorbei. »Manchmal muss man so was in Kauf nehmen. Aber die kriegen das hoffentlich zurück.« Sie trat einen Schritt vor und strich ihrer Schwester über den Arm. »Außerdem ist das nichts im Vergleich zu dem, was du durchgemacht hast. Ich weiß ein bisschen darüber. Ich weiß, dass man so etwas mit Worten nicht beschreiben kann. Es tut mir schrecklich leid, Mercy.«

Mercy zuckte mit den Schultern. »Ich hab's überlebt. Ich bin davongekommen, so wie du. Die haben am Ende nicht gewonnen.«

»Nein, haben sie nicht.«

»Darum geht's doch jedes Mal. Dass man nicht aufgibt. Sonst wärst du jetzt nicht beim FBI. Stimmt's?«

»Stimmt«, sagte Pine zögernd. Es klang, als wären sie flüchtige Freundinnen, die über alltägliche Dinge plauderten. In der Hollywood-Version gäbe es jetzt nur noch Lächeln, Umarmungen und Tränen. Im wirklichen Leben war es komplizierter.

Hättest du dir das nicht denken können?

»Ich weiß, das ist jetzt kein besonders gutes Timing, Mercy«, sagte sie, »aber ich muss meine Assistentin finden. Sie muss irgendwo in der Nähe sein.«

»Das glaube ich nicht.«

»Wieso?«, fragte Pine verwirrt.

»Du meinst Carol Blum, oder? Ich war mit ihr im Gefängnis bei Desiree.«

Pine war perplex. »Du warst bei Desiree?«

»Carol hat gedacht, diese Hexe könnte irgendwie mit deinem Verschwinden zu tun haben. Du weißt schon, Desirees Drogenring. Wir dachten, die hätten dich entführt.«

»Was ist dann passiert?«

»Als wir dort waren, ist dieser Staranwalt aus New York aufgekreuzt. Carol ist auf den schlauen Gedanken gekommen, dass Desiree den Typen nicht selbst gerufen hat. Also hat sich die

Frage gestellt, wer ihr den Anwalt geschickt hat. Als wir aus dem Gefängnis raus sind, hat Carol vorgeschlagen, diesem Rechtsverdreher zu folgen.«

»Wo ist er hingefahren?«

»Zu 'ner Villa. Sehr nobel, die Bude. Dort hat er sich mit einem Kerl getroffen. Ich hab mich reingeschlichen, um herauszufinden, was da los war. Das Haus hat ausgesehen, als wär's den Winter über unbewohnt. Ich glaube, diese Leute haben es kurzfristig als Treffpunkt benutzt. Aber dann sind sie plötzlich abgehauen, und ich hab blöd dagestanden. Ich hab nicht mehr gewusst, was ich tun soll. Dann bin ich schnell zurück zum Parkplatz, aber Carol und das Auto waren weg.«

»Weg? Glaubst du, sie ist ihnen gefolgt?«

»Keine Ahnung. Hast du denn nichts von ihr gehört?«, wollte Mercy wissen.

»Nein. Dabei habe ich ihr schon zig Nachrichten geschickt. Sie meldet sich nicht.«

»Dann müssen wir befürchten, dass ihr etwas zugestoßen ist.«

»Vielleicht sind diese Mistkerle draufgekommen, dass man ihnen auf der Spur ist.«

»Ja, kann sein.«

Pine schaute sich um und sah, dass ein paar Leute stehen geblieben waren und zu ihnen starrten.

Sie hakte ihre Schwester unter. »Gehen wir auf mein Zimmer, da können wir ungestört reden.«

Sie fuhren mit dem Aufzug nach oben. Pine öffnete mit der Schlüsselkarte die Zimmertür, und sie traten ein.

»Mein Seesack war im Porsche«, sagte Mercy. »Meine ganzen Klamotten und alles.«

»Du kannst etwas von mir anziehen. Du bist zwar größer, aber zur Not sollte es gehen. Wir sind ja beide schlank.«

Mercy musterte ihre Schwester. »Du siehst fit aus. So, als könntest du ganz gut auf dich aufpassen.«

»Ja.«

»Das ist sicher kein Nachteil in deinem Job.«

»Es schadet nicht.«

»Ich mache selbst hin und wieder Mixed-Martial-Arts-Kämpfe, um ein bisschen Kohle zu verdienen. Man muss schließlich sehen, wo man bleibt.«

Pine starrte sie einen Augenblick an. »Es muss unfassbar hart für dich gewesen sein, Mercy.«

»Ich schaue nicht zurück. Zumindest versuch ich's. Für jemanden wie mich wäre das keine gute Idee.« Sie stockte. »Also, was unternehmen wir jetzt wegen Carol?«

Pine setzte sich aufs Bett. »Würdest du dieses Haus wiederfinden?«

»Schwierig. Carol ist gefahren, und ich hab nicht richtig aufgepasst. Bis nach hier hab ich ein Taxi genommen, musste aber ein gutes Stück laufen bis zu der Stelle, wo der Fahrer mich aufgelesen hat. Zusammen finden wir das Haus möglicherweise. Aber wie gesagt, sie haben es wahrscheinlich nur als Treffpunkt benutzt. Ich glaube nicht, dass sie dort wohnen. Immerhin habe ich einen von den Typen durchs Fenster gesehen.«

»Wen? Den Anwalt?«

»Nein, einen von den anderen.«

»Kannst du ihn beschreiben?«, fragte Mercy.

»Groß, schlank, elegant angezogen, ein Typ mit Stil. Hast du gesehen, wer dich entführt hat?«

»Nur die Handlanger, aber nicht den Chef. Wahrscheinlich ist es der stylishe Typ, den du gesehen hast.«

»Was kann er gegen dich haben, Lee? Er hat mir jedenfalls nicht so ausgesehen, als würde er zu Desirees Drogenring gehören. Und wie ein Drogenboss sah er auch nicht aus. Er hat eher ausgesehen wie ein Top-CEO.«

Pine räusperte sich und sah Mercy nervös an. »Anscheinend hat er etwas gegen *dich*.«

Mercy, die ans Fenster getreten war und hinausgesehen hatte, drehte sich zu ihr um. »Gegen *mich?*«

»Er hat El Cain gesucht.«

»Warum?«

»Er hat gesagt, du hättest seinen Bruder umgebracht.«

Mercy trat zwei Schritte auf sie zu. »Ich soll seinen Bruder umgebracht haben? Das hat er gesagt?«

»Ja.«

»Ich hab niemand umgebracht. Nicht mal Joe Atkins. Carol hat mir erzählt, dass du Desiree ein Geständnis entlockt hast.«

»Stimmt. Das Geständnis ist sicher verwahrt in meiner persönlichen Cloud.«

Mercy runzelte die Stirn. »Hat der Kerl gesagt, *warum* ich seinen Bruder abgemurkst haben soll?«

»Nein, nichts Konkretes. Nur, dass sein Bruder im Grunde selbst schuld war.«

Mercy ließ sich in einen Stuhl fallen. »Das ergibt doch keinen Sinn. Offenbar hat der Kerl nicht alle Latten am Zaun. Ich hab ein paar Typen zusammengeschlagen, weil sie es verdient hatten, aber umgebracht hab ich keinen. Ich schwör's.«

»Ich glaube dir ja. Aber dieser Mann ist fest entschlossen, dich zu finden. Für ihn ist es etwas sehr Persönliches.«

»Glaubst du, er hat Carol entführt?«

»Gut möglich.« Pine erhob sich. »Unten sitzen zwei Leute vom FBI. Die sind wegen einer anderen Sache hier. Wegen Tim Pine.«

Mercy nickte. »Carol hat's mir erzählt. Auch dass unser biologischer Vater steinreich ist.«

»Ja. Jack Lineberry.«

»Was war bloß mit unserer Mutter los? War sie eine Schlampe oder verrückt? Oder beides?«

Pine spürte, wie ihr die Hitze ins Gesicht stieg. Mercy schien ihre Gedanken zu lesen.

»Tut mir leid. Ich kann mich kaum an sie erinnern. Carol hat gesagt, sie sei als Maulwurf gegen die Mafia aktiv gewesen. Aber dann hat sie dich einfach im Stich gelassen, oder?«

Pines Gesicht brannte noch stärker. »Ja, hat sie. Ich versuche schon länger, sie zu finden. Sie und Tim.«

»Warum machst du dir die Mühe, wenn sie dich alleingelassen hat? Willst du ihr etwas Wichtiges sagen, Lee? Und wenn, was? Und ändert das irgendwas nach so langer Zeit?«

Pine ging zum Schrank und nahm einen Umschlag aus ihrer Jacke. »Diesen Brief habe ich erst neulich bekommen. Den hat Mom an Jack Lineberry geschrieben.«

»Was steht drin?«

»Du kannst ihn lesen, während ich runtergehe und mit den Kollegen rede. Ich … ich glaube, es ist besser, wenn sie noch nicht wissen, dass du da bist.«

Mercy sah sie finster an. »Du hast gesagt, es ist alles in Ordnung, weil ich Joe ja nicht umgebracht habe. Ich hab ihn nur niedergeschlagen, weil er mich zurückhalten wollte. Verdammt, ihr habt doch Desirees Geständnis. Carol hat es mir ebenfalls gesagt. Oder habt ihr gelogen?«

»Natürlich nicht, Mercy. Aber ich kenne das FBI. Glaub mir, es ist besser, wenn ich es auf meine Art mache. Vertrau mir einfach. Ich krieg das hin, ich versprech's dir.«

»Ich habe in meinem ganzen Leben noch niemandem vertraut. Ich glaube nicht, dass ich jetzt plötzlich damit anfangen kann. Sorry, aber so ist es nun mal.«

»Das verstehe ich ja. Warte einfach hier und lies den Brief. Ich bin gleich wieder da.«

Mercy nahm den Brief. »Wir müssen Carol finden. Die Frau ist schwer in Ordnung.«

»Wir *werden* sie finden. Und du hast recht, sie ist etwas Besonderes. Sie ist fast wie …«

»… fast wie eine Mutter für dich?«, fragte Mercy und musterte ihre Zwillingsschwester aufmerksam.

Pine schwieg und ging. Mercy setzte sich aufs Bett und faltete den Brief auseinander.

58

McAllister saß immer noch am selben Tisch im Hotelcafé. Er telefonierte, als Pine eintrat. Als er sie sah, hob er einen Finger, um zu signalisieren, dass sie einen Augenblick warten solle. Er beendete das Gespräch und schaute zu ihr auf.

»Was gibt's, Pine?«

»Carol Blum ist verschwunden. Wir müssen eine Suchmeldung rausgeben.«

»Neil hat die Aufzeichnungen der Parkplatzkamera gecheckt. Blum ist mit einer großen Frau im Kapuzenpulli in ihren Wagen eingestiegen. Haben Sie eine Ahnung, wo sie hingefahren sein könnte?«

Mit dieser Frage hatte Pine gerechnet. Trotzdem wusste sie keine gute Antwort.

»Ich weiß es nicht.«

»Na gut.« McAllister wirkte nicht überzeugt. »Ich gebe eine Suchmeldung raus. Anschließend müssen wir reden.«

Pine gab ihm eine Beschreibung des Porsche SUV und nannte ihm das Kennzeichen.

McAllister ging davon und kam wenige Minuten später mit Neil Bertrand zurück. Sie setzten sich Pine gegenüber.

»Kaffee?«, fragte McAllister. »Geht auf unser Spesenkonto.«

»Kaffee wäre nicht übel.«

»Sie haben bestimmt Hunger. Die Entführer haben Sie wahrscheinlich nicht besonders gut verköstigt.«

»Danke, aber im Moment möchte ich nichts essen.«

»Den Kaffee schwarz oder mit allem Drum und Dran?«

»Schwarz.«

Bertrand ging, um ihren Kaffee zu holen.

McAllister nahm einen Schluck aus seiner Tasse und setzte sie ab. »Sie haben gesagt, ich soll Ihnen vertrauen. Gut. Aber das ist keine Einbahnstraße.« Er ließ den Satz wirken, und Pine sah ihm an, dass er nichts hinzufügen würde, solange sie nichts sagte. Sie hätte es an seiner Stelle genauso gemacht.

Pine wartete auf ihren Kaffee. Als Bertrand ihn brachte, nahm sie einen kräftigen Schluck und begann mit ihrer Erklärung.

»Ich habe mir Urlaub genommen, um nach meiner Zwillingsschwester zu suchen, Mercy Pine. Sie wurde entführt, als wir sechs Jahre alt waren. Wir sind Mercys Spur gefolgt und auf Desiree und Joe Atkins gestoßen. Die beiden haben Mercy ›Rebecca Atkins‹ genannt.«

McAllisters Augen wurden immer größer, und er nickte verstehend. »Rebecca Atkins. Ich erinnere mich an den Suchaufruf des FBI. Verdammt, das ist Ihre Schwester?«

»Ja. Die Atkins haben sie gefangen gehalten, aber irgendwann hat sie sich befreien und fliehen können, als sie knapp zwanzig war. Wir haben Desiree in Asheville gefunden. Ich habe sie festgenommen, weil sie auch da ein Mädchen gefangen gehalten hat. Außerdem hat sie gestanden, damals in Georgia ihren Mann Joe umgebracht zu haben.«

»Das hat sie *gestanden*?«

Pine holte ihr Mobiltelefon heraus und spielte die Aufnahme ab.

»Ob das vor Gericht zugelassen wird?«, fragte McAllister skeptisch.

»Ich hoffe es«, sagte Pine. »Weil es beweist, dass meine Schwester sich nichts hat zuschulden kommen lassen. Obwohl sie nach meinem Verständnis allen Grund dazu gehabt hätte. Die zwei wollten sie an der Flucht hindern.«

»Das würden die meisten Gerichte und Geschworenen auch so sehen. Wissen Sie, wo sich Ihre Schwester aufhält?«

Pine nahm einen tiefen Atemzug. »Die Wahrheit ist, sie ist oben in meinem Zimmer. Sie war die hoch aufgeschossene Frau, die Sie auf dem Video gesehen haben und die zusammen mit Carol ins Auto eingestiegen ist. Die Frau, die ich gesucht habe.«

Sie schaute auf, um zu sehen, wie McAllister und Bertrand reagierten.

Bertrand wirkte überrascht, McAllister nicht.

»Zwei Frauen, beide groß und schlank, und beide haben mit Blum zu tun. Da muss man kein Sherlock Holmes sein. Ihre Schwester nennt sich jetzt Eloise Cain?«

»Ja. Sie ist hergekommen, um ein Wörtchen mit Desiree zu reden, und das hat sie getan. Aber dann ist ein Anwalt aus New York aufgetaucht, um Desiree zu vertreten. Ein Anwalt, den nicht dieses Monster engagiert hat, sondern irgendein Unbekannter. Ich glaube, es war der Kerl, der mich entführt hat. Carol und meine Schwester sind dem Anwalt zu einem Haus gefolgt, wo meine Schwester den Unbekannten gesehen hat. Dann sind er und der Anwalt ziemlich überstürzt aufgebrochen. Vielleicht hatten sie einen Verdacht, dass jemand ihnen gefolgt war, ich weiß es nicht. Meine Schwester war im Haus, um zu sehen, ob ich dort bin. Als die Leute plötzlich wegfuhren, ist sie zum Auto zurückgelaufen, aber Carol und der SUV waren nicht mehr da.«

»Glauben Sie, Carol ist denen gefolgt?«

»Dann hätte sie eine Nachricht hinterlassen. Hat sie aber nicht. Und auf meine Nachrichten reagiert sie auch nicht. Darum glaube ich, dass die Typen sie erwischt haben.«

McAllister lehnte sich zurück und schaute zu Bertrand, dann

wieder zu Pine. »Und dieser Mann – der Chef der Bande – hat gesagt, er ist hinter El Cain her, Ihrer Schwester, weil sie seinen Bruder umgebracht hat? Was sagt sie dazu?«

»Sie hat keine Ahnung, wovon der Kerl redet. Sie hat niemanden umgebracht.«

»Und Sie glauben ihr?«

»Natürlich.«

»Wann haben Sie sie gefunden?«

Pine nahm einen tiefen Atemzug. »Vor ungefähr zwanzig Minuten.«

»*Was?* Nachdem Sie sie dreißig Jahre nicht gesehen haben? Und Sie glauben, Sie kennen sie gut genug, um beurteilen zu können, dass sie die Wahrheit sagt? Würde sie ein solches Verbrechen gegenüber einer FBI-Agentin gestehen, auch wenn die zufällig ihre Schwester ist?«

Pines professionelle Seite hätte geantwortet: »Unsinn, natürlich kenne ich meine Schwester nach drei Jahrzehnten kaum noch.« Aber es war ihre menschliche Seite, die antwortete: »Ich glaube, sie sagt die Wahrheit. Außerdem hat der Mann eingestanden, dass sein Bruder selbst schuld war. Das deutet darauf hin, dass sie provoziert wurde, falls überhaupt etwas an der Sache dran ist.«

»Haben Sie sie gefragt, ob in letzter Zeit etwas vorgefallen ist, das jemanden bewogen haben könnte, sich an ihr zu rächen? Immerhin hat dieser Unbekannte eine FBI-Agentin entführt, einen Staranwalt aus New York kommen lassen und eine weitere FBI-Mitarbeiterin verschleppt. Da muss ein handfestes Motiv dahinterstecken.«

»Ich hatte noch keine Gelegenheit, ausführlicher mit meiner Schwester zu reden.«

»Ich bin für den Fall zwar nicht zuständig, aber ich finde, jemand sollte es tun.«

»Klar. Ich.«

Bertrand mischte sich ein. »Finden Sie, dass Sie objektiv genug sind, Agentin Pine? Wir haben bestimmte Regeln im FBI ...«

»Ich kenne die Regeln«, konterte sie gereizt und hielt kurz inne, um sich zu fassen. Sie nahm noch einen Schluck Kaffee, um etwas Zeit zu gewinnen und sich eine angemessene Antwort zu überlegen. Dabei schaute sie in die dunkle Flüssigkeit, als läge darin ein Ausweg aus ihrem Dilemma verborgen.

»Ich werde *objektiv* mit ihr reden. Falls ich den Eindruck habe, dass mehr dahintersteckt, können Sie immer noch mit ihr sprechen. Einverstanden?«

»Fürs Erste ja. Und wegen Tim Pine?«

»Ich habe sowohl ihn als auch meine Mutter seit vielen Jahren nicht mehr gesehen. Ich habe keine Ahnung, wo die beiden sind.«

»Wie kommt es, dass Ito Vincenzo in seinem Grab liegt?«, wollte Bertrand wissen.

»Haben Sie nicht mit Jack Lineberry gesprochen?«

»Der ist der Nächste auf unserer Liste. Die Polizei in Georgia und ein Mordermittler aus Virginia haben ihn bereits befragt. Ich glaube nicht, dass sie mit seinen Antworten zufrieden waren.«

»Warum interessiert sich das FBI überhaupt dafür? Für Mord ist der Bundesstaat zuständig, es sei denn, es gibt besondere Umstände ...«

»Das ist offenbar der Fall.«

»Die Sache ist die: Meine Mutter hat in den Achtzigerjahren als Maulwurf für eine Regierungsbehörde gearbeitet, um New Yorker Mafiabossen das Handwerk zu legen. Bruno Vincenzo hat einer der betroffenen Familien angehört. Er wurde im Gefängnis ermordet, weil er einen Deal wollte. Zuvor aber hatte er seinen

Bruder Ito dazu angestiftet, meine Schwester zu entführen und mich halb totzuschlagen. Ein Racheakt gegen meine Mutter. Jahre später hat Ito meinen Vater in Virginia aufgespürt und versucht, ihn umzubringen. Nur hat es am Ende ihn selbst erwischt.«

»Und warum hat Ihr Vater das nicht gemeldet?«

»Er hätte es tun sollen, aber die Mafia hat ein langes Gedächtnis. Die hätten Wind davon gekriegt und wären wieder auf ihn aufmerksam geworden. Also haben Tim und Lineberry zu einer List gegriffen. Lineberry hat den Toten als Tim Pine identifiziert, und meine Mutter hat es bestätigt. Das Gesicht der Leiche muss praktisch unkenntlich gewesen sein.«

»Das stimmt. Ich habe die Fotos von der Obduktion gesehen«, sagte McAllister. »Also haben Ihre Mutter und dieser Lineberry die Polizei belogen und die Ermittlung behindert.«

»Lineberry hat für eine Regierungsbehörde gearbeitet. Er war der Führungsagent meiner Mutter. Vermutlich ist er durch einen Eid zur Verschwiegenheit verpflichtet. Da müssen Sie sich also mit einer anderen Behörde arrangieren.«

»Wäre nicht das erste Mal.«

»Mein Fokus liegt im Augenblick darauf, Carol Blum zu finden.«

»Das verstehe ich, Agentin Pine, sehr gut sogar. Dann gehen Sie rauf und reden Sie mit Ihrer Schwester. Vielleicht weiß sie etwas, das Ihnen weiterhilft.«

Pine erhob sich. »Danke für den Kaffee.« Sie ging zum Aufzug.

McAllister sah ihr missmutig nach. »Sie ist schon eine Nummer.«

»Ihre Bilanz im Bureau ist beeindruckend«, meinte Bertrand.

»Ja, aber es gab auf ihrem Weg auch immer mal Probleme.«

»Kann es sein, dass sie uns etwas verheimlicht?«

McAllister schaute den jüngeren Mann ungläubig an. »Verdammt, Neil, das liegt doch auf der Hand, oder?«

59

Mercy legte den Brief aufs Bett. Sie stand auf, trat ans Fenster und schaute auf den wolkenlosen Himmel über Asheville hinaus. Die Blue Ridge Mountains wirkten zum Greifen nah und boten sich in ihrer ganzen Schönheit dar, wie um sie aufzuheitern.

Doch Mercy hatte keinen Blick für die Naturschönheiten. Das Einzige, was sie sah, waren die Bilder in ihrem Kopf. Bilder aus einer fernen Vergangenheit, als alles voller Harmonie gewesen war – und das Leben voller Versprechen.

Das kleine burschikose Mädchen in der schmutzigen Hose und dem ausgeblichenen T-Shirt sprang vom Baum und stand stolz, beinahe trotzig da. Das kleine Mädchen mit dem wunderschönen Haar und dem bunten Kleidchen saß auf einer Decke mit ihrer Puppe Sally und tat so, als würde sie Tee aus einer kleinen Tasse schlürfen. »Ich hab's dir ja gesagt, Mom«, rief das Mädchen der schönen großen Frau mit dem hochgesteckten Haar zu, »Lee weiß genau, was sie tut. Sie ist gut runtergekommen.«

Als Nächstes sah sie die wunderschöne Frau vor sich stehen. In ihrem Gesicht erkannte Mercy sich selbst und ihre Schwester wieder. Sie hatte keine Ahnung, wie dieser Jack Lineberry aussah, aber wahrscheinlich hatte auch er ihrer beider Aussehen mitgeprägt. Die Frau umarmte Mercy mit einem strahlenden Lächeln und gab ihr das Gefühl, dass ihr Leben vollkommen war.

»Du hast recht gehabt, Mercy«, sagte die Frau. »Anscheinend kennst du Lee besser als ich.«

»Wir sind ja auch Zwillinge«, sagte die kleine Mercy. »Wir teilen immer alles. Wenn du in unsere Köpfe schauen könntest, würdest du da drin die gleichen Gedanken sehen.«

Ihre Mutter lachte und rief Mercys Schwester zu: »Lee, komm doch mal, Liebling. Ich will wissen, was in euren hübschen Köpfen vorgeht.«

Lee erschien in Mercys Erinnerung. Starke, kleine Hände, fast immer zu Fäusten geballt, jederzeit zum Kampf bereit. Doch als Lee die lächelnde Mercy sah, öffneten sich ihre Hände, und sie lächelte zurück.

»Lass mal sehen, Lee, was in deinem Kopf vor sich geht«, sagte Mom.

Lee lachte lauthals, was Mercy noch fröhlicher machte.

»Guck rein«, sagte Lee und beugte sich hinunter, wie um ihre Mutter in ihren Kopf schauen zu lassen.

»Und jetzt deine Schwester.«

Kichernd beugte Mercy ebenfalls den Kopf. Ihre Mutter untersuchte auch sie und verkündete, dass die beiden Mädchen tatsächlich die gleichen Gedanken hätten.

»Und?«, fragte Lee. »Wie sieht's da drin aus, Mom? Was hast du gesehen?«

»Auf der einen Seite ein hübsches Kleid, auf der anderen eine schmutzige Hose«, sagte Mom, dann kitzelte sie Lee, bis sie vor Lachen kreischte. Mercy wiederum kitzelte ihre Mutter, bis sich alle drei lachend im Gras wälzten.

Mercy wandte sich vom Fenster ab. Tränen strömten ihr übers Gesicht.

Die Erinnerungen waren in ihr hochgekommen, während sie den Brief gelesen hatte. Bruchstücke davon waren über die Jahre erhalten geblieben, doch das Wichtigste war lange verschüttet gewesen.

Ich hätte all die Jahre mit Mom und Lee zusammen sein können.

Wir hätten so viel Spaß gehabt, so viel Freude geteilt ... Stattdessen war ich bei Ungeheuern.

Doch als sie den Brief erneut zur Hand nahm und ihn noch einmal las, ließen die Worte ihrer Mutter, mit denen sie sich selbst die Schuld an allem gab, jähen Zorn in ihr hochkochen. Was wollte Mom von Jack Lineberry? Mitleid? Geld? Für Mercy strotzte der Brief nur so vor Selbstmitleid.

Aber vielleicht war ihr Urteil ungerecht. Es hatte bestimmt großen Mut erfordert, sich in diesen Mafiakreisen zu bewegen und diese Gangster heimlich zu bekämpfen. Und dann war auch noch ihre Familie angegriffen worden, eine Tochter entführt, die andere lebensgefährlich verletzt worden. Und als wäre das noch nicht genug, war auch der Mann, den sie liebte, beinahe einem Mordanschlag zum Opfer gefallen.

Mercy hatte es nie gemocht, wenn andere über sie urteilten und sie aufgrund ihrer schäbigen Kleidung, ihres klapprigen Autos, ihrer begrenzten Bildung oder ihrer etwas derben Manieren in eine Schublade steckten. Wie konnte sie sich da das Recht herausnehmen, über andere zu urteilen, selbst wenn es ihre Mutter war?

Eines stand für Mercy allerdings fest: Ihre Mutter *wollte* nicht gefunden werden. Sie *wollte* nicht am Leben ihrer Töchter teilhaben. Okay, es war ihre Entscheidung, dennoch fand Mercy es ziemlich egoistisch. Obwohl sie den Brief nun zweimal gelesen hatte und viele Erinnerungen in ihr hochgekommen waren, konnte sie immer noch nicht verstehen, warum Lee ihrer beider Mom finden wollte. Sie konnte keinen Sinn darin erkennen. Die Frau mit dem hochgesteckten Haar und der liebevollen Verspieltheit war Geschichte. Sie hatte ihre Entscheidung getroffen, nicht mehr für ihre Töchter da zu sein. Das war eine Tatsache, die man akzeptieren musste.

Mercy schaute auf, als die Tür aufging und Lee ins Zimmer kam.

Lee setzte sich neben Mercy aufs Bett und schaute auf den Brief in ihrer Hand.

»Und?«

Mercy zuckte mit den Schultern. »Was soll ich sagen? Ein Brief halt. Ein bisschen rührselig, wenn du mich fragst. Ich weiß nicht, was du darin siehst. Sie will nicht gefunden werden. Du solltest das Kapitel abhaken, Lee.«

Pine wurde blass, wirkte bedrückt. »Was sie geschrieben hat … berührt es dich überhaupt nicht?«

»Sollte es?«

»Warum hast du dann rote Augen und feuchte Wangen?«

Mercy warf den Brief aufs Bett und schaute zur Seite. »Ich kann diesen Scheiß jetzt nicht gebrauchen, Lee, okay? Ich bin hergekommen, um das Kapitel Desiree für mich abzuschließen. Ich habe der Hexe meine Meinung gesagt und weiß jetzt, dass ich nicht wegen eines Mordes gesucht werde, den ich sowieso nicht begangen habe. Jetzt will ich zurück zu meinem einfachen kleinen Leben.«

»Und was ist mit mir?«

Mercy wandte sich ihr zu und sah sie an.

Pines Augen glänzten. »*Ich* hab nicht beschlossen, dass ich nichts mit dir zu tun haben will. *Ich* hab dich nicht im Stich gelassen. Ich habe dreißig Jahre ohne meine Schwester gelebt, Mercy. Jetzt haben wir uns gefunden, und du willst wieder fort? So wie Mom damals?«

Mercy ließ sich davon nicht beeindrucken. »Mein Leben war kein Spaziergang, verstehst du? Die letzten dreißig Jahre hätte ich gerne anders verbracht, *Sis*. Mit dir hätte ich sofort getauscht.« Sie rollte ihren Ärmel hoch. »Siehst du das hier?«

Pine schaute auf den von Narben übersäten Arm. »Ich weiß, was sie dir angetan hat.«

»Glaubst du? Ich sag dir, du hast keinen blassen Schimmer,

was dieses Dreckstück mit mir gemacht hat. Willst du noch was sehen?«

Mercy zog den Kapuzenpulli und das Unterhemd aus. Ihr Oberkörper war voll schwarzer Brandmale und Narben.

Pine schlug entsetzt die Hand vor den Mund.

»Desiree hatte eine Vorliebe für Zigaretten, obwohl sie Nichtraucherin war. Umso lieber hat sie damit rumgespielt.« Sie deutete auf drei unmittelbar nebeneinanderliegende Brandmale auf ihrem Arm. »Weißt du, wie sie die genannt hat?«

Pine brachte kein Wort heraus, starrte nur auf den Arm.

»Sie hat gesagt, das seien ›die drei Bären‹ und ich Goldlöckchen. Das eine Brandmal sei zu heiß gewesen, das andere zu kalt und das dritte genau richtig. Sie hat die Glut in die Haut gedrückt, bis mir fast die Augen rausgefallen wären. Da war ich neun.«

Sie zog die Hose herunter und entblößte ihre Beine. »Und die da?« Sie deutete auf beide Oberschenkel, auf denen lange Reihen von Brandmalen zu sehen waren. »Das soll Ameisen darstellen, die mir über die Beine kriechen. Ich hätte ›Ameisen in der Hose‹, hat sie gemeint und sich gekringelt vor Lachen. Da war ich elf.«

Sie streifte den BH ab. »Meine Brust hat ihr nicht gefallen, also hat sie mit dem Messer daran rumgeschnitzt. Da war ich zwölf. Ich hatte noch gar keine Brüste; in Wahrheit hat sie mir bloß die Haut zerschnitten.«

Sie fasste sich an den Slip. »Und ... da unten ...« Mercy beugte sich vor und begann leise zu weinen. Zornig wischte sie sich die Tränen ab. »Da unten ...« Sie schüttelte den Kopf, sah aus, als müsste sie sich gleich übergeben. »Da war ich ... ich weiß gar nicht mehr, wie alt ich war. Nur noch, wie weh es getan hat. Es war das Schlimmste, was ich je erlebt habe.«

Pine konnte nicht mehr hinsehen. Es war mehr, als sie ertragen konnte.

»Genau«, sagte Mercy, »bloß nicht hinsehen. So was sieht keiner gerne. Ginge mir genauso. Ich war vielleicht auch mal so hübsch wie du, aber das war vor einer Ewigkeit. *Das* hier ist die Realität und das schon viel länger, als die ganze Zeit davor gedauert hat. Ich weiß, dass ich entstellt bin. Mit diesem Körper interessieren sich höchstens irgendwelche Losertypen für dich, und von denen gibt es genug. Die normalen Jungs verziehen sich, sobald sie das hier sehen.«

Sie rieb sich den Kopf. »Die Haare habe ich abgeschnitten, weil Desiree sie mir büschelweise ausgerissen oder verbrannt hat. Aber das und die vielen Narben waren noch nicht einmal das Schlimmste, was sie mir angetan hat.« Mercy schlug sich mit der Hand auf den Kopf. »Das Schlimmste hat sie hier oben angerichtet. Die Psychospielchen, der tägliche Terror, das war wirklich furchtbar. Die Dinge, mit denen sie mir gedroht hat und die sie irgendwann auch *getan* hat. Das hat sich immer mehr gesteigert, bis sie wahrscheinlich selbst darüber erschrocken ist, wozu sie fähig ist.«

Sie stockte, holte tief Luft.

»Als ich dann frei war«, fuhr sie fort, »bin ich ständig an irgendwelche miesen Typen geraten, die glaubten, sie könnten mit mir machen, was sie wollten. Am Anfang habe ich mich nicht mal gewehrt, so kaputt war ich. Ich hab Dinge gemacht, auf die ich nicht stolz bin, hab verdammt schlechte Entscheidungen getroffen, hab alle Drogen genommen, die du dir vorstellen kannst, und noch ein paar andere.«

Mercy wurde immer lauter, redete sich in Rage, während Pine mit geschlossenen Augen zuhörte.

»Irgendwann hatte ich endlich den Mumm, die Entschlossenheit oder wie du es nennen willst, um zu sagen: Es reicht. Von dem Moment an hatte ich dann so was wie ein eigenes Leben. Nichts Besonderes, aber es reichte, um meine Rechnungen bezahlen zu können. Manchmal hab ich kein Dach überm Kopf, aber ich stehe immer wieder auf und mache weiter. Allein. So bin ich es gewohnt. Ich kann nicht gut mit Leuten umgehen, weil ich weiß, dass ich nicht so bin wie die anderen. Ich bin kein normaler Mensch mehr. Schon lange nicht mehr. Und wenn du mich fragst, ob ich wieder weggehe, dann kann ich nur sagen: Klar, was sonst? Ich will zurück zu dem beschissenen kleinen Leben, das ich mir aufgebaut habe und mit dem ich umgehen kann. Leute wie ich wissen nicht, was morgen oder übermorgen sein wird. Wir wissen nur, dass sich für unsereins die Dinge schnell ändern können, viel schneller als bei *normalen* Leuten. So ist das nun mal. Ich habe die Regeln nicht gemacht und bin auch nicht mit ihnen einverstanden, aber es sind nun mal die Regeln, an die ich mich halten muss. Und ich lass mir von niemandem mehr blöd kommen. Tut mir leid, dass unser Wiedersehen nicht so ausfällt, wie du es gern hättest, aber so ist das Leben. Wenn du es dir vorstellst wie im Film, wo alle lächeln und in schmucken Häusern wohnen und sich alles in Freudentränen und Wohlgefallen auflöst – da bist du bei mir verkehrt. So *bin* ich nicht!«

Als Ausrufezeichen hämmerte sie mit der Faust gegen die Gipskartonwand und hinterließ eine Delle. Dann zog sie sich rasch wieder an, streifte den Kapuzenpulli über, stürmte hinaus und knallte die Tür zu.

Pine saß noch eine Weile da, während ihr die Tränen aus den geschlossenen Augen strömten. Als sie die Augen endlich öffnete, schaute sie zu der Delle, die ihre Schwester in ihrer Wut in die Wand geschlagen hatte.

Zum ersten Mal seit langer Zeit wusste Atlee Pine nicht mehr, was sie tun sollte.

60

Die Erinnerungen kamen mit aller Macht in ihm hoch, während Peter Buckley über das Gelände schlenderte. Hier hatte ihn seine Mutter einst im ersten Stock des Hauses mithilfe einer Hebamme geboren. Später war das Haus niedergebrannt, nachdem Bundesagenten es mit Brandgeschossen angegriffen hatten.

Buckley hatte das Anwesen nur teilweise wiederhergestellt. Heute gab es einen großen Schuppen, das Gefängnis, das Wohnhaus und zwei andere Gebäude. Auch den hohen Zaun und einen Wachturm hatte er wiederaufbauen lassen.

Als seine Eltern die Anlage damals betrieben und zusammen mit Hunderten Leuten hier gewohnt hatten, hatte es zahllose Scheunen und Wohnhütten für die Familien gegeben, außerdem ein großes, zweistöckiges Haus für die Alleinstehenden. Und natürlich die Kirche, in der sein Vater seine Version des Evangeliums gepredigt hatte, die nicht viel mit dem gemeinsam hatte, was man in anderen Gotteshäusern zu hören bekam. Am westlichen Rand des Geländes gab es einen kleinen See, in dem die Leute geschwommen waren und der auch als Trinkwasserquelle genutzt worden war.

Auf großen Feldern waren Getreide und Marihuana angebaut worden. Sie hatten Kühe und Schweine gezüchtet, außerdem Pferde und Mulis als Arbeitstiere. In einer gesonderten Anlage waren Drogen hergestellt worden, die über ein sorgfältig aufgebautes Netzwerk vertrieben wurden.

Buckley hatte die Drogenfabrik entdeckt, als er sich mit acht Jahren hineingeschlichen hatte. Die Effizienz der illegalen Anlage hatte ihn beeindruckt.

Damals war das ganze Anwesen eingezäunt und mit strategisch verteilten Wachtürmen gesichert gewesen. Der Zaun hatte nicht nur verhindert, dass ungebetene Gäste eindrangen; er hatte auch dafür gesorgt, dass Mitglieder, die vom Glauben abgefallen waren, das Gelände nicht verlassen konnten, sondern von Spezialisten mit bestimmten Methoden auf den rechten Weg zurückgeführt wurden.

Und dann gab es den Friedhof, denn es geschah trotz allem, dass Gläubige starben, obwohl der Führer ihnen ewiges Leben versprach. Ihr Tod wurde damit erklärt, dass ihr Glaube wohl nicht groß genug gewesen sei, was die anderen anspornte, sich noch mehr zu bemühen, der Linie zu folgen, die Buckleys Vater vorgab.

Es war ein brillantes System, das wunderbar funktioniert hatte, bis zu jenem schwarzen Tag, den Buckley nie vergessen würde.

Die Bundesagenten hatten sie zehn Stunden ununterbrochen über riesige Lautsprecher aufgefordert, aufzugeben und herauszukommen. Buckleys Vater hatte vorne beim Tor gestanden und diesen Angriff auf die Religionsfreiheit aufs Schärfste verurteilt. Er hatte sich auf die in der Verfassung garantierten Grundrechte berufen, obwohl er jahrelang gepredigt hatte, dass die *Faithful*, wie sie sich nannten, ein eigener Staat seien und das Land, auf dem sie lebten, nicht mehr zu den Vereinigten Staaten gehöre. Wenn es jedoch seinen Interessen diente, hatte er kein Problem damit gehabt, die Rechte des amerikanischen Staates in Anspruch zu nehmen.

Schließlich waren gepanzerte Fahrzeuge beim Tor vorgefahren. Hinter diesen Fahrzeugen waren Agenten in voller Kampfmontur und mit Sturmgewehren bewaffnet in Stellung gegangen.

Buckley erinnerte sich noch genau an die Panik vor allem unter den jungen Müttern, die seinen Vater angefleht hatten, sich zu ergeben. In dem allgemeinen Chaos hatte Buckley beobachtet, wie sein Vater die Wortführerin dieser Frauen hinter ein Gebäude gezerrt hatte. Er hatte nicht sehen können, was dann geschah, aber den Schuss hatte er gehört. Sekunden später war sein Vater ohne die Frau zurückgekommen und hatte wieder seinen Platz an der Spitze seiner Leute eingenommen.

Augenblicke später war das Tor gerammt worden und aus den Angeln geflogen. Dann war die Hölle losgebrochen. Stundenlang hatte man das Krachen der Schüsse in der Dunkelheit gehört. Explosionen hatten die Luft erfüllt, Flammen, Rauch und die Schreie der Verwundeten und Sterbenden.

Obwohl erst zwölf Jahre alt, hatte Buckley junior sich ein Gewehr genommen und sich in einer Scheune verschanzt. Dank des Zielfernrohrs hatte er zwei Agenten getroffen, aber nicht getötet, weil er nicht auf den Kopf, sondern auf den von einer Schussweste geschützten Körper gezielt hatte.

Als es vorbei war, waren zwei Dutzend Glaubensbrüder tot. Buckley senior überlebte mit schweren Schussverletzungen. Als sie ihn festnahmen, hielt er immer noch zwei leer geschossene Pistolen in den Händen. Es hatte etwas Heldenhaftes, dachte Buckley, wie der Anführer bis zum letzten Augenblick gekämpft hatte.

Nur drei Agenten waren gefallen, was auf ihre überlegene Ausbildung und Bewaffnung zurückzuführen war. Zudem waren die Glaubensbrüder keine guten Schützen gewesen. Buckley hatte immer angenommen, dass sein Vater, ein exzellenter Schütze, alle drei Agenten getötet hatte. Er selbst hatte es nie ganz verwinden können, dass er keinen einzigen Angreifer zur Strecke gebracht hatte.

Die Angehörigen der Gemeinschaft waren entweder festgenommen oder – insbesondere die Mütter mit ihren Kindern – im ganzen Land verteilt worden, damit sie neu anfangen konnten, unter strenger behördlicher Aufsicht. Buckley und seine Geschwister waren zu Verwandten gegeben worden, die sich nicht der Lehre seiner Eltern angeschlossen hatten.

Buckley seufzte. Die Jahre bei seinen Eltern waren die schönste Zeit seines Lebens gewesen. Umso schlimmer waren die Jahre danach. Mit achtzehn hatte er hart geschuftet, um genug Geld heranzuschaffen, dass seine Geschwister bei ihm leben konnten. Er hatte ein Haus in der Nähe des alten Sektengeländes gemietet und versucht, seine jüngeren Geschwister im Geiste ihrer Eltern zu erziehen, war aber damit gescheitert. Sobald seine Schwestern achtzehn waren, machten sie sich aus dem Staub und ließen sich nie wieder blicken. Seine Brüder hatten sich zu unfähigen Kleinkriminellen entwickelt, zu Trinkern und Drogensüchtigen, die sich von Frauen ausnutzen ließen.

Bis irgendwann nur noch Peter Buckley selbst übrig war. Befreit von allen familiären Pflichten, hatte er sich darangemacht, sein eigenes Imperium aufzubauen. Seine Entschlossenheit hatte ihm geholfen, sich selbst gegen Konkurrenten durchzusetzen, die intelligenter waren als er, weil er willensstärker, ehrgeiziger und rücksichtsloser war. Er arbeitete länger und verbissener als alle anderen, weil er wusste, wie es war, alles zu verlieren. Diese Angst war ihm ein ständiger Ansporn, sein Bestes zu geben.

Und da stand er nun und richtete seinen Blick auf diesen großen Augenblick. Es ging längst nicht mehr nur darum, den Tod seines missratenen Bruders zu rächen. Nun hatte er endlich Gelegenheit, den Bundesbehörden heimzuzahlen, was sie seiner *Familie* angetan hatten.

»Auge um Auge« war ein Relikt einer archaischen Kultur, obwohl dieses Prinzip auch in den meisten Religionen seinen Platz hatte. Auf Peter Buckleys Situation traf es jedenfalls zu. Was er vorhatte, würde die Welt nicht verändern, doch es war eine angemessene Vergeltung für den Tod seines Vaters und die Zerstörung seines Lebenswerks.

Buckley war mit Jeans und Pulli bekleidet; dazu trug er eine braune Jägerjacke und Gummistiefel, da der Boden nach den jüngsten Regenfällen tief und aufgeweicht war. Er schritt den neuen Zaun der Anlage ab und nickte den Wachmännern im Turm zu, die mit AR-15-Sturmgewehren bewaffnet waren und den Horizont nach möglichen Bedrohungen absuchten. Außer ihm und einigen handverlesenen Mitarbeitern waren nur Britt Spector und eine andere Person hier. Letztere war vielleicht die wichtigste für das Gelingen seines Plans.

Buckley öffnete die Tür zu einem Gebäude mit einem Schild, das die simple Aufschrift »GEFÄNGNIS« trug. Auch in der Glaubensgemeinschaft seines Vaters war es einst notwendig gewesen, einzelne Mitglieder zu züchtigen. Hier hatten sie ihre Strafe abgesessen. In dieser Hinsicht war sein Vater sehr streng gewesen. Wer gegen die Regeln verstieß, wurde zur Rechenschaft gezogen, um die anderen abzuschrecken. Das war der Grund, warum Buckley das Gefängnis wiederaufgebaut hatte: als ein Symbol. Er hatte nicht gedacht, es je zu benutzen.

Doch nun gab es einen Häftling.

Carol Blum.

61

Sie saß auf dem kleinen, harten Bett in der vergitterten Zelle. Statt ihrer Kleidung trug sie einen der schwarz-weiß gestreiften Häftlingsanzüge, die Buckley angeschafft hatte. Sein Vater hatte darauf bestanden, die Übeltäter auf diese Weise kenntlich zu machen und an den Pranger zu stellen.

Blum schaute auf, als sie Buckley eintreten sah. Er konnte ihr ansehen, dass sie sich alle Mühe gab, tapfer dreinzublicken, doch hinter der Fassade spürte er ihre nackte Angst. Ihm würde es an ihrer Stelle nicht anders gehen. Es lag in der menschlichen Natur, Angst zu haben, wenn das Leben sich dem Ende zuneigte.

Er stand auf seiner Seite des Gitters und musterte sie. Ihre Augen waren nicht verbunden. Wozu auch.

»Haben Sie alles, was Sie brauchen?«, fragte er.

»Meinen Sie das im Ernst?«, fragte sie zurück. »Oder sind Sie nur gekommen, um Psychospielchen mit mir zu treiben? Haben Sie wirklich nichts Besseres zu tun?«

»Es tut mir leid, wenn ich Sie mit meiner Frage beleidigt habe. Ich glaube, Sie haben recht. Unter diesen Umständen war das nicht sehr feinfühlig.« Er setzte sich auf einen Stuhl und schlug die Beine übereinander. »Gut, dann kommen wir zur Sache. Erzählen Sie mir von den Pine-Schwestern.«

»Warum?«

»Sie interessieren mich. Ich bin von Natur aus neugierig.«

»Was wollen Sie wissen?«

»Was sind sie für Menschen?«

»Mercy habe ich eben erst kennengelernt«, sagte Blum.

»Trotzdem. Erzählen Sie mir einfach alles, was Sie wissen.«

»Ich werde Ihnen gar nichts erzählen. Erst recht nichts, was den beiden schaden könnte.«

»Darum geht es mir doch gar nicht. Passen Sie auf. Um meinen guten Willen zu demonstrieren, will ich Ihnen etwas über meine Familie erzählen. Ken war mein jüngster Bruder. Ich war der Älteste von uns allen. Außerdem habe ich zwei Schwestern. Meine anderen Brüder waren Versager wie Ken. Sie sind entweder tot oder im Gefängnis.«

»Und Ihre Schwestern?«

»Die haben die Familie vor langer Zeit verlassen«, sagte Buckley.

»Es bestätigt sich immer wieder, dass Frauen in gewissen Dingen das bessere Urteilsvermögen haben.«

Buckley lächelte schmallippig. Er wollte ein zwangloses Gespräch mit ihr führen, um ihr nützliche Informationen zu entlocken, doch seine Geduld hatte Grenzen. Er spürte ein Zittern in der rechten Hand und war selbst überrascht, dass sie sich unwillkürlich zur Faust ballte. Vielleicht lag es an diesem Ort, wo Menschen sich oft in Extremsituationen befunden hatten. Und nun kam in ihm hoch, was normalerweise unter der ruhigen, beherrschten Fassade verborgen war. In jener Nacht war er trotz seiner zwölf Jahre rasend vor Zorn gewesen. Er hatte eine halbe Ewigkeit gebraucht, um seine inneren Dämonen zu bändigen. Er glaubte, es sei ihm gelungen, doch in diesem Augenblick war Buckley sich nicht mehr so sicher.

Er räusperte sich. »Ken hatte eine Freundin«, fuhr er fort. »Er hat sie grauenhaft behandelt. Ich habe mich vergeblich bemüht, ihn zu einem zivilisierten Menschen zu erziehen. Eines Tages ist er Mercy Pine über den Weg gelaufen, denn so heißt sie ja in Wahrheit. Es kam zum Kampf. Ken hat eine Pistole gezogen, und sie hat ihn völlig zu Recht zusammengeschlagen. Im Krankenhaus ist er an seinen Verletzungen gestorben. Wahrscheinlich weiß sie gar nicht, dass er tot ist.«

»Geht es Ihnen also nur darum, Ihren Bruder zu rächen? Obwohl er es nicht anders verdient hatte, wie Sie selbst sagen?«

»So einfach ist das nicht. Rache ist eine komplizierte Angelegenheit, besonders, wenn es die Familie betrifft. Nein, das war nur der Auslöser. Jetzt geht es um etwas anderes, etwas … Symbolisches.« Er schaute sich um. »Wissen Sie, wo wir hier sind?«

»Nein. Wir sind mit einem Flugzeug irgendwo in dieser Gegend gelandet, dann hat mich ein Auto hierhergebracht. Ich hatte nicht viel Gelegenheit, die Landschaft zu bewundern.«

»Dieses Anwesen hat meinen Eltern gehört, Peter und Deborah Buckley. Sagen Ihnen die Namen etwas?«

Blum kniff die Augen zusammen. Ja, da war etwas gewesen, vor langer Zeit. Plötzlich fiel es ihr ein. »Das war vor über dreißig Jahren, nicht wahr? Ihre Eltern haben damals eine radikale Sekte angeführt. Aber sie waren auch in Drogen- und Waffenhandel verwickelt. Unter anderem. Bis die Feds das Anwesen gestürmt haben. Es kam zu einer wilden Schießerei, bei der Ihr Vater schwer verletzt wurde.«

»Meine *liebe* Mutter hat gegen ihn ausgesagt und dann auch noch ihre Kinder alleingelassen. Mein Vater wurde im Gefängnis ermordet. Sie haben eben angedeutet, dass es noch andere Vorwürfe gegen meinen Vater gegeben hat. Welche?«

Sie musterte ihn einen Augenblick. »Sie müssen damals noch ein Kind gewesen sein.«

»Ich war zwölf.«

Blum zögerte. »Es ist nicht so wichtig.«

»Wenn es meine Familie betrifft, *ist* es wichtig.«

»Das FBI war an der Festnahme und der Strafverfolgung beteiligt, deshalb erinnere ich mich daran. Ich war damals in einer

Dienststelle im Westen, nicht allzu weit von diesem Anwesen entfernt. Ich war sogar selbst kurz als Assistentin mit dem Fall beschäftigt. Die Sache war extrem kompliziert und aufwendig, deshalb wurden alle verfügbaren Kräfte mobilisiert. Der Fall hatte für mehrere Behörden absolute Priorität, auch für das Bureau.«

»Und?«

»Ihrem Vater wurden unter anderem Prostitution und Menschenhandel vorgeworfen. Er hat junge Männer und Frauen als Sexsklaven verkauft, darunter auch Mitglieder der Sekte. Ich kann mich nicht mehr erinnern, wie sie sich genannt haben.«

»Die *Faithful*. Die Vorwürfe des Menschenhandels, der Prostitution und so weiter wurden aber nie bewiesen.«

»Doch, sie wurden im Prozess als eindeutig zutreffend bewiesen. Deshalb hat Ihr Vater auch lebenslänglich ohne Aussicht auf Bewährung bekommen. Möglicherweise hat Ihre Mutter gegen ihn ausgesagt, weil sie von Schuldgefühlen geplagt wurde. Das könnte ich mir jedenfalls vorstellen.«

»Sie haben mich falsch verstanden. Ich wollte sagen, die Beweise waren für *mich* nicht ausreichend.«

Blum schwieg. Sie sah, dass nichts, was sie sagte, Buckleys Meinung ändern konnte. Es war, als wollte man mit einem Schlepper einen Eisberg verschieben.

Buckley lehnte sich im Stuhl zurück. »Jetzt habe ich meine Vergangenheit offengelegt, also beantworten Sie bitte auch meine Fragen.«

»Atlee Pine ist eine erstklassige Agentin. Sie hat meines Wissens noch jeden ihrer Fälle aufgeklärt. Sie ist hartnäckig, klug und zäh.«

»Und eine gute Freundin von Ihnen. Ihr wird sicher daran gelegen sein, Sie wohlbehalten zurückzubekommen.«

»Nur haben Sie vermutlich etwas dagegen.«

»Und Mercy Pine?«

»Die ist durch die Hölle gegangen.«

»Ja, ich weiß einiges über ihre Vergangenheit. Erzählen Sie mir von den Eltern der Mädchen.«

»Warum?«

»Was man über die Eltern weiß, sagt viel über die Kinder.«

»Gilt das auch für Sie?«, konterte sie.

Er lächelte. »Sind Sie wirklich nur Assistentin, keine FBI-Agentin?«

»Ich nehme das als Kompliment.«

»Ich gebe zu, meine persönliche Geschichte hat mich geprägt. Also, was ist mit den Eltern der Pine-Zwillinge?«

»Ihre Mutter hat als junge Frau für eine Bundesbehörde als Maulwurf gegen die Mafia gearbeitet. Dadurch lebte die Familie in ständiger Gefahr. Tatsächlich wurde eines Tages Mercy entführt und Atlee halb totgeschlagen. Die Mädchen waren zu dem Zeitpunkt sechs Jahre alt. An dem Tag wurde das Leben der Familie zerstört, besonders das der beiden Mädchen.«

»Die Mafia? Interessant. Und wo leben ihre Eltern jetzt?«

»Das weiß niemand. Agentin Pine sucht sie schon seit Jahren.«

»Ihre Mutter muss eine mutige Frau sein, dass sie es mit der Mafia aufgenommen hat.«

»Man kann sich kaum vorstellen, welche Ängste sie ausgestanden haben muss, aber sie hat ihre Pflicht getan. Dafür hat sie einen hohen persönlichen Preis bezahlt.«

»Sie muss ziemlich groß gewesen sein, stimmt's? Oder war es ihr Mann?«

»Sie war über eins achtzig, das weiß ich von Agentin Pine. Als sie jung war, hat sie eine Zeit lang als Model gearbeitet.«

Buckley nickte. »Beide Töchter sind groß und kräftig und wissen sich zu wehren. Ich habe selbst gesehen, wozu Mercy Pine fähig ist. Und ihre Schwester hat es wahrscheinlich genauso drauf.

Ich habe ihre Wikipedia-Seite gesehen. Sie hätte als Gewichtheberin beinahe an den Olympischen Spielen teilgenommen. Beeindruckend.«

»Beide Schwestern hatten es nicht leicht im Leben.«

»Gut, gut. Aber ich nehme nicht an, dass Agentin Pine je physisch gefoltert wurde wie ihre Schwester?«

»Nein, ich glaube nicht. Aber warum interessiert Sie das?«

»Schmerzen ertragen zu können, erfordert unglaubliche Stärke. Bei einer Auseinandersetzung kann das den Ausschlag geben.«

»Mag sein, aber ich verstehe nicht, worauf Sie hinauswollen.«

»Das müssen Sie auch nicht, Mrs. Blum. Hauptsache, *ich* weiß es.«

»Ich komme hier nicht lebend raus, oder?«

»Nein. Und die Pine-Schwestern genauso wenig.«

Blum erschrak. »Die beiden sind doch nicht hier, oder?«

Buckley stand auf und tippte mit dem Finger an einen Gitterstab.

»Noch nicht.«

62

Britt Spector musste zugeben, dass der Plan brillant war. Aber auch riskant, und das machte seine Umsetzung kompliziert. Ihre Bewunderung für Buckley war wachsender Sorge gewichen. Der Mann nahm die Sache viel zu persönlich, auch wenn es um seinen missratenen Bruder ging. Doch der Tod seines Bruders schien nur der Auslöser für einen tiefer sitzenden Groll zu sein, den er schon lange mit sich trug und der nun mit aller Macht hervorzubrechen drohte. Spector fragte sich, wohin das führen mochte.

Sie hatte sich auf dem Anwesen umgesehen. Es war wichtig, das Gelände zu kennen, auf dem man sich bewegte. Sie hatte großes Vertrauen zu Peter Buckley, aber es konnte immer etwas schiefgehen, und dann musste man sehen, wo man blieb. Dann war Vertrauen nichts mehr wert. Dann war man auf sich allein gestellt.

Sie war zum ersten Mal in dieser Gegend. Es war ein raues Gelände, in dem es bestimmt nicht leicht war zu überleben, wenn es hart auf hart ging.

Buckley hatte nie von seinem Anwesen gesprochen. Spector wusste ein paar Dinge über seine Vergangenheit und hatte Informationen über die Anlage eingeholt, nachdem er ihr gesagt hatte, wohin er wollte. Seine Kindheit war ziemlich ungewöhnlich und wahrscheinlich genauso schwierig gewesen wie ihre. Allein deshalb stand es ihr nicht zu, allzu hart über ihn zu urteilen.

Sie spähte zu den fernen Bergen und den niedrigeren Hügeln im Vorland. Es gab tiefe Schluchten, die Äonen zuvor von mächtigen Flüssen in die Erde gegraben worden waren. Nach ihrer Ankunft war Spector mit dem Auto umhergefahren, um die Gegend kennenzulernen und deren Geheimnisse zu ergründen. Man konnte nie wissen, was einen erwartete.

Sie ging zu dem neuen zweistöckigen Gebäude, wo früher eine Scheune gestanden hatte, wie sie von Buckley wusste.

Drinnen war ein Team mit den Vorbereitungsarbeiten beschäftigt. Zwischen Stahlpfosten wurde drei Meter hoher Maschendraht gespannt. Spector schlug mit der Hand gegen einen Pfosten; er bewegte sich keinen Millimeter. Buckley machte keine halben Sachen.

Spector besprach den Plan mit dem Leiter des Bautrupps. Der Mann wurde gut bezahlt, hatte aber keine Ahnung, wozu das Ganze letztlich dienen sollte. Er wollte es auch nicht wissen. Sobald sie fertig waren, würden er und seine Leute mit einem gecharterten Flugzeug in das Land zurückfliegen, in dem Buckley sie engagiert hatte, und damit war die Sache für diese Männer erledigt.

Spector verließ die ehemalige Scheune und ging nach links, die Hauptstraße der Anlage hinunter. Es grenzte an ein Wunder, dass hier einst so viele Leute gelebt hatten. Und gestorben waren, wie die mehr als hundert Gräber auf dem Friedhof bezeugten, auf deren schlichten Holztafeln nur die Vornamen der Verstorbenen standen. Buckley hatte ihr erzählt, sie alle seien eines natürlichen Todes gestorben.

Spector hatte ihre Zweifel, ja, sie war sich keineswegs sicher, ob er selbst daran glaubte. Sie konnte nicht wissen, wie er mit seinen Erinnerungen an jene Zeit umging. Vielleicht hatte er manches schlichtweg verdrängt.

Spector hob den Blick zum klaren Himmel, der in dieser

Gegend schier endlos wirkte. Es gab im Umkreis von hundert Meilen keine menschlichen Behausungen. Im Flugzeug waren sie über flaches, von Hügeln durchzogenes Land hinweggeflogen, bis in der Ferne die schneebedeckten Berge aufgetaucht waren. Sie hatte Vögel und andere Tiere gesehen und karges, von roter Erde bedecktes Terrain, in dem kaum etwas gedieh.

Nur Menschen hatte sie keine gesehen.

Wahrscheinlich war es das, was Buckley an diesem Ort so schätzte. Einmal hatte er ihr erzählt, dass er gerne hierherkomme, wenn er ein paar Tage für sich sein wolle. Es erstaune ihn immer wieder, welche Kraft im Alleinsein stecke, hatte er gemeint.

»Wir sind alle wie Hamster in einem Rad, Britt. Wir bleiben kaum einmal stehen, um uns zu fragen, was wir eigentlich wollen und was uns wirklich wichtig ist. Meistens hetzen wir, ohne nachzudenken, irgendwelchen Trugbildern hinterher.«

»Wenn Sie es sagen, Peter«, hatte sie bloß geantwortet, was ihm nicht gefallen hatte. Sie hielt grundsätzlich nichts davon, dem Mann nach dem Mund zu reden. Sie wusste, dass er sie nur respektierte, wenn sie genau das eben *nicht* tat. Wenn sie sich nicht scheute, von seiner Meinung abzuweichen.

Spector fragte sich, ob Buckley auf seinen einsamen Wanderungen manchmal darüber nachgedacht hatte.

An seinem Plan gefiel ihr besonders die Schlichtheit. In ihren Augen hätte es auch eine Kugel oder eine Schlinge getan, ein harter Schlag gegen die Schädelbasis, ein Messer oder eine kleine Prise eines tödlichen Gifts. Darauf würde Buckley vielleicht erwidern, dass sie keinen Stil habe, keine Fantasie. Sie hätte ihm zugestimmt. Spector wollte sich in ihrer Arbeit nicht verewigen. Sie fühlte sich nicht als Künstlerin, sondern als professionelle Handwerkerin. Ihr stand ein Michelangelo näher als ein da Vinci. Michelangelo war zwar auch genial gewesen, doch seine Werke strahlten etwas Praktisches, Hemdsärmeliges aus, das sie mehr ansprach als die Verklärtheit und Mystik einer *Mona Lisa.*

Sie hatte weitere Nachforschungen angestellt und von ihren FBI-Kontakten wertvolle Informationen erhalten. Manches davon hatte sie an Buckley weitergegeben, manches behielt sie für sich.

Sie betrat das kleine Gefängnis, ging am Wachmann vorbei und schaute zwischen den Gitterstäben in die Zelle, in der Carol Blum saß. Spector hatte die Frau in Asheville entführt, hatte durch das Autofenster hindurch die Pistole auf sie gerichtet. Blum war klug genug gewesen zu erkennen, dass jeder Widerstand zwecklos war.

Spector hatte die Frau murmeln gehört: »Nicht schon wieder.« Eine seltsame Bemerkung, doch Spector musste ihr zugestehen, dass sie Mumm hatte. Blum musste wissen, dass ihr Schicksal besiegelt war, doch sie ließ es sich nicht anmerken. Das allein war beeindruckend.

Blum schaute zu ihr heraus. »Sie kommen mir irgendwie bekannt vor. Aber ich komme einfach nicht darauf, woher.«

»Ich glaube nicht, dass wir uns schon mal begegnet sind.«

»Verraten Sie mir Ihren Namen?«

»Das wäre nicht besonders schlau.«

»Mr. Buckley hatte kein Problem damit, sich vorzustellen. Er hat mir sogar seine Familiengeschichte erzählt.«

»Das ist seine Sache. Ich arbeite anders.«

»Das heißt, Sie sind sich Ihrer Sache nie zu sicher. Bei Männern ist das meistens anders, selbst bei den intelligenten. Besonders, wenn es um Frauen geht.«

»Da kann ich Ihnen nicht widersprechen. Im Gegenteil, Sie haben hundertprozentig recht.«

»Wahrscheinlich bezahlt er Sie gut.«

Spector legte eine Hand ans Gitter. »Manchmal ist es irgendwie trotzdem nicht genug. Wie in diesem Fall.«

»Plagt Sie etwa das Gewissen?«

»Was können Sie mir über Mercy Pine sagen?«

»Das hat mich auch Mr. Buckley gefragt. Ich kenne sie erst seit Kurzem. Ich weiß sehr wenig über sie.«

»Aber Sie waren zuletzt mit ihr zusammen. Und ich sehe, dass Sie eine gute Menschenkenntnis haben. Die brauchen Sie auch als Assistentin im Bureau.«

»Kennen Sie das Bureau?«, fragte Blum rasch.

Spector lächelte. »In meinem Geschäft müssen Sie über das FBI Bescheid wissen. Das können Sie interpretieren, wie Sie wollen.«

»Was wollen Sie wissen?«

»Ich habe gehört, dass Mercy bei Desiree Atkins keine besonders schöne Kindheit hatte.«

»So kann man es auch sagen. Es wäre allerdings die Untertreibung des Jahrhunderts.«

»Aber Mercy ist davongekommen und ihren Weg gegangen, nicht wahr?«

»Das stimmt. Und jetzt soll sie Buckleys Bruder umgebracht haben, was ihm nach seiner verqueren Logik das Recht gibt, sie zu töten.«

»Hat Agentin Pine ihre Schwester gefunden?«

»Soweit ich weiß, nein. Aber ich habe keine Ahnung, was Mercy getan hat, nachdem sie bemerkt hatte, dass ich verschwunden war.«

»Wir hatten uns schon gedacht, dass Sie beide zusammen waren. Hat Mercy das Haus beobachtet?«

»Kann sein. Dann allerdings frage ich mich, warum Sie es nicht auf sie abgesehen hatten, sondern auf mich.«

»Sie sind nicht die Einzige, die sich diese Frage stellt. Aber ich treffe hier nicht die Entscheidungen, ich führe sie nur aus.«

»Warum wollen Sie mehr über Mercy erfahren?«

Spector rieb sich die Narbe auf dem Arm, die sie an ihre eigene Hölle erinnerte, die sie in der Kindheit durchgemacht hatte.

»Mich interessiert, wie Menschen, die ähnliche Herausforderungen zu bewältigen hatten, später ganz unterschiedliche Wege einschlagen.«

»Das hat wahrscheinlich mit der Persönlichkeit zu tun, mit individuellen Entscheidungen.« Blum musterte Spector eindringlich. »Haben Sie etwas Ähnliches durchgemacht wie Mercy Pine und danach einen anderen Weg eingeschlagen?«

Spector schien nicht recht zu wissen, wie sie auf diese direkte Frage antworten sollte. »Für mich waren es damals die richtigen Entscheidungen. Ich war auf der Seite des Rechts – so würden Sie es vielleicht nennen, auch wenn es sich blödsinnig anhört.«

»Für mich hört sich das gar nicht blödsinnig an. Was ist dann passiert?«

»Wie meinen Sie das?«

»Na ja, es ist offensichtlich, dass Sie nicht mehr auf der Seite des Rechts stehen.«

»Um es mit Ihren Worten zu sagen: Das hat mit individuellen Entscheidungen zu tun.«

Blum legte den Kopf schief und sah die Frau enttäuscht an. »Die Individualität eines Menschen rechtfertigt aber keine *falschen* Entscheidungen, das wissen Sie so gut wie ich.«

»Mag sein.«

»Und nur damit es keine Missverständnisse zwischen uns gibt: Mir ist klar, dass Sie dieses ziemlich offene Gespräch mit mir nur führen, weil ich bald nicht mehr in der Lage sein werde, es weiterzuerzählen.«

»Ich habe Ihnen meinen Namen nicht verraten. Gibt Ihnen das nicht ein bisschen Hoffnung?«

»Ehrlich gesagt, nein.« Blum stockte einen Augenblick und sagte dann beinahe wehmütig: »Als ich vor ziemlich langer Zeit beim FBI angefangen habe, hatte ich für eine große Familie zu sorgen. Da war eine Laufbahn als Agentin einfach nicht drin. Ich weiß gar nicht, wer die erste Agentin beim Bureau war.«

»Alaska Packard Davidson«, antwortete Spector prompt. »Das war 1922. Ihre Brüder haben die Packard-Autofabrik gegründet. Sie war schon vierundfünfzig, als sie Sonderermittlerin im Bureau of Investigation wurde, dem Vorgänger des FBI.«

Blum griff den Faden auf. »Stimmt, jetzt erinnere ich mich. Aber dann wurde Hoover Direktor und wollte keine Agentinnen mehr in seiner Truppe.«

»Aber nachdem Hoover 1972 gestorben war, ernannte das Bureau die beiden ersten Frauen seit 1929 zu Spezialagentinnen.«

»Susan Roley«, sagte Blum. »Der andere Name fällt mir jetzt nicht ein.«

»Joanne Pierce«, fügte Spector hinzu.

Blum musterte sie mit einem Blick, so scharf wie ein Messer.

»Sie sind ganz schön raffiniert«, sagte Spector lächelnd. »Sie haben das alles natürlich selbst gewusst, wollten es aber von mir hören.«

»Das spielt keine Rolle mehr. Aber was ich jetzt über *Sie* weiß, macht mich wirklich traurig.«

Spectors Lächeln schwand. »Wen interessiert, was Sie von mir denken?«

»Es macht mich trotzdem traurig, ob es Ihnen passt oder nicht.«

»Wir alle müssen unsere Entscheidungen treffen, ob Mann oder Frau.«

»Und Sie haben Ihre längst getroffen. Ich bin nur ein Kollateralschaden. Manche würden sagen, ich habe lange genug gelebt. Meine Kinder sind erwachsen. Ich bin nicht verheiratet. Wer braucht mich hier noch? Ich wäre bald nur noch ein verblasstes Bild an der Wand.«

Ihre offenen Worte verhärteten Spectors Gesicht, doch dahinter schimmerte etwas Sanfteres durch. »Sie kommen mir gar nicht wie jemand vor, der zu Selbstmitleid neigt.«

»Ich bin realistisch«, erwiderte Blum.

»Ich hoffe, Pine weiß Sie als Assistentin zu schätzen«, sagte Spector.

»Sie wird mich hoffentlich in guter Erinnerung behalten. Falls sie die Möglichkeit dazu hat.«

Spector trat noch näher ans Gitter. Sie hatte offenbar genug von dem verbalen Geplänkel. »Hören Sie, Sie scheinen mir eine ganz nette Lady zu sein. Bestimmt sind Sie auch eine fähige FBI-Mitarbeiterin. Und Ihre Chefin genauso. Ich habe auch nichts gegen Mercy Pine. Sie hatte es sicher nicht leicht mit dieser beschissenen Kindheit. Persönlich habe ich gegen Sie alle nichts.«

»Aber es ist die alte Geschichte, oder? Sie haben einen Job zu erledigen.«

»Es steht sehr viel auf dem Spiel.«

»So ist es immer, wenn es darum geht, jemanden umzubringen. Zumindest sollte es keine Kleinigkeit sein. Das unterscheidet uns doch wohl von anderen Lebewesen, oder?« Blum schaute die Frau eindringlich an. »Aber das wissen Sie ja alles selbst. Und es geht nicht nur um *individuelle Entscheidungen*, oder? Auch nicht für eine ehemalige Spezialagentin des FBI.«

Spector schürzte die Lippen, drehte sich um und ging.

Blum hätte ihre abschließende Bemerkung als kleinen Triumph auskosten können.

Doch da war nur Trauer über ein vergeudetes Leben. Und über das Unheil, das ihnen allen drohte.

63

Mercy saß in ihrem klapprigen Civic und schaute aus dem Fenster, ohne etwas zu sehen. Es gab vieles, über das sie hätte nachdenken können, nachdem sie aus dem Hotelzimmer ihrer Schwester gestürmt war. Doch aus irgendeinem Grund galt ihr einziger Gedanke ihrer Puppe Sally, die sich in ihrem Seesack im Porsche SUV befand. Ob sie Sally je wiedersehen würde? So absurd ihre Sorge in dieser Situation auch sein mochte, für Mercy hatte diese Puppe eine besondere Bedeutung. Sie fuhr mit der Hand über das abgegriffene Lenkrad und stellte sich vor, jemand anderer würde Sally in diesem Augenblick in der Hand halten. Schon der Gedanke machte sie wahnsinnig.

Aber in Wahrheit ging es vielleicht gar nicht um die Puppe. Sie hatte ihre Schwester soeben für eine Therapiesitzung missbraucht. Sie hatte rauslassen müssen, was sie so schrecklich lange mit sich herumgetragen hatte. Es noch länger zu verdrängen, hätte irgendwann weitaus folgenschwerere Konsequenzen gehabt. Besser, man ließ etwas Dampf ab, bevor Schlimmeres passierte. Nur hatte ausgerechnet ihre Schwester es nicht verdient, dass sie ihr das alles an den Kopf geknallt hatte. Aber Lee war nun mal gerade verfügbar gewesen, und so hatte sie die volle Ladung abgekriegt.

Mercy wusste, dass sie das nicht so stehen lassen konnte. Aber die Dinge waren kompliziert, also bot sich der Umweg über Sally an. Puppen waren ungeheuer praktisch. Man tat so, als wären sie lebendig und als würden sie einen bedingungslos lieben. Alles, was es brauchte, war ein klein wenig Fantasie.

Aber dann kam das wirkliche Leben dazwischen und machte alles kaputt. Man musste sich der Realität stellen, die nicht von Puppen, sondern von Menschen bestimmt wurde, mitsamt den Fehlern, die sie hatten. Mercy brauchte noch drei Minuten, um Sally nachzutrauern und sich an ihre frühe Kindheit zu erinnern, als ihre einzigen Sorgen gewesen waren, welchen Fantasie-Tee sie ihren Fantasie-Freundinnen servieren würde und ob ihre wilde Schwester auch diesmal gesund und wohlbehalten vom Baum runterkam.

Mercy leistete sich den Luxus dieser drei Minuten, dann war Sally kein Thema mehr.

Sie stieg aus und lehnte sich ans Autodach, aufgrund ihrer Größe etwas vornübergebeugt. Es war ein strahlend schöner Tag, und es gab einiges, über das sie sich hätte freuen können: Desiree saß hinter Gittern. Sie hatte ihre Zwillingsschwester wiedergefunden. Sie hatte etwas über ihren richtigen Vater erfahren und wusste, dass der Mann, der für sechs Jahre ihr Dad gewesen war, irgendwo mit ihrer Mutter lebte, der großen, schlanken Schönheit mit den hochgesteckten Haaren und dem ansteckenden Lächeln, eine Erinnerung, die eben erst zurückgekommen war.

Sie konnte einen Schlussstrich ziehen und nach Hause fahren, auch wenn sie Sally nicht im Gepäck hatte. Was machte das schon. Schließlich war sie immer allein gewesen, hatte ihr eigenes Leben gelebt und sich um ihre Angelegenheiten gekümmert. Es hatte nie jemanden gegeben, der ihr wirklich wichtig war, weil da niemand war, dem *sie* wichtig war. Wenn man sein Leben nach diesen Prinzipien führte, kamen einem so grundlegende Gefühle wie Liebe und Zuneigung abhanden. Sie verkümmerten wie Muskeln, die nicht gebraucht wurden. Statt echte Bindungen einzugehen, hatte Mercy sich darauf beschränkt, anderen, die zum Treibgut der Gesellschaft gehörten, hin und wieder mit ein paar Münzen auszuhelfen.

Ich gebe Leuten Geld, die ich nicht kenne. Ich helfe ihnen, weil ich weiß, wie es ist, nichts zu haben. Aber das ist einfach. Ich stecke ihnen ein paar Dollar zu und gehe weiter. Darüber hinaus gibt es keine Verpflichtungen, keine dauerhafte Verantwortung. Wenn es wirklich hart wird, hab ich nichts damit zu tun. Ich kriege es nicht mit, wenn sie krank werden und sterben. Es geht mir nicht nahe, weil ich zu keinem von ihnen eine wirkliche Beziehung habe.

Bei Menschen, die einem nahestanden, die einen liebten, war es etwas anderes. Es war keine Einbahnstraße, sondern gegenseitige Verantwortung. Und das machte ihr plötzlich mehr Angst als alle Kämpfe, die sie je hatte bestehen müssen.

Eine tiefe Verbindung zu jemandem, der einem wirklich wichtig ist, so wichtig, dass es richtig wehtun würde, diese Verbindung zu verlieren? Willst du das? Das könnte schlimmer enden als alles, was Desiree dir angetan hat.

Viel leichter und schmerzloser war es, einfach zu gehen.

Aber das tat sie nicht.

Sie stapfte ins Hotel zurück und die Treppe hinauf. Den Flur entlang bis zur Tür. Sie klopfte an.

Pine öffnete. Frische Tränen schimmerten auf ihrem Gesicht wie das heiße Wachs einer Totenmaske.

Sie schien viel erstaunter zu sein, ihre Schwester vor sich zu sehen, als Mercy von ihrer spontanen Rückkehr überrascht war.

Habe ich etwa schon vorher gewusst, dass ich zurückkomme? Wahrscheinlich.

Pine schloss die Tür und setzte sich aufs Bett, während Mercy stehen blieb.

»Wie finden wir Carol?«, fragte Mercy geradeheraus.

Pine wischte sich die Tränen aus dem Gesicht, räusperte sich und wechselte in den FBI-Modus. »Wir haben eine Suchmeldung rausgegeben. Vermutlich haben die den Porsche irgendwo abgestellt. Vielleicht ist sie schon in einem anderen Bundesstaat. Wer weiß, vielleicht sogar in einem anderen Land.«

»Das glaube ich nicht.«

»Was?«

»Der Kerl hat es auf *mich* abgesehen, das hast du selbst gesagt. Mit Carol wird er sich nicht zufriedengeben. Sie ist nur Mittel zum Zweck.«

Pine strich sich die Haare aus dem Gesicht. »Du hast recht. So muss es sein.«

»Das heißt, er wird Carol benutzen, um an mich heranzukommen.«

»Zumindest wird er es versuchen.«

Mercy nickte und zögerte einen Augenblick, ehe sie ihren Gedanken aussprach. »Wenn er sie als Druckmittel einsetzt, können wir mich als Köder benutzen. So kommen wir an Carol heran.«

»Nein, so verlieren wir auch noch dich, Mercy.«

»Wir müssen etwas tun, sonst bringen sie Carol um.«

»Ich weiß. Aber wir müssen es vorsichtig angehen.«

»Die werden dich irgendwie kontaktieren. Vielleicht verlangen sie, dass du mich für Carol auslieferst.«

»Was ich nicht tun werde.«

»Aber wenn *ich* kein Problem damit habe, bleibt dir nichts anderes übrig.«

»So läuft das nicht«, sagte Pine entschieden.

»Warum nicht? Das ist ein freies Land.«

»Ich kann dich nicht ausliefern, damit die dich umbringen.«

»Dann opferst du lieber deine Freundin?«, fragte Mercy.

Die Bemerkung traf Pine wie der Schlag in die Magengrube,

den Spector ihr zuvor verpasst hatte. Ihr Gesicht brannte, die Lippen waren zu einem schmalen Strich zusammengepresst, ihre Hände ballten sich zu Fäusten.

Sie sah Mercy an wie damals, vor langer Zeit. Wie das draufgängerische kleine Mädchen, das drauf und dran war, den nächsten Baum zu erklimmen.

»Ich opfere *niemanden*. Ich will Carol gesund und wohlbehalten zurückholen, aber ohne dabei dich zu verlieren.«

Mercy setzte sich auf einen Stuhl. »Und wie willst du das machen?«

»Ich arbeite daran.«

»Nein, du erholst dich gerade von der Lawine, die ich auf dir abgeladen habe.«

Einige Augenblicke herrschte Schweigen zwischen ihnen, bis Pine mit zittriger Stimme sagte: »Du hast es einfach mal loswerden müssen. Aber du bist zurückgekommen. Warum?«

Ihre Hände öffneten sich, die Finger zitterten, wie Mercy bemerkte. Das kleine Mädchen stand fest und sicher auf der Erde, hatte aber vielleicht mehr Angst als auf einer zwanzig Meter hohen Pappel, während überraschend ein Gewitter aufzog.

Mercy tat die Frage mit einem Schulterzucken ab, weil sie zu kompliziert war und sie keine Antwort hatte, die ihre Schwester zufriedenstellen würde.

»Du hast dich sehr bemüht, mich zu finden, Lee. Da ist es nicht in Ordnung, einfach abzuhauen, wenn du Hilfe brauchst. Und Carol hat es nicht verdient, deswegen zu sterben. Sie hat damit nichts zu tun. Es ist mein Problem, nicht ihres.«

Ihre glasklare Einschätzung der Situation schien Pines Anspannung zu lösen. Sie senkte den Blick zu Boden. »Carol ist die einzige gute Freundin, die ich habe. Ich verdanke ihr viel und kann mir gar nicht vorstellen, meinen Job ohne sie zu machen. Sie ... sie hat mir fast alles beigebracht.«

»Dieser Kerl, der sie entführt hat. Fällt dir noch irgendwas ein, das er gesagt hat?«

»Warum?«

»Er behauptet, ich hätte seinen Bruder umgebracht. Vielleicht gibt mir irgendwas, das er gesagt hat, einen Hinweis, wovon der Kerl redet und wer zum Kuckuck sein Bruder war.«

»Aber du hast gesagt, du hast niemanden umgebracht.«

»Hab ich auch nicht. Aber er glaubt es anscheinend.«

»Mehr hat er nicht gesagt. Und sein Gesicht habe ich nicht gesehen. Ich habe zwei Schläge eingesteckt, aber ich glaube, nicht von ihm. Das muss ein Profi gewesen sein.«

»Nur im Gesicht?«, fragte Mercy. »Es sieht ein bisschen so aus, als hättest du Schmerzen im Oberkörper.«

Pine hob ihr Shirt und zeigte ihr den riesigen, schwarzgelben Fleck auf der linken Seite.

»Mit der Faust oder einer Waffe?«, fragte Mercy, während sie den Bluterguss untersuchte.

»Mit der Faust. Ich habe die Knöchel gespürt.« Sie zog das Shirt nach unten.

»Das war jemand mit einer Menge Bumms in den Fäusten.«

»Das brauchst du mir nicht zu sagen.«

»Fünf Zentimeter höher, und du hättest sterben können.«

Pine schaute sie überrascht an.

»Das Zwerchfell und die Aorta dahinter«, erklärte Mercy. »Wenn dich ein so harter Schlag unvorbereitet trifft, kannst du einen Atemstillstand bekommen. Oder die Aorta reißt. Wie bei einem Autounfall, wenn du gegen das Lenkrad prallst, weil der Gurt nicht funktioniert oder der Airbag nicht rauskommt. Du verblutest in Nullkommanix. Aber an dieser Körperpartie kann das nicht passieren.«

»Die haben mich lebend gebraucht, damit ich ihre Fragen beantworte. Aber woher weißt du solche Dinge?«

»Ich hab dir ja gesagt, ich mache Kampfsport. Aber nur im kleinen Rahmen, weil ich fast zwanzig Kilo über dem Gewichtslimit der UFC bin. Ich habe mich mit diesen Dingen beschäftigt. Aber jetzt geht es um Carol. Was glaubst du, wie sie mit dir Kontakt aufnehmen würden?«

»Vielleicht hinterlassen sie mir eine Nachricht im Hotel. Aber sie können nicht erwarten, dass ich alles tue, was sie verlangen, ohne irgendeine Garantie, dass Carol noch lebt oder dass sie sie freilassen.«

»Du hast gesagt, da sind noch mehr Agenten im Hotel. Wirst du's ihnen sagen, falls du eine Nachricht bekommst?«

Pine schwieg einen Augenblick, ehe sie antwortete. »Wenn ich es tue, werden die Entführer Carol umbringen.«

»Dann sind wir wohl auf uns allein gestellt. Wie in alten Zeiten, *Sis*.«

64

Vier quälende Tage vergingen, ohne dass sie von Blum oder ihren Entführern hörten. Der SUV war auf einer Schotterstraße zwanzig Meilen außerhalb der Stadt gefunden worden. Die Forensiker hatten keine Fingerabdrücke oder sonstigen Spuren entdeckt, außer jenen von Pine, Blum und Mercy, wobei Letztere sich ihre Abdrücke hatte nehmen lassen, um als Entführerin ausgeschlossen werden zu können.

Auch die Suchmeldung brachte keinen Erfolg. Die zusätzlichen Ressourcen, die das FBI mobilisiert hatte, um ihre Mitarbeiterin zu finden, hatten ebenfalls noch zu keinen Hinweisen geführt.

Pine saß mit McAllister und Bertrand im Speisesaal des Hotels, den sie als Einsatzzentrale benutzten.

McAllisters Gesicht ließ erkennen, dass er nicht viel geschlafen hatte. Bertrand sah munterer aus, aber das half Pine auch nicht weiter. Was sie brauchte, waren Ergebnisse.

McAllister schaute Pine auf eine Weise an, die ihre inneren Alarmglocken schrillen ließen.

»Ja?«, fragte sie erwartungsvoll.

»Was ich Ihnen jetzt sagen werde, sind nur Spekulationen, aber ich sag's trotzdem, auch wenn Sie es nicht gerne hören werden.«

»Schießen Sie los.«

»Könnte es sein, dass Ihre Schwester irgendwie mit Blums

Verschwinden zu tun hat? Sie hat selbst zugegeben, dass sie Blum als Letzte gesehen hat. Und ihre Abdrücke *waren* im Auto.«

»Weil sie mit Blum im Auto unterwegs war. Welches Motiv sollte sie haben?«

»Wer weiß? Sie kennen die Frau nicht, Pine, das müssen Sie zugeben.«

»Ich kenne sie gut genug. Sie hat Carol geholfen, mich zu finden. Wieso sollte sie dann mit den Leuten zusammenarbeiten, die mich entführt haben? Das ist doch Quatsch.«

»Woher wollen Sie das so genau wissen?«

»Ich hab's Ihnen doch schon erklärt. Der Mann, der mich befragt hat, will meine Schwester, weil er glaubt, sie habe seinen Bruder umgebracht. Die arbeiten nicht zusammen. Er will Mercy *umbringen*. Sie hat ihn in einem Haus beobachtet. Vielleicht haben die meine Schwester oder Carol bemerkt. Dann haben sie Carol entführt.«

McAllister warf seinem Partner einen kurzen Blick zu. »Gut, aber warum hat der Kerl dann nicht beide entführt, wenn er in Wahrheit Ihre Schwester will? Warum ist er mit Carol abgehauen? Ihre Schwester sagt, sie war in dem Haus, in dem er sich aufgehalten hat. Trotzdem machen die sich mit Carol aus dem Staub und lassen ihr eigentliches Ziel zurück? Das ergibt doch keinen Sinn.«

»Meine Güte, McAllister! Die haben wahrscheinlich nicht gewusst, dass Mercy im Haus war! Oder dass Carol und Mercy zusammen dort waren. Es war eine spontane Entscheidung. Wahrscheinlich haben sie Carol im Porsche gesehen. Und wenn sie uns schon länger beobachtet haben, werden sie auch mich mit Carol gesehen haben.«

»Sie meinen, die Typen haben sie vielleicht nur entführt, weil sie Sie mit Ihrer Schwester verwechselt haben?«

»Genau. Wir sehen uns doch ziemlich ähnlich. Die Leute, die

mich entführt haben, hatten ja nur eine grobe Beschreibung. Dann haben sie meine Dienstmarke gesehen und gemerkt, dass sie sich geirrt haben.«

McAllister lehnte sich zurück und rieb sich das Kinn. »Und warum melden die Entführer sich nicht? Sie müssen es doch auf einen Austausch abgesehen haben, oder?«

»Ich denke schon. Aber warum sie nichts von sich hören lassen, weiß ich auch nicht.«

McAllister legte den Kopf schief und warf Bertrand einen Blick zu, ehe er sich wieder an Pine wandte. »Aber wenn die sich melden, lassen Sie es uns wissen, ja?«

»Ich weiß, wie wir im Fall einer Entführung vorgehen, Agent McAllister«, entgegnete Pine schroffer als beabsichtigt.

»Die Regeln zu kennen und danach zu handeln, sind zwei Paar Schuhe«, hielt er dagegen. »Ich will hier nicht bei meinem hundertsten Kaffee sitzen und erfahren müssen, dass Sie die Sache im Alleingang durchziehen.«

»Ich werde tun, was notwendig ist, damit Carol wohlbehalten zurückkommt.«

»Das ist ja auch gut so, beantwortet aber nicht meine Frage.«

»Sie wissen, wie solche Dinge sich entwickeln können«, sagte Pine ausweichend.

»Sehen wir den Tatsachen ins Auge. Die Aussichten, dass wir Blum anders als in einem Leichensack zurückbekommen, stehen denkbar schlecht. Sehen Sie das anders?«

»Ja, das sehe ich anders, weil *ich* mit dem Fall befasst bin.«

»Gut. Ich hoffe nur, Sie tun nichts Unüberlegtes. Aber kommen wir zu einem anderen Thema: Tim Pine.«

»Ich habe Ihnen schon gesagt, ich habe keine Ahnung, wo er sich aufhält.«

»Haben Sie nie von ihm oder Ihrer Mutter gehört?«

»Nein.«

»Keine Nachricht und auch sonst nichts?« Er beäugte sie aufmerksam.

Pine spürte, dass er sie in eine Falle locken wollte. »Was stellen Sie sich vor? Eine Botschaft im Traum? Telepathie oder was?«

McAllister räusperte sich und trank seinen Kaffee aus. »Den Agenten zufolge, die mit Jack Lineberry gesprochen haben, hat er einen Brief erwähnt, den Ihre Mutter ihm geschrieben hat. Und den er Ihnen gegeben hat.«

Pine hielt den Atem an. »Stimmt. Sorry, daran hab ich nicht gedacht.«

»Kann ich den Brief sehen?«

»Er enthält keine Hinweise. Und … er ist sehr persönlich.«

»Der ganze Fall ist sehr persönlich, Pine. Und es ist das einzige bekannte Lebenszeichen von Ihrer Mutter, seit sie fortgegangen ist. Wir glauben, dass sie und Tim Pine zusammen sind, seit sie seinen Tod vorgetäuscht haben.«

»Vincenzo wollte ihn umbringen. Er hat sich verteidigt, und Vincenzo ist gestorben. Tims Tod haben sie vorgetäuscht, weil sie darin eine Gelegenheit gesehen haben, sich von der Bedrohung durch die Mafia zu befreien. Aber das habe ich Ihnen schon alles erzählt.«

»Mag sein, aber im Augenblick wissen wir nur eines mit Sicherheit: dass der Mann in dem Grab Ito Vincenzo war und dass Ihre Mutter und Jack Lineberry gelogen haben, als sie aussagten, der Tote sei Tim Pine. Ihr Motiv mag verständlich sein, trotzdem ist es eine Straftat. Und Ihnen ist doch wohl klar, dass es mir nicht genügt, wenn Sie behaupten, Tim Pine habe Vincenzo in Notwehr getötet.«

»Vincenzo hat meine Schwester entführt und mich beinahe umgebracht«, blaffte Pine. »Und da trauen Sie ihm nicht zu, dass er auch meinen Vater umbringen wollte?«

»Wenn es wirklich Notwehr war, hat Tim Pine nichts zu befürchten. Aber das ist noch nicht erwiesen. Wenn jeder damit durchkäme, jemanden aufgrund irgendwelcher scheinbar plausibler Motive zu erschießen, hätten wir noch viel mehr Morde und keine überfüllten Gefängnisse mehr. Wenn Sie den Fall zu bearbeiten hätten, würden Sie dann irgendetwas anders machen als ich? Wenn ja, würde es mich interessieren.«

Pine schloss kurz die Augen. Ihre Gedanken arbeiteten fieberhaft. Dann schaute sie McAllister wieder an. »Ich hole den Brief.«

»Danke«, sagte McAllister mit hörbarer Erleichterung.

Pine stand auf und schaute auf ihn hinunter. »Falls Sie einen Hinweis bekommen, wo sich Carol befindet, lassen Sie es mich wissen. Ich mache es umgekehrt genauso.«

»Danke, dass Sie endlich meine Frage beantwortet haben.«

Nachdem Pine fort war, wandte McAllister sich an seinen Kollegen.

»Du bleibst an ihr dran wie Superkleber, Neil.«

Der jüngere Agent nickte, stand auf und ging.

65

Weitere vierundzwanzig Stunden vergingen ohne einen Hinweis auf Blums Verbleib oder eine Forderung der Entführer.

Mercy und Pine teilten sich das Hotelzimmer.

Beim Mittagessen, das sie im Zimmer einnahmen, sagte Pine: »Irgendwas stimmt da nicht. So lange dauert es nicht, eine Nachricht zu übermitteln.«

»Vielleicht wollen sie dich unter Druck setzen, damit du einen Fehler machst.«

Pine setzte die Kaffeetasse ab. Ihre Schwester trug eine von ihren Jeans, die ihr ein paar Zentimeter zu kurz waren, und ein Hemd, das ein bisschen eng um die breiten Schultern saß, aber sonst gut passte.

»Kann sein. Aber sie geben uns damit auch Zeit, uns selbst einen Plan zu überlegen.«

»Und *haben* wir schon einen Plan?«, fragte Mercy, während sie den letzten Bissen Salat in den Mund schob. Es gab Pine einen Stich ins Herz, als sie sah, wie ihre Schwester noch das letzte bisschen Salatdressing mit einem Brötchen auftunkte. Der Teller sah sauber genug aus, um ihn wieder zu benutzen.

Mercy bemerkte ihren Blick. »Ich verschwende kein Essen«, erklärte sie.

»Das verstehe ich. Zu deiner Frage ... es ist schwierig, etwas zu planen, wenn du nicht weißt, was die andere Seite will. Aber McAllister hat das FBI eingeschaltet. Sie stehen bereit, die örtlichen Cops ebenfalls. Und die Suchmeldung läuft immer noch.«

»Glaubst du, dass wir in Asheville suchen müssen?«

Pine sah sie nachdenklich an. »Nicht unbedingt.«

»Sondern?«

»Ich glaube, Carols Entführer sind nach Asheville gekommen, weil du da deine Kreditkarte benutzt hast.«

»Du meinst, sie haben meine Karte aufgespürt?«

»Ja. Aber die haben noch mehr gewusst. Ich frage mich, woher sie an die Infor…«

Plötzlich hallte ein Satz in ihr nach, den Wanda Atkins erst kurz zuvor am Telefon zu ihr gesagt hatte, als sie, Pine, erfahren hatte, dass Mercy noch lebte. Pine hatte die Bemerkung vor Aufregung kaum noch registriert: *Hören Sie, ich wollte Ihnen noch etwas sagen. Später waren andere Leute da, die mir ein Loch in den Bauch gefragt haben …*

»Verdammt!«

»Was ist?«, fragte Mercy.

Pine hob eine Hand und machte einen Anruf. Sie schaltete das Mobiltelefon auf Freisprechen und legte es zwischen ihnen auf den Tisch.

Wanda Atkins klang nervös. »Agentin Pine, warum haben Sie mich nicht zurückgerufen?«

»Ich weiß, tut mir leid, aber es ist einiges passiert. Sie wollten mir noch etwas sagen, oder? Dass ›andere Leute‹ bei Ihnen waren?«

»Genau. Aber sagen Sie, haben Sie Mercy gefunden?«

»Ja. Ihr Anruf hat mir sehr geholfen. Danke.«

»Das freut mich. Obwohl mir das Mädchen eine Heidenangst gemacht hat. Sind Sie sicher, dass sie noch ganz richtig im Kopf ist?«

Pine schaute mit einem nervösen Lächeln zu Mercy. »Erzählen Sie mir von diesen Leuten, die bei Ihnen waren.«

»Das war der zweite Grund, warum ich Sie angerufen habe. Zwei Leute haben angeklopft und mir allerhand Fragen gestellt, über Mercy und Sie.«

»Wann war das?«

»Am selben Tag, als Mercy da war, ein paar Stunden später.«

»Was wollten diese Leute?«

»Sie haben gemeint, Mercy habe jemanden umgebracht. Sie wollten sie finden und überreden, sich der Polizei zu stellen.«

»Wer waren diese Leute?«

»Das weiß ich nicht, sie haben sich nicht vorgestellt. Aber sie haben geredet wie Polizisten. Sehr professionell. Ich habe ihnen gesagt, dass Sie da waren, und ihnen Ihre Karte gegeben.«

»Wen soll Mercy ermordet haben? Haben die keinen Namen genannt?«

»Nein.«

»War der Mann groß und schlank, dunkle Haare, gut gekleidet, gut aussehend?«

»Ja, stimmt genau.«

»Und die zweite Person?«

»Eine Frau. Ungefähr in Ihrer Größe, aber schlanker. Dunkle Haare, sehr hübsch. Sie … sie …«

»Was?«

»Sie hat mir Vorwürfe gemacht, wegen Mercy. Ich glaube, sie wollte mir ein schlechtes Gewissen einreden.«

»Verstehe.« Offenbar hätte Wanda gerne ein paar verständnisvolle Worte gehört, doch den Gefallen tat Pine ihr nicht. »Erzählen Sie weiter.«

»Als ich den Leuten Ihre Karte gezeigt habe, hat der Mann die Frau gefragt, ob sie den Namen kennt, aber sie hat nur den Kopf geschüttelt und gemeint, es gebe Tausende FBI-Agentinnen. Ich habe sie gefragt, ob sie auch Agentin sei. Sie hat verneint, hat aber gesagt, sie kenne einige.«

»Moment, habe ich das richtig verstanden? Die haben Ihnen nicht ihre Namen genannt? Ich nehme an, die haben Ihnen auch keine Dienstmarken oder Polizeiausweise gezeigt, oder? Warum haben Sie dann mit ihnen geredet?«

»Na ja … Sie waren nett und … professionell, wie gesagt.«

»Wanda, ich muss *alles* wissen. Wirklich alles!«

»Na gut«, sagte die Frau zerknirscht. »Der Mann hat mir zweitausend Dollar gegeben. Was soll ich denn machen? Ich brauche das Geld. Die vielen Medikamente und alles, das wird nur zum Teil übernommen, verstehen Sie?«

»Haben Sie das Auto gesehen, mit dem sie gekommen sind?«

»Nein. Aber als ich die Tür aufgemacht habe, hat die Frau gesagt, dass jemand die Straßenlaterne umgestoßen hat … das hat mich abgelenkt. Wahrscheinlich war es Mercy. Sie hat mir wirklich eine Heidenangst gemacht. Sie hat gesagt, sie würde mich und Len am liebsten umbringen.«

»Das mit der Laterne, das *war* ich«, sagte Mercy. »Als Ersatz. Sonst hätte ich dasselbe mit *dir* gemacht.«

»Bist du das, Mercy?«, rief Wanda. »Ich hab nicht gewusst, dass du mithörst.«

»Tu ich aber.«

»Das mit der Laterne war nicht nett von dir. Die Reparatur wird teuer.«

»Durch mich hast du dir gerade zwei Riesen verdient, also sollte es kein Problem sein.«

»Wanda«, warf Pine ungeduldig ein, »würden Sie die zwei Leute wiedererkennen?«

»Ja, ich glaube schon. Sie haben nicht wie irgendwelche Durchschnittstypen ausgesehen.«

Pine schaute auf die Uhr. »Ich würde gern heute noch vorbeikommen.«

»Warum?«

»Bestimmt fallen Ihnen noch ein paar Dinge ein, die Sie mir über diese Leute sagen können. Außerdem will ich mich in der Gegend umsehen. Vielleicht hat jemand diese Leute und ihr Auto gesehen. Wir müssen sie finden. Dass sie bei Ihnen waren, ist die einzige Spur, die wir haben.«

»Warum müssen Sie sie finden?«

»Weil sie höchstwahrscheinlich Carol Blum entführt haben, die Frau, die mit mir bei Ihnen war.«

»Mein Gott. Ich komme mir vor wie in einem Spionagefilm.«

»Nur ist es kein Film, sondern Wirklichkeit. Sind Sie heute Abend zu Hause?«

»Ja. Ich gehe ja nirgends mehr hin.«

»Übrigens, wir haben Desiree gefunden. Sie ist im Gefängnis.«

»*Was*? Warum?«

»Weil sie wieder ein Mädchen gefangen gehalten hat.«

»Allmächtiger! Hoffentlich kommt sie nie wieder raus.«

»Ich muss noch ein paar Dinge erledigen, dann kommen wir zu Ihnen. Wir könnten gegen sieben da sein.«

»Sind diese Leute wirklich gefährlich? Sie sind mir ganz nett vorgekommen.«

»Wir sehen uns.«

66

Pine fuhr den Porsche SUV, den die Polizei zurückgebracht hatte. Ihre Schwester begleitete sie auf dem Beifahrersitz.

Auf dem Rücksitz saß Special Agent Neil Bertrand. Drew McAllister hatte darauf bestanden, dass er mitkam. Pine hatte Bertrand und Mercy miteinander bekannt gemacht. Der schlaksige Agent schien Mercy Pine interessant zu finden. Er hatte zweifellos einiges über sie gehört, stellte aber keine Fragen und maßte sich kein Urteil an, wofür Pine dankbar war.

Als sie auf dem breiten Asphaltstreifen der I-75 an Chattanooga, Tennessee, vorbeikamen, zogen dunkle Gewitterwolken herauf. Die Windböen wurden so heftig, dass Pine das Lenkrad mit beiden Händen festhalten musste, um den Wagen unter Kontrolle zu halten. Zu beiden Seiten donnerten riesige Trucks vorbei, die mit Tonnen von Gütern und Waren beladen waren.

»Glauben Sie wirklich, Wanda Atkins kann Ihnen helfen, Blum zu finden?«, fragte Bertrand.

»Ich bin mir sicher, dass ihre beiden Besucher auch Carol entführt haben. Außerdem haben wir keine bessere Spur, die wir verfolgen könnten.«

»Auch wieder wahr«, räumte er ein.

»Wie lange sind Sie schon beim WFO?«

»Zwei Jahre. Davor war ich in einer kleinen Dienststelle in Fort Smith, Arkansas.«

»Das ist ein großer Unterschied zu Washington«, meinte Pine.

»Da kann ich Ihnen nicht widersprechen.«

»Wo gefällt es Ihnen besser?«, wollte Pine wissen.

»Ich hab mich in Arkansas recht wohlgefühlt. Wenn man die Leute kennt, ist es cool dort. Aber mir hat ein bisschen die Herausforderung gefehlt, obwohl es schon auch Drogenringe und Banküberfälle gibt. Und natürlich weiße Rassistengruppen.«

»So wie überall«, meinte Pine.

»Im WFO hat man es mit viel mehr Bürokratie zu tun. Aber für die Laufbahn ist es sicher kein Nachteil, auch mal da zu arbeiten. Ich habe gehört, dass Sie auch eine Zeit lang in Washington waren.«

»Ja, aber irgendwann wollte ich weg. Ich arbeite gern selbstständig. Heute bin ich in Shattered Rock, Arizona, und will nirgendwo anders sein. Ich kann's gar nicht erwarten, wieder nach Hause zu kommen.«

Als ihr bewusst wurde, wie ihre Bemerkung für Mercy klingen musste, schaute sie zu ihr, doch ihre Schwester schien gar nicht zuzuhören.

»McAllister sagt, Sie hätten eine steile Karriere machen können, wenn Sie gewollt hätten. Eine Führungsposition in einem der großen FBI-Büros.«

»Vom Schreibtisch aus die Arbeit der Kollegen überwachen, statt selbst anzupacken? Nein danke. Dafür bin ich nicht zum FBI gegangen.«

»Das verstehe ich gut. Es *ist* ein Unterschied.«

»Das muss jeder und jede für sich entscheiden.« Sie sah ihn an. »Sie sind wahrscheinlich noch nicht an dem Punkt, diese Entscheidung zu treffen.«

Er lächelte. »Nicht ganz.«

»Das kommt schon noch. Warten Sie's ab.«

*

Es war bereits dunkel, als sie nach Huntsville kamen, und die schwarzen Gewitterwolken standen kurz davor, sich über der Stadt zu entladen. Grelle Blitze durchzogen den Himmel wie pulsierende Adern.

»Da kommt was auf uns zu«, meinte Bertrand. »Gut, dass wir nicht geflogen sind.«

»Ich bin noch nie geflogen«, sagte Mercy plötzlich. »Wie ist das?«

Bertrand warf Pine einen unsicheren Blick zu, ehe er antwortete: »Ähm, normalerweise gleitet man ziemlich sanft dahin und natürlich sehr viel schneller als mit dem Auto. Nur auf das Essen sollten Sie besser verzichten, zumindest in der Touristenklasse. Obwohl die heute sogar schon mit dem schlechten Essen knausern. Vielleicht haben sie Angst, dass ihnen jemand ins Flugzeug kotzt. Außerdem packen sie die Passagiere wie Sardinen in die Maschine. Bei Ihrer Größe wird's ein bisschen eng. Ich bin eins neunzig, darum nehme ich gern einen Gangsitz oder einen direkt hinter der Trennwand. So kann ich die Beine wenigstens ein bisschen ausstrecken und mit ein wenig Glück eine Thrombose vermeiden.«

»Klingt richtig verlockend«, sagte Mercy. »Kann's kaum erwarten, es mal zu probieren.«

Bertrand lächelte, als sie in die Auffahrt der Atkins einbogen.

Als sie an dem geknickten Laternenmast vorbeikamen, sah Pine, dass ihre Schwester ein hämisches Grinsen auf den Lippen hatte, als sie ihr Werk betrachtete. Auch Pine konnte sich ein Lächeln nicht verkneifen.

Die ersten Regentropfen fielen, als sie zur Veranda eilten.

Pine klopfte an die Haustür und wartete. Niemand kam, also klopfte sie noch einmal.

»Drinnen ist alles dunkel«, sagte Bertrand und schaute auf

die Uhr. »Punkt sieben. Sie müssten uns eigentlich erwarten, oder?«

»Sollte man meinen«, sagte Pine und zog ihre Glock. Bertrand und Mercy griffen ebenfalls zu ihren Waffen.

Pine schaute durch ein Fenster neben der Haustür, konnte aber nichts erkennen. Der Regen wurde stärker. Immer mehr Blitze zuckten, gefolgt von krachendem Donner.

Pine hämmerte an die Tür. »Wanda, machen Sie auf. Ist alles in Ordnung bei Ihnen?« Sie versuchte, die Tür zu öffnen, doch es war abgeschlossen.

Pine schaute zu Bertrand. Sein Blick huschte in alle Richtungen; er schien auf alles gefasst zu sein. Mercy hingegen wirkte zwar ein wenig überrascht, ansonsten aber vollkommen ruhig.

Pine trat einen Schritt zurück, stemmte einen Fuß fest auf den Boden und trat mit dem anderen gegen das Türschloss. Die Tür zitterte in den Angeln, gab aber nicht nach.

Mercy warf sich mit der Schulter dagegen – mit mehr Erfolg. Die Tür flog auf und krachte gegen die Wand.

»Mrs. Atkins?«, rief Pine. »Wanda?«

Sie trat ein, gefolgt von Mercy und Bertrand.

Bertrand tastete mit der Hand nach einem Lichtschalter.

»Warten Sie!«, rief Pine. Im grellen Lichtschein eines Blitzes schaute sie sich im Wohnzimmer um. Der Rollstuhl mit Len war nirgends zu sehen. Nirgends brannte Licht. Das Haus wirkte verlassen und leer. »Vielleicht ein Notfall«, sagte Pine. »Wer weiß, vielleicht hatte Len wieder einen Schlaganfall.«

»Haben die Leute ein Auto?«, fragte Bertrand.

»Ich glaube schon. Wanda hat zwar gesagt, dass sie kaum noch aus dem Haus kommt, aber sie haben eine Garage. Vielleicht steht der Wagen drin.«

»Aber wenn es ein Notfall war, hätten sie wahrscheinlich einen

Rettungswagen gerufen«, meinte Bertrand. »Vielleicht sind sie im Krankenhaus.«

»Kann sein.« Pine schickte Bertrand zur Küche. »Wir sehen uns in den anderen Zimmern um«, flüsterte sie. »Sie übernehmen Küche und Garage.«

Bertrand nickte und ging.

67

Das Bad auf der anderen Seite des Flurs war leer. Doch als Pine und Mercy zur Schlafzimmertür im Erdgeschoss kamen, zischte Pine: »Scheiße!«

Wanda Atkins lag reglos auf dem Bett. Len hing allem Anschein nach bewusstlos in seinem Rollstuhl.

»Was ist mit ihnen?«, murmelte Mercy.

Pine trat zum Rollstuhl und legte den Zeigefinger auf Lens Handgelenk, um nach einem Puls zu suchen. Dann tastete sie seinen Hals ab und berührte sein Gesicht.

Kalt. Sie hob seinen Arm; er war schlaff. Len war tot, aber noch nicht so lange, dass die Totenstarre eingesetzt hätte. Natürlich. Pine hatte erst vor etwa sechs Stunden mit Wanda telefoniert. Sie holte ihre Taschenlampe heraus, suchte den Toten nach sichtbaren Verletzungen ab, konnte aber nichts erkennen. Dann wandte sie sich Wanda zu und sah Mercy bei der Frau am Bett stehen. Pine trat zu ihr.

»Sie sieht aus, als ob sie schliefe«, meinte Mercy.

Dass dem nicht so war, sah Pine, als sie mit der Lampe in Wandas Augen leuchtete und den starren Blick der Toten sah. Sicherheitshalber tastete sie nach einem Puls, doch da war nichts mehr. Die Leiche war bereits kalt. Pine leuchtete sie an, suchte nach Würgemalen, einer Wunde oder Schaum auf den Lippen, was auf eine Vergiftung hingedeutet hätte.

»Ist sie tot?«, fragte Mercy.

Pine nickte und zuckte zusammen, als sie den Geruch bemerkte. »Riechst du auch Rauch?«

Beide Schwestern wandten sich zur Tür.

»Bertrand!«, rief Pine.

Er antwortete nicht. Pine nahm ihre Schwester an der Hand, als sie die große Sauerstoffflasche in der Ecke sah, und erinnerte sich an die anderen Behälter im Wohnzimmer.

»Bertrand!«, rief sie noch einmal.

Sie eilte aus dem Zimmer, Mercy dicht hinter ihr.

»*Bertrand!*«

Pine leuchtete in die Küche. Und blieb wie angewurzelt stehen, als sie Bertrand zusammengesunken auf einem Stuhl sah.

Sie sprang zu ihm, stolperte, leuchtete auf den Boden und sah das Blut. Als sie bei dem Agenten war, zuckte sie zusammen, als sie den Schnitt in seiner Kehle sah. Sein weißes Hemd hatte sich rot verfärbt; das Blut war bis hinunter zum Gürtel geronnen.

Mit der Pistole in der Hand schaute sie sich um. Jemand musste ihm in der Küche aufgelauert haben. Sie hatten ihm die Kehle aufgeschlitzt, damit er nicht schreien konnte, und ihn auf dem Stuhl sterben lassen. Seine leeren Augen starrten zur Decke, das Kinn hing nach unten, die Haut war schon blass von der fehlenden Blutzirkulation.

Pine schaute zur Hintertür. Sie war offen. War der Mörder auf diesem Weg hinaus? Draußen tobte das Gewitter; der Wind fegte durch die offene Tür herein. Wenn sie den Mistkerl erwischte, der das getan hatte …

Pine schaute zu Bertrand zurück. Sie hatte einen Agenten verloren. Das erste Mal. Und es war ihre Schuld.

»Lee!«

Pine blickte zu Mercy, die auf die Küchenschränke deutete. Nachdem sie Bertrand gefunden hatten, hatte Pine gar nicht mehr an den Rauchgeruch gedacht. Nun stellte sich das Problem umso dringlicher.

Ein Schrank nach dem anderen fing Feuer. Die Flammen breiteten sich auf dem lackierten Holz aus, als hätte jemand Papier mit Benzin übergossen und angezündet.

Pine wirbelte herum und vergaß das Feuer für einen Augenblick. Aus gutem Grund. Sie waren mit einer noch tödlicheren Bedrohung konfrontiert. Pine dachte an die Sauerstoffflaschen in den anderen Zimmern.

Das hier war kein normales Vororthäuschen mehr.

Es war eine Bombe, die jeden Augenblick hochgehen konnte.

Sie packte ihre Schwester am Arm und zog sie mit sich. »Schnell! Das Haus wird jeden Moment in die Luft fliegen.«

Sie erreichten die Veranda und rannten im strömenden Regen zum SUV in der Auffahrt. Pine rechnete jeden Augenblick damit, von einer Druckwelle erfasst und von den Beinen gerissen zu werden.

Dann bleibt von uns beiden nur noch Asche übrig. Gemeinsam eingeäschert.

Sie riss die Fahrertür auf, Mercy die Beifahrertür.

Eine Sekunde später wurde es schwarz um sie her.

68

Pine öffnete die Augen und schloss sie gleich wieder. Sie versuchte es erneut; ihre Augenlider fühlten sich bleischwer an. Es war wie in einem Albtraum, in dem man versuchte, die schrecklichen Dinge zu erkennen, die auf einen zukamen.

Endlich gelang es ihr, die Augen offen zu halten. Über sich sah sie eine niedrige, weiß gestrichene Ziegeldecke. Langsam setzte sie sich auf und schaute zu ihrer Schwester. Mercy saß aufrecht auf einer Pritsche, mit dem Rücken an die Wand gelehnt.

Pine ließ ihren Blick durch den Raum schweifen, sah ein vergittertes und mit Maschendraht versehenes Fenster und eine Gittertür. »Wo sind wir?«

Mercy zuckte mit den Schultern. »Sieht aus wie in 'nem Knast.«

Pine stand mit zittrigen Beinen auf, stützte sich mit der Hand an der Wand ab und streckte sich. »Es fühlt sich an, als hätte mich ein Panzer überfahren.«

»Geht mir genauso, obwohl ich mich an nichts erinnern kann, nachdem ich die Autotür aufgemacht habe.«

Pine nickte und schaute aus dem Fenster auf das Gelände, das nichts Gutes ahnen ließ. Das Grundstück war von einem hohen, von Stacheldraht gekrönten Zaun umgeben. »Wo sind wir hier?«

»Vorhin habe ich einen Kerl mit einem Sturmgewehr vorbeigehen sehen.«

Pine tastete in ihren Taschen nach dem Mobiltelefon. Natürlich war es weg, ebenso ihre beiden Pistolen.

»Meine Wumme ist auch verschwunden«, sagte Mercy.

Pine setzte sich auf ihre Pritsche und rieb sich die Augen. »Die haben Neil Bertrand umgebracht. Die Atkins sind auch tot. Und wir sind hier.«

»Jep«, sagte Mercy. »Ich glaube, wir sind in eine Falle getappt. Die haben auf uns gewartet.«

»Aber woher haben sie gewusst, dass wir Wanda aufsuchen würden?«

»Keine Ahnung. Ich frage mich, ob das Haus zuerst niedergebrannt oder in die Luft geflogen ist.«

»Die müssen im Auto auf uns gewartet haben. Ich glaube, ich habe irgendwas gesehen, als ich die Tür aufgemacht habe, aber dann war's vorbei. Vielleicht haben sie uns mit irgendeinem Gas außer Gefecht gesetzt.«

Mercy nickte schweigend.

Beide hoben den Kopf, als sie Schritte hörten. Ein Mann in Jeans und Flanellhemd kam mit zwei Tabletts. Eines stellte er ab und wartete. Dann kam ein zweiter, ähnlich gekleideter Mann, mit einer Pumpgun bewaffnet, wie Gefängniswärter sie benutzten. Eine Waffe, die ihre tödlichen Geschosse in weitem Winkel streute.

Der Erste schloss die Tür auf und schob die beiden Essenstabletts herein.

Pine musterte die Männer, ohne dass sie den Blick erwiderten.

»Können Sie uns wenigstens sagen, wo wir hier sind?«, fragte sie.

Der Erste schloss die Zellentür ab, ohne zu reagieren. Dann gingen sie ohne ein Wort davon. Es war, als hätten sie Essen für zwei Unsichtbare zurückgelassen.

Pine hob ein Tablett auf und gab es Mercy, dann nahm sie das andere. Sie setzten sich auf ihre Pritschen, aßen und tranken Wasser aus Gläsern.

Als sie fertig waren, kamen die beiden Männer zurück und holten die Tabletts. Das exakte Timing ließ vermuten, dass die Zelle überwacht wurde.

Fünf Minuten später erschien ein anderer Mann.

Peter Buckley trug Jeans, ein Hemd mit weißem Kragen, eine hellbraune Weste, eine braune Cordjacke mit olivgrünen Ellbogenflicken und feste Stiefel.

Er nahm sich einen Stuhl, setzte sich und schaute durch das Gitter herein.

Sein Blick fiel zuerst auf Pine, dann auf Mercy.

»Sie habe ich in dem Haus gesehen, mit dem Anwalt«, sagte Mercy.

Buckley musterte sie eindringlich und schwieg.

Pine wartete einen Augenblick, dann sagte sie: »Tja, da sind wir jetzt.«

Buckley schaute sie an. Er lächelte nicht, wirkte nicht grimmig, nicht zornig und auch nicht triumphierend. Nur neugierig.

»Ja, da sind Sie jetzt.«

Seine Stimme bestätigte Pines Verdacht. Er war der Mann, der mit ihr gesprochen hatte, nachdem sie entführt worden war.

»Sie haben einen FBI-Agenten umgebracht. Und zwei andere Leute«, sagte Pine.

»Nein, die Atkins hatten einen Herzinfarkt oder einen Schlaganfall, als meine Männer ins Haus eingedrungen sind. Die haben sie nicht angerührt.«

»Und Agent Bertrand?«

»Er hätte nur betäubt werden sollen, so wie Sie beide. Leider ist die Sache aus dem Ruder gelaufen. Irgendwie ist ein Feuer ausgebrochen. Vom Haus ist jedenfalls nicht viel übrig. Das Entscheidende ist, dass Sie beide da sind.«

»Woher haben Sie gewusst, dass wir zu den Atkins kommen würden?«, fragte Pine.

»Wir haben einen Tracker im Porsche versteckt, als meine Kollegen Mrs. Blum in Gewahrsam genommen haben. Außerdem haben wir das Telefon der Atkins überwacht. Wir haben Ihr Gespräch mitgehört.«

Pine schloss die Augen und ärgerte sich über ihre Nachlässigkeit.

»Heißt das, Sie haben auch Carol Blum hier?«, fragte sie schließlich.

Buckley nickte. »Sie ist ein wichtiger Bestandteil des Plans.«

»Und worin besteht der Plan?«

Buckley wandte sich an Mercy. »Sie haben meinen Bruder umgebracht.«

»Nein, hab ich nicht.«

»Vielleicht wissen Sie es nicht, aber Sie *haben* es getan.«

»Ich weiß gar nicht, wovon Sie reden.«

»Sein Name war Ken. Sie sind dazwischengegangen, als er Rosa schlagen wollte. Er hat ein Messer gezogen, dann eine Pistole. Sie haben ihn zusammengeschlagen.«

Mercy sog den Atem ein und schaute zu ihrer Schwester. »Er war nicht tot. Ich habe seinen Puls überprüft. Und seine Kopfverletzungen waren nicht so schwer, das habe ich gecheckt.«

»Er ist später an einem Hirnaneurysma gestorben«, sagte Buckley. »Wahrscheinlich ist es beim Aufprall geplatzt.«

Mercy musterte ihn genauer. »Sie sind mir gleich irgendwie bekannt vorgekommen, als ich Sie in dem Haus gesehen habe. Es ist die Ähnlichkeit mit Ken.«

»Sie haben selbst gesagt, dass es Kens Schuld war«, warf Pine ein. »Er war bewaffnet – was hätte sie tun sollen? Außerdem war er nicht tot, als sie weggegangen ist. Was soll das Ganze?«

Buckley schlug die Beine übereinander. »Es geht um Rechnungen, die beglichen werden müssen, aber es ist komplizierter, als es aussieht. In Wahrheit geht es um etwas, das weit über Ken und Ihre *Schwester* hinausgeht.«

Pine hielt den Atem an.

Buckley lächelte, als er ihren überraschten Blick sah. »Ja, wir wissen alles über Ihre Vergangenheit. Sie beide haben für mich eine symbolische Bedeutung.«

»Ich weiß nicht, wovon Sie reden, wie schon meine *Schwester* gesagt hat.«

»Die Regierungsbehörden sind schuld am Tod meines Vaters und daran, dass meine Mutter und meine Schwestern sich gegen die Familie gestellt haben. Ich bin der Einzige von uns, der etwas aus sich gemacht hat. Meine Rache richtet sich gegen die Regierung, aber stellvertretend trifft es Sie.«

»Sie wollen uns umbringen, um sich an der Regierung zu rächen? Kommt Ihnen das nicht selbst ein bisschen verrückt vor?«

»Ganz und gar nicht. Es ist völlig logisch und hat eine gewisse Ausgewogenheit. Und Ken war mein Bruder. Es tut nichts zur Sache, ob es vielleicht gerechtfertigt war, was Ihre Schwester getan hat. Tatsache ist, sie hat ihn umgebracht. In meiner Welt muss das bestraft werden. Ich schlage also zwei Fliegen mit einer Klappe, wenn Sie so wollen.«

»Das bedeutet, wir zwei werden sterben?«

»Nicht unbedingt.«

»Was heißt das? Und wo ist Carol?«

»In Sicherheit. Zu Ihrer ersten Frage: Sie werden bald Klarheit haben.«

»Klarheit worüber?«

»Was ich mit Ihnen vorhabe. Aber ich warne Sie: Es wird schwerer als alles, womit Sie je konfrontiert waren.«

»Wir haben beide schon einiges erlebt«, sagte Pine, während Mercy ihn schweigend beobachtete.

»Nicht *das*«, sagte Buckley. »Nicht annähernd.«

Er stand auf und ging.

69

Zwei Tage verstrichen. Pine schlief schlecht, wachte immer wieder auf. Fast neidvoll beobachtete sie, dass ihre Schwester tief und fest schlief, als ob ihr die Situation, in der sie beide sich befanden, überhaupt nichts ausmachte. Tagsüber sprachen sie über das eine oder andere, sich stets bewusst, dass sie überwacht wurden. Mercy erzählte ihr von ihrer Auseinandersetzung mit Ken.

»Ich hätte nicht damit gerechnet, dass ich ihn so schwer erwischt habe«, sagte sie. »Aber der Typ hat auf mich geschossen.«

»Du hast nichts Falsches getan«, versicherte Pine.

»Diesmal nicht«, sagte Mercy leise.

Sie kamen wieder auf Mercys Leben nach ihrer Entführung zu sprechen. Für Pine war es äußerst schmerzhaft zu hören, was sie bei den Atkins hatte durchmachen müssen. Sie vermutete, dass Mercy ihr sogar manches vorenthielt, um sie zu schonen. Ihre Leidenszeit war damit aber nicht vorbei gewesen, wie Pine nun erfuhr. Mercy schilderte ihr – zumindest ansatzweise– , wie sie auch von anderen Leuten misshandelt und benutzt worden war.

»Ich habe es zugelassen«, sagte Mercy. »Bis zu einem bestimmten Punkt. Dann war Schluss mit lustig.«

»Du hast nichts *zugelassen*. Die Atkins haben dich in einem Käfig gehalten wie ein Tier, und du hast dich befreit. Du warst kein bisschen vorbereitet auf das, was dich draußen erwartet hat, Mercy. Es war grausam und ungerecht, was du hast durchmachen müssen.«

»Das Leben ist nun mal nicht fair, jedenfalls nicht für Leute wie mich. Aber ich habe es irgendwie in den Griff gekriegt.«

Pine musterte ihre Zwillingsschwester nachdenklich. »Es ist verrückt, aber jetzt wäre ich beinahe froh, wenn du mich alleingelassen hättest und weggefahren wärst. Dann wärst du jetzt nicht hier.«

»Der Kerl war hinter *mir* her. Früher oder später hätten sie mich gefunden. Jetzt sind wir wenigstens zu zweit. Vielleicht haben wir so eine Chance.«

Pine legte ihrer Schwester die Hand auf den Arm. »Wenn ich nur wüsste, wo sie Carol gefangen halten. Ich hoffe, sie haben ihr nichts getan.«

»Ich frage mich, was der Typ damit gemeint hat, dass uns etwas extrem Schweres bevorsteht.«

»Er sieht mir nicht so aus, als würde er zu Übertreibungen neigen. Ich fürchte, wir müssen uns auf Schlimmes gefasst machen.«

»Na ja«, sagte Mercy, »da bin ich Expertin. Glaubst du, das FBI sucht nach uns?«

»Bestimmt. Sie werden Bertrands Leiche im Haus der Atkins gefunden haben und alles daransetzen, die Täter zu erwischen.« Den letzten Satz hatte sie besonders laut gesagt, in der Hoffnung, dass tatsächlich jemand mithörte.

Mercy schaute aus dem Fenster. »Hast du 'ne Ahnung, wo wir hier sind?«

Pine folgte ihrem Blick. »Irgendwo im Westen, glaube ich. Ich würde auf Utah oder Idaho tippen, vielleicht auch Colorado. In diesen Bundesstaaten war ich öfter, ich kenne die Landschaften.«

»Dann müssen wir hergeflogen sein. Ich glaube nicht, dass wir so lange bewusstlos waren, wie man mit dem Auto brauchen würde.« Sie lächelte müde. »Immerhin, mein erster Flug.«

»Offenbar hat der Kerl seinen eigenen Jet und Piloten, die nichts ausplaudern.«

»Der Typ sieht mir nach 'nem Riesenberg Knete aus«, meinte Mercy.

»Und das hier erinnert an eine private gesicherte Anlage mit Gefängnis, Sicherheitszaun und bewaffneten Wächtern.«

»Du meinst, wie bei diesem Typen in Waco? Ich hab mal davon gelesen.«

»David Koresh?«, flüsterte Pine. »Ich weiß nicht recht. Der Kerl, mit dem wir es zu tun haben, scheint mir eher ein Geschäftsmann zu sein, kein durchgeknallter Sektenführer.«

»Wir werden es wahrscheinlich bald wissen.«

Mercy legte sich aufs Bett und stützte den Kopf auf die Arme.

Pine betrachtete sie eine Minute und spürte, wie sich etwas in ihr zusammenballte, das schließlich herausmusste. »Es tut mir schrecklich leid, Mercy«, sagte sie mit bebender Stimme. »Bitte, verzeih mir.« Sie spürte, wie Tränen in ihr aufwallten.

Mercy schaute zu ihr. »War doch nicht deine Schuld. Der Macker war hinter mir her. Ich müsste mich bei dir entschuldigen.«

»Nein, das habe ich nicht gemeint. Ich rede von …« Pine schaute zu Boden, suchte nach den richtigen Worten, doch ihre Emotionen kamen dem logischen Denken in die Quere.

»Du hattest nichts vom Leben, gar nichts. Nur Angst, Leid und Schmerz. Ich hätte schon viel früher nach dir suchen müssen. Ich habe einfach weitergemacht mit meinem Leben … als wärst du gar nicht … ich habe das nicht verdient … was ich … habe. Ich … hasse mich … dafür.«

Pine beugte sich vor, schlug die Hände vors Gesicht und begann, haltlos zu schluchzen. Es war, als hätte jemand das ganze Gewicht der Welt auf ihre Seele geworfen, sodass sie langsam darunter zermalmt wurde.

Mercy setzte sich besorgt auf, doch dann verstand sie. Sie ging hinüber, setzte sich neben ihre Schwester und legte schließlich ihre starken Arme um sie. Sie drückte ihren Mund an Atlees Ohr, die am ganzen Körper zitterte. Mercy hielt sie noch fester, um die Schuldgefühle und den Selbsthass ihrer Schwester zu ersticken.

»Du kommst da durch. Wir *beide*. Du findest immer einen Weg. Immer.«

Pine schüttelte entschieden den Kopf. »Nein. Ich habe dreißig Jahre gebraucht, um dich zu finden. Ich bin eine Versagerin.«

»Schau mich an, Lee. Schau mich an!«

Pine blickte unter Tränen zu ihrer Schwester auf.

»Erinnerst du dich an die alte Eiche in unserem Garten? Meine Güte, wie oft bist du ganz nach oben geklettert. Mom war fix und fertig, wenn sie es gesehen hat. Sie hatte Angst, du könntest runterfallen und dir was brechen.«

Pine nickte. »Ja, ich erinnere mich.«

»Aber du bist immer irgendwie runtergekommen. Jedes Mal. Ich hab dir oft zugesehen. Das weißt du doch, oder?«

Pine nickte stumm.

»Diesmal sind wir *beide* auf dem Baum, und du bringst uns runter, das weiß ich. Du bist immer den Baum runtergekommen.«

»Wie ... wie kannst du dir so ... so sicher sein?«, fragte Pine, immer noch schluchzend.

»Ich glaube an dich, Lee. Das hab ich immer getan. Und es hat mir öfter geholfen, als du dir vorstellen kannst.«

Nach und nach verebbte Pines Schluchzen. Sie hörte auf zu zittern, und ihr Atem beruhigte sich.

Mercy hielt ihre Schwester immer noch fest.

»Ich bin ja da, Lee. Ich bin da.«

Pine ließ die Luft langsam entweichen. Dann richtete sie sich auf und nahm ihre Schwester in die Arme. Und hielt sie genauso fest, wie Mercy sie hielt.

»Ich lass dich nie mehr im Stich, Mercy. Was auch passiert, ich bin da. Wir machen es von jetzt an gemeinsam. Alles. Immer. Beide oder keine.«

Mercy tätschelte ihrer Schwester den Rücken und schaute betrübt zur Decke.

Nichts in ihrem Leben war je nach Plan gelaufen. Und ihr Gesicht verriet, was in ihr vorging.

Sie hatte ihre Schwester gefunden oder ihre Schwester sie.

Nach so vielen Jahren waren sie wieder vereint.

Und jetzt würden sie wahrscheinlich gemeinsam sterben.

*

In einem anderen Raum des Gefängnisbaus saß Britt Spector allein vor einem Bildschirm, mit Stöpseln in den Ohren, um mithören zu können. Sie hatte alles beobachtet und den gesamten Wortwechsel der beiden Schwestern mitbekommen.

Innerlich aufgewühlt, trennte sie die Videoverbindung und riss sich die Ohrhörer heraus. Während ihre eigenen Erinnerungen in ihr hochkamen, starrte Spector auf den blanken Bildschirm, und Tränen liefen ihr über die Wangen.

70

Pine und Mercy wurden aus dem Schlaf gerissen, als sie das laute Pochen schwerer Schuhe auf Holz hörten. Sie setzten sich auf ihren Pritschen auf, als ein halbes Dutzend Männer in die Zelle kam. Vier waren mit Pumpguns bewaffnet. Die zwei anderen brachten Ketten für den Transport von Gefangenen mit.

Buckley war nicht dabei.

Pine musterte die Gesichter der Männer. Sie waren hart und ausdruckslos, ohne die kleinste menschliche Regung. Sie waren hier, um einen Job zu erledigen, für den sie mit Sicherheit fürstlich bezahlt wurden. Sie würden sich durch nichts und niemand davon abbringen lassen, diesen Job zu Ende zu führen. Moralische Bedenken oder Gewissenskonflikte waren Leuten dieses Schlages fremd.

»Aufstehen«, befahl einer, mit eins fünfundachtzig der Kleinste in der Gruppe, doch er schien der Wortführer zu sein.

»Wo gehen wir hin?«, fragte Pine. »Und wo ist Carol?«

»Wir bringen Sie zu ihr. Also los!«

Die Tür wurde geöffnet. Die Männer legten Lee und Mercy Handschellen und Fußketten an, mit denen sie schließlich an den Hüften miteinander verbunden wurden, ehe sie aus der Zelle schlurften.

Einer der Schlägertypen stieß Pine mit seinem Gewehr an. »Jetzt wissen Sie, wie sich das anfühlt, FBI-Lady.«

Sie wurden hinaus in die Dämmerung geführt, wo ein kalter

Westwind wehte. Pine zitterte und spürte Regentropfen im Gesicht.

Während sie über den schlammigen Boden stapften, sah sie andere Gebäude, einen Wachturm, eine Reihe von Fahrzeugen. Es handelte sich tatsächlich um ein abgelegenes Anwesen. Konnte es sein, dass dieser gut gekleidete Mann, der sich so gewählt ausdrückte, tatsächlich der Anführer irgendeiner Sekte war, wie David Koresh sie einst in den Abgrund geführt hatte? Oder war er der Kopf einer kriminellen Organisation? Die Männer, von denen sie umgeben waren, sahen jedenfalls mehr nach kaltschnäuzigen Verbrechern aus als nach fanatischen Sektenbrüdern. In diesem Fall sah es für Pine, Mercy und Blum noch schlechter aus als ohnehin schon.

Sie wurden in ein Gebäude geführt, das an eine Scheune erinnerte. Pines Blick fiel auf ein großes Gebilde in der Mitte des Raums, das jedoch unter einer riesigen Plane verborgen war.

Die beiden Schwestern wurden voneinander getrennt, und Pine wurde von zwei Bewaffneten in einen kleineren Raum geführt, wo Kleidungsstücke an Holzhaken hingen.

Einer nahm ihr die Ketten ab, während der andere die Waffe auf sie richtete. »Ziehen Sie Ihre Klamotten in der Kabine da drüben aus, bis auf Ihr Unterzeug. Dann ziehen Sie das hier an.« Er deutete auf die Kleidungsstücke an den Haken.

»Warum?«

Der andere wedelte mit seiner Pumpgun. »Tun Sie's einfach. Wir warten hier. Sie haben zwei Minuten, dann kommen wir wieder, also beeilen Sie sich. Keine Schuhe oder Socken. Nur das Zeug hier.«

Pine nahm die Sachen von den Haken und ging damit zur Kabine. Sie zog sich bis auf die Unterwäsche aus und begutachtete die Kleidungsstücke.

Was zum Teufel …

Sie schlüpfte in die Lycra-Shorts, legte den Brustschutz an und zog das Sport-Top darüber.

Dann trat sie aus der Kabine und schaute zu den Männern. »Was soll das?«

Die zwei winkten sie zur Tür, durch die sie gekommen waren.

Sie kehrten in den großen Raum zurück, wo Pine ihre Schwester aus einer anderen Tür kommen sah. Sie trug ähnliche Sportkleidung wie Pine und schien genauso verwirrt zu sein.

Die Schwestern wurden zu der Plane in der Mitte geführt.

In diesem Augenblick erschien Buckley auf der Bildfläche, in Kakihose, gelbem Pulli und brauner Sportjacke.

Pine funkelte ihn an. »Was soll der Zirkus?«

Statt einer Antwort gab Buckley einem Mann in einer Ecke ein Zeichen. Der Kerl hielt die Hand am Metallhebel einer Maschine mit einem Schwungrad und einer Kette. Nun drückte er den Hebel nach unten, worauf ein Hydraulikmotor zu summen begann.

Alle sahen zu, wie die Plane langsam hochgezogen wurde. Darunter kam etwas zum Vorschein, das Mercy sehr vertraut war.

Ein Käfig für Mixed-Martial-Arts-Kämpfe. Mit offenem Mund schaute sie zu ihrer Schwester.

Die Plane wurde zur Seite gehoben und auf dem Boden abgelegt.

Pine schaute zu Buckley. »Das beantwortet meine Frage nicht.«

»Aber vielleicht das.« Buckley gab einem der Männer ein Zeichen. Er verschwand, kam zehn Sekunden später wieder zurück und zerrte Carol Blum mit sich, geknebelt und mit verbundenen Augen.

»Carol!«, rief Pine. Sie wollte zu der Frau eilen, doch eine Wand aus bewaffneten Männern baute sich vor ihr auf.

Blum wurde auf einen Stuhl beim Käfig gedrückt, dann wurde ihr die Augenbinde abgenommen, der Knebel aber nicht. Als ihre Augen sich ans Licht gewöhnt hatten, sah sie Pine, dann Mercy und riss die Lider weit auf.

Pine fuhr zu Buckley herum. »Lassen Sie sie frei. Sie haben es auf uns beide abgesehen, nicht auf sie. Lassen Sie sie gehen.«

Buckley schwieg einen Augenblick, dann sagte er: »Sind Sie jetzt fertig? Ich habe nicht so viel Zeit.«

Pine funkelte ihn finster an.

»Gut.« Buckley lächelte. »Wie Sie sehen, werden Sie gegen Ihre Schwester kämpfen.«

»Den Teufel werde ich!«

Er schaute zu dem Mann neben Blum und nickte. Der Mann ergriff ein Messer mit gezackter Klinge und hielt es Blum an den Hals.

»Wenn Sie nicht kämpfen, stirbt Ihre Freundin und danach Sie beide. Ihre Entscheidung.«

Mercy trat vor. »*Ich* habe Ihren Bruder umgebracht, sonst niemand. Lassen Sie mich gegen einen Ihrer Männer kämpfen. Verdammt, ich kämpfe gegen alle zugleich, wenn es sein muss. Aber lassen Sie meine Schwester und Carol aus dem Spiel.«

Wieder schwieg Buckley einen Augenblick. »Sind *Sie* jetzt fertig?«

Mercy schaute zu ihrer Schwester, schwieg jedoch.

»Dann stelle ich Ihnen jetzt Ihre Ringrichterin vor.«

Aus dem Schatten trat Britt Spector hervor. Sie trug einen gestreiften Kapuzenpulli mit Kängurutasche, eine weite schwarze Hose und einen Rucksack über der Schulter. Die Haare hatte sie zurückgebunden. Sie stellte sich neben Buckley. Spector vermied es, Pine oder Mercy anzusehen. Sie blickte starr geradeaus.

»Okay, kommen wir zu den Regeln«, sagte Buckley. »Der Kampf geht über vier Runden zu je fünf Minuten. Sobald ich den Eindruck habe, dass Sie nicht alles geben …« Er wandte sich an den Mann bei Blum. »Dann wird Jason Ihrer Freundin einen

Schnitt zufügen. Jeder Schnitt wird ein bisschen tiefer und blutiger als der vorangegangene. Wie das ausgeht, brauche ich Ihnen nicht zu erklären. Je öfter ich das Zeichen gebe, desto mehr Blut wird sie verlieren. Bis es irgendwann vorbei ist. Aber ich werde versuchen, fair zu sein und es nicht zu übertreiben.«

»Sie sind ja auch ein Menschenfreund«, versetzte Mercy ironisch.

»Und wie soll das enden?«, fragte Pine.

»Wenn eine von Ihnen durch K. o. gewinnt, überlebt sie und Blum ebenfalls. Die andere stirbt. Wenn keine den Kampf eindeutig gewinnt, sterben Sie beide und Mrs. Blum genauso.«

»Und Sie erwarten von uns, dass wir Ihnen glauben? Dass Sie zwei von uns einfach hier rausspazieren lassen, damit wir den Cops erzählen können, was passiert ist?«

»Ich habe nicht gesagt, dass die Siegerin gehen kann, wohin sie will. Nur, dass sie überlebt. Ich habe nicht gesagt, wo und wie.«

Zornig wollte Pine auf Buckley losgehen, doch zwei Männer packten sie, bevor sie bei ihm war.

Sie stürzte vor seinen Füßen zu Boden. Er schaute auf sie hinunter und nickte dem Mann bei Blum zu.

Pine sah es und schrie: »Nein, bitte, tun Sie ihr nichts!«

Der Mann riss Blums Ärmel auf und schnitt ihr mit dem Messer in die Haut. Blum zuckte zurück und zitterte vor Schmerz.

Pine wurde hochgerissen. Sie bebte vor Wut, während Buckley sie enttäuscht anschaute.

»Ich hätte mir mehr von Ihnen erwartet«, sagte er. »Ihre Schwester ist angeblich ein richtiger Killer im Käfig. Sie sollten sich anstrengen.«

Er nickte seinen Männern auffordernd zu. Sie führten die beiden Frauen in den Ring. Spector folgte ihnen, dann wurde die Tür hinter den dreien geschlossen.

Spector wandte sich an jede der beiden Gegnerinnen. »Bereit?«

»Verdammt, was glauben Sie?«, versetzte Pine.

»Wenn Sie nicht mit vollem Einsatz kämpfen, wird er Ihrer Freundin genau das antun, womit er gedroht hat.«

»Und wir sollen ihm glauben, dass er uns nicht alle drei umbringt, egal was wir tun?«, sagte Pine.

»Ich weiß nicht, was ich Ihnen noch sagen soll.« Spector schaute zu Boden.

»Na toll, danke für Ihre Hilfe«, sagte Mercy.

»Ich tue nur meinen Job.«

»Klar. Wahrscheinlich zahlt er gut. Viel Spaß mit dem Geld und der Erinnerung an einen dreifachen Mord«, blaffte Pine.

Spector führte sie in die Mitte des Rings und zog zwei Paar Kampfhandschuhe und einen Mundschutz für jede der Kontrahentinnen aus ihrem Rucksack. Sie half ihnen in die Handschuhe und schaute zu dem Mann, der bei einer großen Countdown-Uhr stand, die vom Käfig aus gut zu sehen war.

»Ich nehme an, Sie kennen die Regeln. Knock-out-Entscheidung und Einschreiten bei einem Armhebel liegen allein in meinem Ermessen. Wie gut Sie kämpfen, beurteilt *er*. Und Carol blutet bereits, vergessen Sie das nicht.«

Beide Frauen schauten zu Blum, sahen ihr schmerzverzerrtes Gesicht und den blutgetränkten Ärmel.

Pine schaute zu ihrer Schwester. Mercy erwiderte den Blick ohne jede Hoffnung.

»In einem hatte er recht«, murmelte Pine durch ihren Mundschutz. »So etwas habe ich noch nicht erlebt.«

»Also los«, sagte Spector. »Gehen Sie in Ihre Ecke. Sobald das Signal kommt, kämpfen Sie.«

Pine schaute zu Mercy und schüttelte den Kopf.

»Gott vergib uns«, flüsterte sie.

71

Als das Hornsignal ertönte, kamen sie aus ihren Ecken und gingen in Verteidigungsstellung. Mercy setzte zu einem Tritt an, Pine parierte und konterte mit einem halbherzigen Schlag.

Ein gellender Schrei ließ beide erstarren.

Sie hatten Blum den Knebel abgenommen. Der Mann neben ihr hatte ihr einen weiteren Schnitt zugefügt; das Blut lief an ihrem Arm herunter.

»Carol!«, schrie Pine.

»Ich habe Sie gewarnt!«, rief Buckley. »Kämpfen Sie endlich!«

Spector trat zwischen sie und flüsterte: »Tun Sie's, sonst ist sie tot. Sie müssen nicht mit voller Wucht zuschlagen. Er wird es nicht merken, er ist kein Experte. Sie schaffen das.«

Pine warf ihr einen überraschten Blick zu und trat zurück.

Mercy schaute zu ihrer Schwester. »Na komm, bieten wir dem Arschloch eine ordentliche Show.«

Pine sprang vor und hämmerte ihre Faust in Mercys Zwerchfell. Als sie nachsetzte, konterte Mercy mit einem Seitentritt gegen Pines Kiefer. Hätte ihre Schwester voll durchgezogen, wäre der Kiefer gebrochen gewesen, doch es tat auch so schon höllisch weh.

Pine flüchtete sich in den Clinch und schob Mercy von sich weg. Dann gingen sie erneut aufeinander los, landeten handfeste Treffer mit Faustschlägen und Tritten, bis das Hornsignal die Runde beendete.

Sie gingen in ihre Ecken, wo neben einem weißen Handtuch eine Flasche Gatorade an einem Haken im Gitter hing. Spector hielt Pine die Flasche an den Mund und ließ sie trinken. Sie rieb Pines Gesicht, Arme und Beine mit dem Handtuch ab.

»Machen Sie einfach so weiter«, raunte Spector ihr zu.

Pine schaute sie fragend an.

»Bleiben Sie dran«, setzte Spector hinzu. »Und vertrauen Sie mir.«

Sie ging in Mercys Ecke, ließ sie ebenfalls trinken, rieb sie mit dem Handtuch ab und flüsterte ihr das Gleiche zu.

»Das war nicht schlecht für den Anfang«, rief Buckley. »Weiter so. Ich will noch mehr sehen. Strengt euch mal ein bisschen an.«

Das Hornsignal eröffnete die zweite Runde.

Lee und Mercy trafen sich in der Ringmitte und schlugen und traten aufeinander ein. Während eines kurzen Clinchs keuchte Pine: »Sollen wir ihr trauen?«

»Was bleibt uns übrig?«, flüsterte Mercy rau zurück, nur leicht außer Atem.

In diesem Moment hörten sie einen Schrei und sahen, dass der Kerl mit dem Messer Blum einen weiteren Schnitt zugefügt hatte. Sie wandten sich Buckley zu, der nun direkt am Gitterzaun stand, das Gesicht wutverzerrt. »Was für eine miese Show. Noch kein einziger Niederschlag!«

Pine schaute zu Mercy. Die tippte sich auf die Brust. Eine wortlose Botschaft wurde ausgetauscht. Es war wie einst in der Kindheit, als sie in ihrem Garten in Georgia gespielt hatten.

Pine trat einen Schritt zurück und feuerte einen explosiven Tritt ab, der ihre Schwester seitlich am Kopf traf. Mercy taumelte nach hinten, krachte gegen das Gitter und ging auf ein Knie nieder.

Pine setzte nach, doch Mercy war schon wieder auf den Beinen und hämmerte ihrer Schwester die Faust in die Magengrube.

Pine wankte und stürzte rücklings zu Boden. Mercy warf sich auf sie, und die beiden Frauen rangen verbissen, um einen Armhebel anzubringen. Schließlich gelang es Pine, sich mit einer verzweifelten Körperdrehung zu befreien und sich mit blutüberströmtem Gesicht aufzurappeln.

Mit Stolz und einer Prise Neid musste Pine feststellen, dass ihre Schwester die bessere Kämpferin war.

Die dritte Runde verlief ähnlich wie die zweite. Mercy und Atlee schenkten sich nichts, doch Atlee spürte, dass den Schlägen und Tritten ihrer Schwester die letzte Wucht fehlte. Sie selbst bemühte sich, es ebenso zu machen und zugleich so zu tun, als würde sie schwere Treffer einstecken, was der Wahrheit ohnehin ziemlich nahekam. Mercy hatte ihr Leben lang keine halben Sachen gekannt. Beide hatten blutige Gesichter und waren von blauen Flecken übersät. Ihr Atem ging schwer, und ihre Körper waren trotz der Kälte schweißnass.

Buckley schien das Spektakel endlich zu genießen. Auf manche Szenen reagierte er mit einer kleinen Schattenboxeinlage, was seine Männer amüsierte, die den Kampf mit Johlen, Klatschen und Stampfen begleiteten.

Vor der vierten und letzten Runde ging Spector wieder mit Wasserflasche und Handtuch zu den Kämpferinnen und flüsterte beiden das Gleiche zu.

»Achten Sie auf mein Signal zur letzten Minute. Dreißig Sekunden vor dem Ende legen Sie noch mal so richtig los, damit alle abgelenkt sind. Und dann machen Sie ganz fest die Augen zu.«

»Die Augen zu?«, fragte Pine verwirrt, während Mercy bloß nickte.

Während sie beiden mit dem Handtuch Kopf und Gesicht abrieb, drückte sie ihnen irgendetwas Gummiartiges in die Ohren.

Die Gegnerinnen machten sich bereit zur letzten Runde.

Spector warf einen kurzen Blick zum Rucksack, den sie in den Maschendraht gehängt hatte; dann trat sie zurück, die Hände an den Seiten. Sie schaute sich kurz zu Buckley um und nickte ihm zu; dann sah sie zu Blum, die das Geschehen voller Entsetzen und mit Tränen in den Augen verfolgte.

Als die letzte Runde eingeläutet wurde, gingen die Kämpferinnen augenblicklich voll zur Sache. Ihnen war bewusst, dass sie vielleicht nur noch fünf Minuten zu leben hatten. Sie wechselten harte Schläge und Tritte, und jede ging zweimal zu Boden, doch es sah schlimmer aus, als es war. Die Zuschauer mussten den Eindruck gewinnen, dass beide halb tot waren. In Wahrheit hatten sie noch eine Menge Sprit im Tank.

Pine verbarg, so gut es ging, dass ihr Blick immer wieder zu Spector schweifte. Doch die Frau ließ sich absolut nichts anmerken.

»Sie stehen ja immer noch beide«, rief Buckley. »So geht das nicht, Ladys.«

»Noch eine Minute!«, rief Spector.

Als Pine zu ihr schaute, stand die Frau mit dem Rücken zu den Zuschauern. Mit ihren Fingern deutete sie eine Eins und eine Null an, dann schloss sie kurz die Augen.

Pine verstand, was sie meinte. In einem kurzen Clinch flüsterte sie ihrer Schwester das Kommando zu.

»Dreißig Sekunden!«, rief Spector wenig später.

Wie aufs Stichwort trat Mercy so hart zu, dass Pine quer durch den Ring flog und in den Maschendraht knallte. Benommen rappelte sie sich auf, doch Mercy setzte nach und prügelte auf Lee ein. Die Zuschauer drängten näher heran, um den erwarteten K. o. mitzuerleben.

Als alle Augen auf die Schwestern gerichtet waren, griff Spector in ihren Rucksack.

»Zehn Sekunden!«, rief sie.

Pine und Mercy kniffen die Augen zu, sodass sie nicht sahen, was Spector plötzlich in ihren Händen hielt: eine Pistole in der rechten und zwei runde, längliche Gegenstände in der linken Hand.

Ohne zu zögern, feuerte Spector zweimal durch den Maschendraht. Beide Kugeln trafen ihr Ziel. Der Mann, der mit dem Messer in der Hand neben Blum stand, wurde von der Wucht der Einschläge nach hinten geschleudert. Er war auf der Stelle tot.

Mit der anderen Hand hatte Spector bereits zwei Blendgranaten aus dem Käfig geworfen. Sie segelten über das Gitter hinweg und landeten einen halben Meter vor der Menge.

Beide Granaten detonierten mit einem grellen Blitz. Der ganze Raum wurde von einer ohrenbetäubenden Explosion erschüttert und füllte sich mit beißendem Rauch. Bei Buckley und seinen Männern brach Panik aus.

Dank der Ohrstöpsel und der Tatsache, dass sie die Augen geschlossen und abgewendet hatten, waren Pine und Mercy sofort wieder auf den Beinen und taumelten aus dem Käfig. Spector war schon draußen, feuerte durch den Rauch hindurch und eilte zu dem Bereich, in dem Carol Blum zu Boden gesunken war.

Einer der Männer schrie gellend auf und versuchte, sich hochzustemmen, doch Spector war schon bei ihm und versetzte ihm einen Tritt. Mit einem Schlag auf den Hinterkopf sorgte Pine dafür, dass der Mann nicht wieder aufstand.

Dann war Spector bei Blum und versuchte sie aufzuheben. Mercy kam ihr zuvor, hievte sich Blum auf die Schulter und eilte zur Tür.

»Raus hier!«

72

Spector rannte zum Ausgang, Mercy dicht auf den Fersen. Die Frauen hatten sich die Ohrstöpsel herausgezogen. Pine sicherte nach hinten, wo immer noch dichter Rauch wallte. Als ein Mann vor ihr auftauchte und sie brüllend attackierte, fällte sie ihn mit einem Tritt an die Schläfe.

Draußen kam ihnen ein bewaffneter Wachmann entgegen.

»Was ist da los, verdammt?«, rief er, offensichtlich desorientiert.

Statt einer Antwort jagte Spector ihm eine Kugel in den Kopf.

Pine schnappte sich das Sturmgewehr des Toten und schob sich seine Pistole in ihre Shorts.

»Der SUV steht da drüben«, rief Spector ihnen zu.

Sie hörten aufgeregte Rufe aus dem Gebäude. Von anderen Bereichen der Anlage erklangen schnelle Schritte, Schreie und das Dröhnen von Motoren.

Als sie zu dem schwarzen Escalade gelangten, legten Mercy und Pine die bewusstlose Blum in den Wagen. Spector sprang auf den Fahrersitz und ließ den Motor an. Mercy setzte sich zu Blum. Pine wollte vorne einsteigen, als sie einen Mann ins Freie kommen sah. »Sie sind hier!«, brüllte der Kerl und feuerte sofort auf sie. Die Kugel schlug ins Seitenfenster ein, nur Zentimeter neben Spectors Kopf.

Pine riss das Gewehr hoch und setzte den Angreifer mit zwei Schüssen außer Gefecht.

»Rein!«, rief Spector. »*Schnell!*«

Pine warf sich in den Wagen. Spector trat aufs Gas, noch bevor Pine die Beifahrertür geschlossen hatte. Sie beschleunigten rasant und gelangten Sekunden später zum Tor des Anwesens. Ein Mann im Wachturm rief ihnen zu anzuhalten und riss seine Waffe hoch. Noch bevor er das Gewehr anlegen konnte, lehnte Pine sich aus dem zertrümmerten Beifahrerfenster und traf ihn mit zwei Kugeln aus der Pistole. Der Mann stürzte aus dem Turm und landete zwei Meter neben dem Auto auf dem Boden, ehe der SUV das Tor rammte und sich den Weg ins Freie bahnte.

Der Motor röhrte auf, als Spector Vollgas gab. Der Escalade schoss geradeaus weiter, doch als sie von hinten unter Beschuss genommen wurden, riss Spector das Lenkrad herum. Pine schaute gehetzt über die Schulter und sah mehrere Männer, die hinter ihnen her liefen und aus allen Rohren feuerten.

Einige der Kugeln schlugen in die Karosserie ein, doch zum Glück wurde kein Reifen getroffen.

Als sie Sekunden später außer Schussweite der Verfolger waren, drehte Pine sich zu Spector um. »Verdammt, wo sind wir hier überhaupt?«

»Irgendwo in Idaho.«

»Okay. Und warum haben Sie uns geholfen?«

Spector schaute nicht zu ihr, sondern hielt den Blick starr geradeaus gerichtet. »Sie haben eine großartige Assistentin, Agentin Pine. Ein paar Dinge, die sie gesagt hat, haben mir zu denken gegeben. Danach habe ich einiges anders gesehen.«

Mercy untersuchte Carol Blum, die zwar aus der Bewusstlosigkeit erwacht, aber immer noch völlig benommen war. »Wir müssen sie verbinden. Sie blutet stark.«

»Mist, verdammter«, zischte Pine und stieg nach hinten auf den Rücksitz.

»Hinten im Seesack habe ich Verbandszeug«, sagte Spector. »Außerdem etwas zum Anziehen, Lebensmittel, Wasser, Waffen und Munition.«

»Sie haben an alles gedacht«, sagte Pine anerkennend. Sie kramte in dem Seesack und fand das Verbandszeug. Während sie Blum versorgte, redete sie auf ihre Assistentin ein: »Sie schaffen das, Carol. Alles wird gut. Mercy und ich sind bei Ihnen. Halten Sie durch.«

Blum war völlig groggy von den explodierten Blendgranaten und geschwächt vom Blutverlust, doch sie konnte immerhin die Augen öffnen und nicken. Als ihr Blick auf Spector fiel, trat der Anflug eines dankbaren Lächelns in ihr Gesicht.

Pine gab ihr etwas Wasser und sah nach ihren Wunden, um sicherzugehen, dass die Blutung gestoppt war. Dann verband sie die Schnittwunden, warf Mercy einen aufmunternden Blick zu und stieg wieder nach vorne auf den Beifahrersitz. Sie schaute auf den Tachometer; sie jagten mit hundertdreißig Sachen durch die karge Landschaft.

»Sie beide haben Ihre Sache gut gemacht. Toller Fight«, meinte Spector.

Pine rieb sich den Kiefer. »Fast ein bisschen zu toll.« Stolz schaute sie zu ihrer Schwester zurück. »Ich weiß, dass du nicht voll durchgezogen hast, sonst wäre ich nach einer Minute k. o. gewesen.«

»Übertreib nicht, Lee. Das war der härteste Fight meines Lebens.« Mercy rieb sich die Seite, wo ihre Schwester sie empfindlich getroffen hatte.

Pine wandte sich an Spector. »Wo fahren wir hin?«

»Es gibt eine Stadt hundertfünfzig Meilen von hier. Aber in Sicherheit sind wir noch lange nicht. Ich habe ein paar Fahrzeuge lahmgelegt, aber nicht alle. Immerhin haben wir einen ordentlichen Vorsprung, das sollte helfen.«

»Sie haben mehr für uns getan, als irgendjemand erwarten konnte«, sagte Pine.

Spector schaute zu ihr. »Hoffentlich vergessen Sie das nicht, falls wir es schaffen.«

Pine musterte sie einen Augenblick, dann drehte sie sich zu ihrer halb bewusstlosen Assistentin um, ehe sie sich wieder Spector zuwandte. »Ohne Sie wären wir alle tot. Es interessiert mich nicht, warum Sie da waren. Für mich zählt nur, dass Sie uns geholfen haben. Sie sind ein enormes Risiko eingegangen. Wäre es schiefgegangen, hätten die Sie mit Sicherheit umgebracht.«

»Mag sein.« Spector konzentrierte sich ganz aufs Fahren. »Ich schlage vor, Sie und Ihre Schwester ziehen sich schon mal um. Die Sachen sind von mir. Sie sind beide größer als ich, aber zur Not muss es reichen.«

Mercy nahm sich eine Jogginghose, ein langärmliges T-Shirt, eine gefütterte Lederjacke, die ihr an den Schultern etwas zu eng war, und Laufschuhe. Pine nahm sich eine Jeans, einen Wollpulli, eine ärmellose Jacke und Wanderschuhe. Bewaffnet war sie mit einer Pistole und dem Sturmgewehr. Spector selbst hatte vor ihrer Flucht zwei Pistolen, eine Schrotflinte und ein Scharfschützengewehr in den Wagen geworfen.

»Ganz nettes Arsenal«, meinte Pine.

»Na ja, geht so«, gab Spector zurück.

Pine und Mercy setzten sich links und rechts von Carol Blum. Nach einiger Zeit gelang es der FBI-Assistentin, sich aufzusetzen, wenn auch mit viel Mühe.

»Wir werden es schaffen, Carol«, sagte Pine.

»Weiß ich doch. Ich habe immer auf Sie gesetzt und lag damit immer richtig.« Sie schaute zu Mercy und legte ihr die Hand auf die breite Schulter. »Und auf Sie, Mercy.«

»Dann hoffen wir mal, dass ich Sie nicht enttäusche.«

»Nie und nimmer.«

»Fühlen Sie sich schon ein bisschen besser?«, fragte Pine und hielt ihr die Wasserflasche hin. »Sie müssen jetzt vor allem genug trinken.«

Blum nahm beide Schwestern fest an den Händen, während der SUV durch die Ödnis raste.

Spector lächelte, als sie einen Blick in den Innenspiegel warf und hinter ihnen nichts als die leere, dämmrige Landschaft sah. Doch als sie auf die Benzinanzeige schaute, durchfuhr es sie eiskalt. »Mist. Wir hatten einen vollen Benzintank, jetzt ist nur noch die Hälfte übrig. Irgendwas stimmt da nicht.«

»Dann müssen diese Mistkerle den Tank getroffen haben«, sagte Pine, kletterte nach hinten und spähte durchs Heckfenster. Tatsächlich zogen sie eine dünne, schimmernde Benzinspur hinter sich her.

»So schaffen wir es nicht bis zur Stadt«, warnte Spector.

»Gibt es auf dem Weg keine Werkstatt oder Tankstelle?«, fragte Mercy.

»In dieser Gegend gibt es überhaupt nichts außer dem, was Sie sehen.«

»Haben Sie denn kein Handy?«, fragte Pine.

»Doch, aber hier draußen kriegen Sie kein Netz. Dafür müssten wir es wenigstens bis in die Nähe der Stadt schaffen.«

»Und wenn wir anhalten und versuchen, das Loch im Tank irgendwie abzudichten?«, schlug Mercy vor.

Pine spähte durch die Heckscheibe und sah in der Ferne kleine Lichtpunkte, die nach Autoscheinwerfern aussahen. »Anhalten wäre keine gute Idee.« Sie deutete auf die schwachen Lichter in der Dämmerung. »Die haben schnell reagiert.«

Spector schaute in den Innenspiegel. »Shit!«

Pine schaute wieder nach vorne und nickte.

»Sehe ich auch so.«

73

Peter Buckley saß mit grimmigem Blick auf dem Rücksitz des Jeeps und starrte auf die Waffe in seiner Rechten. Es war lange her, dass er zum letzten Mal jemanden mit eigener Hand getötet hatte. Nun freute er sich darauf, es erneut zu tun.

Britt Spector würde er nicht gleich umbringen; er würde sie zuerst nach allen Regeln der Kunst foltern, um dieser Schlampe ihren Verrat heimzuzahlen. Er ärgerte sich über sich selbst, dass er die Alarmsignale nicht ernst genug genommen hatte. Spector hatte schon länger seltsam abwesend und nachdenklich gewirkt, als wäre sie mehr mit irgendeinem inneren Konflikt beschäftigt als mit den anstehenden Aufgaben. Nun war klar, dass sie eine grundsätzliche Entscheidung getroffen hatte. Vielleicht lag es daran, dass sie alle Frauen waren, zwei von ihnen mit einem Bezug zum FBI. Vielleicht schuf das eine Verbindung, die tiefer ging, als Spector bewusst war.

Buckley wusste längst, dass der Escalade Benzin verlor und dass die Frauen keine Chance hatten, irgendwo Hilfe zu finden. In der Nacht würde es empfindlich kalt werden, doch er ging davon aus, sie eingeholt zu haben, bevor es dunkel wurde.

Es würde kein fairer Kampf werden, sondern ein Gemetzel. Er hatte zu viele Männer auf seiner Seite, und sie waren bloß vier Frauen, davon eine schon über sechzig und sicher ziemlich neben der Spur von dem, was sie mitgemacht hatte. Und die Zwillinge waren nach ihrem zugegeben beeindruckenden Kampf sicher auch nicht mehr in Bestform. Ein krasses Ungleichgewicht und alles andere als gerecht, aber damit hatte er kein Problem; schließlich war der Kampf, in dem sein Vater beinahe umgekommen wäre, auch nicht fair gewesen. Der Kampf zwischen den beiden Frauen hätte die Rache für jenes Unrecht sein sollen. Tja, daraus war nichts geworden. Aber Buckley würde seine Rache schon noch bekommen, nur eben auf andere Weise. Und zwar hier draußen, irgendwo in dieser gottverlassenen Landschaft. Hier würde er auch die Leichen der Frauen verscharren und mit Felsbrocken bedecken.

Er schaute aus dem Fenster auf den trüben Himmel und stellte sich vor, wie es zu Ende gehen würde. Bald kam der große, der alles entscheidende Augenblick, das sah er nun deutlich vor sich. Alles, was er im Leben erreicht hatte – Geld und Beziehungen, Ruhm und Anerkennung, Prunk und Luxus –, bedeutete ihm mit einem Mal nichts mehr. Es kam ihm beinahe so vor, als hätte er sein Leben vergeudet. Nun würde er bald die Gelegenheit bekommen, blutige Wiedergutmachung einzufordern. Nie hatte er sich seinem Vater so nahe gefühlt wie in diesen Augenblicken. Als ältester Sohn war es ihm vorbehalten, Buckley senior zu rächen.

*

Ein paar Meilen voraus bog Spector in eine Schlucht ein, die vor Jahrmillionen von einem reißenden Gewässer geformt worden war. Sie fuhr auf dem schmalen, halbwegs ebenen Erdstreifen, so weit sie kam. Nach der Benzinanzeige hatten sie vielleicht noch fünfzehn, höchstens zwanzig Liter übrig. Ihr war aufgefallen, dass der Verbrauch sich stabilisiert hatte; die Kugel musste den Tank oberhalb des verbleibenden Treibstoffvorrats durchschlagen haben. Dennoch würde es nicht reichen, um bis zur Stadt zu gelangen, schon gar nicht bei der hohen Geschwindigkeit, die sie hätten beibehalten müssen, um sich ihre Verfolger vom Leib zu halten. Wären sie irgendwo in der Ebene zum Stehen gekommen, hätten sie nicht die geringste Chance gehabt.

Spector lenkte den SUV hinter einen kleinen Hügel aus verwitterten Felsbrocken und stellte den Motor ab.

»Vielleicht fahren die Mistkerle an der Schlucht vorbei, das würde uns Zeit verschaffen.«

»Zeit wofür?« Mercy schaute aus dem Fenster. »Ich sehe niemanden, der uns zu Hilfe kommen könnte.«

Spector nickte. »Hier ist weit und breit nichts außer Buckleys Anwesen.«

»Buckley?«, fragte Pine.

»Ja. Sie wissen vermutlich nicht, wer er ist, oder?«

»Nur dass er einen Bruder hat, der Ken heißt«, sagte Mercy.

Spector wollte antworten, doch zu ihrer Überraschung kam ihr Carol Blum zuvor und erzählte den Schwestern Buckleys Familiengeschichte.

»Das war lange vor Ihrer Zeit im Bureau, Agentin Pine.« Sie schaute zu Spector, wie um zu sagen: *Und vor Ihrer.*

Pine bemerkte den vielsagenden Blick, schwieg jedoch.

»Er hat mir gegenüber zugegeben, dass es ihm weniger um Rache für seinen Bruder geht, sondern für seinen Vater«, fuhr Blum fort. »Es hat mehr mit seinen Überzeugungen zu tun. Offenbar ist er gar nicht der coole, geschniegelte Geschäftsmann. Hinter der beherrschten Fassade ist er ein glühender Fanatiker.«

Spector nickte. »Als er mir von damals erzählt hat, von seinem Vater und dem Angriff auf dessen Sekte, hatte er ein beinahe irres Funkeln in den Augen.«

»Kennen Sie ihn schon lange?«, fragte Pine.

»Ich habe verschiedene Aufträge für ihn erledigt«, sagte Spector ausweichend. »Aber nie etwas so Persönliches. Und er ist selbst nie aktiv geworden. Er hat mich nur dafür bezahlt, was zu tun war.«

»Und Sie heißen …?«, fragte Pine.

»Das behalte ich lieber für mich.«

Pine musterte sie einen langen Augenblick, ließ es aber dabei bewenden.

»Wir sollten einige Sicherheitsvorkehrungen treffen«, wechselte Spector das Thema. »Und Sie beide sind sicher hungrig nach dem Monsterfight. Mit leerem Magen kann die beste Armee nicht kämpfen.«

Nachdem sie gegessen und getrunken hatten, übernahm Pine die erste Wache. Sie stellte fest, dass Spector einen guten Platz gewählt hatte, um sich vor den Verfolgern zu verschanzen. Die Straße, die in die Schlucht führte, war schmal und gut einsehbar. Blum lag in eine Decke gehüllt im SUV. Mercy saß bei ihr.

Pine lag auf einem flachen Felsvorsprung, mit dem Scharfschützengewehr bewaffnet. Spector war mit ihrer Ausrüstung ein Stück auf der Straße zurückgegangen, um als Vorposten Ausschau zu halten.

Pine war mit einem Walkie-Talkie ausgerüstet, das Spector ihr gegeben hatte. Sie hatte Pine erzählt, sie habe die Funkgeräte von Buckleys Anwesen mitgenommen, aber auf eine andere Frequenz eingestellt. Pine hatte bereits einige Male mit Spector Kontakt aufgenommen, und diese hatte ihr gemeldet, dass von Buckley und seinen Männern nichts zu sehen sei. »Die Gegend hier ist optimal«, fügte sie hinzu. »Hier gibt es zahllose Hügel und Schluchten, die Deckung bieten. Buckley und seine Meute hatten uns kurz aus dem Blick verloren, das habe ich genutzt, um hier reinzufahren. Aber Buckley ist gründlich. Er wird jede kleine Abzweigung checken. Allerdings dürfte es eine Weile dauern, bis sie uns finden.«

Mag sein, aber sie werden *uns finden*, dachte Pine. Da hatte sie keinen Zweifel.

Sie schaute kurz zu den beiden wichtigsten Menschen in ihrem Leben: Carol Blum und Mercy. Sie waren ihre Familie, wahrscheinlich die einzige, die sie je haben würde. Und es konnte durchaus sein, dass sie ihre Familie und ihr Leben hier in dieser Schlucht verlieren würde. Aber selbst wenn es dazu kommen sollte – wenigstens hatte sie noch Mercy wiedergefunden.

Und wenn das hier unser Alamo werden sollte, nehmen wir zumindest so viele wie möglich mit in den Tod.

Als sie nach einer Weile wieder durchs Zielfernrohr spähte, spannte sie sich innerlich an. Eine Gestalt kam die Straße herauf in ihre Richtung gerannt. Pines Finger verharrte über dem Abzug. Sie würde nicht feuern, solange sie nicht sicher wusste, wer es war.

Ihr Walkie-Talkie kreischte. »Ich bin's«, rief Spectors Stimme über Funk.

Pine entspannte sich, als die Frau kurz darauf bei ihr war. Spector sagte nur zwei Worte. Mehr war auch nicht nötig.

»Sie kommen.«

74

»Ich nehme das Scharfschützengewehr«, sagte Spector. »Sie sind jetzt zu Fuß unterwegs, sehr langsam, um kein Risiko einzugehen. Wir haben vielleicht dreißig Minuten.«

»Ich bleibe lieber auf dieser Position«, sagte Pine.

Spector schüttelte den Kopf. »Nein, ich habe etwas anderes für Sie zu tun. Schnell, kommen Sie mit.«

Widerstrebend gab Pine ihr das Gewehr und folgte ihr zurück zum Lager. Sie informierten Mercy über die Lage. Mercy nahm ihre Pistole und sagte: »Die müssen erst mal an mir vorbei, wenn sie an Carol herankommen wollen.«

Spector holte einen Seesack aus dem Wagen und nahm eine kleine Drohne mit Fernsteuerung heraus.

»Hatten Sie schon mal mit so etwas zu tun?«, fragte sie Pine.

»Ja, zur Überwachung. In der weiten Landschaft von Arizona können diese Dinger recht nützlich sein. Woher haben Sie die?«

»Sie gehört Buckley. Er setzt Drohnen ein, um sein riesiges Anwesen zu überwachen. Ich hab mir gedacht, wir können sie besser gebrauchen, also hab ich sie mitgenommen.«

»Gute Idee«, bemerkte Mercy.

»Auf der Fernbedienung haben Sie ein Display, das Ihnen zeigt, was die Drohne sieht. Ich schlage vor, Sie gehen damit hinter dem Felsblock dort vorne in Position.«

»Und was dann?«

»Dann steuern Sie das Ding die Straße runter, genau dorthin, wo die Typen voraussichtlich hier ins Tal reinkommen. Halten Sie die Drohne in ungefähr dreißig Meter Höhe, dann werden sie das Ding nur durch Zufall sehen.« Sie deutete auf die Unterseite des Fluggeräts. »Das hier ist das Entscheidende. Wenn die Drohne direkt über ihnen ist, drücken Sie diesen Knopf auf der Fernbedienung. Den Rest übernehme ich.«

»Sie müssen nicht alles allein machen«, meinte Pine.

»Tu ich auch nicht. Dafür sind es zu viele. Aber sie werden unseren äußeren Verteidigungsring durchbrechen. Dann läuft es auf einen Nahkampf hinaus, es sei denn, wir haben noch ein paar Tricks auf Lager. Ich setze trotz allem auf uns.«

Pine schaute auf das Scharfschützengewehr. »Wollen Sie diesen Teil nicht doch lieber mir überlassen?«

Spector zögerte einen Augenblick, dann fragte sie leise: »Kennen Sie das HRT?«

»Das Hostage Rescue Team des FBI? Klar.«

Spector umfasste das Gewehr mit beiden Händen. »Ich war zwei Jahre als Scharfschützin dabei. Mit einer solchen Waffe.«

Sie vermied es, Pine in die Augen zu schauen. Als sie den Kopf hob, durchbohrte Pine sie mit ihrem Blick.

Spector leckte sich nervös über die Lippen.

»Dann gehen Sie mal besser auf Ihren Posten«, sagte Pine schließlich. »Viel Glück.«

»Danke, Agentin Pine.«

Sie eilte davon. Pine sah noch einmal nach Blum, dann wechselte sie ein paar Worte mit Mercy, gab ihr das Walkie-Talkie und riet ihr, im Notfall sofort Spector zu verständigen. »Falls es schiefgeht«, fügte sie zögernd hinzu, »dann … ich bin einfach nur glücklich, dass ich dich wiedergefunden habe. Das wollte ich dir unbedingt noch sagen.«

Mercy steckte sich das Funkgerät an den Gürtel und legte ihrer Schwester die Hand auf die Schulter. »Es wird nicht schiefgehen. Es ist bloß ein Job, und den werden wir erledigen. Diese Idioten werden gar nicht wissen, wie ihnen geschieht.«

Pine drückte ihre Hand. »Wie du gesagt hast, ich muss uns nur vom Baum runterbringen.«

»Aber diesmal helfe ich dir dabei, Lee.«

Pine nickte und lief los, um mit der Drohne in Position zu gehen. Sie blickte zu Spector, die auf dem Felsvorsprung lag und durch das Nachtsicht-Zielfernrohr ihres Scharfschützengewehrs spähte, das auf einem Dreibein ruhte. Die Frau wirkte völlig konzentriert.

Sie war beim HRT, dachte Pine mit einem Anflug von Bewunderung. Dieser Spezialeinheit gehörten nur die Besten an. Es war gut zu wissen, über welche Qualitäten Spector verfügte; andererseits war es beunruhigend.

Pine setzte die Drohne auf dem Felsboden ab. Während sie den Bedienungshebel betätigte, verfolgte sie den Start des kleinen Fluggeräts und lenkte es zur Straße. Sie ließ es auf etwa dreißig Meter steigen und dann langsam das Tal hinunterfliegen. Pines Aufmerksamkeit konzentrierte sich auf das beleuchtete Display, auf dem nach einer Weile eine Gruppe schwer bewaffneter Männer und zwei oder drei Jeeps auftauchten. Sie zeichneten sich schwarz und grau vor dem Hintergrund ab. Sie schienen gut voranzukommen, obwohl man ihnen ihre Vorsicht ansah. Der Führungsmann ging in die Knie, überprüfte den Boden, nahm eine Handvoll Erde in die Hand und roch daran.

Das Benzin, dachte Pine.

Die Männer und die Jeeps bewegten sich weiter voran. Pine konnte nun auch Buckley erkennen, der im vorderen Jeep saß, eine Schrotflinte in den Händen.

Sie ließ die Drohne einige Augenblicke über der Gruppe schweben, dann legte sie den Finger auf den Knopf, den Spector ihr gezeigt hatte, schickte ein stilles Gebet zum Himmel und drückte darauf.

Die Dunkelheit über Buckley und seinen Männern wurde von grellem Scheinwerferlicht verdrängt, das wie ein künstlicher Sonnenaufgang über ihnen erstrahlte.

Einen Sekundenbruchteil später hörte Pine das Scharfschützengewehr krachen.

Auf dem Display sah Pine einen Mann getroffen zu Boden sacken, dann einen zweiten, einen dritten. Die anderen versuchten, aus dem Lichtkegel der Drohne zu flüchten, in dem sie leicht zu treffende Ziele waren. Doch Pine bewegte die Drohne so, dass die Männer möglichst im Scheinwerferlicht blieben.

Spectors Gewehr krachte wieder und wieder. Noch mehr Männer fielen. Zwei Jeeps gingen in Flammen auf, während der dritte Wagen, in dem Buckley saß, hinter einem Felsblock in Deckung raste.

Gütiger Himmel, dachte Pine bewundernd. *Das Mädel kann schießen.*

Im nächsten Augenblick erwischte es die Drohne. Einer von Buckleys Männern hatte einen Volltreffer gelandet. Schlagartig war es ringsum so schummrig wie zuvor.

Doch es hatte sich gelohnt.

Spector kletterte vom Felsvorsprung herunter, als die Männer ihre Position so heftig unter Beschuss nahmen, dass die Kugeln Steinsplitter explodieren ließen. Sie schloss sich Pine an.

»Wir müssen uns zurückfallen lassen.«

»Die Straße wird schmaler«, sagte Pine. »Da können wir sie in die Enge treiben.«

Sie rannten los, während die Kugeln ihnen um die Ohren pfiffen, weil die Männer sie unerbittlich verfolgten und immer schneller aufholten. Der Beschuss wurde so heftig, dass sie sich in Deckung werfen mussten.

»Vorsicht!«, rief Spector Sekunden später.

Einer der Verfolger sprang aus dem Halbdunkel hervor und feuerte auf Pine. Sie spürte den Gluthauch des Geschosses, fuhr herum und jagte dem Mann eine Kugel in die Brust. Er war auf der Stelle tot.

Im nächsten Augenblick traf ein Querschläger einen verwitterten Steinblock. Felssplitter sirrten umher. Einer bohrte sich in Pines Arm. Sie schrie auf, hielt den verletzten Arm, drehte sich um und rannte, die Zähne fest zusammengebissen.

Spector schulterte das Gewehr, zog eine Pistole und feuerte wild, um ihnen eine Atempause zu verschaffen. Sie gelangten zu einer Biegung, sprinteten weiter und erreichten den SUV.

Pine schnappte sich das Verbandszeug. Mercy half ihr, den blutenden Arm zu verbinden.

»Kannst du noch eine Waffe halten, Lee?«, wollte sie wissen.

»Klar«, keuchte Pine. »Das lass ich mir nicht nehmen.«

Sie fischte ein paar Ersatzmagazine aus einem Seesack.

»Ich habe Carol auf den Rücksitz gelegt«, sagte Mercy. »Da sollte sie einigermaßen sicher sein, wenn hier die Kugeln fliegen.«

»Du bist die letzte Bastion, Mercy. Wenn sie an mir und unserer Freundin vorbeikommen, liegt alles an dir.«

Mercy nickte bloß, nahm die Schrotflinte und ging in Position.

Pine lud die Pistole durch, schob ein paar Magazine in ihre Jackentasche und gab die restlichen an Spector weiter. »Okay, bringen wir's zu Ende.«

75

Pine hielt sich auf der linken Seite des Weges, Spector auf der rechten. Lautlos schoben sie sich vorwärts und hielten immer wieder inne, um nach verräterischen Geräuschen zu lauschen. Dass sie absolut nichts hörten, bedeutete wahrscheinlich, dass Buckley und seine Männer in Deckung gegangen waren und über ihr weiteres Vorgehen berieten.

Pine schaute über den Weg hinweg zu Spector, die in die Knie gegangen war und zu ihr hinüberblickte. Sie deutete nach vorne, hielt ihre Pistole hoch, überkreuzte die Arme und schwang sie vor dem Körper hin und her. Pine verstand und antwortete mit einem Daumen-hoch-Zeichen.

Dann richtete sie ihre Pistole nach rechts, einen knappen Meter vor Spectors Position.

Und wartete.

Als zwei Männer in Sicht kamen, feuerte Spector; einen Sekundenbruchteil später schoss auch Pine. Mit ihrem Kreuzfeuer deckten sie den gesamten Bereich vor sich ab.

Beide leerten ihre Fünfzehn-Schuss-Magazine, luden nach und eröffneten erneut das Feuer.

Drei Männer blieben liegen und rührten sich nicht mehr.

Spectors Taktik schien aufzugehen.

Der einzige Nachteil war, dass die Mündungsblitze in der zunehmenden Dämmerung ihre Positionen verrieten.

Die Folge war heftiger Beschuss, der die beiden Frauen zwang, sich hinter Felsblöcken auf den Boden zu werfen. Als die Gewehre verstummten, sprang Pine auf, rannte zu Spector und half ihr auf.

»Wir müssen zurück, sofort!«, drängte Pine.

Wie aus dem Nichts tauchten zwei Männer auf und richteten ihre Waffen auf sie. Pine fuhr herum und trat dem ersten die Pistole aus der Hand. Der andere drückte ab, schoss aber daneben, weil Spector ihm einen blitzschnellen Tritt in die Magengrube verpasst hatte.

Augenblicklich entbrannte ein erbarmungsloser Nahkampf. Die Männer waren deutlich größer und kräftiger, doch es half ihnen nicht viel, da es in solchen Kämpfen nicht so sehr auf die rohe Kraft ankam, sondern auf die Technik und die Reaktionsschnelligkeit. Spector setzte einen der Gegner mit einem Messerstich außer Gefecht, dem anderen brach Pine das Genick, indem sie ihn mit den Beinen in die Zange nahm und seinen Kopf mit einem jähen Ruck zur Seite riss.

Erschöpft rappelten sie sich auf. Sie hatten den Kampf gewonnen, doch die beiden Männer hatten ihnen Schnittwunden und andere Verletzungen zugefügt. Pine konnte ihren linken Arm kaum noch bewegen, ihr rechtes Knie war dick angeschwollen.

»Gehen wir«, keuchte Spector.

Im nächsten Augenblick stöhnte sie auf, als eine Kugel ihre linke Wade durchbohrte und auf der anderen Seite austrat. Ein Geschosssplitter schnitt sich in ihre Wange, ein weiterer in ihre Seite.

Während die Kugeln auf sie einprasselten, stürzte Pine über einen Felsbrocken, brach sich den Knöchel und zerschnitt sich Hände und Gesicht, als sie auf dem harten Boden landete und sich beim Aufprall auch noch einen Finger brach. Eine Kugel zerfetzte ihre Jacke und streifte ihren Arm. Sie sprang auf, fuhr herum und feuerte ihr Magazin leer. Der Feuerschutz ermöglichte es Spector, sich hochzustemmen und sich zu ihr zu schleppen.

Schwer atmend biss Pine bei jedem Schritt die Zähne zusammen, während ihr Blut von den Lippen troff. Als sie zu Spector schaute, sah sie, dass deren Gesicht kalkweiß war. Das Blut, das ihr über die Wangen lief, wirkte beinahe schwarz.

»Wo hat es Sie noch erwischt?«

»An der Wade ... und seitlich am Oberkörper, aber nicht so schlimm«, log sie. »Und Sie?«

»Halb so wild«, untertrieb Pine ihrerseits.

Zusammen humpelten sie zum Auto zurück. Beiden war bewusst, dass das letzte Gefecht erst noch bevorstand.

Als sie zum SUV gelangten, richtete Mercy sich auf, sah, dass die beiden Frauen schwer gezeichnet waren, und biss die Zähne zusammen.

»Wie schlimm?«, fragte sie.

»Kein Problem«, sagte Spector, und Pine nickte bestätigend. Beide Frauen ließen sich zu Boden sinken, lehnten sich an den Wagen und atmeten schwer, während ihnen Blut und Schweiß übers Gesicht liefen.

Mercy kam hinter dem SUV hervor. »Kein Problem? Na, das sehe ich anders.« Sie schaute zum Weg. »Wie viele sind es noch?«

»Schwer zu sagen«, meinte Spector. »Wahrscheinlich zu viele.«

Pine schaute auf das viele Blut hinunter. Mit ihrer verletzten Hand würde es ihr kaum möglich sein, die Pistole zu halten. Spector sah ihrerseits nach ihren Verwundungen. Ihrem verzerrten Gesicht nach zu schließen, würde es ihr höllische Schmerzen bereiten, auf dem verletzten Bein zu stehen.

»Sieht nicht gut aus«, meinte Pine. »Außerdem geht uns die Munition aus.«

Mercy zog etwas aus ihrer Tasche. »Das hier hab ich unter einem Sitz gefunden.« Es war unverkennbar eine Zündschnur. In der anderen Hand hielt sie das Walkie-Talkie. »Ich hab eine Idee.«

Spector schaute zu Pine, die ihrer Schwester zunickte. »Lass hören, *Sis*. Ich bin nämlich total am Ende.«

76

Buckley spähte hinter einem Felsvorsprung hervor. Zehn Meter vor ihnen stand der SUV. Er schaute zu zwei seiner Männer zurück; sie wirkten genauso beunruhigt, wie er selbst es war. Die Sache war bei Weitem nicht so einfach, wie Buckley es sich vorgestellt hatte. Er hatte die Frauen sträflich unterschätzt.

Immerhin verrieten die Blutspuren auf dem Boden, dass zwei von ihnen verwundet waren, auch wenn er nicht wusste, wie schwer. Er musste davon ausgehen, dass sie bis zum Letzten kämpfen würden. Was blieb ihnen auch anderes übrig?

Er winkte einen seiner Männer zu sich. »Ich glaube nicht, dass die Flittchen im Wagen sind«, sagte er. »Wahrscheinlich sind sie dahinter in Stellung gegangen und benutzen ihn als Deckung. Nehmt die Karre unter Beschuss. Vielleicht erwischen wir sie auf diese Weise.«

Der Mann nickte und ging zurück zu den anderen. Eine Minute später kam er mit einigen Schwerbewaffneten zurück. Sie verteilten sich hinter einer Reihe von Felsblöcken, legten die Gewehre an und eröffneten auf das Kommando des Anführers das Feuer. Ein Höllenlärm drang über die dämmrige Landschaft, als die Fenster des Wagens zerbarsten, die Reifen platzten und die Karosserie regelrecht durchsiebt wurde. Metall-, Holz- und Plastikteile wirbelten durch die Luft. Die Männer feuerten auch unter das Fahrzeug, für den Fall, dass sich jemand darunter verbarg.

Die gellenden Schreie aus dem Auto waren trotz des Dauerfeuers deutlich zu hören. Dann, ganz plötzlich, verstummten sie. Nachdem sie Hunderte Patronen verfeuert hatten, hob der Anführer die Hand. Er schaute zu Buckley, der mit einem Kopfnicken zum SUV deutete.

»Sieht so aus, als wär's vorbei«, sagte er. »Aber schaut zur Sicherheit nach.«

Mehrere Männer näherten sich dem Wagen, während der Rest der Gruppe, darunter Buckley, ihnen Feuerschutz gab. Sie erwarteten, zumindest eine Tote vorzufinden. Mit ihren Taschenlampen leuchteten sie in die zertrümmerten Fenster des Wracks, konnten aber nicht viel erkennen.

Der Führungsmann öffnete vorsichtig die hintere Beifahrertür, ein anderer ging zur vorderen Tür auf derselben Seite. Sie richteten ihre Waffen in das zerschossene Fahrzeug. Plötzlich sah einer von Buckleys Handlangern das Walkie-Talkie auf dem Boden liegen. Die Sprechtaste war gedrückt und mit einem Klebestreifen befestigt, die Lautstärke voll aufgedreht.

Alarmiert drehte er sich zu seinem Partner um.

Aber der wurde in diesem Moment auf etwas anderes aufmerksam.

»Scheiße, brennt da was?«, fragte er erschrocken.

Keiner der Männer sah die lange Zündschnur, die auf der anderen Seite des Wagens verlief. Mercy hatte die Schnur ausgerollt und das Ende in den Tank gesteckt, in dem noch genug Benzin übrig war.

Die Zündschnur brannte herunter, bis die Flamme auf die Benzindämpfe im Tank traf.

»Weg hier!«, brüllte einer der Männer.

Er und die anderen warfen sich herum und rannten, doch es war zu spät.

Im nächsten Augenblick erschütterte eine mächtige Explosion

den SUV, riss ihn mit grellem Blitz in die Höhe und erfasste die flüchtenden Männer, die verbrannt, zerrissen oder wie Puppen durch die Luft geschleudert wurden. Ein blutiger Arm traf Buckley im Gesicht; ein abgerissenes Bein traf den Mann neben ihm.

»O Gott!«, schrie Buckley, sprang auf und versuchte, sich in Sicherheit zu bringen, doch er kam nicht weit.

Ein Fuß, Schuhgröße 45, traf ihn im Gesicht und zertrümmerte ihm den Kiefer. Derselbe Fuß zerquetschte dem Nebenmann die Luftröhre. Der Mann wurde zu Boden geschleudert, fasste sich an die Kehle und rang vergeblich nach Luft.

Der nächste Tritt traf Buckley an der Schläfe und ließ seinen Kopf gegen einen schroffen Felsen krachen. Aus mehreren Wunden blutend, kippte er zu Boden.

Ein dritter Mann machte den Fehler, mit bloßen Fäusten gegen die geballte Energie zu kämpfen, die sich gegen ihn und seine Kumpane entlud. Ein knochiges Knie traf ihn mitten im Gesicht. Noch während er den Mund zum Schrei aufriss, zertrümmerten ihm Ellbogenstöße und Fußtritte den Schädel. Er hatte höchstens noch eine Minute zu leben, bis die Hirnblutungen ihn umbrachten.

Die wenigen Überlebenden hatten jeden Kampfgeist verloren und ergriffen die Flucht. Auch sie kamen nicht weit. Die von Pine und Spector abgefeuerten Kugeln setzten sie außer Gefecht.

Danach war es still, bis auf das Stöhnen und Röcheln der Sterbenden in der kalten Luft.

Mercy trat barfuß und entspannt zu dem am Boden liegenden Buckley. Mit dem Fuß drehte sie ihn auf den Rücken. So gut wie vorher sah er nicht mehr aus.

Als sie sich zu Pine und Spector umdrehte, die mit rauchenden Waffen aus der Deckung humpelten, richtete Buckley sich abrupt auf, riss die Schrotflinte hoch und zielte auf Mercys breiten Rücken.

Ein Schuss krachte.

Aber nicht aus Buckleys Waffe.

Die Kugel traf ihn in den Mund und trat am Hinterkopf aus.

Er schlug zu Boden und rührte sich nicht mehr.

Mercy fuhr herum, schaute auf den Toten hinunter und drehte sich wieder um, als ihre Schwester die Waffe senkte.

Pine ließ langsam den Atem entweichen. »Wir sind vom Baum runter, Mercy. Wir haben es geschafft.«

Halb bewusstlos ließ sie sich zu Boden sinken.

Sekunden später brach auch Spector blutend und ausgepumpt zusammen.

77

Mercy fuhr sie alle in Buckleys Jeep zur Stadt. Der Wagen hatte im Schutz des Felsblocks, hinter den er geflüchtet war, den Drohnenangriff unversehrt überstanden. Sobald sie ein Handynetz hatten, verständigte die schwer verletzte Pine die örtlichen Behörden und berichtete mit knappen Worten, was sich zugetragen hatte. Als sie im Krankenhaus ankamen, sprang Mercy aus dem Jeep, rannte ins Gebäude und kam mit einem Team von Ärzten und Schwestern zurück, die sich um die Verletzten kümmerten.

Später rief Pine vom Krankenbett aus Drew McAllister an und nahm sich ein paar Minuten, um ihn zu informieren.

»Ich erinnere mich an den Fall Buckley«, sagte der FBI-Agent nachdenklich. »Ich habe mit ein paar Kollegen zusammengearbeitet, die damals selbst dabei waren. Üble Sache. Menschenhandel, Waffen, Drogen. Die haben nichts ausgelassen. Der alte Buckley hat angeblich mit allen jungen Mädchen geschlafen, um ›ihre Eignung zu testen‹.«

»Der Sohn ist anscheinend dezenter aufgetreten, war aber genauso verrückt und um nichts weniger gefährlich als sein Erzeuger.«

»Nach dem, was Sie erzählen, grenzt es an ein Wunder, dass Sie da lebend rausgekommen sind«, meinte McAllister.

»Ist es auch«, sagte Pine. »Es tut mir nur sehr leid um Bertrand.«

»Ja. Wie es aussieht, ist aber niemand mehr da, den wir deswegen festnehmen könnten.«

»Die Kollegen vor Ort werden das Anwesen absuchen, aber diejenigen, die sich nicht an der Jagd auf uns beteiligt haben, sind wahrscheinlich längst über alle Berge. Was bleibt, sind langwierige Aufarbeitung und Berge von Papierkram.«

McAllister versprach, sich mit den lokalen Behörden in Verbindung zu setzen und spätestens in vierundzwanzig Stunden mit einem Team nachzukommen.

Pine ließ ihre Wunden behandeln und die Flüssigkeit aus dem geschwollenen Knie absaugen. Für den gebrochenen Finger bekam sie eine Schiene, der Knöchel wurde mit einer Orthese stabilisiert.

Später humpelte sie auf Krücken zu Spectors Zimmer, die an der Wade und im Gesicht operiert worden war.

»Wieder wie neu?« Pine setzte sich zu ihr ans Bett.

Spector setzte sich auf und zuckte zusammen. »Ich kann nicht klagen.«

»War ganz schön knapp«, meinte Pine.

»Ihre Schwester hat uns rausgerissen mit ihrer Idee, den SUV in eine Bombe zu verwandeln. Buckley hat mir mal erzählt, dass sie immer wieder alte Gebäude und Mauerreste auf dem Gelände mit Dynamit sprengen. Ich nehme an, deshalb war die Zündschnur im Auto. Glück gehabt.«

»Gut, dass wir Mercy dabeihatten, sonst wären wir jetzt tot.«

»Die Frau ist eine Naturgewalt. So wie sie kämpft, würde ich nicht gern gegen sie antreten.«

Pine rieb sich den Kiefer. »Es hat sich angefühlt, als hätte mich ein Panzer überrollt. Dabei hat sie sich noch zurückgehalten.«

Spector sank ins Kissen zurück und starrte zur Decke. »Das FBI ist vermutlich schon unterwegs, oder?«

»Das ließ sich nicht vermeiden.«

»Klar.«

»Sie werden in etwa vierundzwanzig Stunden hier sein. Aber der Leiter des Teams ist ganz in Ordnung.«

»Gut.« Spector strich die Bettdecke glatt und schaute zur Seite.

Pine musterte sie einen Augenblick. »Wie schwer ist die Verletzung am Bein? Bitte die Wahrheit. Es ist wichtig.«

Spector sah sie überrascht an. »Nicht so schlimm. Den Knochen hat es nicht erwischt. Der Chirurg sagt, es war ein glatter Durchschuss.« Sie schaute auf Pines Krücken. »Im Gegensatz zu Ihnen könnte ich wahrscheinlich schon wieder gehen. In einer Woche bin ich topfit. Aber warum ist das so wichtig?«

»Die eigentliche Frage ist: Können Sie fahren?«

Spector setzte sich auf und schaute Pine völlig verwirrt an. »Ich glaub schon. Aber warum wollen Sie das wissen?«

»Es gibt einen Autoverleih in der Stadt. Habe ich unterwegs gesehen.«

»Das ist ja alles gut und schön, aber ...« Spector stockte, als ihr plötzlich dämmerte, worauf Pine hinauswollte. »Moment, wollen Sie damit sagen ...?«

»Aus irgendeinem Grund habe ich vergessen, Sie gegenüber Special Agent McAllister zu erwähnen. Soweit er weiß, sind unsere Verfolger tot, und wir waren nur zu dritt.«

»Nur um sicherzugehen ... was genau wollen Sie mir damit sagen?«

»Zwei Autostunden von hier gibt es einen kleinen Flughafen. Hab ich auf dem Handy gecheckt. Von dort aus sind Sie in Nullkommanix in einem anderen Bundesstaat. Oder im Ausland, falls Ihnen das lieber ist.« Sie verstummte und wartete.

Ein solches Angebot hatte Spector nicht erwartet. »Warum?«, fragte sie. »Das ist gegen jede Vorschrift des FBI, das wissen Sie genau.«

»Sie haben uns allen das Leben gerettet. Ich habe persönlich nichts gegen Sie. Und ich bin im Bureau fast immer auf mich allein gestellt. Da ist es normal, dass man manchmal den eigenen Regeln folgt. Die sind oft besser als die des FBI.«

»Ich … ich weiß nicht, was ich sagen soll.«

»Das Problem habe ich nicht. Ich möchte mich für die Hilfe bedanken. Ich wüsste nur gern, bei *wem*.«

Spector senkte den Blick zur Bettdecke. »Britt Spector.«

»Okay, Britt. Danke, dass Sie uns den Hintern gerettet haben.«

»Jetzt, wo Sie meinen Namen wissen, können Sie sich auch über meine Vergangenheit beim FBI informieren«, sagte Spector nervös. »Die war nicht so … ruhmreich.«

»Das könnte ich, will ich aber nicht.«

»Warum?«

»Weil ich Sie persönlich kennengelernt habe und das unter den denkbar verrücktesten Umständen. Ich weiß alles Wesentliche über Sie. Weshalb sollte ich da noch einen Berg Akten lesen?«

Spector wirkte immer noch besorgt. »Es wird Fragen geben. Die Spurensicherung …«

»Der Tatort ist ein einziges Chaos, das wissen Sie so gut wie ich. Und es gibt niemanden mehr, den man anklagen könnte. Die Ermittlungen sind reine Routine. Weder das FBI noch die örtlichen Behörden haben irgendeinen Grund, die Sache weiterzuverfolgen.«

»Aber Sie sind Agentin. Sie gehen damit ein Risiko ein. Ich will nicht, dass Ihnen das vielleicht auf den Kopf fällt.«

»Das Risiko ist es wert. Und ich bin im Bureau noch jedes Mal auf die Füße gefallen.«

Die zwei Frauen wechselten einen vielsagenden Blick.

Langsam streckte Spector die Hand aus. Pine schüttelte sie.

»Ich bin mir zwar nicht sicher, ob ich das verdient habe«, sagte Spector, »aber danke.«

»Nur eins noch: Sie sollten sich in Zukunft besser überlegen, für wen Sie arbeiten. Sie sind zu gut, um den Schurken zu helfen. Wir brauchen Sie viel mehr als die.«

Spector sank ins Kissen zurück und schaute lächelnd zur Decke. »Das hab ich mir auch schon gedacht. Sie haben recht.«

»Aber noch einmal: Warum?«

Spector schaute sie verständnislos an. »Warum *was*?«

»Es war nicht nur Carols kleine Ansprache. Ich habe mit ihr darüber geredet. Sie ist wirklich gut, aber das hätte auch sie nicht zustande gebracht. Also, warum haben Sie uns geholfen?«

Spector rieb sich die Augen, wischte sich die eine oder andere Träne weg. »Ich hatte nicht die … allerschönste Kindheit. Und ich hatte keine Schwester, mit der ich irgendetwas hätte teilen können.« Mit glänzenden Augen schaute sie zu Pine. »Ich hätte eine Schwester gebraucht, das weiß ich jetzt besser als je zuvor«, fügte sie mit leiser Stimme hinzu. »Dann wäre es vielleicht … erträglicher gewesen.«

»Das verstehe ich. Sehr gut sogar.«

»Ich weiß, was Sie und Mercy durchgemacht haben. Irgendwann habe ich mir gedacht, Sie … haben einfach mehr Zeit miteinander verdient … viel mehr Zeit, als Buckley Ihnen zugestehen wollte.«

Pine stand auf und stützte sich auf die Krücken. »Ich glaube fast, Britt, ich habe noch eine zweite Schwester gefunden.«

Spector erwiderte ihren Blick. »Geht mir genauso, Atlee.«

78

Wie Spector hatte auch Pine nicht auf das Eintreffen des FBI-Teams in der kleinen Stadt in Idaho gewartet. Es hätte sie überfordert, persönlich mit McAllister zu sprechen. Sie brauchte ein bisschen Abstand. Deshalb hatte sie, noch bevor die Agenten in Idaho angekommen waren, einen Flieger zurück zur Ostküste genommen, zusammen mit ihrer Schwester und Carol Blum. Sie hatte McAllister in einer E-Mail davon in Kenntnis gesetzt. Als er sie in seiner Antwort aufgefordert hatte zu bleiben, hatte sie bereits in der Maschine gesessen und das Handy ausgeschaltet.

Erst vier Tage nach der tödlichen Auseinandersetzung hatte sie Drew McAllister schließlich angerufen, um zu erfahren, wie es um seine Ermittlungen in Idaho stand.

Das Telefongespräch war für Pine eine heikle Angelegenheit gewesen.

»Ich habe Ihnen gesagt, ich will mit Ihnen reden, sobald wir vor Ort sind. Warum, zum Henker, sind Sie abgehauen? Seither habe ich Sie zigmal angerufen.«

»Meine Assistentin Carol hat eine spezielle ärztliche Betreuung gebraucht«, sagte Pine. »Ich selbst musste aus persönlichen Gründen zurück an die Ostküste. Außerdem habe ich in dem Getümmel mein Handy verloren. Ich habe zwar ein neues Gerät, habe mich damit aber noch nicht so richtig beschäftigt. Und wie ich schon sagte, es gab Wichtigeres. Wir alle brauchen spezielle medizinische Betreuung.«

»Klar. Und in Idaho gibt es ja keine Ärzte, nicht wahr?«

»Ich habe mir gedacht, es ist das Beste für Carol. Aber wenn Sie Fragen haben, stehe ich gerne zur Verfügung. Es war sicher besser, dass Sie sich zuerst einmal selbst ein Bild vom Tatort machen. Jetzt wissen wir beide, wovon wir reden.«

»Im Bureau haben mich einige gewarnt, die schon mit Ihnen zu tun hatten.«

»Gewarnt?«

»Ja. Davor, dass Sie mit allen Wassern gewaschen wären.«

»Ich will bloß helfen.«

»Da draußen sieht es aus wie in einem Kriegsgebiet«, sagte McAllister, nun wieder ernst.

»Aus meiner Sicht war es das auch. Ich habe in meiner Laufbahn schon einige verrückte Sachen erlebt, aber das steht wahrscheinlich ganz oben.«

»Ich habe meine Waffe zweimal benutzt, obwohl ich jetzt vierundzwanzig Jahre beim FBI bin. Mir scheint, dass Sie das in weniger als vier Sekunden hinbekommen.«

»Ich greife auch nur zur Waffe, wenn es sich absolut nicht vermeiden lässt.«

»Schon klar. Ich habe den Käfig in der alten Scheune gesehen. Wofür war der?«

»Da drin haben sie uns gefangen gehalten.«

»Aber es gab auch ein eigenes Gefängnis.«

»Da waren wir zwischendurch auch«, sagte Pine.

»Sie, Ihre Schwester und Carol Blum?«

»Carol war die ganze Zeit in einer eigenen Zelle.«

»Wir haben die Spuren untersuchen lassen. Carols Blut war auch in der Scheune, direkt beim Käfig. Und Ihr Blut haben wir *im* Käfig entdeckt.«

»Die haben uns nicht sonderlich nett behandelt.«

»Warum haben die Carol in die Scheune gebracht?«

Pine beschloss, bei der Wahrheit zu bleiben. Sie erzählte McAllister, dass Buckley sie gezwungen hatte, gegen ihre Schwester zu kämpfen – mit Carol Blum als Druckmittel.

»Herrgott, der Kerl muss wahnsinnig gewesen sein«, sagte McAllister.

»Da gebe ich Ihnen hundertprozentig recht.«

»Wie sind Sie davongekommen?«, fragte McAllister.

»Wir konnten uns befreien und ein paar Waffen zusammenraffen. Wir haben einen Wagen gekapert, das Tor gerammt und uns aus dem Staub gemacht. Sie haben uns verfolgt und uns ein Loch in den Tank geschossen. Dadurch mussten wir uns in dieser Schlucht verschanzen. Dort ist es dann zum Kampf gekommen.«

»Wir haben die Überreste einer Drohne gefunden, außerdem NATO-Patronen.«

»In dem SUV waren Waffen und diese Drohne. Wir haben alles, was wir hatten, in die Schlacht geworfen, um zu überleben.«

»Warum war der SUV total zerstört?«

»Meine Schwester hatte die grandiose Idee, die Benzindämpfe im Tank als Bombe zu benutzen. So haben wir einen guten Teil von Buckleys Leuten außer Gefecht gesetzt.«

»Hat funktioniert«, bemerkte McAllister trocken. »Ich hab noch nie so viele Körperteile irgendwo herumliegen gesehen. Die werden mich die nächsten zehn Jahre im Traum verfolgen.«

»Tja, die Bösen haben verloren«, fügte Pine hinzu.

»Richtig«, sagte McAllister. »Sie und Ihre Schwester haben also ein kleines Heer schwer bewaffneter Männer besiegt? Ohne jede Hilfe? Ich weiß, Sie sind eine der Besten, aber mal im Ernst …«

»Sie dürfen Carol nicht vergessen. Und meine Schwester würde so ziemlich jedem FBI-Agenten, mit dem Sie je zusammengearbeitet haben, die Scheiße aus dem Leib prügeln.«

»So was Ähnliches habe ich auch von Ihnen gehört.«

»Buckley hat einen FBI-Agenten ermorden lassen. Der Mistkerl hat bekommen, was er verdient. Und es war Notwehr, keine Selbstjustiz. Darum wundert es mich ein bisschen, dass Sie mich anscheinend dafür zur Verantwortung ziehen wollen, dass ich zur Waffe gegriffen habe, um zu überleben.«

»Nein, nein, das verstehen Sie falsch. Sie haben ja recht«, beteuerte McAllister, räusperte sich und fügte hinzu: »Wir sehen uns gerade Buckleys Firmenimperium an. Da scheint es eine saubere und eine schmutzige Seite zu geben. Die sind nur miteinander in Berührung gekommen, wenn er Schwarzgeld in seinen sauberen Firmen waschen musste. Die besten Finanzanalytiker des FBI werden eine Menge Arbeit damit haben, dieses Gewirr zu entflechten.«

»Das überrascht mich nicht. Buckley war ein raffinierter Mistkerl.«

»Und jetzt ist er ein *toter* Mistkerl. Hatten Sie die Ehre, dafür zu sorgen?«

»Ja, hatte ich. Gut, dass ich im Urlaub bin, sonst hätte ich jetzt jede Menge Papierkram zu erledigen, während das Bureau untersucht, warum ich von der Waffe Gebrauch gemacht habe. Denn das habe ich an dem Tag ausgiebig getan.« Pine hielt einen Augenblick inne. »Sind wir damit fertig? Ich hätte nämlich auch eine Frage an Sie.«

»Ach. Da bin ich aber gespannt.«

»Wie kommen Sie mit Ihren Ermittlungen in Sachen Tim Pine voran?«

»Sind Sie befugt, das zu erfahren?«, erwiderte er. Pine glaubte, sein Lächeln übers Telefon hören zu können.

»Ich denke schon. Aber Sie können ja den streng geheimen Teil weglassen, wenn es Sie beruhigt.«

»In der Sache hat es eine überraschende Wendung gegeben.«

»Inwiefern?«, fragte Pine neugierig.

»Ein paar Mitarbeiter einer anderen Bundesbehörde haben uns besucht.«

»Von welcher Behörde?«

»Das ist der geheime Teil.«

»Verstehe.«

»Sie haben uns in die ganze Geschichte um Ihre Mutter und Tim Pine eingeweiht. Auch, was Bruno und Ito Vincenzo getan haben. Das hatten Sie mir zwar schon erzählt, aber diese Leute haben es bestätigt. Das war verdammt couragiert von Ihrer Mom. Und das mit achtzehn Jahren.«

»Das stimmt.«

»Die haben auch bestätigt, dass Ito die Absicht hatte, Tim Pine umzubringen. Aber Pine ist ihm zuvorgekommen. Man hat uns klargemacht, dass die nachfolgende Vertuschung von allerhöchsten Geheimdienstkreisen sanktioniert war.«

»Heißt das, Sie werden nicht weiter gegen Tim Pine ermitteln?«

»Für das Bureau ist der Fall abgeschlossen.«

»Haben Sie mit Jack Lineberry gesprochen?«

»Ja. Ein beeindruckender Mann.«

»Hatte er auf irgendeine Weise damit zu tun, dass diese Schwesterbehörde sich mit Ihnen in Verbindung gesetzt hat?«

»Das kann er Ihnen ja selbst beantworten. Ich nehme an, Sie wollten sowieso mit ihm reden, wenn Sie schon in der Gegend sind.«

»Stimmt. Hat er Ihnen sonst noch etwas erzählt?«

»Zum Beispiel?«

»Ich weiß nicht. Irgendwas.«

Vielleicht, dass ich und Mercy seine Töchter sind, dachte Pine.

»Nur, was ich Ihnen erzählt habe.«

»Okay. Danke.«

»Wenn Sie alles geregelt haben, kommen Sie hoffentlich zum Bureau zurück. Sie sind eine gute Agentin, Pine. Wir würden Sie ungern verlieren.«

»Da brauchen Sie sich keine Sorgen zu machen. Ich bin FBI-Agentin durch und durch.«

»Und passen Sie auf, dass Sie keinen Ärger kriegen. Wenigstens für ein paar Tage.«

»Ich suche keinen Ärger.«

»Der Ärger *findet* Sie, was?«

Pine schwieg.

Da ist was dran, dachte sie nur.

79

Sie hielten vor dem Tor von Lineberrys Anwesen. Seit ihrer Rückkehr aus Idaho waren einige Wochen vergangen. Pines Knöchel
war verheilt, und auch ihre übrigen Verletzungen behinderten
sie kaum noch. Auch Carol Blum hatte sich bestens erholt.

Pine lenkte den Mietwagen. Mercy saß auf dem Beifahrersitz,
Blum auf der Rückbank.

»Heilige Scheiße«, stöhnte Mercy beim Anblick der Villa.
»*Hier* wohnt der Typ?«

»Sie sollten mal sein Penthouse in Atlanta sehen und sein
Pied-à-terre in New York«, meinte Blum.

»Sein *Pied-à-was*?«, fragte Mercy.

»Ein Luxusapartment für seine New-York-Aufenthalte«, erklärte Pine.

Sie meldete sich über die Sprechanlage an, und das Tor
schwang auf. Als Mercy die vollen Ausmaße des Hauses und der
Gartenanlagen sah, schüttelte sie ungläubig den Kopf.

»Wohnt er allein hier?«, fragte sie.

»Er hat ein paar Hausangestellte.«

»Gott sei Dank. Dann sind wenigstens Leute da, die er nach
dem Weg fragen kann, wenn er sich zwischen Schlafzimmer und
Küche verirrt.«

»Er ist außerdem unser Vater«, rief Pine ihr in Erinnerung.

»Meiner nicht. Ich kann mich ja nicht mal an den Mann erinnern, den ich für unseren Vater *gehalten* habe.«

Sie hielten vor dem Haus und stiegen aus. Die Hausangestellte öffnete die Tür und führte sie in Lineberrys Arbeitszimmer.

»Es geht ihm schon viel besser als bei Ihrem letzten Besuch«, sagte die Frau, die in den Dreißigern sein mochte und einen zupackenden Eindruck vermittelte. Sie schaute zu Mercy. »Sie sind Agentin Pines Zwillingsschwester, nicht wahr? Mr. Lineberry wird sich sehr freuen, Sie zu sehen.«

»Ich bin mir nicht sicher, ob das auf Gegenseitigkeit beruht«, entgegnete Mercy.

Die Frau schaute sie beinahe erschrocken an. Pine reagierte schnell, legte ihrer Schwester die Hand auf die Schulter und sagte zur Angestellten: »Ich kenne den Weg, danke.«

Pine klopfte an und hörte Lineberrys »Herein«.

Als sie eintraten, stand Jack Lineberry hinter seinem Schreibtisch auf. Auf Pine wirkte er völlig verändert. Er trug eine beigefarbene Leinenhose, ein weißes Hemd und eine marineblaue Sportjacke. Sein Gesicht hatte eine gesunde Farbe, die weißen Haare waren makellos geschnitten. Obwohl er immer noch dünner war als früher, schien er sich von seinen Verletzungen gut erholt zu haben.

Und von seiner Depression, dachte Pine.

Er lächelte, als sein Blick auf Mercy fiel. Er musterte ihre hochgewachsene Gestalt; dann kam er mit ausgebreiteten Armen und feucht schimmernden Augen auf sie zu.

»Mein Gott, Mercy, ich kann dir gar nicht sagen, was dieser Augenblick mir bedeutet.«

Als er sie umarmen wollte, wich Mercy einen Schritt zurück und hielt ihm die Hand hin.

Lineberry wirkte im ersten Moment überrascht. Dann schaute er zu Pine und schien zu verstehen. Beinahe verlegen schüttelte er Mercy die Hand. »Tut mir leid, ich bin wohl ein bisschen voreilig. Du kennst mich ja gar nicht. Bitte, setzt euch.«

Als sie alle an einem Couchtisch saßen, schaute er in die Runde, bis sein Blick auf Pine ruhte. »Du weißt ja schon, dass das FBI die Ermittlung wegen Tim eingestellt hat.«

»Irre ich mich, oder hast du ein bisschen nachgeholfen?«, fragte Pine.

»Es hat mich ja selbst betroffen, wegen meiner Falschaussage damals. Ich gebe zu, ich habe ein paar alte Freunde angerufen und zwei, drei Kongressabgeordnete, die ich regelmäßig mit Spenden unterstützt habe. Es war ja völlig klar, dass Ito Vincenzo Tim umbringen wollte und Tim in Notwehr gehandelt hat.« Er hielt kurz inne und ließ den Blick in die Runde schweifen. »Agent McAllister hat mir erzählt, dass ihr alle ein ziemlich bewegtes Abenteuer im Westen durchgemacht habt. Mehr wollte er nicht sagen.«

»Das ist geheim«, sagte Pine. »Aber wir haben's überlebt. Alles ist gut.«

Für einen Augenblick klappte Lineberry die Kinnlade herunter, doch dann fing er sich und schaute zu Mercy. »Deine Schwester hat dir vermutlich alles erzählt?«

Mercy musterte ihn von oben bis unten, ließ den Blick durch das stilvoll eingerichtete Zimmer schweifen, das den Stempel von Geschmack und Reichtum trug, und schaute unbeeindruckt zu ihm zurück. »Dass du mit unserer Mom geschlafen hast und wir zwei das Ergebnis sind? Ja, das habe ich gehört. Auch dass du uns alles hinterlassen willst. Kann ich einen kleinen Anteil sofort haben? Das würde mir helfen, meine Rechnungen zu bezahlen und wieder auf die Beine zu kommen. Mir genügt ein Betrag, der wahrscheinlich unter dem liegt, was du für einen Haarschnitt ausgibst.«

Blums Haltung versteifte sich, doch Pine nahm es gelassen. Sie hatte sich ohnehin schon gefragt, wie ihre Schwester auf das Zusammentreffen reagieren würde. Mercys Reaktion überraschte sie nicht.

Es sprach für Lineberry, dass er es mit Fassung trug. Ohne gönnerhaftes Lächeln, ohne Zorn oder Enttäuschung. Nichts deutete darauf hin, dass er Mercys unverblümte Worte als respektlos oder beleidigend empfand.

Stattdessen wandte er sich an Pine und sagte mit fester Stimme: »Atlee, würdet ihr beide, du und Carol, mich ein paar Minuten mit Mercy allein lassen?«

»Ist das okay für dich, Mercy?«, fragte Pine.

Mercy zuckte mit den Schultern. »Von mir aus.«

Pine und Blum standen auf und gingen. Bei der Tür warf Pine noch einen besorgten Blick zurück und sah Vater und Tochter einander gegenübersitzen. Zwischen ihnen waren höchstens zwei Meter, doch es fühlte sich an, als wären es tausend Meilen.

Pine ging hinaus und schloss die Tür.

80

»Also, geht das in Ordnung mit dem Geld, oder muss ich warten, bis du stirbst?«, begann Mercy.

»Oh, das mit dem Geld lässt sich garantiert einrichten, bevor ich in die Grube fahre«, erwiderte Lineberry. »Wie du siehst, bin ich ziemlich wohlhabend. Dir steht ein gerechter Anteil zu.«

»Das habe ich nicht gemeint. Ich habe meinen Job gekündigt, um in meine Vergangenheit zurückzukehren und ein paar Dinge zu klären. Außerdem haben sie mich aus meiner Wohnung rausgeworfen. Mit anderen Worten: Ich bin zurzeit obdachlos. Was ich brauche, ist ein kleiner Betrag, um wieder Boden unter den Füßen zu bekommen und einen Job zu finden, dann bin ich schon zufrieden. Den Rest kannst du Lee hinterlassen. Ich brauche nicht mehr.«

»Das ist alles? Nur ein bisschen Starthilfe? Sonst hast du keine Fragen an mich? Über deine Mutter zum Beispiel?«

Mercy zuckte die Achseln. »Ich weiß alles, was ich wissen muss. Nachdem ich entführt wurde, hat meine Mutter nicht nach mir gesucht. Sie hat mich in einem dunklen Loch verrotten lassen. Dann hat sie auch noch Lee im Stich gelassen, und niemand hat mehr von ihr gehört. Bis auf diesen idiotischen Brief, den sie dir geschrieben hat, damit sie sich ein bisschen besser fühlt. In dem Brief habe ich auch nichts davon gelesen, dass sie mich gesucht hätte, also kann sie mir gestohlen bleiben. Habe ich irgendwas übersehen?«

»Ja. Eine Menge. Zum Beispiel die Wahrheit.«

Mercy sah ihn herablassend an. »Ach. Willst du mir jetzt erzählen, wie tapfer sie war? Eine zweite Jungfrau von Orleans oder so?«

»Nein, sie hatte ihre Schwächen, wie wir alle. Sie hat Fehler gemacht, wie wir alle. Sie hat manche Situationen falsch eingeschätzt, wie wir alle. Ich habe selbst mehr als ein Mal Mist gebaut und wahrscheinlich du auch.«

»Lass mich aus dem Spiel, ja?«, versetzte Mercy schroff und funkelte ihn an.

»Aber du gehörst nun mal dazu.« Er stockte und musterte sie nachdenklich. »Deine Mutter hat sich selbst die Schuld an dem gegeben, was mit dir und deiner Schwester passiert ist. Und sie hat alles versucht, um dich zu finden.«

»Das ist doch Quatsch. Wenn sie es wirklich gewollt hätte, *hätte* sie mich gefunden.«

Als hätte er sie gar nicht gehört, fuhr Lineberry fort: »Aber dann hat man sie gezwungen, nicht weiter nach dir zu suchen, jedenfalls nicht offiziell. Danach musste sie untertauchen.«

Mercy schaute überrascht auf. »Man hat sie *gezwungen?*«

Lineberry musterte sie einen Augenblick. »Was ich dir jetzt sage, habe ich nicht einmal deiner Schwester verraten.« Wieder hielt er inne, wie um ihre volle Aufmerksamkeit zu gewinnen. »Willst du es hören? Wenn nicht, kannst du jetzt aufstehen und gehen. Ich werde dich nicht aufhalten.« Er griff in seine Tasche und nahm ein Scheckbuch heraus. »Ich stelle dir sofort einen Scheck aus, damit du neu anfangen kannst. Wären zweihunderttausend Dollar genug? Wenn nicht, nenne einen Betrag. Eine Million? Zwei? Zehn Millionen? Deine Entscheidung.«

Mercy zuckte zusammen, als sie die absurd hohen Zahlen hörte, doch dann entspannte sie sich und nickte langsam. »Ich will es hören. Aber das heißt noch lange nicht, dass ich es glaube.

Du warst in meine Mutter verliebt und bist es vielleicht immer noch. Wahrscheinlich würdest du alles sagen, um sie in Schutz zu nehmen.«

Er legte das Scheckbuch beiseite. »Was ich dir sage, ist die Wahrheit. Ob du mir glaubst, musst du entscheiden.«

Mercy verschränkte die Arme vor der Brust, lehnte sich zurück und wartete.

»Es geht um die Mafiafamilien, die dank deiner Mutter zerschlagen werden konnten, als sie gerade mal achtzehn Jahre alt war. Diese Organisationen hatten immer noch Kontakte im ganzen Land, auch in Behörden und Regierungskreisen.«

»Sekunde. Angeblich hat ein Ito Soundso mich entführt und Lee beinahe umgebracht. Dann hat er mich zu einer verrückten Familie gebracht. Er hat das für seinen Bruder getan, der in der Mafia war und von irgendwem gelinkt wurde. Und Mom hat er die Schuld daran gegeben. So hat Lee es mir erzählt.«

»Bruno Vincenzo wurde tatsächlich gelinkt. Aber nicht von deiner Mutter.«

»Sondern?«

»Dazu komme ich gleich. Deine Mutter hatte einen Deal mit Bruno geschlossen, als er herausfand, was sie getan hat. Es war das Beste, was sie tun konnte. Wäre sie aufgeflogen, wäre die ganze Operation gescheitert, und deine Mutter und einige andere wären gestorben. Außerdem wären viele gefährliche Mafiosi ungestraft davongekommen und hätten ihr mörderisches Geschäft weiterbetreiben können. Also hat sie sich mit Bruno auf einen Deal verständigt, der von höchsten Regierungskreisen abgesegnet wurde. Doch als es darum ging, den Deal einzuhalten, hat man Bruno ausgetrickst. Er hätte Straffreiheit und Zeugenschutz bekommen sollen. Aber es kam weder zu dem einen noch zu dem anderen.«

»Warum nicht?«, fragte Mercy mit wachsendem Interesse.

»Weil ein hochrangiger Amtsträger, der in der Hierarchie weit über mir gestanden hat und dessen Namen viele Amerikaner kennen, die Anweisung gegeben hat, den Deal platzen zu lassen. Bruno wurde verurteilt und wenig später von der Mafia als Verräter getötet.«

»Warum hat dieser hochrangige Kerl das getan?«

Lineberry schaute sie schweigend an.

»Willst du damit sagen, die Mafia habe ihn bestochen?«, hakte sie nach.

»Die Mafia wollte Bruno«, sagte er. »Sie wollte ihn um jeden Preis. Er sollte dafür bezahlen, dass er ihnen nicht verraten hatte, dass deine Mutter eine Spionin war. Der Deal war geplatzt, und Bruno starb. Was wir nicht wussten, war, dass Bruno vor seinem Tod noch seinen Bruder Ito überredet hat, sich an deiner Mutter zu rächen. Er hat sie für den Verrat verantwortlich gemacht.«

Mercy musterte ihn einen Augenblick. »Okay, nehmen wir mal an, es war so, wie du sagst. Trotzdem hat Mom nichts unternommen, um mich zu finden. Daran ändert das auch nichts.«

Lineberry hob einen Finger, um zu widersprechen. »Sie hat deine Schwester im Krankenhaus nur ein einziges Mal allein gelassen, um nach Washington zu fliegen und zu fordern, dass alles unternommen würde, um dich zu finden. Sonst würde sie an die Öffentlichkeit gehen und *alles* bekannt machen, was sie wusste.«

»Was *hat* sie denn gewusst?«, hakte Mercy nach.

»Sie wusste, dass dieser hohe Amtsträger sich von der Mafia hatte kaufen lassen. Dass er es war, der Bruno ans Messer geliefert hat. Und sie hat vermutet, dass jemand in Bruno Vincenzos Umfeld dich entführt haben musste. Nur dass es sein Bruder war, wusste sie nicht. Wahrscheinlich hat sie nicht einmal gewusst, dass er einen Bruder hatte. Aber letztendlich ging es ihr sowieso nur darum, dich wiederzubekommen.«

Mercy wurde immer nachdenklicher. »Wie hat sie heraus-gefunden, dass dieser Regierungsvertreter mit der Mafia zu-sammengearbeitet hat?«

»Sie war undercover unterwegs und hat Gespräche mitgehört. Die Leute haben ihr einiges erzählt, was sie besser für sich be-halten hätten. Julia war verdammt gut in ihrem Job. Und sie hat Leute kommen und gehen sehen. Auch diesen Regierungs-vertreter.«

»Aber wenn sie gewusst hat, dass er dahintersteckt, warum hat sie es nicht sofort den Behörden gemeldet?«

»Weil *er* in diesem Fall die höchste Instanz war. Und weil sie keine offizielle Agentin war. Sie war ein junges Mädchen. Er hin-gegen war eine Legende, ein Mann, den alle respektierten, weil er den USA viele Jahre lang in höchsten Ämtern gedient hatte. Wer hätte ihr geglaubt? Dieser Mann hätte leicht irgendwelche Beweise gegen sie konstruieren können. Sie hat damals Drogen genommen, weißt du. Und sie hatte mit Kriminellen zu tun. Es wäre für ihn ein Leichtes gewesen, Julia fertigzumachen. Also hat sie geschwiegen. Aber als du entführt wurdest, ist ihr der Kragen geplatzt. Sie ist nach Washington geflogen und hat den Kerl zur Rede gestellt. Sie hat es für *dich* getan. Ich kann dir gar nicht sagen, wie mutig dieser Schritt war. Du weißt wahrschein-lich wenig darüber, wie es in den Regierungsbehörden zugeht, aber es war wie David gegen Goliath. Trotzdem hat sie keine Sekunde gezögert.«

»Wie ist dieses Gespräch verlaufen?«

»Sie hat ihm gedroht.« Lineberry hielt eine Sekunde inne. »Und er hat mit einer Drohung geantwortet.«

»Welcher?«, fragte Mercy atemlos.

»Wenn sie die Sache weiterverfolge und an die Öffentlichkeit gehe, werde er deine Schwester und Tim …« Er verstummte und sah sie vielsagend an.

»*Was!* Wie kann ein *Regierungsvertreter* so etwas tun?«

»Es waren andere Zeiten damals, Mercy. Die Mafia hatte immer noch enormen Einfluss. Der Kerl hat zu tief dringesteckt. Deine Mutter hat zwar mitgeholfen, einige schwere Kaliber hinter Gitter zu bringen, aber eine Menge Mafiosi waren immer noch auf freiem Fuß. Und dieser Verräter wollte sich deswegen nicht seinen Ruf ruinieren lassen.«

»Heißt das, er hat Mom damit gedroht, der Mafia zu verraten, wo sie und ihre Familie leben?«

»Ja. Darum sind sie praktisch über Nacht aus Andersonville fort. Sie hatte schon eine Tochter verloren und wollte nicht auch noch die andere verlieren. Aber ich weiß, dass Julia trotzdem alles versucht hat, um dich wiederzufinden. Das weiß ich so genau, weil ich ihr dabei geholfen habe. Seit dem Tag, an dem du verschwunden warst, habe ich sie nie wieder lächeln gesehen. Es hat ihr ganzes Leben verdüstert.«

Mercy schaute zu Boden. Ihr Gesicht drückte Verständnislosigkeit aus. »Aber warum hast *du* diesen Drecksack nicht auffliegen lassen?«, fragte sie mit bebender Stimme.

»Als deine Mutter mir davon erzählt hat, war er schon tot. Friedlich im Bett gestorben, als Held und Patriot, der seinem Land treu gedient hat. Heute ist er auf dem Nationalfriedhof Arlington begraben.«

»Wie krank ist das denn?«

»Sehr. Und als er tot war, hat deine Mutter die Wahrheit erst recht nicht mehr ans Licht bringen können. Niemand hätte ihr geglaubt. Außerdem hätte es die Mafia wieder auf ihre Spur gebracht. Tim und deine Schwester wären erneut gefährdet gewesen. Deine Mutter hat in einem unlösbaren Dilemma gesteckt.«

»Warum hast du Lee das nicht erzählt?«

Lineberry rutschte unbehaglich hin und her. »Ich könnte

es mir leicht machen und sagen, dass ich durch einen Eid zur Verschwiegenheit verpflichtet bin. Aber die Wahrheit ist, dass Julia für deine Schwester immer ein Idol war, ein leuchtendes Vorbild. Sie hat ja auch viel länger mit ihr zusammengelebt als du. Selbst als Julia sie verlassen hatte, blieb ihr Atlees Zuneigung erhalten. Hätte ich Atlee das alles anvertraut ... ich bin mir sicher, Atlee hätte Himmel und Hölle in Bewegung gesetzt, um eure Mutter zu finden. Sie hätte alles aufgegeben und ...«

»Sie hätte auf ein eigenes Leben verzichtet, meinst du? Ihren Beruf, ihre Karriere?«

»Ja. Und sie hätte sich in Todesgefahr gebracht. Eure Mutter war überzeugt, dass es so besser war. Dass deine Schwester in Sicherheit war, solange sie nicht wusste, wo Julia sich aufhielt und ob sie überhaupt noch lebte. Deshalb ist Julia fortgegangen.«

Einige Augenblicke saßen sie schweigend da, während Mercy alles verarbeitete.

»Also, ich ... ich weiß es zu schätzen, dass du mir das gesagt hast. Dass du so ehrlich warst. Das bin ich nicht gewohnt. Ich habe immer zu denen gehört, um die sich keiner schert.«

»Für mich seid du und deine Schwester die wichtigsten Menschen im Leben«, sagte Lineberry leise. »Darauf kannst du dich genauso verlassen wie auf den Scheck, den ich dir ausstellen werde.«

Sie sah ihn überrascht an. »Du bist anders, als ich dachte.«

»Und du bist *genau so,* wie ich es mir vorgestellt habe.«

»Und was heißt das?«

»Du lässt dich von nichts und niemand unterkriegen.«

»Ich versuch's. Aber ich war lange Zeit anders, ganz anders. Die Leute haben mit mir gemacht, was sie wollten.«

»Das ist vorbei.«

Sie sah ihn einen Augenblick an. »Wirst du Lee irgendwann sagen, was du mir gerade erzählt hast?«

»Vielleicht ist es besser, wenn sie es von ihrer Schwester hört. Ich überlasse es ganz dir, ob und wann sie es erfährt.« Er stand auf. »Wenn es dir nichts ausmacht, rufe ich jetzt Lee und Carol wieder herein. Wir müssen einen kleinen Ausflug machen. Der ist längst fällig.«

»Einen Ausflug? Wohin?«

»Du wirst es gleich sehen.«

81

Den »kleinen Ausflug« unternahmen sie nicht mit dem Auto, sondern mit Lineberrys Privatjet, einer Gulfstream 650 mit allem Drum und Dran.

Die beiden Schwestern und Blum bestaunten die luxuriöse Einrichtung des Flugzeugs, die dunkle Holztäfelung, den farbenfrohen Teppich, die cremefarbenen Ledersitze. Eine uniformierte Flugbegleiterin und zwei professionell aussehende Piloten empfingen sie mit ruhiger Miene und festem Händedruck.

Nachdem sie ihre Plätze eingenommen hatten, fragte Pine: »Wo genau fliegen wir hin, Jack?«

»Mit dem Jet ist es ein sehr kurzer Flug.« Mehr wollte Lineberry nicht verraten.

»Mann, jetzt sitz ich doch tatsächlich zum ersten Mal in einem Flugzeug«, sagte Mercy. »Der Typ, der mir erzählt hat, wie das ist, hat aber sicher nie in einem *solchen* Ding gesessen.«

»Das gilt für die meisten von uns, Mercy«, meinte ihre Schwester.

Wie ein Pfeil hoben sie ab und erreichten wenig später eine Flughöhe von zwölftausend Metern. Die Flugbegleiterin servierte ihnen Kaffee und eine leichte Mahlzeit. Nach nicht einmal einer Stunde durchbrachen sie die Wolkendecke und gingen in den Sinkflug. Pine schaute aus dem Fenster und sah eine Stadt am Wasser unter sich.

»Wo sind wir?«

»Savannah, Georgia«, sagte Lineberry. »Das ist der Atlantik.«

»Warum Savannah?«

Lineberry schaute sie mit einem Ausdruck an, in dem Pine etwas Trauriges zu erkennen glaubte. »Vertrau mir einfach, Atlee. Bitte. Dieses eine Mal noch.«

Seine gedrückte Stimmung verstärkte Pines Beunruhigung.

Ein SUV mit Chauffeur erwartete sie am Flughafen. Sie stiegen ein und fuhren los.

Der Wagen schlängelte sich durch die Außenbezirke der Stadt, bis sie zu einem Ort kamen, dessen Anblick Pine für einen Augenblick das Herz stehen bleiben ließ.

»Ein *Friedhof*?« Sie warf ihrer Schwester einen beunruhigten Blick zu, ehe sie zu Lineberry schaute.

»Jack, was soll das?«

Lineberry, der auf dem Beifahrersitz saß, schaute schweigend vor sich hin. Dann ließ er den Fahrer auf einer schmalen Straße an der Rückseite des Friedhofs halten. In diesem Bereich gab es Grabsteine von unterschiedlicher Art und Größe, manche drei Meter hoch, dazwischen alte, massive Grüfte, aber auch Gräber mit schlichten, ins Gras eingelassenen Bronzetafeln.

Als Lineberry aussteigen wollte, hielt Pine ihn am Arm zurück.

»Sag uns endlich, was das zu bedeuten hat, Jack, sonst steige ich nicht aus! Ein Friedhof! Bitte sag jetzt nicht, dass …«

»Ich habe dich gebeten, mir zu vertrauen. Es ist deine Entscheidung. Ich habe dir noch nie absichtlich wehgetan, aber ich will dir auch nicht die *Wahrheit* vorenthalten. Jetzt nicht mehr. Und jetzt komm mit. Bitte.«

Er drehte sich um und führte sie zu einem Abschnitt mit einigen Gräbern. Vor einem Grab mit einer schlichten Tafel blieb er stehen. Sie versammelten sich davor und schauten auf den Namen des Verstorbenen.

»Mark Douglas?«, las Pine und schaute verwirrt zu Lineberry.

»Er war erst achtundvierzig, als er gestorben ist«, bemerkte Blum, als sie Geburts- und Sterbedatum las.

»Ja«, sagte eine Stimme. »Er ist viel zu früh gestorben.«

Alle drehten sich um, als eine Frau Mitte fünfzig hinter einer der Grüfte hervortrat. Ihre dunklen, schulterlangen Haare waren von silbergrauen Strähnen durchzogen. Sie trug dunkle Jeans, schwarze Stiefel und eine schwarze Jacke. Sie war schlank und etwas größer als Atlee, aber nicht ganz so groß wie Mercy. Ihr Gesicht war makellos geschnitten, bemerkte Pine; sie strahlte eine atemberaubende, lässige Eleganz aus. Es war nicht zu übersehen, dass sie als junge Frau eine Schönheit gewesen sein musste. Ihre Augen waren von einem leuchtenden Blau, das beinahe unecht wirkte. Doch Pine wusste, dass die Farbe echt war.

Und sie wusste auch, dass diese Frau ihre Mutter war.

Die beiden Schwestern standen regungslos nebeneinander, sprachlos und bis ins Innerste berührt, als die Frau, die sie als ihre Mom und als Julia Pine gekannt hatten, auf sie zukam. Sie schaute zuerst zu Atlee, dann zu Mercy.

Langsam streckte sie die Hand aus und streichelte Mercys Wange. Mercy stand still da und ließ es geschehen.

»Ich hätte nie gedacht, dass ich dich noch einmal wiedersehe, Mercy. Nie.« Die blauen Augen füllten sich mit Tränen, und die Haut um die Augen legte sich in feine Fältchen, die ihre Schönheit fast noch unterstrichen und ihrem Gesicht die Anmut und Würde eines alten Kunstwerks verliehen.

Mercys Lippen zitterten. Sie fasste die Hand ihrer Mutter und drückte sie fest an ihre Wange.

Julia schaute zu ihrer anderen Tochter und nahm ihre Hand, sodass ihre Finger sich verschränkten. »Lee, kannst du mir je verzeihen, was ich dir angetan habe, Schatz? Wenn nicht jetzt, so doch irgendwann?«

Als Pine ihre Stimme wiederfand, sagte sie: »Damals hätte ich es nicht gekonnt, aber heute ... Jack hat mir den Brief gezeigt, den du ihm geschrieben hast.«

Julias Blick schweifte zu Lineberry.

»Ich weiß, dass du es nicht wolltest«, sagte er. »Aber unter den Umständen glaube ich, dass Atlee ein Recht darauf hatte.«

Julia nickte. »Danke, dass du mir meine Mädchen gebracht hast, Jack. Du warst mir in diesem Albtraum immer ein guter Freund.«

Pine schaute auf das Grab hinunter, dann hob sie den Blick wieder zu ihrer Mutter.

Julia nickte und sagte leise: »Tim ist von einem Betrunkenen angefahren worden, als er die Straße überqueren wollte. Er war auf der Stelle tot.«

Pine schaute wieder auf das Grab. Ein paar Tränen kullerten über ihre Wange und tropften ins Gras.

»In Savannah hat man uns als Mark und Sandra Douglas gekannt. Wir haben zusammen einen kleinen Blumenladen betrieben. Es hat uns ... eine Aufgabe gegeben. Blumen machen Menschen glücklich«, fügte sie wehmütig hinzu.

»Ich verstehe das alles nicht«, sagte Mercy. »Woher hat Jack gewusst, dass du hier bist?«

Julia schaute zu ihr. »Ich habe die Suchmeldung des FBI im Fernsehen gesehen. Es ging um ein Mädchen namens Rebecca Atkins aus Crawfordville, Georgia. Der Name hat mir natürlich nichts gesagt, aber dein Gesicht habe ich sofort wiedererkannt.«

»Nach so vielen Jahren?«, fragte Mercy ungläubig.

»Ich bin deine Mutter. Ich habe dieselben schönen Augen gesehen wie an dem Tag, als du geboren bist, und in den sechs Jahren danach und die schönen Haare, die ich so oft gekämmt habe, die Nase, die ich geputzt habe, und tausend andere Kleinigkeiten, die nur eine Mutter bemerkt. Ich habe sofort Jack angerufen. Tim hatte die Nummer immer bei sich. Jack ... er hat mir ein bisschen was von dem erzählt, was du durchgemacht hast, Mercy.« Wieder füllten ihre Augen sich mit Tränen, und das ebenmäßige Gesicht zuckte verräterisch. »Es … es tut mir schrecklich leid.« Sie schlang die Arme um ihre Tochter. Mercy versteifte sich einen Augenblick. Pine, die die Szene beobachtete, machte sich auf alles gefasst. Doch dann legte Mercy die Arme um ihre Mutter und drückte sie an sich.

Schließlich sagte Mercy: »Jack hat mir heute ein paar Dinge erzählt. Warum du nicht mehr nach mir suchen konntest. Du … du warst echt in der Zwickmühle, stimmt's?«

Pine warf Lineberry einen fragenden Blick zu, doch er schaute nur zu Julia und Mercy.

Julia Pine trat einen Schritt zurück, wandte sich ihrer anderen Tochter zu und umarmte sie. Beide zitterten vor Rührung.

Blum, die sich im Hintergrund hielt, um den kostbaren Augenblick nicht zu stören, schaute zu Boden, Tränen in den Augen.

Es dauerte einige Zeit, bis Pine sagte: »In deinem Brief an Jack hast du geschrieben, du hättest etwas herausgefunden und dafür von jemandem Geld bekommen. War dieser Jemand Jacks ehemalige Verlobte, Linda Holden-Bryant? Geld hatte sie ja genug.«

»Jack hat mir schon gesagt, dass du eine sehr gute FBI-Agentin bist, Schatz«, sagte Julia. »Ja. Irgendwann war mir klar, dass nur Linda verraten haben konnte, wo wir uns versteckt hatten.« Julia strich Atlee die Haare aus den Augen. »Das Geld habe ich dir für dein Studium hinterlassen. Es war feige von mir, dich im Stich zu lassen, aber ich habe mir gedacht, je näher wir uns sind, desto gefährlicher wäre es für dich. Tim wäre fast gestorben, und diese Leute waren immer noch hinter uns her. Ich habe mir gedacht, wenn sie Tim für tot hielten und ich untertauchte, würden sie es gut sein lassen. Trotzdem habe ich nie aufgehört, an meiner Entscheidung zu zweifeln. Bevor ich damals wegging, habe ich lange mit mir gerungen, ob ich dich nicht doch mitnehmen soll, aber du hattest gerade angefangen, deinen Weg zu finden, da wollte ich dich nicht zwingen, alles aufzugeben und mit mir unterzutauchen. Du hättest kein eigenes Leben gehabt.«

»Das verstehe ich. Und … ich glaube, du hast richtig entschieden.«

»Jeden Tag habe ich mir sehnlichst gewünscht, Verbindung mit dir aufzunehmen. Monate und Jahre vergingen, bis ich irgendwann nicht mehr den Mut dazu hatte. Du hättest allen Grund, mich zu hassen. Ich habe es nicht besser verdient.«

»Ich habe endlich meine Schwester gefunden«, sagte Pine mit bewegter Stimme. »Und du hast *uns* gefunden. Für Hass ist da kein Platz mehr, Mom.«

Julia lächelte traurig. »Wenn Tim euch noch sehen könnte. Er hat euch über alles geliebt. Für ihn hat sich alles immer nur um euch gedreht.«

Pine schaute zu Jack. »Er war wirklich ein wunderbarer Dad.«

Dann wandte sie sich an Blum und stellte sie ihrer Mutter vor.

Die Frauen umarmten sich, und Julia sagte: »Jack hat mir erzählt, was für eine wunderbare Freundin Sie meiner Tochter sind. Dafür bin ich Ihnen unendlich dankbar.«

»Oh, ich habe mit ihr viel mehr Glück gehabt als umgekehrt«, meinte Blum.

»Was mich interessieren würde«, warf Mercy ein. »Warum hast du mir diesen Namen gegeben?«

»Das kann ich dir sagen, Schatz. Weil du nach unendlich langen, schmerzhaften Wehen als Erste gekommen bist. Es war das erste Wort, das mir eingefallen ist.«

Julia und Blum wechselten einen wissenden Blick.

Mercy lächelte. »Das kann ich mir vorstellen.«

Julia nahm beide Töchter an den Händen. »Wollt ihr meinen Blumenladen sehen? Er ist ganz in der Nähe.« Sie lächelte. »Er heißt *Twin Pines*. Ihr könnt euch denken, wie ich darauf gekommen bin.«

»Klingt wunderbar, Mom«, sagte Pine.

Mercy nickte. »Finde ich auch.«

»Carol und ich kommen später nach«, sagte Jack.

»Warum kommt ihr nicht gleich mit?«, fragte Julia.

Blum trat einen Schritt vor. »Nein. Ihr drei solltet erst mal eine Weile für euch sein, Julia.« Sie lächelte gerührt. »Aus vielen Gründen.«

Sie ging mit Jack zum Wagen zurück.

Die drei Frauen wandten sich nach Westen, wo die untergehende Sonne den Himmel in leuchtendes Rot und Gold tauchte.

Arm in Arm gingen sie auf den Lichtschein zu.

ENDE

Danksagungen

Dir, Michelle, widme ich die Wahrheit über Mercy. Danke für all deine Hilfe zu dieser Reihe! Atlee ist nach deinem Vorbild geworden.

Des Weiteren danke ich:

Michael Pietsch, Ben Sevier, Elizabeth Kulhanek, Jonathan Valuckas, Matthew Ballast, Beth de Guzman, Anthony Goff, Rena Kornbluh, Karen Kosztolnyik, Brian McLendon, Albert Tang, Andy Dodds, Ivy Cheng, Joseph Benincase, Alexis Gilbert, Andrew Duncan, Bob Castillo, Kristen Lemire, Briana Loewen, Mark Steven Long, Thomas Louie, Rachael Kelly, Kirsiah McNamara, Nita Basu, Lisa Cahn, Megan Fitzpatrick, John Colucci, Alison Lazarus, Barry Broadhead, Martha Bucci, Rick Cobban, Ali Cutrone, Raylan Davis, Tracy Dowd, Melanie Freedman, Elizabeth Blue Guess, Linda Jamison, John Leary, John Lefler, Rachel Hairston, Tishana Knight, Jennifer Kosek, Suzanne Marx, Derek Meehan, Christopher Murphy, Donna Nopper, Rob Philpott, Barbara Slavin, Karen Torres, Rich Tullis, Mary Urban, Tracy Williams, Julie Hernandez, Laura Shepherd, Jeff Shay, Carla Stockalper, Ky'ron Fitzgerald und all den anderen bei Grand Central Publishing, weil ihr stets euer Bestes für mich gebt.

Dank auch an Aaron und Arleen Priest, Lucy Childs, Lisa Erbach Vance, Frances Jalet-Miller und Kristen Pini, weil ihr mir das Leben so viel leichter macht.

Mitch Hoffman danke ich dafür, dass er mich anspornt, nicht nachzulassen.

Dank auch an Anthony Forbes Watson, Jeremy Trevathan, Lucy Hale, Trisha Jackson, Alex Saunders, Sara Lloyd, Claire Evans, Sarah Arratoon, Laura Sherlock, Stuart Dwyer, Jonathan Atkins, Christine Jones, Leanne Williams, Andy Joannou, Charlotte Williams, Rebecca Kellaway und Neil Lang von Pan Macmillan, weil ihr euch mit jedem Buch noch weiter steigert.

Ein herzliches Dankeschön auch an Praveen Naidoo und sein großartiges Team bei Pan Macmillan in Australien. Es ist unglaublich, was ihr dort für mich tut!

Bei Caspian Dennis und Sandy Violette möchte ich mich dafür bedanken, dass ihr in allem, was ihr anpackt, unübertroffen seid.

Last but not least danke ich Kristen White und Michelle Butler. Ohne euch würde es nur halb so viel Spaß machen. Und ich rede jetzt nicht nur von der Margaritamaschine!